BLACK CHAMBER MUSIC

KAZUSHIGE ABE

ブラック・チェンバー・ミュージック

阿部和重

毎日新聞出版

ブラック・チェンバー・ミュージック

わたしは政治家でなかったら、映画監督になっていたでしょう

金正日『人間の証し―「映画芸術論」抄』（卞宰洙訳）

史上初の出来事をあつめた国際年鑑が編まれるとすれば、その二〇一八年版では六月一二日火曜日にもよおされた政治劇が特筆されることになるだろう。同日シンガポールで開かれた首脳会談を、世界中が一心に見まもっていたのはまちがいないからだ。

それは決して相いれないと思われた宿敵どうしの共演が実現した日だ。レッドカーペット上で歩みよった両者が、会場ホテルの吹き抜けテラスで握手しながら丁重な挨拶をかわす貴重な瞬間を世界はそのとき目にしている。つづいて両首脳は、たがいの手の甲が触れそうなほどの位置でならんで報道陣のカメラにおさまると、二階へ移動しそろって室内へ姿を消したが、そこではともに笑顔を向けあってさえいる。

四月二七日金曜日の板門店(ハンモンテン)とは異なり、たしかにここには派手な演出はなく、セレモニー色は薄い。が、つい半年くらい前まで「狂った老いぼれ」だの「リトル・ロケットマン」だのと罵倒(ばとう)しあっていた絶望的な不仲を経ての対面である事実を踏まえれば、いちじるしい関係改善がうかがえると言えないことはない。

とはいえこれは、モハメド・アリとジョー・フレージャーのラバーマッチを観戦するのとはわけがちがう。セントーサ島の高級リゾートホテルたるカペラ・シンガポールで展開されるのは、結果がどう転ぼうと無責任に楽しめるスリリングなエンターテインメントといったものではない。

そこで顔をあわせているのはどちらも大量破壊兵器の発射権限を握るとされる国家元首と最高指導者にほかならない。いずれも次の行動が読みにくく、ひと筋縄ではゆかない難物と見られている権力者たちだ。それゆえどの段階で双方が折りあいをつけることになるのか、まるで不透明と言わざるをえない。

今般の会談の結果だけを評すれば、好ましく映るのは個人的な絆を深めた両首脳の間柄のみにとどまる。朝鮮半島の非核化をめぐる具体的な進展はなく、終戦宣言もなしだったため、実質的な成果はなかったと判断する声は少なくない。

そのいっぽう、「恒久的で安定的な平和体制の構築に向け、協力する」ことを約束しあう共同声明の発表は、両国関係史を以前と以後にわけるひとくぎりにはなるだろうから、まったくの無益とも見なしがたい。

「――したがって、史上初となる米朝首脳会談の評価がさだまるのは、当の二国間はもちろん、関係国協議の今後の継続いかんにかかっているとしか言いようがありません」

民放の報道番組にＶＴＲ出演した識者のひとりはそんなコメントを述べていた。番組が用意した台本に沿った解説なのかどうかはさだかでないが、これじたいができあいの台詞(せりふ)みたいに聞こえるのはなぜなのか。横口健二は白飯をもぐもぐしながらそう考えている。

派遣先より駄目だしを食らうばかりの仕事を終えて電車で三軒茶屋にもどり、行きつけの中華料理店に寄っていつもの定食を頼んで箸をつけたところだった。ちょうどそのタイミングでプライムタイムのニュースがはじまり、日中におこなわれた米朝首脳会談の模様がトップストーリーとして報じられた。

どの時間帯に訪れても、この中華屋のテレビは報道関連番組を映しているから、食欲と時事への興味の両方を満たしたい客にはうってつけの店だと横口健二は思っている。

リモコンを操作しているのは客ではない。六〇代くらいの豹柄愛好者たる女店主がチャンネル権を独占している。店がこみだすと面倒くさそうに配膳をおこなうこともあるが、そのあいだでも女店主はちらちらテレビ画面を見やり、彼女なりの辛口批評を言いそえることをおこたらない。調理場で鍋を振っている巨漢の高齢者は夫らしい。ときどきかわされるふたりの会話からそれがうかがえる。

米朝首脳会談のニュースは食事中の横口健二(よこぐちけんじ)に往時の数日間を想起させた。シンガポールのセントーサ島には六年前に仕事で行ったことがあるからだ。

豚ガツ炒め定食をつつきながらテレビ画面へ目をやり、現地映像とみずからの記憶を照合させているうち、海辺のホテルの内外を悠然とうろつく白孔雀（くじゃく）や大蜥蜴（とかげ）の姿がよみがえってくる。あれはすばらしい情景だったなと横口健二は思う。ほかにも名前のわからぬ鳥が何羽かやってきて、異国情緒を感じさせてくれたのだが、動物たちとのこの遭遇劇はささいながらひとつのしくじりの経験にもつながっている。

六年前のあれは、映像作家としてフリーランスになって間もない頃だった。イメージビデオを撮影する仕事を請け負い、アイドル写真集の海外ロケに同行したのがシンガポールに渡ったいきさつだ。リゾートホテルのプールサイドや人工ビーチで水着の少女を追いかけていたところ、不意に現場へあらわれた野生の生き物の神々しいたたずまいに見とれ、カメラをまわすのを完全に忘れてしまっていた。ささいなしくじりだが、観光にきているわけではないのだからプロにあるまじき失態だ。

あれ以後、日本の外に出たことはない。あれ以前も一度もないから、シンガポールは横口健二にとって唯一の渡航先だ。再来年で四〇歳になるが、同年代のなかではパスポートの利用回数が少ないほうなのだろうと思う。

そして今後もそれは変わりそうにない。二年前、念願の初監督映画の公開を間近にひかえたタイミングで逮捕され、十数年ほど積んできたキャリアをみずからふいにしてしまったせいだ。

周囲に迷惑をかけ、結構な額の借金をかかえた執行猶予期間中の前科もちであるため、この先も国外へおもむく機会はなさそうだと横口健二は見とおしている。そんな気分になることもないだろうと予想している。

●

二〇一八年四月のなかば、アメリカのメディアはいっせいにドナルド・トランプ大統領の隠し子疑惑を報じた。そのうちのひとつ、『ニューズウィーク』誌のグレッグ・プライス記者による記事「**トランプに隠し子疑惑、『口止め料』に３万ドル？**」は、当のゴシップをこのように伝えている。

「トランプ・ワールドタワーのドアマンだった男が、トランプは元家政婦と関係をもち子供も生まれたと、4月12日の声明で明かした」

　同記事は、「トランプ・ワールドタワーのドアマンだった男」ディノ・サジュディンが「米タブロイド紙ナショナル・エンクワイアラーを傘下にもつアメリカン・メディア（AMI）と、この話を他に明かさないという独占的な記事化契約を結び、見返りに3万ドルを受け取っていた」ことを世間に知らせるのが趣旨の報道ではある。

「ナショナル・エンクワアラーはトランプと親しいため、話が表に出ないよう買い取って握りつぶしたのではないか、との噂もある」と補足しつつ、「問題の元家政婦とその子供の名前は報じられておらず、サジュディンの主張の真偽は未確認のままだ」と最後にことわってもいる。

　その後も「サジュディンの主張の真偽は未確認のまま」月日がすぎていった。初報から四カ月後の八月二六日日曜日、CNNが「**『トランプ氏に隠し子』と主張の元ドアマン、秘密保持の契約解消**」なる続報を出してはいるが、そこでも「トランプ氏に隠し子がいたという情報は今のところ、裏付けが見つかっていない」と報じられている。あとはただ、「サジュディン氏は『真実がまもなく明るみに出ることを願っている』」などと漠然と伝える弁護士のコメントが添えられているのみだ。

　それらの報道でとりあげられたトランプ大統領の「隠し子」が実在するのだとすれば、最初に報じられた時点で当人はまだティーンエージャーかさらに年少だったはずである。噂の発信源たる「トランプ・ワールドタワー」が完成したのは二〇〇一年であり、そこで「問題の元家政婦」がドナルド・トランプと知りあって肉体関係を持ち、妊娠していたのだとすれば、生まれた子どもの誕生年はどんなに早くてもビルのオープン以前にさかのぼることはありえないからだ。

　したがって、以下に述べる人物が「サジュディンの主張」する「隠し子」であるとは考えがたいが――二〇一九年一月一日火曜日、トランプ大統領の非嫡出子を自称する男が中国遼寧省の丹東市にあらわれている。

そしてその人物が、中朝国境を越えて朝鮮民主主義人民共和国に自分の意志で入国しようと試みたという事実は、どのメディアにおいても報道されてはいない。

同日に配信された北朝鮮関連の報道トピックとしては、金正恩朝鮮労働党委員長が発表した「新年辞」をめぐるニュースがもっぱら注目をあつめていた。「いつでも再び米国大統領と向かい合う」と明言したうえで、「制裁と圧力」の早期停止をアメリカに要求してもいる当の演説は北朝鮮ウォッチャーの驚きを誘い、韓国メディアは「破格」のものだったとすら報じている。例年と異なり壇上ではなく執務室のソファーに座り、リラックスしたムードのなか金委員長がカメラの前で原稿を読みあげるという発表形式の一新に加え、「私の確固たる意志」として「完全な非核化」の推進を自国民に対しはじめてはっきりと表明する内容だったからだ。そこには、かねてより指摘されてきた北朝鮮指導層における軍部強硬派排除の動きがあらためて確認できるとの分析もある。

そのおなじ日、トランプ大統領の「隠し子」が北朝鮮国内に足を踏みいれたという情報がおおやけになっていたとしたら、新年早々のサプライズが倍にふくれあがっていたことだろう——が、実際にはそれは風説の域を出ることはなかった。ゆえにこの事実を知りえているのはごく一部の人間にかぎられている。

ごく一部のうちのひとりは、自称非嫡出子を空港でひろって北朝鮮国営旅行会社の丹東支所へと運んだ中国人タクシードライバーだ。

言葉が通じないためスマートフォンの翻訳アプリを介したやりとりをくりかえすなか、この外国人旅行者がなにがなんでも鴨緑江大橋を経て国境の向こう側の新義州市へ渡り、そこからさらに足を延ばして首都平壌市へ行くつもりであることだけは了解事項となる。

荷物は小型のレザートランクひとつきりであり、急きょ意を決してここまでやってきた様子だ。ただし観光ツアーに参加することは望まず、単独で早急に平壌入りしなければならないのだと旅行者は述べている。

西洋人と東洋人のバイレイシャルに見えないでもない容貌の乗客に対し、「あなたはトランプ大統領に似ていますね」と翻訳アプリ越しに伝えてみたところ「当然でしょう」と答えがかえってきた。そのため「なぜですか?」とつづけて訊いてみると、「わたしはいまだ公表されていない、ドナルド・トランプのほんとうの三男なのですから」との返答があったことをタクシードライバーはよくおぼえているという。冗談なのだろうと解釈し、ドライバーはおおげさな笑いで応じたものの、話はそこで終わらない。

母親は日本人であり、一九八〇年代のなか頃にニューヨークへ語学留学していた彼女はそのときに父ドナルドと恋仲になり、この自分を身ごもったのだ――旅行者はみずからの出生秘話をそんなふうにさらりと言いたしたようだ。

ひやかしかまともじゃない客と見なされ、その男は旅行会社にあえなく追いはらわれている。

なにやらわけありの雰囲気を漂わせている旅行者に、なぜ平壌へ行きたいのだと質問が向けられる。すると大真面目に、「金委員長に会って対米交渉の力になりたい」といった入国目的が口にされる。そんなありさまを目のあたりにしてしまい、かたわらで待機していたタクシードライバーは内心あきれかえるしかなかったという。

自称非嫡出子は「委員長に渡したいものもある」などという訴えもつけ加え、旅行会社職員の表情をますます強ばらせている。いかれた外国人に興味本位でつき添ってやったが、これは早くも空港へ逆もどりになりそうな流れだとドライバーは見ていたようだ。

二〇一七年九月一日金曜日に、アメリカ人の北朝鮮への渡航は原則禁止されている。観光中に政治宣伝ポスターなどの窃盗を働いた罪で北朝鮮当局に逮捕され、一七カ月間にわたる拘束のすえ昏睡状態に陥ったアメリカ人大学生の一件がその引き金になっている――当の大学生オットー・ワームビアが帰国後に間もなく、拘留中の拷問が原因と疑われるかたちで急死した事件を受け、合衆国政府がとったのが同国への渡航禁止措置だ。対象外となるのは取材や人道支援目的での訪問であり、それらの場合でも国務省から特別な許可をえる必要があるとされている。

　旅行会社窓口でのやりとりの際、「あなたは遺言状の作成と葬儀の手配は済ませてきたのか」といったきわどい冗談も飛びだしたようだ――これは渡航を認める際の条件としてアメリカ国務省が公表した、北朝鮮訪問希望者への勧告を皮肉った言葉にちがいない。

　言われたほうの自称非嫡出子もそのとおりに理解したらしく、「わたしは二重国籍者だから、アメリカ旅券のほかに日本旅券も持っているので問題はない」と微笑みながら応じている。すなわち、日本国民である母親の子としてアメリカで生まれた彼は、国籍の選択をしないまま両国のパスポートを保持しているから、この自分は国務省の認可を受けずに北朝鮮へ渡航できると主張しているわけだ。

　旅行会社に追いはらわれてしまった奇態な乗客をタクシードライバーが最後に運んだ先は、丹東市濱江中路64号に所在する高層ツインタワービルだ。佳地広場なる名の同ビルA座二一階にある北朝鮮の領事事務所へひとりで出むいていったところで、自称非嫡出子の足どりはとだえている。

　そこで彼が、中朝国境を越えて平壌へ向かう手だてを無事に確保できたのかどうかはさだかでない。結果を見とどける前に、次の客が車に乗りこんできてしまったため、ドライバーはその場をあとにせざるをえなかったからだ。もしも入国がかなったのだとすれば、車で三時間ほどかかる距離であるとされる新義州と平壌間の移動手段としては長距離バスか平義(ピョンイ)線という鉄道路線を利用できるが、どちらの交通機関を選ぶつもりなのかについては、無謀な旅行者は特に意向を口にしていなかったようだ。

　旅行会社から佳地広場へと移動する途中、信号まちのあいだにタクシードライバーはみずからのスマートフォンを後部座席へさしだし、翻訳アプリで自称非嫡出子にこう問いかけている。

「さっきあなたが言っていた、金委員長に渡したいものとはなんなのか？」

　それに対し、トランプ大統領の非嫡出子を自称する男はこのように答えたことが翻訳アプリの履歴には残っている。

「申し訳ないが話せません。これは気軽に口外できるようなことではありませんのでご勘弁ください。国家機密に類することでしょうから、むやみにしゃべったりしてはならないのです。北朝鮮にとって、このわたしが役に立つ人間であることを証明するための手みやげといったところです。要するに、先代の指導者にまつわるものなのですが——しかしそうだな、あなたはわたしにとても協力的だったので、ここだけの話としてほんのちょっとなら明かしてさしあげてもかまわないかな。わたしが持参したのは、金委員長の父上が生前に書きしたためた暗号文と思われる文書のコピーです。どうやら継承問題や統治能力の真贋をめぐる重大な秘密がそこにはこめられている。遺産相続や私生児といった言葉も散見されますから、どのみち委員長が知らずにいていいはずがない内容であるのはまちがいありません。ぱっと見は日本語で発表された映画の評論文なので、暗号文と知らずに読んだら秘密に気づくことはありえないでしょうが、読むべきひとが読めばすべてを解読するのはさほどむつかしいものではないと考えられます。金委員長にはきっと大いによろこんでいただけると確信しています——それにしても、わたしはうっかりしゃべりすぎてしまいました。さっき余計に薬を飲んでしまったせいかもしれません。あれには口が軽くなる副作用があるようだ。念のため釘を刺しておきますが、ここだけの話として明かしたことなのでどうか、くれぐれも他言はせず、ご内密に願いますよ」

●

　二〇一九年二月二四日日曜日の夜、横口健二は行きつけの中華料理店の前を素どおりした。今日は贅沢できるふところ具合ではない。

　そう思い、中華屋の店先からさらに四〇〇メートルほど行ったエリアにある二階建ての賃貸共同住宅へ向かい、黙々と歩いた。建物名は白馬荘というアパートだ。

　正確な築年数を訊ねる気にもならぬほど古びたそのアパートに部屋を借りたのは、低家賃に心ひかれたからというわけではない。ここの家賃は別にやすくはない。戦慄的なまでにぼろいくせに、それに見あった額に設定されているとは思いがたい強気の賃料を月ごとにおさめさせられている。銀行ひき落としではなく、大家に手わたしするのが決まりだ。

　そんな物件にもかかわらず、三軒茶屋駅から徒歩一〇分という利便性が目くらましになっているのか、入居を希望する物好きは空室が出るたびにあらわれるようだ。おまけに九つある貸し室のうち六部屋の住人は、住みついてだいぶ経つ変わり者ばかりらしい。一階の角部屋に住んでいるがめつい大家夫婦に月々ぼられている疑いすらあるが、不思議なことに入居者の不平はまったく聞こえてこない。

　家賃は措くとしても、水道料金は確実にあやしいと横口健二は見ている。電気とガスは各供給事業者との戸別契約だが、水道料金だけは建物一括契約になっている。そのためぜんたいの請求額を戸数で割り、家賃にうわ乗せして大家が徴収する仕くみをこのアパートでは採用している。

　まず、これの金額がやけに高い。まだ落ちぶれちゃいなかった三、四年前、よそのマンションで当時の彼女とふたり暮らししていた頃よりも料金が数千円あがっている計算になるのはどう考えても解せない。そもそも東京都の水道料金というのは隔月請求のはずだが、このアパートでは毎月とられる。請求額の明細を提示してもらえるわけでもない。明らかに不当であり、部屋ごとにとりたてた料金は大家夫婦のポケットマネーになっているのではないかと邪推したくもなる。

　が、他の入居者と同様、横口健二もそういうことには目をつぶっている。がめついことはがめつい大家だが、じつはなかなか夫婦そろって度量がひろい。少々せんさく好きではあるものの、いちいちルールを押しつけたりとやかく注文をつけてきたりはしないから、ひとり身の生活をつづけるうえで気が楽だ。

　それになにより出もどりの自分をあっさり受けいれてくれた恩がある。わずかでもへまをしでかした人間を見つけては、こぞって血まつりにあげずにはいられない俗情がはびこるこの世知がらいご時世、これはそうそうあるこっちゃない尊い歓待だとありがたく感じている。

前回ここに住んだのは、映像制作の専門学校を卒業してほどない駆けだしの頃だった。二度目の契約更新を機に、おなじ町内の新しくて間どりのいいマンションへひっこした。出ていったあとはそれっきり、近所を通りかかっても顔なんか見せなかったしがめつい大家夫婦やぼろアパートのことは思いだしもしなかった。

そんな男が、二年半前に大麻取締法違反で捕まり起訴され、完成直後の初監督映画は見事お蔵入りとなってキャリアがぱあになり、住まいも行き場もなくしてふたたびのこのこ頼ってきたという次第だった。執行猶予期間中の前科もちとなったが、大家夫婦はふたつ返事で入居を許してくれた。金さえつづけばいつまでいたっていいという。かくも寛大なる恩人が、水道料金と称して一カ月ごとにいくらかちょろまかしているからといって恩を仇でかえすみたいにクレームはつけられない。

本音を言えば恩を仇でかえしてでもクレームはつけたい。借金返済に追われる身にとって、たかだか数千円だろうと毎月毎月ことわりもなく吸いあげられてはたまったもんじゃないからだ。が、その数千円で気がねなくやすらげる自分だけの居場所をつねにキープしておけるとでもとらえなおせば、痛い出費という感覚はちょっぴり減る。ほんとうにちょっぴりだが、減ることは減る。横口健二はそう思うことにしていた。うしろ向きになるときりがないためだ。

この夜、白馬荘に帰りついたのは午後九時半すぎだった。こんこん足音を鳴らして赤錆だらけの鉄骨階段をあがりきると、おかしなことに気づいた。だれもいないはずなのに、二階のまんなかに位置する自室に明かりがともっている。電灯を消しわすれて出かけたことは過去にいっぺんもなかったが、これが人生初の経験というやつだろうか。

思いがけない異変を軽く受けとめつつ、横口健二はいつもどおりに部屋の鍵をとりだしながら共有通路をすたすた歩いていった。つづいてその真鍮(しんちゅう)の棒鍵をドアノブの下にある鍵穴へ挿しこみ右へまわしかけると、すでに解錠されていると知ってあれっとまた思う。施錠を忘れて外出したことも過去にいっぺんもなかったが、これが人生初がふたつかさなったという希有な瞬間でないのは即座にわかった。

　ドアを開けてみるとふたりの他人があがりこみ、ならんでつっ立っている光景にゆきあたった。幸い、と言えるかどうかは微妙なところだが、そのうちのひとりは知人だったから、ただちに一一〇番に電話をかけねばならぬシチュエーションではないようだ。もっとも、知人といっても反社会的勢力のどまんなかに生きる男であり、現住所を伝えたおぼえはなく会うのは三年ぶりだから、これはまったく身がまえずにいられる場面でもない。

「なんすか沢田さん」

「おう、遅(おせ)えよ」

「どうやって入ったの？」

「開いてたんだよ」

「開いてた？」

「うん」

「んなわけないでしょ」

「んなわけあったんだよ」

「まさか無理矢理こじ開けたりしてないですよね？」

「してねえよ。おまえが鍵かけてなかったんだろ」

「かけましたよ」

「かかってなかったって」

「いいから正直に教えてくださいよ」

「嘘じゃねえって」

「でもおれ、絶対に鍵かけ忘れてないですよ」

「ならなんで開いてたんだよ」

「だからそれを訊いてるんですよ」

「おれに訊いてどうすんだよ。おまえんちのことなんかおれが知ってるわけねえだろうが」

「だって勝手に入ったのは沢田さんじゃん」

「だからなんだようるっせえな。鍵なんかはじめっからかかってなかったっつってんだろ、おまえいい加減しつけえんだよ」

　そんなやりとりをかわしていると不意に、ぎぎぎばたんとドアが閉まる音が下階のはしっこから聞こえてきた。古い建物ゆえ、建具のたぐいはどれも楽器みたいな性能をおびており、毎度さまざまな音色を響かせてくる。

距離感と方向からして、鳴ったのは大家宅の出入口じゃないかと横口健二は見当をつけた。こちらが玄関口でドアを開けはなったまま言いあっているのを盗み聞きしていた、というのは、このアパートにおいてはいかにもありそうななりゆきだ。

とすると、あの夫婦のどちらかが、初対面であるはずの訪問者のリクエストに応え、入居者に無断でマスターキーを持ちだして解錠してやったということかもしれない。月々数千円ぽっちのオプション契約では、電話で来客を通知するアラートサービスまでは受けもっちゃくれないようだ。

「だいたいおまえがいつまで経っても帰ってこねんだから部屋んなか入って待ってるしかねえだろうが。くそ寒いっつうのに道端でバカみてえにつっ立ってられっかよ」

「え、でも、沢田さんこっちにくることじたいおれ知らないんだから、しょうがないじゃないですか。約束とかしてませんよね」

「約束してねえからなんだっつんだよ。約束なんかしようがしまいが、現におれはこうしておまえんち見つけて訪ねてきてんだろうが。遠路はるばる新潟から出てきてわざわざ会いにきてんのに、もっとましな言い方できねえのかおめえはよ」

「はあ」

「はあじゃねえだろはあじゃ。こっちはさんざん待ちくたびれきっていらついてんだよ。そこにおまえ、いきなり家の鍵かけたとかかけてねえとか言ってきやがって、そんなしょうもねえ話に五〇すぎの男をつきあわせんじゃねえっつってんだよマジでよ。んなことよりなおまえ、まずはようこそどうぞいらっしゃいましたっつって、おもてなしすんのが道理なんじゃねえのこれ。クリステル的に。ちがうか？おれまちがってる？」

言いながら沢田龍介（りゅうすけ）は流れるようなしぐさで煙草（たばこ）の箱をとりだし、くわえたいっぽんのさきっぽにダンヒルのガスライターで火をつけた。おれんち禁煙なんだけど、と横口健二は口に出しかけたが、とうに大量の吸い殻で埋まっているラーメンどんぶりがこたつ板のうえに載っているのが目に入り、今さら手おくれだと悟る。それに喫煙も問題だが、沢田龍介もつれの女性も土足で室内にあがりこんでいる。いくらぼろアパートだからといって、ひとんちをなんだと思っているのか。

「どうでもいいけど沢田さん、靴ぬいでよ靴。遠路はるばる訪ねてきてくれたのは結構だけどさ、勝手にあがりこんだあげくふたりして靴も履(は)きっぱなしってなにやってくれちゃってんのよ」

●

　おもてなしすんのが道理と説かれたことに応え、横口健二はさっそく湯気が立っているマグカップをこたつ板のうえにならべてやった。とはいえ、電気ケトルでお湯を沸かし、ティーバッグで緑茶を淹(い)れてやるのがこの家の精いっぱいだ。茶うけになるような菓子類はいっさいない。水道水いがいはどれも数年前のもらいものであり、ティーバッグだけは売るほどあまっている。

　横口健二はいやみまるだしの口調で「ようこそどうぞいらっしゃいました」と声をかけた。沢田龍介はそれには反応せず、お茶かあ、みたいな不満げな顔をして利き手でカップを持ちあげている。そしてふうふうしてからひと口すすることはすすったものの、たちまち「熱っ、熱っ」とつぶやいた猫舌のヤクザ者はそれきり飲むのをやめてしまった。

　つれの女性のほうはカップに触れもしないどころかこたつに近よってもきやしない。立ちどおしですみっこの内壁によりかかり、存在感を消して押し黙っているばかりだ。

　一見、沢田龍介よりもだいぶ若そうではあるが、彼女の顔は陰になっていてはっきりとは見てとれない。全身を黒いマキシコートでつつんでいるせいか、そのたたずまいは水墨画の幽霊を彷彿(ほうふつ)とさせていささか薄気味が悪い。かくもどんよりとしたおもむきを漂わせているのは、しぶしぶここにいるためだろうかとも想像させる。

　ピンク地マイメロディ柄のきらきらしたキャリー

バッグを足もとに置き、顔の下はんぶんを黒マスクで覆っていたりもするから、いまどきのひとなのかな、という印象もないではない。が、おたがいに自己紹介もはじめましてのひとことも口にしあっていないので、それ以上の人柄はつかめない。

つかめないといえば、そもそもこの招かれざる客たる男女の間柄がよくわからない。一緒に東京までやってきた同伴者どうしであるという割には、ふたりそろって少しもそんなそぶりを示さないためだ。会話はおろかアイコンタクトひとつかわす気配すらなく、どういう関係なのかといぶからずにはいられない。

男のほうは一五、六年来の知人ではあるにしても、あぶない橋を渡るのが日常たる指定暴力団三次団体の会長をつとめる人物だ。ゆえに執行猶予のとりけしをおそれて暮らす身としては、この再会を警戒するに越したことはない。

知りあったのはぺいぺいの映画演出助手だった頃のことだ。繁華街などでのロケ撮影の際、所轄警察署で道路使用許可の手つづきをとるのに加え、地元の暴力団事務所に挨拶する業界慣習が当時もなおつづいていたことがそのきっかけとなった。新潟での仕事をおこなうにあたって事務所を訪ねて頭をさげ、それ以降も連絡をとりあう仲になった相手が沢田龍介というわけだった。

「おまえなんでこんな遅かったの？」

ふわあと欠伸（あくび）をした沢田龍介はそう問いかけてきた。まだ午後一〇時をまわったばかりだが、待ちくたびれきった五〇すぎの男は眠くてならないといった様子だ。おおきな背中をまるめてこたつに足をつっこんでいるその姿は、どことなくくまモンを思わせないでもない。こたつの反対側であたたまっている横口健二はこう答えた。

「仕事ですよ」

「定職あんの？」

「そらいちおう」

「どんな？」

「映像関係」

「そりゃそうか」

「まあいちおう」

「雇ってくれるとこあんのか」

「いろんな分野がありますからね、映像関係っつっても」

「エロか？」

「エロではないです」

「エロではないのか」

「前にやりましたけどね、エロも。でもうまくいかなくて」

「なにが？　ちんちん勃たねえとか、そういう話か？」

「いやいや、おれ出るほうはやりませんから。演出とか、撮るほうだけで」

「なら、むらむらきちゃって仕事になんねえとかか？」

「そういうんでもないです」

「じゃなんなんだよ」

「現場でうるさく口だしすぎちゃうから、スタッフとキャストに嫌われちゃって。ひとりよがりの典型だと」

「ああ、そっちか」

「二〇歳くらいの新人女優に、気が散るから黙ってろって言われちゃいましたね。てめえのオナニーはてめえひとりでやってろと」

「そらせんずりなんざひとりでやるもんだろうがよ」

「まあそうなんですけどね」

「で、今はなにやってんのよ」

「そのあとすぐ、すげえ売れっ子になっちゃって」

「ちがう、おめえの仕事だよ」

「おれは今はブライダルですね」

「ブライダル？　結婚式か」

「ええ」

「披露宴で流すビデオか」

「それと、式の記録です」

「そっちはうまくいってんのか」

「いやあ、それがじつはそうでもなかったりして——」

「またひとりよがりのなんとかか、ブライダルでオナニーか」

「いや、ブライダルでオナニーはしませんけどね」

「じゃなんなんだよ」

「逆に今度は、こっちがうるさく言われるほうになっちゃって」

「だれに」

「派遣先の社長です。根本的に、撮り方もつなぎ方もぜんぜんわかってないって。笑って泣かせて感動させる流れになってないとか、とにかく駄目だしの嵐なんですよ」

「ふうん」

「ブライダルはブライダルのやり方があるんだって、もっとまじめに勉強しろって、いつも怒鳴られまくりで」

「たいへんだなそりゃ」

「はあ」

「おまえそれでなんも言いかえさねえの？」

「まあ、慣れてるっちゃ慣れてるし」

「マジかよ」

「ああほら、最初に映画の現場に入った頃も似たような感じだったから」

「つうかおまえだってもうじき四〇だろ。その歳でよ、それなりに経験もあんのに怒鳴られまくるってのもちょっときついわな」

「そりゃいい気持ちはしないですよ」

「実際そうだろ。正直な話、相手ぶん殴って辞めたろうかって思うこともあんだろ？」

「どうかな」

「しょっちゅうじゃなくとも、たまにくらいは」

「たまにならね」

「ほらな」

「ははは」

「そうなんじゃないかとおれも心配してたわけ、遠く離れた新潟で」

「ほんとですかそれ」

「ほんとうだよ」

「ほんとかなあ」

「信じねえなら別にいいよ。でもな、そうなんじゃないかと心配してたからこそ、おれは今日こうして、おまえにひとつでかい仕事を持ってきてやったんだけどな」

「え、なに？」

「だから仕事だよ」

「なんの？」

「なんのって、映画のだよ」

「映画の？　映画撮る仕事ってこと？」

「ああ、いや、撮るほうの仕事じゃねんだわ」

「撮るほうじゃないのか」

「撮るほうではないな」

「じゃあなんなんすか」

「あとは、日本映画でもないわ」

「え、外国映画の仕事ってことですか？」

「そうそう」

「外国映画の仕事って、え、なに、どこの国の映画？」

「興味あんのか」

「そりゃ、あるかないかっつったら、ありますけど――」

「そうか」

「はい」

「それなら説明してやるよ」

●

まず、だいたいの説明を聞いてみた時点で横口健二が出した結論は、これは映画の仕事でもなんでもないというものだった。少なくとも、撮る作業はもちろん作品づくりには一秒たりともかかわらない。したがって、自分自身の技能を活かせる職務ではないことからおことわりする以外に選択肢はない話だ。

「なんでだよ、やれよおまえ、映画の仕事じゃねえかよ」

「なに言ってんすか、ぜんぜんちがうじゃないですか」

「ちがわねえよ、映画関係じゃねえか」

「んなことないですよ。どっちかっつうとそれ、映画っつうより出版の仕事じゃないですか」

「はあ？」

「それは出版業界の仕事だって言ってんですよ」

「そうなの？」

「そうですよ」

「だとしても、ひろく見りゃどっちもおんなじ業界みてえなもんじゃねえか」

「メディアって意味ではね。それはそうでも、どのみちおれなんかじゃ役に立ちませんからひきうけられませんよ」

「謙遜すんじゃねえよ」

「謙遜なんかしてませんよ」

「なんでもいいけどよ、おまえだって前になんか、映画雑誌の記事とか新作レビューみたいなの書いたりしたことあったじゃねえかよ。だから出版にもツテくらいあんだろ」

「いやあ、そんなのだいぶ昔の話だし、ツテなんて言えるほどのものはないですよ」

「つうかおまえ、パクられて映画お蔵入りになる寸前までは取材とか受けてたろうがよ。そんとき会った出版社のやつらに名刺もらってんだろ？」

「はあ、まあ」

「とりあえずそいつらあたってみろよ」

「いやいや、待ってくださいよ。やっぱりこれ、おれには向いてないですって。おれじゃなくてもいいってゆうか、適任者はほかにいくらでもいますってば」

心地よいくらいにぽんぽんつづいていた会話の応酬がはたとどだえた。次にしゃべる番であるはずの五〇すぎの新潟人は、一度ふんと鼻を鳴らすとおもむろにセブンスターをいっぽんとりだした。そしてそのさきっぽに火をつけ深く吸いこみ、口をすぼめて言葉の代わりにふうと煙を吹きかけてきた。禁煙推進社会の到来により、そろそろ絶滅しそうな威圧の常套行為だ。

そんなつまらないいやがらせなんてしたら、こちらが余計に意固地になって自分の殻に閉じこもってしまうなどとは毛ほども考えてはいないらしい。それどころか、沢田龍介の目にやどる自信の色はいっそう濃くなってきているふうにも感じとれる。商売柄、この程度の交渉は駆けひきにも値しない雑談にすぎず、翻意させるのは赤子の手をひねるよりたやすいとでも思っているのだろう。横口健二はだんだん不安になってくる。

「なに言ってんだよ健二くん。あのな、少しばかり頭つかってみてほしいんだけどさ、転居のお知らせも送ってきやがらねえ不義理な野郎の住所つきとめて、若いもんもつけねえでおれがわざわざ東京まで出てきておまえに会いにきたの、なんでかわかんない？　おまえしかもうあてがねえからまっすぐここにきて、けなげに帰り待ってたってこと、ちっとは察してくんないかな。ご存じのとおり、そんなに暇じゃねんだよおれ」

　同情を誘っているとも脅（おど）しにきているとも、どちらともとれる物言いだ。こうなると、沢田龍介はほんとうにしつこいし絶対にあとへはひかない。過去にもたびたび似たようなかたちで頼みごとを受諾させられているから、タロットで前途を占うまでもない状況だ。

　横口健二は抵抗の意志をなかば捨てかけている。まいったな、説明なんか聞かなきゃよかったなと悔やみつつも、心のほうは着々と覚悟をかためる段階に入っている。

　仕事の内容じたいは探し物の手つだいだ。目あてのものは映画雑誌に掲載された、外国人筆者による評論の翻訳記事だという。手に入れるのは掲載誌そのものでも、記事のコピーでも、文章ぜんたいを読みとおせるのならいずれのかたちでもかまわないらしい。

　記事名と筆者名と翻訳者名はわかっているものの、掲載誌名が不明であることが問題だ。それが難点となり、沢田龍介は自分の部下らに命じて探索を進めてきたが雑誌を見つけるにはいたらず、現在は原文原稿の入手を試みるべく、翻訳者や編集者の所在を探っている最中（さいちゅう）であるようだ。

　ひと探しはこっちでやるから、おまえは映画雑誌を探しだせとのお達しを横口健二は受けた。そう聞くと、いたってシンプルなミッションではあるし本業の合間にできないことでもないかなと、楽観的な考えに傾いてくる。

「沢田さん」

「あ？」

「煙草やめてないんですね」

「やめたよおれ」

「やめてないじゃないすか」

「やめたって」

「じゃあその手に持ってるのはなんなんすか」

「煙草」

「やめてないじゃないですか」

「東京ではな。地元じゃ吸ってねえからいいんだよ」

「それじゃあやめたことになんないし、意味ないじゃないですか」

「意味はあんだよ」

「どんな？」

「東京なんかもともと空気きたねえんだから、せっかく禁煙してんのに煙ずっと吸わされてんのと変わんねえじゃねえか」

「極論でしょそれは」

「だったら煙草のんでも一緒だし、肺にきたねえ空気とりこんで気分わりい思いするくらいなら、てめえで選んだ銘柄の煙も吸ってすっきりしたほうがましだろ」

「だから吸いまくってるってこと？」

「そう」

横口健二はあきれて鼻を鳴らした。この調子では、なにを言ってもこちらの理屈はあっさりはねかえされてしまいそうだ。いつでも翻意させられる自信があるせいか、沢田龍介は色よい返事の催促を中断し、いかにも余裕そうに両肘をついて「てめえで選んだ銘柄」をくゆらせている。

経験ゆたかなヤクザ者とのかけあいをコントロールするなど至難のわざだ。どのみち見すかされているのだろうから、素人が小細工したところで無駄な気もする。横口健二は「まあいいや」とつぶやき、心持ちをあらためて沢田龍介との会話をリスタートさせた。

「沢田さん」

「あ？」

「さっきの件だけど」

「おお」

「雑誌さがす手つだいって、仕事なんですよね？」

「そうだよ」

「なら報酬は？」

反社会的勢力どまんなかの男をにやりと笑わせてしまった。要するにそう、ふんぎりがつくかどうかはどのつまりは金しだいという話なのだ。警戒をゆるめだし、途端に食いついてきた転落男の心境をすみずみまで見とおすかのようなまなざしを向け、沢田龍介はこう言いきった。

「出るに決まってんだろ」

「どんくらい？」

「今のおまえにとっちゃ悪くない額なんじゃねえの」

「悪くない額」

「返済のたしにはなるだろ」

「どんくらいすか？」

沢田龍介はセブンスターの火を冷めきった緑茶で消し、そのまま吸い殻じたいを手ばなすと、右手のひとさし指だけを立ててるしぐさをしてみせた。これはいっぽんというサインだろう。横口健二はにわかに血のめぐりがよくなるのを感じながら訊いた。

「え、一〇〇〇万？」

「おまえ本気でそう思うの？」

「ちがうんすか？」

「バカじゃねえの、桁いっこ多いんだよ」

「一〇〇万か」

「ありがたいだろ」

もちろんありがたい。泣けてくるくらいの感激をおぼえて、顔がほころびるのを隠せなくなっている。

一〇〇〇万ならありがたいどころではなく、至福のきわみだったろうが、とはいえ額が額だけに、そこでめでたしめでたしとはならない不穏な先ゆきも見えかくれする——やがてなんらかの裏がある気がしてきて、犯罪のにおいというやつを嗅ぎとらずにはいられず、こわくなって金銭の受けとりを躊躇することにもなりそうだ。実情がどうであれ、執行猶予期間中の身にとってそれは避けるのが賢明の展開ではある。

その意味で、一〇〇万という金は絶妙と言える額だ。どん底でほそぼそと暮らす転落民にとって、強い現実味とほどよい安心感を同時に抱かせる悪くない高額報酬ではある。

「わかりました、やりますよ」

「ならこれで決まりな」

結果はとうに見えていたというおちつきはらった

態度で、沢田龍介はそう応じた。その表情は、退屈と疲労をどっといっぺんに感じているかのような陰りもおびており、依頼を承諾したばかりの人間に若干の気がかりをもたらした。

　このうっすら漂ういやな空気はなんなのだろうか。ちょっと頭を冷やして考えを整理するべきかもと思い、横口健二はトイレに立ちかけたが、「おいこら話まだ終わってねんだから座っとけ」という声が飛んできたためあきらめざるをえなかった。

「おまえこれ、ひきうけた以上は説明ちゃんと聞いて頭にたたきこんどけよ。でねえとしゃれになんないっつうか、場合によっちゃいろいろ厄介なことになっちまうからな」

　沢田龍介は今度は妙にすごみのある顔つきを向けてきている。なんで今になってそんなこわい顔すんのよ冗談でしょ。そう言いかえしたいところだが、本性をあらわしかけているのかもしれない無慈悲（むじひ）な現実から目をそむけたい一心で、横口健二は自分自身に言いきかせるみたいに「大丈夫ですよ大丈夫」と強調した。

「ちっとも大丈夫じゃねえよ。説明は今からすんだから黙って聞いとけ」

　胸にずきんと痛みを感じつつ、横口健二はこわごわこう訊いてみる。

「え、だったらさっきの説明は？」

「さっきのは予告篇。今からすんのが本篇」

　横口健二はすぐには二の句がつげない。こんなときまで映画っぽく言うのはやめてほしいと思う。二秒くらいして出てきたのはこのような返答だった。

「ああ、そういうことね」

　これまでの経験上、そういうことであるのはじゅうぶんに予想できたはずだ。が、目の前にぶらさげられた餌に意識をとられ、いつの間にか注意が薄れてしまっていた。

　ここでようやくにして、沢田龍介はつれの女性とのコミュニケーションをとった。彼がうしろを振りむいて片手をさしだすと、立ちどおしの黒ずくめレディーはコートの内側からＡ４サイズのクリアファイルをとりだした。が、ふたりのあいだでかわされたやりとりはそれだけだ。

「あのちょっと、沢田さん――」

沢田龍介はクリアファイルを床に置いてスマートフォンを手にし、着信したばかりのメールだかメッセージだかに目を通しているところだ。横口健二はさらに問いかける。

「沢田さん、ちょっといい？」

「なんだよ」応答はしたものの、くまモンみたいなヤクザ者は視線を液晶ディスプレーに落としたままだ。

「彼女はどういう？」

「彼女？」

「そこにいる――」

「ああ、はいはい」

「沢田さんの下で働いてるひと？」

「おれの？　ちがうちがう」

「あれ、ちがうんだ。ならプライベートなおつきあいのひと？」

「ちがうって」

「そうなのか、わかんないや」

「それも順追って説明すっから」

「え、こみいった関係ってこと？」

「だから順追って説明するっつってんだろうが」

「でもいま訊いてるんだから、先に教えてくれたっていいじゃないですか」

「にしたって順序があんだよ」

「説明の順序？」

「ああ」沢田龍介はやっと顔をあげ、目をあわせながらそう答えた。

「それって仕事の話？」

「そうだっつってんだろ」

「じゃあ彼女、仕事に関係あるひとなの？」

「関係あるもなにも、発注元だから」

「は？」

「わかんない？　発注元ってのはおまえの雇い主ってことだろうが」

●

今から話す内容を決して口外してはならない。

善意の協力者にもらすのも禁物であり、ある程度の事実確認が必要になる場合でも、雇い主にまつわる情報は絶対だれにもあたえてはならない。

　仕事じたいは一冊の映画雑誌を手に入れるというだけの、なんてことのないものだが、おおっぴらな行動はつつしむべし。

　原則として、特定のひとびとにいっさい勘づかれずにやり遂げなければならない使命であり、秘密厳守のルールをうかつに忘れることは、文字どおりの命とりになりうると肝に銘じておくといい。

　これらはすべて仲介役を通して伝えられた雇い主からの指示であるため、やぶってしまえば当然ながら報酬は一銭も出ない。

　その仲介役は、海上警備が今日ほど厳重でなかった時分、うちの上部団体と長らく密輸品の洋上取引をおこなっていた相手だが、四、五年ぶりに連絡がきて今回の依頼が持ちこまれたすえ、下部団体たるこちらへ面倒な仕事がまわされてきたという次第だ——このように前もってことわったうえで、沢田龍介はつれの女性の紹介に移った。

「彼女は仲介役の海上密輸ルートを通じて北朝鮮からきた使いのもんだ。それ以上のことはおれは知らん。名前も歳もなんも聞いちゃいねえから」

　急にあたりがまぶしくなり、やけに白っぽく見えているが、瞳孔がおかしくなったわけではなさそうだ。謎の女性の正体があまりに意外だったせいで、頭がからっぽになってしまったようだと横口健二は自覚する。黒マスクで下はんぶんを覆っている顔がこちらへするどい視線をそそぎ、値ぶみでもしているんじゃないかと気が気でなくなるが目をあわせられない。からっぽだった頭のなかでは、メディアを介して蓄積された北朝鮮にまつわるさまざまな先入観が嵐となって吹きあれている。

　が、いつまでもびびって凍りついているわけにはゆかない。いっぺん息を吸いこんだ横口健二は、おのれの狼狽をごまかすつもりでまずは目の前のマグカップに手を伸ばした。

　冷めきった緑茶で喉をうるおそうとしたところ、吸い殻が浮いているほうだと気づいてあわてて別のカップに持ちかえることになったが、たったそれだけのあいだに早くも飲む気じたいが失せてしまった。時間かせぎの手段はもうない。なにか言わねばと思い、口から出たのはこんな質問のみだった。

「脱北者ってこと？」

「んなわけねえだろ」

「あ、そうなんだ」

「使いのもんだっつってんだろうが。用事が済んだら向こうに帰んだよ」

「映画雑誌が手に入ったらってこと？」

「そう」

「あの、よくわかんないんすけど、それだけのためにわざわざ日本にきたわけ？」

「だろうな」

「雑誌一冊買って帰るだけだったら、こっちにいる同胞のだれかに探すの頼んで送ってもらったほうが手間かからない気がするけどな。密入国がばれる心配もないし、リスクも少なそうなのに――」

「あえてそうしねえんだから、不都合な事情でもあんだろ」

「ああそうか、あえてなのか」

「あたりめえだろ」

「でも、なんのために？」

「さあな。こっちも下請けでしかねえし、なにもかも聞いてるわけじゃねえからな。そのうえで言えばだが、身内に動向がばれねえようにそうとう気い使ってんのはたしかだな」

「だれがですか？」

「彼女を日本によこしたボスが」

「どういう立場のひとなんですか？」

「知らねえよ」

「向こうの犯罪組織？」

「ちがうと思うな。情報がさっぱりもれてこねえし妙に手がこんでっから、もっと上のほうだろ」

「軍とか党の幹部？」

「そのへんだろうねえ」

「身内っていうのは？」

「そら必然的に、軍とか党の、ほかの幹部連中ってことになんだろ。権力闘争とか日常茶飯事だろうし、手柄のとりあいでもやってるさいちゅうなんじゃねえか」

「なんかどっかで聞いたような話ですね」

余計なことぬかすんじゃねえとでも言いたげに、

沢田龍介はふんと鼻を鳴らし、セブンスターをくわえて間をとった。昨今たびたびお家騒動が持ちあがっているなどと、実話系週刊誌のネタにされることが多く、実際に内紛つづきらしい広域組織において、三次団体会長という名の中間管理職をつとめる男の苦労が察せられる。

「でも、軍とか党の身内にばれないように動かなきゃなんないんだって言われても、正直ちょっとぴんとこないな。そんなに身ばれしないように気を使わなきゃいけない感じなんですか？　日本にきてまで？」

「それは絶対って条件だ」

「日本に入っちゃえば、知りあいがあっちにもこっちにもいるわけじゃあるまいし、そこまで慎重にならなくても平気だろってことにはならないのか」

「そういうのはな、連中の持ってる情報網がどの程度のもんかによるわけ。で、お使いをよこしたお偉いさんがやたらとぴりついてるってことは、かなりあてになる網を張りめぐらしてあるってわかってるからだろ。仲介役からも、どうしてもっつう必要がなきゃ新大久保とかに飯食いにつれてったりすんなって釘さされてるくらいだからな。総聯（そうれん）の近辺なんかはもちろん立ち入り禁止。在日の人間が大勢いるようなエリアには近づかせんなと。北でも南でも、どっちのやつらとも接触は避けて、どこでだれに見られてるかわからんから外いるときはつねに警戒しとけとさ。それと出歩くあいだは、北朝鮮からきたってばれないような格好させて、他人と会話もさせんなって言われてるわ」

「沢田さん」

「あ？」

「それで彼女にあれ、黒マスクとかつけさせてんの？」

「YouTuberとかってこんな感じだろ。服もバッグも、向こうの人間だってばれないようなのをおれが買ってやったんだよ」

　まっとうな社会貢献を果たしたとでもアピールするみたいに、得意げな物言いで沢田龍介はそう応じた。あるいはおのれの趣味のよさを誇っているようでもある。

そんな五〇すぎのヤクザ者は放置し、北朝鮮からの使者へ視線をやってみると、彼女はいつしか音もなく部屋のすみっこでしゃがみこんでいた。ずっと立ちどおしだったから、さすがに疲れてきてしまって座ったんだろうなと思い、横口健二はひとごとながら少しほっとした気持ちになる。頭を横に傾けているが、眠っているわけではなく、かたわらにある本棚にならんだ背表紙を眺めている様子だ。

「彼女、日本語は話せるんですか?」

ふと気になり、横口健二は声をやや低めて沢田龍介にそう問いかけた。

「わからん、しゃべったことねえし」

「今までひとことも?」

「ああ」

「声も聞いてない?」

「どうだっけな、そういや聞いたおぼえねえな」

「でも、日本語の読み書きなんかはできるわけでしょ」

「そらそうだろうな。じゃねえと雑誌みつかっても文章読めねえし」

「しかし名前がわかんないのは不便だな。呼びかけるときはどうしたらいいんですか?」

「向こうの人間だってばれちゃなんねえから、ハナコとでも呼んでりゃいいだろ」

「え、ハナコ?」

「ハナコでいいだろ別に」

「ハナコかあ」

「問題でもあんのかよ」

「だってハナコって、偽名ですって言ってんのと変わんないみたいで、逆にあやしくないっすか?」

「知るかよ。だったらおめえが考えりゃいいだろ」

言われてためしに頭を働かせてみたが、どれも違和感がぬぐえずロに出せるほどのものではない。思案するうちにひとつ重要なことに思いあたり、横口健二はそれを沢田龍介に訊ねてみる。

「つうか彼女、パスポートとか身分証は?」

「持ってねんだよ」

「え、そうなの」

「ああ」

「こういうときって、偽造のやつとか持ってくるものなんじゃないんですか？」

「ケースバイケースだろ。経費削減とかな」

「ほんとに？　でもそりゃまずいでしょ」

「ああいや、今回はその手配もうちが持つって話だったか——面倒くせえなもう、別になくたっていいだろそんなもん」

「いやいやそれなきゃ駄目でしょう。なかったら出歩けませんよ。急いで偽造のやつ、彼女に持たせてあげてください。ばれちゃいけない相手が増えて、ますます厄介なことになっちゃうじゃないですか」

　沢田龍介はずいぶんのんきな態度をとっているが、道端で警察に職質でもされたらそこでなにもかもおしまいになってしまうのだ。下手をしたら、密入国者の関係者と見なされ、こっちの執行猶予もとりけされかねない事態だと思い、横口健二はひどくあせりだしていた。

「それもそうか。だったらなんとかするわ、しち面倒くせえけど」

「頼みますよ。でないとおれマジ無理ですよそんなの」

「わかったよ、わかったってば」

「偽造パスポート、ここに持ってきてくれるまでおれ動きませんから。それでいいですよね？　身分証なんもなしで歩くとか、あぶなっかしくて仕事どころじゃないですから」

「ああ健二くん、あいにくそれは許されねえんだわ」

「それってなにが？」

「仕事はすぐにとりかかんねえと間にあわねえんだわ」

「なにに？」

「期限に」

「え、これ期限つきなの？　いつまで？」

「二七日までにだから、三日後か」

「はあ？　マジなのそれ？」

「マジなんだわ」

「ちょっと待ってよ沢田さん、今もう二四日の夜中だよ？　二七日までって実質的には明日と明後日しか探す時間ないってことじゃん。そういうことでしょこれ」

「二日もありゃいけんだろ」

「簡単に言わないでくださいよ。そっちの事務所のひとらが数人がかりで探しても見つけられなかったのに、おれひとりで二日でやれってどういうことよ。無理に決まっててんじゃんそんなの」

「きいきいきいきいうるっせえっつうの。んなもんしょうがねえだろうが。おれだって上から押しつけられて我慢してやってるわけ。おめえもいっぺんひきうけたんだったら、ガキみてえに泣きごと言ってんじゃねえよ」

沢田龍介は短くなった煙草をくわえてぎりぎりまで吸いこんでから燃えさしを緑茶のなかへ落とし、顔ぜんたいがまっしろく覆われるくらいに煙をぶはあと吐きだした。さながらやけ酒でも飲んでチクショーと愚痴をこぼしているかのようなふるまいだ。

五〇すぎ男のそんな姿を見せられ、出ばなをくじかれたみたいな心地にさせられた横口健二は反対にだんだん冷静になっていった。

「沢田さん」

「あ？」

「彼女、いつから日本にいるの？」

「うちにきたのは節分だな」

だとすると、少なくとも二〇日間はまるまる雑誌の探索にあてることができたわけだ。いくら異業種のひとの手によるとはいえ、それほどの日数をついやしても探しだせなかったとなると、単純そうな見かけにだまされてはならない難問に直面していると覚悟せざるをえない。

「彼女をひきとってから今まで、どういうところあたって探したんですか？」

「いろいろあたったな。古本屋の業界団体みてえなところの役員とまず会って、そいつに紹介された何軒かの店の在庫あらいざらい調べてたら、それだけでえらい時間かかっちまったわ。メルカリだのヤフオクだのも見てるがさっぱりだな。雑誌じたいの名前がわかんねえっつうのが致命的で、八方ふさがりよ」

「関係者さがしのほうはそっちでつづけるんですよね？」

「翻訳者はな。編集者は駄目くせえわ」

「肝心の記事のもとの原稿も、その翻訳者が保管してるっていうのはたしかなんですか？」

「わからん、単なる期待だ。もとの原稿か雑誌のどっちか、そいつが持ってる可能性はあるからな。それに賭けるしかねえだろ」

「日本人なんですか？」

「みたいだな」

「なんてひとですか？」

「今間真志」

「今間さんですか。あんま聞かない名字だから、割とすぐに見つかりそうですけどね」

「と思うだろ、しかしこいつもまったく手がかりねんだわ」

「何語から訳したんだろうか。北朝鮮がらみってことは、原文はハングルなんですかね」

「確定ではねえが、おそらくそうだろうって仲介役が伝えてきたっつうから、こっちもそのつもりで進めてる」

「筆者名は？」

「ひっしゃめいってなんだよ」

「その、探してる映画評論記事じたいを書いたひと、筆者の名前ですよ」

「ああ書いたやつか。ええと、なんだっけな。あれ、おまえファイルって見たんだっけ？」

「いえ、まだ見せてもらってませんよ」

「なんだよだったら早く言えよ、先頭のページに書いてあるよそいつの名前」

「原文が何語なのかは書き手の名前からも推測できますよね。母国語じゃないかもしれないから、一〇〇パーではないけど」

先ほど受けとったあと、そのまま床に置いてほったらかしにしていたクリアファイルを沢田龍介は手にとり、「ほらよ」と言いつつそれをこたつ板のうえに載せた。ページごとに雑誌記事が印刷されたA4サイズのコピー用紙の束が透けて見えるが、意外ながらぱっと見でも、雑にあつかわれたことをうかがわせる形跡が認められる。

束をとりだしてみると、ところどころにやぶれたりしわくちゃになったりした跡がくっきり残っており、どういう経緯でこうなったのかと想像をかきたてもする。一枚目に記載されているタイトルは「アルフレッド・ヒッチコック試論」とあり、筆者名は「金有羅」となっている。

「書いたひとは金有羅って名前だから、やっぱり原文はハングルっぽいですね」

「だろうな」

「でもなんでこれ、こんなにぐちゃぐちゃなんすかね。切れはしだけのページもあるし、いったんごみ箱にでも放られてたのをひろって、一生懸命しわ伸ばしたみたいになってるじゃないですか」

「実際そうなんだろ。そのせいでページが何枚も抜けて全部読めなくなっちまったから、日本に使いのもんを送りこんでもとの雑誌さがす羽目になったんだろうからな」

誌面は二段組のレイアウトで構成されている。タイトルと筆者名のある一ページ目からは、こんな文章が読みとれた。

ここで要約した『下宿人』のドラマ展開において注目すべきは、登場人物が階段をのぼることによって直面するおそるべき事態であり、二階の部屋において起こったいくつかの例外的な出来事である。それらを整理してみると、「喪失」「発見」「変化」というみっつのキーワードで言いあらわすことができる。

すなわちヒッチコック作品において、謎は二階にあり、階段はサスペンスを生む。ヒッチコック・タッチと呼ばれるスタイルの、最大の特徴のひとつがこれである。

アルフレッド・ヒッチコックの監督作を網羅的に分析した評論記事のようだが、これを北朝鮮上層部の人間が探しもとめる理由は皆目わからない。せめてハナコと会話ができればなにかつかめるかもしれないのだが——そう思い、部屋のすみっこへ視線を向けてみると、黒マスクをかけた横顔はなおも本棚の背表紙を眺めているところだった。とっさに「ハナ——」と声が出たが、その名を本人が認めたわけではないと思いあたり、横口健二は最後まで言いきらずに口を閉ざしてしまった。

●

二〇一八年四月二七日金曜日、南北の最高指導者どうしによる一一年ぶりの政治交流が板門店「平和の家」でもよおされた――関係の融和のみならず、朝鮮半島における新時代の幕開けを印象づけたこの首脳会談を機に、両国の外交当局ならびに情報当局のあいだでも各種の連携がはかられることになる。

そうした包括連携の推進は、会談後に共同発表された板門店宣言における合意内容の履行に向けた、新たな協力体制構築の一環に加えられる。と同時に、六月初旬に予定されている、史上初の米朝首脳会談を実現にこぎつけるための事前準備のとりくみでもあった。

当の南北合作は、朝鮮半島内にとどまらず、両国の内外で活発に進められてゆく。

約四八万人の韓国・朝鮮系住民が暮らす隣国日本もその舞台のひとつとなり、公式・非公式両面にわたる接触の場が東京都内を中心に幾度となくもうけられた。通常は、定期的な情報交換として現場担当官どうしが所定の場所で顔をあわせるかたちをとるが、重要な政治日程を間近にひかえた時期や不慮のアクシデントが発生した直後には臨時のミーティングもまたたびたび開かれた。

情報当局間の非公式接触が東京都内で定期的におこなわれることが決まり、その第一回が実施されたのは、二〇一八年五月五日土曜日の新宿だった。密会の場には、どちらの政府とも特別な縁のない、新宿区歌舞伎町の靖国通り沿いにある地下一階地上八階建ての商業ビルが選ばれた。同ビル一棟まるごと店舗としているカラオケ店ソナタの一室が、現場担当官らが秘密のやりとりをかさねるための会議室として利用されることになる。

カラオケ店ソナタはクレジットカード決済によるオンライン予約が可能であることから、入退店時にフロントで長々と時間をとられずに済む。だれかひとりが受付の従業員と接して伝票の受けわたしをおこなうだけでよく、それを受けもつのは利用者本人ではなく代理の者でもかまわない。

個室の利用開始時刻は午後九時、利用時間は基本的に一時間と設定するが、場合によっては延長もありうる——その時間内に、予約の際に指定した部屋で現場担当官らが落ちあい、極秘情報を交換し共有するとりきめが両国の当局間で結ばれている。

　五月五日になされた初回の密会は、担当官どうしの初顔あわせの機会となった。午後九時をまわり、三階の三〇八号室へ最初に入室したのは南側の担当官だ。その数十秒後、北側の担当官がやってきて同室のドアを開け、両者はご対面となった。他に出席者はいない。

　担当官はふたりとも女性だった——当局間での申しあわせがあった人選ではなく、任命されたのがいずれもたまたま三〇代なかばの女性職員であった、というのが実情だ。

　南側の担当官は韓（ハン）、北側の担当官は金（キム）とそれぞれに名のった。韓の肩がきは駐日大韓民国大使館二等書記官、そして金のほうは在日本朝鮮人総聯合会中央本部の宣伝局に属している人間である事実が、双方の情報当局には伝わっている。

　二国間で種々のレベルでの連携と協力体制の構築が推しすすめられてゆくなか、カラオケ店ソナタでの情報交換に課された目的は端的に、危機事案の早期把握につきている。南北両国はもちろん、警戒の範囲を日本国内までひろげつつ、各々の監視網にかかった反動分子や不審動向をいちはやく共有し、脅威の排除につなげるのがそのねらいだ。

　歴史的な関係改善をだれもがこぞって歓迎しているわけではないのは周知のとおりだった。一一年ぶりとか史上初といった規模で国際情勢がおおきく動けば、環境の一変によって立場を失う既得権益者が一定数あらわれるためだ。そのことから、南北ないしは朝米の融和阻止をもくろむ反発勢力はいたるところに存在すると見られている。

　反発勢力が起こしうる行動は大小さまざまなかたちが考えられるが、なかでも首脳交渉の決裂をはかって仕かけられる、深刻な人的被害をおよぼしうる実力行使の可能性に最大限の注意をはらわなければならない。

　どこで突発するか知れたものではないはねっかえりの暴走を未然にふせぐには、あらゆるリスクの芽をあらかじめつんでおく必要がある。朝米首脳会談を実現にこぎつけ、会談後の両国関係を良好に保って対話を継続させるうえでも、高度かつ万全な警戒監視態勢がもとめられる。そのためには、公式の外交やハイレベル協議にとどまらない、当局間の定期的な情報交換が不可欠となる。

五月五日になされた初回の密会は、午後九時五五分に終了した。

五五分前は愛想がなく、冷徹なまなざしを向けあうばかりだったふたりだが、三〇八号室を出る間際はたがいにいくらか表情がほぐれ、握手をかわしてわかれている。受付伝票がはさんであるホルダーは金が手にし、先に退室して一階のフロントまで持っていった。残った韓は室内のチェックをおこない、二分ほど遅れて部屋を出てゆくことになる。

配膳されたドリンクにはふたりとも口をつけておらず、二本のマイクとデンモクにも指いっぽん触れていなかった。

毎回これではかえって悪目だちして、従業員にも妙な客として記憶されかねない。ドリンクを飲むかどうかはともかく、ここにいるあいだはあえて何曲か流し、歌を楽しむふりくらいはしてみてもいいかもしれない。

おなじ場所での二度目の接触のおり、韓がそう伝えると、金はとりたてて難色を示すことなく同意をかえした。そのときデンモクに表示されていた楽曲は、BLACKPINKの「AS IF IT'S YOUR LAST」だった。

●

顔をふせた状態で目ざめたとき、横口健二がまっさきに思ったのははやべえの一語だった。背中がまるまって右のほっぺたがこたつ板にはりついているから、どうやら座ったまま居ねむりしてしまったようだ——ということは、沢田龍介としゃべっている途中に睡魔に襲われてしまったわけかと悟りつつ、目もとをこする。

いったい何時だろうか。室内はまっくらだが、羽ぶりがよかった頃に買った巨大な遮光カーテンが時間帯を問わず陽ざしをさえぎってくれるので早合点してはならない。

床にころがっていたiPhone SEをひろいあげるや、時刻表示よりもまず目をひいたのはLINEの新着通知だった。いやな予感がして、ただちにロックを解除しLINEアプリを起動させてみる。つづいてトーク欄を開いてみれば、なあんだと脱力させられただけだ。

送り主はこたつの反対側にいるはずと思われた沢田龍介だった。LINEでわざわざメッセージをよこしたということは、こちらが眠りこけているあいだに彼は新潟へ発ってしまったのかもしれない。五〇すぎのヤクザ者が、スマホにぺたぺた打ちこんで送ってきたのは結局のところ、映画の仕事にまつわる駄目おしの指示だった。

「とにかく目だつのは厳禁だ。北も南も、どっちの連中にも絶対ばれねえように動け。警察と出くわしてもおどおどすんな。進捗の具合はちょいちょい連絡いれて知らせろ。スペシャルサービスで、おれのポケットマネーから先ばらいしといてやるからブライダルオナニーは休暇とってこっちの仕事だけフルタイムでやれ。さぼんじゃねえぞ。条件はどれも厳守だ」

有無を言わさぬ指図の列挙には今さら驚かないが、「ポケットマネーから先ばらい」なる魅惑のフレーズを読みとって横口健二はにわかに浮ついてしまう。まさか一〇〇万円全額を置いていってくれたということか。

さすがヤクザだ気前がいいと心がはずむ。札束をひと目おがみたくなり、いてもたってもいられずiPhone SEのフラッシュライトを点灯させてみる。

するとその拍子に、幽霊が照らしだされたのかと錯覚し横口健二はどきりとなる。映写機により投影されたイメージさながらに、黒いコートにくるまれた女性がすみっこでうずくまってじっとしている姿が白壁の前にぼんやりとあらわれていたからだ。

「あ、ごめん」

まぶしそうに目をほそめているハナコににらまれた気がしてしまい、あわててLEDを手でふさいで暗闇にもどしてやる。そういやふたりでペアを組むんだったと横口健二は思いだす。二月二七日水曜日までの残り三日間、おれはこの北朝鮮人女性と行動をともにして一冊の映画雑誌を探しださねばならぬのだ。

不意を衝(つ)かれたおかげで動悸(どうき)がいっこうにおさまらない。明かりを一瞬つけるくらいは許してもらえるかなと考えるが、またにらまれそうな気がして腰がひけてくる。こんなときはどうしたもんかと、いつまでも逡巡(しゅんじゅん)をかさねてしまうばかりで次へ進めない。

そうこうするうち気づけば朝になっていた。iPhone SEのロック画面を見やると「7：27 2月25日月曜日」と表示されている。あと三分で毎朝の起床時刻だ。

なさけないことに、ハナコにどう接したらよいのかなおも方針がさだまらない。外国からのお客様なのだしそっとしておいて、寝たいだけ寝させてやるか——そんなふうに思ってしまうのは、予想されるカルチャーギャップと世襲独裁国家への先入観に尻ごみし、適切なコミュニケーションをとる自信がないためでもある。

それにしても、肝心の前金はどこなのか。沢田龍介が「ポケットマネー」を置いていった場所がわからない。

こたつ板のうえにはふたつのマグカップとクリアファイル以外になにも載ってはいない。iPhone SEをこたつ周辺のあちこちにかざし、液晶ディスプレーの薄明かりで照らしてみるが、札束らしきものはやはりまるで見あたらない。

仕方がないので横口健二はクリアファイルを手にとっておもむろに立ちあがる。しばらくトイレにこもり、雑誌記事の内容をチェックすることにしたのだ。

白馬荘のこの二〇三号室のトイレは幸い洋式に改装されている。といっても、和式トイレに簡易洋式便座をすっぽりかぶせたかたちばかりの代物であり、足腰が悪かったのであろう前住人の置きみやげらしい。そこに腰をおろし、クリアファイルの中身をとりだしてしわだらけの紙の束を膝のうえでとんとんしようとしたところ、軽いサプライズが待っていた。まとめた紙の隙間(すきま)から一〇〇〇〇円紙幣が数枚すべり落ちてきて、個室の床に散らばったのだ。かぞえてみると五枚ある。

これが例の「スペシャルサービス」か。五〇〇〇〇円というのは切りのいい数字だし、当座の生活費としても申し分ない額だ。「先ばらい」ということは諸経費を別途支給してくれたわけではないのだろうが、なんにしても現金はありがたい。

五〇〇〇〇円を手にして胸が躍り、成功報酬としてさらに九五〇〇〇〇円を受けとれるのかと思うと眠気がきれいさっぱり吹きとんだ。横口健二は紙幣をちいさく折りたたみ、それをチノパンのポケットにしまうと中断していた作業を再開した。

切れはしのみになっているページもふくめれば、使用ずみのコピー用紙は全部で一五枚ある。もともとの枚数は何枚だったのだろうか。雑誌のコピーなのだから、ページの下のほうにノンブルが印刷されているはずだ。

先頭ページの最下部には「16」と記されている。次に残りの一四枚を見てゆくと、そのなかで最もおおきい数字として確認できたのは「39」だった。つまり少なくとも、掲載誌の一六ページから三九ページまではこのヒッチコック論が占めていたことになる。

雑誌じたいの総ページ数が不明であり、映画評論記事の一般的なあり方やら掲載上の慣習やらがわからぬため、二四ページという分量をどう解釈したらいいのか見当がつかない。以前に数回きりだが新作レビューを映画誌に寄稿したことのある立場からすると、そうとうな文字数の原稿ではないかという印象を受ける——が、巨匠のフィルモグラフィーを見とおす本格的な評論文ととらえれば、それはふつうの部類なのかもしれないとも考えられる。

いずれにせよ、「39」がこの記事のラストページにあたるわけではなさそうだ。文章が次ページにまたがっているので「40」にもおなじ記事が載っているのは確実だからだ。

抜けているページがかなりあり、ノンブル部分がちぎれていたり下はんぶんがごっそりやぶれてなくなっている破損ページさえ見うけられるから、当の論文があとどれだけつづくのかを判断するのもむつかしい。ただし、文面をざっと見くらべてみたかぎりでは、下はんぶんがやぶれている破損ページに複写されているのが記事終盤であるように思われないでもない。そこにはたとえばこう書かれている。

> これが、『ファミリー・プロット』における決定的な「変化」の場面だ。ヒッチコック作品にくりかえし登場するニセモノ的存在がかつて一度も果たしえなかった、階段をのぼることによる「変化」が、「発見」とともにここでたしかに遂げられたわけだ。

なんとなく、議論がクライマックスに達しつつあることをうかがわせるような一節だ——横口健二はそう読みとる。

一九七六年に発表された映画『ファミリー・プロット』は、アルフレッド・ヒッチコックにとっての遺作だから、最後にとりあげて論ずる対象としてはこのうえなくふさわしい作品でもある。自他ともに認めるヒッチコックの実質的デビュー作たる監督第三作『下宿人』を冒頭で論じ、おしまいに『ファミリー・プロット』という流れなのだとすれば、やはりこれがラストページである可能性が高い。

ならばと思い、横口健二は紙の束をひっくりかえし、ふたたび先頭ページと向きあってみる。読みすすめてみると、今度は論考ぜんたいの要旨が説かれていると思しき箇所にゆきあたる。それはこんな内容だ。

> ヒッチコック作品のたいはんにおいて、階段はサスペンスの契機となる重要な装置として機能している。屋内外を問わず、ありふれた姿でヒッチコックの諸画面におさまる階段は、その昇降通路としての本分を決して逸脱することなく、いくつかの特異な効果を発揮してドラマの展開を活気づけていることが具体的に確認できるのである。それはイギリス時代の初期監督作から遺作となった『ファミリー・プロット』〔76〕にいたるまで一貫している。

なるほどそうなのかと素朴に感心し、次のページに移ってみるが、あいにくコピー用紙の上はんぶんがやぶれていてつづきが読めない。「17」とノンブルがふされた同ページ内で解読できたのは、イギリス時代後期の名だかいスパイ・サスペンス作を論じたこの部分だけだった。

では、装置としての階段じたいは、『三十九夜』においてどのような役割を果たしていただろうか。ヒッチコック作品において、登場人物たちが階段を降りる際、彼らは決まってある種の緊張状態に置かれている。『三十九夜』においてもそれは同様だ。

たとえば物語の前半、ロバート・ドーナット演ずるリチャード・ハネイはスパイどうしの争いに巻きこまれ、敵役に見はられている共同住宅から逃げだそうとする。

だが、二階の部屋から階段を降りて外へ出ようとするハネイは、最後の段へと足を運ぼうとしたとき、通りをうろつく敵のスパイをドアのガラス窓ごしに、見つけたことにより、その場で動きをとめられてしまうのだ。

つまりハネイは、一時的に逃げ道を失い、階段の途中にとどまらざるをえなくなったわけであり、ここで彼は、文字どおりの宙づり状態（サスペンス）に陥ってしまったと見ることができるのである。

読んでいるうちにはっととなり、横口健二は顔をあげた。あやうくまた、ハナコの存在を忘れてしまうところだった。現在時刻をiPhone SEで確認してみるととっくに八時をすぎている。

ダイニングキッチンとの仕きりの引き戸を開け、おそるおそる居室へ入ってゆくと、薄暗い室内のすみっこでちいさな明かりがともっている。夜来おなじ場所に座りどおしのハナコが片手に握っている、スマートフォンの画面がその光源らしい。

北朝鮮から持ちこんだ機種なのか、日本で渡されたものなのかはぱっと見ではむろん判別しようがない。なんらかの長文に読みふけっているかのように彼女は手のひらのなかの光をただじっと見つめている。

視線を移しかけると、嘘みたいに白くすらりと浮かびあがる輪郭が視界へ飛びこんでくる。マキシコートに覆われ、ついさっきまでずっと陰に隠れきっていた下肢（かし）が、右脚だけ腿から下があらわになっていたのだ。はからずも見えてしまったそのふくらはぎに横口健二は動揺し、思わず「あ」などと声がもれるのを抑えられない。

　とっさに目があったものの、ハナコはとくだんの反応を示さなかった。こちらをいちべつするのみで、彼女の瞳はスマホへもどってしまった。

　対して横口健二は、もうじき四〇だというのになんなんだおれはと自嘲せずにはいられない。たかが生足くらいでなにをそんなにどきどきしちまっているのかと、おのれの心のみだれをひたすら恥ずかしく感じてしまっている。

　気をとりなおし、朝の挨拶をと思って口を開きかけるが、とつぜん臀部（でんぶ）に振動を感じて声を飲みこむ。iPhone SEがぶるぶるとふるえ、電話の着信を知らせてくれているようだ。横口健二は逃げるように居室を出て、仕きりの引き戸を閉めた。

　かけてきたのは新潟のヤクザ者だった。受話口を耳にあてると沢田龍介のいかつい声音がいきなり聞こえてきて、体がびくっとなってしまう。

「遅えんだよおまえ」

「え、なにがすか？」

「電話だよ」

「いやおれ、すぐ出ましたよ」

「ちがうわアホ、おまえから連絡がねえっつってんだよ」

「なんの連絡？」

「LINE読んでねえのかよ」

「読みましたよ、既読ついてるでしょ」

「見ただけだろてめえ」

「いやいや読みましたって」

「なんて書いてあんのか言ってみろよ」

「だからその、なんだっけ——」

「言えねえじゃねえか」

「言えますよ、言えますって」

「だったら言ってみろっつってんだよ」

「ええとつまり、目だつなとか、身ばれに気をつけろとか、おどおどすんなとか——」

　そういえば、進捗状況を知らせろとも書いてあったなと横口健二は思いだす。とはいえ今はまだ、朝の八時半なのだ。こんな時間になにを報告することがあるのかと抗議したい気持ちにかられるが、それが通る相手ではない。

「あとはあれですよ、進捗の具合をこまめに連絡しろとか」

「連絡したか？」

「いえ」

「してねえよな」

「してないですね」

「なら読んでねえのと一緒じゃねえか」

「そうなりますか」

「そらそうだろ」

「でも、ほんとに読んだんですけどね」

「あのな健二、こうしろよって、書いてあるとおりにやってねえっつうことは、それ読んだうちに入んねんだよ、常識的に。よくおぼえとけ」

「はあ」

「で、どこまで進んだ？」

進んだことなどなにひとつないが、ここは適当にそれらしくよそおうしかないと思い、記事の内容を頭に入れるところからはじめていると横口健二は報告する。そのうえで、知りあいの編集者と会う算段をとりつけるつもりでいるのだと、いかにも計画的に着々やっていますよといった物言いでくまモンに伝えた。

「何人いんだよ」

「編集者の知りあいですか？」

「ああ」

「連絡とれそうなのはふたりです」

「時間ねんだから、今日中にふたりともあたれよ」

「そうします」

「ひとり会うごとに、どうなったかおれに知らせろよ」

「わかりました」

「すぐだぞ」

「はい」

「で、どうしてる？」

「え、どうって？」

「ハナコだよ」

「ああハナコか」

「どうしてる?」

「今は、スマホ見てますけど」

「飯とか食わした?」

「あ、いや、まだです」

「マジかよおめえ、何時だと思ってんだよ」

たしかにふつうなら朝食をとる時間だと反省しつつ、横口健二は言いわけで応じた。

「すみません。彼女、疲れて寝てるみたいだったんで――」

「今は起きてんだろ」

「ええ、はい」

「だったらなんか食わしてやれよ」

「ですよね、そうします」

「トイレとか洗面所とかは?」

「とかはって?」

「使わせてやったのかって訊いてんだよ」

「あ、それもまだです」

「バカなのおまえ。虫かってんじゃねんだぞ」

「それはわかってますよ」

「わかってねえよ。どうせトイレの場所も教えてやってねんだろうが」

「あ、そっか」

「もっと想像力つかえよ監督。北朝鮮からきてんのにおまえんちの間どりなんざ知ってるわけねえだろうが。生理現象どうすんだよ。ションベン我慢しすぎて病気になっちまったらおめえが病院つれてけよ」

「そういやそうだわ、ぜんぜん駄目ですねおれ」

われながらこれは、気が利かないどころのにぶさではないぞとあきれかえる。こうも鈍感では、外を出歩くうちにいつしかうっかり立ち入り禁止エリアに迷いこんでしまっていてもおかしくはない。

「たるんでんじゃねえよ。なんでおれが客の世話のことまでいちいちおまえに言って聞かせなきゃなんねんだよ」

「面目ないです」

「懲役いっていろいろ学んできたほうがいいんじゃねえか健二くん」

「いや、それだけは勘弁してください」

「二、三年いって勉強してこいや」

「無理です、勘弁してください」

「とにかくな、ハナコの面倒見んのも仕事のうちなんだよ。客のあしらいくらい言われなくてもちゃんとやっとけ」

「わかりました」

「連絡もちょいちょい入れろよ」

「はい、約束します」

「忘れんなよ」

●

横口健二はコンビニへ向かって歩いている。今日やるべきことをあれこれ思案したすえ、いずれにしても腹ごしらえが先決だという結論にいたったからだ。白馬荘から最も近い店舗は、三〇〇メートルほど西へ行ったところにあるローソンだ。

ハナコにはスマホアプリのGoogle翻訳で話しかけ、トイレや洗面所の使い方を伝えて部屋の鍵はかけずに出てきた。彼女をひとり残して出かけるのは不安だったが、しかしどちらかといえば、「どこでだれに見られてるかわからん」状態で買い物や外食をするほうが今は危険がおおきい。

なんだかんだやっているうちに九時をまわってしまった。空腹感も桁はずれだが、それと同時に脳裏では、明後日とさだめられた仕事の期限がちらつきだしていた。三〇〇メートルほどの道のりを歩きつつ、急激にあせりをおぼえだしている横口健二は、この時間がもったいないと考え電話をかけることにする。

相手は知りあいの編集者で、松井律子という名の同年代女性だ——もともとは映画関連書を専門に出していたが、一九九〇年代以降はポップカルチャー全般に手をひろげ、書籍や雑誌やムックの刊行をほそぼそつづけている中小出版社に彼女はつとめている。

編集者に電話をかけるのが朝の九時すぎというのはさすがに早すぎたか。呼びだし音が鳴りだした矢先にふとそう思ってしまったが、松井律子はツーコールで通話に応じた。出版業界も近ごろは朝型が主流なのだろうかと横口健二は軽い衝撃を受ける。

「松井さん、おひさしぶりです」

「え、だれ？」

松井律子は思いっきり気だるい声でそう訊いてきた。こちらから彼女に連絡するのは数年ぶりであり、悪い意味で状況が以前と変わりすぎている。横口健二はみるみる緊張に襲われつつこう訊ねかえした。

「あれ、わかりませんか？」

「ええ、はい」

「画面に通知、出なかった？」

「反射的に電話に出ちゃったんで、表示よく見なかったんです」

「あ、そうでしたか――」

連絡先リストから削除されていたわけではなさそうだと知りひと安心する。とはいえ、先方の言葉づかいはいぶかしげであり、このあと自然に打ちとけてもらえるとはかぎらない。

「それであの、どちら様でしょうか？」

「横口健二です」

声が少々うわずってしまったかもしれない。相手の顔色がうかがえず、ネガティブな想像ばかりがふくらみだす。寒空のもとながらも、執行猶予期間中の男は額や背中にしたたかに汗をかいてしまう。

「え、横口さん？　本人？」

ローソンにたどり着いた横口健二は、店内に入りながら親しみのこもった声で返答してみた。

「そうそう、本人です。じつはちょっとお願いしたいことがあって電話させてもらったんですけど、時間あらためてかけなおしたほうがいいですかね」

「ああいや、平気平気、どうしたの？」

「ほんとに平気？」

「うん平気。お酒飲んでて、寝てないから、あんまり頭まわってないけど」

出版業界は朝型が主流になったわけではないらしい。なんにせよ、話を聞いてもらえそうだと少しほっとした横口健二は、徹夜あけの女性編集者へ手短に用件を説明する。

守秘義務をやぶらぬよう経緯をはぶき、探している雑誌のことだけを伝えてみる。すると松井律子は、かしこまったような声音でこう発した。

「なるほどね」

「今のでわかりました？」

「ううん、ごめん、わかんないや」

「あ、そっすか。もっぺん説明しましょうか？」

「でも、寝てないからね、なんべん聞いても駄目かも」

「それもそうか」

「うん、せっかくかけてきてくれたのに、ごめんなさいねえ」

「こちらこそ、タイミングが悪くてすみません」

「とりあえず、わたしは寝たほうがいいみたいだから、横になるわ。なので、悪いけどまた今度でいいかしら」

わかりました、また今度、とでも言って、いさぎよく電話を切るべきシチュエーションではある――が、これっきりになってしまうのをおそれる横口健二は、望みをつなぐための言葉を無理矢理ねじこむみたいに通話先へと投げかけた。

「松井さん、そしたらあとで、会社へお邪魔しちゃってもいいですか？」

「うちの会社に？　直接？」

「ええ、ご迷惑でなければ――」

「あ、それでもいいの？」

「もちろんもちろん」

「じゃあ、そうしてもらおうかな」

「助かります。何時ごろがいいですか？」

「えっとねえ――三時くらいなら確実かも」

「三時、一五時ってことですね？」

「うん、そう」

「では、うかがうときに電話します」

かくして安堵を味わいつつ、通話を終えようとしたとき、受話口からなおも松井律子の声が響いてきたので横口健二は「え、なんですか？」と聞きかえした。

「国会図書館とか、大宅壮一文庫とかの蔵書はチェックしたのかって訊いたの」

「あ、え、いや」

「だってなんか、雑誌を探してるとかって言ってなかった？」

「言いました言いました」

「なら、ネットでも確認できるから、うちの会社くる前に検索かけてみたら？」

「なるほどそうですね。わかりました、先に検索かけてみます」

「じゃあわたし、とりあえず、寝るわ」

「ありがとうございます、おやすみなさい」

どうなることかとびくつくばかりの電話だったが、結果的には松井律子に連絡したのは正解だったようだと思い、横口健二はふうと長い溜息をつく。国会図書館や大宅壮一文庫の蔵書というのはたしかにまっさきに調べるべきところだった。なのに彼女に問われるまで、そんなことは思いつきもしなかったのだ。

●

白馬荘の鉄骨階段をあがりきり、二〇三号室のドアを開けるや否や、即刻あわてて閉じる羽目となった。黒マスクをとって素顔をさらしている下着姿のハナコと目があい、もうじき四〇の男はまたもや動悸に襲われ恥じいらずにはいられない。

仕きりの引き戸が全開になっていて、部屋の奥まで見とおせる状態になっていたのは不運だった。とはいえ、どのみちこれは自宅だからといってノックもせず、いきなりがちゃりとやってしまったために生じたアクシデントだ。
二、三分のあいだ玄関前にしゃがみこみ、ぽつぽつ降りだした小雨を眺めながら横口健二は待機した。
そろそろいいかなと思い、今度こそノックしたうえでドアを開けてみる。すると横口健二は、いささか驚きをおぼえて思わず「え」などと声をもらして二度見してしまう。

そんな反応になったのは、着がえを終えたハナコの服装が変わらず露出度の高いものだったからだ。ひょっとして、さっき見てしまったのも、これと似たような洋服を着ていたせいで下着姿かと見まちがえただけなのかもしれない。

おのれの趣味のよさを誇るみたいにして、「服もバッグも、向こうの人間だってばれないようなのをおれが買ってやったんだよ」などと得意げに言っていたくらいだから、沢田龍介がコーディネートした結果がこれなのだろう。新潟のヤクザ者もたいがいじゃないか。

　五〇すぎの男が抱くバブル期への郷愁が、はしたないまでにあらわとなったかのような、ボディーコンシャスと呼ばれるタイトなミニのワンピースをハナコは身につけさせられている――よく見なおしてみると、胸もとやおなかのあたりに切りこみが入ったノースリーブの白いドレスのため、余計に下着姿っぽく映ってしまうのだとわかる。客を遇するにあたってこのままでいいはずがない。

　むろん本人自身がこれを着たくて着用している可能性だってゼロとは言えない。だからまず、ほんとうはこういうのじゃない服のほうがお好みですかとじかに問いかけてみなければならないところだが、部屋にあがって至近距離でハナコと面と向かってみれば、そんなことはいちいちたしかめてみるまでもない――んなもん着たくて着用しているわけなかろうがと、彼女の表情がすべてを物語っていたからだ。

　朝食を食べおわったら駅前に出て、露出度の低い無難な婦人服を二、三着ほど買いそろえる必要がある。黒いマキシコートじたいは問題なく使えるので、その内側に着るセーターだのシャツだのパンツだのを購入すればとうめんは間にあいそうだ。

　洋服を買ってハナコが着がえを済ませたら近くのインターネットカフェに入り、国会図書館と大宅壮一文庫の蔵書確認をおこなう。うちにはパソコンがないし、スマホでちまちま検索して充電を減らすよりは、安全な個室にこもっておちついて調べたほうがリスクはちいさかろうという判断だ。

　国会図書館にも大宅壮一文庫にも、それらしい雑誌が所蔵されていないとなった場合にはふりだしにもどる。そうなったら、今のところはふたりの編集者に頼る以外に進めるルートがない。

　松井律子とはアポがとれたから、残るもうひとりにもただちに電話して見とおしを明るくしておくべきかもしれない。ふたりのうちのどちらかが、なんらかの有益な情報をあたえてくれれば新たな道が切りひらかれる。そう信じて接触をはかるしかない。

　お次の相手は宮田ひろしという四〇すぎの男性編集者だ――映画関連の書籍や雑誌や映像ソフトの発行のみならず、ミニシアター系映画の配給事業も手がける出版社に在籍している。

みずから映画評論を書くこともある彼は、横口健二の監督デビュー作を試写会で観て好意的に評価してくれていた。が、その二ヵ月後には作品のお蔵入りが決定してしまったため、当の称賛レビューが世間にひろまることもなかったのだ。

宮田ひろしが勤務する会社の所在地は代々木だ。松井律子のつとめ先がある渋谷とは山手線で二駅という近距離圏内ゆえ、移動による時間のロスが少ないのはなによりだと横口健二は思う。ふたりの編集者よりえられる情報しだいでは、今日じゅうにさらに調査の足を延ばすこともじゅうぶん可能だろう。

宮田ひろしに連絡するのも数年ぶりのことになる。前科もちになって以降はどんなイメージを持たれているのかさだかでないからやはり緊張してしまう。もしかしたら、失望させてしまったという理由により、連絡先リストからの削除どころか着信じたいを拒否されていることだって決してないとは言えない。

その懸念を裏づけるかのように、何度かけても宮田ひろしは電話に出てくれない。ぷるるるという呼びだし音をくりかえし耳にするにつれ、横口健二の心はしぼんでゆき、やがてくしゃくしゃのコンビニ袋みたいになってしまう。

自分自身の精神衛生面を考慮すれば、すっぱりあきらめて忘れてしまうべき局面ではある。だがこれには、一〇〇万円の報酬がかかっているためそうはゆかない。ここは悲観しすぎず、時間をあらためてかけなおしてみるのが賢明であろう。横口健二はそのように頭を切りかえ、ローソンで買った鶏ざんまい弁当を一気にたいらげたのだった。

白馬荘を出る頃には一〇時をまわってしまっていた。ローソンからもどった際に降りだした雨はすでにやんでいた。

あらかじめ玄関ドアをはんぶん開けて外をのぞき見て、通りの模様をうかがっておいた。手はじめに注意せねばならぬのは、ハナコとふたりで部屋を出た直後だ。白馬荘のほかの住人に見かけられるくらいなら問題はなかろうが、大家夫婦に目撃されたらわずらわしいことこのうえない。

男のほうは帰ったのに、女のほうは泊まったとはいったいどういう仲なのだ、とか、わざわざ二階まで訪ねてきて根ほり葉ほり質問を浴びせかねないのがここの大家だ。もしも今日の帰宅時をねらわれたら、そのときは彼女も同伴だから、今晩も泊まらせるつもりなのかと問いただされ、ついでに宿泊料すら請求されかねない。

　そうした次第ゆえ、たかが自宅から出るだけの場面でもひとの目をはばかりそそくさとふるまわねばならず、無駄に神経を使う羽目となる。なんともむなしい気持ちにさせられるが、まずはハナコを先に階下へと行かせた。

　次は横口健二の番だ。いつものごとく一張羅（いっちょうら）のスエード製カフェレーサー・ジャケットを羽おって出て、周辺の様子を探る。大家接近の危険はなさそうだ。今のうちにと思い、玄関の戸じまりをおこなってから鉄骨階段を音を立てぬよう忍び足で降りてゆく。

●

無難な婦人服をてっとりばやく買いもとめるには、駅前エリアのどこへ向かうべきかはわかっていた。三軒茶屋には選択肢がいくつかあるが、横口健二はハナコをつれて迷わず無印良品へと直行した。

　配色に悩む余裕はないので黒一色でそろえることに決め、目についたニットワンピースやデニムパンツやタートルネックセーターやTシャツ等々をすみやかに買い物カゴへ入れてゆく。つづいて着用者による取捨選択を経て、購入にいたるまでにかかった時間はだいたい一五、六分ほどだった。フィッティングルームにとどまり、バブル期の幻想を脱ぎすてたハナコは黙々と試着していった。かくもあわただしいなか、本日のよそおいとして彼女が最終的に選びとったのはゆったりめのニットワンピースだった。

　横口健二はさっさと店を出たくてならなかった。会計中のほんの数分間でさえじりじりしてしまい、レジカウンターの表面を彼は右手のひとさし指でとんとんたたいていた。「どこでだれに見られてるかわからんから」の呪縛が働き、買い物のあいだじゅう何人かに注視されつづけているように感じられ、気が気でなかったせいだ。

秘密がもれたら文字どおりの命とりになりかねない。かように言明されているのだから、外出中は神経過敏なくらいでちょうどいいのかもしれない。

そう思うことにして、ハナコをつれてうつむきがちに歩き、今度は無印良品よりほど近い商業ビルで営業しているインターネットカフェ店コスモポリタンへと移動した。

コスモポリタンは横口健二が会員登録していてしょっちゅう通っている店でもある。要警戒度の高いこういう状況下では、勝手知ったる場のほうが安心だろうという頭だったから、行きつけの店舗を選ぶことへのためらいはなかった。

が、店内へ足を踏みいれて早々に横口健二は後悔してしまう。行きつけの店だけに、受付にいるバイト男女に顔をおぼえられているのはふたりの表情からはっきりとうかがえたが、読みとれたものはそれのみではない。

まいど例外なく、横口健二はいわゆるおひとりさまの客だった。その顧客情報は、人相に紐(ひも)づけられるかたちでバイト男女の印象に強く残っているにちがいない。

当の万年おひとりさま男が、今日は女づれであらわれたばかりでなく、妙にこそこそしていて気まずそうな空気を漂わせてさえいる。加えて変によそよそしいカップルであるにもかかわらず、選択したプランはふたりして寝そべってくつろぐのにうってつけだったりする、フラットシート・ペアルームの一時間利用という内容だ。どう見てもこれは、当店会員規約の禁止事項に抵触する、わいせつ行為を楽しむための来店ではないのか。

そういう目を向けられているのがひしひしと感じとれた。ひとまわり以上は年下であろうと見うけられるバイト男女に、そんな疑惑をかけられているのが事実だとすればじつになさけないかぎりだ。

横口健二ははっとなり、店内廊下のまんなかで立ちどまった。受付のバイトに白眼視されたのではないかという、ただその程度の懐疑心をあやうく被害妄想へと発展させかけていたからだ。ふと振りかえってみると、平壌よりの密使は冷然たる面持ちで見かえしてきた。日本語での会話ができるのなら、

「なあに？」などと間髪いれずにするどく問うてきそうな雰囲気だ。

東アジア人女性の平均身長はさだかでないが、長身の部類に入ると思われるハナコのまなざしはこちらを見おろす格好になっている。数センチヒールのパンプスを履いているとはいえ、靴を脱いでいるときでも目線の角度がうわ向きに変化したりはしないから、実際の背丈も一六八センチのこの自分よりも高いだろうと横口健二は見ていた。その意味でも、彼女は目だつほうだから要注意というわけだ。

ふたりで室内に入った矢先にまたはっとなる。北朝鮮にもインターネットカフェなるものがあるのかどうかはわからぬが、どちらであってもこの異様な空間へのつれこみはまずいぞ。さっき受付で想像したのとおなじ誤解を招きかねないじゃないか。

知りあって半日しか経っていない男が、新品の服に着がえさせたあと特にことわりもなく、こんなせまくるしい部屋に自分をつれてきてなにをするつもりなのか。そんな不審を抱いてハナコは動揺しているかもしれない。窮屈な割には寝床みたいに床がふかふかしているし、重い扉を閉ざしたら密室状態だしで、いかがわしい場所に見えないこともない。どういう店か知らずについてきてしまったのだとしたら、今ごろ彼女の頭のなかはちょっとした騒ぎになっていることだろう。すぐに弁解しなければと思って横口健二は言葉を探すが、こんなときにかぎって隣室から淫らな声音がもれ聞こえてきてしまう。あまりに間が悪すぎるハプニングだ。

しかもそれはビデオの音声などではなく、利用客の男女が発する肉声らしい。すなわち壁いちまいへだてたあちら側で現在進行中のまぐわいより生じたあえぎ声やら振動やらのようだから、俗に言う確信犯でありまったく始末に負えない。まだ午前中だというのになにをさかってやがるのか。腹が立ち、規約違反を受付に密告してやろうかとも思うが横口健二は踏みとどまる。はあと溜息をついてコートを脱ぎ、シートのはしっこに腰をおろしたハナコを見てしまったことにより、彼女の不安をとりのぞくのが先決かと悟ったからだ。

壁にいっぺん肘鉄を食らわせてからパソコンの正面に座ると、横口健二はここにきた理由の説明にとりかかった。まずはウェブブラウザーを起動させ、Google検索を介して国立国会図書館の公式サイトにアクセスする。

公式サイトのトップページから「国立国会図書館について」に入ると、「国内の出版物─納本制度」について知らせる文章として次のような説明がある。

国立国会図書館法によって、日本国内で発行されたすべての出版物（マイクロフィルム、CD、DVD、地図などを含む）を国立国会図書館に納入することが、出版者に義務付けられています。この制度により、日本で唯一の納本図書館として国内の出版物を広く収集しています。また、納本制度開始以前の日本の出版物も収集しています。所蔵資料数は日本最大です。

これをGoogle翻訳を介して説いて聞かせてやれば、例の映画雑誌を探す目的でここにきたのだと彼女も理解してくれるだろう。要するに、日本でいちばんでかい図書館の蔵書検索をおこなうつもりでやってきたのだとわかってもらえればいいのだ。

そうしているあいだも、隣室よりたびたびあえぎ声やら振動やらが響いてくるため、壁に何度も肘鉄を食らわせなければならず、途中からは腕がじんじんしっぱなしだった。それがさらなる憤懣（ふんまん）にもつながっていったが、その甲斐（かい）あってどうやらハナコの納得はえられたようだから、怒りと痛みは我慢して前に進むほかなかった。

蔵書検索は、公式サイトのトップページに検索窓とともに掲示されている「国立国会図書館オンライン」のページでおこなうようだ。リンクを踏んでみるとその先に詳細検索ができる専用ページがもうけられていることがわかる。詳細検索ページにはいくつもの項目が用意されており、キーワードをたくさん打ちこめばそれだけ結果をしぼりこめるという仕くみは一般的なサーチエンジンと変わらない。

横口健二の手もとにある入力可能なキーワードはたったみっつしかない。その三点、「金有羅」「アルフレッド・ヒッチコック試論」「今間真志」と入れて、さっそく検索ボタンを押してみる。

検索結果は即座に出た――ウェブブラウザーに表示されている回答はあいにく、「一致するデータは見つかりませんでした」の一文のみだ。

なんてこったと横口健二は愕然となる。探し物が国会図書館に所蔵されていないということは、いったいどう考えればいいのか。

もしや書店で買える雑誌じゃないから納本されていないということなのだろうか。しかし「日本国内で発行されたすべての出版物」を「納入することが、出版者に義務付けられています」と公式サイト上で謳われているのだから、同人誌や売り物でない書物であってももれなくここにあつめられているはずなのだ。

検索結果に困惑した横口健二は、腕ぐみしたきりかたまってしまう。途方に暮れかけて、「ううむ」などとうなることしかできない状態だが、はかったみたいにそこへかかってきたいっぽんの電話にすかさず彼はすがりつく。

ようやく着信履歴を認めた宮田ひろしが、折りかえしの連絡をくれたのかもしれない。かように期待し、とっさにiPhone SEへ手を伸ばしてはみたが、渡りに船などそうそうやってはこないのだとたちまち思い知らされる。

「よお健ちゃん、おまえやっぱり懲役いっていろいろ勉強してきたほうがいいんじゃねえか？　どう思う？」

のっけからやんわりたしなめられ、約束をまた忘れていたことに思いあたる。なんでもいいから沢田龍介が気に入りそうな話をまくしたてて、言いのがれを試みるしかない。

「ほんとごめんなさい沢田さん、ちょうどおれも電話するところだったんですよ」

「そう言っときゃとおるとでも思ってんのか。たいがいにしとかねえとそろそろおれもキレちゃうけど」

「いやいや嘘じゃないんです。じつはついさっきわかったことがあるんですけど、例の映画雑誌、国会図書館に納入されてないみたいなんですよ。それで面くらってどうしたもんかとなっちゃって――」

「はあ？」

「公式サイトで蔵書検索かけてみたら、データがないって出ちゃったんですよ。ちなみに今おれ、三茶のネットカフェにいるんですが――」

「なんの話だよ」

「いやだから、国会図書館に例の雑誌はおさめられてなかったたって言ってんですよ」

「そらそうだろ」

「え、なんで？」

「国会議員が映画雑誌なんざ読まねえだろ」

なるほど「国会図書館」と聞けばそんな勘ちがいはありうる。ただちに誤解の穴を埋めるべく、五〇すぎのヤクザ者に対してハナコにしたのとおなじ内容を説明してやる。

相手は国会にも図書館にも縁遠そうな男ではあったが、納本制度についてはいっぱつで把握してくれた。沢田龍介はつづきを知りたがり、せっかちな口調になって「それで？」と催促してきた。話題がうまく切りかわった感がある。こちらから彼に連絡せずにいたことはこれでうやむやにできるだろう。

「つまりね、国会図書館に納入するのは法律上の義務なのに、例の雑誌が蔵書のなかにないのは変じゃないかってことなんです」

「それだとなにがどう問題なんだよ」

「あ、でも」

「なんだよ」

「おれ出版業界の事情にはうといんで、見当ちがいかもって気もしてるんすけど――」

「いいから言ってみろよ」

「可能性として高いのは、一般の流通に乗るような雑誌じゃないから納入されてないのかなと。で、実際にそうなんだとしたらこっちはこまっちゃうわけです」

「なんでだよ」

「だとしたら発行部数えらい少ないと思うんですよ」

「どんくらい？」

「正確な数字はわかりませんけど、たぶん一〇〇〇なんて刷ってないんじゃないかな。せいぜい数百とか、そんなもんなのかも」

「数百だったら結構あるじゃねえか」

「いやあ、全国にちらばっちゃってるのかもしれないんだし、それ見つけだすとなったらそうとうきびしいはずですよ。いつ頃に出た雑誌なのか知りませんけど、仮に二〇年やそこら前だったら、そのたいはんは古紙回収に出されちゃってるんじゃないかな。数百あったのが数十に減ってるってことだってじゅうぶんありえますよ。そしたらおれら完全にお手あげじゃないですか」

「健二くん」

「なんすか？」

「おまえわざと暗い話してない？」

「沢田さん」

「あ？」

「おれそんな余裕ないですよ」

それはいつわらざる心情だった。現に、沢田龍介と彼の部下らが古本屋の業界団体にかけあうなどして二〇日間かけて探しても現物は見つかっていないのだ。だとすれば、もともとの発行部数がどうであれ、現存する冊数が片手でかぞえられる程度でも不思議ではない。

「だったら坊屋三郎はどうなんだよ」

「坊屋三郎って？」

「もう一個あるっつってたろ、図書館が」

「ああ大宅壮一文庫ね、今から検索してみますよ——うん、こっちも駄目ですね。『該当する検索結果が見つかりません』だそうです」

「で？」

「でって？」

「ないないって聞くために電話してんじゃねんだよ。それでこっからおめえはどうすんのっておれは訊いてるわけ」

せっかく話題がうまく切りかわった感があったのに、またまた雲ゆきがあやしくなってきてしまった。ここはいくらか盛ってでも明るい見とおしをあたえ、凶暴なくまモンの機嫌をとっておかないとやばそうだと横口健二は思う。

「おれはほら、あれですよ、これから知りあいの編集者と会うことになってます。ふたりとも映画の本を専門的に出してるような出版社の社員だから、きっとなんかしらの手がかりはもらえるんじゃないかって気はしてるんですが」

「ほう」

「話しおわったところで、どうなったか報告します――あ、もちろんひとり会うごとに即お知らせしますから」

「健二くん」

「なんでしょう？」

「今度こそおまえから連絡してこいよ」

「ええ、わかってますわかってます」

「ぜんぜんわかってねえから口すっぱく言ってんだよ」

「はい」

「わかるまで何度でも言うぞ、おまえからおれに連絡してこい、今度こそ忘れんなよ」

「今度こそ大丈夫です」

「でなかったら、おれがおまえを牢屋にぶちこんでやるからな」

「ははは、こわいな」

「牢屋っつっても、警察の拘置所じゃねえから。下手うったヤクザが入れられちゃうとこだから覚悟しとけよ」

通話が切られた。最後のひとことは新潟ヤクザ一流のジョークだと思いたいが、おなじへまをくりかえしたあげく、ほんとうに檻のなかへぶちこまれてしまったらまるでしゃれにならない。

だいたい「下手うったヤクザが入れられちゃうとこ」ってどんな牢獄なのか。牢獄どころかそれはいわゆる地獄と呼ばれる場所なんじゃないのか。なにごともなく仕事をやり遂げたければ、報告義務をおこたらぬよう手の甲にメモでも書いておくべきかもしれない。

そんなことを考えていたらふたたび電話がかかってきた。言いそびれたことでもあるのかと思い、発信者は沢田龍介だと決めてかかって表示をよくたしかめずに応答してみると、聞こえてきたのは派遣先の社長の声だった。不意を衝かれた横口健二は「なあんだ、あはは」などと笑い声をあげてしまう。

そういえば、会社に欠勤連絡をしていなかったと今になって気づいたがむろん手おくれだ。ヤクザの説教はかろうじて回避できたというのに、表社会の雇い主の罵倒からは逃げられず、横口健二はしばしひらあやまりをつづける羽目となる。

　そのあいだじゅう、シートのはしっこでじっとしているハナコがこちらへまなざしを送ってきていた。たとえ日本語を解さないとしても、日本人の相棒がだれかに怒られ、ひたすら詫びている場面であることはわかったはずだ。

　そんななさけないありさまを、彼女はどう思いながら見まもっているのだろうか。なんとも頼りないやつと組まされちまったもんだとなげき、先ゆきを悲観しているところかもしれない。

●

　いざ顔をあわせてみると、宮田ひろしは予想した以上につれない態度を示した。二年半ぶりに会うことは会えたものの、相好をくずしてくれるまでにはここからさらに何時間もかかりそうだ。

　横にいる黒マスクのハナコをちらちらちらちら見ているから、女づれであらわれるとはいい気なもんだとあきれはてているのかもしれない。そのせいで余計によそよそしくふるまっているとも考えられる。仮にそうなのだとしても、彼女について話すのを禁じられているので宮田ひろしの思いちがいをただせないのがもどかしくもある。

「え、なんて言いました？」

　応接スペースのソファーに座り、出前のラーメンをふうふうしていた宮田ひろしがぴたっと動きをとめ、上目づかいでそう聞きかえしてきた。

　が、横口健二は即答できない。目の前であつあつの醤油ラーメンをすすられるのは少々つらいものがあると感じつつ、自身の腹をこっそりさすっているところだからだ。

　宮田ひろしと連絡がとれたのは三茶のネットカフェを出る間際だった。会社へ直接きてくれるのならランチがてら相談に乗るくらいはできると返答をもらえたので、その足でハナコをつれて代々木へ直行してしまったのがいけなかった。

　おかげでこちらも昼食はまだなのだが、ひさびさに会った相手がひどく他人行儀なため、それを言いだせる雰囲気ではない。どうやらこのまま空腹に耐えるしかなさそうな状況だ。

「ええと、ああ、国会図書館です。検索したけど出てこなかったって」

「蔵書になかったってことね」

「そうですそうです」

「それで?」

「それであの、いまいちおれも理解しきれてないんですけど、納本制度って、同人誌とか非売品とかも例外なくおさめなきゃいけないんですよね?」

「ええ、そうですね」

「なのに蔵書検索かけても一件もヒットしないっていうのは、なんか特別な事情でもあるんでしょうか」

「そんなのないと思いますよ」

宮田ひろしはせせら笑いで醤油ラーメンをむしゃむしゃ食べながらそう断言した。

「え、なぜですか?」

「なぜって、それこそネットで調べればすぐにわかることなんだけどね」

「あ、そうなんですね。すみません、急いでたんで、そこまで頭まわんなくて」

宮田ひろしはとつぜんはあと溜息をついて箸をとめた。ラーメンがまずいというわけではなさそうだ。

癪にさわる物言いだったかもしれないと察した横口健二は、しまったという心のゆらぎが顔に出るのも抑えられない。やむをえず、うつむいてごまかすしかない。

「国会図書館におさめられていない本や雑誌なんていくらでもあるんですよ。納本が義務だって知らないひとも多いし、小額でもその都度ごとにお金がかかるわけだし永田町にいちいち送るのだって面倒くさいじゃないですか。ちいさい版元の本や地方の刊行物なんかだと、そういうケースは割とあるって聞きますけどね」

答えをもらえたのは意外だった。距離をちぢめる気になってくれたのかと思い、顔をあげてみると、交代制みたいに今度は宮田ひろしのほうがうつむいてラーメンとの見つめあいを演じていた。

どんな心境でそうしているのだろうか。相手の感情が読めぬため、横口健二はとりあえずあたりさわりのない謝辞を口にして新たな反応をうかがうことにした。

「なるほどそうなんですね、ありがとうございます」

「え、なにが？」

「あ、え、いや、今の話、教えてくださってありがとうと——」

「教えるもなにも、こんなのただの常識ですけどね」

こうぴしゃりとやられては次の話題へつなげにくい。さらなる険悪化をふせぐべく、慎重に言葉を選んでもこのざまだ。

どうしたものかと考えあぐね、しばらく無言がつづくうち、宮田ひろしは醤油ラーメンを食べきってしまっていた。

このままでは、中年男の無愛想に触れつつおなかを減らすだけのイベントになってしまう。どうせうとまれているのなら、いっそ開きなおってもっとずうずうしくせまり、ちょっとでも情報をひきだしておいたほうがましではないか。

横口健二はふんぎりをつけ、評論文のコピーをつきつけて内容をチェックさせることにした。どんぶりをかたづけに行った宮田ひろしが応接スペースにもどってきたのを見はからい、「これなんです」と言って身を乗りだし、映画ライターもこなす編集者に一五枚すべてを強引に手わたしてみる。

「わたしにはわかりませんね」

「わからない？　さっぱりですか？」

「はい、思いあたることも特にありません」

「この、金有羅って書き手もご存じないですか？」

「ええ、知りません」

「翻訳者の、今間真志ってひとも？」

宮田ひろしは瞼(まぶた)を閉ざし、ゆっくりと首を横に振っている。

「そうですか。これじたいはその、ヒッチコック映画の評論みたいなんですが——」

「それは見ればわかりますよ」

「でも、どの雑誌に載ってたとかは——」

「わかりませんね、まったく」
けんもほろろだ。横口健二は視線をさげながら「そうですか、わかりました」と述べるにとどめた。

評論文のコピー一五枚も、ほんとうに目を通したのかと疑(うたぐ)りたくなるような、ぱらぱら漫画でも眺めるのと変わらぬ速さでめくられてゆき、あえなくつきかえされてしまった。相談に乗るくらいはできると彼は電話では言っていたが、本気でつきあうつもりがないのは火を見るよりも明らかだ。そんな気持ちはもとよりさらさらなかったが、昔のよしみで会ってやったというのが本音なのだろう。

それにしても、と横口健二は思う。

横の字が溝になる日は遠いな、などとたびたびちゃかしてくる程度には気を許してくれていた過去とくらべると、宮田ひろしとはずいぶんなへだたりができてしまった。表舞台よりころがり落ちた身とはいえ、多額の負債をしょいこませたわけでもない相手にこうも冷淡にあしらわれるのは正直、理不尽に感じられないでもない。が、感情的になっても無益な結果しか生むまいから、ここはこらえるほかない。

「おいそがしいなか、お時間とってくださりありがとうございました」

去りどきと受けとめて礼を言い、ソファーから立ちあがると、宮田ひろしはふたたび「え、なにが？」などとひややかに問いかえすことはしなかった。それどころか、思いがけなくも彼はひとつの提案を口にした。

下階の資料室に、他社の刊行物を山ほど保管してある。ヒッチコック関連ならたいていの書物はとりそろえているから、必要ならば案内してさしあげるのでひと目見ていってはどうか。

ひとの心は読めないものだと横口健二は呆気(あっけ)にとられる。今しがたまでのつっけんどんはなんだったのかと混乱させられるが、そもそも相手の心理が急変したのかどうかもさだかではないから表情にこまる。

もっとも、申し出したいはありがたくうけたまわる以外に選択肢はなかった。同情を買いにきたのではなく、情報をもらうためにこの代々木の出版社を訪ねたのだから。

●

とうとつに尻ポケットでふるえを感ずる。雑誌をめくるのに没頭していた横口健二は、はっとなって背筋が寒くなり、なしうる最速の動作で手にしたiPhone SEを耳にあてた。

「はいもしもし！」

聞こえてきたのは、五〇すぎの男ではなく四〇てまえの女の声だ。ヤクザ牢への入獄はひとまずまぬかれたと理解し、途端に力が脱けてゆく。

が、松井律子から連絡がくることに問題がなにもないわけではない。

知らぬ間に午後三時をまわってしまったのだろうか。あわてて腕時計を見ると、まだ一時間前だとわかってなんだよもうと思い、あせらせんなよとつい口走りそうになる。

「松井さん？　約束したのって三時ですよね？」

「そうなんだけど、予定あったの忘れて約束しちゃってて」

「あ、それはいかんですね」

のんきな声音で応じてはみたものの、内心はうろたえ気味の横口健二は、せめてキャンセルではなくリスケであってくれと祈らずにいられない。

「会う場所をね、変更してもらわないといけなくなっちゃって」

「場所？　時間じゃなくて？」

「そうそう、きてもらう場所を変えてほしいんですよ——」

ほっとしてしまった横口健二はがくりと膝が折れかけてしまう。

「急でごめんなさいねえ。ちなみに横口さん今どちら？　ご自宅？」

「代々木です」

宮田ひろしのつとめ先の資料室にこもり、ヒッチコック関連記事が掲載されている出版物を手あたり次第チェックしているところであるとまでは伝えなかった。ハ、ハナコとふたりで一冊ずつ手にとり、かれこれ一時間ちかく目次の確認をおこなっているが、ゴールの影すら見えてこない。そんな最中にきた着信だった。

「代々木だったら平気かなあ。じつは今わたし、取材で新大久保にきてるんですけどね、五時ぐらいまでこっちにいなきゃいけないんですよ」

「はああなるほど——」

横口健二は思いっきりしかめっ面をして天をあおぐ。よりによって新大久保とはまいった。取材ということは彼女がいるのは繁華街にちがいなかろうから、コリアンタウンのどまんなかでの待ちあわせになるのではないか。

同胞の目に触れさせるなと釘を刺されているからそこにはハナコをつれてゆけない。こうなったら、できれば会社にお邪魔するほうが助かるんですとでも適当な理由を添え、場所ではなく時間を変えてもらうほかない。

午後五時以降で都合がいいのは何時ごろかと横口健二は訊ねてみる。すると受話口から聞こえてきたのは、またもや「ごめんなさいねえ」のひとことだ。

なんでも、松井律子は今夜の出発便でバンコクへ出張に出るため、新大久保での仕事を済ませたらいったん帰宅して荷物をとり、羽田空港へ向かわねばならぬのだという。

「帰国は四日先になっちゃうんですけど、それ以降だと遅すぎますよねえ?」

四日先では期限をすぎてしまっている。つまりチャンスは本日午後三時の新大久保しかないということか。こいつは悩ましい状況に追いこまれてしまった。

一時間ちかくこもってノンストップで調べているが、この資料室にもどうやら目あての雑誌はなさそうだ。宮田ひろしもあの調子だし、ここで松井律子から情報をえられないとなると次の見とおしを立てられない。

期限は明後日だから、別の方法を模索している暇もない。したがってこれは、打つ手なしをとるか禁則を無視するか、そのどちらかをただちに選ばねばならない重大な局面というわけだ。

ことによると人命にかかわる選択になる以上、答えはおのずと前者だろうと横口健二は思いおよぶ。目下直面しているのはカレー味のうんこがどうだとかいうレベルの二者択一ではないのだから、それは当然の話だ。

すっかり手づまりに陥ってしまうとしても、ひとの命には代えられない。時間がないとはいえ、いちから方策を練りなおしてみるしかないのだと自分を言いくるめ、今回はあきらめますと松井律子に伝えることにする——が、実際に口をついて出たのはこれだった。

「わかりました、それなら新大久保に行きます。時間は三時で大丈夫ですか?」

「ああよかった、ありがとう横口さん、時間は三時でOKです」

「いえいえ、こっちの頼みごとですから」

「じゃあ、大久保通りからイケメン通りに折れたあたりで一度お電話いただけます?」

「はい、わかりました、ではのちほど」

そう返事して、横口健二は電話を切った。

イケメン通りがどこにあるのかも知らなかったが、それはGoogleで検索すればどうにかなるだろう。

厄介なのは、立ち入り禁止エリアへの突入を飲んでしまったことだ。

なんで勝手にそんな真似(まね)をやらかしちまったのか。ほんの一瞬前に選ばないと決めたはずなのに、一〇〇万円がふと頭をよぎってそっちの道へむざむざ進んじまった。ルール違反を犯せば報酬は一銭も出ないと言われているのに、バカじゃないのかこのおれは。

●

行きますと約束したからには新大久保へ向かわざるをえない。

しかしその前に、ハ、ハナコの身ばれをふせぐためのひと工夫をなにか加えておかなければならない。宮田ひろしに対してはあらためて礼を述べ、あらかたチェックしてみたが探し物は見つけられなかったのでよそをあたりますとでも告げて去ることにする。

約束の午後三時までには一時間の猶予があるものの、やるべきことは多い。

まずは代々木駅の山手線ホームからいったん新大久保とは逆方向の電車に乗り、隣の原宿駅で降りる。

つづいて竹下口から出てすぐに駅前の道路を横ぎり、竹下通りへと入ってゆく。腹ごしらえとハナコの身ばれ防止対策をいっぺんにこなすのがここでの目的だ。

手はじめに腹ごしらえから済ませる。が、のんびり優雅に店内で食べるというわけにはゆかないから、今日のランチは路上飲食だ。竹下通り沿いにあるマクドナルドでビッグマックをふたつ買い、ひとつずつハナコとわけあって歩きながらぱくつく。

次はさらに一〇〇メートルほど行った先にある、コスプレ衣装店モノケロスを目ざす。

山手線への乗車前にGoogleで調べてみたところ、その店では二〇〇〇円というお手ごろ価格でいろいろな種類のウィッグが売られているらしいとわかった。だとすれば、「共和国からきたってばれないような格好」をさせるのに適した、ハナコにぴったりの商品もとりそろえていることだろう。

その間、横口健二は電話をかけることも忘れない。「下手うったヤクザが入れられちゃうとこ」にぶちこまれたくはないから、電車にゆられだしたタイミングで彼は沢田龍介に連絡を入れた。

ひとりめの編集者との面談は成果なしだと伝える。すると、ふたりめもおなじ結果だった場合のプランも立てておけよとするどい声の返答が飛んできた。

通話中ずっと脳裏にあったのは、新大久保への立ち入りを報告すべきか否かのためらいだった。ここで沢田龍介をキレさせてしまったらどうなるか予測ができないため、言いかけては飲みこむというのをくりかえした。

思考と行動がたがいにそっぽを向き、一〇〇万円に目もくらみ、Amazonでポチるみたいに虎穴に入りこむほうのルートを選択してしまった。バカじゃないかとおのれを疑いもしたが、しかしよくよく考えてみればあながち悪手とも言えない気がしてくる。

ここは一四〇〇万人ちかい人口をかかえる巨大都市東京なのだ。そんな都心の市街地で、同胞とすれちがったりたまたま姿を目撃されたりしたからといって、来日して間もない北朝鮮人女性の素性がそうも簡単にばれてしまうものだろうか。

それに沢田龍介は、「どうしてもっつう必要がなきゃ新大久保とかに飯食いにつれてったりすんなって釘さされてる」と言っていたんじゃなかったか。

その意味では、今回のこれは、そこへ行かなければこちらは完全にあとがなくなるのだから「どうしてもっつう必要」にせまられたケースにあてはまるのはまちがいない。

とはいえ、それを反社会的勢力どまんなかの男に電話ごしに説くほどの勇気はない。了承をえる自信もないからやはり内緒にするしかない。

「ところであれは、彼女の身分証の件はどうなりました？　ちゃんと用意してくれてます？　忘れてないですよね？」

隠しごとを勘づかれまいとして、横口健二はだしぬけに懸案を持ちだし、一気にたたみかけてしまった。

「おめえと一緒にすんじゃねえようるっせえな」

「なら大丈夫なんですね？　いつごろ手に入ります？」

「夜だ夜」

「夜って今夜？　うちにとどけてくれるってこと？」

「ああ」

「そうですか、わかりました」

「おまえ今どこいんの？」

「今ですか？　原宿ですよ」

言ってからしまったと思う。なぜそんなところにいるのかと問われたら、しどろもどろになってぼろを出しかねない。

幸い、沢田龍介はその点に関心を向けてはこなかったものの、こちらの言動に不審を嗅ぎつけてはいるようだ――受話口からでもそれがはっきりと伝わってきた。

「車か？」

「まさか、歩きですよ」

「おまえ平気なの？」

「え、なんで？」

「原宿なんざそこらじゅうに警官いんだろ」

「わかってますけど、しょうがないじゃないですか。出歩くたびにタクシーなんか乗ってたら、あっという間に財布すっからかんだもん」

「びびって目えそらすとかすんなよ」

「気をつけます」

「職質されるような格好してねえだろうな」

「してませんよしてません」

「ひとごみも避けろ」

「ええ、わかってます」

「行くなっつったとこは行くんじゃねえぞ」

思わず唾を飲みこみ、いっぱく変な間が空いてしまった。そこへすかさず「絶対だぞおまえ」などと駄目おしを加えられ、ぶっとい釘を打ちつけられたような心地を味わう。

そしらぬふうに「もちろんです」と答えはしたが、露骨に弱気をおびた声になってしまったかもしれない。

●

「それであの、横口さん、お隣の方はどなたなんですか？」

ちらちら見ていただけだった宮田ひろしとはちがい、松井律子はオープンカフェのスチールチェアに腰かけて早々その質問を投げてきた。うっすらにやつきながらこちらをうかがっているから、おそらく彼女は色恋方面の想像力でも働かせているのだろう。そういう仲だと誤解されているわけだ。

即座に否定したいが代わりのストーリーがいる。好奇心をそらし、せんさくをすぱっと終わらせられるような出まかせを放ってやるといい。そんなものがあればの話だが。

「おつきあいされてる方とか？」

「え？」

「彼女？」

「ああこのひと？　ちがいますよちがいます」

「ちがうんだ」

「ええ、ちがいますね」

ややこしい説明をして、のちのち辻褄あわせに苦労するよりは無難にゆくべきか。そう考え、「親戚」か「後輩」のどっちがいいかと迷った隙を衝かれてぐいぐいこられてしまった。無遠慮だなと感ずるが、しかしこの場合、興味を持つなというほうが無理な状況ではあるのかもしれない。

なにしろハナコは身ばれ防止策として金髪のかつらなんかをかぶっており、相変わらず顔はんぶんを黒マスクで覆ったままひとこともしゃべらずにいる。それゆえ初対面の相手からすれば、彼女はいったいだれなのかと訊きたくなるのは自然な心理だろう。

「それじゃどういう――」

「親戚ですよ」

「あ、親戚の方」

「うん」

「ふうん、そうなんだ」

「ひさしぶりに会いまして」

「ひさしぶりに」

「家が遠くなんで」

「なるほど」

「それで案内をね」

「都内を？　観光ってこと？」

「そういうことです」

「そっか、ひさしぶりに会う親戚の方なのね――」

そんな嘘にだまされるわけねえだろ、とでも言いたげに、松井律子はにやにやしながらまっすぐにこちらを凝視してきた。どうやら無言と眼力のあわせ技で自白をうながそうとしているようだ。

横口健二はそれを受けて立ち、しばしのにらみあいがつづいたが、牢屋へぶちこまれたくはないという一心で圧力をはねのけた。ルール違反をさらにかさねてヤクザに罰せられてはたまらないと思い、決して動じぬと腹をすえてかかったのが奏効したらしい。

それにしてもと思う。

ここまできて、厄介なシチュエーションに身を置いてしまったぞと横口健二は感じているが、松井律子の好奇心ばかりがその理由ではない。一四〇〇万人ちかい人口をかかえる東京の市街地でそう簡単にハナコの素性がばれるわけがない。再考のすえ、そんな結論にいたったのが三〇分ほど前のことだったが、当の楽観は早くもちぢこまりつつあった。

新大久保に足を踏みいれ、ハングル看板のみならず中国物産店やベトナム料理店なども立ちならぶ多文化共生エリアで松井律子と落ちあい、つれられていった先はイケメン通り沿いに店舗をかまえるオープンカフェだった。彼女とハ、ナ、コと三人で、その店の円卓をかこんで数分もすると、横口健二はいつしか結構な緊張感をおぼえている自分自身に気づいてしまう。

二月末にわざわざテラス席なんかについてしまったのは、むろんかしこい選択ではない。そのせいで、体が冷えて筋肉が強ばってしまったのもたしかだが、なにより他人の目が気になって仕方がない。往来のやまぬ路地の沿道で腰をおちつけていると、数秒おきに通行人の視線を浴びてしまう。するとどうしたって警戒心が湧きあがってくるのだ。

「え、宮田さんにも相談したんだ。へえそうなんだ、いつの話？」

評論文のコピーに目を通していた松井律子が、上目づかいになって問いかけてきた。せまい業界に属する同業他社の社員どうしであり、顔をあわせる機会も少なくない。そうしたことから、彼女にとって宮田ひろしは職場の同僚みたいな存在らしい。

「今日ですよ、ここにくる前の話」

「ああ、そうだったんだ」

「だから代々木にいたわけ」

「なるほどね。で、どうだったの？」

横口健二は溜息まじりに首を横に振り、二、三時間前の経緯をざっと説明した。陰口みたいになるのは本意ではないから、宮田ひろしのつれない態度には特に触れないでおいた——もっとも、それについては松井律子のほうから話題を振ってきたため、意図せぬかたちで事実の隙間が埋められることになった。

「宮田さん元気なかった？」

「まあ、ちょっと暗かったですね」

「まだ立ちなおってないんだ」

「なんかあったんですか？」

「映画の本つくらせてもらえなくなっちゃっておちこんでんのよ」

「え、そうなんだ、雑誌は？」

「知らないの？　三カ月前に休刊したよ」

あのつれない態度はそういうわけか。合点がいった横口健二は、被害妄想をこじらせかけたおのれを恥ずかしく思ってほんのり頬を赤らめてしまう。それを悟られまいとして、暖をとるようなしぐさをよそおい、口もとにかかげた両手に彼はふうと息を吹きかける。ついでに松井律子にこう訊ねた。

「それって宮田さん、もとの部署からはずされたってこと？　懲罰人事的なやつ？」

「ううんあれよ、会社の方針転換。看板雑誌はやめて、定期的な情報発信はネットにいっぽん化するってことに決定しちゃったってゆう流れよ」

「ついにですか」

「ついにだったんだけど、今さらかよって言ってるひとのほうが多かったみたいよ。三ヵ月前でもね。なんだかんだ努力はしてたのに、迷走してるとかそんな声ばっかりで、結局は踏みとどまれなかったってことらしいわ」

　宮田ひろしがたずさわってきたのは、著名な評論家を何人も輩出してきた由緒ある老舗映画雑誌だから、やめどきを見きわめるのが容易でないのは門外漢にも察せられる。わが身の境遇の変化により、横口健二はここ二年くらい老舗のページをめくることすらなかったため、休刊直前の姿は知るよしもない。なんだかんだ努力はしてたなどと聞いてしまうと、由緒ある誌面も時流にあわせてだいぶさまがわりしていたのかもしれないと想像が浮かんだ。

「しかし載せる場所が替わるってだけで、ネットでも雑誌とおなじことはできるんじゃないのかなって素人は思っちゃいますけど、ちがうんですか？」

「そりゃまあ、雑誌に掲載できる原稿がネットになったら載せられないってわけじゃないからねえ」

「それでも宮田さんおちこんでるのは、やっぱりあの雑誌だけは残さなきゃ駄目だって考えを捨てられないからってこと？」

「あのひとほら、こだわり強いじゃない。自分でもレビュー書いたりするし、映画もスクリーン上映しか認めない派とかでしょ」

「そういやそうだったわ」

　スクリーン上映しか認めないばかりか、デジタル表現も映画ではないと断定してしまうようなフィルム原理主義者だったはずだ。したがって、宮田ひろしにとってこの世界は悪くなるいっぽうに見えていたというわけなのだろう。そのうえ職務上でも由緒ある居場所をとりあげられてしまっては、ひさびさに会った知りあいにあんな態度で接するのも無理もないということか。

「そういうひとだからね、おなじ内容の文章でも、載る場所がちがったら意味も変わっちゃうって発想になるみたい」

「なるほど」

「それにね、ネットだったら映像と名のつくものは全部とりあげなきゃいけないってことに会議で決まって、もう映画だけ観てりゃいいってわけにはゆかないんだって」

「全部って、どっからどこまでの話？」

「動画配信とか共有サービスが主流だからって、Netflixで観られるようなメジャー作品もYouTubeとかTikTokとかの投稿動画もなんでもかんでもひろう方向性でいくんだって。そんなのも今さらっちゃ今さらな感じだし——というか、欲ばりすぎてかえって失敗しちゃいそうな予感しかしないいんだけど、でも、もっと手おくれにならないうちに本格的に参入しておこうってことだったみたい。でないとノウハウも貯まってかないからって」

「それの運営を宮田さんがまかされたってこと？」

「うん」

「そりゃきびしいわ」

「でね、今まで依頼してた書き手なんてみんな映画専門でしょ。TikTok動画なんて観たこともないひとたちだろうし興味もなさそうだから、原稿あつめられないって。自分自身だってそんなサイトの運営なんてぜんぜん向いてないのにどうすりゃいいいんだってなっちゃって、秋くらいからずっとやけになってたのよ彼」

「宮田さんからじかに聞いたの？」

「そうなんだけどさ、一回や二回じゃないわけ。去年の暮れなんて、忘年会とかで会うたびにその愚痴ばっかり。えらいやさぐれちゃっててね」

それを言いおえたところで、松井律子はクリアファイルを円卓のうえにそっと載せた。つづいてとうに冷めてしまったであろうココアを飲みほし、うんとひとつうなずいた。宮田ひろしとちがって無愛想ではない彼女は、さすがにぱらぱら漫画を眺めるような真似はしなかった。一五枚あるコピーの文面を、時間をかけて点検してくれていた。

　さて本題はここからだと思う。せめて金有羅か今間真志のどちらかの名に見おぼえがあると答えちゃくれないだろうか。そう期待してみたが、残念なことに、眼前にあったのは相手が首を横に振る姿だった。

「まったく？」

「うん」

「載ってる名前も？」

「うん」

「ふたりともわかんない？」

「うん」

「そっかあ、まいったな――」

　横口健二はとっさに横目でハナコの表情をうかがった。日本語の会話を理解しているのかどうかは依然さだかでなかったが、この自分いじょうにがっかりしちゃいないかと気になったためだ。とはいえ、金髪のかつらと黒マスクのおかげで目もとしか確認できず、ひと声なにか発するわけでもないから彼女の心境はみじんも見とおせない。

「横口さん」

「ん？」

　顔をあげると、松井律子がスマホを手にしてこちらを見ている。そろそろお開きの時間かと察した横口健二は、財布をとりだそうとして自身のクーリエバッグのファスナーを開ける。が、つづいて聞こえてきた言葉によって彼はその手をとめることになった。

「佐伯政夫（さえきまさお）さんご存じですよね？」

「佐伯さん？　あれ、なんのひとだっけ？」

「なんのって、映画論やってる大学の先生」

「いや、どうだろう、聞いたことあるようなないような――」

「知ってるはず、宮田さんとこの雑誌にもしょっちゅうご登場されてたし」

「ああ、はいはい」思いあたったわけではないが、便宜上そういうことにしておく。

「うちが出したヒッチコックの解説書にも原稿お寄せくださってて、イギリスやアメリカの研究書の翻訳とかも手がけてらっしゃるくらいだから、その論文のことももしかしたらと思って――」

「え、その、佐伯さんが？」

「うん」

消えかけたともしびがぽっとよみがえり、横口健二は不意のことに反応が遅れて目と口をぽかんとさせてしまう。

「どうします？　わたし今から連絡してみようかと思ってるんですけど」

「それはぜひ、ぜひともお願いします。なるほどそういうことか、いやあありがたい。つないでもらえたらほんと助かります」

●

二〇一九年二月一四日木曜日、新宿区歌舞伎町のカラオケ店ソナタ三階の三〇八号室で、南北の情報当局者どうしによる非公式接触がおこなわれた。定例の情報交換会としては今回で一〇回をかぞえるが、臨時の会合をそれに加えると第一三回目になる。

開始時刻は通常どおり午後九時、個室利用時間は一時間と設定されている。利用時間が延長にいたったことはこの九カ月間を通していっぺんもない。

金と韓がこの部屋で密会するのも一三回目となり、あと三カ月もすれば、彼女たちがはじめて顔をあわせてからまる一年が経つ。ふたりのあいだにこれまでトラブルは一度もなく、現場担当官どうし問題を起こさずうまくやっているとそれぞれの所属先で評価を受けている。

初回ばかりは事務的な対応が目だち、冗談ひとつ口にせずかたい笑みを向けあうことしかなかったふたりも、当時とくらべれば今やかくだんに打ちとけたやりとりをかわす間柄になっている。ときおり雑談から自然と各自の私生活に話題がおよぶことすらあるのは、一定の信頼関係を築けているとおたがいに感じあっている証しかもしれない。

バレンタインデーの今日はさらに親睦を深める機会になりうる。そんな考えを持ったのか、韓はこの日、チョコレート持参で会合にのぞんでいる。伊勢丹新宿店へ立ちよったのは密会の直前だった。地下一階のジャン＝ポール・エヴァンでボンボンショコラの一六個つめあわせを買いもとめてから彼女はソナタを訪れている。

金と韓が遅刻することはまずない。あってもせいぜい一、二度にすぎず、定時を二、三分オーバーしてあらわれるといった程度であり、この日も午後九時一分をまわるまでにはそれぞれ入室を済ませている。

三〇八号室のドアを開けると、今日はカウンターパートとともにちいさな驚きも待っていた。韓は「あ」ともらして出入口で立ちつくしてしまう。自分が手にさげているものとまるでおなじ紙袋が、室内中央にすえられたメラミンテーブルのうえに載っているのが視界に入ったからだ。

ジャン＝ポール・エヴァンのロゴがこちらを向いていて、その奥のソファーでは金が目をほそめ、いつものごとく片側の口角のみをあげて微笑んでいる――それは彼女の笑い方の癖でもある。

おたがい考えることが一緒だったとわかり、ふざけた口調で韓が「あるあるですねえ」などと述べると、金は吹きだすみたいに鼻を鳴らしてますます口角をつりあげていた。つづいて購入店だけでなく、買った商品まで一致していたことが明らかになるや、「あるあるですねえ」がふたたび口にされ、ふたりは一、二分くすくす笑いあった。

二度目の面会の際に決めたルールに今日もしたがうことにする。個室にこもるあいだはつねに音楽をかけるという密会のカムフラージュだ。カラオケ店の従業員に歌を唄わぬ妙な常連客として記憶されるのをふせぐためだが、曲をいちいち選ぶのが面倒なのでいつしかふたりはデンモクの履歴から選曲するようになっていた。

この日、自分たちの前に三〇八号室を利用した客はシャンソンばかり何曲も唄いまくっていたらしい。それにならい、本日の一曲目は岸洋子の「夜明けのうた」を流すことにする。デンモクを操作したあと、クルミとアーモンドとマロンペーストをミルクチョコレートでくるんだジャン＝ポール・エヴァンをひと粒つまんだ金は、しばしメロディーに聴きいり、モニターに映しだされる歌詞を黙ってじっと見つめていた。

一三回目にしてとうとう判明したのは、ふたりともチョコレートに目がないという事実だ。合計三二個のボンボンショコラを全部たいらげるのにかかった時間は二〇分たらずだったから、なんなら二五個いりはおろか五〇個つめあわせでも時間内に余裕で食べきれそうだとわかり、またもやくすくす笑いあう。

こういう高級チョコレートも悪くないが、一〇〇円ショップの駄菓子も大好きだと韓は言う。すると金が、種類豊富なチロルチョコのうち、お気に入りの味を好みの順に列挙していってそれに応じる。

話がはずむなか、次回もなにか味わいたいとなり、未知なるフレーバーの新商品をいくつか持ちよることになる。チョコに目がないふたりで食べくらべてみようというわけだが、その結果についてはもちろん上司に報告することはないだろう。

こうも平和にスイーツトークに花を咲かせていられるのは、バレンタインデーのおまつり感もさることながら、両国にとってさしせまる危機の兆候が見られないおかげでもある。少なくとも、この一カ月のあいだは南北ないしは朝米の融和に水をさすようなはねっかえりどもの動きは確認されていない。

二週間後の二七日水曜日と二八日木曜日には、ベトナムのハノイで金正恩朝鮮労働党委員長とドナルド・トランプ米大統領による再会談の開催が予定されている。

それゆえ各情報当局は、先週より警戒監視態勢をいっそう強めているが、今のところは幸い反動分子や不審動向といったものは特にキャッチされていない。むしろ逆に、再会談での成果への期待もあいまってか、楽観ムードを隠そうともせぬ外交実務者もちらほらあらわれだしている。そんな現状だ。

したがって今日は、われわれが共有すべき情報はチョコレートのことだけになってしまいそうだ。個室の利用時間が残り三〇分となったあたりで、金がそうつぶやくと、韓もくすくす笑いながらそれに同意する。

そのままふたりして、二、三曲ほど唄って帰りかねないのどかな雰囲気すら漂いはじめていたが、一通のショートメッセージによってそれはすっぱり断ちきられてしまう。

ショートメッセージを受信したのは韓のGalaxy S9だ。送信者は所属先の上司であり、開封してみると至急要確認の文字がまっさきに入力されていることがわかる。すなわち今すぐ、ここに記した事柄をカウンターパートに問いただせという趣旨の連絡だ。

かくして女子会気分はひとまずおしまいとなる。チョコレートのことも頭からきれいに消しさり、すみやかに任務の遂行へ移らねばならない。

相手の出方を注視せねばなるまいから、さしあたってはあたりさわりのない物言いで情報をこだしに投げてみるべき場面ではある。あるいはあえてその反対に、ストレートにあらいざらいぶつけてみるのが適切なシチュエーションかもしれない。

果たしてどちらがいいのだろうか。韓が選んだのは後者だった。

「たった今、共和国から日本に海上ルートで密入国した人間がいるとの情報が入りました。この件、ご存じないですか？」

話があまりに単刀直入すぎたせいか、それとも秘事の露見に動揺したのか、金はいささか面くらった面持ちをさらしている。二、三秒ののち、彼女が口にしたのはこういう返答だった。

「なんのことだかよくわかりません、いつ頃の話ですか？」

「今月です。二日土曜日の、深夜だったようです」

「今月の二日、そんなに最近の話ですか」

「ええ、一二日前ですね」

「何名ですか？」

「密入国者ですか？」

「そうです」

「正確なところはさだかじゃありませんが、こちらに伝わってきているのは一名です」

「今月の二日に、密入国者がひとり――漂流船が浜に打ちあげられたとかではない？」

「それとはちがうケースのようです」

「とすると、ほかにもつかんでいる情報があるんですね？」

「はい」

「すべて教えてください」

「密入国者じたいは一名ですが、組織的な関与が濃厚と見られています。公海上で船を乗りかえて、暴力団の手びきで新潟県柏崎マリーナから上陸したようなので、周到に準備された計画であることがうかがえます。その後の行方はわかっていません」

「ほんとうに？」

「ほんとうにというのは？」

「その後の行方のことです」

「ほんとうです。なにしろ入ってきたばかりの情報ですし――」

「情報源は？」

「それは明かせません」

「アメリカですか？」

「言えませんよ」

「ですよね」

「ええ」

「たしかな情報源ですか？」

「いまだスマホ操作に不慣れなわたしの上司が、この場にわざわざショートメッセージを送りつけてくるほどですから、かなり確度の高い情報だと思いますよ」

「なるほど――」

沈黙のひとときとなる。いわゆる微妙な空気というやつが、三〇八号室に流れている。カラオケマシンも黙ってしまっているから、それに気づいた韓がデンモクを操作し、履歴にある曲を再生させた。

パイオニア製のスピーカーが岸洋子の「希望」を響かせはじめた矢先、金はスマートフォン片手に「ちょっと失礼」と告げて個室を出てゆく。自分の上司と電話で相談する必要があると判断したのだろう。

五分後、金は室内へもどってくる。その表情は暗いものではないが、かといって明るくもない。着席した彼女はまず腕時計に視線を落とした。現在時刻は九時四五分をまわろうとしているところだから、利用延長を受付に申しこまなければ、ここにいられる時間は残り一五分というわけだ。

「入手したばかりの情報をシェアしてくださりありがとうございます。今後なにかわかることがあれば、こちらからもすぐにお知らせしますね」

「この件についてですか？」

「ええもちろん」

「ちなみに、現状そちらでは――」

「あいにく確認がとれていません」

「なにも情報がない？」

　金は口をつぐんでいる。ノーコメントの意思表示であろうと見てとれる。韓は角度を変えて質問をつづける。

「答えられないわけですね。わかりました、では個人的な推測で結構ですのでご意見をお聞かせくださ い。この密入国事案に政府機関の関与はあると思いますか？」

　首を横に振りながら金はこのように即答した。

「ありえませんね」

「なぜそう言いきれます？」

「なぜってわれわれ自身が、最高指導部の指揮下にある政府機関の一員なんです。だからそう言いきれます」

「つまり、仮に政府機関の関与する作戦なんだとすると、あなた方にそれが伝わっていないのはおかしい、そういう話ですね？」

　首を縦にも横にも振らず、口も真一文字だが、金はまっすぐに韓を見つめかえしている。そういう話だと同意しているふうに受けとめうる態度だ。韓はさらに踏みこんだ問いかけをおこなう。

「党や軍の関係機関が独自に動いているとは考えられませんか？」

　金は片側の口角のみをあげて微笑んでいるが、おもしろいという反応なのかつくり笑いなのかは見きわめがたい。韓は食いさがる。

「よりによって朝米首脳再会談まぢかのこの時期を選んで、あぶない橋どころか海を渡って隣国に侵入するというのは、よほどの無鉄砲か無頓着でないとすれば、なんらかの強力なうしろ盾があってこその行動なのでは？」

「ねえ待ってください。まだふたしかなことばかりなんですから、あまり先走らないで」

「ええ、ですから個人的な推測としてどうなのかと」

「個人的な推測なんて言ったって――」

急にやる気をなくしたみたいに言葉を絶ち、口を半びらきにしてかたまってしまった金は、発言をつづけるのではなく溜息に切りかえた。あとは察してくれとでも訴えるかのように、力ない笑みを浮かべるにとどめている。

だしぬけに内線電話がぷるると鳴りだした。個室利用終了時刻一〇分前の案内だ。延長も可能だが、それを許す空気は今ここにはない。

ジャン＝ポール・エヴァンもとっくにからっぽだから、たった一〇分間では気分転換もままならず、打ちとけた雰囲気をとりもどすのはむつかしいだろう。密入国事案をめぐる真相解明は次回への持ちこしとせざるをえない。

かくして金と韓は、今日のところは握手してわかれることになる。が、次にふたりがこの部屋を訪れる際、チョコレートを持ちよる約束がどうなるかはもうまるで不透明だ。

●

新大久保から白馬荘までの帰路は、横口健二にとって少々おそろしい体験となった。

立ち入り禁止エリアにある繁華街のオープンカフェなんかで小一時間もすごすうち、「どこでだれに見られてるかわからんから」のリアリティーがぐっと増してしまったのが直接の原因だ。加えてその体験があざやかなイメージに変換され、恐怖心をあおりたてられる羽目になったのはヒッチコックのせいだろう。

『白い恐怖』のグレゴリー・ペックさながらに、ダリの描くぎょろぎょろした目玉がそこらじゅうにあってこちらを凝視してくるただなかを歩かされている。そんな感覚におびえつつ、帰宅ラッシュ時の満員電車を乗りつぎ、新宿区や世田谷区のひとごみを縫ってこそこそ移動しなければならぬため、さめない悪夢をさまよっているとしか思えない。

おまけにこそこそしてる割には、金髪ウィッグと黒マスクの変装がひと目を惹く長身女性が無言でてくてくあとをついてくる。そんな様子もシュールといえばシュールであり、現実が映画に侵食されてしまったかのようでもある。

　おかげでいつ警察に呼びとめられやしないかと気が気でなく、道中ずっとひやひやさせられっぱなしだ。職質を食らったらいっぱつアウトだけに、パトカーとすれちがうたびに生きた心地がしない。『サイコ』の導入部、ジャネット・リーをあやしみ車を停めさせるパトロール警官の威圧的なサングラスが、どこまでもどこまでも追いかけてくるかのごときおそろしさだ。

　白馬荘についたときには空はまっくらで、時刻は午後七時をすぎていた。ハナコをつれているから、ふたりで部屋に入るところを大家夫婦に見つからぬよう警戒し、忍び足で鉄骨階段をのぼりきる。つづいて二〇三号室のドアを開けるや、土間に黒くてひらべったいものが無造作に落ちているのが目にとまった。

　よく見ると、A5サイズくらいのまっくろなプラスチックジップバッグだとわかる。玄関ドアの投函口から投入されたもののようだが、郵便物やポスティングチラシのたぐいではなさそうだ。


「沢田さん」

「あ？」

「少し話せます？　てゆうか、電話に出たってことは話せますよね？」

「なんだよいきなり」

「おれ、さっきうちに帰ったとこなんですけどね、そしたらとどいてたわけですよ、例のものが。なにかはわかりますよね？　つうかこれ、沢田さん自分でとどけてくれたんすか？　まさかそんなことはないですよね？　部下のひとらに持ってこさせたんでしょ？　さすがにそうだよね？　でもまあ、どっちだっていいんですけど、とにかくね、こんなのひどすぎますよ」

「だからなんなのおまえ、なにが言いてんだよ、シャブでも食ってんじゃねえだろうな」

「シャブなんか食ってないですよ、つうか、そんなしょうもない冗談で話ごまかさないでくださいよ」

「冗談でなんか言ってねんだよ。おめえがわけわかんねえことばっかほざいてっからだろうが。いい加減きるぞ」

「え、切らないでくださいよ、ここで逃げんのは卑怯だわ」

「ああ？」

ゆるキャラくまモンが、手おいの羆にでも化けて咆哮をあげたかのようなひと声を放ってきた。発したのは「ああ」のみにもかかわらず、スマホ越しでも頭まるごと嚙みつかれそうな大迫力音声だ。横口健二はたちまちひるんでしまう。

「あ、いや、すみません、卑怯はとりけします。文句つけたいわけでもないし」

「つべこべ言ってねえでわかるように説明しろや。なんの話だって訊いてんだよこっちはよ」

「あれですよ、パスポート、彼女の身分証の件」

「ああ、ほんで？」

「ほんでって、もしかしてあれ、ひとつも問題ないって思ってます？」

「なにが？」

「え、ほんとに問題ないって思ってんの？」

「まどろっこしい野郎だな、おめえが電話してきたんだろうがよ、なにが言いてえのかとっとと説明しろっつってんだろ」

「じゃあ言いますけどね、あんなの使えないですよ。だれが見たって偽造ってもろばれじゃないですか。スペルはまちがってるし字のならびもがたがたにゆがんでるし、あのパスポートだったらなんも持ちあるかないほうがましですよ。写真だって下手くそな似顔絵みたいなの貼ってあるだけだし、しかも別人の顔じゃないですか、だれなんですかあれ——つうか沢田さん、聞いてます？」

「ああ」

「ああって、沢田さんは見たんですかあれ」

「見てねえよ」

「ほら、やっぱりね」

「鬼の首でもとったみてえに言ってんじゃねえよ」

「現物を見てないからね、そんなふうにひとごとみたいに話してられるんですよ」

しばし応酬がとぎれる。

旗色が悪くなってきたと悟り、若い衆に確認でもとっているのだろうか。そのように想像した横口健二は、自分が優位にあると確信しきって沢田龍介に追撃を仕かける。

「沢田さんわかったでしょ、いくら支はらったのかは知らないけど、あんなの使いものになりませんから。明日も出歩くっつうのに、どうすりゃいいんですかこれ」

「うっとうしいな飯食ってんだからちょっとくらい黙ってろこのくそが。ひとが寿司つまんでるときねらって電話かけてきやがって、毎回毎回きいきいきいきいうるっせんだよおめえはマジで」

「それは失礼しましたけど、寿司つまんでるなんて言われたってこっちは見えないんだからわかりっこないじゃないですか」

「おまえはほんとになんもわかってねえな。なにひとつわかってない」

「え、今の話のことですか?」

「あたりめえだろ。ひとにケチつける前にちっとはてめえで考えろ」

「どのへんがわかってないのか具体的に言ってくださいよ」

「パスポートだろ? 道端で出国の手つづきするわけじゃあるまいし、ぱっと見さまになってりゃいいんだよ、んなもんは」

「警察はどうすんですか警察は」

「あいつらだってちらっとしか見ねんだよ」

「嘘いわないでくださいよ、んなわけないでしょうが」

「日本人のパスポートなんざ連中こまかく見ねんだよ。不法滞在でパクれねんだったら点数だって稼げねえし、つまんねえ野郎だなあっち行けっつってケツでも蹴られておしまいなわけ」

「でも身元情報の照会とかされちゃうじゃないですか。そしたら全部でたらめだってばれますよ?」

「アホかおまえ。んなもんパスポートの出来なんざ関係ねえだろうが」

「関係ないわけないじゃないですか」

「関係なんかねんだよ。脳みそくさってんじゃねえのかおまえ。偽造は偽造なんだから、出来がどうだろうと嘘しか書いてねえってわかんない? だったら職質された時点でアウトだろうがこのボケが」

「あ、そうか」

「あ、そうかじゃねんだよ。なにんなこと今さら気づいてんだよてめえはよ。だから職質されねえように気いつけろっつって、おれがさんざん言ってきかせてんのにおめえなんもわかってねえじゃねえかよ。マジで牢屋ぶちこんじまうぞてめえこら――」

　帰宅早々、偽造パスポートのあまりにあんまりな仕あがりっぷりを目のあたりにして頭に血がのぼってしまった。いてもたってもいられず、即座に沢田龍介に電話をかけてしまったわけだが、相手はくまモンの皮をかぶった羆だ。あえなくかえり討ちに遭い、横口健二はひらあやまりをつづけるほかない。

　それにしても、こういう姿をハナコに見せるのは本日二度目だが、内心どう思っているのか。こたつの反対側にいる彼女はわれ関せずといった態度でこちらを見むきもせず、ファミリーマートで買ったコク旨（うま）！チャーシュー炒飯を食べている。

「おうこら健二、聞いてんのかてめえ」

　ヤクザの説教が延々つづいていたため意識をよそへ飛ばしていたが、そろそろ応答しないとまずい段階に達したようだ。横口健二は「もちろん聞いてますよ」とかえしたが、「だったら答えろよ」とうながされて早くも返答に窮してしまう。

「聞いてねえじゃねえかてめえくそ――」

「いやいやそうじゃなくて、どっから説明したらいいのか迷っちゃって――」

　電話回線をつたって羆が目前に出現しかねない勢いに身の危険を感じ、苦しまぎれの出まかせを口にしてみた。ハイリスクな賭けだったが、結果は吉と出た。いらついているせいか、五〇すぎの新潟人はつられて正解をもらしたのだ。

「寝ぼけたこと言ってんじゃねえよ。映画評論家は連絡よこしたのかって訊いてんのにどっから説明もなにもねえだろうが。適当なことばっかほざいてねえでイエスかノーで答えろこの野郎」

　佐伯政夫から返事はきたのかと訊いているわけだ。松井律子からの紹介により、ヒッチコック映画やその研究文献に精通している大学教授とスマホのショートメッセージで連絡をとりあうまではこぎつけたものの、それきりストップしてしまっている――渋谷駅で電車を乗りかえる間際にかけた電話で、沢田龍介にはそう報告してあった。

佐伯政夫に対しては今日明日中に時間をつくってほしいという希望も伝えてあった。それがネックになっているのか、肝心のアポがとれておらず、先方の回答まちの状態がつづいているのは帰宅後の今も変わりない。

「それだったらノーですノー」

「うれしそうに言ってんじゃねえよ」

「別にそういうつもりは――すみません」

「で、おまえはどうするつもりなんだよ」

「もちろん返事もらったらすぐ会いに行くつもりですけど」

「返事なかったらどうすんだよ」

「返事なかったら――いやでも、連絡先の交換はOKだったわけだから、返事くらいはくれると思いますよ」

「ならな、返事あってもアポとれなかったらどうすんだよ」

「今日明日中に会ってもらえなかったらってこと？」

「ああ、そしたらどうすんだよ」

「会えなかったら、まあ、電話かメールでなんとか用件を――でもそれじゃ今と一緒か」

「ほらな」

「え、なんすか」

「なんも考えてねえなってさっき言われたばっかりだろおまえ。二分も経ってねえのにこのざまだろうがよ」

「ええと、それはちときびしすぎだわ――」

しゃべればしゃべるほど、ヤクザに無理難題をふっかけられる蟻地獄展開にはまりつつある。最終的にどこへ持ってゆかれようとしているのか急いで思いめぐらしてみるが予想がつかない。仕方がないのでおそるおそる無難な線をたどるしかない。

「ただこれ、相手の都合しだいなんだから、返事みて決める以外にこっちはどうにもできないじゃないですか」

「おまえなに言ってんの？　片おもいの中学生じゃねんだから、いつまでも後手にまわろうとすんじゃねえよこののろまが。てめえから動けてめえから」

「てめえから？　こっちからなんて動きようなくないですか？　なんかあります？」

「てめえで考えろっつってんだろ」

考えていることは考えているが、一個も着想が浮かばないから訊いているのだ。

もっとも、遠くにぼんやり見えているよこしまな答えを理性が拒否している可能性も否定はできない。そんな良心の働きにしたがうとすると、横口健二はしごく穏当な結論を投げかえすしかない。

「いやあ、わかりませんよ。やっぱり向こうから返事もらうの待ちますよおれ」

頭ごなしの説教が再開しちゃうかと覚悟したが、沢田龍介はひと呼吸おいた。次にどう出るかと思いきや、まずはひとつ溜息をついてから映画評論家の名前と携帯の番号を教えろとしつこくせまるので、悪用しないと約束させたうえでそれらを伝えると彼はいったん通話を切った。

その後に電話がかかってきたのは一〇分ほど経った頃だ。くまモンはまっさきにこうせっついてきた。

「おめえはなにやってんだよ、LINE見ろLINEを」

新着通知があったことにさえ気がつかなかった横口健二はにわかにあせってしまう。

「え、あ、いや、すみません、飯食っちゃってました」

「映画評論家んちの住所、送っといたから、あとはてめえでなんとかしろ。残り二日しかねんだから、返事ねえんなら今晩中に動けよわかったな」

「え、住所？　今晩中？」

聞きかえしたときにはすでに電話は切れていた。

まさかとマジかよを交互に心でつぶやきつつ、さっそくLINEのメッセージを開封してみると、横浜市神奈川区幸ケ谷の住所が液晶画面上に表示された。あの一〇分のあいだに、沢田龍介はおそらく部下にでも指図して佐伯政夫の居住地を調べさせていたのだ。

正誤は不明だが、もともとあちらさんの請け負ったお仕事なのだし信頼できる筋からえた情報ではあるのだろう。そして「てめえから動け」と言っているのだから、これは佐伯政夫の家に押しかけろという指示にちがいない。アポがとれようがとれまいが関係なく、どんな手段を使ってでもその男を捕まえて成果をあげろと命じてきているわけだ。

●

気づけばこの二月二六日火曜日もあと数分で正午をむかえてしまう。もうそんな時刻だというのに進展のきざしがない。仕事の期限を二七日いっぱいとするなら、もはや三六時間しか猶予がないということになる。現実的に考えて、明日が終わるまでに目的を果たしうるとはとうてい思えない。

かように悲観的になってしまうのは、佐伯政夫の動静がまるでつかめていないせいだ。

日をまたいでもショートメッセージの返信をもらえぬばかりか、通勤時間帯になっても当人が自宅から出てくる気配すらない。近隣の高台にある公園の鉄柵にもたれかかりつつ、映画評論家宅を見はりはじめてかれこれ二時間四五分ほど経つが、玄関ドアはその間いっぺんも開いていない。「返事ねえんなら今晩中に動けよ」というくまモンのご託宣にしたがい、日付が変わらぬうちに即行動に移った結果が裏目に出てしまった。

昨夜は夕食後、部屋にそなえつけの風呂釜つき浴槽でハナコが入浴するあいだ横口健二はひとり白馬荘を出た。おもむいた先はインターネットカフェ店コスモポリタンだ。「返事ねえ」状態のままいつまでも無策ですごすわけにはゆくまいから、本日二度目の利用客となり、パソコンに向かってひたすらネット検索にとりくむつもりだった。

つきとめたいのは佐伯政夫の明日の予定だ。もちろんそんな個人情報をGoogleがクリックひとつではいこれですと教えてくれるわけがないから、ウェブ上にころがっている間接証拠をちまちまひろいあつめていって明らかにするほかない。

その点、大学教授の一日を浮かびあがらせる周辺情報は映像作家や反社会的勢力なんかのそれとくらべれば段ちがいに収集しやすいものではあるかもしれない。

受けもちの学生たちが無防備に、Twitterやら Instagramやらへあれこれ日々の断片をばらまいてくれるので、それらをつなぎあわせて事実に近づいてゆけばいいからだ。おかげで毎週火曜日のスケジュールが判明し、顔写真も手に入れることができた。

佐伯政夫は午前一〇時四〇分までに、客員教授として在籍する川崎市の映画大学へと出むき、二時限目にあたる映画論の講義をおこなう予定になっている。横口健二の網にかかったビッグデータ上ではそういうことになっている。

念のため、学校の公式サイトにもアクセスしてみたが、臨時休講や特別な行事の開催などは告知されていない。したがって、同大学がほら吹きの養成所でないとすれば、映画評論家は明朝も毎火曜のスケジュールどおりに行動するにちがいない。

となると、こちらは近所で待ちぶせし、標的が出勤時に家を出るタイミングをねらって直撃するという計画を立てられるから、当人に会える可能性ががぜん高まったと言える。数分ていどなら歩きながらの会話にもつきあってくれるだろう。

そこから電車内での立ち話にでも持ちこめれば、講義のあとに相談の時間をとってもらう約束だってとりつけられるかもしれない。それにはとにかくヒッチコックで興味を惹きつけるしかない——とはいえむろん、朝っぱらからストーカーみたいに張りこんで話しかけてくるような不審者を大学教授がまともに相手するかどうかは別の話だ。

横浜市神奈川区幸ケ谷にある佐伯政夫の住まいから川崎市麻生区の映画大学までにかかる通勤時間はどれくらいだろうか。Yahoo!路線情報が示した移動ルートと徒歩の所要時間を加算すると、だいたい一時間かそこらになる。

二時限目の講義がはじまる時刻が午前一〇時四〇分らしいから、神奈川駅のほど近くに住む映画論の先生は遅くとも午前九時四〇分までには出かけなくてはならないわけだ。

こちらの待ちぶせ計画も、必然的にその出勤時刻を踏まえてのスタートとなる。翌二六日火曜日、いつもよりも早おきした横口健二は午前八時をまわった頃にはハナコとともに白馬荘をあとにしていた。運よく今回も大家夫婦の目には触れていないはずだ。

二回の乗りつぎを経て、京浜急行神奈川駅に到着したのは午前九時一一分だ。

つづいて駅前の小道に出て、すれちがうひとびとの顔をそれとなくたしかめながら線路に沿って横浜駅方面とは逆方向へと歩いてゆく。向かった先は神奈川駅より二〇〇メートルほどの距離の高台にある幸ケ谷公園だ。通りに面したコンクリート階段をあがりきったところの広場が公園の敷地になっている。

佐伯政夫宅の玄関を見はるのに、その公園が最適の場所であることはあらかじめGoogleストリートビューで調べてあった。家のつくりは二階建ての洋風住宅だが、代々うけついできた建物なのか、築年数がそうとう経っているのが遠目でも伝わってくる。

ここまでは順調だったが、午前九時四〇分をすぎても佐伯政夫は外に出てこないし玄関ドアが開く様子さえない。急病かなにかのアクシデントが発生し、今日は休講になったのかもしれない。かように推しはかり、iPhone SEに学校の公式サイトを表示させてみたが特に告知はない。

もしかして、佐伯政夫は昨夜は帰宅しなかったということか。そのため今朝は、宿泊先からの出勤になってしまったのだとすれば、ここでいくら待ってもいっこうに姿をあらわさないのは当然じゃないか。

そんな推測が浮かび、ショートメッセージの返信ももらわぬうちに自宅を訪ねてしまったりしたのはひょっとして失敗だったか、という気が強くしてきたのは午前一〇時をすぎたあたりだ。

ただちにはっきりさせたいところだが、その事実を確実に確認できる手段は手もとにない。どうすればこの状況でスムーズに手がかりをえられるだろうか。学生のふりでもして大学に電話をかけ、本日の講義の有無を問いあわせるくらいのことしか思いつかない。

どうしたものかと考えたが、仕事のタイムリミットと一〇〇万円の報酬が頭をよぎり、横口健二は電話をかけることを選んだ。しかし結果は悪いほうに転んでしまう。

学生専用のパスワードだか合言葉だかを先に告げる秘密の決まりでもあるのか、受話口ごしに聞こえてくる学校職員の声は端から疑念ぶくみだった。用件を何度も聞きかえされたあげく、何年何コースのだれなのかと訊ねられたところで横口健二の運はつきてしまう。やむなく出まかせを述べると、この学校にそういう学生はいないと断じられてあとがなくなり、通話を打ちきるほかなかったのだ。

そんなこんなでもうすぐ正午をむかえる。

今日明日中になんとかしなければならないのに、三時間ちかくを浪費してしまった。そろそろあきらめてここを立ちさり、よそをあたるべき頃あいではある。が、自分たちがいなくなった途端に当人がひょっこり顔を出すといった神様のいたずら的展開が起こりそうでなかなか決心がつかない。

ハナコは相変わらず沈黙をつらぬき、今は散歩するように園内をゆっくりと歩きまわっている。今日も彼女は金髪ウィッグと黒マスクにマキシコートで素性と素顔を隠している。派手なよそおいを変えなかったのは、人相で身ばれするよりは変装に奇異な目を向けられるほうが危険は少なかろうという判断からだ。

彼女を目で追ううち、公園のそこかしこに植えられた木々の枝に鸚鵡なのか鸚哥なのか見わけがつかないカラフルな鳥が何羽も何羽もとまっていることにふと気づく。放し飼いにしては数が多すぎるし、こう言っちゃなんだがじつに映画的な光景だ。

逃げだしたペットが野生化し、ここに棲みついて繁殖したのだろうか。よく見ると、色あざやかな羽に鉤状のくちばしを持った群れのみならず、ひと目で鴉や鳩や雀とわかる個体もあちこちに散見される。

どうやら知らずに鳥たちの縄ばりに足を踏みいれてしまったらしい。

こちらを獲物と見なし、寄ってたかって襲いかかるべくとりかこんでいるかのようであり、ぎゃあぎゃあうるさい鳴き声も相まって不気味な雰囲気をたたえている。動物パニック映画の世界へと迷いこんだみたいに、どこから食らってやろうかとにらみつけ、虎視眈々と品さだめしている最中ですとナレーションに説明されたら信じてしまいそうだ。

まさかこれもヒッチコックのせいじゃあるまいなと横口健二は思う――そんな疑惑がもたげてくるのは、例の論文を読んで間もないからであり、『鳥』をめぐる次のような記述が頭に残っているためだろう。

こうした、階段を「降りる」場面の数々において最高度の緊張感をもたらすのが『汚名』のエンディングであると言える。そして『汚名』を反復しながらも、緊張感とは異質の不条理劇的なサスペンスの感覚で画面を満たすのが『鳥』〔63〕のラストシーンにほかならない。あまたの鳥による襲撃を受け、ついに家を明けわたしてその土地からの脱出を決めたロッド・テイラーの家族とティッピ・ヘドレンが、玄関先に停めた車に乗りこむべく屋外へ出てくる早朝の場面がそれである。

開かれたドアの向こうでは、無数の鳥の群れが静かに世界をうめつくしている。二階の部屋で鳥に襲われて傷を負い、呆然(ぼうぜん)自失の状態に陥ったヘドレン、彼女を抱きささえるテイラー、その母親ジェシカ・タンディの三人が、足もとでうろつく鳥たちに気づかれぬようにして、玄関口に設置されたちいさな階段をおそるおそる降りてゆく。

やにわに鳥たちがいっせいに飛びたった。いちどきにばさばさ羽ばたくサラウンドサウンドに横口健二がどきりとしていると、そこへかぶさるように響いてきたのが緊急地震速報だ。

ぶわぶわぶわというブザー音と「地震です」と告げる女性の声が交互に連続して聞こえてきたため、尻ポケットに挿してあったiPhone SEをすかさず手にとってロック画面上の通知に目をやってみる。が、表示された内容をたしかめるまでもなく、自分の両足がさきんじて事態を把握していた。幸ケ谷公園をいただく高台ぜんたいが、すでにぐらぐらゆれていたからだ。

地震は一、二分でおさまった。体感上では巨大地震かと口にしたくなるほどの震動を感じとったが、スマホを介して気象庁が伝えてきた情報によると幸いそこまでの規模ではない。数メートル離れたところで立ちどまっているハナコも平然としており、敷地のへりから猫みたいにそっと下方を見おろしている——地面がぐらついているあいだに、興味をそそるものをなにか見つけたのかもしれない。

震源は相模湾北西部とのことだ。最大震度は小田原市の5強、マグニチュードは5・2、津波の心配はないという。これくらいなら被害は軽微にとどまるのではないかという気がするが、とはいえしょせんは素人観測にすぎない。続報をもとめてなおも液晶画面に視線を落としてしまう。

するとだしぬけに、横から肩をとんとんたたかれ体がびくっとなってしまう。さながら鳥にくちばしでつつかれたかのごとき感覚がよぎり、完全に油断していたせいもあって反射的に「うわあ」などとなさけない声すらあげてしまった。

地震いじょうの驚きをあたえてくれたのはカラフルな鳥ではなく平壊よりの密使だ。見るとかたわらにハナコが立っていて、冷めきったまなざしをまっすぐこちらへ向けてきている。横口健二は恥ずかしくなり、とっさに「あ、失礼、ごめん」と詫びてごまかそうとするしかない。

いい、ハナコみずから意思疎通をはかってきたことじたいびっくりの展開だが、それにも増して強く反応せずにはいられなかったのは彼女が指さす方向にあるものだ。

朝から決して開くことのなかった家のドアが思いっきり開けっぱなしになっている。そればかりか、玄関先でひと組の中年男女がなにやら呆然と立ちつくしている模様だ。

さしずめ寝こみを地震に襲われ飛びおきて、建物の倒壊をおそれてあわてて屋外へ避難してきたという状況かもしれない——そう推察できるのは、ふたりそろって半裸に近い格好だからだ。おまけに横口健二にとってありがたいことに、二〇メートルほどへだたった高台のうえからでも、男のほうが佐伯政夫本人にちがいないことはすぐにわかった。

●

紆余曲折を経て、佐伯政夫と席をともにする局面まではこぎつけたものの、だからといって目的に近づけた気はまるでしない。それどころか、おかしなムードにはばまれ遠まわりさせられているような居心地の悪さを横口健二はおぼえている。

おかしなムードを生んでいるのはどちらかという

とテーブルの向こう側だ。佐伯政夫は見るからに心ここにあらずだが、同伴者のほうはといえばコミュニケーションをとるのが少々むつかしいタイプに見うけられる。それを当人たちに指摘するわけにもゆかぬからまた厄介だ。

二組の男女は飲食店のスクエアテーブルをかこんでいる。家では絶対に話せないと佐伯政夫が妙におびえながらこばむため、徒歩で一〇分ほどの距離にあるサイゼリヤへ場所を移さざるをえなかったからだ。来店したのは午後零時半をまわった頃だった。ランチタイムのどまんなかだったおかげで待合スペースで一時間ちょい待たされたすえ、やっと四人がけのソファー席へと案内された。

席について一二、三分は経過しているにもかかわらず、注文が決まらず先へ進めないのはいかにもまずい兆候だった。佐伯政夫と同伴者の中年女性がメニューを眺めてどうどうめぐりをくりかえしているが、医学的だったり宗教的だったりする事情からチョイスに手間どっているわけではないのは一目瞭然だ。ゆえにそれを見まもるほうの横口健二としてはいっそうじりじりさせられてしまう。

佐伯政夫が心ここにあらずなのは不意撃ちのショックに起因する。やましい仲の女性と下着姿のまま玄関先へ逃げだしてきた緊急時に、いきなり見しらぬ人間に呼びかけられるというハプニングに直面したのが直接のきっかけだ。

興信所員が浮気調査にやってきたとでも勘ちがいしたらしく、妻帯者でもある大学教授は不貞がばれたと思いこんで大いに動揺してしまったようだ。そのせいで頭のなかがまっしろになり、いまだろくにものが考えられないといったありさまだ。

かたや同伴者のほうは別種の問題をつきつけてきている。佐伯政夫に「ゆみちゃん」と呼ばれ、自分自身でも「ゆみちゃん」と自称する全身黄色づくめのその中年女性はひどく混乱を誘うつきあいづらい人物のようだ。

おしゃべりなのはいいとしても、声がちいさすぎるので彼女の発言はさっぱり聞きとれない。メニューの選択はおろか、ダイエット中だからと昼食をとるかどうかさえいっこうにさだまらない。そうこうするうちに、席について二〇分が経過しようとしている。いつまで経っても埒が明かないのでここは強行策に出ざるをえないと横口健二は決意する。

　そばを通りかかった店員を呼びとめ無断で全員おなじものを注文してやった。かぎりある時間をこれいじょう浪費するわけにはゆかないから、ワンコインランチ四人分の代金とひきかえにしたつもりだったが、横口健二はほどなく後悔することになる。オーダーをとった店員が立ちさった途端、ゆみちゃんがわざと耳につくようにはあと溜息をつき、レモンイエローのロングヘアーをいじりまわしてぶつぶつ文句をとなえはじめたからだ。

　尻に火がついているとはいえ、無断注文はたしかにやりすぎだったかもしれない。たとえダイエット中だとしても、いやそうだからこそ余計に、ご飯どきに食べるものを他人に勝手に選ばれてしまっては腹を立てるのも無理はない。しかしもはやあとのまつりだ。

　結局、注文したコールスローサラダとスープつきのスパゲッティアラビアータを食べおわる頃になっても状況は変わらなかった。ゆみちゃんはなおもぶつぶつ文句を放ってきているがもう手のほどこしようがない。こちらは彼女の機嫌をとるのが目的で横浜まできたわけではないのだから、この先は無視を決めこむしかなさそうだ。

　それになんだかんだ言いつつも、いつの間にか彼女はパスタを口に運んでいるじゃないかと気づく。これならクレーム処理をやめてしまっても支障はあるまいし、今こそ対話の相手を佐伯政夫に切りかえるチャンスだ。そうふんぎりをつけ、横口健二はさりげないふうをよそおい真正面にいる男に話しかけてみる。

「そういえば佐伯さん、今日の授業ってもともとおやすみだったんですか?」

　どんよりした空気のなか、スパゲッティをいっぽんずつちゅるりとすすっている映画評論家は、数秒おいて「え」と発し、寝ぼけまなこみたいにうつろな目つきを向けてきた。質問じたい一語も耳に入っておらず、なぜ自分が今ここにいるのかさえわかっていない様子だ。

こりゃ駄目だわと横口健二は口走りそうになる。こんなんじゃヒッチコックについて訊いても寅さんの話でかえされてしまいそうだ。

「わざわざ訊かなくたってわかってんでしょ、あたしと一緒にすごしたくってまさくんは休講にしたんだから」

　これには驚かされる。ほかならぬゆみちゃんが代わりに答えてくれたのだが、じゅうぶんに聞きとれる声量だから一回で理解できるし苦情まじりでもない。見ると彼女の皿はすでにからっぽだ。さっきの小声は低血糖とかカロリー不足とかのせいだったのか。横口健二は探りを入れるみたいに話題をつないでみることにする。

「なるほど、離れがたくて急遽予定変更って感じだったんですね」

「なにが？」

「え？」

「だからなにが？」

「なにが、とは？」

「きゅうきょってなによ、ゆみちゃんは休講って言ったんだけど」

「えっとだから、今朝になって急におやすみするって決めたのかなと」

「はあ？　そんな無責任なことするわけないじゃないの」

「あ、前からそういう予定だったんですね、そりゃそうか」

「前からっていうか、昨夜なんだけど」

「昨夜ですか」

「休講にするからってみんなにLINE送ったのはね」

　そういうことかと横口健二は心でつぶやく。LINEでの通知によって休講は昨夜のうちに周知されていたからこそ、今朝の電話であの学校職員はこちらを即刻いぶかしんできたわけだ。佐伯政夫をふと見やると、これはまいったと言わんばかりに彼はうつむきすぎていて、顔面がスパゲッティアラビアータに埋まりかけている。口が軽いゆみちゃんとひと晩あかしたことが完全にばれてしまったためかもしれない。

「それで今朝は、先生はご在宅だったんですね」

「まさくんは講義なんかよりゆみちゃんのほうが大事だからね」

それにかえす言葉は持たなかった。だから横口健二は黙ってうなずくにとどめ、次の質問へと移った。

「ちなみに、昨夜からずっとお宅にいらしたんですか？」

「ずっとなわけないでしょ。昨夜はネプトゥヌスに行ってたし」

「ネプトゥヌス？」

「お店よ、つけまわしてるくせに知らないの？」

「つけまわしてるわけじゃありませんし、その店もわかりません。なんの店ですか？」

「なんのって、オイスターバーよ。横浜駅のそばにあんだけど、昨夜ふたりでそこ行ってたの」

「オイスターバーね」

「そう、生牡蠣(なまがき)を食べるお店。厚岸(あっけし)産と三陸産と広島産をね、いろんな種類の岩塩につけて、おいしかったな。あんなにたくさん食べたのはひさしぶり。ね、まさくん」

話を振られたまさくんはいっぺんにっこり笑顔を横に向けると、たちまちまたうつむき気味になって憂鬱そうな表情にもどってしまった。これは一日や二日の間柄ではないなと解釈せざるをえない中年男女の仲むつまじいやりとりだが、こちらにとってそんなことはどうでもよろしい。それよりも早く本題に入りたいのだ。

ここから話題をどうつなげるべきだろうか。会話がとぎれたその隙に、横口健二は急いで最適ルートを模索したもののひとあし遅かった。これがほんらいのあたしだとでもいうかのごとく、ゆみちゃんがいちだん声量を高めて遠慮なく疑問をぶつけてきたからだ。

「でもさ、だったらあなたはなんなわけ？　なんでそうまさくんのこと探ってんのよ」

「え、佐伯さんを探ってなんかいませんよ」

「探ってるじゃんよ、探ってるから家まできたんでしょ」

「いやいや、そうじゃないんです。誤解してほしくないんですけど、ほんとに佐伯さんを探ってるわけじゃないんですよ」

「探ってるでしょこんなのどう考えても。いろいろ調べて家の前で待ちぶせなんかして、やってることがふつうじゃないじゃないのよ」

　言われてみればそのとおりであり、やられたほうからすれば警戒するのはあたりまえの行動だ。横口健二は首を横に振って釈明を試みかけたが、さらに声量を高めたゆみちゃんの追及があらかじめそれをかきけしてしまっていた。

「昨夜だってさ、あたしらのあとつけまわしてたわけでしょ認めなさいよ。それで今日は朝から待ちぶせまでしちゃってどうするつもり？　どうせあたしら脅す気なんでしょ？　ねえ、そうなんでしょ？　これってだれかに頼まれてやってるわけ？　ねえそれだれなの？　だれなのよ名前を白状しなさい名前を」

　一気にまくしたてられてしまった。おかげでまわりの客や店員たちの視線もちらちらあつまってきている。

　この強烈な思いこみを解きほぐすにはいちいち言いわけをならべたてるだけでは功を奏しないことはわかっている。ただちに評論文のコピーを見せてやり、こちらの目的を説明してしまったほうが近道だ。横口健二はさっそくクーリエバッグに手をつっこみ、テーブル上にクリアファイルをさしだして単刀直入に話を切りだそうとした。

「なんだか誤解がすごいので、ご質問に答えるよりも先にこっちの話をさせてもらいます。たぶんそのほうが納得されるでしょうから。それで佐伯さん、じつは見ていただきたいものがありまして、これなんですけど――」

　それを横口健二が言いおわらぬうちに、ゆみちゃんがつきだした両手をパーにしてファイルを押しかえしてきた。今度は少し声を低めて「ちょっとちょっと」とか「やめてやめて」などと口にしている。彼女は中身を知りえないはずだから、これは新たな誤解が発生してしまったということなのだろう。

「やめてよそんなの見ないから。見ない見ない、絶対に見ませんからさっさとしまってください」

「いや、あの、またなんか勘ちがいされてるみたいですけど、これはそういうんじゃありませんから」

「いいから早くしまって、しまってってばねえしまってよ。こんなに客が大勢いるお店のなかでなに出そうとしてんのよあなた。そんなにゆみちゃんに恥かかせたいの？　酔っぱらってたんだししょうがないじゃないの、ねえ、いくら出せばそれひっこめて帰ってくれるわけ？」

「だから待ってください。なにを言ってるのかよくわかりませんけど、これ別にね、あなたがたと関係あるってものじゃないんですから」

「だったらあたしらと関係ないものをなんでそうやって強引に見せようとすんのよ。関係ないならやめてよほんとうに」

「佐伯さんに見てもらわないとこっちの話を進められないからですよ」

「まさくんはそんなもの見ないわよ」

「そういうことはご本人に訊ねますから。これはあなたに見てもらいたいわけじゃないので、あとは口だししないでください」

「バカ言わないでよ、ゆみちゃんが写ってる写真なんだからゆみちゃんが口だししていいに決まってんじゃないの」

「写真？」

「昨夜の写真でしょ」

「なんのこと？」

「だからそれのことよ、公園でまさくんのおちんちんぺろぺろしちゃってる写真でしょ」

「はあ？」

「え、ちがうわけえ？」

「ちがいますよ、ぜんぜんちがいますよ。だいたい写真ですらないのに、まいったなもう。とにかくそういうんじゃないんで、あなたはこれ以上こっちの話の邪魔しないでしばらく静かにしててください」

「あたしが邪魔？　ゆみちゃんのこと邪魔って言ったの？　おまえ失礼だろそれ」

　またしくじったかと悟り、発言を撤回しお詫びしようと口を開きかけたところで横口健二は顔中がびしょ濡れになるのを感じた。グラスの水をぶっかけられてしまったのだ。

　クリアファイルが無事だったのは不幸中の幸いだ

が、つめたくて不快だし打開策がすぐには思いうかびそうにないほど事態は紛糾をきたしている。激高したゆみちゃんはなおも鼻息を荒くしているから、この分だとまさくんのスパゲッティアラビアータさえこちらへ飛んできかねない。

「いや、あのですね、あなたのことが邪魔だって言いたいわけじゃなくて——」

「邪魔って言ったじゃないの、おまえなんか邪魔だって言ったじゃないのよ」

「ちがいます、そうじゃない、そうは言ってないです」

「いや言った、邪魔だって言っただろうが」

怒鳴りながらゆみちゃんがいきなり腰を浮かしたため、横口健二もとっさに態勢をととのえなければならなかった。スパゲッティどころかフォークやナイフを投げつけられるおそれもあるが、ここでディフェンスサイドにできることはかぎられている。とりあえずはテーブルに手をついて、即座に通路側へ逃げられるように身がまえるしかない。

が、次に起こったことは予想とは異なった。立ちあがったゆみちゃんは、両手でつつみこむようにみずからの顔を覆うと、そのまま無言でテーブルを離れてすたすた歩いていってしまった。どこへ向かうかと思いきや、消えた先はトイレだからおおごとにはならなそうだ。泣き顔を見られたくなかったのかもしれないと推しはかり、暴力沙汰に発展しなくてなによりだと横口健二はひとまずほっとする。

それまでひとりだけ異次元にいるようだった佐伯政夫も、さすがにこの状況を無視するわけにはゆかなかったらしい。心配顔で中腰の姿勢になり、アバンチュールのお相手の行方を目で追っていた彼は、自分もトイレについてゆくべきかどうか逡巡している様子だ。

タイムリミットにせっつかれている者としては、これは決断をせまられる局面だ。ここにきた目的を果たすとすればおそらく今このタイミングしかない。男のほうもただ怒らせて終わるだけになるかもしれぬものの、どのみち賭けに出てみないことにはどんな結果もえられない。自分自身にそう発破をかけられた横口健二は、クリアファイルをかかげながら思いきって「佐伯さん」とあらためて話しかけてみた。

●

ゆみちゃんがもどってくるまでに、どれだけの時間が経ったのかはさだかでない。

なぜならその間、四人がけのソファー席ではテーブルをはさんで押し問答がつづけられていたからだ。愛人の意向に忠実であろうとするヒッチコック研究者は、横口健二がどんなに頼みこんでもクリアファイルの中身を見ようとはしてくれない。そんななか、不意に横から聞こえてきたのがこの問いかけだった。

「まだやってんの？　それ結局なんなのよ」

見あげると、テーブルのかたわらで仁王立ちしている黄色づくめの中年女性が顎でくいっとクリアファイルを指してきた。全速力で一〇〇メートルを走りきった直後みたいに肩を上下させているが、泣きすぎてひきつけを起こしたわけではないようだ。こちらを見おろしながら口もとをぬぐったその右手の甲には、こじゃれたタトゥーシールみたいに吐瀉物らしきものが付着している。

それに気づいた横口健二は、ゆみちゃんが席を立ったほんとうの事情を察しとった。つまり彼女は泣き顔を見られたくなかったからではなく、急に吐き気をもよおしたせいでトイレに駆けこんでいたわけだ。本人もそのことを隠す意思はさらさらないようだった。

「まさくんおなかの調子どう？　ゆみちゃんスパゲッティ全部げえしてきちゃったよ」

「それはつらかったろうね」

「つらいなんてもんじゃないわあんなの。噛みきれてなくて長いまんまの麺がなかなか出ていってくれなくってさ、まるごと吐きだすのがものすっごくしんどかったよ」

「聞いてるだけで窒息しちゃいそうになるなあ」

「全部げえして出しきってもゆみちゃんおなかの具合おさまんないんだけど、まさくんはどうなの？」

「じつはぼくもさっきからむかむかきちゃってるんだよね」

「ならトイレ行ってくれば」

「ぼくは結構おなかが強いほうだから、このまま我慢できそうな気もするんだよな」

「でもこれ、きっとノロだから、遅かれ早かれ我慢できなくなると思うよ」

「ノロはありうるね。昨夜たくさん生牡蠣たべちゃったからなあ」

「そうなのよ。だから体がどんどんウイルスを外に追いだそうとするでしょ。無理しないでげえしちゃったほうが早めに楽になれるんじゃないかな」

「それもそうか」

「苦しいのがいやなら今すぐトイレよ、なのになぜ行かないの？」

「とりあえず、もう少し様子を見てみようかと思ってね」

「どうして？」

「だってほら、ぼくって苦しいことが好きでしょう」

「あ、そっか」

「腹の底からぐんぐんきちゃうこの感じも、意外と悪くないんだ」

「なるほどね」

「こうなると、苦しいって言葉はまとはずれだ。うれしいに近づいてくるからね」

そんなやりとりをかわしつつ、不貞を働いた中年男女は評論文のコピーに目を通している――ゆきがかり上、ゆみちゃんのチェックも入ることにはなったが、より多くの情報をあつめるという意味ではそれも有益だろうと思われた。

予断を許さぬ体調のふたりに唯一の資料をゆだねてしまっているのはいささか心もとないが、吐き気と闘っている割には佐伯政夫もゆみちゃんも熱心に文章を読みこんでくれているから途中で水をさすのもためらわれる。というわけで、ここから先は運しだいだ。

「どうでしょう、気がついたこととか、なにかありませんかね。一個でも手がかりがあると助かるんですが――」

会話がぷつりとやみ、今度は長々と沈黙がつづいている。吐き気のせいでふたりとも口を開けられなくなっているのかもしれぬが、待つ身にとっては不安をあおるなりゆきではある。頼りの相手に押し黙られていると、またしても成果なしなのかと悲観が頭をもたげてくるからだ。そこへこう問いかけられ、横口健二は思わず息をのんでしまう。

「ねえ、これの出どころって北朝鮮と関係あるの？」

今日は初対面のゆみちゃんに驚かされっぱなしだが、とりわけびっくりさせられたのがこの場面だ。こちらからは北朝鮮のキの字も発していないし入手の経緯もいっさい説明してはいない。ただ単に、これが載った可能性のある雑誌についてご存じのことはありませんかと訊ねただけだ。

横口健二は動揺し、一瞬ちらりと横にいるハ、ナ、コ、へ目をやってしまったが、訊かれた直後の反応はなんとかそこまでにとどめることはできた。思いもよらぬ展開ではあるものの、ここは冷静につとめ、なぜそんな質問が出たのかをはっきりさせておかなければならない。それを知らずに調査をつづけるのは危険な気もする。

「北朝鮮？　なんでそう思ったんですか？」

横口健二がすっとぼけて訊きかえすと、ゆみちゃんは平然とこう即答した。

「だって、金有羅って金正日の別名じゃないの」

え、そうなの？　とうっかりハ、ナ、コ、に確認をとってしまいそうになる。すんでのところでそれは自重できたが、思いもよらぬ展開の連続のため頭が周回おくれ寸前で神経もへたりかけている。

おまけにこれはゆみちゃん経由の情報でしかないので鵜のみにしていいのかどうかもわからない——そもそも彼女自身はなにものなのだろうか。

「金有羅は金正日の別名？」

「うん」

「ほんとうに？」

「スマホ持ってんでしょ、検索しなさいよ」

おっしゃるとおりだ。横口健二はすかさずiPhone SEを手にしてウェブブラウザーを起動させた。

とはいえ、もちろん以前に「金有羅」をGoogle検索にかけたことはある。その結果として表示されたウェブページは日本語情報じたいごくわずかであり、評論文の筆者につながりそうなものは一件も見あたらなかった。ためしに「ヒッチコック」と併記して調べてみると、今度はさらに情報が減ったことから検索調査はそこでおしまいにしていた。したがって、「金有羅」と「金正日」を組みあわせて検索したことは当然いっぺんもない。

　さっそく当の組みあわせで検索してみると、ほんの数件ながらたしかに両者をならべて表記しているサイトがひっかかった。ならばと思い、横口健二はひきつづきWikipediaの項目「金正日」にアクセスしてみる。すると次のような一節にゆきあたった。

> 金正日は1941年2月16日に父親の金日成が逃亡先として滞在していたソビエト連邦（現在のロシア）の極東地方に生まれたとされる。正確な出生地についてはハバロフスク近郊のヴャツコエにある北野営、ウラジオストク近郊のオケアンスカヤにある南野営、ウラジオストク市内の病院といった諸説がある。出生名はユーリイ・イルセノヴィチ・キム（露：Юрий Ирсенович Ким, Jurij Irsenovič Kim）［注2］［5］。朝鮮式の幼名は有羅（ユーラ、김유라）。「有羅」はロシア人名「ユーリイ」に由来しており、ソビエト連邦出生説の根拠の一つともなっている。

なんてこったと横口健二は驚愕（きょうがく）せずにはいられない。新潟のヤクザが二〇日間かけて探しても見つけられなかった重大ヒントのひとつが、世界中の人間がいつでも閲覧しうるインターネット百科事典にどうどうと掲載されていたとはあきれるほかない。

　そのうえ金正日だ――まだ確定したわけではないものの、ヒッチコック論の筆者が北朝鮮の二代目最高指導者かもしれぬという事実がはなはだしいインパクトをもたらしている。

　横口健二は横目でハナコとアイコンタクトをとりたい誘惑にかられるが、それすらひかえざるをえないため気持ちのやり場がない。このもやもやを解消するには、さしあたっては情報提供者たるゆみちゃんにあれこれ質問をぶつけてみるしかないだろう。

「金有羅が金正日の幼名だなんて、よくご存じでしたね」

「なにそれ、ゆみちゃんのことバカにしてんの？」

「とんでもない、純粋に感服してるんですから素直に受けとってくださいよ」

「あ、そう」

「そうですよ」

「あなたはそれご存じなかったわけ？」

「ええ、はい。だから驚いてるんです」

「でもWikipediaにでも書いてあるようなことじゃん、常識なんじゃないの」

「常識かなあ。まあ、北朝鮮のことにくわしいひとにとってはそうなんでしょうけどね、一般的にはどうなんだろう。Wikipediaに書いてあるっていっても、わざわざ検索してこのページ開いてみなけりゃ、そうやたらと目に触れる機会はなさそうな情報じゃないかって思いますけどね。ちがいますかね佐伯さん、これってだれでもかれでも知ってるようなことなんでしょうか？」

　そのように投げかけてみると、苦しいことが好きだという大学教授はぎゅっと瞼を閉じ、眉間（みけん）にしわを寄せつつ深くうなずいてみせた。これはどっちの意味での首肯なのだろうか。解釈にこまり、横口健二は戸惑ってしまったが、それを察してか佐伯政夫はほどなくこう補足を口にした。

「だれでもかれでもってことはないでしょうね。ぼくも知らなかったし、一般常識の範疇（はんちゅう）ではなさそうだなって気がしますねえ。ゆみちゃんはお仕事で知ったの？」

「よくおぼえてないよ。なんかのゲラで読んだっていう記憶はあるんだけどね、それがどの本のお仕事だったかは例によって忘れちゃったな」

　金正日にまつわる書物のゲラを読んだりする仕事というのは興味をそそる話だ。そもそも彼女はなにものなのか——そろそろここをあいまいなままにしておくのはまずい段階に達しつつあるようだと横口健二は思う。

「あの、どんなお仕事されてるんですか？」

「え、あたし？」

「はい」

「どんなってデザインだよ。本の装丁とかやってる」

ゆみちゃんはあっけらかんとこう答えた。なるほどそっちかと気がゆるみ、横口健二はふうと溜息をつきそうになる。

「だから仕事でゲラを読んだりするわけですか」

「そうだよ。ゲラ読まないでデザインするひとも結構いるみたいだけど、ゆみちゃんは読むほうだから――」

気持ちがはやり、横口健二が中途で質問をさしはさもうとしたが、口数の多い黄色づくめのデザイナーはかまわず話しつづけた。

「ただ、どれも最後まで読みとおしはするんだけど、次から次って感じでいろんな本とたくさんつきあうから内容ずっとおぼえてることのほうが少ないわけ。たいてい忘れちゃうんだよ、おもしろくてもつまんなくてもね、お仕事から離れたらきれいに忘れちゃう」

「なら金有羅は――」

「だからそれでも、たまにおぼえてることもあって、金有羅って名前は記憶に残ってたの。金正日のちっちゃかった頃の名前がロシア風ってなんか意外でしょ」

「ほかにもなにか思いだせることってありませんか。たとえばその本に、金正日とヒッチコックが結びつくような箇所ってなかったですか?」

「そんなのはなかった気がするけど」

「直接それに言及するんじゃなくても、そうだな、金正日がヒッチコック映画を観たことがあるってわかるようなくだりとか、一時期まとめて観まくってたとか、そんな感じのちいさなエピソードでもいいので、思いあたるものはありませんか?」

想像するに、金有羅が金正日である事実をゆみちゃんが知ることになった書物というのは、北朝鮮前最高指導者のバイオグラフィーかなにかではないのか。そのようにあたりをつけた横口健二は、ヒッチコック映画に対し金正日が強い関心を抱いていたことを伝記の記述からでも裏づけられたら、論文筆者の正体特定にぐっと近づけるだろうと考えたのだ。

途端にゆみちゃんはペコちゃんみたいな顔になってうーんとうなりつつ思案しだしたが、彼女が記憶を探るあいだは代わりに佐伯政夫が話をつないでくれた。

「金正日は無類の映画好きとして知られていますから、当然ヒッチコックは観ているでしょうね」

「あ、そう思います？」

「思います。ハリウッド映画にもとてもくわしいようですし、あれくらいの世代でヒッチコックを素どおりというのはちょっと考えがたい」

ざっくりした根拠しかないとはいえ、ヒッチコック映画の研究者が太鼓判を捺してくれているようだ。となると、あの評論文を書いたのも金正日本人かという気がしてきて妙な心地になってくる。佐伯政夫はさらにこうつづけた。

「そういえば、日本から北朝鮮に渡って金正日の側近になった、藤本健二という料理人がいるじゃないですか。あのひとが書いた本でも、金正日の映画ざんまいの日常が描かれていますね。読みましたか？」

横口健二は首を横に振って訊ねた。「その本にはヒッチコックは？」

「ヒッチコックの名前は出てこなかったけれど、ボディーガードとかSPが登場するアクション映画や『007』シリーズなんかも金正日は好んでいて、世界中からあつめた映画を専用の上映施設で家族や側近たちと一緒に毎晩のように観ていたと書いてありました。スクリーンだけでなくテレビでも、衛星放送で日本のWOWOWやスターチャンネルをいつでも観られる環境だったそうですから、ぼくなんかは正直うらやましいと言ってしまいたくなるな。ははは。もちろん映画環境にかぎっての話ですけどね」

「それで思いだしたけど――」

言いかけて、ゆみちゃんがなにやらこみあげてくるものを感じているしぐさを見せたため、四人がけのソファー席はたちまち空気がはりつめた。どうなってしまうかとひやひやしながら見まもっていると、間もなく彼女がねじ伏せるみたいにこみあげてくるものを飲みこむ動作をとってことなきをえた。

「それで思いだしたけど、金正日って映画評論の本も出してなかったっけ」

佐伯政夫が首をかしげながらこう訊きかえした。

「映画評論の本？　金正日が？」

「出してるよね、出してるんだよ——」

「そりゃ本はいろんなの出てそうだけど、映画評論はどうだろうか。著者が金正日ってことでしょう？」

「うん、出てるんだよ、ゆみちゃんはそれ読んでないんだけど、日本語訳が出てるのは知ってるから」

「翻訳もあるの？　映画評論の？　ほんとうに？　それはぼくは聞いたことなかったな。ご存じですか？」

急に質問を振られた横口健二は「初耳です」と答えた。すると自分から訊いてきたにもかかわらず、佐伯政夫はそれには特に反応せず、なぜだか釈然としないような声色でこう言いそえた。

「映画づくりならね、現場に指示を出したりなんかして制作にかなり深く関わってたってのは割と知られた話。それとあの、七〇年代の末ごろに韓国から大女優とベテラン監督の元夫妻を拉致してきちゃって、何本も映画を撮らせてたってのも有名な逸話だ。結局ふたりは北朝鮮で再婚してのちのち脱北して、ハリウッドに渡ったそうで、監督はあれですよ、怪獣映画の『プルガサリ』を撮ったひと。その事件のドキュメンタリーもつくられてるけど、あれはいつの映画だったっけ——」

佐伯政夫がうんちくをぶつぶつとなえているのを尻目に、スマートフォンで調べものをしていたらしいゆみちゃんがふとこちらへ視線を向けてきた。どうやらお目あてのものが見つかったようだ。

「ほらこれよ」

その言葉とともにテーブル上へさしだされたiPhone XS Maxの画面には、Amazonの書籍商品ページが表示されていた。当のページには『人間の証し——「映画芸術論」抄』という単行本が書影つきで掲載されていて、著者名を見るとたしかに金正日と明記されている。翻訳者の名は卞宰洙とあるから、ペンネームの使いわけとかでなければ今間真志がたずさわった書物ではなさそうだ。出版された年月は二〇〇〇年一〇月となっている。

この本を読めば、金有羅と「アルフレッド・ヒッチコック試論」についてなにかわかることがあるのではなかろうか。にわかに視界が明るくなるのを感じた横口健二は、同書をただちに手に入れるべく自身のiPhone SEでAmazonの商品ページにアクセスした。

問題はタイムリミットだ。ぎりぎりの限界まで枠を使うとしても、あと三三、四時間しか猶予がないから本日中の入手は必須だろう。読みおえるのに長時間かかることを考慮すれば、陽が出ているうちには手にしておきたい。

あいにく同書はすでに絶版になっている。そのため現物を手に入れるとすれば古本を買いとるしかない。そういうわけで、Amazonのマーケットプレイスを確認してみると、十数冊の古書が売られてはいるしお手ごろ価格のものも数冊あることはある。

が、どれも配送にかかる時間が長すぎる。お急ぎ便のサービスは利用できないので今すぐ注文してもとどくのに三、四日を要してしまうようだから通販の線は消えた。こうなったらリアル古書店へ実際におもむいて購入するしかない。

横口健二が顔をあげると、それを待っていたみたいにゆみちゃんがこんな情報をつけ加えてくれた。

「ただね、ついでに思いだしたんだけど、この本のもとになった『映画芸術論』ってゆう論文の大部分は、じつは金正日じゃなくて別のひとが書いたって説があるんだって」

「別のひとが書いた？」

「ゴーストライターってやつじゃないの」

「それマジですか」

「それってなにが？」

「いやだから、論文を書いたのが金正日じゃなくて別人だっていうのは」

「そういう説があるって話。ゆみちゃんが読んだゲラにそんなことが書いてあったわけ」

大収穫と言えそうな情報だが、しかしそれがわかったからといって目的への急接近が果たせるわけではない。金有羅の正体に近づけた感触はあるものの、だからといって当の人物が「アルフレッド・ヒッチコック試論」の筆者とイコールで結ばれるとはかぎらない。肝心の掲載誌をつきとめるには、評論文そのものにまつわる具体的な情報がまだまだ不足している。

　どのみち『人間の証し──「映画芸術論」抄』なる書物に目を通さないわけにはゆかない。こういう場合は同書の在庫が確実にあるとわかっている、Amazonマーケットプレイス販売店のどれかへ向かうのが合理的だろう。そう考え、商品ページの出品者一覧にある説明をあらためて見てみると、都内近郊の店舗が一軒もないことに横口健二は気づいてしまう。

　真正面からふんと鼻を鳴らすのが聞こえてきた。佐伯見るとだいたいのチェックは済ませたらしく、佐伯政夫が評論文のコピーをテーブルのうえでととのえているところだった。その面持ちはどことなく不服そうな様子に見うけられるが、いよいよ吐き気に耐えられなくなってきているせいでそんな表情になっている可能性もなきにしもあらずだ。クリアファイルを受けとった横口健二は、なにも訊かず礼を述べるにとどめた。

「返信も待たずにとつぜん押しかけてきて、いろいろと誤解をあたえてしまったりもしたやつの相談に乗ってくださり、ほんとうにありがとうございました。進展も結構あったんで助かりました。とりあえず、さっき教えていただいた金正日の映画評論集を手に入れてみることにします」

「でも間にあうの？　時間がないとかなんとか言ってなかった？」

　なぜだかゆみちゃんがけわしい顔つきでそう問いかけてきた。

「ええ、時間がぜんぜんないんです。明日の夜までにはこれの掲載誌を見つけないといけないから、金正日の映画評論集もできれば今日中に読みおわっていたいんですよね」

「だったら古本マケプレなんかで買ってちゃ間にあわないじゃないの」

　なるほどそこを考慮してくれていたのか。ありがたいなと感じつつ、横口健二はこの件でもゆみちゃんにすがりついてみる。

「そうなんですよね。配送は時間がかかりすぎるから使えないんで、店まで行って買ってくるしかなくて。でも、マケプレに出てる店でいちばん近いところでも宇都宮で――」

「そうみたいね」

「この近辺とかで、あの本をあつかってそうな店ってご存じないですかね」

色よい返事が用意されているのではないかと期待を持ち、横口健二は反応をうかがったが、ゆみちゃんはただ口をへの字にするのみだ。

「ご存じないですか」

「さあねえ」

「都内は、神田とかはどうでしょう、あのへん行ったりしませんか？」

「そんなにはねえ」

「思いあたる店はないですか」

レモンイエローのロングヘアーがちいさく横にゆれている。これは自力で探すしかなさそうだと頭を切りかえかけたところ、ゆみちゃんが隣にこう話しかけた。

「まさくんはどう？」

まさくんはなおも不服げな顔をさらしており、腕ぐみまでしてなにやら考えこんでいる。今のやりとりなど耳に入ってはいないかもしれないと思われたが、実際はしっかり彼は話の流れをつかんでいた。

「一軒ありますよ」

「え、ありますか」

「あります。あの店なら確実に置いてるでしょうね」

「どこの店ですか」

「神田です。すずらん通り沿いにある熊倉書店という古本屋です」

「すずらん通り沿いにある熊倉書店ですね」

横口健二はさっそくその店名をGoogle検索にかけてみる。

「あ、ありましたありました。営業終了時刻は午後七時で定休日は日曜日か、これなら今から行っても大丈夫ですね。いやあ助かりました、かさねがさね、ほんとうにありがとうございます」

佐伯政夫はいまだなにかに納得できずにいるらしい。腕ぐみしながら眉間にしわを寄せるばかりで、うなずきひとつかえすこともなかったからだ。

「その古本屋はね、映画関連書籍を専門にあつかってて、雑誌や本のほかにもシナリオとかチラシとかスチールとか、資料になるものが幅ひろくたくさんそろってる店なんです。有名な同人誌なんかも置いてあって、市場には出まわらない入手困難な希少本とかでもそこ行けば絶対に手に入るという評判の店なんですね」

「なるほど」

「だからちょっとした映画通の聖地みたいになってるし、われわれのようなヒッチコック研究者は特によく利用する古本屋でもあるんですが、店に行く際は気をつけなきゃならないことが一個あってね。それは店主とのコミュニケーションなんです」

「店主との？」

「ええ、コミュニケーションね」

「客のマナーにやたらうるさいとか？」

「そういうんじゃないですね」

「ローカルルールを強要してくる？」

「だからそっちじゃないんですよ」

「なら、無愛想でなに訊いてもシカトするとかですか？」

「それでもない」

「わかんないな。なんなんですか」

「店番がバイトだったらふつうの店と変わらないんです。買いたいものを見つけたら、お金をはらって出てゆくだけだから不都合なんてひとつもない。けれども店主が相手だと高確率で厄介なことになっちゃう。目をつけられた客はいいようにもてあそばれて、簡単には帰らせてもらえなくなるんです」

「いいようにもてあそばれて——具体的にはどんな目に？」

「それがね、被害者ごとにどうもちがってるみたいで」

「被害者って、そんなひどい目に遭わされるんですか？」

「共通しているのは、なんだかんだ言いくるめられて、こちらがちっとも必要としちゃいないような代物まであれこれ買わされてしまうんです。たいていゴミなんですが」

「ゴミの押し売りかあ」

「そんなようなもんです」

「でも無理じいなんでしょ、ことわれないんですか？」

「それが無理じいでもなくて、なんとなくおしゃべりしているうちにことわれなくなっちゃうんです」

「口車に乗せるのがうまいとかですか」

「そういうんでもないかな。別におだてられたりとかするわけでもないしね。それに説教されるんでもない。だから客としては対処にこまるんですが――」

「いったいどうすりゃいいんですか」

「とにかく店主とは口きかない。目もあわさないし支はらいのとき以外は近づかない」

「なんだか神話の怪物みたいじゃないですか」

「でもそれしかありません。要るものだけ買ってなにごともなく店を出たかったらそうしてください」

「わかりました、ご忠告にしたがいます」

「ただねえ――」

「え、まだなんかあるんですか」

「探し物があるひとは、口きかないわけにはゆかないでしょ」

「はあ、まあそうなるか」

「在庫が全部、売り場の棚にはおさまってなかったりもするんでね、目録に書名があっても見つけられないものなんていくらでもある。で、あるはずなのにないってなったら、客は店番に訊ねるじゃないですか、この本どこにありますかって、そうでしょう？」

「そうですね、訊ねますね」

「その相手が店主だったら、あとはもうあきらめるしかないってことです」

「そこまで言いきりますか」

「覚悟はしといたほうがいいですよ」

「店主が店番だったらあきらめて、ゴミも一緒に買いとってこいってことですか」

「ええ。それとね、電話で在庫確認の問いあわせなんかはやらないほうがいいです」

「なぜですか」

「今からカモが行きますよって宣言するようなものですから。たとえば問いあわせがあった本をね、売り場の棚からわざわざ地下の倉庫に隠しちゃったりとか、そういうことまで平気でやるんですよ、あの店主は」

「え、罠にはめるってこと？」

「はい」

「店にきて、あるはずなのにないってなった客が自分から話しかけてくるように仕むけるってこと？」

「そのとおり」

「なんでまたそんなことを」

「さあ、本人じゃないからわかりませんよ。暇つぶしとかなんじゃないのかな」

　なるほど面倒くさそうな店主ではある。が、脅し文句をさんざん聞かされているうちに、そんなに憂慮するほどのことでもないような気がしてきたのも事実だ。金額の多寡にもよるとはいえ、どうせこちらは一回きりの買い物でおしまいなのだし、命をとられるわけでもないのだからゴミの押し売りくらいは目をつむろうかなと横口健二は思う。

「佐伯さんはその店しょっちゅう？　足しげくって感じなんですか？」

「最近はそんなには行ってないですが――ちなみに、どうして？」

　会話の流れからしてなんら不自然なところのない質問のはずだ。ゆえにその意図を問われたのは意外だった。大学教授をそこまで警戒的にさせるほどに問題ありの店主なのだろうか。

「話がえらく具体的というか、店の実態をいろいろとご存じなので」

「そりゃ自分の経験談ですからね、話が具体的なのは当然ですよ」

「あ、そういうことですか」

「ええ、そうなんです」

「ヒッチコック研究者はよく利用する店だっておっしゃってましたよね、それって――」

「あんなやつの店だって知ってても行かざるをえない事情がありますからね」

「行かざるをえない、それはどういう？」

「熊倉書店の先代はね、自費出版でぶ厚い研究書を出しちゃうくらいのヒッチコック愛好家だったんです」

「先代？　前の店主ってこと？」

「そうです。七、八年前に亡くなってしまいましたが、いわゆる知るひとぞ知る存在でね。ただでさえ品ぞろえ豊富で良質な映画専門店の主人ということもあって、常連客には大司教みたいにあがめられちゃってたから根づよい信奉者が少なくない。その影響力はいまだに無視できないわけ」

ラーメン屋の名物店主やアパレル店のカリスマ店員みたいな看板的存在を想像してしまう話だが、佐伯政夫はカルト教団でも語るような口ぶりで説明をつづけている。

「で、今の店主はそういう先代の趣味ごと店を受けついだようなものだから、まあ幅を利かせまくってる。先代の頃とはちがってネットも使えるから、情報網をかくだんにひろげてるし世界中の資料をあつめまくってたりするので知識もすごい。ヒッチコック関連は特にね。それはわれわれも認めざるをえないものがあります」

佐伯政夫はここでいったん言葉を切って喉をごくりとさせた。表情だけで判断すれば、吐き気のせいではなさそうだ。

「おまけにね、ヒッチコックがらみの評論や研究にいつも目を光らせてて容赦ないジャッジをくだしてくるんです。あんまり手きびしいので、鬼判事ってあだ名もあるくらいでね。でもやってることは悪徳判事なんですよ。気に入らない本とか記事を見つけると、その悪評を信者にばらまかせたりもするからほんとたちが悪い。関係者のあいだではサーチ・アンド・デストロイって言われておそれられています。ぼくのまわりなんてあいつの被害者だらけ。そんなだから、われわれとしてはできるかぎり近よりたくはないんだけど、かといって完全にスルーするわけにもゆかなくってね、ほとほと厄介な店なんです」

耳を傾けるうち、横口健二は前のめりになって両手でテーブルのはしっこをつかみ、ほとんど立ちあがらんばかりになっていた。どんな凶報かと思いきや、こいつはとんだ朗報じゃないか。

熊倉書店の店主がそこまでヒッチコック関連に精通しているのであれば、金有羅の「試論」にも大いに興味を抱くにちがいない。それどころか、すでにこの評論文じたいを雑誌ごと所有し、売り物として店頭に出しているとしてもおかしくはない。

いっそく飛びに目的へ達しうる見とおしが目前にひろがり、にわかに気が高ぶってくる。横口健二は高揚感まるだしの物言いで大学教授にこう問いかけた。

「あの、だったら佐伯さん、その店にならですよ、これが載ってる雑誌も置いてるってことないですか？」

佐伯政夫はそれに答えようとして口を開きかけたが、横から別の声が飛びこんできたため発言をさえぎられた。ずっとしぶい顔で黙りこんでいたゆみちゃんが、すかさずこんな質問をかぶせてきたのだ。

「てゆうかさ、まさくんはあれ読んでどう思ったのよ」

「え、ぼく？」

「そうよ、まさくんの感想よ」

ゆみちゃんは首の向きを変え、ご意見番みたいな態度でテーブルの反対側にもこんなふうに訴えかけてきた。

「あなたもさ、せっかく専門家にチェックしてもらったのにそれ聞かないでどうするわけ？ なんでまさくんの感想をいちばんに教えてもらわないのよ」

これもおっしゃるとおりではある。逆にむしろ、ご自身から話してくださるのをじっと待っていたんですよとでも言いたげに、横口健二は深くうなずいてみせた。

「そりゃ気になってますよ、ええ、はい。佐伯さん、順番が前後しちゃいましたが、ご感想ぜひお聞かせください」

佐伯政夫はいっぺん咳ばらいしてからあらためて腕を組み、眉間にしわを寄せつつこう打ちあけた。

「感想っていうかね、じつはさっきからぼくが考えてたのは、これ見おぼえあるなってことなんですよ」

「これというのは？」

「だからそのヒッチコック論ですよ」

「ええ、それほんとですか」

でかい声を発して立ちあがってしまった横口健二は、周囲の注目に気づいてやべえと思う。ただちに腰をおろして目だたぬようちぢこまったが、それでもこの興奮ばかりはとうめんおさまりそうにない。

「見おぼえがあるんですよね？　それってつまり以前にも読んだことがあると？」

「いや、だからそれがあやふやでね。見おぼえって言っちゃっていいのかどうなんだかって感じで、読んだんだったかだれかが内容しゃべってんの聞いたんだったか、とにかくどっちだったかさっぱり思いだせないんでさっきから自分の記憶を探ってたわけなの」

　それで長らく不服そうな表情をしていたのかと合点がゆく。肝心の記憶はまだ探しあてていない様子だが、いずれにしても朝からストーカーみたいな真似までして佐伯政夫に相談を持ちかけたことじたいは正解だったようだと横口健二は思う。今ごろバンコクで仕事しているであろう松井律子にも、彼を紹介してくれたことを感謝せずにはいられない。

「おなか苦しいのに、こんな不審者みたいな知らんひとのためにがんばってあげちゃって、まさくんやさしいねえ。どうやったらそれ思いだせるんだろう、あたしにしてあげられることってなにかないかな」

　感心の面持ちを隣に向けているゆみちゃんは、佐伯政夫のごわごわした白髪まじりの頭髪を片手でなでまわすと、おしまいにちゅっと口づけまで添えて称賛していた。されるがままの映画評論家は、浮かない顔でこう応じた。

「それがゆみちゃん、どうやっても駄目みたいだねえ」

「えーくじけないでよまさくーん」

「いやでもね、それらしい記憶がちっとも見あたらないから、もう無理だろうなあこれ」

「佐伯さん——」

　ここでみすみす撤退させてはなるものかと、愛人どうしのいちゃつきあいに割りこむみたいに横口健二はテーブルの反対側へ首を伸ばした。焦心のあまり、詰問口調になる自分自身も抑えられない。

「そのきっかけはなんなんですか」

「きっかけって？」

「見おぼえがあるって感じたきっかけ」

「単純に、読んでみてそう思ったんですよ」

「コピー全部に目を通してみての印象ですか？　それともどこか部分的に？」

「全部じゃあないです。一部の指摘に見おぼえだか聞きおぼえがあったわけ」

「どのへんですか」

「それ貸して、そうファイルごと――」

記憶にあったのはここだとして、佐伯政夫が示したのは次のくだりだった。


ヒッチコックの諸作における階段の降下場面が、ひじょうな緊迫状況を浮かびあがらせることになるのはこれまでに見てきたとおりだ。しかしだからといって、階段を降りる描写にヒッチコックが象徴的な意味をふくませていると結論づけたいわけではない。加えてまた、階段を降りる行為が「転落への誘惑」の主題につながるとするクロード・シャブロルの主張をこの場でくりかえすつもりもない。

とはいえ、階段を降りる行為は浮きしずみの人生のひとコマたる「転落」を暗示していると理解することじたい断固まちがっていると断定したいわけでもない。そうではなく、ここで訴えておきたいのは、頻出する表現の隠喩的解釈にばかりかまけていては、ヒッチコックの階段に認められるきわめて具体的な別の側面、ある構造的な機能をとらえそこねかねないという危惧なのだ。

ヒッチコック映画において階段の降下場面が高度な緊迫感を生むのはたしかだが、それが多くの作品で採用されているからといって降りる行為そのものが特別あつかいされているわけではない。事実、降りる描写の特権化はヒッチコック自身の手によって無効化されている。

というのも、降下場面は結局のところ、階段を介した出来事を表現するうえでのひとつの様相にすぎないと断言できるからだ。なぜならヒッチコックは、階段を降りる過程よりもむしろのぼる行為の結果を描きだすことのほうに強くこだわっていたと考えられるのだ。


横口健二が顔をあげるのを待って、佐伯政夫はこう補足してくれた。

「そこに書いてある、階段を降りるよりものぼる描写のほうがヒッチコックの映画では重要なんだって指摘が印象に残ってたんですよ。んでさっき、そのコピー読んでみて、なんかこれぼく知ってるぞって思ってねえ」

「印象に残った理由というのは？」

「いやあ、ぼくは正直、階段をのぼった結果なんて注意してヒッチコック観たことなかったから、ほんまかいなって思ったわけ。あとでまとめてチェックしてみなきゃってね」

「なるほど——ちなみにその後、チェックはしました？」

「いいえしてません。チェックしなきゃって思ったこともね、今の今まで忘れちゃってたから」

「この文面、もっぺん目を通してみてもどっちなのか思いだせませんか？」

「ん、どっちなのかってのは？」

「読んだんだったか聞いたんだったか——」

「ああ、うん、そうね、さっぱりだわ」

「いつ頃の話なのかも？」

「わかんないな」

「なら翻訳者の、今間真志というひとのことは？」

佐伯政夫は無言で首を横に振っている。よくよく見ると顔色がまっさおだから、そろそろ吐き気の我慢が限界に達しつつあるため彼は口を閉ざすことにしたのかもしれない。

「そんなに思いだせないってことは、何年も前の話なんじゃないの？」

ゆみちゃんが隣から顔をのぞきこむようにしてそう問いかけた。すると佐伯政夫は、両手いっぱいのニトログリセリンと綱わたりでもしているみたいな面持ちになり、ときおり喉をごくりとさせながらゆっくりとこう答えていった。

「ここ最近のことじゃないのは、たしか、かな。かといって、半年前なのか、一年前なのか、数年前なのか、それもね、わかりませんわ」

もはやこれ以上の回答は期待できそうにない。ヒッチコック研究者に対するウィルスの勝利はもう間もなくといった様子だからだ。なにか思いだしたらすぐに連絡をもらえるように約束をとりつけたうえで、横口健二は佐伯政夫に向かって最後の質問を放った。

「例の熊倉書店、これからさっそく行ってみるつもりなんですが、鬼判事がこの論文を読んだ可能性ってありますかね」

佐伯政夫はますます顔色を青くさせてよろめくみたいに立ちあがった。つづいて彼はそそくさとトイレのほうへ去っていったが、その直前、片手で口もとを覆いながら言いのこしたのはこんな見解だった。

「あると思いますよ、可能性なら一〇〇パーセントって言っていいんじゃないかな」

●

神田すずらん通り商店街についたのは街灯のともる午後六時ごろだった。時間の余裕はじゅうぶんあるつもりでいたが、横浜ではサイゼリヤならぬ竜宮城にでも招かれていたかのようにまたたく間にときは流れ、気づけば熊倉書店の営業終了時刻まで残り一時間しかない。

というわけで、さんざん脅されてはいるものの、映画通の聖地だか法廷だかに入るのに躊躇している暇はない。ハ、ナ、コとともに熊倉書店の店先に立った横口健二は、店主と口を利くのは必要最小限にとどめて目もあわさないぞと自分に言いきかせる。そうして腹をくくり、特売品のワゴンに左右をはさまれた出入口のガラス引き戸をそっと開けてゆく。

ペンシルビルと言ってよさそうな五階建てのその建物は、店舗と住居をかねているらしかった。何人家族の住まいなのかはさだかでない。店内へ足を踏みいれてまず目に映じた光景じたいは、よその古書売り場とさして異なるものではない。

古紙の香りただよう無時間的な空間に数列の書架と平台がならび、そこに種々大小の図書が売り物として隙間なく陳列されている。どの棚も、ぎゅうぎゅうづめというほどのおさまり具合には見えず、レイアウトにゆとりがあって優雅なおもむきすら感じられ、古本屋にしては雑然よりも整然に近い雰囲気をおぼえる。あるいはそれは、手きびしい鬼判事の異名を持つ店主自身の気質が反映されてのことだろうかと横口健二は推しはかる。

閉店時刻の間近だからか、ほかに客はおらず物陰にもひとの気配はない。出入口を背にして売り場の奥を見やると、ぜんたいを見わたせそうな位置に帳場がもうけられているのもごくありふれた店内模様と言える。

また、帳場の椅子に腰をおろして静かに読書している店番女性のうつむく姿なども、いかにも古書店らしい風情をかもしている。こうなると、客がやにわに厳格な裁きに遭うといった宗教劇的ないしは法廷劇的な展開は、ちょっと想像しがたい。

帳場にいるのはどうやら店主ではないようだと知り横口健二はほっとした。腹をくくったとはいえ、脳裏ですっかり怪物化してしまっている人物とのおしゃべりにいきなりとりかかるのはやはり気がひける。このタイミングで少しでも猶予をえられれば、心の準備もさらにはかどるというものだ。

店番はアルバイトなのだろう——二〇歳すぎくらいの学生かと見うけられる。近隣の大学か専門学校への通学がてらにここで働いているのかもしれない。前髪を眉うえで切りそろえて側頭髪をうしろで束ね、おばあちゃんのおさがりみたいなモスグリーンのニットジャケットなんかを羽おってべっこうの丸めがねをかけていたりするから、ぱっと見はおとなしそうな文化系女子という印象を受ける。

閉店間際なのだからさすがに今日はもう店番の交代はないだろう。店主があらわれるとすれば店じまいの頃あいにちがいあるまいから、二、三の質問を投げかけても延々ともてあそばれる事態にはならないかもしれない。

かように楽観視したすえ痛い目に遭うといった結末ももちろん大いにありうる。その分えられる収穫はでかいはずだと思いなし、押しよせる悲観をしりぞけるが、楽観ばかり抱いてもいられない。ここで最大の謎が解けるかもしれないとしても、そうはならない場合だって当然あるわけだ。だから念のため、店主との対面前にプランBも進めておくべきだろう。

そう考え、サイゼリヤでゆみちゃんに教えてもらった『人間の証し—「映画芸術論」抄』を探すことにしたものの、一階売り場の書架をざっと眺めたかぎりでは当の書名はどこにも見あたらない。見のがしたのかもしれないと思い、あらためてすべての棚をたしかめてみたが結果は変わらない。Amazonの商品ページを見せてハナコにも同時にチェックしてもらったが、彼女も首を横に振っている。

エレベーターの乗降口に貼られたプラスチックの店内案内板が、このビルの二階と三階も古書売り場になっていると伝えているから、あきらめるのは時期尚早ではあった。

ただし、腕時計に視線を落としてみると閉店時刻まであと三〇分もないことを告げている。これではプランBを進めているうちに時間ぎれになってしまいそうだ。

「すみません、探し物があるんですが——」

アルバイトに在庫確認を頼んだほうが話が早いだろう。そう結論し、帳場の前に立って店番に声をかけた横口健二はたちまちぎょっとなってしまう。手にしている文庫本を閉じ、おもむろに顔をあげた店番の女性は、至近距離で面と向かうと見た目の印象がさっきとまるでちがっていたからだ。

ぱっと見はおとなしそうな文化系女子だったが、どちらかというと彼女はささくれだった反体制女子と表するほうがぴったりかもしれない。

というのも、目つきがやけにするどくて愛想のかけらもない。おまけに近づかないとわからなかったが、眉や耳たぶや唇にどっさりシルバーのピアスをつけてもいるから、ステレオタイプな発想をすればパンク系のバンドでも組んでいそうな風貌でもある。バイト代はそっくりライブ活動にあてているのだろうかとベタな想像も浮かんでくる。

「あの、探してる本がありまして——」

無言でにらむように見あげられているため、横口健二はなかばひるんでしまっている。昨日今日と他人に威圧されてばかりの日常だが、だからといってこんな殺気だったまなざしをつきつけられることに慣れっこになんてならない。せめてほんの少々でいいからやさしく接してくれる人間との出会いはないものかと思いつつ、横口健二はさらに店番に話しかける。

「なのでその、在庫を調べてもらえないかなって——」

客といっさい口を利くなとでも店主に命じられているのか、それともひととのコミュニケーションが苦手なタイプなのか、反体制女子はなおも沈黙をやぶらない。押し黙ったままではあるが、その代わりに彼女はカウンターテーブルのうえにメモ用紙とペンをすっとさしだしてきた。ここに書名を記せということなのだろう。

メモ用紙に『人間の証し――「映画芸術論」抄』と書いた横口健二は、著者名もあったほうがいいかと考え金正日と加えておいた。

それを手わたすと、店番はどこからともなく手品みたいにスマートフォンをとりだし、メモにある言葉をおそろしい速さでフリック入力していった。

どうやら在庫のデータベース検索をおこなってくれたようだが、その間も彼女の表情に変化はない。溜息ひとつもれてくることがないから、だんだんと血の通った人間には見えなくなってくる。

またもや無言でメモ用紙がすっとさしだされたが、今度は白紙ではなく「三階B」とだけ記されている。これはおそらく三階売り場のB棚という意味だろう。すなわち在庫ありというわけだ。ノーウェルカムなムードに反し、なんとも呆気なくプランBが果たされつつあるようだ。

接客態度はともかくとして、こちらの要望に彼女はいちおう迅速に応えてはくれている。それはそれでこわい気もしてくるが、考えすぎは疑心暗鬼を呼びおこすのでよろしくない。

熊倉書店店主の被害者たる佐伯先生が、店番がバイトだったらふつうの店と一緒だと言っていたわけだしこれがあたりまえなのだろう。そう思いつつ、横口健二はエレベーターの乗降口に立って扉脇のボタンを押してみるも、いっこうにケージ内の明かりがつかず、ドアも開かない。

帳場にもどって店番にエレベーターの無反応を告げると、ふたたびメモの返答がすっとさしだされた。そこには「故障中」と書かれている。ならばどうやって三階へ行けばいいのかと訊ねてみれば、反体制女子は無言のまま顎をくいっとさせ、エレベーターの反対側にある一角を指ししめした。そちらを見やると、やや奥まった場所に階段がもうけられているのがわかった。

先に言ってくれよと思って横口健二は舌うちしかけるが、不満をぶつけた途端にゴールへワープできるわけではないのだしそれは賢明なふるまいではないぞと自重する。一見客につめたい気風というのはまあこの手の専門店にありがちな傾向だとあまんじて受けいれ、ここは頭を切りかえるしかない。

それにしても、問題ありは店主にかぎった話ではなさそうだ。このアルバイトだってじつのところなかなかの玉なのかもしれない。

要望には迅速に応えちゃくれるし明白ないやがらせをされたわけではないとはいえ、彼女の態度はこころよいものではないし不親切なのはたしかだ。まさくんいわく店番がバイトだったらふつうの店と一緒のはずだが、その評価はくつがえりつつあると言わざるをえない。

そんなふうに考えているうちに階段をのぼりきり、三階売り場へたどり着く。するとそこで、Bの書架を調べる前に横口健二はひとつの発見をえる。

平台に置かれた洋書のなかに、“Edith Head”とタイトルにある書籍が数冊ならんでいるのがまず目にとまる——イーディス・ヘッドは後期ヒッチコック作品のたいはんにたずさわった、映画衣裳界のレジェンドだ。つづいてそれらの表紙をかざるタイトルロールのポートレートがヒントとなり、「ああそうか」と彼は声をあげてしまう。隣でハナコも興味ぶかげにおなじ本を見つめている様子だ。

あれはこれを真似ているのかもしれない。反体制女子の丸めがねやヘアスタイルやファッションは、どこか見おぼえがあるようにも感じられたが、要するにこのレジェンド衣裳デザイナーの外見を模しているのではないか。

先代の店主はなにしろ自費出版でぶ厚い研究書を出しちゃうくらいのヒッチコッキアンである——だから当然、というわけで、ここの売り子はイーディス・ヘッドのコスプレをさせられる決まりにでもなっているのか。しかし当人のパンク趣味にはそぐわないと思われるよそおいゆえ、強制感がいっそう際だってしまっている。

かように推しはかれば、店番の彼女もまた鬼判事の被害者なのかもしれないという気もしてくる。あるいは朱にまじわり赤くなった結果として、あのつっけんどんな接客ぶりなのかもしれない。

いずれにしてもこの四、五〇分のあいだに、熊倉書店にまつわる噂の片鱗はうかがえた。そうしみじみ感じつつ、横口健二はBの書架へと向かった。

●

「ほんで？」

「ん？」

「ん、じゃねえよ、ほんでどうしたって訊いてんだよ」

「ああ、買ってきました」

「どれを」

「あれですよ、金正日の映画評論」

「だからそれのどっちのほうだって訊いてんだよ」

「本です本、だからあの、つまり雑誌じゃなくて『人間の証し』ってゆう本のほう」

「最初からそう言えよじれってえな」

「すんません」

「ほんで？」

「今日の収穫はそこまでです。結局そこの店主にも会えずじまいだったんで、肝心の論文のこととかはなんも聞けませんでした」

「なら明日も行けよ」

「ええ、わかってます」

「朝一で行けよ」

「朝一？　朝いちばんに行けってこと？」

「あたりめえだろ、なにびっくりしちゃってんだよ」

「でも、あの店が開くのって昼の一二時ですよ？」

「てめえのおつむは相変わらずだな、ねぎ味噌でもつまってんじゃねえのか」

「なんすかまたいきなり」

「ショッピングに行ってこいって言われてんのかてめえは、ああ？　ちがうだろ？」

いちおうショッピングもこみの仕事ではある。が、そんな抗弁は減らず口をたたくのと変わらないしくまモンをヒグマドンへと変貌させかねないからひかえるべきだろう。

それにしても、と横口健二は思う。このところ電話するたびに沢田龍介のいらつきっぷりが強まってきているように感じとれるのがいささか気がかりではある。

おおかたタイムリミットがせまっているせいにちがいあるまいが、言葉づかいから日に日に素人さんに対する遠慮が消えていっている。あちらさんも下請けの立場ではあるものの、それは単なる系列関係間の業務委託ではない。いわば極道世界の峻厳たるトップダウン構造における上意下達ゆえ、尻に火がついているという意味ではこちらとは比較にならぬ深刻度かもしれない。

「はい、ごめんなさい、おっしゃる通りでございます」

「その古本屋のビルのうえは、そいつの家だっつってたろうがおめえさっきよ、そこに住んでんだろそいつは、ちがうの？」

「そうです、ええとだから、ちがいません。あ、いや、本人に直接たしかめたわけじゃないんですが、たぶんあそこに住んでるんだと思います」

「だったらおまえ、朝一で行って話きいてこいっつってなんかおかしいことあるか？　ねえよな？」

「ですね、ありません、そうします」

「どうでもいいけど時間ねんだよ、てめえわかってんだろうな」

「わかってます」

「だったらしょうもねえ確認でいちいち手間とらせんじゃねえよ」

「了解です」

「かならず雑誌みつけてこいよ」

「かならず――努力します」

「明日中にな」

「明日中に、ですよね――」

「なんだよ」

「いえ、とにかくやってみます」

電話が切れたちょうどそのとき、神保町駅五番線ホームに半蔵門線渋谷方面行き電車がすべりこんできた――田園都市線直通の急行長津田行きだから、乗りかえなしで三軒茶屋へ帰ることのできる列車だ。乗車を待っている横口健二にとっては絶妙なタイミングと言えたが、車内に乗りこんだところであらためて気になってきたのが今しがたの沢田龍介のいらつきっぷりだった。

指定暴力団三次団体の会長があれほどかりかりてしまっているわけだ。それはすなわち、仕事を果たせなかった場合のわが身の転落をおそれての情動なのではなかろうかと推測できる。

考えられるのは組織内で最終的に請け負った人間の責任問題になることだ。多額の違約金をはらわされるとか指をつめさせられるとか、もしくは例の「下手うったヤクザが入れられちゃうとこ」にぶちこまれてしまう等々の、悲惨な結末がただちにあれこれ思いうかんでくる。

だとすれば、孫請けだかひ孫請けだかのかたちで関わっているこの自分はどんなことになり、いったいどういう目に遭わされてしまうのか。沢田龍介と一緒に「下手うったヤクザが入れられちゃうとこ」なんかに閉じこめられるのはごめんだぞと、横口健二はにわかにおののきだす。

関与が表沙汰になれば、執行猶予期間中の身としては即刻ふつうのほうの牢獄行きになってしまう。だから途中でなにがあっても警察には駆けこめないという事情がこちらにはある。依頼を遂行できなかった人間をどう始末するかは、反社会的勢力のみなさんの胸先三寸なのだ。煮るなり焼くなり好きにされてしまう可能性だって決して低くはない。

そんなふうに、地下鉄乗車中は延々と憂慮にふける羽目となった。発端はスマホを通じて伝わってきた沢田龍介のぴりつき具合だったが、三軒茶屋に帰って間もなく、その問題に別の光をあてる事実に横口健二は直面する。

ふさいだ気分を転換させるべく、今夜は奮発し、行きつけの中華料理店で食事をとることを思いついた。ハナコをつれて入る初の機会になるが、あそこの女店主や寡黙な調理師は白馬荘の大家夫婦みたいにせんさくしてくることはないだろう。金髪ウィッグの変装はひと目を惹きすぎてしまうかもと当初は懸念もしたが、それはどうやら杞憂(きゆう)だったようであり、むしろうまいこと役だっているくらいだ。

店内のテレビは今日もどこかしらの局の報道関連

番組を映しだしていて、女店主がときどき辛口批評をさしはさんでいる。食欲と時事への興味の両方を満たすのにうってつけの環境は健在というわけだ。

席につくより先に横口健二はいつもの定食をふたつ注文したが、サイゼリヤでのへまを思いだしてはっとなった。あわててテーブルの向こうにメニューをさしだして豚ガツ炒めの写真を指さし、これを頼んじゃったが別のに変えたほうがいいかと問いかける。するとハナコはううんと首を横に振る。

加えて驚くべきことに、ささやくように彼女は「OKです」と返答したのだ。

ハナコの声をまともに耳にするのはこれがはじめてだ。日本にきてからほとんど喉を使っていないせいなのかそれが地声なのか、短いながら澄んだ声音が聞こえてきた。おまけにGoogle翻訳なしでコミュニケーションがとれたことにも気づいて驚きが倍にふくらむ。

彼女がこの国に滞在している日数は二〇日ちょいのはずだが、その間に日本語での会話がだんだんと理解できるようになってきたということなのだろうか。今までハナコは何語であってもひとことたりともしゃべらなかったから、和文の読みとりは可能でも話すのは無理なのだなと勝手に目していた横口健二は、思わずへえなどと感嘆をもらしかける。

さらになにか話しかけ、理解度をはかってみようかという気にもなるが、「どこでだれに見られてるかわからんから」の呪いがたちまち頭をよぎって自制心が働いた。それをするのは食事を済ませて帰宅してからでも遅くはない。

昨秋インドで発生したダイヤモンド強奪事件の続報から切りかわり、広域指定暴力団のきなくさいニュースがテレビで流れだしたのはそのときだった。このところろくすぶりつづけている、全国規模の一大組織における内紛をめぐる報道だ。系列団体のあいだで抗争が勃発したらしく、本日の夕刻に福井県敦賀市の路上で銃撃事件が生じ、またそれから数時間前には長野県長野市の組事務所に対するダンプカー突入事件が起こっているという。どちらの事件でも死者は出ていないが数名の重軽傷者がおり、銃撃を受けた暴力団関係者は重体に陥っているとのことだ。

横口健二はなるほどあれはこれのせいだったのかもしれないと心でつぶやいた。

内紛におよんでいるのは沢田龍介の属する一大組織であり、抗争の現場はいずれもいわゆる北信越地方内にある新潟の近隣県だ。あのいらつきっぷりは、今回の揉めごとが影響しているのかもしれない。事件への直接の関与はないにしても、彼がのっぴきならぬ立場へと追いこまれてしまった可能性はありそうだ。

そのように推しはかれば合点がいったが、しかしだからといって、自分自身が安全圏に逃げこめたわけでもない以上、ほっとすることはできない。ならば電話をかけて本人にちょくで訊ねてみればいいのではないかと横口健二は思いつく。が、しばし逡巡したすえ通話ボタンには触れずに彼はiPhone SEをテーブルに置いた。

仮に沢田龍介が、揉めごとの渦中で神経質になっていると知ったところでかけてやれる言葉などひとつもない。だいいち今、現実にそういう事態になっているのであれば、こちらも他人の身のうえを心配している場合ではない。

●

タイムリミットの接近と成果なしへのおそれがいや増してきて、横口健二はおお急ぎで『人間の証し――「映画芸術論」抄』を夜どおし読みすすめた。駆け足での読了になってしまったが、ヒッチコック映画への言及は一箇所もないのはたしかめられたからそれでよしとすることにした。古典映画の作法解説的な記述が目だつ同書は、プロパガンダ映画制作ノウハウの教科書的評論集という性格が特に強く、「生き生きした」表現を追求することがぜんたいを通して殊に称賛されていた。

一睡もしないのはさすがにはまずいと思い、横になったのは午前七時をまわった頃だった。軽い仮眠のつもりでも、徹夜あけの午前中では数十分やそこらの短時間で起きられるはずもなく、目ざめたときには午前一〇時を五、六分すぎていた。

起きあがってこたつから出ると、敷いてやった布団のうえでハナコが『人間の証し』を開いてページに見いっている姿が目にとまった。邦訳の文章を読みこんでいるのか、それとも単に字面を追っているだけなのかどうかはさだかでない。

　昨夜の帰宅後も話しかけられなかったのでハナコの日本語トークの理解度はいまだに確認できていない。なさけないことに、ふたりきりになると気おくれしてしまうのだ。

　たがいの意思の疎通や感情の交感を実感させられる場面も徐々に増えてきたとはいえ、それでもまったく対話がない分、なにを考えているのかわからない外国からのお客様像を彼女がはみだすことはない。ゆえにこちらもついつい腫れ物にさわるように接してしまうのをなかなか変えられないのだと、横口健二は言いわけがましく思っている。

　そもそも彼女はただの外国人ではない。前最高指導者が執筆したのかもしれぬ論文を探索させるべく、あの北朝鮮における未知なる有力者が日本に送りこんできた密使という、いささか浮世ばなれした身分の人物なのだ。

　もっとも、そうやすやすと気を許せる相手ではないという意味では、ハナコからすればおたがいさまだと言いたいところかもしれない。

　いっときかぎりの現地ビジネスパートナーにすぎないとしても、たがいの国家間には無視できない歴史的背景がある。あちらの国にとってこちらは今なお国交正常化にいたらぬ隣国であるばかりか、中距離弾道ミサイルの仮想標的なのだ。朝鮮半島を三五年にわたり植民地支配した日帝の子孫と見なしてうとましく思い、感情の壁をつくっているとしても不思議ではない。

　おまけにほぼ一〇〇年前、そのおなじ国の民間人らが大震災発生時のデマに踊らされ、彼女にとっての在日同胞を関東一帯で大勢虐殺するという弁解の余地がない事件を起こしてもいる。とすればなおのこと、日本人たるこのおれにハナコが好感情など持ちようがなく、簡単に心を開くわけがないではないか。

　したがって彼女は任務上やむをえず、敵性国家の一民間人たるこのおれと一緒に行動をとっているのはまちがいない。たまに微笑むことなどあってもしょせんはつくり笑いにすぎず、腹の底では憎悪が渦まいてすらいるのかもしれない。

　そして日本人たる自分自身の側からしても、もやもやが皆無（かいむ）というわけにはゆかない。解決が先おくりにされるいっぽうの拉致事件被害者とその家族の心情を思えば、一〇〇万円の報酬につられて平壌よりの依頼に乗って動くのは正直ばつが悪く、気分も重たい――さしあたりこちらにできることはせいぜい報酬の一部を家族会に募金することとくらいか。

　いずれにしても、ハナコはきびしい統制下にある独裁国から遣わされた一個人だ。自由な発言が認められている立場にあるとは考えがたく、どの程度の権限があたえられているのかも不明だ。そのため彼女はかたくなに口をつぐんでいるのかもしれない。

　神田すずらん通り商店街についたのは午前一一時半をまわった頃だった。

　さっそく熊倉書店へ直行してみるが、開店時刻までまだ三〇分ほどあるためむろん店のシャッターは閉まっている。問題は今、それでどうするかだ。

　横口健二はここで二者択一をせまられる。沢田龍介の指示にしたがい、開店を待たずに書店主宅のドアフォンを鳴らすか。それともどこか近場で待機し、正午の営業開始をねらって昨日みたいに一般客をよそおい店を訪れるか。

　選んだのは後者だ。朝一ならともかく、三〇分ぽっち面談を早めたからといって何倍もの好影響がもたらされるわけではないだろう。それに居宅をじかに訪ねるのは、相手が相手だけに結構な賭けになりそうだ。

　三〇分もあれば優に腹ごしらえができるから、横口健二は近所の立ち食いそば屋で天玉そばを注文しハナコとすばやく昼食をとった。熊倉書店を再訪したのは正午ぴったりだ。するとシャッターは開いていて、昨日と同様、出入口のガラス引き戸の両脇には特売品のワゴンが設置してある。

　今日も腹をくくって店内に入ると、帳場にはダニー・デヴィートみたいにまるっこくて小柄な中年男の姿があった。あれが店主かと横口健二は思わず身がまえる。想像していたとおりの容姿だと感じつつ、さらに気をひきしめて彼は売り場の奥へと向かった。

「あの、ちょっとお訊ねしたいことがあるんですが——」

「はいはい、なんでございましょうか」

昨日の反体制女子とはうってかわり、ダニー・デヴィートみたいな中年男はえらく態度がいい。柔和な表情でこちらを見あげていて声にも棘がない。白いカウチンセーターなんかをまとって帳場にちょこんと座っているから、北極熊の子どもとでも顔をあわせているかのような心地にさせられる。

「こちらのお店は、ヒッチコック関連の書籍がものすごく充実していると知りあいに聞きまして」

「ああ、はいはい、そうなんですよお」

「先代の方は、ぶ厚い研究書を出しておられるそうですね」

「そうなんですよお、自費出版でねえ」

小声でそう答えると、北極熊の子どもはぺろっと舌を出して照れたみたいに笑ってみせた。ひとによっては愛くるしいという印象を抱きかねないしぐさだろう。それにしても、鬼判事の異名を持つ割にはおそろしいまでの愛想のよさだ。

おそらくこれが彼の手なのだろうと横口健二は勘ぐった。そんなふうにおだやかなムードを漂わせ、巣穴にころがり落ちてきそうな一見客を油断させておくわけか。そうして頃あいを見て、飛んで火に入る夏の虫をいいようにもてあそんでしまおうという算段かもしれない。店主とのコミュニケーションには注意するよう口すっぱくうながしてもらっていたおかげで、あらかじめこうして心がまえをかためておけるのだから佐伯先生にはかさねてどうもありがとうである。

「それであの、じつはひとつ折り入ってお願いしたいことがございまして」

「はいはい、なんでございましょうか」

「この論文なんですが、ご存じないかなと——」

クリアファイルを手わたすと、ダニー・デヴィートのようでも北極熊の子どものようでもある中年男は中身をたしかめる前に「なんです？」と訊いてきた。店内には今、自分たち以外に客の気配はないが念のため、「どこでだれに見られてるかわからんから」と思い横口健二は前かがみになりつつ声を低めてこう説明した。

「金有羅というひとが書いた、ヒッチコック映画の評論なんです。なにかの雑誌に載った翻訳論文らしいんですが、手もとにあるのは抜粋のコピーなので掲載誌名がわかんなくてこまっちゃってまして。残りの手がかりは今間真志という翻訳者の名前だけで、とにかく情報がたりないんです。それで知りあいに話してみたら、熊倉書店の方ならきっとご存じだろうから相談にうかがってみてはと勧められましてて
――」

どんな反応がくるかと思いきや、「ああ、はいはい」と答えて相手はクリアファイルをさっとつきかえしてきた。中身にいっさい目を通さずにUターンだ。こりゃあ宮田ひろしのぱらぱら漫画リーディングよりも非礼な対応じゃないか。

こちらの言動のどれかが機嫌をそこねたのだろうかとあせりをおぼえる。数秒前の場面を脳裏でリプレーさせてみたがそれらしいものは見つけられず、かえす言葉がない。

それにしても、こんなやりとり程度でゲームオーバーとはいくらなんでも難易度が高すぎる。しかしほんとうにあとがなくなるのだから、ここは食いさがらなければならない。どうしたものかと横口健二が急いで思案しかけると、目の前のまるっこい男がさきんじて予期せぬアドバイスを口にした。

「そういうことならね、うちの店主にかけあってみてください」

「え？」

「店主にね、かけあってみてください」

「店主に？」

「そう、店主に」

「いやでも、あなたが店主でしょ？」

「いえいえ、わたしはバイトですよ」

「バイト？」

「わたしはね」

先入観とか固定観念というものがひき起こすひとちがいの典型例を演じてしまったようだと横口健二は思い知る。北極熊の子どもはともかく、ダニー・デヴィートみたいにまるっこくて小柄な中年男はい

かにも古本屋の店主らしい容姿だと見てとっていたから、彼がアルバイトである可能性などすっかり除外してしまっていた。

「すみません、勘ちがいしちゃってました」

「まあまあ、それね、よくあることなんですよお」

「ちなみに、店主さんは売り場には出てらっしゃらないんですか？」

「そんなこたあありません」

「それでしたら、あの、ここに呼んではいただけないでしょうか」

「いやいや、今だったら三階にいるはずなんでご自分でね、あそこのエレベーターでどうぞお」

「エレベーター？」

「そうそう、あそこにあるでしょ」

「修理もう終わったんですか？」

「修理って？」

「だって故障中だったでしょ」

「故障中、いつの話ですか？」

「昨日ですよ。閉店ちかい時間だったけど——」

「あれえ、お客さん昨日もいらしてたの？」

「じつはそうなんです。てっきり店主さんいらっしゃらないのかと思って、本を一冊だけ買って帰っちゃったんですが」

「そうでしたかあ。なら、リサさんにも会ってますよねえ」

「リサさん？」

「そうそう」

「店番してたひと？」

「そうそう」

まさかと思いつつ、横口健二はただちに次の確認をせずにはいられない。

「もしかして、彼女が店主さん？」

「そのとおり」

●

開店直後だけに、三階にも客の気配はなかったが、売り場の奥へ進むとすぐにひとの姿が見えてきた。そこには一階の帳場のようなスペースがもうけられていて、今は女性がひとりでうつむいて静かにノートパソコンを操作している。

それは昨日の閉店間際とおなじようでいて微妙に異なる光景だ。まちがい探しのアトラクションにでも迷いこんだみたいな気にさせるが、とりわけちがって目に映るのはその場にいる人物だ。あれが先代ヒッチコッキアンよりこの店を継いだ鬼判事だったとはまったく意表をつかれたと横口健二は感じている。いまだ半信半疑の心地ではあるが、どのみち本人に直接あたれば一秒もかからず真偽は明らかになるだろう。

「熊倉さん」

呼びかけると、熊倉リサはパソコン操作を中断し、昨日と同様ささくれだった反体制女子の風貌をこちらに向けてきた。表情に変化はなく、感情じたいが希薄に見えるから、またこいつかと思われているのかどうかはわからない。今日も彼女はおばあちゃんのおさがりタイプのラベンダー色のツーピースを身にまとっている。それはみずからのコーディネートだろうから、イーディス・ヘッド・ミーツ・ゴスパンクはもとより当人の趣味なのかもしれない。

「お仕事中にすみません。ええとあの、昨日もきた者なんですが、おぼえてらっしゃらないかな——」

例によって彼女はうんともすんとも言ってこない。返事まちで時間をつぶしたくはないから、ここは鈍感を決めこみ話しかけるのをつづけることにする。

「昨日はその、金正日の本を買っていったんですが——ああいや、クレームとかじゃなくて、じつはお願いしたいことがあって今日もうかがったんですが」

反体制女子が昨日にも増してするどい目つきで視線をあわせてくるものだから、横口健二は早くも腰がひけかけている。その声も聞かぬうちから神話の怪物の術中にはまってしまったような状態だが、むろんここでひきさがるわけにはゆかない。ゴールは目前かもしれないのだ。

「お願いというのはですね、どうしてもお訊ねしたいことがあるんです。それはヒッチコックに関係することなんですが——」

相変わらず返答はない。脱色した眉毛とどす黒いアイメイクにいろどられた殺伐たるまなざしがなおもこちらをにらむばかりだ。どんな言葉をかければ反応してくれるのか。無数のドアがあるただなかで、施錠されていない唯一の入口を探すみたいにゆっくりとこう問いかけてゆく。

「要するにその、ヒッチコックにまつわる謎の論文があるんですが、それお見せしちゃっていいですか？　熊倉さん？」

「なんですか？」

ついにしゃべったぞと心が軽く沸きたつ。なにが奏効したのかはわからぬが、神話の怪物がはたと目ざめたみたいに熊倉リサがやっと口を開いた。

「少しお時間よろしいでしょうかね」

「どういうご用件でしょうか」

まどろっこしい説明など抜きにして、向こうが変心しないうちに評論文のコピーをつきつけてしまったほうがかえって話がスムーズかもしれない。横口健二はとっさにそう思いつき、一か八かのつもりで熊倉リサの眼前にクリアファイルをさしだした。

「これなんですけどね、全部じゃなくてもかまわないので、中身をちょっとご覧いただいて、ご意見をちょうだいしたいんです」

熊倉リサはためらう様子もなく、クリアファイルをすんなり受けとりコピーされた記事にも黙って目を通しだした。ぱらぱら漫画リーディングでもないし真剣な顔つきに見えるから読んでるふりとかではなさそうだ。標題にアルフレッド・ヒッチコックとあるから、鬼判事の血が騒いだのだろうか。

鬼判事は読みすすめるのが速い。五、六分でひととおり確認を終えると、熊倉リサは一五枚すべてのコピーをクリアファイルにおさめてカウンターテーブルに載せた。そして彼女はテーブルのうえに置いてあった黒いマグカップを手にとり、ブラックコーヒーらしきその中身を一気に飲みほしてからこう告げた。

「読みましたけど、それで、なにをお話しすれば？」

クリアファイルをひきとりながら「ありがとうございます」と礼を述べた横口健二は、おそるおそる質疑応答を進めてみる。

「その論文、以前に読んだことってありました？」

「ありますよ」

「え、ほんとうに？」

「ええ」

「ほんとにほんとうですか？　一部だけじゃなく、全文？」

「全文です」

「それっていつ頃のことですか？　てゆうか、掲載誌の名前っておぼえてますか？」

「掲載誌？」

「なにかの雑誌に載った評論記事らしいので——」

「雑誌に載った評論記事、そうだったかな」

「あれ、ちがうんですか？」

「わたしが読んだのはデータなので」

「データ？　テキストデータってこと？」

「そうです」

「そのデータ、残ってますでしょうか」

「残ってますよ」

「え、ほんとですか」

「はい」

「抜粋じゃなく、全文まるまるあるってことですか」

「まるまるあります」

「マジですか、やった、あの、それください——あいや、それを買いとらせていただけませんか。今日中にどうしても必要なんです、どうかお願いします」

ここでぷつりと会話がとぎれた。最も知りたい回答を口にする前に、熊倉リサはなぜだか黙りこんでしまった。テンポよく競いあっていたかけっこがぬかるみにはまったみたいに急にとどこおってしまい、横口健二は気が揉めてたまらなくなる。

雲ゆきがあやしくなれば邪推の出番だ。彼女は相変わらずの反体制的無表情をさらすばかりだが、ひょっとすると胸中では、一喜一憂をくりかえすこちらの反応じたいをひそかに楽しんでいるのか。そんな疑惑もやにわに頭をもたげてくる。

佐伯政夫の忠告を踏まえれば、それはじゅうぶんにありうるからくりだ。ここの店主がそういうひと筋縄ではゆかない相手であることもわかっている。が、このタイミングで疑心暗鬼の箱を開けたら事態を余計に悪化させかねないと横口健二はおのれをいましめる。

不意に熊倉リサが立ちあがり、からっぽのマグカップを手にしてパーティションの裏へとひっこんでしまった。

なんのことわりもなかったので、一、二分の経過が十数分に感じられて横口健二はますます気が揉めてしまう。もしや逃げられたのかと心もとない気分になり、「熊倉さん」とまた呼びかけようとしたちょうどそのとき、パーティションの裏からひと影があらわれた。ブラックコーヒーで満たしたマグカップをみっつトレーに載せ、熊倉リサがカウンターテーブルのもとへもどってきたのだ。ミルクピッチャーとシュガーポットも彼女は用意してくれている。

「コーヒーですけど、よければどうぞ」

これはまぎれもなくおもてなしというやつだ。鬼判事やら悪徳判事やらの評判がだんだん薄らいでくる。とはいえ疑心暗鬼はぬぐいきれておらず、昨日のエレベーター故障中はいつわりだった可能性が高いのだから彼女を安易に信用しちゃならないとも思う。そんな心のゆれが顔に出ないよう気をつけて、横口健二はひとこと礼を述べてからマグカップに手を伸ばしてハナコにもコーヒーを勧めた。

「それで、さっきのデータの件ですが――」

「買いとりたいというお話ですか？」

「そうですそうです」

「いいですよ」

「え、買いとりＯＫ？」

「はい」

「ほんとに？　マジですか、ああ助かります。それであの、おいくらになりますかね」

熊倉リサはＶサインをつくった左手を胸もとにかかげみせた。一般的にこれは数字の二をあらわす合図だが、問題は桁がはっきりしないことだ。

売買対象は雑誌そのものではなく、掲載記事のテキストデータなのだからいわば無限にコピーできる。正直いって二〇〇〇円でも高いくらいだ。しかし向こうも商売なのだし今日はコーヒーまで淹れてサービスしてくれているからなと考慮し、横口健二は思いきって「二〇〇〇円ですか」と応じた。それが現実的な着地点ではないかと思われたが、熊倉リサは首を横に振っている。

「え、二〇〇〇〇円てこと?」

「いいえ、二〇〇万円です」

「は、にひゃく?」

「ええ」

「冗談ではなく? 二〇〇万円?」

「そう、二〇〇万円です」

なるほどこれが熊倉書店かと思い知る。ゴミの押し売りどころかむしろもっとひどい目に遭わされようとしているのではないか。足もとを見られすぎだが、しかしよくよく考えてみればこちらもむざむざ自分のほうから「今日中にどうしても必要なんです」などと思いっきり弱みをご開帳してしまっていた。

横口健二は途方に暮れかけている。お宝の在り処がわかり、入手方法もすでにつきとめ、あとは金をそろえるだけという最終段階に達しているが、それこそがいちばんの難問ではある。自分のかかえる借金さえろくに返済できていないというのに、今日中に二〇〇万円もの大金をあつめられるわけがない。

これは沢田龍介に相談するべき局面だろう——というかそれ以外にたどれそうな道はない。熊倉リサに「ちょっと待っててください」とことわり、横口健二はカウンターテーブルから数メートルほどすたすた離れたただちに電話をかける。

ぷるるるという呼びだし音を耳にしているあいだも思念はぐるぐるとめぐる。

最初に脳裏を占めだしたのはこの場合、新潟ヤクザが二〇〇万円を支はらうだろうかという疑いの念だ。なにしろ相手は指定暴力団三次団体の会長をつとめる男だ。二〇〇万円もの額をふっかけてくるような古本屋はまともじゃないからと見て、反社会的勢力の本領を発揮し、暴力的手段を行使してデータの格納ストレージごと強奪するといった選択もとりかねない。

さすがにそれはまずい。警察に通報され、執行猶予がとりけされる展開が目に浮かぶ。そうなるとわかっているのにこの現状をくまモンに伝えるわけにはゆかない。なにか別の方法を自力で考えださなければ駄目だと思い、横口健二はすみやかに耳から

iPhone SEをひき離して電源をオフにした。呼びだし音をどれくらい鳴らしてしまったのかはさだかでないが、幸いにして沢田龍介は電話に出なかったから、彼が着信に気づくまでは時間かせぎができるはずだ。

とはいえ、値さげ交渉くらいしかもうなす術がないが、二〇〇万円なんて額をどこまで負けさせられるだろうか。こちとら半額だってはらえやしない立場なのだから、目下の見とおしは深夜の洞窟よりもまっくらだ。

「熊倉さん、率直に言わせてもらえれば、いくらなんでも二〇〇万円という値段は法外だと思います。いったいどういう内訳でそんな値つけになってるんでしょうか」

「二〇〇万円はわたしの値つけではありません」

「あなたの値つけではない？　ではなんでしょう？」

「修理にかかる費用です」

「修理？　修理って、またなにか故障中だっていうんですか、昨日のエレベーターみたいに？　申し訳ないですけど、なんだか素直には受けとめられない話だなあ」

「先日このビルで漏電があったんです。とつぜんブレーカーが落ちたので、すぐにあげてみたんですが何度も落ちて、原因をつきとめていなかったので停電をくりかえしてしまって――そのせいで、外づけハードディスクドライブがふたつ、まったく動作しなくなってしまったんです」

思いがけない打ちあけ話を聞かされ、横口健二は二の句をつぐのが遅れた。それを察して待ってくれているかのように、熊倉リサも口を閉ざしているので、心をおちつけて頭を整理したうえで彼女にこう問いかけることができた。

「つまり、例のヒッチコック論の全文データも、そのぶっこわれたハードディスクに保存されているからとりだせなくなったってことですか？」

「そういうことです」

「なるほど――それはわかりました。それはわかりましたが、データの復旧修理にほんとうに二〇〇万円もかかるんですか？　そこは少し盛ってませんか?」

「ほんとうですよ。業者の見積書もありますから、ご覧になりたければどうぞ」

「それは失礼しました。でも、どうなんだろう、二〇〇万円もかかるのかあ――」

「いくつかの業者に見てもらったんですが、どこも復旧は無理という回答だったんです。けれども一社だけ、ひきうけてもいいというところがあって、その条件として提示されたのが二〇〇万円の成功報酬。うちもそんな大金は出せないし、至急とりださなきゃいけないデータが入っているわけでもないので、修理は保留にしている状態だったんです」

ことの次第を知れば知るほど暗雲がたれこめてゆく。ほんの数分前はゴールが目の前にあったというのに、今や地平線のかなたへと消えさりつつある。要するにこの場では「アルフレッド・ヒッチコック試論」の全文データ入手はほぼ不可能ということだ。これ以上のぬかよろこびがほかにあるだろうか。

「今のご説明で、だいたいのことは理解しました。さっきは変に勘ぐったりして申し訳ございません。こっちも急ぎの事情があったりして、冷静じゃありませんでした。しかし、まいったな。そういうことだと見こみは薄いですね。今日中に二〇〇万円を用意できたとしても、ハードディスクの復旧修理じたいが何日かかるかわからないしなあ――」

横口健二が溜息をついて頭をぼりぼりかきむしる様子を、ふたりの女性が珍獣でも観察するみたいに見つめている。自分ひとりが焦心しているこの状況が、重い判決を言いわたされる寸前の被告人を想像させ、なんでもいいから逃げ道を探しださねばと強く思わせる。

「ちなみにそのデータって、どういう経緯で手に入れたものなんですか? さしつかえなければ教えてはいただけませんでしょうか」

「ずいぶん前に、メールで」

「メールで? まさか書いた本人から?」

「いいえ。うちの店の常連の方が、こんなの見つけたよって送ってくださったんです。父が在野の研究者だったこともあって、わたしもヒッチコック映画のファンで、関連書なんかをいろいろとあつめているのをご存じの方たちが、そんなふうによくメールで新情報をお寄せくださったりするんです」

それが要するに、佐伯政夫いわくのサーチ・アンド・デストロイ——熊倉書店の信者ネットワークによるジャッジシステムにちがいない。彼女はみずからをヒッチコックの単なる一ファンみたいに称しているが、鬼判事の実態を先に伝えられていなかったらこちらもきっとその自己紹介を真に受けてしまっただろう。いささか背筋が寒くなるのを感じながら、横口健二はさらに質問をかさねた。

「ずいぶん前というのは、何年くらいなんでしょうか」

「少なくとも二、三年は」

「少なくとも?」

「実感として、それくらいは経っているように思えるので」

「なら、もっと前ってこともありうるわけですか」

「そうですね」

「ではその、送られてきたメールのほうは残っていませんか?」

熊倉リサは首を横に振った。

「そのメールを受けとったパソコンじたいが古くなって、とっくに処分してしまいましたから」

「データも消して廃棄しちゃった?」

「ええ」

「そうですか——ならメールの送信者は? 常連のお客さんだし、どこのだれなのかはわかりますよね?」

「いいえ」

「え、ほんとうに?」

「ええ、ほんとうです」

「名前も顔もおぼえがないってこと?」

「はい」

「でも、こう言っちゃなんですが、常連のお客さんて何十人もいるわけじゃないですよね。仮に五、六人だとして、その全員に問いあわせてみれば、いずれは正解にたどり着けるんじゃないかって気がするんですが、どうでしょうか」

熊倉リサは小首をかしげ、あわれむようなまなざしを横口健二に向けつつこう答えた。

「無益とは思いませんが、正解にたどり着くのはむつかしい気がします」

「なぜですか」

「先ほどは便宜上、常連の方と言ってしまいましたが、実際のところはそうともかぎりません。わたしにテキストデータを送ってくださったその方は、送信者名をハンドルネームにしてフリーメールを使っておられたので、どなたなのかまるではっきりしないんです。つまり、常連のお客さんではない可能性もあります」

「ハンドルネームにフリーメール――匿名の情報提供者ってことですか?」

「いえ、そういうんでもありません」

「ちょっとわかんないな、ここの客ですらないってこと?」

「五、六年前、うちの常連さんを中心に映画ファンのメーリングリストをつくって情報交換していた時期があったんです。こみあう興行での座席確保とか、抽選試写会への応募とか、レアな本やグッズの入手とか、そんなことで協力しあうのが主なんですが、なんだかんだで活動の幅もひろがってだんだんと大所帯になっていってしまって。参加者のなかには、フリーメールでハンドルネーム使用という方は何人もいらっしゃいましたから、その意味でも個人の特定は簡単ではないんです」

聞きながら横口健二は軽い混乱をきたしていた。熊倉リサはぱっと見だと二〇歳すぎの学生といった感じだが、実年齢はプラス一〇歳くらいなのかもと気づいたからだ。

この店の先代は七、八年前に亡くなっているとのことだし今の話だと彼女は遅くとも五、六年前には店をついでいるのだろうから、さすがに一四、五歳で古書店経営者というのはありえそうにない。見た目のみで判断してはならんという典型例がここにもあったようだ。

「最近はもうそのひとたちとのつきあいはぜんぜんないわけですか」

「つきあいというか、情報交換はつづいています」

「五、六年前で終わったんじゃないんですね」

「メーリングリストはすぐにやめて連絡手段をSN

Sに切りかえたので、みんないっせいにそちらへ移って今でもやりとりはしています。けれどもそれとは別に、ときどき個人的にというか、こちらへ直接メールをよこしてあれこれお知らせくださる方もいるんです。徐々に減ってきてはいますが、たまに思いだしたように何通かとどくことがあって――」

さしずめ妙齢の女性店主にむらがるおっさん映画マニアらのなれあいコミュニティーといったところか。うがった見方をさらに追加すれば、そのなれあいの場がほどなくSNSへと移行したことにより、アナタハン的展開として抜けがけをもくろむ連中があらわれたという経緯が思いうかぶ。

抜けがけをもくろむ連中は、だれも利用しなくなった古い連絡手段なら仲間には悟られずに彼女と私的な交流が可能じゃないかとでも思いついたのではないか。そうして下心をふくらませ、女性店主にとりいろうとときおりメールを送りつけているのかもしれない。

そんな輩が今なお何人かいて、女王蜂に気に入られたくて従順に働きまわっているのだとすれば、なるほど熊倉リサがプチカルトのリーダーみたいに目されてしまうのもうなずける。とはいえ、常連が善人ばかりとはかぎらないのだから要注意ではある。あつかましい客がそこにひとりやふたりまぎれこんでいるだけでも商売に悪影響が出かねない。

そう見ると、若くしてあとをついだ女性店主は裏ではそれなりに苦労しているのかもしれないという想像も浮かんでくる。内実はどうなのだろうかと思いつつ、横口健二は熊倉リサとの会話をつづけた。

「整理すると、ヒッチコック論のテキストデータを送ってきたのもそのメーリングリストの参加者だろうって話ですよね？」

「そうです」

「でも、フリーメールのハンドルネーム使いだから特定は困難だと」

「はい」

「そういうわけで、ここへ頻繁に通ってる客とも言いきれないし、ひょっとしたらそのひとは一度もお店にきたことさえないかもしれない――ですよね？」

「ええ」

つまりはどうにも尻尾がつかみにくい相手のようだ。あるいは論文の書き手と直接の縁を持つ人物だからこそ、自身の正体を隠す必要があったとは考えられないか。

もしもそうなのだとすると、金有羅＝金正日よりじかに原稿をたくされるような高位の立場だろうか——しかし待てよと横口健二は即座に踏みとどまる。北朝鮮の政府高官が日本の古書店のメーリングリストなんかにわざわざ参加するとは思えない。

鬼判事に「試論」を正当に評価させるねらいでもあったのかもしれないが、それを裏づけるにしてもまずは神田と平壌をつなぐミッシングリンクを見つけださなければならない。横口健二はさらに質問をかさねる。

「ちなみに、そのひとのメールアドレスやハンドルネームはどこかにひかえてらっしゃいませんか？」

「ええ、どこにも」

「ご記憶にも？」

「ありません」

「漠然とした印象とかでもいいんで、こんな感じのネーミングだったかもしれないって程度でも、なにか頭に残ってるものってないでしょうか」

「情報交換の場では、ハンドルネームなどはヒッチコックに関係するものを使用するというのが暗黙の約束事になっているんです。メーリングリスト時代からの参加者はみなさんそれをまもってらっしゃいましたから、もしかしたら論文を送ってくださった方も——」

なかなかの具体的なヒントだが該当範囲がひろすぎて推測もままならない。

イギリス生まれのスリラーの神様は、長篇映画だけでも五〇を超える本数を監督しているわけだから、それらにつけられたタイトルや役名などの関連固有名は相当数あるのでいくらでも選び放題だ。今晩までに、そのあまたある名称群のなかからたったひとつの組みあわせにしぼりこむなど、スパコンだか量子コンだかにでも計算させねばおよそ不可能というものだろう。

いよいよほんとうに八方ふさがりなのかもしれず、

たちまち悲観が優勢になってきてしまう。ほかに手があるとすれば、それこそ土下座でもして熊倉リサにサーチ・アンド・デストロイの発動を頼みこみ、彼女の信者に手がかりをあつめてもらうというやり方か。

「熊倉さん」

「なんでしょう」

「常連さんの情報交換グループ、今もＳＮＳでつづいてるってさっきおっしゃってましたよね」

「はい」

「代表の方の連絡先とかって、教えてはいただけないでしょうか」

「それはできません」

「なぜでしょう」

「個人情報ですから」

「あ、そりゃそうか」

「ええ、あいにくですが」

「ではあの、逆にこちらの携帯の番号をお知らせしますので、それをグループのみなさんに共有してもらって、どなたかご都合のよろしい方からご連絡いただくのもむつかしいでしょうか」

熊倉リサは黙考に入ってしまった。切実な願いごとの場面でこうなるのは二度目だが、やはり彼女にためされているのだろうかといぶからずにはいられない。

仮に秘密結社への入会審査中なのだとしても、判定対象が人品か知性や知識の量か、顔だちかセンスか、もしくはそれらとは別のなんなのかがさだかでないので心もとないことこのうえない。一喜一憂をくりかえすこちらの反応を単におもしろがっているだけではないことを祈るしかないと横口健二は思う。

「それならさしつかえなさそうです」

こうもあっさり色よい返事がくるとは予想外だった。これはもう駄目なパターンだろうと思っていた矢先だったため、横口健二はめいっぱいほころばせた顔を熊倉リサに向けてしまう。おまけに自分でも恥ずかしくなるようなワントーン高い声を発し、「ほんとうですかあ」などと言葉をかえしてしまった。

「ほんとうです。ただ——」

「ただ？　ただなんでしょうか？」

「ひとりもそちらへ連絡してこないということもありそうですが、それでもかまわないのでしょうか？」

こちらはもはやあとがないのだし、今のところはほかに有効な手だてがないのだからあえて運否天賦で行くしかない。横口健二は赤面しながら「あ、はい」と受けこたえてこう言いそえた。

「結果的にそうなっちゃったら、まあ仕方がないんで、それ以外の方法を考えます」

「わかりました。それでしたら――」

熊倉リサはまだなにか言いかけていたが、急に不安になってきた横口健二は口を閉ざしてはいられなくなり、保険をかけるつもりでついこんな頼みごとをかぶせてしまう。

「それはそれとしてなんですが、もしもご迷惑でなければ、熊倉さんからもひとことお口ぞえいただけるとひじょうにありがたいのですけれども――」

気むずかしい彼女をまたもや無言にさせてしまうかと遅れて憂慮がやってきたが、今回はちがった。

熊倉リサが口にしたのは、「はい、わたしからも一筆そえておきます」という好意的な返答だった。

●

「だいぶおこまりのようですね」

連絡先をメモ用紙に書きつけていると、熊倉リサがそう話しかけてきた。彼女のほうからというのはまったく予期していなかったので、紙面を走らせていたペンがはたととまってしまう。

横口健二は顔をあげ、電話番号等の個人情報を記したメモ用紙をカウンターテーブルの向こう側へさしだすと、「真剣にこまってます。なにかよいお知恵がありましたらぜひともお教えいただけないでしょうか」と懇願した。渾身の気迫をこめたせいで脅しみたいに受けとられてはいないかといささか心配してしまったが、熊倉リサが次いで明かした事実によってそんな気がかりは瞬時に消しとんでいった。

「じつは、お伝えしていなかったことがあります」

「え、なんでしょうか」

「お探しの論文のデータ、プリントアウトしたものがあるんです」

「は？」

「全文のコピーです」

「プリントって、プリンターで？」

「ええ、出力したものです」

「記事まるごと？」

「そうです」

「ほんとうに？」

「ほんとうです」

横口健二の脳裏に浮かんだのは、なぜそれを、もっと早く、彼女は話してくれなかったのか、という心底よりの問いかけだった。虚を衝かれてぽかんとなり、当の疑問を言いはなつのに手間どっていると、熊倉リサはすべて見こしていたかのようにすかさずこうつけ加えた。

「ただ、それをすぐにお渡しすることはできないんです」

「どうしてですか」

「理由はふたつあります」

「聞かせてください」

「ひとつめは保管場所の問題です」

「どっか遠くにあるってことですか？」

「いえ、保管場所はこのビルの地下です」

「ここの地下——またエレベーターの故障ってこと？　下へ降りないとか？」

「そういうことではありません。保管している書類の数が多すぎて整理しきれていないので、室内のどこにしまってあるのかがわからなくなってしまったんです」

「え、そんなことなの？」

「はい」

「でも確実に、地下室に保管されてはいるんですよね？」

「それはそうなんですが、なにしろとにかく大量の本や書類が分類もされず雑然と積まれたままほったらかしになっているので、見つけだすにはきっとそうとうな時間がかかってしまいます」

「それでも、そこにあることはあるんですよね？　だったらこちらで手わけして探しますから——」

「その前に、ふたつめの理由も説明させてください」

「あ、わかりました。すみません先走っちゃって」

「失礼ですが、商売上こちらも痛い目に遭ったことが何度かありますので、とつぜんいらした方からこの論文を探しているとだけうかがっても、他人を簡単に信用するわけにはまいりません。どういった方たちかよく知りもしないうちに家にあげて、クローゼットのなかをお見せするのはふつう抵抗があるものではないでしょうか」

「なるほど、それはこちらこそ失礼しました」

しかし名前と連絡先を今しがた紙に書いて伝えたばかりなのに、と横口健二は首をかしげたくなったが、熊倉リサがほしがっているのはその程度の情報ではなかった。

「おふたりがどこのどなたで、なにをなさっている方たちで、なぜあの論文を探してらっしゃるのか、そういうことをお話しいただけないうちは地下室へお通しするわけにはまいりません。原則として、お客さんの立ち入りはおことわりしているプライベートな場所でもありますから、せめてそちらのご事情を把握したうえでないと、特例として認めることもできません」

「われわれの事情？」

「はい」

「論文の抜粋しか手もとになくて、どうしても全ページ手に入れて読みとおしたいというのが動機なんですが、そういうんじゃ駄目でしょうか」

「駄目ですね」

熊倉リサが意外なほどきっぱりと即答したため、横口健二は気おされそうになる。

「なぜですか」

「逆にうかがいますが、今のがきちんとした説明だとご自分でお思いですか？」

「きちんとしているかどうかはともかく、いちおうは正直に言ったつもりなんですが――」

「ではこちらも、そのご説明をもとに判断してしまってよろしいんですね？　おふたりがどういう方たちなのかもまるでわかっていませんが」

にわかに緊迫感が漂いだし、あせりをおぼえる。

これは適当に流してかまわない種類の要求じゃない

ぞと横口健二は思う。それなりにしっかり答えておかないと後悔することになりそうだ。

「いやちょっと、ちょっと待ってください。遅くなりましたがちゃんと自己紹介させてください。わたくしはそこに書きましたとおり、横口健二と申しまして、三軒茶屋のぼろアパートに住んでいる三八歳の独身男です。映像関係の仕事を一〇年以上しておりまして、最近はブライダル専門の派遣社員をやってるんですが、以前はイメージビデオなんかをいろいろと撮ったり、ええとそうだな、じつは映画も、数年前にいっぽんだけですが本篇を監督したこともありまして――」

しかしそれは大麻でパクられてお蔵入りになったと伝えるべきかどうか迷ってしまう。前科もちに入室許可を出すわけにはゆかないなどと言われやしないかとおそれたためだ。

といっても、どのみち名前をネット検索されたらほんの一、二秒で開示されてしまう情報ではある。だったらここで下手に隠しだてするよりは、みずから進んで過去の不始末を明かしておいたほうが好印象をあたえやすいだろう。

そう思いなし、横口健二はありのままの事実を告白した。

熊倉リサにはなんら動ずる様子はなかった。ドラゴン・タトゥーでも背負っていそうな痩身の女性店主は、横口健二の来歴をひととおり聞きおえても満足や納得の色を浮かべることはなく、丸めがねの奥にある黒々しい目を見ひらいてただ話のつづきをもとめている。その瞳には強く飽くなき追及の意志すらうかがえるから、ここであまい見とおしを抱くのは禁物かもしれない。

それにしても、いつの間にやらたいへんにまずいシチュエーションにはまってしまっていたようだ。横口健二がそう察したのは、審査中の熊倉リサがこちらを見ていないと気づいたからだ。

話さなきゃいけないことがほかにもあるだろうという空気の濃度をあげ、「そちらは？」と新たに問いかけてきた鬼判事の視線はまっすぐハナコへと向けられている。これは二重の意味でよからぬ展開だ。

身ばれ厳禁を命じられている以上、ハナコに自己紹介させるわけにはゆかない。それにそもそも、彼女の日本語トーク力は未知数だ。かといって、応答を拒否すれば地下室への招待はなくなってしまうのだろうから、肝心の目的を期限内に果たすことができない――

「わたしは親戚の者です」

三軒茶屋の中華料理店で耳にしたあの澄んだ声が、不意にまた聴覚にとどいた。最初はひどくどきりとさせられてしまったが、これは救いのひと声だと間もなく理解した横口健二はうんうんうなずいておのれの無策をなんとかとりつくろう。このタイトロープ上で安心材料がひとつだけあるとすれば、ハナコの日本語はちっとも片言には聞こえなかったことだ。

熊倉リサは口をつぐんで無反応に徹している。さらなる言葉をひきだそうというつもりか、金髪ウィッグと黒マスクの長身女性を彼女はじっと見つめるばかりだ。

対するハナコも応戦のかまえだ。言うべきことは言ったとでもいう具合にあとはなにも補足せず、どうどうたるたたずまいで痩身女性のシャープなまなざしを受けとめている。

そんななか、内心おろおろするのみの横口健二はひとことたりとも発せられず双方の顔を見くらべることしかできない。ギターの音色でも聞こえてきそうな女どうしのにらみあいに立ち入ってよいものか見当もつけられぬ彼は、ウインブルドンの観客みたいに眼球をひたすら左右に動かすだけの男と化してしまっている。

「おふたりがどういうご関係なのかはわかりました」

しばしの沈黙を経て、視線をハナコからそらさず熊倉リサがそう口にした。どうなることかと思ったが、かろうじて審査の合格点はもらえたようだ。これで難関突破ととらえていいのだろうか。なおも双方の顔を見くらべつつ、横口健二が戦々恐々としていると、鬼判事は即座に次なる試練をもたらした。

「でもまだじゅうぶんではありませんから、あと二点、ご説明ください。なぜあの論文を探してらっしゃるのか、それとあなた方がここにいらした経緯です」

やはり彼女の追及の意志はほんものらしい。それどころか、ひとかけらの曇りもない透明性の確保を望んでいるかのようですらある。ならばこちらは慎重に、極秘事項に触れるのをかわしながら訊かれたことに臨機応変に答えてゆくしかなさそうだ。

「さっきも話したとおり、論文を探してる理由なんて単純に内容に興味があって最後まで読みとおしたいからなんですよ。それ以外にないんですほんとうに。ほかになにか説明しろって言われてもな、嘘つくわけにゆかないし——」

「え」

「でも、それじたいが嘘ですよね」

「今おっしゃったその理由じたいがまっかな嘘ですよねとわたしは言ってるんです」

熊倉リサの表情は確信に満ちている。鬼判事の異名にふさわしく、黒白つける気まんまんのご様子だ。それにしても、なにゆえこんなに呆気なく嘘だとばれちゃったのか。

横口健二は脳裏で自身の言動の逆再生を試み、あやしいポイントを探しだそうとするもさっぱり思いあたるものがない。どこで勘づいたのかと、虚言を指摘した当人に即刻たしかめたいくらいだが、むろんそんなわけにはゆかない。

「お認めにならないのでしたら話はここでおしまいです」

「ああ、いやいやそれは待ってください」

さらに出まかせをかさねてどうにかなるような場面じゃないぞと状況そのものが訴えてきている。ある程度の事実を打ちあけなければ強制終了はまぬかれないだろう。が、仮にそうするにしても、いつわりが見やぶられたきっかけがわからぬうちはあらためてさしだす情報を決められない。

「ちなみに、ですけど、なんで嘘だって思ったんですか?」

「論文は今日中にどうしても必要なんだと先ほどおっしゃってましたよね?」

「ええ、はい」

「つまりどうしても今日中でなければならない事情があるわけですよね?」

しまったそこかと横口健二は愕然となる。顔にも露骨に出てしまった気がするが、それをごまかすくらいならいさぎよく首を縦に振ったほうがましかと思いうなずいてみる。

「単純に最後まで読みたいだけのひとが、今日中にどうしても必要というのは辻褄があいません。どんな事情かはさておき、それについてご説明なさらなかったのは隠したいことがあるからだろうと思いました。そのため嘘をつかなければならなかったのではないかと。いかがですか？」

いかがですかと振られたからにはごもっともですとかえすか、それともなにか筋のとおった弁解をならべるかの、いずれかで応ずるしかない。

動揺がおさまらぬなか、そんな二者択一をみずからに課した横口健二が選びとったのは後者だ。一秒経つか経たぬうちに、往生際の悪いおつむをフル稼働させて彼が考えだした穴のない回答はこれだった。

「いやでも、それはこちらが言葉たらずだっただけですよ。まずですね、内容に興味があるのであれを読みとおしたいという希望は以前から持ってるんです。同時にちょうど今、あのヒッチコック論を踏まえた議論を加えないと完成させられない映画評論をこの親戚の彼女と共同で書いてる最中でして、そのことをお伝えするのが気がひけてしまった、というのが正直なところなんです。おまけにですよ、ただいま執筆中の映画評論の提出期限が今日中だとしたらどうでしょう、これでも辻褄があいませんか？」

思いついたそばから早口でべらべらまくしたててしまった。みなまで言いおわらぬうちに、こりゃどうやら失策らしいと悟って横口健二は頭をかかえたくなった。目の前の鬼判事が、間髪いれず反論に出ようとしているのが明らかだったからだ。

「お名前の読み方は、ヨコグチさんでよろしいんでしたっけ？」

「はい」

「横口さんとご親戚さんは今、どこか大学へ通ってらっしゃるんですか？」

これに対しても「いいえ」とひとことだけの返事で切りあげる。先まわりして、次なる質問への返答を考えるためだ。

「映像関係のお仕事をされているとのことですが、

ただいまご執筆中の映画評論というのはどちらへ提出なさるんですか？」

　予想どおりの問いだったが回答が問にあわない。同人誌に寄稿するとか、知りあいの編集者に渡す約束だとか、出るにまかせて言いはることはできるが、これ以上の虚偽のうわ塗りは自分の首を絞めるばかりにちがいないのでいまいち踏みきれない。ここはいつわりにはならない程度にぼかして事実を答えておくしかない。

「新潟の会社です。さっき電話をかけたのも、そこの担当者に現状を報告しなきゃならないって思ったからなんです。二〇〇万円もかかるなんてどうすりゃいいだろうってあわてちゃいましたから」

「そうだったんですね」

「ええ」

「でも、お話しされている様子には見えませんでしたが、ご報告はできたんですか？」

「途中で切りましたから」

「途中で、なぜですか」

「しつこく鳴らしたんですが、相手が電話に出なかったんです。たぶんいそがしくて気づかなかったんでしょう」

「でしたら今、かけなおしてみてはいかがでしょうか」

「え、電話を？」

「はい」

「今ですか？」

「ええ、ここで今すぐ」

「あ、いや、でも、とりあえず連絡とる必要はなくなりましたからねえ――」

「かけなおしてみてください」

「え？」

「かけなおしてみてください」

　熊倉リサの放つ眼光と圧力がはんぱではない。横口健二はたじたじになり、こう訊きかえすのがやっとだ。

「えっと、それはなぜなんでしょうか」

「あなたがわたしに事実を話しているのかどうかを相手の方に確認できるからです」

「あ、はあ――」

「先ほどのご説明がほんとうの話だとわかれば、こちらも地下室へお通しするのをことわる理由はなくなります。なので、電話をかけなおすのは横口さんにとっても好都合だと思いますが、いかがでしょうか」

これまた、じつにじつにまずい展開だ。鬼判事はどこまでも追いつめてくるつもりのようだが、彼女と新潟ヤクザを生電話でつなぐなどもってのほかであり、いろんな意味でリスクが高すぎる。とはいえ、ここで電話をかけなおさなければ最終審査をクリアできないのだろうから、なんらかの秘策をこうじなければならないことに変わりはない。

横口健二は脳裏ですみやかに事態の整理にとりかかる。まずだいいちに優先すべきは、「アルフレッド・ヒッチコック試論」の全文入手という真のゴールへと駆けこむことだ。目下それには熊倉リサの承認をえるのが必須の手つづきであり、苦しまぎれの屁理屈をろうするばかりでは門戸は決して開かない。

彼女を納得させるにはとにかく信用にたる事情説明をおこない、部分的にでも真実を提供する以外のルートはなさそうだ。しかしだとするとこ今度は秘密厳守の掟やぶりを沢田龍介に承諾させなければならなくなる。どこをたどっても茨の道じゃないか。

突如ぶるっと振動を感じ、電話だと気づいてひやっとなる。反射的に尻ポケットへ手を伸ばしてしまったから、着信があったことを熊倉リサも察知したらしく、どうぞお出になってちょうだい、みたいな面持ちでアイコンタクトを送ってきている。

iPhone SEの発信者表示をたしかめてみると案の定、沢田龍介の名前が視界に飛びこんでくる。絶妙のタイミングは極妙の間の悪さでもあることを裏づけるみたいに、わざわざ折りかえしの電話をかけてきてくれたわけだ。

「遅んだよ、なにやってんのてめえは」

「すみませんすみません」

「んでどうなってんだよ、雑誌は？」

「それがですね、少々たてこんじゃってましてーー」

「なにが」

「ええとその、つまりですね、例のお店に今、いるんですけどね――」

「ああ、ほんで？」

「お店の、店主の方とずっとしゃべってるんですが、こっちの話をなかなか信じてもらえなくってですね、いやほら、要するに事情がわからないんで信用できないってことらしくて。店主さんは女性なんですけどね、おれこんな感じだしかなり警戒されちゃってるみたいで。それであの、例の論文、じつは全文まるまるコピーしたのが残ってるそうなんですが、そのプリントをですね、しまってあるってゆう地下室にどうしても入れてもらえなくて、んでこまっちゃってましてて――」

「健二」

「なんすか」

「てめえの話じたいがなに言ってんのかさっぱりわかんねえわ」

「あ、なるほどそうすかあ」

「なるほどそうすかあじゃねえよ、ごにょごにょごにょごにょ言ってねえでわかるように話せっつってんだよ」

ごにょごにょごにょごにょ言っていたのはわざとだから、沢田龍介がいらだつのは無理もない。そうして時間を稼いでいるうちに、なにか打開策を思いつくのではないかともくろんでのことだったが、いっこうにろくなアイディアが浮かばない。ゆえにこうなったらひと芝居うって、それにくまモンを強引につきあわせるしかないと横口健二は結論する。

「だからつまりですね――」

ふたたび嘘がばれたらしゃれにならないと思い、なるべく熊倉リサとは目があわないように体の向きを少しずつななめにずらしてゆく。それに加え、ひと芝居の開幕が通話先へただちに伝わるようにと、横口健二はここでいちだん声に力をこめて発言をつづける。

「あのほら、今おれが書いてる映画評論の原稿、そちらへ渡すしめきりって今日じゃないですか今日、今日ですよね？　ですよね？　だから例のヒッチコック論、コピーでいいんでどうしても今すぐ手に入れたいんだって店主さんに言ってるんですけど、それ信じてもらえなくってほとほとまいってるんですよ」

「おまえ頭だいじょうぶ？　なにわけわかんねえ話ばっかしてんだよ」

「いやいや、だからこういうことなんですってば、もっぺん説明しますから、よく聞いてください、いいですか？」

「うるせえわ、時間もったいねえからおまえがおれの質問に答えろ」

「はい？」

「おれに質問させろっつってんだよ、いいからてめえは黙って答えとけ」

「あ、ええと、はい」

「雑誌のコピーがその店にあるっておまえさっき言ってた？」

「ええ、言いました」

「んで結局、そのコピーを店の女が出ししぶってるって話か？」

「まあ、ものすごくざっくり言っちゃえばそんな感じです」

「だったらおまえはいいわ、店の女、そこにいんだろ、そいつと替われや」

「替われってなにを？」

「電話に決まってんだろうが」

「え、あ、ほんとに？」

「ああ」

「ほんとに替わるの？」

「そうだっつってんだろとっとと替われ」

うわマジかよそれと思いつつ、横口健二は反射的に熊倉リサの顔をうかがってしまう。すると彼女とばっちり目があい、視線をそらすにそらせなくなってしまったことが余計に逃げ場を失わせた。持ち前の洞察力でもって現状を即座に看破したらしく、鬼判事が右手をすっとこちらへ伸ばし、その耳にあてているものをよこせと無言で訴えてきている。彼女もまた、電話を替われと要求しているわけだ。

「だからなにしてんのてめえは、ぐずぐずしてねえで替われよほら」

そんな威圧感たっぷりの催促に聴覚が襲われるいっぽう、どす黒いアイメイクにいろどられた殺伐たるまなざしが視覚を直撃してきている。この二正面迎撃はかつてない経験であり、切りぬける術がわからず横口健二は思考停止に陥る寸前まできてしまう。

「いらつかせる野郎だな、時間ねんだっつってんだろうがなにやってんだよ替われおら」

「横口さん、その方とわたしが話しますから電話を替わってください」

ついに鬼判事の意向も音声に乗って伝わり、神田と新潟の意思がしっかりとひとつに結ばれたことが確認されてしまった。現にくまモンは女性店主の声をたしかに聞きとったらしく、いっそう声高になって「女もその気じゃねえかよてめえ、替われや健二」などとせっついてきている。はざまに立つ非力な人間がこれ以上あらがっても、両者の思いをひき裂くことはおそらく不可能に近い。すなわちもうどうにでもなれという状況だと観念した横口健二は、「わかりましたわかりました、替わりますよ替わりゃいいんでしょ」と言いすて、iPhone SEをやむなく熊倉リサに手わたしてしまう。

●

沢田龍介から本日二度目の電話がかかってきたのは、午後九時を数分すぎた頃のことだ。通話ボタンを押すのすらおっくうな疲労困憊の状況にあるが、スルーはできない。

「健二くん、もうじき明日になっちまうけど、おめえは今どこでなにやってんの？」

横口健二は即答できない。答えに窮しているわけではなく、熊倉ビル地下一階の倉庫で書類の整理とチェックの作業に没頭しすぎていたため頭がまわらなくなっているせいだ。

口のなかが渇ききっているからお茶でも飲みたいところだが、至急ひとことかえさなければ報酬の減額を通告してきそうな声が受話口で響いている。あと三時間弱で、依頼のタイムリミットをオーバーしてしまう危機に直面している最中ゆえ、くまモンも必死なのだろう。

「もちろんまだあきらめずに、せっせと論文のコピー探してますよ」

「どこで？」

「そりゃ例の古本屋ですよ、あてなんてほかにないんですから」

「ハナコは？」

「一緒にやってます。彼女とふたりして、昼からずっとです」

「どうでもいいけどよ、なんなのそのえらい迷惑そうな感じは。くそうぜえのから電話きちゃったわ、みてえな」

「そんな、誤解ですよ。終わりが見えないから疲れきっちゃって、今はこれが精いっぱいなんで勘弁してください。ほとんどやすみなしで、地下室にこもりっぱなしでひたすら探しまくってるんですけど、とにかくすさまじい書類の量なんでちょっとやそっとじゃ発掘できそうにないんですよ」

「一生懸命に働いてんだからほっとけって言いたいわけか」

「ほっとけなんて言いませんが、単純にそれ事実ですから」

「とにかくしんどいんだと」

「とにかくしんどいし、先ゆき不透明だから気持ちが折れかけてるんで、弱音のひとつくらい言わせといてください」

「でもな、その割になんか楽しげなきらきらした音楽が奥で鳴ってるみてえだけど、おまえ今ほんとに古本屋の地下にいんだよな？」

なるほどそこに不審を抱いたのかと理解し、溜息がもれる。雇い主のヤクザをやきもきさせても自分自身が割を食うだけなので、横口健二はどういう経緯でそうなったのかを説明してやる。

「音楽が鳴ってるのはね、熊倉さんの心づかいなんですよ」

「熊倉さん？」

「だからここの店主さん、昼に電話でしゃべったでしょ」

「ああ、あの女か」

「じつは彼女にいろいろと親切にしてもらってまして、地下にこもって延々と探し物にかかりきりじゃ気が滅入るだろうからって、わざわざiPodとポータブルスピーカーを運んできて、気分転換にってB

ＧＭを流してくれまして。そしたらこっちのおかたづけの作業もはかどっちゃって、なんだかひさしぶりに人情ってものに触れた気分ですよ、まともに人間あつかいしてもらえたっていうかね。論文のコピーが出てきたらただでくれるっていうし、この店にとっちゃ一円にもならないのに、おれみたいな落ちぶれたおっさんにやさしくしてくださってほんとありがたくって泣けてきますよ」

あんたとは対照的だと暗にほのめかすうち、どんどんいやみが色濃くなってしまったが、それに気づいているのかいないのか、沢田龍介はまるで意に介さない。「ふうん、ほんで?」などとお話のつづきをもとめるのみだ。

「話は以上ですけどね、楽しげなきらきらした音楽が奥で鳴ってるってのはまあ、そういうわけなんです。ちなみに流れてるのはチャーチズっていうイギリスのバンドの曲だそうです。チャーチズ、沢田さん知ってます?」

「ああ、知ってるよ」

「え、知ってんの」

「知ってるよ。つうかおまえ、いつまでそこにいられんの?」

「いつまで?　そりゃ論文みつけるまでがんばりますけど」

「店もう終わりの時間なんじゃねえの?」

「あ、ええ、とっくに閉店してますが」

「閉店してんのにどういうことだよ」

このしつこい訊き方は、ほんとうは別の場所にいるのではないかという疑いを依然として持たれているためかと横口健二は察しとる。心外ではあるが、せっぱつまった状況ゆえそれもやむをえないかと受けとめつつ、事情を明かしてくまモンの疑念を晴らしてやることにする。

「それも彼女のご厚意ですよ。最初は閉店と同時に探し物もおしまいって約束だったんですが、今日中にどうしても論文のコピー必要なんだろうから気の済むまでいいですよって、熊倉さんが許可してくださったんです。でまあ、日付が変わるまではここにいさせてもらうつもりで探しつづけてるんですが、これがさっぱりで——」

長電話になるかもしれないと踏み、話しながら温泉にでもつかるみたいにゆっくりとしゃがみこんでみる。尻を床におろしきった途端、思いのほか疲れを感じてみるみる力が入らなくなってしまう。このままごろんと横になりたいところだ。

が、かたわらにいる相棒を見やった横口健二は姿勢をただすことになる。蔵書の整理をてきぱきとこなしつつ、コピー用紙の束を次々に手にして印字された字面を黙々と目で追い「試論」か否かのチェックをくりかえしているハナコの姿は、目的の放棄や断念といった選択肢をきびしくしりぞけている。

党だか軍だかの高官級より極秘任務を課せられ単身派遣された密入国者には、撤退も失敗も決して許されないのだろう。そんな結末を彼女は毛ほども想定してはいないのかもしれない。論文の探索にとりくむハナコのその様子からは、本人の生真面目な性格もまたありありとうかがえるのみならず、意志の強さや集中力の高さもはっきりと伝わってくる。

そもそも彼女は故国では、どんな職業についているひとなのだろうか。

ハナコについては知らないことが多すぎる。関わったいきさつがいきさつだけに、おおかた特殊工作員かなにかとパートナーを組まされたにちがいないと横口健二は当初は信じこんでいた。しかしこの四日ほどのあいだ、ほぼかたときも離れず接してきたリアルな彼女の印象からすると、その先入観はどうにも違和感がつのった。

諜報機関や軍事組織などの物騒なイメージは本人とそぐわず、実際はぜんぜん異なる身分なのかもしれないという気が今はしてきている。それくらい、ハナコからはきなくささのようなものが感じられず、時間をともにすればするほど、横口健二の目に映る彼女はごくふつうのひとの輪郭におさまってきていた。

「おう健二、てめ聞いてんの?」

「え、あ、なんです?」

「だからおめえがな、だまされてんじゃねえのかっつってんだよ」

「え、だれにですか?」

「あの女にだよ」

「は？　熊倉さんってこと？」

「ああ」

「いやいや待ってくださいよ、なんだっていきなりそんなことになるんすか」

　ひょっとすると、こちらが思っている以上にくまモンは窮地に立たされているのかもしれない。ほんの何分間か電話でしゃべったきりの彼が、熊倉リサを非難できるほどの根拠を手もとにそろえているとは考えがたいからだ。

「コピーなんざ端っから持ってねえのに、あの女でたらめほざいておまえら利用してるんじゃねえかって気がしてきたわけ」

「だからどういう理屈でそうなるんすか」

「どうもこうもおまえ、昼間っからハナコとふたりしてずっと探してんのに、いまだに論文のコピー見つからねえっておかしいだろそりゃ」

「なんもおかしなこっちゃないですから。沢田さんはここ見てないからそんなこと言えるんですよ。一〇畳くらいのスペースに本や書類がぎっしりなんですけどね、一日で整理しきれる量じゃないんすよこれ」

「健二」

「はい？」

「おまえら飯は食ったの？」

「食いましたけど」

「どうやって」

「どうやってって、熊倉さんがコンビニのおにぎりをさしいれしてくれて――」

「おまえそれ、変だなって思わねんだ」

「どこが？」

「一見みてえな客を倉庫に入れてやって、気ばらしのBGM流してやって飯まで用意してな、探し物が出てきたら売り物ただでやるっつってんだろあの女。これおまえ、なんか裏があんのかなって思わねえの？」

　そう言われると、脳裏にならべたカード全部がいっぺんにひっくりかえりそうになる。佐伯政夫の忠告がにわかに再浮上してくるのを実感し、横口健二はあいまいな返答しか口にできない。

「はあ、まあ」

「にぶすぎんだろてめえは。だれが好きこのんで、一円にもなんねえ野郎をそんなスペシャルサービスでもてなしてくれんだよ、おとぎ話じゃねんだよ」

「だったらなんだっつうんですか、沢田さんはこの状況どういうもんだと見てんすか」

「だからわかんない？　おまえらあの女の口車に乗せられて、ただ働きでもさせられてんだろどうせ」

「ただ働きって、おれら別に、売り場に出てレジ打ってるわけじゃないし、特になんも店の利益になるようなことやっちゃいないですけど」

「バカじゃねえの、てめえの身のまわりよく見てみろよ」

言われたとおり、横口健二は左右に首を振って周囲を見まわしてみる。手つかずの文書の山々が今なお室内のたいはんを占めているが、それでも手のとどく範囲には、ハナコとともに力をそそいだ整理整頓のあとが際だって見てとれる。

「本だの書類だのがどんだけ積んであんのか知んねえけど、昼間とくらべてそれどうなってる？　ハナコとふたりで半日かけて、そこでなにやってたのおまえは」

胃のあたりが急激にきゅうっとなるのを感じながら、横口健二は答えた。「書類を整理してました。昼間とくらべて、少しはかたづいたかな――」

「それが店の利益になんないって思うんだったらな、てめえは一生奴隷でもやってりゃいいよ、そういう話だろこれは」

時間ぎれ間近のせいか、それとも組織内紛の影響でゆとりを欠いてしまったためか、この反社おじさんはまったくずいぶんな話をしてくれたものだと横口健二はあきれて思う。

彼が指摘していることは単なる言いがかりにすぎまいし、そうであってほしいとこちらも希望しているが、にもかかわらず、それはいささかの信憑性が感じられないでもない邪推だから始末に負えない。ここでそんなふうに水をさされて、タイムリミットまでの残りの二時間ちょいをいったいどうすごせというのか。

「ちなみに沢田さん、電話で彼女としゃべったときはどうだったの？　おれのほうこそあのとき、嘘ついてんだろうってだいぶあやしまれてたんだけど、どんなこと言ったら熊倉さん納得してくれたわけ？」

「あ、おれが？」

「そう、沢田さんが。電話でなんつったの彼女に」

「おれはイエスしか言ってねえよ」

「え？」

「イエスしか言ってねんだよ」

「イエスしか言ってない、どういうこと？」

「先に自分から質問させてほしいっつってきたわけ、あの女が」

「彼女がね。で、なに訊かれたんすか？」

「なんだっけな、ふたつみっつ訊かれたけど、おぼえてねえわ」

「ええ、頼みますよ、一個くらい思いだせるでしょ」

「新潟の会社のひとか、とか、記事のしめきりは今日中か、とか、そんなんだったな」

「それで全部イエスって答えたの？」

「ああ」

「なるほどね――」


なんのことはない、鬼判事の最終審査をクリアできたのは、単に沢田龍介が正確な事実の説明にこだわらず、面倒くさがってすべてに○とだけ答えたおかげだったようだ。あぶなっかしい綱わたりだったわけだが、すぎたことだし結果オーライではある。

「なら、沢田さんからは彼女になんも要求とかしなかったの？」

「してない」

「ほんとに？」

「してねえよ」

「あんだけうるさく替われ替われっつって電話でたのに？」

「だからしてねんだよしつけえ野郎だな」

質問の答えに熊倉リサが納得し、論文のコピーを保管してある地下室への入室許可がおりたので、沢田龍介もそれ以上のやりとりをもとめなかったというのが実情のようだ。ふたりを生電話でつなぐ直前はさんざん心配させられたものだが、蓋を開けてみれば杞憂だったとかえりみざるをえない経緯だ。

「つうか沢田さん、そっちのほうの調査はどうなってんすか、翻訳者についてなんかわかったことってあるんですか？」

「なんもねんだよ。あったらおまえにも言ってるけどよ、しかし嘘みてえになんも出てこねえわけ」

「どんくらいの範囲まで調べたんですか？」

「まあかなりいったわ。残らずツテたどってよ、それこそしらみつぶしに調べてって、総聯本部と朝鮮大学の図書館なんかも、若いやつらにこそっと見に行かせたけどぜんぜん駄目。雑誌も論文も出てこねえし、今間真志の名前もどこにもなしな。成果ゼロでまた兄貴にどやされちまうっつうときに、今度は別件でひと手がたんなくなっちまうし、頼りの健二くんは古本屋の女なんかにだまされちまうしでほんと最悪だわ、おれ天中殺かなんかかなこれ」

「そういや沢田さん、そっちって今たいへんなことになっちゃってるんだっけ――」

「ああ？　なにが？」

「なにがってあれですよ、だからその、こないだの――」

「だからなんなんだよ、なにが言いてんだよてめえは」

流れに乗じて組織内紛や抗争勃発の話題に触れ、沢田龍介が目下どんな立場に置かれているのか訊きだしてみようかともくろんだが、あきらめざるをえなかった。余計な話させんじゃねえぞという強力な念波が、受話口を介してびんびんに放たれていたためだ。

もっとも、一素人が軽々しく首をつっこんでいい問題ではなかろうから、それは当然であり賢明な判断とも言えた。そんなことより自分自身のかかえる懸案のほうこそなんとかしなきゃならない状況でもあるのだ。

「いやまあ、それはそれとして、ちょっと話もどしますけどね、いいですか沢田さん」

「ああ、言ってみろよ」

「熊倉さんにだまされてるかどうかはともかくとして、どのみちやるしかないんで、おれはハナコと一緒に時間くるまであの論文ここで探そうと思ってますけど、電話きる前にひとつ確認させてください」

「なんだよ」

「もしも論文が今日中に見つかんなかった場合、どうすりゃいいのかなって。なにしろ蔵書の整理整頓だけでも時間かかってしょうがないんで、あと二時間ちょいで終わるかどうかは微妙っていうか、楽観できないのはたしかなんです。でも、たとえばもう一日か二日もらえたら、探しだせるかもしれないわけで、時間ぎれでその可能性つぶしちゃうのはもったいないなと。だから、多少の延長は認めてもらえますかね」

「でもおまえ、だまされてんだったら延長したって無駄骨にしかなんねえけどな」

「いやだから、だまされてなかったらの話として聞いてくださいよ。どうなんでしょう、延長ってOKなんですか?」

「あのな健二、それはおれの口からはなんともだわ」

「え、なんでですか」

「それ決めんのはおれじゃなくて雇い主。期日すぎたらどうすりゃいいのかって話はおれもまだ聞いてねえの。だから今は言えねえっつう話なんだが――」

「だったら、向こうからなんか指示がくるまではこっちも作業続行で平気っぽいじゃないですか」

「あわてんな。どうなるにしても、日付かわったところで仲介がこっちに連絡よこす段どりだ。延長できんのかはそんとき訊いといてやるわ。駄目なら交渉してやるが、期待はすんなよ」

●

瞼を開けてやばいと思い、体を起こそうとして力を入れる。モルタルの床に座りこんだまま眠りこけていたせいで尻が冷えきっていて痛みも感ずる――ということはそうとうな時間、瞼を閉ざしてしまっていたのではないかと気づき、横口健二はわが身の不甲斐なさをなげく。

立ちあがりつつ正面を向くと、エレベーターの扉が開いていて、ケージのなかからこちらを見つめている熊倉リサと目があう。様子を見るためちょうど地下へ降りてきたところだったらしいが、おばあちゃんのおさがりファッションのうえにN-3Bタイプのフライトジャケットを羽おっているから、どこかへ出かけて帰宅したタイミングに彼女は地下室に立ちよったのかもしれない。

ハナコはどこだろうかと振りかえると、しゃがみこみながら書類をととのえている彼女の姿にゆきあたってぎょっとなる。眠ってしまったのは自分だけかとうろたえ、すかさず腕時計に視線を落としてみると、現在時刻は午前四時四一分だとわかってさらなる動揺が走る。

念のため、iPhone SEを手にとりその間の着信の有無をたしかめてみるが、電話もLINEもEメールもなにもとどいてはいない。沢田龍介と仲介役とのあいだでかわされたはずの連絡はどんな調子だったのだろうか。延長交渉の結果が気になって仕方がない。

熊倉ビルを出て、夜明け前の神田すずらん通り商店街を歩いて神保町駅へついたときには午前五時をまわっていた。五番線ホームに降り、半蔵門線渋谷方面行きの始発電車を待つ——それは午前五時九分発の田園都市線直通中央林間行きだから、乗りかえなしで三軒茶屋へ帰ることのできる列車だ。

ホームに立ってぼんやりしながら隣のハナコを横目で見る。こんな早朝でも、金髪ウィッグと黒マスクを律義に装着しているのでその顔色はいまいちよくつかめぬが、おそらくは一睡もせずに働いていたにちがいないし疲れていないわけがない。

論文探索の期限延長が認められるにしても、今日は彼女に休息をとらせたほうがよさそうだ。自分ひとりで神田へおもむいても、きっともう大丈夫だろうからと横口健二は思う。

謝礼のあと、時間ぎれゆえ延長交渉しだいだが、できれば最後までやらせてほしいと去り際に伝えると、熊倉リサはしぶい顔をしなかった。笑顔もなかったが、日参することになるかもしれぬとおそるおそる告げたところ、「かまいません」と彼女は返答してくれた。

熊倉書店の地下室の蔵書はぜんたいの三分の一ほどを整理し、そこにふくまれていた分の書類のチェックを終えるまでにいたったものの、金有羅の「アルフレッド・ヒッチコック試論」はいまだ影もかたちもあらわさない。地下牢みたいな環境での果てしない単純作業はさすがに精神を追いつめるし正直とっくに嫌気がさしている。「だまされてんじゃねえのか」が新たに呪いのフレーズに加わり、プリントアウトはほんとうに存在するのかといぶかる声がときおり脳裏でこだまするようにもなってしまった。

　しかしゴール目前で断念したくはない。そういう気持ちが強いしなによりハナコは絶対に撤退を望まないだろう。

　だからここは、熊倉リサを信用する道を選ぶ。あえて彼女を信じよう。雑音に振りまわされず、とにかくやるべきことをやるだけだ。横口健二はそれ以外にないと決意しつつ、半蔵門線の始発電車に乗りこむ。

　座席に腰をおろすのは危険だという気がした。三軒茶屋駅を寝すごすどころか、目ざめたら終点という事態もありうるからだ。かといって、働きどおしのハナコを立たせておくのも忍びない。横口健二はそう思い、座席のはしっこにふたりでならんで座り、自分自身は瞼の開けっぱなしに徹する覚悟をかためた。

　はっとなり、眠りかけていたと自覚し頬を張る。停車中の車窓から見えた駅名は表参道だから三茶まであと三駅だ。真むかいに座る乗客の手にした朝刊の一面に「米朝首脳ハノイ会談」の見だしを見つける。そういえば、昨日と今日が開催日かと思いあたった横口健二は、隣へ視線を送りたいのをこらえる。

●

　目がさめたのはすでに夕方ちかい時間帯だった。枕もとに置いてあったスマホでそれをたしかめた横口健二は、さっそくにこたつを抜けだしハナコに声をかけようとするも、窓辺に敷かれた布団はへこんでいてそこにいるべきひとがいない。

　彼女はとうに起きていたのか。そう気づくが、六畳間の居室のどこにも姿が見あたらず、きょろきょろするにつれて胸さわぎも高まってゆく。

　まさか時間ぎれで任務失敗となり、むかえの人間がやってきてこちらが寝ている隙に彼女をつれだしてしまった、とかではあるまいな。首を左右に振りつつ不穏な想像を浮かべ、横口健二はいらぬ不安をみずからあおりたててしまう。

登場がとうとつだっただけに、退場もとつぜんということなのか。やっとまともに会話できそうな距離まで近づきつつあったのにと思うと、たちまち後悔も押しよせてくる。

不意にばたんと扉の閉まる音が聞こえてくる。響いたのは仕きりの引き戸の向こう側だったから、トイレにいたのかと合点がいってほっとした横口健二は振りかえり、ハナコに話しかけようとする。

しかし引き戸は開かれない。代わりにそこにはめこまれたすりガラス越しに、女性の裸体のシルエットが結構くっきり見えてしまったものだから、その姿態に無関心ではいられないひとり身の異性愛者としてはただちに目をそらすしかない。

どうやらハナコはトイレではなく風呂場で体を洗っていたらしい。

早とちりして、あやうく大騒ぎしかけてしまったが、知らぬ間に彼女にいなくなられるようなことにはならずよかった。横口健二はそう安堵することで、あわてた自分に対してとりつくろう。そしてふたたびiPhone SEを手にとり着信を確認するも、依然として新潟からの連絡はない。

午後四時をすぎても沢田龍介からはなんの音沙汰もない。そのため延長交渉の結果がわからず、今日の予定を立てられない。

こんなときは先に食事をとり、いつでも神田へ出発できる準備をととのえたうえで電話を待つべきかと頭を切りかえる。朝食も昼食も抜いてしまっているから、まずは腹ごしらえしておかなければ野たれ死にしかねない。

あなたは昨日ずっと働きどおしだったから、今日はこの部屋でゆっくり休養をとってみてはいかがかとハナコに勧める。ここ数日の癖が出たというより、照れくさい気持ちがまだ少しあったため、またもやあいだにGoogle翻訳をはさんでしまった。

微笑みつつも彼女は決して首を縦に振らない。予想していた反応ではあるが、それを見て見ぬふりもできない。やむなく説得を中断し、「ＯＫ」とかえした横口健二は、そのままふたりで行きつけの中華料理店へと向かうことにする。

店内のテレビは今日もどこかしらの局の報道関連番組を映しだしていて、女店主がときどき辛口批評をさしはさんでいる。食欲と時事への興味の両方を満たすのにうってつけの環境は健在なばかりか、妙にぴりぴりした空気も漂っている。

そんないつもと異なる風味もこの日にかぎって味わえるのは、本日最大のニュースになりそうな米朝首脳ハノイ会談二日目の模様を報ずるアナウンサーが、やけにシリアスな声を発しているせいだろう。

午前中までの楽観ムードとはうってかわり、午後にいたって会談は「事実上決裂した」と報じられている。

トランプ大統領と金委員長による一対一の会談につづき、米朝両国の政府高官をまじえた拡大会合がおこなわれたものの、急遽に予定の変更が報道陣へ通告されたところから様子が一変したのだという。

昼食会がキャンセルされたのみならず、会談じたいなんのとりきめもなく打ちきられてしまったようだ。そのため当然ながら、合意文書への調印も見おくられ、朝鮮半島の非核化はじめもろもろの政治的進展が期待された二度目の米朝首脳会談は、完全なものわかれに終わってしまったというのだ。

この報道をハナコはどんな思いで受けとめているのだろうか。

それがにわかに気になりだし、すぐにも隣を見やりたい衝動にかられるがこれも自制する。身ばれ厳禁への抵触もまずいが、心中おだやかではないのかもしれない仕事相手への配慮として、余計なせんさくはつつしむべきか。そのようにわきまえて、横口健二は黙って豚ガツ炒め定食をたいらげることに集中する。

食べおわるのと同時にテレビを見あげてみると、ハノイの映像はもはや流れておらず国内の時事に切りかわっている。

目下の話題は広域指定暴力団の内輪もめだから、これまた目が離せないニュースだ。おとといの夕刻に福井県敦賀市の路上で銃撃を受け、重体に陥っていた暴力団関係者が、入院中の病院で死亡したらしい。そのことを、さっきとは別のアナウンサーがやけにシリアスな声で伝えている。

この報道を沢田龍介はどんな思いで受けとめているのだろうか。

それがにわかに気になりだすが、新潟の三次団体会長はいっこうに連絡してこないから宙ぶらりんの心地だ。論文さがしに加え、ヤクザの抗争にまで関わる度量などこちらにあるわけがない。横口健二はじりじりして、気分も重たくなってきてなかなか椅子から立ちあがれない。どうか争いごととは無縁のくまモンであってくれよと祈るが、そんな願いがヤクザ相手に通ずるはずがない。

ようやく沢田龍介からの着信があったのは中華料理店を出て間もないときだ。駅を目ざして歩く途中にぶるっときて、待ってましたとばかりにすばやく電話を受けると、いかつい声が受話口ごしに「おう今どこだ?」と訊いてきた。

「すみません、じつはまだ三茶で。でも駅に向かってるところだから、あと三〇分もあれば熊倉書店に到着できるんで――」

延長交渉の結果まちだったのだから出おくれるのはやむをえず、これはべつだんこちらが狼狽せねばならぬような局面でもない。が、沢田龍介の声を耳にした途端、どやしつけられるぞと勝手に感じとり、横口健二は早口になって先に詫びを入れてしまう。

「だったらおまえら駅行かなくていいからまっすぐ帰れ」

思ってもみない言葉がかえってきて、横口健二は「は? え?」などと戸惑いを口にしながら立ちどまってしまう。

「え、なんて?」

「まわれ右して帰れっつってんの」

「帰れって、アパートにってことすか?」

「ああ」

「なんでなんすか、時間ぎれでおしまいってことと?」

「とりあえず待機」

「待機? 終了じゃなく待機?」

「待機。次の指示くるまで動くなとさ」

「仲介のひとがそう言ってきたんですか？」

「そう」

「それって、延長ＯＫかどうか話しあうから結論でるまで待ってろってこと？」

「ちがう」

「え、ちがうんだ」

「だったらなんなんすか」

「知らねえよ」

「知らないってそんな――沢田さんがじかに相手したんでしょ？」

「ああ」

「ならもうちょい、こっちにも情報くださいよ」

「あったら言ってるわ。なんもねんだからしょうがねえだろうが」

「ほんとすかそれ、なんか一個くらいあるでしょ」

「ねえもんはねんだよ」

「なら、延長の交渉じたいはしてくれたんですか？」

「してない」

「え、してないの？」

「いちいちにぶい野郎だな、仲介がしょっぱなでいきなり待機っつってきてそこで話おわってんだから、交渉なんざする間もなかったわけ、こんくらい流れで察しろよてめえは」

そういうことかと理解はするが、安心していいのか不安視すべきか状況の性質が読みとれず、どうにも心がおちつかない。情報はほかにないと沢田龍介は言うものの、それでも判断材料になりうる事実をなにか聞きだせないかと横口健二はあがきたくなる。

「ならこれだけ教えてください。沢田さんから見て、延長できる見こみってあると思います？」

「そらあんだろ」

「あ、可能性ありますか」

「ゼロではねえって程度はな」

「そんなもんかあ」

「ああ」

「え、理由は？」

「可能性ゼロなら待機もねえわなふつうは。時間ぎれで終わんないってことは、これもう延長戦いってんのと一緒だろ」

「こっちとしちゃそう思いたいところですけどね。でも、実際はちがうのかもって言いたいわけですか」

「そんな単純じゃねえだろうな」

「どういうわけで？」

「もともと延長ありきだったのが、ここにきて急に待機って決まった感じがなくもない」

「急に決まった？　待機が？」

「知らねえけど、なんとなくそういう空気がある」

「向こうでなんか、緊急事態でもあったってことですか？」

「さあな」

「それか、もしかしたらなにか、こっちが論文見つけだす前に確認しとかなきゃいけないことでもできたとか？」

「だから知らねえよ。おめえのそういうの、マジでうっとうしいからあんま先走んな」

おっしゃる通りではあると、横口健二は即座に反省させられる。早まって想像をめぐらせるだけめぐらせて、アホみたいにひとり一喜一憂をくりかえしたからといって、だれかのおぼしめしで現実が好転してくれたりはしないだろう。

だいいち、正体不明の北朝鮮高官の思わくなどいくら考えてみたところでわかりっこないのだ。ここは辛抱どきであり、おとなしく指示まちに徹するより仕方あるまい。

「あれってなんか関係あるんすかね、今日の首脳会談、途中でやめちゃったことは」

反省した矢先なのに好奇心まるだしの推測がまた口をついて出てしまう。横口健二はとっさにやべっと思ったが、くまモン自身の関心事でもあったからなのか、受話口より響いた声は意外にも同意の言葉だった。

「タイミング的にはそれもあんのかもな」

「やっぱそうすかね、面倒なことになんなきゃいいけどな」

「今さら遅えわ、どっちみち面倒くせえことしかねえんだから腹くくっとけ」

●

二〇一九年二月二七日水曜日、新宿区歌舞伎町のカラオケ店ソナタ三階の三〇八号室で、南北の情報当局者どうしによる非公式接触がおこなわれた。ほぼ二週間前に定例の情報交換会を開いたばかりだが、その日に持ちあがった問題について話しあうために当夜、臨時の会合が招集されたのだ。

開始時刻は通常どおり午後九時、個室利用時間は一時間と設定されており、両国の担当官らは今回も遅れることなく三〇八号室へ入室している。

先に同室を訪れたのは北側の担当官たる金だった。彼女は今夜もジャン＝ポール・エヴァンのショッパーをテーブルのうえに載せていたから、南側の担当官たる韓は前回同様ドアを開けた拍子に軽い驚き顔を見せることになる。

臨時会の招集を要請したのは北側だ。二週間前に持ちあがった問題——すなわち共和国から海上ルートで日本に密入国した人間がいるとの情報について、事実確認がとれたので共有しておきたい旨を打診し、南側がそれを受けいれるかたちとなった。出席者はこれまでと変わらず双方の担当官一名ずつとなる。

チョコレートを持ちよる約束はてっきりご破算だろうと決めてかかっていたのでこれはうれしいサプライズだった。驚き顔になった理由を韓はそう告白している。

前回の定例会では、密入国事案の急浮上によりせっかくの融和ムードが瞬時にはりつめてしまったことから、ぎくしゃくしたままの握手でわかれざるをえなかった。今夜の臨時会も情報共有のみならず、不測の事態の内実しだいでは対応協議を急がねばならぬため気が抜けず、とてもじゃないがスイーツをぱくつく雰囲気ではないだろう。そんな考えでいたから、ジャン＝ポール・エヴァンとの再会はまったくの予想外だったというのだ。

対して金はじつににこやかだ。寝耳に水の話に当惑し、自国の側の問題だというのに後手後手になってしまった前回の不手際をとりつくろうかのように、いつにも増して彼女は積極的な態度をとっているふうにも見うけられる。

朝鮮半島が今きわめて重要な転換期をむかえていることは疑いえない。なにより今日明日ハノイで開催される朝米首脳再会談が功を奏し、朝鮮戦争終戦宣言の合意に達する期待がかつてなく高まっている。

だからこそ、降ってわいた誤解を早めに解き、板門店宣言以降の包括連携推進と対話のチャンネル維持につとめたい。そうした意向のもと、金は前回の挽回もかねて積極性を打ちだしているとも受けとめられた。

「ゆきちがいだった？」

「ちょっとしたゆきちがいで、情報が途中でとめられていたんです」

「とめられていたというのは、どのレベルでのことですか？」

「どのレベルか、というのは少々お話ししにくいのですが、国内でストップしていたのは事実です」

「とすると、やはり党か軍のいずれかが関わる作戦ということに――」

「まあ待ってください。結論から説明しますが、なんの心配もいりませんからそうおおげさには見ないで。これは別に、融和阻止をもくろむ反動勢力による不埒な策動なんてものじゃない。われわれがことさら深刻視しなきゃいけないような危機的事態というわけではありませんので、その点はどうかご安心ください」

「OK、わかりました――が、具体的にはどういうこと？」

「政治や国防とは関係ありません、ひとことで言えばビジネスです」

「ビジネス？」

「貿易取引ですね」

「率直に申しあげて、なりゆきから察するに制裁違反にあたるような気がしますが――」

「ええ、まあ」

「薬物密輸ですか？」

「いいえ、ひとです」

「ひと？　人身売買？」

「そう」

「密入国者自身が売り物だったということ？」

「おそらくは」

「なるほど」

「実態はそういうものなので、目下の極東情勢に悪影響をあたえうるほどの重大事案でないことはおわかりいただけたと思います。言ってみれば、日常的におこなわれている犯罪組織間の闇取引が、たまたまこの時期にひとつ網にひっかかったことで特に目をひいてしまった、要するにそんな経緯です」

「でも、チョコを食べながらする話ではなさそう──密入国した人間にも、危険性は認められないと？」

「それはそうです。日本のヤクザに売りはらわれてしまっているわけですから、どちらかというと当人の身の安全のほうが憂慮すべき状況でしょうし」

「そうなりますか」

「あなた方を不要に警戒させてしまったことは遺憾ですが、その手のビジネスにたずさわる不逞の輩というのはご存じのとおり、おおやけの許可を受けておおっぴらに事業にとりくんでいるわけではありません。われわれもつねづね目を光らせてはいますけれども、日本側の手びきが加わった今回のようなケースは隠れ蓑も増えますから捕捉がむつかしい。おまけにわれわれは今、闇取引をなりわいにしているふとどき者の摘発よりも造反者らの監視を強化している最中にありますから、あえて見のがしたところもあります」

「あえて？」

「はい」

「わざと泳がせたということですか？」

「そう聞いています」

「造反者をあぶりだす目的で？」

「監視網の内側に自然なほころびをつくっておいて、反動分子を誘いだすというねらいのようです。そういう輩がひとりでも浮かびあがれば、犯罪組織もひっくるめて一網打尽にできますから」

「では、あなた方にその情報が流れてこなかったのは──」

「そこでゆきちがいが起こっていたわけです。意図的なほころびであることを隠さなければならなかった事情から、情報管理が徹底された結果、密入国の事実じたいが日本にいるわれわれのもとへ通達されなかったというのが真相のようです」

「それではこの件について、われわれをふくめた今後の対応は？」

「とりたててなにもする必要はないと考えています」

「いっさい干渉せず？」

「時期が時期ですし、そうなりますね」

「では仮に、造反者とのつながりが見えてきたら――」

「もちろん排除に動くことになるでしょう」

「なるほど」

「その際は、ご協力いただけますか？」

「それはあいにく、わたしの一存で決められることではありません」

「ええ、わかります」

「ただ個人的には、それが適切と判断できれば、なにかのかたちでお役に立ちたいという意思は持っています」

「ありがとうございます」

「ちなみに、日本人に買われたという密入国者ですが――」

「なんでしょう？」

「素性は把握されてます？」

「いえ、そこまでは」

「年齢や性別なども？」

「正確なところは未確認ですが、状況から見てまあ若い女だろうと」

そう答えつつ、中国メーカー製スマートフォンのロック画面に時刻を表示させた金は、「そろそろ時間ですね」と言いそえて韓と目をあわせた。するとそれが合図だったかのように、タイミングよく内線電話がぷるると鳴りだす。個室利用終了時刻一〇分前の案内だ。

手をつけなかったジャン＝ポール・エヴァンは韓が持ちかえることになった。遠慮なくそれを受けとった彼女は、次回におかえしの品をたっぷり持参すると約束して金と握手をかわした。

三〇八号室を出る間際、金はHuawei P20の画面でふたたび時刻をたしかめあと五分の猶予があると知るやデンモクを手にとった。

そしていつものごとく片側の口角のみをあげて微笑むと、今夜はこれを聴いておわかれにしましょうと言ってバングルスの「セット・ユー・フリー」を再生させた。好きな曲なのだと述べ、しばしメロディーに聴きいっていた彼女は、サビがすぎたあたりで黙ってドアを開け、先に韓を退室させた。

●

沢田龍介が予告なく白馬荘を訪れたのは、三月二日土曜日の正午すぎだった。

横口健二はそのときダイニングキッチンで料理中だったため、だしぬけに玄関ドアが開けられて反射的に体がびくっとなり、あやうく熱々の大鍋の中身を床へぶちまけかける。何年ぶりかの料理で気が高ぶり、買い物がえりに無心で包丁を上下させていたため、部屋の鍵をかけるのを忘れていたのだ。

自宅待機を電話で命じられたのは二日前の夕刻だったが、それから二四時間が経過しても新潟ヤクザは次の指示を送ってこなかった。さらに日付が変わってもなんの着信もなく、じりじりしすぎてこのままでは頭がいかれちまいそうだと煩慮した横口健二は、てっとりばやい逃避の手段をもとめた。

こんな場合はどうすれば気分転換ができるだろうか。瞑想を早々に断念したあげく、料理への没頭を思いつく。白馬荘のキッチンで自炊した回数は片手でかぞえられる程度だが、レシピサイトの閲覧が気をまぎらわせるきっかけにもなるだろうと踏み、生まれてはじめてカレーづくりにチャレンジしてみたのだった。

完成像や味をイメージしやすいカレーづくりは雑念を振りはらうのにうってつけではあった。その意味ではまちがった選択ではなかったが、横口健二は結局ほどなく現実へひきもどされることになる。コンビニへひとっ走りして材料を買いいれ、切ったり炒めたりの作業をなんとか終えてついに煮こみの段階へ入った矢先、反社会的なくまモンがわが家に登場したからだ。

「なにしてんのおまえ」

「見てのとおりですよ」

「なにつくってんだよ」

「これですよ」

言いながら、流し台に置いてあるジャワカレーの箱を指さす。すると沢田龍介は靴も脱がずにずんずんあがりこんできて、横口健二のかたわらに立って大鍋のなかへ視線を落とした。

「なんなのこれ」

「だからカレーですって」

「茶色くねえじゃん」

「ルウまだ入れてないから」

「なにで食うんだよ」

「なにでって？」

「カレーをなにで食うんだっつってんだよ、飯とかナンとかそういうのは？」

それを訊かれてしまったと気づく。カレーソースをつくることとしか頭になく、ライスの用意を忘れてしまっていたのだ。ソースができあがったらレトルトライスでも買いに出かけるしかない。

「いつできんだよ」

「煮こみはじめなんで、たぶん二〇分後くらいかな」

「マジかよ、なら火いとめろ」

「え、なんでですか」

「二〇分も待ってらんねえわ」

「いやいや、理由も説明しないで勝手なこと言わないでくださいよ。とつぜん押しかけてきてなんなんすかいったい」

「ハナコは？」

「向こうにいますけど」

横口健二は半身をひねり、仕切りの引き戸のほうを顎でさししめした。すりガラス越しにうっすら見えているハナコのシルエットが目にとまったらしく、沢田龍介は途端になぜだか小声になってこう訊いてきた。

「あいつなにやってんの？」

「本読んでんじゃないかな」

「なんか変わりは？」

「彼女ですか？」

「ああ」

「変わりは、特にないですよ。食事もちゃんととってるし、不便はそんなに感じてないんじゃないかと思うけど――」

「おまえはどうなの？」

「どうなのって？」

「だからハナコだよ」

「え、どういうこと？」

「うまくいってんのかって訊いてんだよ」

「ああ、ええ、まあうまくはいってるかな。会話も少しかわせるようになってきたし」

「え、あいつ日本語しゃべれんの？」

「どうもそうっぽいですよ、何度かやりとりできたんで」

「何度かってなんだよ」

「アプリ使わないで話しかけてみたら、何度か話が通じたってことです」

「通じねえこともあんのか？」

「どうだろうな、それはなんとも」

「なんだよはっきり言えよ」

「実際に彼女がどこまで日本語しゃべれるのかはさだかでないんで」

「おまえそれ、本人に訊いてないの？」

「あ、はい」

「バカかてめえは、まっさきにそれ訊けよ」

「いやでもね、むつかしいですよそれは」

「ああ？」

「そんな簡単にいきませんて」

「なんでだよ」

「だって日本語で会話できるってなったらおれいろいろ訊いちゃいそうだし、立ちいったことまで質問しちゃって気を悪くさせたら一緒にいづらくなるじゃないですか。沢田さんからも、秘密厳守だ秘密厳守だってさんざん言われてるし、下手に知りすぎないほうがいいかと思って余計な真似はなるべくひかえてんですよ」

「おまえそんな理由なの？　そんだけ？」

「そんだけっつうか、あとそれに彼女もね、あんなにずっと黙ってるってことは、なんかわけありなのかなってこっちも想像しちゃうじゃないですか。もしかしたら、日本人と絶対に口きくなって命令されてきてんのかもしれないでしょ。そういうことあったらまずいし、迷惑かけたくないんですよ」

「んなもん場あたり的にうまくやれよバカ、ばれなきゃいいだけの話をなに屁理屈こねまくってんのてめえは」

「そらね、沢田さんなんかはこういうの慣れっこだろうから臨機応変にどうにでもできんだろうけど——」

「そういう問題じゃねんだよ。ハナコからしゃべってきてんだったら、おまえもふつうに話してりゃそのうち善し悪しの線びきくらいわかってくんだろうが」

「さあ、どうかなあ——」

「なさけねえ野郎だなてめえは。つべこべ言いわけならべられる口あんならな、なんでもいいからハナコと雑談のひとつでもしてみろ、おい、聞いてんのか健二」

「はあ、まあ——」

言いたいことはわからないでもないと横口健二は思っている。それに本音を白状すれば、そろそろハナコとまともにしゃべってみたいと自分でも望んではいる。

が、なにゆえ沢田龍介がいきなりこんな小言を浴びせてくるのかがいまいち理解できない。そのためいささか困惑をおぼえ、彼の真意を邪推したくもなってくる。

だいたい、ビジネスパートナーとの人間関係構築は義務ではなかったはずだし会話不足は今回の仕事をぶちこわしにするようなことでもない。そう考えるうち、横口健二は肝心なことに思いあたり、あわてて隣にこう問いかける。

「つうか沢田さん、それより仕事のほうはどうなったんすか、待機っつったきりぜんぜんこっちに連絡してこなかったじゃないすか」

沢田龍介は黙りこみ、すりガラスに映るハナコをじっと見つめつづけている。返事をごまかすつもりなのかと勘ぐり、横口健二はくまモンの顔を横からのぞきこもうとするが、それはやめておいた。反社会的勢力どまんなかの男が、思いのほかきびしい表情を浮かべているのがわかったからだ。

「なんだよ沢田さん、靴ぬいでないんじゃん、靴、靴」

沢田龍介が土足のままハナコのいる居室へ行こうとしたためそう注意してやると、パテントのタッセルローファーが土間へ放られてきた。合板のドアに片方ずつ相ついでぶつかり、ごんごんとにぶい音が響く。

しかし野蛮なふるまいはそこまでだった。仕きりに手をかけるや、新潟ヤクザは新潟紳士に豹変し、室内にいる淑女を気づかうみたいにそっと引き戸を開けていった。

くまモンの背中がでかすぎて、キッチンに立っていると居室の様子はまるで見とおせない。五、六分ほど前、ハナコは窓辺に座って『人間の証し――「映画芸術論」抄』に目を通していたから、今もそうしているのだろうと思いつつ横口健二はなりゆきを見まもった。

とうとつにあらわれて用むきも告げず、雇い主の意向も知らせようとしない沢田龍介は、無言でつっ立っているだけなのでなにがしたいのかさっぱりわからない。

話の流れからしたら、ハナコに用事があって東京へ出てきたのかもしれないともうかがえるが、こちらには彼女に積極的に話しかけろと指図するくせに、自分だってなんも言えないじゃないかと横口健二は心で不平をつぶやく。

いずれにせよ、こんなことをしているうちに人生初のカレーライスは完成するだろう。そう思い、三人でのランチになると見こした横口健二はジャワカレーのルウを大鍋へ入れたが、その直後に聞こえてきたのはこんな指示だった。

「健二、飯食いに行くぞ」

「は？」

「飯行くぞ」

「なに言ってんすか、おれ今カレーつくってんですけど」

「んなもんあとにしろ」

「え、でももうルウまぜちゃってるとこなんすけど」

「カレーなんざいつでも食えんだろうが、ほら火い消せ、行くぞ」

これを世間でなにハラスメントと呼んでいるのか

はさだかでないが、どんな場であろうとこばむのは困難な無理じいにちがいないと思い、横口健二は溜息をつく。目鼻の距離で羆に強迫されているのだから、さからうことなどできるわけがないのだ。

●

旧車愛好家たる沢田龍介の運転する日産Y30グロリアVIPに乗せられてつれてこられた先は渋谷の高級ホテルだった。ふつうならよろこぶべき場面だが、明らかにふつうではないので横口健二は内心そわそわして仕方がない。

沢田龍介は依然として今日の用むきを教えない。それどころか、セルリアンタワー東急ホテル二階のレストランで和食の豪華ランチをごちそうしてくれるというのだから裏があるとしか考えられない。

頭のなかはあらゆる可能性でいっぱいになり、二〇〇〇〇円もするコース料理を味わうゆとりなどはない。個室を利用できたのは幸いだったが、食事中は三人そろってひとことの会話もなかったからかえって緊張感が充満してしまう。そんなランチタイムだった。

昼食後は下階のラウンジ・カフェへ移った。二〇〇〇〇円もするコース料理につづき、数千円のケーキ&ドリンクのセットをおごってくれるというのだからますます裏があるとしか考えられないが、具体的にそれがなんなのかは見当もつかない。

いかにもヤクザらしく気前がいい割には、沢田龍介は仏頂面で黙りこくるばかりであり、その心中をはかり知ることも容易ではない。そんな状況ゆえ、堅気の下請けとしてはちっともやすらげない。

数千円のケーキ&ドリンクのセットを味わうあいだも会話はなかったから、無言のままこの謎の豪勢な会食はお開きになるのかと思いきや、それぞれのケーキ皿が空になったところでやっと変化のきざしが訪れた。

口火を切ったのはくまモンだ。コーヒーを飲みほしたあと、「ちょっと待ってろ」と告げて離席し彼はどこかへ行ってしまったのだが、愛用のクラッチバッグをたずさえてすたすたエントランスのほうへ歩いていったからトイレではなさそうだった。

沢田龍介は席を立ったきりなかなかもどらない。ヤクザは審査を通してもらえずクレジットカードを持てないらしいから、ATMでもまわっているのだろうか。かように推しはかりつつ、横口健二はiPhone SEの画面を眺めて帰りを待つことにした。ハナコもみずからのスマホを見つめている。ここは彼女と雑談のひとつでもかわすべきタイミングではあるが、どの話題から入ればいいのかと迷ってしまってふんぎりがつかない。

　そうこうするうち三〇分ちかくが経ってしまった。まさか置いてきぼりにされたのかと不安を抱いた矢先に沢田龍介がもどってきた。

　五〇すぎの男はシャネルのショッパーを手にしているから、ショッピングに出かけていたのは一目瞭然だ。愛人におみやげでも頼まれていたのかもしれないと横口健二は思う。おかげでだいぶ待たされてしまったわけだが、盛大にごちそうしてもらったばかりの立場としてはむろん文句などつけられない。

　帰ってきた途端、沢田龍介は驚くべきことを口にした。まずは中身も伝えずにシャネルをハナコに手わたすと、「三〇分くらいひとりでこのへんぶらっとしてこいよ」などと彼女に散歩を勧めたのだ。アプリなど使うそぶりもなく、殊にゆっくり話すのでもなくじかに言葉を投げかけたのは、日本語が何度か通じたという事実をたしかめるつもりもあったのかもしれない。

　言われた側にとってもそれは予想外だったらしかった。ハナコは真顔で数秒ほど身動きせずにいたが、「三〇分くらい散歩してきな」とあらためてうながされると黒マスクをつけて立ちあがり、そのまま躊躇なくラウンジ・カフェを出ていった。

　金髪ウィッグがこれまでどおりの効果を果たしてはくれるだろうが、そうだとしても彼女をひとりきりで外へ行かせてしまうなど丸腰で戦場へ放りだすみたいで気が気でない。なにが起こっているのか理解に手間どり、呆気にとられてひとり反応が遅れている横口健二に対し、席についた沢田龍介はこう話しかけてきた。

「やっぱ日本語いけんなあれ」

「ええ、まあ」

「で、おまえはなにしゃべったわけ？」

「え、は？」

「おれがいないあいだ、ハナコとなにしゃべったって訊いてんだよ」

「あ、いや、すみません、なんもしゃべってません」

「なんでもいいから雑談してみろっつったよなおれ」

「いや、それはもちろんわかってるんですけど——つうか沢田さん、ハナコひとりで散歩なんかさせちゃっていいわけ？」

「散歩させちゃってなにが悪いんだよ」

「なにがって、ルールはどうなったの？　同胞に見つかっちゃったら完全アウトって言ってたじゃん」

「平気だろんなもんは」

「ええそうなの？　本気で言ってる？」

「面倒くせえからいいわ別に」

「あ、そう、面倒くさいからいいとかなんだ、おれにはあんなにルールまもれまもれって脅しといてそらないわ」

　沢田龍介はふんと鼻を鳴らし、つづいて口でも「ははっ」と発して笑ってみせた。

「笑いごとじゃないですよ、ここ数日のおれの苦労はなんだったんだって話だよったく——そしたらもう、ルールは無視でよくなったってわけね？」

　その質問には答えず、沢田龍介はこう訊きかえしてきた。

「あのかつら、おまえが買ってやったの？」

「そうですよ、身ばれ厳禁だっていうから変装くらいさせなきゃ都心なんか出歩けないと思って」

「よりによって金髪でおまえ、センスねえな」

　バブル期の幻想をハナコにまとわせていたあんたには言われたくない。そう反論したいのをこらえつつ、横口健二はこれを訊ねた。

「だったらあのシャネルはなんなんすか？」

「コフレ」

「コフレ？」

「そう」

「なにそれ」

「化粧道具のセット、おまえ知らねえの？」

寡聞にして存じませんと返答すべきところだが、横口健二はつい見栄を張ってしまう。

「ああいや、コフレでしょ、聞いたことくらいはありますよ」

「知らねえんじゃねえか」

「でもあれ、彼女にプレゼントってことですよね？」

「じゃなかったらなんだっつうんだよ」

「てゆうか、なんで化粧道具なんか渡して散歩してこいって言ったのか気になって。彼女に日本語つうじるとしても、意味わかんなくないですか？」

「おまえがバカだからわかんないだけだろ」

「あ、そうすか。ならどういうことなのか、このバカに教えてくださいよ」

「だからこっちは時間つぶしてこいっつってるわけ。でもあいつこのへんの地理うといだろ、だから散歩だけじゃあれかと思って化粧道具も渡しといたって おまえわかんない？　女が化粧してりゃ三〇分くらいすぐ経っちまうだろ」

そんな意図があんな言動のみで伝わるものなのか。あまりの言葉たらずとぞんざいぶりにあきれてしまうが、それよりも気になるのはここでとつぜんハナコに席をはずさせた理由だ。

十中八九、ふたりきりで話したいことがあるためだろう。そしておそらく、その内容は論文探索の仕事にまつわることにちがいないと横口健二は推しはかる。

「じゃあ、彼女を散歩へ行かせたわけは？」

沢田龍介は煙草をくわえかけたが、だれかと目があってあっさり喫煙をあきらめる。テーブルのそばを通りかかったウェイターが一礼しながら去っていった。オリンピックイヤーたる来年四月に東京都受動喫煙防止条例が全面施行されるらしいが、都内の飲食店はすでに全席禁煙があたりまえになってきているから、ここもそれにならったのかもしれない。

「例の仕事、打ちきりになったわ」

セブンスターの箱をしまいつつ、若干いらつき気味の顔で沢田龍介がそう告げてきた。横口健二はそれをはっきりと聞きとってはいたが、びっくりした勢いと受けいれがたい感情に押され、ただちにこう訊きかえさずにはいられない。

「え、今なんて？」

「中止」

「論文さがしが？」

「ああ」

「中止？　マジなの？」

「マジだ」

「ええそれはないわあ」

「しょうがねえだろ」

「え、向こうの、雇い主がそう言ってきたってこと？」

「ああ、仲介とおしてな」

「なら報酬は？」

「出るわけねえだろ」

「一銭も？」

「あたりめえだろ」

「なんすかそれえ、なんなのよそれは、ただ働きでゴールもさせてもらえないって――」

「つうかおまえ、おれから五〇〇〇〇円もらってるよな、ただ働きじゃねえじゃん」

「それはそうですけど、それはそうかもしれないけど、でも打ちきりって――」

ちょいと駄々をこねてみたが、沢田龍介の顔色にはこれっぽっちも変化はない。どうやら冗談ではないらしい。横口健二はみるみる虚脱感にむしばまれてゆき、深く長い溜息をついてうなだれてしまう。二〇〇〇〇円もするコース料理と数千円のケーキ&ドリンクのセットは、このきつい現実をしっかりと受けとめるための予防的措置として提供された栄養食だったのかもしれない。が、きついものはきつい。重い空気のせいでくつろげず、心ゆくまで美味を堪能できたわけでもないから、まったく気持ちの整理がままならない。

「なんでなんすか？」

せめて打ちきりの理由が知りたい。それくらいは教えてもらっても罰はあたるまいし、感情面はとうめんがたがたなので今は事情の把握につとめ理性的に対処しておきたい。そんな腹づもりで横口健二は訊いたのだが、かえってきたのは彼が望むような回答ではない。

「情勢が変わったから必要なくなったとさ」

「え、それだけ？」

「ああ」

「それしか教えてもらってないの？」

「そうだっつってんだろ」

こんな不合理な依頼破棄、とうてい納得できるわけがない。納得できるわけがないが、しょせんは裏社会の闇ビジネスにおける一幕ゆえ、末端の人間が苦情を申したててどうにかなることではない。

ましてや依頼主は朝鮮労働党だか朝鮮人民軍だかの高官級なのだ。夢でも見ていたと思って黙ってひきさがるしかないのだろうし、目の前のくまモンをつめたところで詮ないことでもある。彼だって、こちらよりは少しましという程度の下請けの立場なのだから、言いたいことはきっと山ほどあるにちがいないのだ。

「そしたら、ハ、ハ、ハナコは？」

自分のことばかりなげき、パートナーの存在がすっかり頭から抜けていたが、にわかにそれが気になりだしてしまう。

論文を手に入れるために派遣され、海を渡って日本に密入国した彼女はこの場合どうなるのだろうか。おもちゃみたいな偽造パスポートはあるものの、自分自身のほんとうの身分証をハ、ハ、ハナコは持っていないはずだから、正規のルートでの帰国は不可能に近いのではないか。

「新潟につれて帰る」

そう告げた沢田龍介は、にらみつけるようにしてまっすぐに目をあわせてきている。煙草が吸えず、いらだちがピークに達しているのかもしれない。

「あ、そうなのか」

「そう」

「え、もしかして今日ってことですか？」

「ああ」

「それはずいぶんとうとつですね」

「東京いてもしょうがねえだろ」

「まあ、そりゃそうか――」

会話に何秒間かの間が空く。天使かどうかはともかく、テーブルの脇をだれかが通っていったようだ。どうせさっきのウェイターだろう。

「なんなのおまえ、さみしいの？」

そう訊かれて言葉につまってしまうとは自分でも驚きだ——おまけにそれを自覚した途端、なおのこと二の句がつげなくなり、横口健二は顔がまっかになってしまう。

「つうかおまえなに、あいつに惚れちゃったわけ？　雑談もできねえくせに？」

沢田龍介はにやりと片側の口角をあげつつ赤面した男を眺めているが、それ以上の追い撃ちはかけてこない。彼なりのおなさけかもしれないが油断はできない。

こういう場面では、即座に否定するとか下手にとりつくろうよりはしばらく時間を置き、おちついた応答でかわすのが結局はいちばん傷が浅いものだ。

そう思い、横口健二はおのれの心が静まるのを待つが、なぜだかいっこうに頬の熱が冷めない。仕方がないので平静をよそおい、話題をずらしてやりとりを先へ進めるしかない。

「それはそうとね、新潟につれて帰ってそのあとはどうするんですか？　どうやって北朝鮮に帰すの？　パスポートないから公共交通機関は無理ですよね？」

沢田龍介は答えない。微笑みも消えていて、ふたたびいらだちがあらわになってきているように見うけられるから、ニコチン依存の症状が優位に出ているのかもしれない。

それでもかまわず横口健二はさらに問いかける。考えれば考えるほど胸さわぎがしてくるからだ。

「ほんとにどうやって帰すんですか？　用意してる方法とかってあるの？　なんか心配になってきたな。沢田さんあのできれば、一緒に働いた仲間だしせっかくなんでおれも見おくりに行きたいんですけど、駄目ですかね」

沢田龍介がいっそうにらみを利かせて口をひんまげ、「しっ」と短く音を発した。たびたびにぶい野郎だなとなじられてはきたが、さすがに当の合図の意味は読みそこなわない。

振りかえると案の定、散歩を終えてハナコがもどってきていたが、いつからそこに立っていたのかが気にかかり、横口健二の胸さわぎは二重に高まってしまう。そのうえまた頬が熱くなり、一週間ともにすごした女性の顔をまともに見られなくなってしまったが、この三〇分のあいだに彼女が化粧をしなかったことだけはわかった。

●

三人になるや、無言ゲームでもはじめたみたいに全員そろって沈黙へと逆もどりした。そのままラウンジ・カフェを出て、沢田龍介の愛車に乗りこんでからもだれも口を利かず、近所のコインパーキングに駐車して白馬荘へと帰ってきた。

部屋へあがったときには午後五時をまわっていた。ここで小一時間かそこらやすみをとるとして、その後に車で新潟へ向かうのなら到着は夜おそい時間帯になる。あるいは今夜は東京にとどまるのだろうか。果たしてどうするつもりなのかと思いつつ、横口健二は沢田龍介のうしろ姿を見ていた。

今後についてすべて聞きおえる前に会話が中断し、車中でもだんまりだったから、沢田龍介の意向は依然として明確にはなっていない。白馬荘についたら自分ひとり降ろされ、即刻ふたりは新潟へ発ってしまいそうな空気もあったがそうはなっていない。先が不透明だからといって具体的な説明をもらえるのかもさだかではない。

そんななんとも宙ぶらりんな心境のなか、横口健二はとりあえずダイニングキッチンでお茶を淹れることにする。

居室へお茶を運ぶと、ふたりは向かいあって座ってこたつに入っているが、例によって押し黙ってハナコも沢田龍介もスマホの画面に見いっている。いかにも現代人らしい対人コミュニケーションの断絶状況だ。雑談もできないとかおれをバカにしたくせにあんた自身もこのざまかい、などとくまモンをなじりたい気持ちを抑えながら、横口健二はこたつ板に湯気の立つマグカップをみっつ載せていった。

「健二」

「はい」

「なにこれ？」

「お茶ですけど」

「おまえんちお茶いがいねえの？」

そういえばこのヤクザは緑茶ぎらいだったなと思いあたる。なにか買いに行かされることになるのだろうか。じつに面倒くさいと感じつつ、横口健二は事実を答えるほかない。

「あとは真水かお湯しかありません」

「なんかジュース飲みてえわ。コンビニでグレープフルーツジュース買ってきて、でかいやつ」

恫喝のプロがこちらを見あげて一〇〇〇円札をさしだし、「つりはいらねえから今すぐ行ってこい」などと命じてきている。帰宅直後だというのに、やはり買い物に出ざるをえないようだ。

銘柄の指定はなく、ただ「でかいやつ」をご所望だから、一リットルの紙パックかペットボトルのどれかを適当に選んで買ってくればいいのだろう。ついでにレトルトライスも買いいれておけば、つくりかけのカレーを無駄にせずに済みそうだ。

白馬荘とコンビニを往復するあいだ、横口健二は急に不安に襲われおのずと速足になっていった。自分の不在中、沢田龍介の気が変わって急遽ハナコをつれて新潟へ発ってしまうのではないかと想像したせいだが、このときも結局そうはならなかった。ふたりとも相変わらず、こたつに入ったままスマホの画面に釘づけの状態だった。中身の減らぬマグカップには早くも二本の吸い殻が浮いている。

さっそくに紙コップをみっつならべてグレープフルーツジュースをそそいでやったが、急いで買ってこさせたにもかかわらず、沢田龍介はなかなかそれを飲もうとしない。「どうぞ」と勧めてみても「あぁ」という生返事を口にするのみだ。

彼らしいといえば彼らしいふるまいではある。その気まぐれや身勝手にいちいち腹を立ててみてもしょうがないから、ここは好きにさせておくほかない。

それよりも今は強く知りたいことがある。新潟へハナコをつれて帰るとして、その後に彼女をいかなる方法で帰国させようとしているのかだ。

沢田龍介自身の考えというよりも、仲介役とどんな段どりを組んでいるのかを理解したい。そうして心配を消しておきたいのだが、一点ひっかかることがあって直接の質問がためらわれ、横口健二はどうしたものかと思いまよっている。

セルリアンタワー東急ホテルのラウンジ・カフェでこちらに対し論文さがしの中止を告げる際、沢田龍介はハナコに席をはずさせているが、なぜそうする必要があったのか。それが不明であることが、今なおひっかかっている。彼女に聞かれちゃまずい話があったのだとしたら、どの部分だったのかが皆目わからない。

「アルフレッド・ヒッチコック試論」の探索は、もとよりハナコが故国で課せられた極秘任務だったはずだ。依頼主側の当事者である彼女のいるなかで、仕事の中止をめぐる会話ができないというのは妙だから、当然なにかのっぴきならぬ事情があるのだろう。

その事情をふくめ、北朝鮮への帰国の手段や手順をぜひとも聞きだしておきたい。が、この状況でハナコを追いだすわけにはゆかないので、ふたりが新潟へ発つ前にこちらはなんらかの手を考えださなくてはならない。

さてどうしようか。こたつに入り、ふたりになってスマホをとりだした横口健二はふと心でつぶやく。まるでここは、みんな無言で携帯デバイスを凝視するばかりのどこかの待合室みたいじゃないか。

ほのかにディストピア感もあって人情味に欠けるが、そんな情景と液晶画面をちらちら交互に見くらべるうち、はっとしてひとつのことを彼は思いつく。なるほどこの手があった。LINEを使って沢田龍介とやりとりすればいいのだ。

「沢田さん、さっきのつづきいいですか？」

まずはこの一文を送ってみた。沢田龍介はXperia XZ3の画面をにらみつけているところだから、一分もしないうちにこちらのメッセージを目にするにちがいない。

その予想どおり、数秒後にはLINEのトークルームに既読マークがついた。ためしに顔色をうかがうと目があい、くまモンはちいさくうんうんうなずいてみせたから、横口健二はさっそくふたつめのメッセージの入力にとりかかった。

「ハナコをどうやって国へ帰すの？」

これを送信するとほどなくこんな返信がきた。

「決まってない」

　意外な回答ではある。仕事が打ちきりになった影響で、あらかじめ立てていたプランを白紙にもどさねばならなくなったということだろうか。

　そう問いかけてみると答えはイエスだった。ならばなにも、今日中にハナコをつれて帰らなくてもよいのではないか。帰国の方法がさだまった時点で新潟へ移動したほうが彼女にとってリスクが低いのではないか。そのように訊ねてみると、沢田龍介は藪から棒に顔をあげ、わざわざ口に出してこんなことを言いはなってきた。

「おまえそんなに帰したくねえのか」

　これには泡を食わされたが、自分も発話でかえさねばと思い、横口健二は今の自身の精いっぱいで応じた。

「え、ちょっとなに言ってんの?」

「一緒にいたいから帰したくねんだろ」

「そういう話じゃないじゃん沢田さん」

「そういう話だろこれ」

「いやちがいますって」

「おまえさ、目の前にいんだから本人にじかに言えよ、ほら」

「勘弁してくださいよマジで」

「なにしてんだよ、言えよほら」

「ほんと勘弁してくださいって」

「言えっつってんだろおら」

　ハナコに聞かれちゃまずいのだろうと察したからこそ知恵をしぼり、LINEの密室でひそかにやりとりを進めようとしていたというのに、そんなこちらの配慮はたちまち無に帰そうとしている。それどころか、どういうつもりか沢田龍介が口走った次の言葉により、横口健二は居室を逃げださずにはいられなくなってしまう。

「なあハナコ、こいつおまえにずっと一緒にいてほしいんだとさ。おまえに惚れてんだよこいつ。そのくせ正直に言えねえし不純な野郎だから、おまえ気いつけたほうがいいぞ」

　とんだ事態であり、思わぬ仕うちを食らった。どうかこの日本語だけは通じていませんようにと祈りつつ横を見やると、いきなりハナコと目があってしまう。

　つい今しがたまでスマホを見つめていた彼女がうつむくのをやめ、こちらへ視線を向けてやや首をかしげている。横口健二はたまらず「ははは」と笑ってごまかすしかない。つづいて彼は「つまんない冗談やめてくださいよ」などと言いそえておもむろに立ちあがる。キッチンへ逃げこむほかないと考えたのだ。

「どこ行くんだよおまえ」

「どこも行きませんよ」

「んじゃなんで立ってんだよ」

「もうすぐ晩ご飯の時間だから、カレーを仕あげるんですよ」

　さらにからかわれ、さんざんもてあそばれてもおかしくはない場面だったが、ふだんならしつこく追いつめてくるのに今日の新潟ヤクザは追い撃ちをかけてこない。これも彼なりのおなさけだろうか。

　最初はそう思ったが、仕きりの引き戸を閉めてダイニングキッチンでひとりになるとちがうのかもという気がしてくる。わずかな例外をのぞけば、沢田龍介は昼からここまで笑った顔を見せていないと気づいたからだ。

　笑ってもせいぜい口角をあげるか鼻を鳴らすくらいであり、そんなときでも沢田龍介は一貫して暗い目のままだった印象が残っている。思いかえせば、なにか腹にいちもつありげな顔つきでもあった。明かされていない裏がまだあるのだろうかと疑いつつ、横口健二は大鍋の載ったガスコンロに火をつける。

●

　キッチンへ逃げこんだ横口健二が居室へもどったのは午後七時だ。

　そろそろほとぼりが冷める頃だし晩飯を口実にすれば自然に顔をあわせられるだろう。そんな思わくから、切りのよい時刻を待って引き戸を開けたのだが、室内に入ったところで彼は軽い驚きをおぼえる。ハナコも沢田龍介も、こたつに横になって気持ちよさそうに眠っていたためだ。

　ふたりそろって寝いっているとは想像もしなかったが、それぞれにリラックスとはほど遠い生活を何

日も送っているはずゆえ、かなり疲れがたまってい
るのだろうと思えば不思議でもない。そのうえこた
つ相手では、だれであれ睡魔を追いはらうのも容易
ではない。
　いずれにせよ、この調子では今日中に新潟へ発つ
のは無理っぽいなと横口健二は思う。交代の運転手
はおるまいし、疲労と眠気をかかえながらの日本海
沿岸までの長距離ドライブはこちらとしてもお勧め
はできない。
　こたつ板に載っている紙コップを見おろしてみる
と、みっつとも空になっている。気まぐれで買い物
に行かせやがってとさっきは内心むかつきかけたが、
沢田龍介はほんとうにグレープフルーツジュースが
飲みたかったらしいと知ると、遅れていささか気が
晴れる。
「健二」
　使用ずみの紙コップをキッチンのゴミ箱に捨てて
いると、引き戸の向こうから呼びかけられた。くま
モンがお目ざめのようだ。未使用の紙コップとグ
レープフルーツジュースをたずさえて居室へもどり、
「飲みます?」と訊いてやると、欠伸まじりの「ふ
わああ」という肯定の返事がかえってきた。
　カップにジュースをつぎながら、横口健二はハナ
コの寝顔をいちべつしてみたが、起きる気配はみじ
んも見られない。彼女の眠りは深いようだ。ティー
タイム後の散歩効果だろうか。おおきな欠伸のあと、
沢田龍介が子どもみたいにこんな意思表示を口にし
てきた。
「寝たら腹へったわ」
「カレーならありますけど」
「昼のやつだろ、んなもん食えんのか?」
「そら食えますけどね、気が進まないなら無理にと
は」
「まあいいわ、持ってきてみ」
　紙皿に盛ったカレーライスを目の前に供すると、
「おめえは食わねえのかよ」などと沢田龍介がいぶ
かしげに訊いてきたので横口健二はもういっぺん往
復し、自分の皿もこたつ板のうえに載せた。三次団
体会長は味にも安全性にも警戒している様子だ。ハ
ナコの分は彼女が目ざめてからでいいだろう。いざ

食べてみると、人生初調理のカレーライスは思いのほかスパイシーだったが、おあつらえむきに手もとに置いてあったグレープフルーツジュースを飲み、ひりつく舌をときどきなだめてやった。

「割と食えんな」

「ですよね」

「割とな」

「はじめてつくったんですけど、結構いい線いってますよね」

「つうかおまえ、カレーなんざまずくなりようがねえだろ」

沢田龍介は満足そうに食後のいっぷくを吹かしている。かたやこたつの反対側では、なおもハナコが横になって眠りつづけている。朝まで起きないかもしれないくらいの熟睡ぶりだ。

「彼女まだ寝てますけど、どうします?」

「ああ、どうすっかな――」

「ちなみに沢田さん、どっか泊まるとこってあんですよね?」

「なんでだよ」

「いや、ハナコをね、今夜はこのままここで寝させてやったほうがいいんじゃないかなと思って」

「それでおれ追いだして、おめえはなにする気だよ」

「は?」

「寝てるハナコになんかする気なんじゃねえのかって訊いてんだよ」

横口健二はあきれて溜息をつくが、「なんもするわけないでしょ」とだけ応じてさっさと話題を切りかえることにする。今ならハナコの耳にはとどかないので、彼女に聞かれちゃまずい話も声に出せるからだ。

「それで沢田さん、彼女を国に帰す方法だけど――」

沢田龍介は途端にするどい目つきになり、煙草を緑茶にひたして火を消しながらこうかえしてきた。

「だから決まってねんだよ」

「いやそうじゃなくて、もともとはどういう手はずだったのかって訊きたかったんですよ」

「もともと?」

「ああほら、仕事が打ちきりにならなくて、無事に論文も見つけだして全部やり遂げてたらって話」

「はあ」

「そしたらハナコは論文と一緒に帰国することになってたわけでしょ」

「ああ」

「どうやって？」

しぶい顔でセブンスターの箱をとりだし、食後の二本目に火をつけてふうと煙を吹きだしてから、沢田龍介は「さあな」と答えた。

「さあなってそんな——仲介のひとと、なんかとりきめとかはあったんでしょ？」

「そらあるわな」

「段どり的にはどうなってたの？」

「段どり的には、仲介役がハナコひきとるってだけ」

「どこで？」

「海で」

「あ、だったら来たときとおなじで密輸船で帰るってことじゃないんですか？」

「かもな」

「なんすかそれ沢田さん、さっきからなんでそんなひとごとみたいなんすか」

「知るかよ、海までおれが立ちあうわけじゃねえしいちいちおぼえちゃいねんだよ」

急になにもかもが面倒だというふうに、はああと溜息をついて沢田龍介は天井を見あげ、煙草を深々と吸いこんでから火山の噴火みたいに煙を高く舞いあげさせた。思えば彼は一週間どころではなく、この一カ月間まるまるかけて論文さがしにとりくんでいたわけだから、その徒労感たるやそうとうなものだろう。

おまけにヤクザがただ働きではあまりに立つ瀬がない。あらかじめこちらに五〇〇〇〇円を支給してくれてもいるし、一カ月のあいだにかかった経費を考えれば組事務所は大赤字かもしれない。

しかしどうなんだと、横口健二はふと疑問を抱く。このご時世にヤクザがただ働きなどするものだろうか。こういう場合は、前金で何割か受けとっておいて残りは成功報酬というのが裏も表も問わないビジネス上の慣習なのではなかろうか。映画だとかでは少なくともそんな感じだから、さすがに沢田龍介もいくらかの稼ぎをえているのではないか——

「沢田さん」

「なんだよ」

「いやなんか、おこまりのことでもあんのかなと思って——」

「だったらなんだっつんだよ」

「おれでよければ、話を聞くくらいならと」

沢田龍介はふんと鼻を鳴らした。あざけりの反応みたいだが、意外と目もとはふつうに笑っているふうにも見えたから、むしろ距離がちぢまるのを感じとれた。それから彼は限界まで吸いきったセブンスターの燃えさしを緑茶のなかへ落とすと、今度は不意に顔色を陰らせてこんな言葉を口にした。

「決まってねんだよ健二」

「決まってない——ああ、そうか、決まってないんですよね」

「なんのことかわかんのおまえ」

「ええもちろん」

「言ってみろよ」

「ハ、ハ、ハナコを国に帰す方法」

「そうじゃねんだよ」

言いながら沢田龍介はみずからのクラッチバッグに手をつっこみ、すばやくなかから一丁の回転式拳銃をとりだしてこたつ板のうえに載せた。古ぼけた六畳間にごとんと重くにぶい音が響く。明らかにおもちゃではないし弾丸が装塡されているのもはっきり見てとれる。絶句し、目を白黒させることしかできない横口健二をつき刺すようににらみつけ、三次団体会長は声を低めてこう打ちあけた。

「やるかどうか、まだ決めてねんだよ」

てっきりお金のことで悩んでいるのかと推しはかり、話の聞き役を買ってでたつもりだったが、予想だにせぬ状況に直面してしまった。沢田龍介にとっての懸案はどうやら組織内紛にまつわる物騒な事柄らしい。だしぬけに拳銃などを見せられて、先が読めずまともにものを考えられる状態ではない横口健二としては、鸚鵡がえしにこうつぶやくのがやっとだった。

「やるかどうか――」

すでに食後の三本目をくわえている沢田龍介は、こたつ板に載せたばかりの回転式拳銃を持ちあげ手のひらに寝かせると、それを横口健二の眼前へさしだしてみせた。新潟ヤクザの目は完全にすわっており、五〇すぎのいい大人だからといって次になにをしでかすかわかったもんじゃない。

「おれは女をやるのは性にあわねんだよ」

え、と思う。いったいどっちの話をしているのかさっぱり見当がつかない。「女をやる」というのはだれをどうすることなのか。まさかとおそれつつ、ハハナコの寝顔をいちべつしてみるが、彼女が起きる気配はいまだみじんも見られない。

あらためて沢田龍介と目をあわせると、なんだか視界がぼやけて彼の表情がうまくつかめない。びびっているせいだとすればなさけない話だ。自分自身を責めたてたくなるが、目鼻の距離で拳銃をさしだされてヤクザににらまれているのだからやむをえないとも言える。とはいえ、たとえそうでも「女をやる」の真意をたださねばならない。それがハハナコの身のうえに関わることなら絶対にとめなければならないと横口健二は思う。

「沢田さん」

「あ?」

「女をやるってどういうこと?」

「仕事だよ」

「打ちきりになったやつ?」

「そう」

「じゃあ女ってハハナコのこと?」

沢田龍介はセブンスターの煙を吹きだしてからゆっくりとうなずいてみせた。それを目にして、横口健二は胃のなかのカレーライスをまるごと吐きだしてしまいそうになったが、かろうじてこらえてさらなる質問を口にした。視界はますますぼやけるいっぽうだ。

「ハハナコをどうするの?」

「それ聞いておまえはどうすんだよ」

「え、おれが?」

「ああ、どうすんだよ」

「どうするかってそれは、ことと次第によっちゃあその、ねえ――」

「覚悟あんのおまえ」

「覚悟？」

「覚悟はあんのか健二、ん？」

「それは、もちろん、それなりには――」

とつぜん罵が「がはは」と笑いだしたため、横口健二は引き金がひかれたのかと勘ちがいして体をびくっとさせてしまった。びびっているせいなのは明白だから、自分自身を叱責せずにはいられない。沢田龍介は拳銃をこたつ板のうえにもどした。そしてくわえていた燃えさしを緑茶へ捨てると、にやつきながらこの仕事の内幕を打ちあかしだした。

「打ちきりってのは、ただ中止ってことじゃねんだよ。要するに、全部なしにするっつう意味、全なし、おまえわかる？」

わかりたくはなかったが、わかってしまった。おそらくそれはすべてをなかったことにするという意味だろう。仕事の痕跡をあらかた消しさり、なにも起こらなかった状態へと偽装するのだ。

「まあそういうこと」

「なぜそんな今さら、理由はなんなんすか」

「だから情勢が変わったからとしか聞いてねえよ」

情勢の変化が理由ということはやはり、ものわかれに終わってしまった米朝首脳再会談の結果が直接のきっかけなのかもしれない。あの決裂を機に、依頼主側が方針転換をはかり、論文さがしの仕事じたいを最初からなかったことにしようとしているわけか。

「え、で、ハ、ハナコは？」

「全部なしにするから国には帰せねえと」

「国に帰せない？」

「ああ」

「なんすかそれは、んでどうしろっつうんですか」

「そっちで処分してくれとさ」

「処分？　なに処分て」

「処分だよ、わかんだろ」

「そんな処分て、なんすかそれ、なんなんすか処分て、いくらなんでもそらあんまりじゃ――」

沢田龍介がとうとつに立ちあがったのでなにごとかと身がまえてしまう。おまけに彼は回転式拳銃を手にしてベルトに挿したため、横口健二はあわてててみずからも立とうとするが、足がからまってその場にすっ転んでしまう。そんなふうに室内でどたばた音が響きつづけても、ハナコはいっこうに目をさまさず寝がえりひとつ打たない。

「沢田さんちょっと待ってくださいよ、そんなのはまちがってますって」

横口健二が這いつくばうようにして足もとにすがりつくと、沢田龍介はひややかなまなざしで見おろしてきてこう応じた。

「なにがだよ」

「今からハナコつれてく気なんでしょ？」

「仕事だからな」

「いやいやそれ考えなおしましょうよ、なんかいい抜け穴かならず見つかりますって」

「でも健二、もう遅えわ」

「なにがですか、遅いことなんかなんもないですよマジで」

「薬飲んじまってから、結構たつからな」

「なに薬？　え、薬盛ったってこと？　それマジなの？」

だからハナコはちっとも目ざめないわけか。そう気づき、急いで起こさねばと思いたった横口健二は彼女のもとへと這いすすんでゆく。だがそのタイミングで、背後からこんなひとことが飛んできたためただちに振りかえらざるをえない。

「健二、おまえもそれ飲んでんだよ」

「え、おれも？」

「グレープフルーツジュース、カレー食いながらおまえがぶ飲みしてたろ」

どうりで視界がぼやけまくるわけだ。そのうえ足腰に力が入らずふらついてしまい、生まれたての子鹿よりも立ちあがるのに時間がかかりそうな状態だ。

こんなことになってしまうとはまったく想像すらしていなかった。横口健二はふたたび沢田龍介の足もとへすがりついたが、全力をこめても巨漢の動きをとめることはかなわず、瞼さえ開けていられず最後に耳にした言葉もおぼろげにしか聞きとれない。

「さて、どうすっかな――」

●

飛びおきてまっさきにしたことは居場所と安否の確認だ。ここが白馬荘の二〇三号室であることはひと目でわかるし自分自身も問題ない。単に居ねむりしてしまっただけだとすれば、気絶するまでのあのやりとりは夢だったのかもと期待も持てる。

が、こたつの四方をたしかめてみるもハナコの姿はどこにもない。窓辺に敷きっぱなしの布団もぺしゃんこにへこんでしまっている。ということは、すでに彼女は沢田龍介につれだされ、新潟へと向かってしまったのか。

暗いうちに発ったのならとっくに新潟についているだろう。今ごろは依頼主の意向に添い、沢田龍介が一カ月ごしの仕事の仕あげにかかっているとしてもおかしくはない。しかし仮にそうだとすれば、ハナコはもはや生きてはいないということになるわけだが――

おそろしい想念を振りはらい、念のため沢田龍介が愛車を停めたコインパーキングもチェックしておこうと振りかえり、六畳間の端から端へ歩いていって仕きりの引き戸をがらりと開ける。

するとばったり風呂あがりのハナコと出くわしたものだから、幽霊でも目撃したみたいに反射的に「うわっ」と声をあげてしまう。同時に彼女のすっぱだかを目のあたりにしてうろたえてしまった横口健二は、即座に詫びて引き戸を閉めるしかない。

「沢田さん少し話せます？」

「ああ、なんだよ」

迷惑そうな声が受話口から響いてきた。さっき寝たばかりなのに起こしやがってくそったれとか、そんな文句も聞こえた気がする。

「今どこですか？　事務所？」

「自分ち」

「ひとりですか？」

「そうだけどなんなんだよ、眠てえからとっとと用件しゃべれ」

「いや、お礼が言いたくて」

「なんでてめえに礼なんか言われなきゃなんねんだよ」

「だってあれ、思いとどまってくれたじゃないですか」

「あれ？」

「ええとほら、その、処分をね――」

殺すとか死ぬとかいった語句をそのまま口にするのはためらわれた。仕きりにへだてられてはいるものの、母国がくだしたあまりに無慈悲な決定をハナコの耳に入れたくはないからだ。そう思ってごにょごにょ言っていると、すかさず新潟から叱責が飛んできた。

「はっきり言えはっきり」

「だから処分ですよ処分」

「こっちはてめえの説得でやめたわけじゃねんだよ、思いあがんな」

「そんなのわかってますって。でも、感謝くらいはさせてくださいよ」

「おまえヤクザに感謝ってどういうことかわかってんの？」

言葉につまる。なるほどそこはわかっちゃいなかったと横口健二は思う。損失の穴を埋めろなどとせまられ、法外な額を請求されでもしたらたまったもんじゃない。

「なにびびっちゃってんだよ」

「そんなふうに訊かれたらだれだってびびりますよ」

「おめえは口だけだな。そこは内心びびっちまってもよ、おれはぜんぜんいけますわっつう態度で押しとおすもんなんじゃねえのふつうは」

どう罵られてもこれいじょう裏社会の泥沼にはまるのは回避したい。今の話じたいをなかったことにしたいくらいだと望む横口健二は、それとなく話題の転換をはかる。

「つうか沢田さんどうします？　考えてみたら、これではいおしまいってことにはなんないわけじゃないですか、そうですよね？」

「はあ？」

「だから今後のことをね、いろいろ決めておかないとまずくないですか」

「なに勝手に話かえてんだよ、おめえの感謝はどこ行ったんだよ」

「いや、もちろん感謝はしてるんですけど、なんか急に心配になってきちゃって」

「なにがだよ」

「例の処分の件ですよ。だってこれ、沢田さんが依頼ばっくれて、黙って放置しっぱなしでもＯＫってわけじゃないんでしょ？」

「そんなんで終わりゃ楽でいいわ」

「その、段どり的にはどういう流れになってんですか？　処分の結果かなにか、仲介のひとが自分の目で確認するとか、そういうとりきめもある？」

「ある」

「それってあの、この場合の結果っていうとつまり、あれですか――」

「なんだよ、聞こえねえよ」

「だから要するにその、ほんものの死体で確認するってことになるわけですか？」

「あたりまえだよねそれは」

「ならどうすんすか。どうやって切りぬけるつもりなんですか沢田さんは」

「代わりのもんでも見せてごまかすしかねえだろ」

「代わりのもんてなに？　代わりの死体ってこと？」

「たとえばな」

死体の利用なんて話が浮上してしまった。いよいよ一素人にとっては完全に手に負えない事態へと発展しつつある。しかしだとしても、ほんとうにこんな茨の道しかたどりうるルートはないのだろうか。抜け道はないものかと思い、横口健二は探りを入れてみる。

「ちなみに沢田さん」

「あ？」

「依頼主のほうには、処分いがいの選択肢ってないのかな。ハナコを見のがしてくれる余地って、これっぽっちもない感じなんですか？」

「殺しを？」

「ああ、ええ」

「ない」

「これっぽっちもない？」

「ない」

「そうなのか――」

「あたりめえだろ」

「どうしましょう」

「マジでくそ面倒くせえわ」

「すみません」

「だからなんでてめえがあやまんだよ」

「いや、おれ素人なんでなんもいい知恵が浮かばなくて――」

「んなもん端からてめえなんかに期待しちゃいねんだよ。だからいちいちあやまんなうっとうしい」

「わかりました、すみません――ああいや、それはともかくですよ、代わりの死体か、本気でいけるって沢田さん思ってます？」

「知るかよ。どのみちなんかそれっぽいもんで仲介だまくらかすしかねえだろ」

「ばれたらやばいんじゃないかな」

「ばれたらおれもおまえもアウト」

そのアウトがダイレクトに死を意味するのか、それとも生き地獄的な責め苦かなにかを指すのか気にはなるが、かといってどっちなんですかとは訊けない。これはすなわち即死かなぶり殺しかのちがいにすぎないのだから、答えが聞けたところでいい気分になどなれるわけがない。

とはいえ好材料もないではない。文字どおりの死活問題に直面しているこの状況下では、三次団体会長という共犯者の存在はなんだかんだ言って心づよい。

くまモンだって地獄ゆきは勘弁ねがいたいだろうから、生きのこりにはきっと必死になるはずだ。だとすればどんなペテンで目下の危機を脱するつもりなのか。それを横口健二が訊ねると、いたってシンプルな方法が沢田龍介の口から告げられていった。

「つうか、仲介には連絡ずみだから」

「え、もうですか。ちなみになんて？」

「こっちは今、内輪で派手にもめてる最中なんで時期が悪いと」

抗争の件ですか、と思わず言いかけたが、でしゃばんじゃねえと怒鳴りかえされるだけだと悟って横口健二は口をつぐむ。沢田龍介はさらにこうつづけた。

「下手にこそこそ動くと身内にも警察にも疑われか

ねねえから、とうぶん顔あわせらんないってことにしといたわけ。で、代わりに死体の写メ撮って送るから、結果はそれで確認してくれと」

「写メか、それで納得してくれるといいけど――」

「だから写真はおまえが用意しとけよ健二」

「は？」

「は、じゃねえよ。死体の写真はおまえが用意しとけっつってんだよ」

「それおれなの？　でも死んでるひとの写真でしょ？　え、どうやって？」

「ひとに訊く前にてめえで考えろってなんべん言われてんだよ。おまえ映画監督だろ？　写真の専門家じゃねえか」

おれを映画監督なんて呼んでくれるのはあんたひとりだよと謝意を伝えたくなるが、それはともかく死体写真なんて専門なわけがない。どちらかというと、死体そのものは反社マターの案件ではないか。また難題を押しつけられてしまったものだが、まさか病院の死体安置所にでも忍びこまねばならないのだろうか。

「健二、昨日てめえ覚悟あるっつったよな」

「はい」

「ハ、ハナコつれてくなっておれに泣きついたのは？　あれはかっこつけただけか？」

「いえ、本心です」

「だったらおまえ、責任もって最後まであいつの面倒見んのが筋なんじゃゃねえの？」

「そうですね」

「そしたらぐだぐだ言ってねえで死体の写真も撮ってこいや監督」

「わかりました、なんとかします」

「ばれねえうちにとっととやれよ」

「はい急いで――つうかその写真て、ハ、ハナコ自身が死んでるように見えないと嘘だってばれちゃうのか」

「んなもん訊くまでもねえだろ」

たしかに訊くまでもないことであり、死体安置所で他人の亡き骸など撮っても無意味でしかない。とすると、必然的にハ、ハナコも撮影に協力させなければならないことになる。それには事情の説明が必須じゃないか。

「なら沢田さん、論文さがしが打ちきりになっちゃったってこと、彼女にもある程度は話しておかないとまずいんじゃないかって思うんですが」

「ああ」

「ことがことだし、どう伝えればいいのか迷うな」

「どうもこうもねえだろ、全部いっとけよ」

「全部って、どっからどのへんまでの話？」

「まるごと伝えとけよ、国からおまえは見すてられちまったから、無事でいたけりゃ死んだふりしなきゃなんねんだとでも言っときゃいいだろ」

「見すてられたって、処分のことそのまんま言っちゃうの？」

「おまえのボスから殺せって頼まれたっつうよりはましだろ。それかストレートに、おまえは野良犬みたいに殺処分て決まったんだとでも言っとくか？」

「そんな、マジか――」

「なにおまえ面倒くせえの？」

「いや、いくらなんでもそりゃ彼女が気の毒だと思って。そうとうショック受けちゃうんじゃないかな」

「しょうがねえだろんなもんは」

「そうなのかなあ。邪魔になったから殺される立場になったなんて教えられるのは、さすがにきつすぎませんか。言ってみりゃ死刑宣告ですよ？」

「わかってねえなてめえは。死体写真が失敗しちまってあいつが生きてるって国の連中にばれたら、結局また命ねらわれんだよ。そうなって、本人だけなんも知らんままだったら警戒もできねえし、あぶなくて道も歩かせらんねえだろうが」

「それもそうか――」

「つうかおまえ、ハ、ハナコなんだと思ってんの？　観光にきたお姫様とかと勘ちがいしてねえか？　ローマの休日じゃねんだぞこれ、わかってる？」

「そりゃそうでしょうよ」

「てめえはぜんぜんわかってねえな。あいつはおまえなんかに心配されるようなやわな玉じゃねんだよ。もともと命がけで海わたってるわけ。軍だか党だかの幹部に命令された時点で、腹くってこっちきてるに決まってんだろ」

言われてみればそのとおりだ。横口健二はにわかに自分が恥ずかしくなってくる。

「場合によっちゃその幹部のひとことであっさり切りすてられて、国には帰れねえだろうって覚悟したうえで日本海わたってんだよあいつは。おまえなんかより現実いろいろ知ってるし、肝すわってるっつうの。だから逆に、てめえのほうこそあいつ見ならって気概のひとつも見せてみろっつう話なんだよこれは、おい、聞いてんのか健二」

●

沢田龍介との電話を終えた頃には外は大雨になっていた。予報によれば夜までずっとおなじ調子で降りつづけるらしい。これではどこにも出かける気にはなれないなと横口健二は思う。

幸い大鍋の中身は大量に残っているしレトルトライスも余分に買ってある。なのでいちにち部屋にこもるくらいならさしつかえはない。カレーライスをハナコと食べながら、苛酷な現実にふたりして向きあってゆくのが今日の日課となるだろう。それにはまず、彼女とはじめて会話らしい会話というやつをかわすことからとりくんでみなければならない。

しかしどのように切りだすべきだろうか。

処分だの始末だのといった、殺害を連想させる言葉は使わず、おだやかに事実を告げ知らせたいものだがそれは容易ではない。オブラートにくるみすぎれば誤解をあたえ、のちに彼女がこうむるショックをかえってふくらませかねない。

あれこれ考えているうちに日没をむかえ、やっとハナコに相談を持ちかけることができたのは結局こたつ板に晩飯を載せたあとだ。昼も夜もカレーで申し訳ないとことわりつつ、横口健二は気軽な態度をよそおい彼女に話しかけた。骨伝導の響きか想像上の音かはさだかでないが、自分自身の動悸がうるさくてかなわない。

「ちょっと話があるんだけど、いいかな」

それだけでなにかを察したのか、白米をすくうスプーンをとめてハナコは真顔でまっすぐ見つめかえしてきた。

とはいえ返答はなく、これまでどおり彼女は口をつぐんで聞き手に徹しようとしている。会話らしい会話をかわすには、翻訳アプリを介したいっぽう通行のコミュニケーションはもうやめるからと、こちらがはっきり意思表示する必要があるわけだ。

　横口健二は意味ありげに胸もとにかかげてみせたiPhone SEを、そっと床へ放ってみせた。それからあらためて「いいかな」と彼女に話しかけてみる。

　するとハナコはさっそくその意図を理解したらしく、「なんでしょうか」と声に出して応えてくれた。どうやらこのまま初のおしゃべりをつづけられそうな感じだ。本題に入る前に、確認しておきたいことをいくつか訊ねておこうと思う。

「先に少し、質問してもいい？」

「はい」

「日本語はどれくらい話せますか」

「まあまあという程度です。でも、正直に言うと、自信はありません」

「なんの問題もなさそうだし、かなりお上手だと思いますよ」

「そうだといいのですが、自分ではとてもそんなふうには思えません」

「おれが沢田さんとか、よそでいろんなひとと話すの、横で聞いてましたよね？　そういうときって、なにしゃべってんのかわかりました？」

「だいたいはわかりました」

「なら反対に、さっぱりわからないってこともありましたか？」

「ええ、何度かあった気がします」

「何度かってくらいなら、おれと変わんないようなもんだから、やっぱり支障はないんじゃないかな」

「どうだろう、そう言われると疑わしく感じられてきます。勘ちがいもきっと多かったはずですし」

「わからなかったのは、早口でしゃべるので聞きとれなかったからとか？」

「そうですね」

「ゆっくり話してるときなら完璧にわかります？」

「完璧ではありません、だいたいです。知らない単語が出てきてわからなくなるということもありますから」

「でもどっちにしても、話を追うことじたいは平気っぽいですね」

ハナコは小首をかしげてうなずいた。そのうえで、

「自分でそう思っているだけかもしれませんが」と遠慮がちに言いそえている。表情でも、ほんとうに自信がないのだと駄目おしで訴えてきているふうに見えた。

彼女自身がそういう認識だとしても、ここまでの受けこたえはなんの申し分もない。あちらこちらで耳にした日本語トークもおそらくおおむね理解できているのだろう。

それでもハナコが過度に自戒的なのは、出来不出来の基準を高く設定しすぎて自己評価が低いためかもしれない。知らない単語があっても最後まで通して聞いているうちに話のおおよそはつかめるだろうし、自信を持っていいと思いますよと横口健二は伝えてみる。

「そうでしょうか。母にいつも叱られているのでそれはむつかしいです」

「自信を持つことがむつかしい?」

「ええ」

「ちなみに、おかあさんも日本語できる方なんですか?」

「はい。母がわたしの日本語の先生です」

「え、ああ、そうなんですね——もしかしておかあさんは、日本で生まれた方?」

「いえ、母は生まれも育ちも共和国です」

「日本語はどうやって?」

「日本出身の親戚に教わって身につけたんです。それと母は通訳の仕事をしているので、いつも語学の勉強をしています」

これでハナコが流暢に日本語を話せる理由がわかったが、言いおえた途端になぜだか彼女が、ああしまった、みたいな顔つきをしているので会話をいったん区ぎることにする。そのわけを流れから推しはかると、しゃべりすぎてしまったことへの自省ではないかと思われる。

ということは、彼女の素性はふだんの印象どおり、工作員としての訓練などはいっさい受けた経験がない一般市民なのかもしれない。うっかりしたと言わんばかりに、ああしまった、みたいな顔つきになっ

たのは、日本語習得の経緯を打ちあかしたことが問題なのだろうか。

「もしかして、日本人とはできるだけ話すなって指示されてますか？」

ハナコはこくりとうなずいた。これまでのだんまりはやはりそういう事情があってのことだったようだ。

しかし国のほうからいっぽう的に裏ぎられた以上、彼女にはもう党だか軍だかに忠誠をつくすいわれなどなかろうし、そんな命令にしたがう義務だってないはずだ。この先どうなるにしても、今は自由に発言し、自己決定権を大いに行使するべきときだろう。

とはいえ、と横口健二はつづけて思う。

自分が国に捨てられてしまったことをいまだ知らないハナコが、ふたつ返事で命令違反を犯すとは考えがたい。ビジネスパートナーどうし多少は結束できた実感はあるとしても、北朝鮮よりの密使が日本の民間人に勧められて祖国にさからうような真似は決してしない気がする。

とすると、命令違反を彼女に受けいれさせるには、ここでいきなり本題に入らざるをえないのかもしれない――すなわち、情勢の変化を理由にあなたはボスに切りすてられ、抹殺リストに載せられてしまったのだとすぐに伝えるほかないということか。

「無口なのはわけありなのかなと、なんとなく想像してはいました。こっちはこっちでなさけないことに、気おくれしちゃってなかなか話しかけられずにいたんですが――それはともかく、事情は理解しましたし今後はこうして必要が出たときにおしゃべりできればＯＫです。あなた自身が話したくないことは、これからもノーコメントでかまいませんのでご心配なく」

ハナコはこくりとうなずいた。いささか両側の口角があがっているから、こちらの提案をそのまま素直に受けとめてくれてもいるようだと見て、横口健二はほっとする。

しかし厄介なのはここからだ。

死刑囚に刑の執行日を告げる刑務官ほどではないのかもしれぬが、それに近い役割を演じなければならない。おまけにその告知の相手は重罪犯というわけではない。任務上の密入国をのぞけばなんの罪も犯してはいないであろう一般市民らしきひとりの女性なのだから、じつに気が重い。

ハナコにはひどく苦しい思いをさせることになるだろう。だとしても、彼女自身の生死がかかっているのだから背に腹はかえられない。事実をすべて説明してやれば、命令違反への心理的障壁もそれなりに薄まるにちがいない。やむをえまいと腹をくくり、横口健二はさらにこうつけ加える。

「――なのでここからは、黙って聞くだけにするか、それともなにか意見を出すかは、その都度あなた自身が自由に選んでください」

「自由に」

「そう、自由に、思ったとおりに」

ハナコはいつしか微笑みを消し、警戒色を発しつつふたたび真顔になっている。この一週間、ふたりのあいだに漂うことのなかった対話の緊張感を感じとり、どんな話を聞かされるのかと身がまえているのかもしれない。

「話というのはもちろん、例の論文さがしの仕事についてです。あなたにとっては任務ってことになるんだろうけど、あれは打ちきりになったんです。中止ということです」

ハナコは顔色を変えず、まばたきもせずにつづきを待っている。ここ数日の状況からなりゆきを察し、そうなることをすでに想定していたのかもしれない。

見ると彼女の右手は、白米をすくいかけのスプーンを持ったままかたまってしまっている。横口健二はすかさずカレーライスを指さし、「食べながら話しましょう」とうながしてみる。はりつめすぎた空気をやわらげたつもりだったが、ハナコの表情をバロメーターにすれば、功を奏したとは言えないようだ。

「正直おれは、打ちきりなんて冗談じゃないって思いました。約束の期限がすぎちゃったときに、あと一歩で見つかるとこだから最後までやらせてくれって沢田さんに頼んでもらって返事まちだったんですが、結局は中止ってことに決まっちゃって、まあ残念です」

「熊倉さんには？」

「え、熊倉書店のこと？」

ハナコはうなずき、「大丈夫でしょうか」と訊いてきた。

「あれっきりになっちゃいましたね」

「中止になったこと、熊倉さんにはお伝えしましたか？」

「あ、忘れてました、そういや連絡しとかなきゃまずいか——」横口健二は腕時計に視線を落としながらこうつづける。「今日はもう閉店してるから、明日の昼にでも電話しときます」

「そのほうがいいと思います。熊倉さんは待ってくださっているでしょうから」

自分自身の身のうえよりも、他人のことを心配しちゃうタイプらしい。これが腹ぐろくて最高にいやなやつだったら、こちらの躊躇も少なくて済んだのかもしれぬが、彼女はそれとは正反対みたいだから、ますます処分のことを打ちあけにくくなってしまった。

気持ちを立てなおさねばと思い、一拍おくつもりで横口健二はカレーをひと口たべかける。するとその隙を衝いて、ハナコがこう問いかけてきた。

「中止の理由はご存じですか？」

「情勢の変化だと聞いています」

知っているかぎりのことを述べたわけだが、むろんこれだけではなにもわかるまい。ただちに彼女は、さらなる情報をもとめてくるにちがいない。

そのように見て、横口健二はカレーを載っけたスプーンを途中でとめていたが、予想に反してハナコが質問をかさねることはない——そればかりか、急に思いだしたみたいに彼女は右手を動かしだし、食欲を満たそうとしてさえいる。

「気になりませんか？」

「なにがでしょうか？」

「もっとほかに理由ないのかなって」

「横口さんがほかにもご存じなら、わたしが訊かなくても話してくださっているだろうと思いましたので」

「ああ、なるほど」

「それに、だいたいのことは把握できましたから」

「今の説明で？」

「もちろん想像でしかありませんけれども、方針の転換をせまられるような重大な出来事がわが国で起こったのはまちがいなさそうです。それだけわかれば、じゅうぶんです」

　なんとなく、あきらめの感情まじりに響いた「それだけわかれば、じゅうぶんです」がひっかかる。しかしそのことには触れず、横口健二はもうひとつ別の関心をハナコへ投げかけてみる。

「その重大な出来事って、どういうことなんだと思います？」

「元帥様とアメリカ大統領の会談がうまくいかなかったことだと思います」

「こないだの首脳会談が決裂しちゃったから、あなたのボスは方針を変えなきゃならなくなったと？」

「そんな気がします」

　やはりそれが真相なのか。北朝鮮側の当事者たるハナコがそう推しはかっているのだから、まったくの見当ちがいということはなさそうだなと横口健二は思う。

　とはいえ、なにゆえヒッチコック論の探索が米朝首脳会談の結果に左右されなければならないのだろうか。そもそもの発端にその答えがあるのかもしれないと考え、ためしにこんな問いを放ってみる。

「ちなみに、論文さがしの任務をあなたにあたえたボスは、もしかして元帥様ですか？」

「ちがいます」

　その即答に横口健二は安堵をおぼえる。最高指導者じきじきの命令だとしたら、逃げ道は皆無だろうと内心おそれていたからだ。ではいったい、だれがハナコのボスなのか。

「答えられません」

「党か軍の幹部とか、政府の偉いひとなのはまちがいないですか？」

「答えられません」

「党か軍の、どちらのひとなのかだけでも教えてはもらえませんか？」

　ハナコは無言で首を横に振り、ノーコメントをつらぬこうとしている。あなた自身が話したくないことはしゃべらなくていいと、さっきこちらが約束したばかりなのだから当然の対応ではある。せっかく築きかけた信頼をなくしたくなければ、これ以上の追及はつつしむべきだろう。

どのみちまずはボスの本性を明かしてやり、彼女自身の身に降りかかりつつある危機をハナコに知らせてやらねば真実の共有はできまい。こちらもそのことから、いつまでも逃げてはいられないのだと横口健二は頭を切りかえる。

「わかりました、それについては質問しないことにします」

「ありがとうございます」

「ではええと、そうだな、話を変えて、そろそろ本題に移ろうと思いますが——本題ってわかりますか？」

「はい、たぶん」

「本題に移るというのは、要するに、いちばん重要な話題を今から話しますってことです。そしてこの場合、それは具体的には、あなたに関することなんです。論文さがしが中止になって、あなたの任務もとりやめになったわけで、そうするとその、つまり——」

肝心なことを言いだせず、横口健二が口ごもっていると、きっぱりした口調でハナコがこう問いかけてきた。

「それはわたしの処遇についての決定ということですね？」

「まあ、そういうことですね、ええ」

「でしたら率直に、遠慮なくおっしゃってください」

すずしげで黒目がちな彼女の目もとからは、断固たる意志をおびた眼光が放たれてきている。あいまいな言葉でごまかさず、はっきり言いなさいと訴えてきているかのようだ。横口健二は喉をごくりと鳴らし、溜息をついてから「わかりました、そうします」と応じつつ、こんなことわりを入れる。

「先にひとつ、知っといてもらいたいのは、おれも沢田さんもあなたの味方だってことです。できるかぎり力になるつもりです。それだけは頭に置いて聞いてください」

ハナコはまた両側の口角をあげてみせた。これからなにを宣告されるのか、彼女にはきっと想像がついているのだろう。そう確信すると、でかい漬物石でもひと息に飲みこんだあとみたいな気分になってしまった横口健二は、人生最悪の事情説明にとりかかる。

「あなたのボスがどういうひとなのかは存じあげませんが、率直に言って、その決定の中身はあまりにもむごいものです。情勢の変化を理由に決まったのは、任務の打ちきりだけじゃありません。中止で全部おしまいじゃないんです。あなたのボスは、論文さがしを命じられたあなたがひそかに日本にやってきた事実じたいを最初からなかったことにしようとしてるんです。この意味、わかります？」

　いまだ両側の口角をあげているハナコは、迷うそぶりもなくしっかりとうなずいてみせた。同時にそのまなざしが、誤解の余地なく当の「意味」を理解しているとこちらに語りかけてきてもいる。この気丈なふるまいからはたしかにそうとうな覚悟が見てとれる——それはまさに、国には帰れないかもしれないと腹をくくり、命がけで日本海を渡ってきた人間の態度にちがいあるまい。

「つまりそういうことなんです。どうやらあなたのボスは、なにもかもなかったことにしたいから、日本にいるあなたにこのまま生きていてもらってはこまるらしい。おそらくあなたが日本にいることじたいが、こそこそ論文さがしをやってた証拠になってしまうからなんでしょう。よくはわかりませんが、そんな密命を出してたって事実がだれかに知れるとまずいので、ばれたくないってことなんだと思います。それで仲介役を通して、あらためて仕事を沢田さんに依頼しなおして、あなたを、その——」

　横口健二がふたたび口ごもりかけると、前だおしでハナコが「わかりました」と返事をかぶせてきた。みなまで言わせまいという配慮かもしれない。つづいて彼女は、「そういう決定がくだされたのは、思いがけないことではないですし、驚きはありません」と言いそえてもいる。

　一週間ともに暮らしたビジネスパートナーとしては、心ぐるしいことこのうえない気くばりだ。そんな彼女の見あげた利他的姿勢に応えて、せめていくらかでも安心感を持たせてやりたいと横口健二は思う。

「でもね、ここは日本なんだし、そんなに心配しないで大丈夫ですから。さっきも言ったし、ほんの微力ですけどね、おれ力になりますし、沢田さんだってついてますから」

ところがハナコは首を横に振っている。それはいけないことだと伝えたいらしい。

「ありがとうございます。でも危険ですから、横口さんは手をひいてください」

「なに言ってんですか、そんなわけにはゆきませんよ」

「いいえ駄目です、手をひいてください」

「ひきません。それにこれは、乗りかかった船だからとか、そういうんじゃないですから。義務感なんかじゃなく、おれ自身の正義感みたいなものなんです。見すごすなんてできないんです。だから最後までやり遂げますよ」

「あなたはわかっていません。日本だからといって安全ではありません。決定がくだった以上、遅かれ早かれわたしは存在ごと消されるでしょうが、一緒にいたら横口さんは巻きぞえを食うことになってしまいます。それはわたしを苦しめます。ですからどうか――」

「いやいやそう先走らないでください。沢田さんだってついてるんですから、今のうちからそんな深刻になんないでよ。あのひとヤクザの会長だし、いろんなとこ顔きくからなんとかしてくれますって。いちおうその、仲介役をだまくらかしてうまく逃げきるためのアイディアだってもう出してくれてるんです。だからとにかく、やけにだけはならないでくださいお願いします。絶対になんとかしますから」

大船に乗ったつもりでいてよという具合に、横口健二はついでに気楽をよそおい「ははは」などと空笑いしてみせる。が、それに対してもハナコは首を横に振るばかりだ。

「わたしのために危険をかえりみず、おふたりで知恵をしぼってくださって、ほんとうに感謝にたえません。だからこそ、なおさらですが、横口さんと沢田さんを巻きぞえにしたくないという気持ちがわたしのなかで強まっています。任務のお手つだいをしてくださった方たちを、わたし個人の盾にするわけにはゆきません。それにこれは、共和国内の問題ですから、わたしひとりでその状況にのぞまなければならないのです」

「ならあなたは、ボスの決定を受けいれて、むざむざ殺されるのを黙って待つっていうんですか？　抵抗もせずに、最初から人生あきらめちゃうわけ？」

ノーコメントを選ぶ気か、ハンナコは口をつぐんでいる。だが同時に、挑発的に問いかける横口健二のまなざしを真正面で受けとめ、じっと目をあわせてもいる。断固たる意志を眼光に乗せ、彼女は話に耳を傾けている。

「ほんとにそれでいいの？　よくないでしょ？　よくないってそんなのは、ぜんぜんよくないですよ、考えなおしてください。日本だって安全じゃないっつうけどね、だったら外に出なきゃいいよ。ほとぼり冷めるまで、ずっとおれんちにいりゃいいんですよ。頼むからそうしてください。こんなぼろアパートですけどね、なんならいつまでいたっていいんだし、好きなだけいればいいんですから。でなきゃおれやりきれねえわ。マジでやりきれない。だってこれ、ただの犬死にでしかないじゃないですか。あなたにはなんの落ち度もないんだよ？　命令されてこっちに論文さがしにきただけじゃん。なのに邪魔になったから死ねって、んなバカな話あるかよ――」

言っているうちにどういうわけか涙がとまらなくなり、鼻水もだらだらたれてくる。目も鼻も、左右どちらからもであり、下手したら失禁すらしかねないゆるみっぷりだ。両手の甲で何度もぬぐうも、顔中がびしょ濡れになってしまった横口健二はうつむきっぱなしで手をあっちこっちに動かし、床に置いてあるはずのティッシュペーパーの箱を探すがいっこうに見つからない。

「どうぞ」

その声に誘われ、はっと面をあげてみると、ハンナコがポケットティッシュをさしだしてくれている。

「ごめん、ありがとう」と述べ、ネットカフェの宣伝配布物らしきそれを受けとった横口健二は急いで鼻をかみ、両目からあふれつづけているものをふきとる。

　どうにもならないのかもしれない。そんな憂慮と焦慮が交互によぎり、おのれの感情が高ぶるのを抑えられなくなったあげくのありさまだった。

　処分の対象者たるハナコ自身が、とりみだす気配さえなく毅然としているというのに、なさけないどころの話ではない。こんな男に力になるなどと請け負われても彼女は不安しか抱けまい。

　横口健二が顔と心をととのえているあいだ、六畳間に響くのは彼が鼻をすする音のみとなった。やがてこの沈黙を機に、沈鬱な空気を持てあましたふたりが食べかけのカレーライスをちまちま口へ運ぶひとときがおのずと生じた。

　たまたまながら、ちょうどいいブレークタイムになったと言えないこともない。おたがいにおちついて考える時間ができたので、ハナコの心境にも多少の変化が起こるかもしれないからだ。

　願わくはそれが前むきなものとなり、彼女の悲観がわずかでも薄らいでくれれば御の字だ。そう期待しつつ、横口健二はスプーンを上下させた。

　だが結局、食後のやりとりも変わらず押し問答がくりかえされる羽目となる。あきらめちゃ駄目だとか、力をあわせて乗りきろうとか、部活動にいそしむ中高生みたいな台詞すらまじえて説得を試みるも、思わしい返答はえられない。

　ハナコは手をひいてくださいの一点ばりで通し、これ以上ふたりを関わらせたくないという姿勢をかたくなにまげることがない。真夜中すぎても彼女を翻意させられず、ほとほとしゃべり疲れた横口健二はこたつで横になって溜息をつき、いったん休憩のつもりがそのまま眠りこんでしまう。

●

　しゃべり疲れていたとはいえ、うっかり眠りこけてしまったのは大失敗だったと横口健二は悔やまずにはいられない。おかげでまだ明け方の午前五時前だというのに、三軒茶屋の街中を全力疾走することになってしまった。

　三月上旬の早朝はめっぽう寒い。おまけに今日も雨が降りつづけているが、家出した人間を追ってひた走る男は当然ながら傘などささない。

眠りこけていたにもかかわらず、ハナコが家を出ていってしまったことに間もなく気づきえたのはぼろアパートのもたらす恩恵だ。ぎぎぎばたんとドアが閉まる音の響きが目ざまし効果を発揮し、ふと瞼を開けるにいたった横口健二は、結構な時間うたた寝してしまったことを自覚しておおきく伸びをする。

腕時計に視線を落とすと午前四時半だとわかる。それだったらあと三時間くらい寝ちゃっても罰はあたるまいと思い、ふたたびこたつで横になる。

が、さっきのぎぎぎばたんがにわかに気になりだし、あれはなんだったのだろうかとみるみる目が冴えてきてしまう。あわてて起きあがり、消したおぼえのない電灯をつけてみると、六畳間のどこにもハナコがおらず、万年床もぺしゃんこにへこんでいる。

これはここ数日、入浴中であるのをこちらが不在と勘ちがいし、仕きりの引き戸をスライドさせた途端に彼女とばったり出くわすパターンか。そう思いつつがらりと開けてみるが、全裸の女性が突如あらわれる漫画みたいな展開は今回はない。浴槽は熱すぎるお湯で満たされてはいるものの風呂場にひと影はなく、トイレもしんと静まりきっている。

かくして雨の明け方に、白馬荘を飛びだし全力疾走することになる。

ハナコは昨夜さんざん言いはったとおり、みずからにくだった処分にふたりの日本人を巻きこむまいとして姿を消すことにしたのだろう。だとすれば、行き先は三軒茶屋駅ではないかと横口健二は見当をつける。

行方をくらますのが彼女の目的だとしたら、まっさきに思いつくのは公共交通機関の利用にちがいない。そして最寄りの駅ならば、土地鑑を持たぬ外国人にとっても徒歩で向かいやすいはずだ。

ハナコはPASMOを所持し田園都市線には何度も乗っているから、都内事情に不案内でも乗車するだけならハードルはないにひとしい。降雨のなかの急ぎ足ならなおのこと、最短のルートをたどって駆けこめる逃げ場を選ぶのではないか。

激しい雨に打たれて走りつつ、横口健二はそれにしてもと後悔する。ぎぎぎばたんを耳にしてすぐに追いかけておけばなんぼかましだったろうが、二度寝に入りかけたことが時間のロスにつながり今はこのざまだ。せめてあそこでちゃんと起きていればと思う。そうしていたらとっくにハナコに追いつくことができたにちがいない。

　ピンク地マイメロディ柄のきらきらしたキャリーバッグは部屋に置いていったから、駅を目ざしてすたすた歩くハナコの足をひっぱるものは雨水のほかにはない。背が高く歩幅のひろい彼女なら、一〇分もかからず駅についてしまうかもしれぬため、追っ手はひとやすみもできない。

　そろそろ午前五時をまわる頃であり、始発電車の出発時刻が間近にせまっている。電車で発たれてしまったら完全におしまいだと横口健二はあせりにかられる。そうなったらもう足どりはつかめない。

　三軒茶屋駅の構内に横口健二がついたのは午前五時五分だった。渋谷方面行きののぼりの始発電車は午前五時九分発であり、くだりの中央林間方面行きは午前五時一一分発だからぎりぎり間にあったわけだ。

　ふるえる手で券売機に硬貨を入れて入場券を購入する。つづいて改札を通過したところで、彼ははたと立ちどまらざるをえなくなる。

　この駅は、上下線の乗り場が一番線ホームと二番線ホームにわかれているが、ハナコはどちら側の電車を待っているのだろうか。ここをまちがえてしまったら、せっかくのぎりぎりセーフも水の泡となる。頭をフル稼働させて、早急にその答えを探しださなくてはならない。

　結論は二秒もかからずに出た。二番線ホームは、一番線よりも二分先にのぼりの始発電車が到着することになっている。だからまずは二番線へ降りてみて、待機中の乗客をすみやかにチェックし、そこにハナコがいなければ踵をかえして一番線ホームへと走ればいいのだ。くだりの始発電車がやってくる午前五時一一分までにいずれの乗り場も確認できれば、さしあたり問題はあるまい。

　とっさの割には名案が浮かんだ気がしたが、いざ実行に移ってみれば安易な一時しのぎにすぎなかったと横口健二は思い知る。階段を駆けおり二番線ホームに立ってみると、時計を見ずとも午前五時九分をまわってしまったことが一目瞭然となったのだ。

まるではかったかのように、半蔵門線直通久喜行きの始発電車がすべりこんできたところだった。そのうえホームのぜんたいをまだ見とおせていないというのに、律義なことに早くも電車は出発しつつある。

仮にハナコが二番線ホームで待機していたのなら乗車ずみだろう。とすると、自分もこれに乗って車内を見まわるか、それとも三軒茶屋駅に残って一番線ホームのほうもたしかめてみるべきか。選択肢はそのどちらかしかなく、迷っている時間など一秒たりともありはしない。

二者択一をせまられた横口健二は一か八かの賭けに出る。一番線ホームは捨てて、のぼりの始発電車に乗りこんだのだ。

あてずっぽうで選んだわけではなかった。行方をくらましたいと考えている人間なら、おなじ場にいつまでもとどまっていたいとはおそらく思わないだろう。だとすれば先発の電車を利用するのではないかと推測したのだ。

一〇両編成列車の八両目に乗車した横口健二は、最後尾車両と九両目のチェックを先に済ませてからまわれ右をして車内を歩き、一両ごとに乗客の顔を確認してゆく。始発電車ゆえ、混雑というほどの乗車率ではないものの、車両によっては意外なほどに座席が埋まっていたりするため気が抜けない。

通勤や通学の利用者と思しき乗客がたいはんだが、夜勤あけの朝がえりらしき男女もそこここに見うけられる。横口健二がひとりひとりに視線を向けると、ゲシュタポにでもにらまれたみたいにだれもがさっと目をそらしてしまう。

朝っぱらからやばいやつにからまれたくはないといった心境がうかがえるが、当然の反応ではあると彼は思う――立場が逆なら自分だってそうするに決まっている。

ゆれる車両をいくつ渡りあるいても、黒いマキシコートをまとった長身女性の姿は見あたらず、次第に不安がつのってくる。

もしや選択をまちがえてしまったのだろうか。ハナコはあえてこの電車に乗らなかったのか、それともともと二番線ホームではなく、一番線のほうで始発を待っていたのか。

　というか、そもそも彼女は三軒茶屋駅にさえ向かっていなかった可能性だって否定できないではないか。

　すべては単なるこちらの推論や想像でしかなく、家出の真相じたいなにひとつわかってはいないのだ。それなのに、とんだ賭けに出たばかりにとりかえしのつかないことになってしまったのではあるまいか。

　乗客らの顔をチェックしつつ、なおも車両間の移動をつづける横口健二は、一両目の手前までやってきたところでやにわにおそろしい想念に襲われる。

　じつはハナコはひとりで部屋を出ていったわけですらないのではないか。彼女を処分するために派遣された工作員によって、決してひと目のおよばぬ場所へとつれだされてしまったとは考えられないか——ぞっとして、足がすくみかけてしまうが、それだってただ頭に思いうかんだ悲観にすぎないのだと気持ちを奮いおこす。

　そうして車両のつなぎ目のドアを勢いよく開け、先頭車両へ足を踏みいれて通路を歩きだしてみると、どんづまりに運転室との仕きりの壁があり、そこによりかかって立っている黒装束の女性と目があって横口健二は思わず「あ」と声をもらす。

　半蔵門線直通久喜行きの始発電車はこのとき池尻大橋駅に到着したところであり、降車ホーム側のドアが開きだしていた。それに気づいているのかいないのか、あるいは蛇に見こまれた蛙にも似た状態なのか、ハナコは車内からは出てゆかず、視線もそらさない。

　幸いそのまま電車が出発してくれたので、横口健二はゆっくりと歩を進め、一週間ともにすごした相棒の目前にほどなくたどり着く。今日の彼女は金のかつらをつけていないため、黒髪おかっぱにコートの色があわさり、黒ずくめの印象が強まっている。

　至近距離で向きあうと、頭から肩にかけて彼女はずぶ濡れになっており、雨の降りしきるなかをてくてく歩いていたのだなとうかがわせた。それを指摘してやると、おたがいさまではないかとかえされてしまい、むしろ自分のほうが余計にびしょ濡れになっていることを横口健二は自覚させられる。

先頭車両はがらがらだった。座席に腰をおろそうと横口健二は誘ったが、シートが濡れてしまうからとハナコはことわった。そのためふたりとも、仕きりの壁にならんでよりかかり、しばし列車にゆられることとなった。

渋谷駅についてもホームには降りず、乗客が乗り降りするさまをぼんやりと眺めつづけ、次の表参道駅での停車中も車内にとどまっていた。

結局、くだりの電車に乗りかえた駅は九段下だった。午前五時四〇分発の田園都市線直通中央林間行きに乗車し、三軒茶屋駅にもどってきたのは午前六時をまわる三分前だ。

横口健二は乗車中、いったいどこへ行こうとしていたのかとハナコに訊ねていた。すると思いがけなくも、神保町駅で降りて熊倉書店へ向かうつもりだったという答えがかえってきた。「アルフレッド・ヒッチコック試論」を見つけだすことを、彼女はまだあきらめてはいなかったのだ。

「なぜですか？」

「国へ帰るのに必要だからです」

「論文さえ見つかれば、決定はくつがえせるということ？」

「それはわかりません。むしろ可能性はかぎりなく低いと思います。でも、ほんの少々でも見こみがあるのなら、あきらめるわけにはゆきません」

「論文を手に入れるのを？」

「論文を手に入れて、国へ帰ることです」

「そういうことなら協力しますから、もうこんなふうにいきなりいなくならないでよ」

「ごめんなさい」

「あなたひとりでやるより、おれとふたりで探したほうが早いでしょ」

「それは、そうかもしれません——ありがとうございます」

「巻きこんじゃうとか、そんなのは、またあとで沢田さんと相談してみるし、頼むからひとりでかかえこまないでください」

「——わかりました」

三軒茶屋駅の構内から出てみると、朝が押しかえされてしまったみたいにあたりは薄暗く、依然としてつめたい雨が降っていた。一時間前よりも雨足は強く映り、どしゃ降りと言っていいくらいだ。

　そのなかをふたりでならんで歩き、こごえそうになりながら一〇分ほどかかって白馬荘に帰りついた。ついたときには全身がいっそうずぶ濡れになっており、下着のなかにまで雨水が浸透していた。

●

示しあわせたわけでもなく、帰宅して早々にふたりして黙々と着ているものを脱いでいった。水気をふくんで重たくなった衣類が次々に床へ落とされ、ときどきぴしゃりと水しぶきがあがった。やがてどちらもすっぱだかになると、特になんの意思疎通もないまま、目もあわさず一緒に風呂場へと入っていった。浴槽に熱湯が張ってあることはわかっていたから、ためらいはなかった。

　こんなときはまず、冷えきった体をしっかりとあたためるのが人類共通の課題にほかならない。そんな暗黙の了解が働いたとでもいうふうに、横口健二とハナコはせまくるしい浴槽のなかでぎゅうぎゅうづめになった。時間が経ってちょうどいいあんばいとなった湯加減を、押しくらまんじゅうみたいな体勢でともに体感した。

　ふたりいっぺんの入浴により大量のお湯があふれ出て、洗い場に放置されていたからっぽの洗剤プラ容器がいっときぷかぷかたゆたっていた。

　隣りあうたがいの手足がぴったりとくっついており、それぞれの心音が温水をふるわせ聴覚すら刺激しそうだったが、横口健二もハナコも無言に徹していた。沈黙をひたすらにまもりとおすことが、この状況を保つうえでの絶対のルールであるかのようだった。

　先ほどまではあまたの雨粒に濡らされ、すっかり熱をうばわれてしまっていたふたりの肌は、今や湯船のぬくもりと内なる熱情をえて、ところどころに汗を浮かべるくらいに体温を回復していた。長風呂がすぎて、浴後はあやうくのぼせる寸前になっていた。

　寝不足と疲れをいやすべく、万年床とこたつにわかれてひと眠りすることにしたときには午前七時をとうにまわっていた——ふだんなら寝床から出る時間帯だ。そういえばと、くだり電車のなかでかわしたやりとりをふと思いだし、横になりながら横口健二がハナコに話しかけたのは電灯を消したあとだった。

「あの、ちょっといいですか」

「なんでしょう」

「電車でさっきしゃべったことって、おぼえてます？」

「おぼえています」

「論文を手に入れるのをあきらめないのは、国に帰りたいからだっておっしゃってましたよね？」

「ええ、そう言いました」

「これは自分でも、愚問いがいのなにものでもないとは思いますが——どうしても国には帰らないといけませんか？」

「はい、どうしても帰らなければなりません。その考えだけは変わりません」

「——そりゃそうですよね、あたりまえのことを訊いてしまいました、すみません」

次につづく言葉はなく、ふたりとも押し黙ってしまって外の雨音のみが耳にとどく時間がしばらく流れた。かぞえきれない雨粒がくりかえしトタンの庇（ひさし）をたたく音に聞きいっていると、だんだんと路上の寒気がよみがえってくる。

寝不足だし疲れているのもたしかだが、いざ寝るとなったらまったく眠気が感じられなくなった横口健二はただ、うらさびしいような気分にひたることしかできずにいた。会話がとぎれてどれくらい経ったのかはさだかでなかったが、ハナコはすでに眠ってしまったろうなと思った矢先、暗闇にいる彼女から呼びかけられた。

「横口さん」

「はい」

「もう少し、話をつづけてもよろしいでしょうか」

「もちろんです、どうしました？」

「わたしもあなたのことが好きです」

「え」

毛ほども予期していなかったその告白に衝撃を受

け、横口健二は絶句したきり二の句がつげない。この二四時間におたがいの距離がちぢまった実感はあるものの、彼女にそこまで自分が気に入られているという確証なんてこれっぽっちもない。

好きでもない男と一緒に全裸で湯船につかるわけがなかろうという観点からすれば、意外性の低い発言ではあるのかもしれない。

けれども、たとえそうでも不意を衝かれ、こうもはっきり好意を告げられると、三八歳の男であろうとたちまち思春期へと退行し、はなはだ心をゆさぶられてしまう。彼女が「わたしも」と口にしたのは、あの羆野郎が「おまえに惚れてんだよこいつ」などと暴露したことが念頭にあったからだろう。

消灯し、羽ぶりがよかった頃に買った巨大な遮光カーテンが効果を発揮しすぎているため室内はまっくらだ。それゆえきっと、こちらのまぬけ面は彼女には見えていないはずだが、泡くっているからといって応答を先のばしにしていたら変な誤解が生じかねない。横口健二はやっとのことでこう答えをかえす。

「ありがとうございます。びっくりしましたが、じつはおれもあなたのことが好きなんです」

「そう言っていただけて、うれしいです」

「それはおれもおなじ気持ちです。あなたのおかげですが、自分の口で伝えられてよかったです」

「でも、わたしはどうしても、国へ帰らなければなりません」

なるほどそれはそうだったと息をのむ。みぞおちを短剣でくいっとえぐられたみたいな感覚が走り、エレベーターでの急上昇後に屋上で背中を押されたような心地でもあり、なさけなくもまた泣いてしまいそうだ。巨大な遮光カーテンは無駄づかいではなかったと心底ありがたがりながら、横口健二はハナコに問いかける。

「つまりあなたにはどうしても、国へ帰らなきゃならない事情があるんですね？」

「はい」

「よろしければ、その理由がなんなのかを教えてはもらえませんか」

「娘が待っているからです」

それを聞き、横口健二はすかさず飛びおきてさらにハナコに訊ねる。

「お子さんが？」

「そうなのです。だからわたしはどうしても、国へ帰らなければなりません」

「おいくつですか？」

「五歳です」

「まだちいさいじゃないですか――」

たったひとつの事実から、実情の大部分がわかってしまったような気がしてくる。

密命を課せられていたとはいえ、五歳の子どもを置いて国を出てきてしまった親が帰国をあきらめるわけにはゆかないと言いつのるのは当然の表明にほかならない。その切なる心情は察するにあまりあるほどだ。加えて子もちであるということは、夫もいるのであろう彼女の意志はなおさら強固にちがいなく、そこに惚れた腫れたが入りこむ余地はない。

こうなったら、ハナコの望みを是が非でもかなえてやらねばなるまいし、処分の危機からどこまでも彼女を遠ざけねばならないとも思う。問題があるとすれば、そのために役だてられる能力も立場もこの自分はなんら持ちあわせてはいないということだ。

言いしれぬ歯がゆさを感じつつ、こたつ板に両手をついて横口健二はうなだれる。

「もうちょい、立ちいったことを訊いちゃってもかまいませんか」

「ええ、どうぞ」

「ご家族には、どういうふうに言って国を出てこられたんですか？」

「指示を受けたので、中国出張と伝えてあります」

中国出張ということは、常識的に考えれば仕事の一環ととらえられる。とするとハナコは、必然的に本国ではそのいつわりが自然にとおる身分についているということになる。ならばそれはどんな肩がきなのか。母親は日本語の通訳をしているそうだから、同業なのだろうか。

「わたしは通訳ではありません。大学で映画の研究をおこなっています」

「え、映画研究者なんですか？」

「はい、平壌演劇映画大学で映画史研究にとりくんでいます」

なるほどそういうことだったのかと合点がゆく。彼女にヒッチコック論さがしの白羽の矢が立ったわけがすべて判明したと言えるかもしれない。日本語を話せる映画史研究者は、たしかにこの任務にはうってつけと思えるからだ。

しかし同時に疑問も浮かんでくる。

とにかくこの論文さがしは秘密裏に進められ、命令の主体者が北朝鮮の同胞に動向を察知されぬようそうとうに神経を使っている印象が強い。そんな重要極秘任務にもかかわらず、遂行にあたるのはその種の工作経験を持たぬであろう一般市民の女性ひとりというのは、やはり奇妙に感じられないでもない。

派遣先と探し物の性質を踏まえれば、日本語を話せる映画史研究者はなるほど適任ではあるだろう。が、論文の探索にかぎれば素人工作員のハナコではなく、たとえば朝鮮人民軍の特殊工作員とかその手のプロが沢田龍介らと組んだとしても不首尾に終わったとは思えない——それどころか、むしろ上々の成果をあげそうな気もする。

にもかかわらず、わざわざ一般市民を重要任務につかせつつ、同胞に動向を察知されぬよう隠密行動を徹底させるというのは、ハナコのボスにはなんらかのやましい事情でもあるのかと勘ぐらずにはいられない。そうでなければごく個人的な目的のために「試論」を探させているのではないかと考えられるが——どちらにしてもあまりに情報が少なすぎて、ここから憶測の域を脱けだすのは依然むつかしいといったところだ。

「中国出張の名目は研究留学とか、そんな感じですか?」

「はい」

「でも、あなたが在籍している大学の同僚とかにはそれが嘘だってばれないんですか?」

「その可能性は低いです」

「なぜですか」

「文化省が選抜して留学交流プロジェクトにわたしを参加させるということになっていますから、こまかい部分までせんさくするひとは学内にいません。それができる立場の人間もおりません」

「日本に渡ることは、ご家族や同僚はだれもご存じない？」

「じつはこっそり、父と母にだけは言ってあります」

「ご主人には？」

「わたしの夫ですか？」

「ええ」

「夫とは死別しております。四年前に、夫は感電事故で亡くなってしまいました」

思わぬ返答に遭い、言葉につまる。過度に立ちいらぬよう注意していたつもりだったが、関心のおもむくにまかせて質問をかさねるうちにその意識も薄れ、退きどころを見のがしてしまっていた。

はっとなった横口健二は尻を浮かせて中腰の姿勢になった。そしてハナコに詫びを述べようとして窓辺へ顔を向けると、横になっているはずの彼女が布団のうえに座っている姿が暗闇のなかにおぼろげに見えてきた。

「そうとは知らず、失礼しました。ぶしつけに、根ほり葉ほり訊きすぎてしまいました」

「いえ、わたしは気にしておりません。今後のためにも、横口さんがいろいろとご確認なさりたいのは当然のことと思いますし、このままつづけていただいてかまいません」

「かえっておれのほうが気づかってもらうなんて、ほんとに恐縮です」

ハナコ自身から続行ＯＫをちょうだいしたばかりだが、ここらでいったん切りあげ、何時間か睡眠をとって起床後にでも再開するべき局面ではなかろうか。彼女の心境や体調を考慮すれば、今はそれが適切ではないかと横口健二は思う。

●

起きたのは夕方だった。外はなおも雨が降りつづいているが、雨足はだいぶ弱まっているからハナコとふたりで出かけることにする。行き先はスーパーやコインランドリーだ。

沢田龍介よりの給付金は一八〇〇〇円まで減ってしまっている。今後はいっそう切りつめるかあらためてくまモンに泣きつくかしなければ借金がどかんと増すばかりだ。

部屋を出る間際、そんなことを考えて財布を見ながら溜息をついていると、ハナコがこれをどうぞと茶封筒をさしだしてきた。どうやら彼女にもいくらか支給されていたようだ。ここはかっこつけ、気持ちだけもらっておきますよとか言ってみたい場面だが、喉からはすでに手が出て伸びきってしまっている。

「いやいや大丈夫です、それは受けとれませんからどうかしまっといてください」

こんなときでも見栄を張りたい欲求に負けてしまう。が、言ったそばから後悔が顔に出ていたらしく、それを見おとさなかったハナコは茶封筒をひっこめずこちらの胸もとへ押しつけてくる。その眼光は例によって断固たる意志をおびている。

「じゃあこうしましょう、おれの財布がからっぽになったときに必要な分だけわけてください」

横口健二がそう告げても、腑に落ちないといった面持ちのハナコはゆっくりと首を横に振っている。やせ我慢すんなとでも言いたそうだ。

そんななか、だしぬけに玄関ドアががたがたっとゆれたせいでふたりともぴたっと口をつぐむ。強風でも吹いたのかと思いきや、音の響きがやがてこんこんに変わったのでノックが鳴っているのだとわかる。

うちにくる人間など大家夫婦か沢田龍介のどちらかしかいない。大家だとしたら面倒だなと感じつつ、あがりかまちに立ってドアへと手を伸ばした横口健二は、ノブを握る寸前ではたととどまる。新潟の三次団体会長ならこんこんなんて真似はせず、いきなりドアを開けて入ってこようとすると思いあたったからだ。それにこの来訪者は単にノックするだけだから、毎度しつこく「横口さん横口さん」と呼びかけてくる大家でもない。

いったいだれだろうか。せめて顔をたしかめたいが、結構な築年数の安普請ゆえ白馬荘の玄関ドアにはドアスコープもチェーンロックもそなえつけられていない。こういう場合は風呂場の窓でもそっと開け、隙間から外をのぞいてみるほかないが、距離が近すぎるので相手に悟られてしまうリスクがかなり高い。

　どうするべきか悩ましい。まさかハナコの処分をボスよりじかに命じられた殺し屋だとかが急遽やってきたわけではないだろうが、危険はないと決めてかかって予想がはずれでもしたら最悪だ。彼女の生死を左右する一大事でもあるからには、まんがいちを考慮して慎重に対処しなければならない。

　かような思案のすえ、浴室からチェックするのが最も安全そうだと結論し、玄関に背を向ける。ところがその直後、横口健二は一歩も動かぬうちに振りかえることになる。

「横口、いるんだろ、ちょっと顔みせろや」

　これはわが派遣先たるブライダル映像制作会社をひきいる小林社長の声だ。思えば一週間ほど前、向こうがかけてきた電話で数日間の休暇を願いでたきり、なんの連絡もせず今日まで無断欠勤をかさねていたのだった。会社経営者をキレさせるにはじゅうぶんな理由だ。直接の雇用関係にあるわけでもない派遣社員なんかの自宅を訪ねてくるということは、頭に血がのぼりすぎてわれを忘れてしまっている状態かもしれない。

　仕方がないのでハナコには念のため靴と一緒に風呂場にでも隠れてもらい、社長を部屋に招きいれて機嫌をとらざるをえまい。とにかく土下座でもなんでもしまくって、早々にお帰りになってもらうほかないだろう。

　かくしてふたたび玄関ドアへと手を伸ばし、ちらかっていますがどうぞとぺこぺこしながら誘い、長髭（ひげ）面の小林社長を六畳間へ通そうとするも早くも問題発生となる。部屋の奥にそびえ立っているピンク地マイメロディ柄のきらきらしたキャリーバッグが目にとまり、横口健二は愕然となってしまう。

　即刻その隠蔽をはからねばなるまいが、とりうる策はきわめてかぎられており、決断にかけられる時間は一秒もない。小林社長がまだダイニングキッチンにいるうちにと、横口健二が瞬時に講じたのはキャリーバッグを横に倒し、万年床のなかへおさめてしまうという方策だ。しかしバッグを布団で覆いかくしたはいいが、そこでだれか寝てるんじゃないかと思わせる不審なほどのふくらみができあがってしまう。

横口健二はやむなくそのふくらみに腰かける。それ以外にどうしようもないからだ。

いっぽう、小林社長は敷居をまたいで立ちどまり、眉間にしわを寄せて横口健二を見つめている。二秒前まで平身低頭だった連続無断欠勤中の男が今は奇態な自家製ソファーに座り、こたつへ入るよう勧めているのをいぶかしんでいる様子だ。

この状況はじつにまずい。社長もいちおうはこたつに入って腰をおろしはしたものの、年下の派遣社員のほうが上座にいるのみならず、文字どおり頭が高い位置関係にある。これではこちらがどんなに詫びを述べようとなんの説得力も生じないだろう。

「おれがなんできたのかはわかるよな？」

「それはもちろん」

「無断欠勤つづけてるやつが顔を出すのを黙って待ってやる余裕なんてうちにはないし、正社員でもないのに何日も会社に置いとけないよ、常識的にそうだろ？」

「はい」

「ふつうはな、派遣会社の担当者に人員交代要請の連絡いれて、そこでおしまいなわけ。だから別に、家に押しかけるつもりなんてさらさらなかったんだけどな。でもなあってふと思ってさ、おまえの人生について考えちゃったんだよおれ――横口、聞いてる？」

むろん聞いているので横口健二は無言で即うなずく。

「おまえもほら、いっぺんやらかしちゃってる口だしさ、今までいろいろあったわけじゃない。いろいろあったすえにうちにきたわけでさ、それってつまりどういうことかっていうと縁なんだよ。縁なんだよ縁、わかるだろ？」

そんな実感はみじんもないが、勢いに負けて横口健二はここでもうなずいてしまう。

「うちはそういう意味じゃ、ひとの縁むすびでなりたってる商売なわけじゃん。だから正社員じゃないっつってもおまえとの縁をないがしろにはできないんだよ。だってこれは、派遣と雇い主の関係なんてそっけないもんじゃなくて、おれとおまえっつう人間どうしの縁の話なんだから。それにその縁はさ、もう絆に変わっちゃってるんだ。日に日に結びつきが強まって、ぶっとい絆ができあがってんだよ、おれはそんなふうに考えたわけ」

反応にこまり、横口健二はうつむきたくなってしまう。小林社長がいったん言葉を切り、いいこと言ってるだろおれ、などと訴えかけるみたいにまっすぐ目をあわせてきているからだ。沈黙のほかに応じ方が見つからない。

「正直な話、おまえずっとおれのこと、駄目だしばっかりしやがってこんにゃろうって思ってたろ？それはいいの。実際そうだし、こっちもおまえが成長すんのねらって鍛えてやってるわけだから。要するにまあ、おまえのこと目えかけてるからあたりもちときつくなるってやつでさ——」

「社長」

「ん、なに？」

「お気持ちはとてもありがたいんですけど」

「うん」

「そのお話を全部うかがう前に、こちらからお伝えしといたほうがいいかなと思うことがありまして——」

途端に小林社長の顔つきが強ばる。せっかくいい気分でしゃべっていたのに、水をさすような話がはじまりそうだと察してむっとしているのかもしれない。しかしこちらもいつまでもハナコを風呂場に押しこめておくわけにもゆかないと思い、横口健二はかまわずこうつづける。

「じつはおれ、この先もとうぶん出勤できそうにないんです。いつになったら会社へ行けるのかもわからない状態なんで、ご期待に添うのは無理だと思います。そのこと、すぐに連絡しておけばわざわざご足労いただかなくて済んだのに、申し訳ありません」

小林社長は顔つきを強ばらせたまま、ますます眉間にしわを寄せている。次に口を開いたのは数秒ほどしてからだ。

「——そりゃおれもさ、明日からおまえがぱっと会社に出てくるなんて思ってはいないよ。さすがにそんなことはないから、おまえもそう早まるなよ」

「でも社長、あとふつかみっかやすめばＯＫってわけでもないんですが」

「あ、そうなの。んじゃ二週間くらいとか、そんな感じ？」

「いやほんとに、そんな簡単に期限きれるような話じゃないんですよ。一カ月あってもたりないかもしれないくらいなんで」

「え、マジ？」

「マジです」

「なんでなの？」

「言えません」

「は？」

「言えません」

「言えないってなんでだよ」

「あ、ええとその、ちょっと言いにくい種類の話っていうか――」

ついうっかり、言えませんなどとバカ正直に答えてしまったために横口健二はとりつくろう必要にせまられる。あわてて思案をめぐらせかけると、また数秒ほど押し黙ってから小林社長が話しかけてきた。

「横口」

「はい」

「おまえなんか、ふざけてない？」

「ふざけてなんかいませんよぜんぜん、そう見えます？」

「なんとなくな」

はりつめた空気のみが漂うなか、数秒どころか数分ほどが経過していった。その間、横口健二はいつわりの欠勤理由を懸命に脳裏で組みたてていた。なにかもっともらしい言いわけを述べ、社長の誤解をすみやかに解かなければならないとあせっていたからだ。

しかしそれはかなわなかった。会話を再開させることなく、小林社長は溜息をつきおもむろに立ちあがった。そして感情を押しころしたようなしわしわの形相で派遣社員を見おろすと、ただ「帰るわ」と告げただけだった。

そのひとことには、今度ばかりはおまえを見かぎったという意思がこめられていそうな気がした。が、だからといっていつか挽回のチャンスをくださいなどと言える状況ではない。玄関口で社長を見おくる際も横口健二は黙りこむしかなかった。

●

その日、二度目のノックが鳴ったのは買いだしやら洗濯やら夕食やらを終えたあと、死体写真を研究していたときだった。

どんな手段をもちいればリアルな死に様ができあがり、死んだふりだと見ぬかれずに済むのか。食事前からふたりであれこれ話しあっていた。シャネルのコフレを活用し、メイクアップでこしらえた死に顔をクローズアップで撮るというのはどうか。横口健二がそう持ちかけてみても、ハナコは首を縦には振らなかった。そんなメイクをほどこす自信はない、というのがその理由だ。

ネットで死体メイクのノウハウを調べてみるも、表示されるのは現実味にとぼしいゾンビフェイスやゴスメイクばかりでまるで参考にできない。ならば死に顔メイクにこだわるのはやめて、山のなかに掘った土穴に横たわる姿でも撮ってみるのはどうだろう。背景もふくめた構図のほうがほんものの死に様らしく映るのではないか。

かようにアイディアを出しあっていたところへノックの音が響いてきた。たちまち緊張が走って横口健二とハナコはとっさに口をつぐむ。果たしてだれなのか。沢田龍介の声は聞こえてこないし大家夫婦の呼びかけもない。時刻は午後九時半――こんな夜分にしつこくノックしてくるのはまともな輩ではないのではないか。

室内の明かりが共有通路へもれているから今回も居留守は使えない。となると夕方と同様、ハナコには靴と一緒に浴室に隠れてもらって接客にのぞむほかなさそうだ。玄関先での応対のみでかたがつくかもしれないが、前回の反省を踏まえて念のため、ピンク地マイメロディ柄のきらきらしたキャリーバッグもあらかじめ浴槽に寝かせておくことにする。

そうしているあいだもノックはつづいている。胸さわぎがさらに高まる。

「どなたでしょうか」

外へ向かってあがりかまちからそう話しかけてみ

た。するとかえってきたのはこんな答えだったから、横口健二の頭はにわかにしゃきっとなる。

「世田谷署からまいりました」

「はい」

「世田谷、署？」

「警察署？」

「そうです、世田谷署からまいりました」

汚泥を五リットルほど飲みほしたみたいに胃のあたりが重たくなってゆく。この状況でよりによって警察官のお出ましとはまいった。絶対になかへ通したくない来訪者だが、なんの用があってやってきたのかをつきとめておかねば追いかえすわけにもゆかない。

不法滞在者の潜伏先だとにらまれているのだとすれば事態は最悪だ。悪名たかい入管収容施設にハナコをつれてゆかれでもしたらもうどうにもできない。

せめて彼女が難民認定を受けられれば話は別だろうが、そんな厚遇はありえまいしこういうシリアスなシチュエーションで安易に楽観視するべきじゃない。おまけにこちらは執行猶予期間中の身でもあるから、ここは細心の注意でもって言葉をかわさねばならない。

「ご用件はなんでしょうか」

「ドア越しに説明するようなことではないんでね、まずはここ開けてお顔を見せてもらえますか」

これまた悩ましい局面だ。仮にこの自分になんらかの嫌疑がかけられているとしても、令状なしの訪問だとすれば任意の聴取ということだろうからいちおうは拒否しうる。

とはいえ、一度は門前ばらいできても相手は令状をとって遠からず舞いもどり、次はこちらの意向など度外視で容赦なくどかどかあがりこんでくるだろう。

結局それを避けられないのなら、今ここで用件を聞いておき、対策を練る時間を少しでも確保するほうが得策かもしれない。執行猶予期間中の男はそのように結論する。

そうと決まればあらかじめ、警察がきてしまったのでなにがあっても風呂場から出てきてはいけないとハナコに伝えておく。こちらでうまく対処できるので案ずることはないから、そこで静かにじっとしていてほしいと彼女に頼みつつ浴室のドアをそっと閉める。それから横口健二は腹をくくり、玄関ドアのノブをまわす。

玄関前に立っていたのは制服警官ではなく、ぱりっとしたダークスーツを着ている恰幅のいいスキンヘッドの男だった。たれ目をほそめてこちらに笑いかけてきているが、どちらかというとその愛想のよさは刑事課の捜査員ではなく、飛びこみで立ちよった営業マンが見せる表情ではないかと思える。

スキンヘッドマンはにこにこするばかりでいっこうになにも言ってこない。なんとなく、それが不気味に感じられないでもない。

笑顔で黙って立っていられると、べつだんこちらに非があるわけでもないのにいささか心ぐるしくなってきてしまう。そのため立ち話もなんだからというふうに、横口健二は用件を訊ねなおすより先にどうぞと相手をなかへ通してしまう。

「え、あの靴、ぬいでもらえますか」

早くも異変が起きている。沢田龍介がそうであるように、土足でひとんちにあがりこむのをためらわぬような輩はどちらかというと警察官ではなく、反社会的勢力の側だろう。

だとすると、目の前にいるのはなにものなのか。沢田龍介がそうであるように、さらなるヤクザがここにあらわれたのか。いやそれよりも、北朝鮮高官に雇われた殺し屋がさっそくに登場してしまったのだとしたらどうすりゃいいのか。

ハナコをただちに逃がすべきだろうか。しかし合図のとり決めがあるわけではないので浴室にひそむ彼女に事情を伝える術がない。靴をぬいでくれとお願いしているのに男は平然と無視している。疑念と危惧だらけの頭で横口健二は来訪者にこう問いかけてみる。

「あの、失礼ですけどほんとに警察のひとですか？身分証とかって見せてもらえます？」

「いいですよ」

スキンヘッドマンは手なれたしぐさで要求に応じた。右手を腰のうしろへまわしてなにかつかんでから、それをさっと胸もとへかかげてみせたのだ。打てば響くようなこのやりとりにかぎれば、常識的な対応と言えそうだが、問題は男がその手に握っている物騒な代物だ。どう見ても警察手帳とは似ても似つかぬものがさしだされている。

「いやあの、拳銃なんかじゃなくて、世田谷署のひとだってひと目で確認できるようなものを見せていただきたいんですが――」

「でも今これしかないから」

「手帳とか名刺って持ってないいんですか？」

「うん」

「おかしいでしょぉそんなの、ほんとに警察官なんですか？」

「ほんとほんと、極道警察のほうだけど」

言いながらスキンヘッドマンが自動拳銃の銃口を額にくっつけてきたため、横口健二はちいさくばんざいしたきり身動きがとれなくなる。警戒していたつもりだったのに、たやすくペテンにかけられうながされるまま玄関を開けてしまった結果がこのざまだ。

「ああ、そういやそうか――」

なにやら思いあたることがあったらしい。途端に男は左手をジャケットの内ポケットにつっこんでごそごそやり、たれ目をかっと見ひらいてこう話しかけてきた。

「こんな住宅街でぶっぱなすわけないって思ってるだろ？」

そんなふうに問われてもイエスともノーともかえせない。横口健二はただ凍りつき、せいぜい唾を飲みこむことしかできない。

「残念でした、ほら」

消音器をとりつけた銃口をあらためて額にくっつけてきて、スキンヘッドマンはにこにこしている。しかしその笑顔は、どんな感情ともつながっていないように見うけられ、人間味が毛ほども感じられない。

「おまえの名前は？」

驚かされることばかりだ。だれが住んでいるのかも知らずにこんなぼろアパートへ訪ねてきて、拳銃なんかで脅してまでしてなにがしたいのか。とはいえ相手の目的がわからぬ以上は正直に答えるしかない。横口健二は男から目をそらさずにフルネームを名のる。

「それ本名?」

変なこと訊くなと思いつつ、横口健二はうんうんうなずく。どうやらこの自分に会いにきたわけではなさそうだが、だとするとねらいがなんなのか、いっそう見当がつかない。

「今間真志っておまえじゃないの?」

そこなのかとかさねて驚かされる。返答にこまり、横口健二はぽかんと口を開けてひたすら思案をめぐらせるが、混乱はしばらく晴れそうにない。しかしだんまりはまずいから、とにかく急いで適切な回答を見つけださなければならない。

「アルフレッド・ヒッチコック試論」の翻訳者を探しだすことが目的だとすれば、「極道警察」を自称するくらいだし十中八九この男は沢田龍介の関係者なのだろう。だがそれならばなぜ、論文さがしの下請けの家なんかを今さらになって訪れ、堅気相手に世田谷署員をよそおってまでして対面をもとめ、あげくに銃口をつきつけてくるのか。


たぶんこういうことだろう。「極道警察」スキンヘッドマンは、沢田龍介の関係者ではあっても良好な間柄にあるわけではない。仕事が打ちきりになったことすら伝えられていない立場なのだろうから、くまモンはおおかたこの男を軽んじており、信用してもいないのだ。きっとそうにちがいないと推しはかり、だとしたらしらばっくれることがここでの最適解かもしれないと横口健二は結論する。

「あの、なんのことかさっぱり――」

不意にみぞおちを思いきり殴られ、息ができなくなった横口健二はその場にしゃがみこんでしまう。胃が破裂してしまったかと錯覚させられるほどの衝撃と苦痛だ。

いっぺんしらを切っただけでこんな手加減なしの腹パンとは、しゃれもなにもいっさい通じない相手らしい。どうすれば即刻に立ちさってくれるかと考えてみるが、こちらから相手にあたえられるものなどひとつもない。

「次とぼけたら、おまえ監獄行きな」

みずからを「極道警察」に見たてていることを気

に入っているのか、スキンヘッドマンがそんな宣告をくだしてきた。今しがた食らった一撃の強打っぷりからすると、あながち冗談やたとえの話なんかじゃなく、本気の脅迫とも受けとれる。

まさか以前に沢田龍介が言っていた、「下手うったヤクザが入れられちゃうとこ」にぶちこまれてしまうとかではあるまいな。そう思うと急激に不安が高まってくる。

「沢田のバッグはどこ?」

スキンヘッドマンが六畳間のほうを見まわしそう訊ねてきた。回答をまちがえたらさらにいっぱつ食らいかねぬため横口健二は慎重になり、ほんの数秒でも時間かせぎになればと立ちあがりながら鸚鵡がえしに訊きかえす。

「沢田さんのバッグ?」

「うん、どこやった?」

沢田龍介のバッグといえばあのクラッチバッグのことか。愛用しているふうだし今も肌身はなさず持ちあるいているにちがいない。横口健二は絶対の自信を持ってそう答えてみるが、またもやみぞおちを思いきり殴られてうめき声をあげる結果となる。

「はいアウト、監獄行き決定」

今度こそ胃が破裂してしまったんじゃないかと苦しみつつしゃがみこんでいると、着ているパーカーのフードをイリエワニにでも嚙みつかれたのかと思わされる勢いでうえからがっしりつかまれた。そしてクレーンゲームの景品みたいに横口健二はやすやすと持ちあげられ、強制的に立たされてしまう。

「ほら連行だ、靴はけ靴」

「極道警察」スキンヘッドマンは先に共有通路へ出て、開けっぱなしにした玄関ドアを片手で押さえて囚人が出てくるのを待っている。そんななか、あがりかまちに腰をおろし、ゆっくりと三ツ星チャックテイラーの靴ひもを結びながら横口健二はなおも逃げ道を探っている。

いっそここで賭けに出て、「強盗だ!」とか「助けて!」などと大声を張りあげてみるのはどうか。近所のだれかひとりくらいは警察に通報してくれるのではないか。加えて好奇心旺盛な大家夫婦がすっ飛んでくるということもありうるから、この窮地を脱するチャンスをえられるかもしれない。

しかしその手は使えないと即座に気づく。ハナコが潜伏しているわが家に、ほんものだろうとにせものだろうと警察をひきよせるわけにはゆかないからだ。したがってこの状況下では、「極道警察」を白馬荘から遠ざける展開しか選択肢はないということになる。

そう考えをまとめた横口健二は、靴ひもを結びおえて腰を浮かせる前に尻ポケットからiPhone SEをとりだした。つづいて愛機を床に寝かせると、そのままダイニングキッチンの奥へとすべらせるべく、立ちあがる動作にあわせて背後にまわした右手の指先で押しやっておいた。

これからなにをされるのかはわからぬものの、どのみち「監獄」とやらで痛い目に遭わされ根ほり葉ほり訊かれることになるのだろう。その際に、スマホをよこせと言われて中身のデータを調べられ、沢田龍介とのLINEのやりとりなどを見られたらすべて台なしになってしまう。そんな事態になるのを避けるために、唯一の連絡手段を部屋に置いてゆくことにしたのだ。

二〇三号室を出て鉄骨階段を降りてゆくと、白馬荘に面した通りに初代のトヨタ・ソアラが停められていた。その車のかたわらで立ちどまり、スキンヘッドマンが運転席のロックを解除するのを眺めていると、沢田龍介と旧車会でも結成しているのかとつい訊きたくなってしまったがそれはこらえた。

車が発進する間際、助手席の窓から白馬荘を見あげてみると、ちょうど共有通路に出てきたばかりのハナコと目があってどきりとしてしまう。幸い運転手からは死角になっているらしく、スキンヘッドマンはそちらを見むきもしていない。

横口健二は心配かけまいと、声には出さずに「大丈夫、すぐ帰るから」と口だけ動かした。が、そのときすでにソアラは走りだしてしまっていたから、おそらく彼女にはひとことも伝わってはいない。

●

白馬荘を発ってどれくらいの距離を走ったのかはさだかでない。方角も時間もなにもわからずぼんや

りする最中、とつぜんに横っ腹を蹴られてショック
と痛みをおぼえる。助手席におさまるうちに寝てし
まっていた横口健二は、目的地への到着にともない
手荒にたたき起こされたのだ。
　拉致の途中にもかかわらず居ねむりしてしまった
ことはかならずしも神経のずぶとさを意味しない。
スキンヘッドマンにまた拳銃で脅され、結束バンド
を渡されて自分自身を拘束せよと指示されたのは出
発まもない信号まちのときだったが、それがパジャ
マを着るのとおなじ効果を果たした。手指や口を使
うなどしてみずから両手を縛り、両目をアイマスク
で覆った横口健二は、適度な振動のなかで視覚情報
と手の自由を制限された者のつねとして、睡魔にあ
らがえなかったのだ。
　車外へひっぱりだされ、アイマスクをはぎとられ
てまっさきに目に入ったのはどこぞの町のいわゆる
総合病院だ。初代ソアラが停められているのはその
専用駐車場のどまんなかであり、スキンヘッドマン
は今から囚人を病院内へと連行するつもりらしい。
　いったいなんで病院なんかに、などといぶかりつ
つ周囲をきょろきょろ見まわしてみるも、あたり一
帯が停電中みたいにまっくらで近隣に住宅や商店は
一軒もなさそうだ。駐車場の照明も残らず消えてい
るためこの場からは確認しがたいが、すみっこのほ
うに何台かの車が停められているのはうっすら見て
とれる。病棟は四階建てのおおきな建物だが、当直
もおやすみ中なのか明かりのともっている窓はひと
つもない。
　しかし近づいてみると、これは閉院した病院なの
だとわかる。病棟の窓ガラスがいくつか割れていて
壁に落書きもあり、駐車場のアスファルトにはあち
こち亀裂ができていてそこから雑草が飛びでている。
日ごろは悪ガキくらいしか寄りつく者がいない廃病
院につれてこられてしまったようだ。そう理解する
と、横口健二の歩調はにわかににぶくなってしまう。
肝だめしに訪れたわけではなかろうからだ。
「極道警察」スキンヘッドマンとしては要するに、
ひとの耳目を気にせずのびのびと尋問を実施したい
ということか。しかしそれなら、密室がひと部屋あ
ればことたりるのだから車内でも間にあうし、わざ

わざこんな郊外の廃病院までやってくる理由がわからない。

いやな予感がつのり、横口健二の足どりはますます重くなってゆく。が、数歩ごとに「極道警察」からどんと背中を押されてしまうので歩みがとまることはない。病院の正面エントランスへ足を踏みいれると、ひょっとしてもう家には帰れないんじゃないかと悲観に襲われ背筋が寒くなってくる。

建物のなかに入っても光のさす場所はどこにもなく、なんの説明もないまま歩かされているだけなので心もとないことこのうえない。エントランスホールらしきところを通過し、階段を降りだした頃にはスキンヘッドマンがスマホライトを点灯させたが、行き先は地階かと知った横口健二は恐怖心をいっそうふくらませてしまう。廃病院の地下というのはなんとなく、死に直結しているようなイメージを抱かせるからだ。

地下一階のフロアへ降りるとまず、いかにも頑丈そうな防火扉にゆきあたった。廊下をふさがれているので別の階へ移るのかと思いきや、スキンヘッドマンがやにわに鉄扉を足でがんがん蹴りだしたため横口健二は体がびくっとなってしまう。

キックは四、五回で終わったが、そのノックがこでのオープンセサミだったらしく、やがて内側からくぐり戸が開けられてさらにびっくりさせられる。あちら側にはひとがいて蛍光灯をつけているようだから、この建物にはまだ電気がきているということだろう。

くぐり戸を抜けると防火扉のかたわらに立っている門番らしい筋骨隆々男ににらまれる。無言でしばし顔を凝視されたが、人相のチェックでもしているのかもしれない。

廊下の奥にも三名ほどおり、壁によりかかって立っているがこちらを気にかける様子はない。それぞれにスマートフォンへ視線を落とし、暇つぶしでもしているふうな雰囲気だ。元従業員の医師や看護師らが夜な夜なつどっているわけではなかろうから、彼らはみんなスキンヘッドマンの反社会的なお仲間なのだろう。

だしぬけに男の絶叫が聞こえてきた。ホラー映画でしか耳にする機会のないような「ぎゃああ」なる叫び声が響いている。あんなふうに叫ぶ事態が現実に起こりうるのかと啞然となるが、横口健二をのぞけばそれに驚いている者はいない。

ここ地下一階のどこかが発声の現場であるのはまちがいなさそうだ。よろこびの爆発などでは断じてないと言いきれる声色であり、このタイミングでのこれは笑いごとでは済まされない。

横口健二は足がすくみ、体が無意識にあとずさりしだしたが、背後にいるスキンヘッドマンに両肩をがっしりつかまれひきつづき前進を余儀なくされる。そんななか、暇つぶしの最中らしき連中は新入りの四人が目の前を通っても関心を示すそぶりもない。

廊下のいちばん奥にも頑丈そうな鉄扉がもうけられているが、これは防火扉ではなく部屋の出入口だ。もともとなんのためにある一室だったのかはひと目でわかる。放射線管理区域の標識がドアに貼られているからレントゲン室にちがいない。室内で鳴っているらしいポップミュージックがもれ聞こえている。

防火扉を抜けた際と同様、スキンヘッドマンが足でがんがんやりだした。今回のノックも四、五回でやみ、静かになるとレントゲン室のなかで流れている音楽がはっきりと聞きとれるようになった。

横口健二は知っている曲だと気づくがタイトルが思いだせず、状況もわきまえず記憶を探りだしてしまう。しっとり系のバラードゆえ、こんなときでも耳を傾けるうちに心がおだやかになってくる。

ようやく開扉にいたったのは、二分ちかく待たされたあとだ。内側から鉄扉が開けられた途端、大音量で響くピーター・セテラの歌声が廊下へもれてきて、これはシカゴの「素直になれなくて」だとついに思いあたる。

横口健二は胸がすっとなったが、そこへふたたび男の絶叫が聞こえてきたためたちまち現実逃避をはばまれてしまう。さっきもここが発声現場だったのだとすれば、廊下の端までとどいたのだから尋常でない大声があがっていたことになる。どんな目に遭わされればあれほどの声量に達するのかとおののかずにはいられない。

室内に入るや鉄扉はただちに閉ざされた。撮影機器などは撤去されていて殺風景なせいか、レントゲン室は意外なほどにひろく感じられる。学校の教室くらいの面積は優にありそうだ。

　置いてあるものは少ない代わりにひとは多い。まず目につくのは、壁を背にして立ちならんでいる全裸の男たちだが、かぞえてみると九人もいる。全員が頭から黒タイツをすっぽりかぶり、両手両足をダクトテープでぐるぐる巻きにされているから、まさに彼らはこの「監獄」に服役中の囚人ではないのか。

　鉄扉のもとでドアマンを演じている小男も両手両足に拘束具を装着しているが、タイツはかぶっておらず室内を動きまわることは許されている模様だ――模範囚ゆえの優遇措置かとうかがわせる。服役囚らしき人物はもうひとりいて、部屋の中央に設置されたぶらさがり健康器具にぶらさがっている肥満体の男が異様な存在感を放っている――こちらはタイツで顔を覆われているのみならず、健康器具を握った両手をダクトテープでぐるぐる巻きにされており、床に降りたくても降りられない状態だ。

　ぶらさがりの刑に処されている囚人の正面には、妙にさわやかな外見の男が立っている。タイツも拘束具も身につけていないばかりか、BGMにあわせて口笛を吹きながら上半身のストレッチをおこなうなどひとりだけ好きにふるまっているから、きっと彼がこの場を支配する看守役なのだろう。

　門番にもおとらぬ筋骨隆々の体格に、ピンク色のランニングシャツとスカイブルーの短パンをまとっているその男は、どちらかというとレントゲン室よりもビーチやヨットハーバーが似あっている人物だ。ワックスかなにかで頭髪をきれいな七三わけにセットしているが、日焼けした肌とまっしろい歯ならびが殊に印象的でもある。「素直になれなくて」だけをノンストップでリピート再生させてみずからも唄いあげ、曲の盛りあがりにあわせて身ぶり手ぶりをまじえつつエモーショナルに表情をゆがめるなど、なかなかの自己陶酔性を漂わせてもいる。

　スキンヘッドマンが歩みよって右手をさしだすと、七三わけのビーチボーイもさっとそれに応じてふたりはかたく握手をかわした。なにやらすでに話がついているらしい雰囲気だ。横口健二は呆然と立ちつくして眼前のなりゆきをただ見まもることしかできない。

「こいつなんだけどね、あんまのんびりしてらんないからすぐにやってもらえない？」

横口健二は「こいつ」として看守役に紹介されてしまい、拷問でいたぶられるのは確定かと動揺し腰が抜けそうになる。そのうえスキンヘッドマンは即時の実行をご所望というから劇的に動悸が高まる。ビーチボーイの返答はこうだった。

「すぐは無理ですね」

「なんで？」

「だって見てくださいこれ、こんなにたくさん待たせてるのに特別あつかいで抜けがけなんてさせられませんよ」

「あ、そうなの？」

「そうですよ、こっちもビジネスなんで」

「ふーん」

スキンヘッドマンは壁に沿ってならんでいる男たちのもとへ悠然と歩いてゆき、はしっこのひとりの喉頸をいきなり片手で絞めはじめた——呼吸ができなくなってひどく苦しそうな服役囚は、両手両足を拘束されているためもがく自由もない。その体勢のまま「極道警察」は振りかえり、日焼け肌の看守役と目をあわせてこんな提案を持ちかけた。

「だったら何人か減らしちゃえばいいんじゃない？」

ビーチボーイは「あははは」と陽気に笑ってみせたが、そのかたわらキャビネットに載っているミネラルウォーターのペットボトルをつかんで中身をごくごく飲みきると「フォウッ！」などと興奮の声をあげた。つづいて彼はピーター・セテラとデュエットしながらシャドーボクシングを披露し、曲が最高潮に達したところでぶらさがり男のどてっぱらへ容赦ない勢いで右ボディーアッパーを打ちこんだ。

人間サンドバックを強いられた男は「うげえっ」などと苦痛のうめきをもらしたが、その声質の感じからさっきの「ぎゃあああ」を発したのとは別人のように思われた。だとすると、服役囚はほかにもいて、さんざん痛めつけられたあとに別室へと運ばれてしまったということだろうか——刻一刻とわが身に危機がせまるなか、どこかに抜け穴がないかと必死になり、横口健二はどんなささいなことでも把握しておこうと頭を働かせる。

「勝手に減らしたりしたら、賠償金だのなんだので火だるまになっちゃいますよ」

そう告げると、ビーチボーイはキャビネットに立てかけてあった金属バットを握ってピーター・セテラとのデュエットにもどった。そうして「素直になれなくて」のサビを高らかに唄いあげつつバッティングのかまえをとり、ためらいなくフルスイングしてぶらさがり男の下腹部へバットのスイートスポットを直撃させた。すさまじい絶叫がレントゲン室にとどろく。この声はさっきの「ぎゃあぁ」に近いと感じとった横口健二は、同時にそのとき自分の両手が汗でぐっしょり濡れていることに気づく。

「ちなみにさ――」スキンヘッドマンが、呼吸困難で死にかけている服役囚から手を放し、ビーチボーイに近よりこう訊ねた。「ここにいるやつらの発注元ってどなたさん?」

「それマジで訊いてます?」

「うん」

「言うわけないじゃん」

「まあそうだよね」

「そうですよ」

「そしたらさ、ひとりいくら?」

「は?」

「いくらで契約してる?」

「それ知ってどうしようっていうの?」

「いくら金はらえば先頭に割りこめんのかなと」

「ああ、そういうのも無理無理」

「駄目?」

「駄目」

「ならどうすりゃいい?」

「あずかるから、とりあえず置いてって」

「で?」

「そろそろ順番ってときにこっちから連絡しますよ」

「いつ頃になりそう?」

「どうだろ、今晩中でないことはたしか」

「なるはやで頼むわ」

「期限とかあります？」

「明日の夜がぎりかな、正直いうと昼すぎでもやばいくらいなんだけど」

「わかりました——ところで立ちあいは？」

「そんとき次第だな。こっちも打ちあわせあるから、連絡もらったときに決めるわ」

「なら立ちあいなしの場合、白状させたあとの処分のほうもそのときに？」

「うん、それもそんときで——ああでも、早めにばらしちゃったほうが面倒じゃないってことなら、それはそれでこっちはかまわないけど」

「なるほど、ではそういうふうにしといて、どっちにしても連絡時に相談てことで」

「OK——もういい？」

「最後に一個」

「なに？」

「よそでも身内でも、こいつやっちゃうせいで揉めそうな相手とかっていますか？」

「いないよ」

「ならこっちは大丈夫です」

●

その夜、横口健二は持ち物のチェックを受けてから地下一階の小部屋に閉じこめられた。ここももともとは診察室や検査室のひとつだったのか、物品がほとんどないなかに事務机と診察台だけが放置されている。

　幸い診察台へ横になってやすむことはできたが、当然ながら寝つけるわけがない。おまけに脳裏で延々ピーター・セテラが唄いつづけ、首を絞められ蟹みたいに泡を吹いたり股間を全力で殴打され睾丸が破裂したりするイメージが浮かんでは消えるをくりかえしていたため、頭がおかしくなる寸前だった。

　外が明るいのかどうかの実感もなく、実際にどれくらいの時間が経っているのか推測もままならない。食事もあたえられず、トイレにも行けないのでペットボトルで用をたすしかない。

　そんな監禁状態にあって単身とりくめるのは、いずれなされる尋問にどのように答えるべきかをひたすら思案することのみだ。とはいえ、なにをしゃべってもハナコやくまモンや自分自身に不利益がもたらされそうで結論にはいたれない。

そうしていると、防火扉の番にあたっていた男が小部屋にやってきて横口健二は廊下へひっぱりだされた。ようやっと独房から出られて、多少の解放感を味わえはしたが、数分もしないうちにそれは恐怖と絶望の感覚にとって代わられてしまう。

今日のレントゲン室ではピーター・セテラではなくスティーヴ・ルカサーが唄いつづけていた。TOTOの「ホールド・ユー・バック」がノンストップでリピート再生されており、昨夜と同様それにあわせて七三わけのビーチボーイが恍惚と唄いあげ、ときおり金属バットでステッキダンスに興じてみたりゴルフスイングの練習をおこなったりしている。ミュージカル映画の一場面みたいにだ。

横口健二は室内中央にすえられた事務用の肘かけ椅子に座らされると、模範囚らしき小男によってダクトテープで体をぐるぐる巻きにされてしまった。椅子と一体化させられ、自力では立ちあがることができない格好だ。

キャスターつきの椅子ゆえ移動じたいは可能であり、座面が回転するので体の向きも変えられるものの、なんの意味もない。それらの可動性能を利用できる立場にあるのは一体化しているこの自分ではなく、目下スティーヴ・ルカサーとデュエットしている日焼け肌の看守役だからだ。

突如がんがん鉄扉が蹴られる音が響きだす。四、五回でやんだからあの男にちがいないと察していよいよかと思い、横口健二は生きた心地がしなくなってくる。

今日もドアマンを演ずる小男が、拘束具に足をとられながらもよちよち歩きで出入口へたどり着き、来訪者をなかへ通した。案の定、スキンヘッドマンがあらわれて大股でのしのし歩き、椅子と一体化した男を真正面から見おろした。自身が依頼した尋問だか拷問だかに立ちあうことにしたらしい。

「あれ、まだなんもやってないの？」

「ええ。でももうじきスタートです」

そうは言いつつも、ビーチボーイは鼻歌まじりに金属バットでゴルフスイングの練習にかまけるばかりで仕事にとりかかる様子がいっこうにない。

　そのため明らかに、スキンヘッドマンはじれったそうにそわつきだしている——無傷の横口健二と気楽な看守役をちらちら交互に見くらべるうち、なぜはじめないのだと問わずにはいられなくなったようだ。

「もしかしてなんか待ってるの？」

「そうなんですよ。こっちの都合で申し訳ないんですけど、道具がいるんでおつかいに行かせてるんです」

「急いでんのにこまるなあ。ここの結果まちで打ちあわせストップしてんのに」

「なるほど、そういうことなら今どのへんにいんのか確認してみますわ」

　気さくにそう応ずると、ビーチボーイはすばやく短パンのポケットからスマートフォンをとりだして耳にあてた。しかし電話がつながるより先に、だしぬけに鉄扉をがんがん蹴る音が鳴りだしたのでいっせいにそちらへ視線があつまる。

　おつかいの人間がもどってきたと見たらしく、ビーチボーイはつきだした片手でぱちんぱちんとフィンガースナップをおこないドアマンを急きたてた。

　小男がはっとなり、すみやかに開扉すると買い物がえりの男が両手にビニール袋をさげて出入口に立っている。室内に入ってきたおつかい役は、何度も頭をぺこぺこさせながらレントゲン室のボスのもとへと向かった。

　ビニール袋はキャビネットのうえに載せられ、道具のセッティングが進められていった——おつかい役をまかされていたその男は昨日、廊下で暇をつぶしていた数名のうちのひとりだ。

「おとといの夜にね、彼女んちでドラマ観たんですよ。『ユートピア』っていうイギリスの割とグロいやつ。観たことあります？」

　スキンヘッドマンは無言で首を横に振った。その表情は、どことなくいらついたように見えなくもない。

「そんなかに拷問シーンがあるんですよ。グロいつってもまあドラマだから、ユニークに見えるようにねらってつくってるんだろうけど、ちょっとおもしろかったんだよね、その場面が。どういうものかっていうとね、段階的に目を痛めつけちゃうやり方なわけ。だんだん痛みが強まってく段どりなんだけど、四段階あって、最初は赤唐辛子のパウダー目ん玉に塗りたくるの。次は砂で、三番目が漂白剤。そんで最後がスプーンなんですよ。スプーンでどうすんのかっていうとさ、眼球くりぬいちゃうんだよね、ははは」

　見るとキャビネットのうえに紙皿がみっつならべられている。赤とベージュと白という三種類の粉が個別に盛られ、それらの皿の前には銀色のスプーンも数本ころがっている。

　七三わけのビーチボーイは、どうやらドラマとおなじ方法でこちらをいたぶるつもりらしい。門番がむかえにくる直前にペットボトルへおしっこを出しきっておいてよかったと横口健二は思う。そうでなければ今ここでもらしていたにちがいない。

「ふつうならさ、最悪の手前くらいで降参してやめちゃうじゃない。でもそのドラマだと全部やっちゃうの。だから余計に笑っちゃったわけ。どれもどこにでもあるようなもんで、目に入ったらやたら痛そうなのばっかりそろえてるから、観てるほうもどんな感じか想像しやすいよね。赤唐辛子はえらいひりひりすんだろうなとか、砂はじゃりじゃりっつうかごろごろっつうか、異物感あるなとかさ。そこへ漂白剤なんかきちゃったら、こまかい傷がむちゃくちゃただれちゃって痛いとかいうレベルじゃなくなるよな、とかね――」

　ビーチボーイはここでいったん言葉を切り、金属バットをキャビネットに立てかけた。

　するとセッティングを終え、ちょうどゴミを袋にまとめたばかりのおつかい担当の男が、すでに打ちあわせてあったかのごとく、今度は肘かけ椅子のうしろへまわりこんで立ちどまった。そして横口健二の頭部を左右から押さえこみ、Ｖのかたちをつくったひとさし指となか指で瞼を固定し服役囚の目が閉じぬようにする準備をはじめた。

　とうとうまばたきもできない状態と化してしまうようだ。こうなったらもう絶対に無事では済むまい。

今しがた語られた拷問シーンの詳細も、聞きたくもないのにしっかり耳に入ってしまったため激痛のイメージが頭から離れず、爆発的に恐怖心がふくらんでゆく。

「――ドラマだから粉の見え方とかも計算して道具を選んでんだよね。ただ痛そうなものばっかりじゃないんだよ。赤とベージュと白ってきれいに三色にわかれてるから画面に映えるの。スプーンもシルバーでいい具合に画づらにちがいが出ててさ、なるほどなって思ったわけ。ま、それはどうでもよくって、結局なにが言いたいかっつうと、おもしろがって観てたらその拷問パクりたくなっちゃったってことなんですよね」

強制的に見ひらかされた横口健二の両目には今、赤唐辛子の皿を持って真横に立っているビーチボーイの姿が映りこんでいる。

ここまできてしまったらどのみち逃げようがない。あとは出まかせを次々にならべまくって看守役の手をとめて、粉を振りかけられるタイミングを遅らせて苦痛を味わう回数を減らす以外にこちらがとりうる対策はない。が、こまったことに肝心のつくり話がさっぱり思いうかばない。

「それで、なに訊けばいいんでしたっけ?」

拷問にとりかかろうとしている看守役がそう問うと、「沢田のバッグのこと訊いて」という答えがかえってきた。

その声のしたほうへ視野を移してみると、スキンヘッドマンが腕ぐみしながらこちらをするどくにらんでいる。横口健二はとっさに瞼を閉ざしたくなったがそれはかなわない。

「バッグのことだってさ、どう?」

うえからのぞきこまれて「どう?」などと話しかけられ、なんでもいいからしゃべらなきゃいけないとあせって口を開けかけた横口健二はぎりぎりで思いとどまる。そんな早々に自白してしまったら、いかにも助かりたくてでたらめを述べているような印象をあたえる気がして躊躇したのだ。

七三わけのビーチボーイはそれを見のがさない。まっしろい歯を目だたせて、からかうみたいにしつこくこう問いかけてきた。

「今なんか言いかけたよね？　なになに？　なんつった？　いいからちょっと言ってみ、言ってみってばほら、言ってみ――」

これはなにか言わねばどんどん追及がきびしくなりそうな流れだ――そう思うも、せっつかれると頭の働きがにぶってしまって口をあうあう動かすことしかできなくなる。

ここで転機が訪れた。横口健二にとってはラッキーなことに、不意にかかってきた電話に反応してビーチボーイが尋問を中断したのだ。

とはいえ、その幸運は同時に不幸の襲来をも意味した。「だれだよ」のつぶやきとともに、反射的にスマートフォンをとりだそうとした当の看守役が、うっかりなのかわざとなのか、手にしていた紙皿をひっくりかえしてしまったために赤唐辛子のパウダーがまるごと真下へ落下してきたのだ。

途端にすべての赤唐辛子を顔面で受けとめてしまい、横口健二はむせて激しく咳きこむ。罰ゲームみたいな仕うちではあっても、体の自由が利かない者には地獄でしかない。

おつかい役の男にとっても予期せぬ事態だったらしく、驚いて手をひっこめてくれた。それゆえまばたきは可能になったものの、眼球へのカプサイシン直撃をまぬかれたわけではない。顔を左右に振るなどしてなんとか床へ落としきったが、両目が火を噴いているみたいに熱をおび、咳と涙がとまらず息ぐるしくてならない。こんな目に遭うくらいならあらいざらい事実を白状しちゃおうかと心もゆらいでしまう。

「はいはい、え、なに？　ああ、はいはい、なるほどね、はあ、そういうことだったんですか――」

あとまわしにできない人物や用件なのか、ビーチボーイはなかなか通話を切りあげぬばかりか相手と話しこんでしまっているようだ。かたや、露骨にいらだたしげにはああと溜息をついたり舌うちしたりしているのはスキンヘッドマンのほうだ――とっとと拷問にもどれやと、看守役へ催促のサインを送りつづけているのがありありと伝わってくる。

あふれ出るほど涙ぐんでいるせいであたりがぼんやりとしか見えぬため、周囲のぴりつく雰囲気がいっそう不安をあおりたててくる。そのうえわずかにも身動きがとれないことに精神的に耐えられなくなり、息ぐるしさも相まってパニックをきたした横口健二は体をよじって椅子から離れようとする。

「ええ、もちろん大丈夫です、ほんとうに。いやいや、それはこっちでやらしてください。ルール違反あったんでね、そうそう、見すごすわけにはゆきませんから——」

ビーチボーイはなおも通話中だが、拘束中の服役囚が恐慌にかられてもがきまくっているのを目にとめると、空いているほうの手で持ちあげた金属バットでおつかい役をつっついた。どうにかしろと対処をうながされた男は、さっそくに肘かけ椅子の真むかいにきて横口健二の喉頸をわしづかみにし、耳もとへ顔を近づけてこうささやいてきた。

「おとなしくしないと今すぐ目ん玉くりぬいちゃうよ?」

単なる脅しだとはわかっていてもこれにはさからえない。ぞっとなった横口健二はうんうんうなずいてただちにもがくのをやめる。

それを見とどけて、ゆっくりと体を遠ざけていったおつかい役が、この部屋のボスとなにやらアイコンタクトをかわしているらしい様子が涙ごしにうっすら見てとれる。まさか通話中でも拷問を再開する気なのかとおののき、七三わけのビーチボーイを見やると、スマホをキャビネットに置いて金属バットを振りかぶる姿が目に入った。

これは終わったと横口健二は覚悟する——訊きだそうとしていた答えは今の電話でえられたから、用ずみは始末してしまうつもりかと推しはかり、たちまち全身が硬直しきって肘かけを握りしめてしまう。

しかしその矢先、予想だにしなかったおそるべき展開におよび、赤唐辛子とは異なる赤いものが頬にぴしゃりと飛んでくる。ビーチボーイが手にした金属バットは、椅子と一体化した服役囚ではなく、「極道警察」を自称する男の頭部へ振りおろされたのだ。

アル・カポネを演ずるデ・ニーロさながらに、日焼け肌の看守役は金属バットでくりかえし殴打してスキンヘッドマンを血まみれにしてしまう。TOTO

の演奏とスティーヴ・ルカサーの歌声にかさなり、アルミ合金と頭蓋骨のぶつかる衝撃音がレントゲン室に響きわたるばかりとなり、そこにいるだれもがひとことも声を発さなくなる。

●

金属バットによる惨劇のあと、椅子との一体化を解かれてレントゲン室から出るのを許されたものの、結局はまた診察台のある小部屋に閉じこめられてしまった。そのためいったいなにが起こっているのかまったくわからぬ状態となり、横口健二はふたたび独房で何時間もすごすことになる。

翌日になると、今度は食事をあたえてもらえてトイレの使用許可もえられた。待遇がこうも向上したからには、早晩ここを出られるのかと期待し門番に問いかけてみたが、返答はない。

そうしてさらに長い時間がすぎたのち、例によってなんの説明もないまま小部屋の外へひっぱりだされた。すると目の前に、沢田龍介が立っていたので横口健二は腰が抜け、へなへなとその場にへたりこんでしまった。

恐怖が見せる幻影とかではあるまいなと疑念がよぎり、ふと見あげてみると、実体を持ったくまモンがしかめっ面でこちらを見おろしている。それを認めてようやく心から安堵し、ついなさけない声で「沢田さあん」などと呼びかけてしまったが、救済のよろこびに「監獄」の面々が黙ってつきあってくれたのはここまでだった——さっさと立って出ていけと急きたてられたのだ。

駐車場に出てみると、廃病院の地下にいたあいだあたかも一分も経ってはいなかったかのように、ここにきたときと同様あたりはまっくらだった。

竜宮城にでもつれてこられたみたいに、時間の感覚がすっかり狂ってしまった横口健二は、今日の日付と現在時刻をたしかめて頭の調整をはからねばならぬと思う。日産Y30グロリアVIPの助手席におさまりそれを訊ねると、エンジンを始動させながら沢田龍介はこう答えた。

「三月七日木曜、八時一八分」

ということは、自分はまる三日間もこんなところに監禁されていたわけだ。それを理解するやはっとなり、横口健二は血相を変えてハナコの安否を問いただす。

「無事」

「どうしてます?」

「おまえんちでふつうにしてるよ」

ほっとした横口健二は、運転席に向かってつづけてこう訊ねる。

「ここくる前、彼女の様子も見てきてくれたんですか?」

「ああ」

廃病院の駐車場から出発したグロリアは、ほどなく幹線道路へと抜けた。

窓外を流れる景色や標識を眺めているうちに、車が走っているのは八王子市の北のほうだとわかってくる——この時間帯なら、三軒茶屋のわが家へは遅くとも一時間もあれば到着できそうだ。白バイやパトカーなど屁でもないとでもいうふうに、がらがらの片側二車線道路を一〇〇キロ超の速度で走行しつつ、沢田龍介は救出にいたる経緯にこう補足を入れた。

「つうか、あいつがおれに電話かけてきて、おまえが拉致られたって知らせてきたわけ。助けてやってくれと」

そうだったのかと、横口健二は心底ありがたみを噛みしめる。三日前の夜、もしもハナコと一緒でなかったら今ごろ自分はスプーンで眼球をくりぬかれ、金属バットで脳天をかち割られていたのかもしれないのだ。

それにしても、他人の結婚披露宴を撮影して生活費を稼いでいただけの男にとってこれはさすがにハードすぎる展開ではないか。どんな事態の渦中に放りこまれてしまったのか、今回の一件でほとほと思い知らされた。自分自身の覚悟など、しょせんは吹けば飛ぶようなものにすぎないことも痛感せずにはいられない。

「沢田さん」

「あ?」

「質問いいですか」

「ああ」

「今回のこれって、どう受けとめときゃいいんですか？」

「これってどれだよ」

「いやだから、いきなりあのスキンヘッドのひとがうちにやってきて、拳銃なんかつきつけておれを拉致って拷問させようとしたことですよ」

「でもおまえ、拷問なんかされてねえじゃん。どこも怪我してねえし」

「なに言ってんすか、寸前まではいきましたよ、実質されたようなもんですからあんなの」

「あの禿げ、なんつってた？」

「え？」

「おまえを拉致った野郎はなんつってたんだって訊いてんだよ」

「おまえが今間真志なのかって訊かれましたよ」

「ほんで？」

「あとは、沢田さんのバッグはどこだって」

「んでおまえはなんて答えたの？」

「バッグは本人が持ってるんじゃないですかって言ったんです。そしたら思いっきり腹パンされて、あの病院つれてかれたんですよ」

そういえば、レントゲン室でもバッグのことをまっさきに問われたのだったと思いあたる。それを説明したうえで、横口健二はこの当然の疑問を運転席へぶつけてみる。

「とにかくあのひとバッグにこだわってるみたいだったんですけど、それっていつも沢田さんが持ってるクラッチバッグのことじゃなかったのかな。おれはそのつもりでしゃべってたんですけど、嚙みあってない感じだったからちがったんですかね。どう思います？」

沢田龍介はそれには答えず運転に集中している。あるいは不都合な話題を振られたので、運転に集中しているふりをしているのだろうか。

いずれにせよ、こちらもあやうく死にかけたからにはすべての事情に無頓着なままではいられない。裏社会の泥沼へ足を踏みいれるのは避けるべきではあるにしても、だいたいの人間関係くらいは頭に入れておきたい。

「あのスキンヘッドのひとはなにものなんですか？

沢田さんの関係者ですよね？」

「あいつはおれの兄弟分」

「兄弟分、同格のひとってことと？」

「ああ」

「組織もおなじなの？」

「おなじってなにがだよ」

「いやだから、なんつうのかな、おなじ系列の団体のひとなんですか？」

「それはそう」

「てことは、その、これって内輪もめってことですよね？」

「まあな」

「とすると、ニュースでやってた事件とかとも関係あるってことですか？」

「事件てどの？」

「事務所にダンプカーつっこんだとか、路上で撃たれたとか、内紛がらみの――」

急に怒鳴ってはぐらかすか、さっきみたいにノーコメントで受けながすかのどちらかかもしれない。そう予期して、回答をえるのをなかばあきらめていたが意外にも、沢田龍介はそれらは関係ありだと認めた。

知りたかった事実に触れられたものの、越えるべきではない一線をうかつにまたいでしまった気がして横口健二は早くも後悔しかけていた。広域指定暴力団の内部抗争と自分が無関係ではないとする認識は、一般市民にとっては毛ほども愉快なものではないからだ。

「なに青い顔してんだよ」

「いやなんか、おれの人生、先週とはだいぶさまがわりしちゃったなあと――」

「感謝しろよ」

「え、なんで？」

「しょうもないおまえのその、さみしい人生、がらっと華やいだわけじゃん」

「はあ？」

「生きる張りあい出てきたろうが」

「ちょっとなにわけわかんないこと言ってんすか」

口ではそう応じつつも、一瞬ハナコの顔が頭をよぎって一理あるのかもと納得しかけてしまう。しかし即、いやちがうだろと横口健二は考えをあらためる。

ハナコとの出会いはともかく、北朝鮮高官よりの暗殺指令やら巨大暴力団組織の内紛やらに関わるくらいなら孤独のほうがましに決まっている。あいにくこちらはそれらを同時に楽しめるほどおつむがいかれちゃいないしそんな器でもない。

「つうか別に、おまえがやべえことになってるわけじゃねんだからいちいちしょんぼりすんじゃねえようっとうしい」

「やべえことになってますってば。ほんとに目ん玉くりぬかれる寸前だったんですよ？　あのままいってたら絶対に殺されてますよマジで」

「でも助かってんじゃん」

「今回は運よく沢田さんに助けてもらえましたけど、近々どっかでまた襲われたりとかするかもしれないじゃないですか」

「ねえよ」

「なんでそう言いきれるんすか、どうなるかなんてまだわかんないのに」

「わかるっつうの」

「適当なこと言わないでくださいよ」

「ごちゃごちゃごちゃごちゃうるっせえわ。ひと殺すのだってただじゃねんだよ。だれが好きこのんでおまえなんかのために無駄なコストかけるっつんだよ」

「え、どゆこと？」

「やべえことになってんのはピンポイントでねらわれてるハナコとおれのほうで、おまえは端からカウントもされてねえっつってんだろうが。田口のアホが勘ちがいしたせいで、おまえはたまたま拉致られたってだけの話じゃねえか。そういうなんの価値もねえやつ殺しちまったら無駄にコストかかって割にあわねえわけ。その程度の計算もできねえバカじゃこのご時世ヤクザやってけねんだよ」

言われてみればそのとおりかと悟り、横口健二は申し訳ないような心地になる——加えてこちらが想像している以上に、沢田龍介の立場は盤石とは言えない現状なのかと心がざわつきだしてしまう。

「田口っていうんですか、あのスキンヘッドのひと」

「ああ」

「あのあとどうなったのかな」

「なにが？」

「いやその、田口ってひとが」

「なにおまえ、仕かえしねらってんのか」

「ちがいますよ。七三わけのひとに金属バットでめった打ちにされちゃってたみたいだから、あのあとどうなったのか気になったんです」

「天知な」

「天知？　七三わけの？」

「ああ。そいつ電話してたろ？　めった打ちの前に」

「してましたしてました――あ、そうか、あの電話って沢田さんだったんですか」

「あんときおまえどういう状態？」

「椅子にテープで縛りつけられて、ぜんぜん身動きとれない状態ですよ。しかも唐辛子の粉どばっと顔にぶっかけられちゃって、目とか鼻とかにまで入ってきちゃってもうひどいなんてもんじゃない――」

こりゃ痛快だわというふうに、沢田龍介は「うははは」と大声で笑いだした。ひとしきり放笑したのち、「だったらもうちょい電話すんの遅らせりゃよかったわ」などと言いそえると、つられて脳裏に浮かんだイメージにくすぐられたみたいに彼はさらなる笑いをもよおしていた。

「スキンヘッドの、田口さん、死んじゃったんですかね」

水をさすつもりで言ったわけではなかったが、横口健二がそうぽつりともらすと運転席の笑い声はやんだ。田口なる兄弟分と沢田龍介のあいだでどういう揉めごとが生じ、どのようにやべえ状況にいたったのだろうか。大いに興味をそそられるが、そこまで首をつっこんでしまってよいものかとためらいもおぼえる。

「唐辛子のせいでよく見えなかったんです、めった打ちのあとどうなったのか」

「そら死んじまったろ」

「やっぱそうすか」

「めった打ちだったら死ぬわな

「はあ、聞きたくなかったな——」

「てめえで訊いといてなんなんだよそれは」

「すみません——いやでもね、よく見えなかったっつっても目の前でひとが殺されてるわけで、なんつうか、気が滅入っちゃいますよそれは」

その返答に対する反応か、あるいは一連の事実にいらだっているのか、沢田龍介は聞こえよがしにちっと舌うちして口をつぐんだ。グロリアのヘッドライトが照らしだす車道の風景をにらむように見つめている彼の目つきはやけにけわしい。しばらくして、横口健二はおそるおそるこう問いかけてみる。

「それにしても沢田さん、どうやってあの天知ってひとまるめこんだんですか？」

「まるめこんでなんかねえよ、田口が墓穴ほって自滅したってだけの話で」

「でもあの天知ってひと、電話でしゃべってる途中いきなり考え切りかえたみたいに見えましたけど」

「おれの電話がきっかけで田口の嘘がばれたからだろ」

「嘘？」

「嘘は契約違反でいっぱつアウト」

「スキンヘッドのひとが、七三わけのひとに嘘を教えてたってこと？」

「そう」

「ばれたら金属バットでめった打ちにされちゃうって、どんな嘘だったんすか」

「おれと揉めてるってことを隠してたらしいな田口は。それ電話ではじめて知らされて、最初の説明と辻褄あわねえってなって天知はキレちゃったんだろ。せめて金とってからやりゃいいのに、あいつも頭おかしいからな」

むろん嘘はまずかろうが、たったそれだけのいつわりでめった打ちなのか。反社会的なひとびとの流儀とはいえ、なんとも理不尽きわまりない現実に放りこまれてしまったものだと横口健二はあきれるしかない。

が、裏社会の力学というのはそもそもそういうものかと想像できなくもない。メンツや信用の問題が生き死にに直結してしまうのが極道世界の慣習だとすれば、口約束くらいの簡単なとり決めであっても軽視は許されないのだろう。

　それゆえ掟やぶりをいっぺんでも見のがせば、弱腰のレッテルを貼られて同業者はおろか身内にすら見くだされてじまうのかもしれない。なめられたらおしまいなのがヤクザ渡世であるからには、だしぬこうとした相手に対する寛恕（かんじょ）はご法度であり、むしろ徹底的に罰しておかねばみずからの身があやうくなるということか。

「沢田さんが前に言ってた、下手うったヤクザが入れられちゃうとこって、あの収容所みたいな廃病院のことだったんですか？」

「ああ」

「ほんとにあったんですね」

「あたりめえだろ、ガキのしつけで言ってんじゃねんだよ」

「ここはビジネスでやってるんだみたいな話が出てましたけど、ほんとなんですか？」

「伊達や酔狂であんなのやると思うのかおめえは」

「いや、そんなことはないですけど」

「じゃなんなんだよ」

「あの病院、おれのほかにも一〇人くらい捕まってるひといたんですよ。なんか拷問が見世物みたいになってたんで、悪趣味なビデオとか撮ってたりもするのかなって気がして」

「そらやってるわな」

「だったらカメラも置いてあったってことか、びびりまくってたんでわかんなかったな」

「そのうち唐辛子の粉ぶっかけられてあたふたしてるやつの動画がネットに出てくんだろ。それ観てどこにカメラあったかチェックしてみりゃいいじゃねえか」

　ふたたび運転席で「うははは」という大笑いが起こり、助手席との温度差がひろがる。ご機嫌のくまモンがおちつくのを待って、横口健二はもとの話題にひきもどした。

「そうすると、仕事を頼むほうは金はらって気に入らないやつを拷問してもらうってことなんですか？で、その様子を撮影したビデオを売ってもうけるのが天知さんのビジネスってこと？」

「肝心なのが抜けてるわ、金はらって拷問で終わりだったら変態しか客いねえだろうが」

「肝心なの？」

「隠しごと白状させなきゃ意味ねえだろっつってんだよ」

「ああ、そりゃそうか」

「拷問だろうが殺しだろうが、そうする価値もねえやつにコストはらってらんねえだろ」

「でも、それって自前でやるもんなんじゃないんですね。なんつうか、その筋のみなさんはてっきり──」

「ヤクザは自前で拷問して白状させてなんぼだろって言いたいわけかてめえは」

「いや、なんぼだろなんて言いませんが、でもまあ、そういうことなのかなと──」

「気合はいった野郎からマル秘情報ひきだすのは時間かかるしえらい手間なわけ。さらってきたやつ事務所かどっかに閉じこめて、そのたびぶん殴って血だるまにしてしゃべらせてたら、あと始末だのなんだので時間も金もとられっから自前じゃなるべくやりたくねんだよ」

「そういうもんですか」

「しち面倒くせえのは専門業者にアウトソーシングできりゃそれに越したこたあねえなってだれだって思ってんだろ。つうわけで、天知が経営破綻した病院ひきとって、業界ぜんたいのニーズに応えてローンチした代行サービスがあれなんだよ」

　ITベンチャー立ちあげの経緯みたいな説明をされてしまったが、それを聞きおえた横口健二の返答は「なるほど」のひとことにつきた。ヤクザが拷問を業者に委託とは意外な話ではあるものの、コスト削減と効率化の波は今やあらゆる業界へおよび、極道の世界も例外ではないということなのだろう。

「沢田さんは、天知さんのお得意さんなんですか？」

「なんで？」

「いや、電話いっぽんでおれの解放ＯＫしてもらえたくらいだから、そういうことなのかなと。田口さんが支はらうはずだった分、一銭もはらわずに外に出してもらえたってのは、沢田さんが上得意の顧客だから特例で認めてもらえたのかと思って──」

「健二」

「はい」

「ヤクザがからんでんのにただでかたづく話があるわけねえだろ」

「え？」

「おれが立てかえてやってんだよおまえの分を」

「おまえの分て、おれのなにを？」

「金に決まってんだろ」

「おれの身の代金てこと？」

「つうかな、おれが電話で天知に田口の倍はらうっつったから、おまえはそんとき唐辛子どまりで済んだわけ」

「え、でも、田口さんが嘘ついてたから契約違反でアウトだったんだって――」

「だからあいつは金属バットでめった打ち。それとおまえをどうすっかはぜんぜん別の話だから」

「なに、それじゃ、田口さんが支はらうはずだった代金の倍額、沢田さんが肩がわりしてくれたから、おれは無傷で解放してもらえたってことなの？」

「ああ」

「で、その金は、自動的におれが借りたってことになってるわけですか？」

「ってことになってるじゃねえだろ、事実それはてめえのために使った金なんだから」

「あ、そうなのか」

「そうだろうが」

「なるほどそういうことなのか――」

　有無を言わさずまた借金を増やされてしまったようだが、その具体額はあえて訊かないことにする。額を知ったらあれこれ考えて頭のなかが悲観で埋めつくされてしまうので、まずは意識をいったんよそへ向けておくのが望ましいからだ。

●

　白馬荘の前に到着したのは午後九時半をまわった頃だ。ハナコの顔を見がてら部屋でひとやすみしていってはどうかと勧めてみるも、新潟のヤクザ者は東京でのんびりしている暇などないという。

　運転中、面倒くせえことになったわと何度かつぶやいていた沢田龍介の言動からは、田口なる兄弟分の死が今後もたらす悪影響を憂慮しているのがうかがえた。拉致され拷問されかけたばかりの末端関係者にとっても、それは気がかり以外のなにものでもない。

　組織内紛の現状に不吉な見とおしがあるのなら、ほかにどんなリスクが隠れているのか素人にも教えてほしいものだと思う。路駐した車内にとどまりつつ、それについて横口健二は率直に訊ねてみる。が、運転席からかえってきたのはこんなお小言のみだ。

「わきまえてや健二くん、そらおまえが首つっこむことじゃねんだよ」

「でも沢田さん、さっきの話にもどりますけどね、やっぱり近々またなにか襲撃みたいなことあるんじゃないかって心配が——」

「だからんなもんねえし、おめえは勘ちがいで拉致られただけだっつってんだろ」

「おれ自身はカウントされてないってのはもちろん理解してますよ」

「してねえだろうが」

「してますって。沢田さんのほうには気軽に口外できない複雑な事情とかもきっとあるんだろうなって想像もしてますよ。でもね、どこでどうつながったのかは知りませんけど、今間真志って名前まで出てきちゃってるわけで——」

「それもあのアホの勘ちがいだろうが」

「いやだから、そういう勘ちがいがあるからこそ、いつなにが起こるか読めないとも言えるじゃないですか。現にとつぜんおれんちにまで押しかけてきて、沢田さんのバッグのこと訊いてくるくらいなんですから、拷問されずに帰ってこられたっつっても安心なんかできませんよ。それにあの田口さん、仲間と一緒に動いてる感じだったから余計に気が抜けないし」

「仲間？」

「ええ」

「弟じゃなくて？」

「弟？　弟分てこと？」

「血いつながってるほうの」

「じつの弟さんもヤクザなんですか？」

「仲わりいくせに一緒に組やってんだよ」

「そうなんですか。でも、弟とは言ってなかったと思いますが」

「ひとりで病院きてたんじゃねえの？」

「田口さんですか？」

「ああ」

「病院にはひとりできてましたけど、おれを拷問したあとに打ちあわせがあるとかってしゃべってたんですよ。拷問の結果まちみたいな言い方してたから、バッグのことがわかったら身内のだれかと話しあう予定だったんじゃないかなと」

沢田龍介はふんと鼻を鳴らし、肩こりをほぐすみたいに頭を左右に傾けてセブンスターをくわえた。そしていかにもかったるそうにシートの背もたれによりかかり、ひと吸いした煙をぶはあと吐きだすと「ほんで？」と話を再開させた。

「だから、ここはもっと用心しとかないといけないんじゃないかと思って」

「もらい事故で死にたくねえからかくまうか護衛でもつけてくれって言いてえのか」

「いやいや、そうじゃなくってですね――っつうかこれ、おれのこと言ってんじゃないんですよ沢田さん」

「じゃなんだよ」

「ハナコですよ」

「あいつがどうしたんだよ」

「死体写真の件を相談しなきゃならなかったから、おれやっと彼女とまともに会話できるようになったんです。それでほんとの職業とか、プロフィール的なことをいろいろと教えてもらえて――」

「そらおれもだ」

「沢田さんも？」

「おまえほどじゃねえけど、あいつと結構しゃべったわ」

思えば沢田龍介は、廃病院へ向かう前に白馬荘に立ちよりハナコとじかに話していたのだった。どこまでのことが彼に伝わっているだろうかと、横口健二は内心そわそわしてしまう。朝方ともに雨に濡れて混浴したことやその後のやりとりがたちまち脳裏によみがえってくる。

「とにかくそれで重大なことがわかって、沢田さんにも知らせてなんとかしなきゃなって思ってたとこだったんです」

「んなたいそうな話かよ」

「まあそうですね」

「なんだよ」

「彼女、どうしても国へ帰らなきゃなんないんです。処分とか関係なく、なにがなんでもそうしなきゃならない理由があって――それ、本人から聞いてないですかね」

「つうかんなもんあたりめえだろ。身分証もなんも持ってねんだから、いつまでもおまえんちに住んでらんねえわな」

「いや、おれんちになんていつまでだっていてくれてもいいんですけど、なんつうかな、不法滞在ばれたらやばいからとかの話じゃなくて――」

沢田龍介がにやにやしながらこちらを眺めているのに気づいたが、ここでそんな揶揄にかまってはいられない。真顔でそのまなざしをはねかえした横口健二は、代わりにこの切実な事実をつきつけてやった。

「じつは彼女にはお子さんがいるんです、あっちでおかあさんの帰りを待ってる子が」

沢田龍介は途端ににやにやを消しさり、一拍おいてから「歳は?」と訊いてきた。

「五歳、娘さんだそうです」

「マジかよ、まだちっちぇえじゃねえか」

そうつぶやいて身をよじり、体の向きを変えてシートに座りなおしたところで沢田龍介は煙草を深く吸いこんだ。またまた厄介な話がはじまりそうだからと、視線をはずして押し黙りつつ、いっぷく入れるつもりなのではなかろうか。

そのまま会話がとぎれ、うやむやにされてしまうのかと思いきやそうはならなかった。フロントウインドー越しに夜の路上を見つめている五〇すぎのヤクザ者は意外に間を空けず、「ほんで?」とつづきを催促してきた。

「つまり彼女は、極秘任務のためにちいさいお子さんとはなればなれにさせられて、密入国までして右も左もわかんない国でせっせと働いてるってのに、情勢の変化だかなんだかのせいで容赦なくボスに切りすてられて、殺されかけてるってことなんですよ」

「で？」

「そんなの受けいれられるわけないし、なんとしてでもお子さんのもとへ帰らなきゃならない。それだけが彼女の望みなんです。もう一カ月いじょう子どもと顔をあわせられずにいて、声も聞けない状態なんだから気が気でないはずですよ」

沢田龍介は横顔を陰らせ無言で煙草を吹かしている。面倒くせえだのなんだのと、ぼやきたくてならないような空気を漂わせてもいるから、この話をさらにつづけていいものか迷いをおぼえる。が、ここで彼の協力をとりつけられなければハヽナヽコの希望をかなえることはできない。したがって、たとえぶん殴られても説得にあたるしかないと横口健二は腹をくくる。

「だから沢田さん、ぐずぐずしちゃいられないんですよ。なにもしないでほとぼり冷めるのただ待ってたら、彼女のボスが送りこんできた工作員だか殺し屋だかがおれんちにやってきちゃうかもしれない。まんがいちその連中が、沢田さんと揉めてる田口さん側のひとたちとどっかでつながっちゃったら、まっさきにねらわれんのはハヽナヽコじゃないですか。そんなことになる前に、彼女をお子さんのもとへ帰してあげなきゃなんないって思いませんか――ねえ沢田さん、聞いてます？」

「聞いてるわうるっせえな」

「じつは彼女、自分の処分の件を知ったあと、おれや沢田さんに迷惑かかるからってひとりでいなくなろうとしたんですよ。早朝の雨んなか出ていって、ひとりで論文さがしだして国へ帰るつもりだったんです」

「論文？　おまえ中止って言ってねえの？」

「もちろん言いましたよ。処分の決定がくつがえりそうにないってことも、彼女はわかってるんです。でもね、助かる見こみがほとんどないとしても、論文さえ手に入れればそれはゼロじゃなくなるかもしれない。そうなれば、帰国が許される可能性が少しは出てくるんじゃないかって考えたらしいんです。だから彼女はあの論文を探しだそうとしてうち出てっちゃったから、おれ追っかけてって、なんでも力になるって約束したんですよ」

「なんでも？　おまえが？」

「はい」

「てめえになにができんだよ、安請けあいすんじゃねえよバカじゃねえのか」

「おれが無力なのはわかってますよ。そんなのは百も承知ですけど沢田さん、こうなったらあとひけないじゃないですか。切りすて処分なんて不条理な目には遭わさないって決めたんだから、最後までひきうけて、ハナコを国へ帰してやりましょうよ。なんかいい方法ないですか」

「知るかよ。おめえが約束したんだからそんくらいてめえで考えろ」

　そう言いすてると、くまモンはほんもののクマみたいに低音でうなるような声をあげながら口をすぼめ、短くなった煙草をぷかぷか吹かしだした。

　うんざり顔を見せてはいるが、かといってシャッターを閉ざしこの話題を完全に締めだすことまではしないのは、彼もハナコに同情を感じているためではないか。なんだかんだ不平をならべつつも、支援策の知恵をしぼってくれているのかもしれない。

　そんな期待を勝手に抱いたところで横口健二ははっとなり、早急な処理を要する別の案件をあわてて持ちだす。

「そういや沢田さん、例の死体写真、まだ撮ってなかったわ。あれからけっこう経っちゃってるし、そろそろ送らないとやばいですよね？」

「やべえはやべえけどどうだかな、なんとも言えねえわ」

「どういうこと？」

「連絡つかねんだよ仲介役と」

「え、電話つうじないってこと？」

「電話もメールもどっちもつながんねえからまいってるわけ」

「こわいなあ。嘘がばれて、怒らせちゃったとかではないですよね？」

「それだったらおれに直接クレーム入れてくるわ」

「ならなんなんすか」

「さあな」

「理由として考えられることとって、なにかないんですか？」

「知らねえけどよ、あっちはあっちでなんかまた、国んなかでごたごたでもあったんだろどうせ」

　これは好都合ととらえるべき状況だろうか。死体写真をただちに用意できないこちらにとってはラッキーな猶予をえたと言えようが、さっぱり背景が見えぬだけにまるで心がやすまらない。どのみちハナコの身の安全と彼女の意思を尊重すれば、この猶予期間を逃してはならない気がする。

「沢田さん」

「あ？」

「ハナコを帰してやるなら、国がごたついてる今のうちなんじゃないですか」

「しつけえ野郎だな」

「あとひけませんから」

「国がごたついてるってのはおれの想像でしかねんだけど」

「わかってますよ。でも結局、なにもしないでのんびり暮らしてたらハナコはますますねらわれやすくなるわけだから、彼女を無事に帰国させてやるには急ぐに越したことはないですよ」

「つうかおまえ、国に帰せば万事解決みてえに言ってっけど、仮にあいつが無事に帰国できたとして、それが向こうでボスにばれちまったらどうすんだよ。そのボスがなにものなんか知らんけど、とっくに日本で殺されてるはずのやつがてめえんとこの庭にのこのこ帰ってきちまったら、やることたひとつだろうが。ハナコひとり処分すんのなんざこっちでやるよりぜんぜん楽勝だしな」

　たしかにそれはそうだ。だからこそハナコは、帰国後に処分を撤回させるために「アルフレッド・ヒッチコック試論」の全文を持ちかえろうとしているのだろうが、そのもくろみがあたるとはかぎらない。そもそも論文は不要になったとしてボスは任務を中止にさせたのだから、成功の見こみはむしろ絶望的に低いわけであり、彼女自身そう断言しているくらいだ。

　そういうリスクを承知していても、依然ハナコが帰国の意思をまげないのはひとえに五歳の娘が故国で帰りを待っているからであるのは疑う余地がない。論文入手のほかに、処分を逃れうる秘策だとかを準備しているようにはとうてい見えないが、あるいは彼女はなんらかの切り札でも隠しもっているのだろうか。いずれにしても近々、帰国後の処分回避の実現性について話しあってみなければならないと横口健二は思う。

「それについては正直いえば、おれも不安がないわけじゃないです。帰ったらすぐに彼女と話してみますから、今は保留にしといてください」

「おれはとうぶん帰さねえほうがいいと思うけどな」

「なんでですか」

「そのほうがあいつ自身にとっては安全だろうが」

それもおっしゃるとおりではある。が、当のハナコが望んでいるのは娘のもとへの帰還のみなのだから、危険を理由に日本にとどまるよう勧めても彼女は首を縦に振りそうにない。もしも運まかせで帰国を進めようとしているのだとすれば、早まっちゃ駄目だと説きふせるべきだろうが、納得をえられるかどうかは微妙なところだ。

「とにかく彼女と話しあってみます。なにか考えがあるのかもしれませんし」

「なんにしても健二、おれはこの先、田口が死んじまっていろいろややこしくなったんであんまこっちこれねえからな。電話かLINEで連絡とれるようにはしとくが、基本おまえは無視すっから」

「え、無視なの？」

「ああ」

「そうか無視か――」

「文句でもあんのかよ」

「いやいやわかりました、が、ちなみにそれって――」

「また拉致られちゃったら次は自力で帰ってこいっつうことだ」

「そうなのか――」

「あたりめえだろ」

「それならまあ、自分でなんとかやってみますけど――なんとかできんのかな」

「あとは、とりあえず二週間な」

「二週間、なにが二週間?」
「帰すんだろ、ハナコを」
「あ、はい、そうですそうです」
「国に帰す手配、よそあたってみっから最速でも二週間くらいかかるっつってんだよ」

●

新潟へと発つ日産車を見おくったあと、横口健二は白馬荘の鉄骨階段を駆けあがって自室のドアをノックし、「横口です、もどりました」と小声で告げた。沢田龍介が去り際ハナコに電話をかけ、部屋の鍵を開けても平気だと伝えてくれたおかげですかさずノックに応えてドアが開けられた。

無傷の生還を見てとったハナコは抱擁でむかえてくれた。あたたかくやわらかな感触につつまれた三八歳の独身男はかつて味わったことのない肯定感をおぼえる。そのうえみるみる力が抜けてゆき、腰からくずおれそうになった横口健二は彼女に抱きつくことでかろうじて立っていられた。日ごろの生活圏へ帰りついてだいぶ経っていたというのに緊張が解けずにいたようだ。

たがいの無事をよろこび、ふたりはしばしそのまま玄関口で抱きあったが、平和裏に安堵を噛みしめなぐさめあっていられるのもそこまでだった。帰ってきて早々ではあるものの、横口健二は即刻わが家を離れることを決めていたからだ。

スキンヘッドマン田口の身内のあいだでは、今ごろ彼と連絡がとれず居場所もわからないと大騒ぎになっているにちがいない。行方不明者の足どりを追って浮かびあがってくるのがここ数日内の立ちより先だとすれば、八王子市北部のあの廃病院とこの白馬荘二〇三号室が疑惑のリストにあがるのは避けられそうにない。

その場合、廃病院のほうではおおかた天知ら玄人衆が適切に対処し、田口ファミリーの不審視をうまくしりぞけてしまうのだろう。が、なんのノウハウも持ちあわせておらず、沢田龍介の救援も期待できなくなったずぶの素人たるこちらとしてはさしあたり、至急どこかへ逃げさり身を隠すしかない。

ふたりで荷物をまとめて静かに部屋を出て、ピンク地マイメロディ柄のきらきらしたキャリーバッグをひきながら夜道を歩きだしたときには日付が変わりかけていた。そんな時間帯ゆえ駆けこめるところはかぎられているが、三軒茶屋の駅前エリアへ行けば開いている店はいくらでもある。

とりあえずおちついた先は勝手知ったるインターネットカフェ店コスモポリタンだ。幸いフラットシートのペアルームが空いていたからそこにこもってひと晩あかすことにする。命からがらの逃避行なのだから、わいせつ目的の来店ではないかと受付のバイトに疑われようと知ったことではない。

今後もとうめんネットカフェでの寝とまりになってしまいそうだが、次の行き先は熊倉書店とさだめている。沢田龍介は二週間ほどでハナコの帰国手段を確保してくれるようだから、それまでに「試論」を手に入れておく必要があるためだ。

が、探索作業を再開できるかどうかは熊倉リサの意向にかかっている。それを考えると溜息が出てしまうのは、今度ばかりは彼女の許しをえられないかもしれないと横口健二はあやぶんでいるからだ。

それはもっぱら自分自身の不手際のせいだと彼は自覚してもいる。あれきりいっぺんも熊倉リサに連絡せずにいたのはまずかった。せめてハナコにうながされていたときに一報でも入れていたらと悔やまれる。鬼判事にこんな無礼を働いてしまっては、せっかくの厚意を無下にした男とジャッジされ、もはや相手にもしてはもらえぬかもしれない。

しかし門前ばらいを危惧して躊躇している暇などありはしない。この先どう転ぼうと熊倉リサのＯＫをえる以外にこちらが進むべき道はないのだから、聞く耳を持ってすらもらえぬようなら土下座でもなんでもしてあらためて協力を請うほかないのだ。

電話をかけるには非常識な時刻ゆえ、まずは丁重な謝罪を書きつらねたメールを送って反応をうかがうことにした。そうしてハナコともどもフラットシートに横になってひと眠りし、目ざめて朝食をとる頃までに返事がとどいていれば見こみありと言えるだろうか。

そんな見とおしを立てて横になりかけたところ、いきなりiPhone SEがメールの着信を知らせた。謝罪の送信はほんの二、三分ほど前だというのに、まさかその返事がきちゃったのかと動揺しつつメールアプリを開いてみると、新着メールの差出人名にはやはり熊倉リサと表示されている。

あまりに速すぎる返信に横口健二はおののかずにはいられない。こちらの無礼にいきどおるがゆえの、間髪いれぬ鬼の返信ではないかと察せられたためだ。が、その心配はとりあえず杞憂に終わった。少なくとも、当の返信メールにおいては怒りの文言はひとつもつづられてはおらず、熊倉リサはあっさり謝罪を受けいれてくれている。ただし、大人の態度で寛容に応じているだけとも考えられるから楽観は禁物だ。

どうしたものかと迷ったが、横口健二は即座に返事を出してみることにした。まわりくどいことはせず、ふたたび接触をはかった理由をストレートに書いてしまったほうが好印象かもしれない。あつかましいですがとことわりつつ、じつは論文探索を再開したいのでひきつづきご協力いただけないでしょうかと申しでるのだ。

その返信もまた三分もしないうちにとどいた。結果的に横口健二とハナコは明けて本日、開店時刻にあわせて熊倉書店へおもむくことにはなったが、だからといってあの地下室へすんなり入れてもらえるのかどうかはまだわからない。

●

結局、熊倉書店前に到着したのは開店時刻より一時間も早い午前一一時だ。朝食をとってからコスモポリタンを出たあと、三軒茶屋の駅前エリアをうろついているのもだんだん危険に思えてきてそのまま地下鉄に乗り神田までやってきてしまった。

今日は正午に面会の約束があるわけだし、一時間くらい前だおしで店を開けてくれてはいないかと勝手な望みを抱いて熊倉書店を訪れてみたがそんな虫のいい話はない。それどころか、古ぼけた外観のせいでここだけ時間が停滞し、ペンシルビルじたいがぐっすり寝いっているような風情もあり、店のシャッターが閉じた瞼に見えてきてしまう。

三〇分ほど早着した前回訪問と同様、近所の立ち食いそば屋で早めの昼食でもとって空いた時間を埋めようか。店先に立ち、ハナコにそう持ちかけてみた矢先にiPhone SEがぶるぶるとふるえだした。ただちに液晶画面を見やると熊倉リサの名前が飛びこんでくる。このタイミングで鬼判事から電話がかかってくるとはいったいなにごとか。

「はい、横口です」

「開店は一二時ですが」

「ええ、わかってます」

「なのにもういらしたんですか?」

「ああすみません。出発が早かったものでこんな時間についちゃって――」

しかしなぜだと横口健二はいぶかしむ。熊倉リサはどうしてこちらが到着したことを知っているのだろうか。店のシャッターは閉まりきっているし外が見とおせるような窓などもどこにも見あたらない。奇妙に感じてきょろきょろしていると、受話口からこんな説明が聞こえてきた。

「防犯カメラで見てるんです」

なるほどそういうことかと合点がゆくが、熊倉書店の出入口にそれらしき装置が設置されている様子はない。そのためなおもいぶかりつつきょろきょろしていると、熊倉リサが間もなくこう言いそえてきた。

「左隣の雑居ビルのカメラです」

隣かよと思いそちらへ目を向けてみる。熊倉ビルの左隣にあるのは一階でレストランバーを営業している比較的あたらしめの建物だが、その玄関口の庇のはしっこにはたしかにドーム型カメラがとりつけられている。

あの角度ならば熊倉書店の店先もじゅうぶん視界におさめられそうではあるなとわかる。しかしなんだってまた、というかどうやって、よそさまの防犯カメラ映像なんかを熊倉リサは気軽にチェックできてしまっているのか。もしや反体制女子にふさわしく、ハッキング的な手法をもちいてお隣の防犯システムに侵入し、記録映像を盗み見ているとかではあるまいな。

「ちがいますよ」

「え」

「ハッキングなんてしていません」

口に出してもいないこちらのあて推量すら見すかしているとはむしろハッキングなどよりおそろしい気もするが、ではなんなのかとなおのこと理由を聞いておきたいと思う。それを問うてみると、熊倉リサはもったいぶらずこのように種あかししてくれた。

「隣もうちのビルなので」

「お隣も熊倉さんの？」

「はい」

隣りあうビル二棟のオーナーとは意外な事実だが、言われてみるとしっくりこないでもない。映画関連書籍を専門にあつかう古書店に日々どれだけの売上があるのかはさだかでないものの、その店主たる熊倉リサには商売に追われている印象がまるでないからだ。

どちらかといえば彼女はわざと敷居を高く見せて客を選別排除し、余裕を持って趣味優先の業態に邁進しているふうでさえある。そんな姿勢をつらぬいていられるのも、熊倉家が賃貸収入のみで生計を立てられる資産家一家だからなのだろうか。

「てことは、ほかにもこのへんにビルお持ちとか？」

「そうですね」

どれほどの資産を熊倉家は所有しているのだろうかとがぜん興味が湧くが、さすがにそうした下世話な好奇心は即おさえこむ。この期におよんでわざわざ無作法をかさね、もうじき越えねばならぬ敷居をさらに高くしてしまってはもともこもないからだ。

通用口からどうぞと指示された横口健二はハナコとともに熊倉ビルの裏側へまわり、アルミサッシのドアを開けてなかへ入った。そこからエレベーター乗降口の前を通過し帳場へ向かうと、ちょうど三人分のコーヒーを淹れおえたところらしい熊倉リサと目があう。

「熊倉さんありがとうございます。一時間も早く押しかけちゃって、ご迷惑かけっぱなしなのに助かります」

「それよりも横口さん」

「はい、なんでしょう」

「あのヒッチコック論のコピーを入手なさりたいと

のことですが」

「ええ、そうなんです。たびたびで恐縮ですが、やはりどうしても必要なので――」

「それはわかりましたが、そうするとわたしはまた、あなた方が地下室へ入るのを認めなければならないわけです」

「はい、どうかお許しいただけないでしょうか」

「前回わたしはその条件を出したはずですが、お忘れではないですよね？」

いやな予感がよぎるが、横口健二は「おぼえてます」と即答する。鬼判事とのやりとりは先を読むのがむつかしく、沢田龍介とのそれとは別種の緊張感にじわじわ襲われる。さながら目かくしされたまま、全身のあちこちをアイスピックでランダムにつき刺されつづけるような心地だ。

「でしたらまず、わたしに対してきちんと説明しなおさなければならないことがあるのではないでしょうか」

「説明しなおさなければならないこと？」

果たしてどれのことだろうか。再会して早々に窮地に追いつめられそうな展開だ。ここで正解をえるには熊倉リサより出されていた条件を正確に思いださなければならない。それは要するに、「アルフレッド・ヒッチコック試論」を手に入れなければならないこちらの事情をつつみかくさず話せということではなかったか――

「新潟の会社へ提出する映画評論の参考文献にしたいので、あの論文を探しているというお話だったと思いますが」

「そのとおりです」

「単刀直入に申しあげて、新潟の会社というのは暴力団のことですね？」

「は？」

「横口さんが実際に映画評論を書いておられるのかどうかは存じあげませんが、ほんとうのところは新潟の暴力団に頼まれてあの論文を探してらっしゃるのではありませんか？」

なぜそれを、などと思わずもらしそうになるもぎりぎりでその言葉を飲みこむ。かといって、表沙汰にはなりえないはずの仕事の内実がいつの間にやら筒ぬけになっていたことの衝撃は毛ほどもやわらがない。

　こうなると、熊倉リサがどこまでの事実をつかんでいるのかをたしかめぬうちにあれこれ述べるべきではないだろう。あるいはもはや、出まかせのごまかしは彼女にいっさい通用しないとわきまえたうえで交渉にのぞまねばならぬのかもしれない。

「どうでしょうか横口さん」

「ええとその、つまりそれは――」

「イエスかノーでお願いします」

「イエスかノーで言ったら、それはイエスのほうで、否定はできないんですがでも――」

　熊倉リサと目をあわせられなくなり、伏し目がちになった横口健二は自分のつまさきを見つめながらきたるべき追及に身がまえる。頭のなかでは先ほど来、どのようにして彼女は「新潟の暴力団」についての知りえたのかと想像をめぐらせているが、いくら考えてもかいもく見当がつかない。

「あの地下室は、原則としてお客さんの立ち入りはおことわりしています。ですからせめて、そちらの素性や事情を話してくださらなければ出入りの許可は出せません。そのようにわたしはあらかじめお伝えしていますが、それが嘘いつわりであってもかまわないとはひとことも申しておりません」

　これはどうやらねちねちした詰問が延々とつづきそうな気配だ。土下座なんかで彼女の怒りはおさまるまいと推察しつつも、ほかに術がない横口健二は「はい、たいへん申し訳ございません」と口にし床に膝をつきかけるが、「そういうことをもとめているわけではありませんから」と即座に制される。

「うかがいたいのは隠しごとのない事実です。こちらはすでに一度そちらの説明を真に受けて、要望に応えておふたりとも地下室へ通しているのですから、さらに協力を請うのならまずはあなた方も誠実に義務を果たすべきではないですかとわたしは言ってるんです」

　まったくおっしゃるとおりだが、それでもこちらが口ごもらざるをえないのは、下手に知りすぎると危険に巻きこまれるたぐいの内幕を明かさねばならぬからだ。

スリリングな会話を強いてはくるものの、善意の協力者にはちがいない熊倉リサにこれ以上の迷惑をかけてもなるまいし、言い方をあやまればどこかで情報もれが生じハナコの身をいっそうあやうくしかねない気もする。そのため横口健二は安全・穏当な筋だてを脳裏で書いては消してをくりかえすばかりとなり、真相を打ちあけるふんぎりがなかなかつかない。

「言いしぶっておられるのは、やましいことがあるからでしょうか。それとも、暴力団がらみの事柄なのでご自身の身を案じて口をつぐまざるをえないということでしょうか」

そうきれいにわけられる話ではないので言葉を選んでいるのだが、こちらが二、三秒ほど黙っているだけで熊倉リサはぐいぐいつめてくるからうっかり不用意な答えを口走ってしまいそうだ。弱ったなと思っていると、背後から代わりの返答が放たれてきて横口健二はとっさに振りかえってしまう。

「熊倉さん申し訳ございません、横口さんが説明をためらってらっしゃるのはわたしのせいなのです」

「あなたのせい？」

「はい」

「どういうことでしょう」

「それについてお話しする前に、わたしはもうひとつ熊倉さんにお詫びしなければならないことがあります。わたしは横口さんの親戚の者ではありません」

このやりとりの最中、ハナコは金髪ウィッグと黒マスクをとり、熊倉リサの面前ではじめて素顔をさらしていた。その行動は、ここから先は隠しごとはしないとする彼女自身の決意表明のようなものと見てとれる。

「先日は嘘をついてしまいました」

「そんな気はしていました」

「熊倉さんをだまして、親切心を利用するような真似をしてしまいほんとうに申し訳ございません」

「まあいいでしょう。ちなみにあなたのついたその嘘と、横口さんが説明をためらう理由というのは関係してるんですか？」

「関係はしています」

「だとするとそれは、やむをえずついた嘘だったと?」

「こちら側の事情からすると、そういうことになります」

鬼判事は軽く口角をあげる程度の微笑みを見せてから、思いだしたみたいに帳場のほうへ向きなおった。そして「冷めてしまったので淹れなおしてきますね」とことわると、マグカップみっつとコーヒーポットの載ったトレーを持ちあげて彼女は奥へひっこんだ。

●

「前もってひとつ重要な注意があります」

説明役をひきうけた横口健二は、熱いコーヒーをひと口すするとこうつづけた。

「決して脅すつもりはないんですが、すべてを説明するとなるとどうしても、事情を知っちゃった人間は同時にそれそうおうのリスクをかかえこんじゃうってことをご理解いただかなければなりません。話を聞いたら最後あともどりはできない、なんて言うとおおげさに思われるでしょうが、この一件にけりがつくまでのあいだは襲撃の危険に警戒して生活しなきゃならない。あらかじめそんなふうに受けとめておいていただかないと、ぜんぶ話しちゃうのはあぶない気がしてこちらもやっぱり躊躇してしまいます。熊倉さんをこれ以上やばいことに巻きこむのは本意ではないですから」

「わたしは平気ですからどうぞ遠慮なく進めてください。それにそもそも事情を知ろうが知るまいが、あなた方のお手つだいをした時点で実質わたしはそのやばいこととやらに完全に巻きこまれたも同然なのでは?」

たしかにそれも否定はできない、というか、まったくそのとおりだ。横口健二は下手にとりつくろわず、「そうかもしれません」などとあいまいな同意をかえしたが、またもや伏し目がちになるのを避けられなかった。

「なんだかんだこっちが勝手に巻きこんじゃってるのに、事後承諾になってしまってほんとすみません」

「自分の意思で選んだことですから問題ありません。それにわたしは、どんなリスクがあっても事実を知ることにこだわってしまうタイプの人間なので、なにもかもつつみかくさず打ちあけてくだされればあとはそういうものだと納得します。ほかに希望があるとすれば、とにかく詳細に、これまでの経緯をご説明いただきたいということです」

「なるほど」

「注意というのはそれだけですか?」

「はい」

「では本題を聞かせてください」

この一二日間にわたる出来事をあらかたしゃべり終えたときには午後のティータイムをむかえていた。もっとも、ずっとおなじ場所にとどまり横口健二がひたすら語る秘話に熊倉リサが耳を傾けるというシチュエーションのみが変わらずつづいていたわけではない。

本題に移って二、三〇分ほどすると、ダニー・デヴィートみたいな風貌のアルバイトが出勤してきて開店前なのになにごとなのかと驚かれてしまった。熊倉リサに「こちらは矢吹翔さんです」と紹介された彼が北極熊の子どものごとくまるっこくて小柄な体でちょこちょこ動きまわり、そのまま古書店を開ける支度にとりかかったため、先にあつまっていた一同は三階の売り場へと移動することになった。

午後一時半をまわってからはランチミーティングへと移行した。いったん退席した熊倉リサが近所のカフェでテイクアウトしてきたクラブハウスサンドイッチが本日のメニューとなる。それをごちそうになりながら、横口健二はひきつづき弁舌をふるった。

熊倉リサは終始もっぱら聞き手に徹していたが、途中いくつか質問も入れてきた。それに対しては横口健二が答えることもあればハ、ナ、コが不足をおぎなうこともあり、鬼判事の関心をふたりで適宜に受けとめていった。

とりわけ熊倉リサが補足をもとめたのは入手後の論文の用途だ。

筆者がほんとうに金正日なのかどうかはともかく、全文を読んだことのある立場からすれば、アメリカとの外交交渉が本格化していたご時世に北朝鮮の高官がわざわざとりよせてなにかに利用したがるような内容とは思えない。あのヒッチコック論におぼろげながらもそんな印象を持っている彼女としては、だからこそどんな使い道があるのかと強い興味をおぼえたのだという。

ただしその興味が満たされることはなかった。ボスより任務を直接あたえられたハナコにも、論文の用途というのは見当をつけがたい謎らしかった——自分の役割いがいまるで知らされていないという彼女は、当の話題やボスの正体については首を横に振りつづけるしかなかったが、それに対して熊倉リサは事情をかんがみたのか、根ほり葉ほりせんさくをかさねるような追及はひかえていた。

他方、熊倉リサはみずからにじかに関わるような事柄には無頓着だった。ヒッチコック研究者にとっての聖地として熊倉書店の存在を横口健二に教えてくれた佐伯政夫——因縁の相手らしいその名前を出しても彼女はとくだんの反応を示さず、それがだれなのかほとんど記憶にもない様子ですらあった。

じつのところ横口健二としては、あの映画評論家が悪徳判事の被害者を自称し、熊倉リサをああもあしざまに言いつのっていたことにはなおも無関心ではいられなかった。が、話がますますややこしくなりそうなのでそれについての言及は保留にすることを選んだ。

いずれにせよ、熊倉リサは他人から誤解されやすいひとなのだろう。佐伯政夫による悪評も、それと無関係ではないのかもしれない。会うのは今日で三度目にすぎず、こちらも単にわかったつもりになっているだけではあるものの、先を読むのがむつかしくスリリングな反体制女子の言動に接していると、そんな気がしてならなかった。

●

「これで信用していただけますか」

横口健二がそう問いかけたのは、熊倉リサがいぶかしげな表情で押し黙ってしまったからだ。またまたつくり話を聞かされたんじゃないかと疑う気持ちをぬぐえず、対応にこまっているのだろうかといささか不安になってくる。

「横口さん」

「はい、なんでしょう」

「その沢田というひとは、わたしが電話で話したあの新潟の方ですよね?」

「そうです」

「信頼できる方なんですか?」

「信頼か、どうかな。まあ仕事柄、沢田さんはなにかと乱暴だったり強引だったりするところはありますけど、でも卑怯者とかずるいひとだなとかは感じたことないですね。だまして陥れようってこともないし、気前よくて面倒見もいいから、少なくとも悪いひとではないですよ――あ、でもヤクザなんだから悪いひとなのか」

「ただ今の話だと、横口さんは論文さがしとは別の問題にも巻きこまれてますよね?」

「別の問題、なんかありますか?」

熊倉リサは二秒ほど口を半びらきにしてかたまってしまった。なんて鈍感な男なんだとあきれているらしかった。

「あなた拉致られて、拷問されかけたんですよね?」

「そうですそうです」

「それは論文のほうではなく、沢田さんのバッグを探しているっていう暴力団員の仕わざだったんでしょう?」

「はい」

「それなのに、当の沢田さんはバッグのことを訊いてもはぐらかして、結局はうやむやにしてしまってるわけじゃないですか。そういうところはどうなんですか? 横口さんは最初からうまく言いくるめられているだけのような気がしますけど」

非常事態が相ついだせいでおつむがやられてなにもかもごっちゃになりかけていたが、言われてみればたしかに論文さがしと沢田龍介のバッグの一件は別問題である可能性が高い。バッグのほうは委細は不明だが、身内どうしの揉めごとに起因する事態にちがいなく、その当事者が属しているのは北朝鮮ではなく日本の広域指定暴力団なのだ。

「正直に言えば、おっしゃるとおりの面もなきにしもあらずです。でも、たとえそうだとしてもおれはやっぱり沢田さん信じてます。それに、彼女を国へ帰してやるにはあのひとを頼るしかないわけだし——」

「わかりました。ただそれでも、とにかくバッグのことだけははっきりさせておいたほうがいいと思うので、次に彼から着信があったらわたしにまた電話を替わってください」

「え、熊倉さんが電話であのひとと話すんですか?」

「ええ」

「沢田さん問いつめるってこと?」

「そのつもりですが」

なるほどそれはめったにお目にかかれない熾烈なバトルがくりひろげられそうだ。想像すると胸おどるものがあるが、しかし今はそんなことでおもしろがってる場合ではない。横口健二は頭を切りかえ、熊倉リサに次の疑問を投げかけてみる。

「ところで熊倉さん、なんで新潟の会社が暴力団だってわかったんですか?」

「同業者のネットワークです」

「同業者の?」

「うちも同業組合に加盟しているので、よそのお店の噂がたまにちらほら聞こえてくるんです。それでつい先日、会合で同席した組合役員の方たちが、新潟の暴力団が近ごろあっちこっちで映画雑誌を探してるらしいとか、めずらしいこともあるものだと話しているのを小耳にはさんだんです。ひょっとしてと思ってくわしくうかがってみたら、その筋のひとたちがヒッチコック論の掲載誌を数人がかりで探しあるいているという話だったので、横口さんたちの件と結びついたんです」

実際の舞台裏を聞いてみれば種も仕かけもないごく自然な経緯だ。こちらがうろたえることでもなかったわけだが、とはいえ結果的には熊倉リサの協力をえられたのだからそれもOKとしておこう。

問題があるとすれば、マル秘だったはずの情報が案外とだだもれみたいになっていることだ。新潟ヤクザのヒッチコック論さがしが古書店の業界内であたりまえのように噂されているのなら、そこから巷のあちこちへひろまっていないともかぎらない。だとするとこちらはありうべきリスクを再計算せねばならぬだろう。さすがに熊倉書店まで嗅ぎつけられていることはないと思いたいが、ここで油断してはならない。

「横口さん」

「なんでしょう」

「とうめんは危険なので、三軒茶屋のお住まいには帰れないわけですよね?」

「そうなんですよね」

「おふたりとも、どちらで寝とまりなさるつもりなんですか?」

「それがその、恥ずかしながらちょっと予算の問題がありまして、ネットカフェとか——」

「横口さん」

「なんでしょう」

「空いてる部屋がありますから、よろしければうちを使ってください」

「熊倉さん」

「なんでしょう」

「それはほんとうに助かります」

●

横口健二は熊倉ビル四階の空き室をあてがってもらった。七、八平米くらいの面積があり、すみっこに旧型のパソコンや周辺機器が積まれているばかりの殺風景な部屋だから、寝とまり専用としてはじゅうぶんな環境だ。ハナコはキャリーバッグごと五階へつれてゆかれた。そちらは熊倉リサの主な生活スペースらしいから、女性が暮らすのに必要なものが充実しているという利便性があるようだ。

これまではなんとなく、ハナコと熊倉リサのあいだにはぴりぴりした空気が見えかくれしていたが、隠しごとがなくなったところで緊張感は薄れたから、この同居を機にふたりは親睦を深めるかもしれない。短いつきあいになりそうではあるものの、そんなふうになればこちらもうれしいと横口健二は思う。

あとは急いで論文を見つけだすのみだ。エレベーターで地下へ降りたのは夕方の遅い時刻だった。横口健二とハナコが熊倉ビルの地下室に入るのは八日ぶりとなる。

前回は地下室内に山づみにされた蔵書の三分の一ほどを整理し、そこにふくまれていた書類ぜんぶのチェックを済ませている。したがって単純計算すれば、残り三分の二をかたづけてしまえばお宝の在り処へたどり着けるということになる。大目に見つもっても三、四日あれば決着をつけられるだろう。

そういう見とおしを抱いてエレベーターの開扉にのぞんだが、直後に視界にひろがったのは手つかずだった頃に逆もどりしたかのような大量の本や書類の山だった。よく見ると、以前よりもさらに足の踏み場がなくなっていて書物が増えている気がする。

「熊倉さん」

「はい」

「どうなってんですかこれは」

「じつはおととい、大学を定年で退官されたお客様からいらなくなった本のお持ちこみがあって、四トントラックでいっぺんに運んでこられたのでとりあえずここにまとめておさめるしかなかったんです」

横口健二は血の気がひいて二の句がつげなくなってしまった。数秒前までの意気ごみも跡形もなく消しとび、今はただ立ちつくすしかなくなっている。

が、おなじ光景に立ちあっているはずのハナコがひるまず前に進みでて、書物の山海へと身を投ずる姿に接してしまい彼ははたと目をさます。なにがあろうと娘のもとへ帰ると誓う母親に、全力の協力を惜しまないと約束したのだからこの程度の障害に遭ってやる気を失っているようでは話にならない。

かくしてハナコとふたりで黙々と地下室の整理整頓にとりかかる。あらためて残り三分の二の状態までかたづけ終えたのは、その翌々日にあたる日曜日の夜だった。

明くる三月一一日月曜日もまた午前中から探索作業を再開だ。朝の身支度を終えたらまっすぐ地下へと降り、ハナコとふたりで手あたり次第に書類をチェックしてゆく。しかし昼すぎにかかってきたいっぽんの電話によって状況が一変する。発信者は沢田龍介だ。

「ハナコ帰す手はずついたから新潟こい」

「え、もう？　早くないですか？」

「早えに越したこたねえだろうが」

「それはそうなんですけど、沢田さんたしか、最速でも二週間くらいかかるって」

「健二」

「あ、はい」

「今日だったらいけるわっつって、ブローカーが連絡してきたからおれはさっそくこうしておめえに知らせたわけ」

「わかってますわかってます、おれも別に、ケチつけるつもりじゃなかったんですけど」

「いちいちおめえの都合にあわせて決めてらんねんだよこっちは」

「わかります」

「わかってんならごちゃごちゃ言ってねえでおめえがあわせりゃいいだろうが」

「すみません、気をつけます――それで沢田さん」

「あ?」

「いつまでに新潟へ行けばいいですか?」

「今日中」

「なるほど――タイムリミットとかってありますす?」


「暗くなるくらいにつきゃいんじゃねえの」

東京駅で新幹線に乗車し新潟駅へ向かうとすると二時間かかる。新潟の本日の日没時刻が午後六時あたりだとすれば、午後四時までにはここを出発しなくてはならないわけだ。

現在時刻は午後二時をまわったところだ。となると、論文さがしについやせる時間は正味のところ一時間くらいか。残りの三分の二をかたづけきるのは現実的に無理な話だが、たとえそうであっても途中ひょっこりを期待してリミットぎりぎりまでつづけてみるしかないだろう。

「で、どうすんだよ健二くん」

「もちろん行きます新潟、もちろん行くことは行くんですけど――」

「なんだよ」

「いや、あれなんすよ、肝心の論文がまだ見つかってなくって」

「つうかおまえ今どこいんの?」

「熊倉さんとこの地下です」

「古本屋?」

「そうです――ちなみに沢田さん」

「あ？」

「ハナコ帰すチャンスって、ここ逃したら次いつあるかわかんない感じですか？」

「次なんかねえよ」

「次ない？　ここ逃したらノーチャンス？」

「そういうこと」

　だとすれば、娘のもとへの帰還を最優先にすえているハナコは論文入手を果たせなくても今日中に新潟へ発つことを選択するだろう。そうなった場合、仮に彼女が北朝鮮へと帰りつき、帰宅がかなったとしても、問題はそのあとだ。

　みずからにくだった処分をいかにして撤回させるつもりなのか、ハナコは明確な答えを口にしていない。こちらが訊いても彼女は平壌にもどればあてがあると述べるのみだから、無事を祈るしかない横口健二としては心もとなく思うばかりだ。

「横口さん」

　呼びかけられて振りかえると、電話のやりとりに気づいたらしいハナコが作業を中断して近づいてきて、こちらをじっと見つめていた。いつも以上に断固たる意志をおびているふうな眼光がまぶしい。通話の内容を察知し、参加を望んでいるのかもしれない。

「わたしのことについて話しあわれているのではないですか？」

「そうです。あなたが国へ帰るための手はずがととのったと沢田さんが連絡をくれました」

　とはいえ決して楽観視できる局面ではない――そう思う理由を率直に説きつつ、横口健二は通話をスピーカーフォンに切りかえて三者での話しあいに移行した。そのうえで、帰国後の安全をどう確保しようとしているのかをあらためてハナコに訊ねてみる。

「正直に申しあげます。そのような秘策をわたしは特に持ちあわせてはおりません」

「え、ないの？」

「はい」

「それじゃやっぱり、論文さがしだすしかないってこと？」

「ほかに手はありません」

「でも、仮に論文を持ちかえれたとしても、それはもうあなたのボスを翻意させられるだけの価値がないかもしれないわけで、その場合はどうする気なんですか」

「なんとかして、元帥様のお手もとへ論文をおとどけできないものかと考えております」

なるほどボスから身をまもるための最終手段としては、最高指導者にすがるほかないということか。ハナコはさらにこうつづけた。

「もしも元帥様によろこんでいただけたら、わたしの処遇が変わることもあるかもしれません。まんにひとつという程度の可能性ではありますが、そこに賭けてみるつもりでいたのです」

「まんにひとつしかないんですか――」

「わたしのような立場の者が直接お目にかかることはかないませんので、元帥様のお手もとへ確実に論文をおとどけできるとはかぎりません。それにお手にとってくださったとしても、およろこびにはならないかもしれません」

聞かなければよかったと思うくらいに成功の見こみが低すぎる作戦じゃないか。なみの神経ではひきうけられない大博打とも言える。いずれにしてももはやハナコにとり、帰国後も無事でいるには「試論」の入手は絶対必須の条件ということになる。猶予はあと一時間きりという絶望的な状況だが、こうなった以上はあきらめずに探索をつづけるのみだ。

●

iPhone SEがアラーム音を鳴らし、午後三時半をまわったことを知らせた。探索作業を打ちきらねばならぬタイムリミットがついにきてしまったわけだが、「アルフレッド・ヒッチコック試論」の発見には結局いたっていない。

念のため、論文は手に入らなかったがどうするかとハナコに問うてみる。変更はないというのが彼女の答えだ。それに対してこちらもうなずく以外に応対しようがないが、つくり笑いを浮かべることもできず横口健二はおのずと表情をひきつらせてしまう。

帰国後にハナコがどんな目に遭わされるだろうかと否応なしに想像させられる。そんな彼女にかけるべき言葉をひとことも持っていないみずからにもあきれるほかない。

だが今は、おのれの不甲斐なさにいじけて時間を浪費している場合でもない。さしあたっては熊倉リサに事情を伝え、すみやかに東京駅へと直行しなければならない。いまだ地下室はほんぶん程度の蔵書が未整理の状態だが、これについてはハナコの出国を見とどけて新潟からもどったところでつづきをやらせてほしいと頼んでみることにする。

ハナコとともに一階にあがり、足早に帳場へと向かうと、ダニー・デヴィートのようでも北極熊の子どものようでもある店番の矢吹翔がなにごとかと訊ねてくる――こちらが熊倉書店のご厄介になっているいきさつは、彼も部分的に承知してくれてはいる。新潟へ行ってくるとだけ返答し、熊倉リサの居場所はどこかと問いかけると、三階売り場や五階の居住フロアにはいないという。

「一時間くらい前に出かけたきりですよ」

「どちらへですか?」

「なんも聞いてないんですよお、いつもふらっと出てっちゃうんでねえ」

言づてのメモも残していないようだから仕方がない。ここはひとまず熊倉書店を出て東京駅へ急ごう。そうして上越新幹線に乗りこめたら、車内から電話をかけて詳細を熊倉リサに報告するという手順をとるしかない。

「なら矢吹さん、熊倉さんにあとでかならず電話しますと伝えといてもらえますか」

そう言いおくや否や、返事も待たずに横口健二はハナコとともにまた足早になって出入口のほうへ歩きだした。矢吹翔は「はいはあい、いってらっしゃあい」などとのんびり間のびした声で応えてくれたが、電話の件を熊倉リサにちゃんと知らせてくれるかいささか心配になる。

店の外へ出たはいいが、東京駅への行き方を決めていなかったと思いあたってあわててiPhone SEをとりだす。神田すずらん通り商店街のどまんなかに立ちどまり、いちばんてっとりばやいルートはどれかと音声アシスタントSiriに質問する。その回答が画面に表示されるや、不意に名前を呼ばれたので横口健二は顔をあげざるをえなくなる。

「あ、熊倉さん」

「論文、見つかりましたか？」

「いえ、そうじゃないんです」

用事を済ませて帰ってきたらしい熊倉リサとこんなシチュエーションで鉢あわせとはタイミングがいいのか悪いのかわからない――ふだんどおりのイーディス・ヘッド・ミーツ・ゴスパンクのよそおいでニットのトートバッグを肩にかけている彼女は、散歩がてらお茶でも飲んできたところといったような雰囲気だ。

ぐずぐずできない場面だが、それなりに筋のとおった説明を聞かなければ熊倉リサはこのとうとつな外出を納得しちゃくれないだろう。だとすれば、沢田龍介とのやりとりをありのまま明かしてしまったほうが話が早そうだ。

瞬時にそう判じ、横口健二は先手を打とうとするも、相手に先まわりされ意外な言葉に行く手をはばまれる。

「横口さんわかってます、おふたりですぐに新潟へ出発しなければならなくなったんですね？」

なぜそれを、という顔つきになり横口健二はかたまってしまう。おそるべき洞察力だと震撼しかけるが、にしてもどういうからくりなのかと素朴に問うてみずにはいられない。

「失礼ながら、たまたま耳に入った会話がなにやら切迫したご様子だったので、最後まで盗み聞きしてしまったんです」

そういうことかと理解はできた。

しかし当然、ならば彼女はどこでどのように盗み聞きしていたのかという問題は残る。ビルぜんたいが糸電話になってるわけじゃあるまいし、地下室のおしゃべりが一階やさらに上階へ筒ぬけになるとは考えがたい。可能性としては通信傍受とか盗聴器の利用といったきなくさい疑惑が浮上してしまうが、いずれにしても今はなにが飛びだすかさだかでないこの蓋を開けないほうが全員にとって望ましい気がする。とにかく時間がないのだ。

「そしたら熊倉さん、そういう事情なんでくわしい話はおれがこっちにもどったらってことで――」

「ちょっと待ってください横口さん」

呼びとめられて「はい？」と言いつつ振りかえると、熊倉リサがトートバッグからまっくろなクリアファイルをとりだして「これをどうぞ」とハナコにさしだした。横口健二は反射的に「それは？」と問いかけてしまう。

「『アルフレッド・ヒッチコック試論』の全文コピーです」

「え」

すかさずたしかめると、そのクリアファイルには評論文が印刷されたコピー用紙が何枚もはさみこまれている。欠けているページはないと保証しつつ、「さしあげますので持っていってください」と言いそえた熊倉リサをハナコはとっさに抱きよせ、厚い謝意を伝えている。するとニットのトートバッグのなかに、外づけハードディスクドライブが一台つっこんであるのを目にした横口健二は、一刻も早く発たねばならぬ状況ながらも走りだすより先にこの質問を投げかける。

「まさか二〇〇万円はらったんですか？」

「いいえ、値ぎりましたので」

ディスカウントOKだったのかよと喉から出かかるがこらえる。いくらまでさげられたのか、知りたくてそわそわしてしまうが、さすがにもう時間ぎれだからと封じこむ。

Siriの提示した最適ルートにならい、手はじめに神保町駅へと向かうべく熊倉リサにわかれを告げようとすると、怪訝(けげん)そうに彼女がこう訊ねてきた。

「荷物は？　キャリーバッグを忘れてませんか？」

横口健二は自身のクーリエバッグをさげているが、スマートフォンや変装品いがいにハナコがたずさえているのはクリアファイルのみだ。ピンク地マイメロディ柄のきらきらしたキャリーバッグは、熊倉ビルの五階に置いて出なければならなかったのだ。

「いやそれが、あれは持ってくなって沢田さんに言われちゃったんです」

「なぜ？」

「要するにまあ、ふつうの渡航手段じゃないというか、おそらく船だと思うんですが、重量オーバーになっちゃうかもしれないからでかい荷物は駄目だと」

「なるほど」

横口健二は「では」と言いのこして今度こそその場を立ちさったが、彼につづく前にハナコは熊倉リサの手をとり、「ほんとうにありがとうございます。このご恩をわたしは決して忘れません」とあらためて感謝を述べていた。

●

東京駅の二〇番線ホームから上越新幹線とき331号新潟行きに乗車したのは午後四時一五分をまわりかけたときだ。発車時刻はその一分後だから、あやうく乗りそこなう寸前で横口健二とハナコは車内へ飛びこむ羽目となった。

出費は少なく抑えたいものの、座席指定券を購入し八号車のならびの席を確保した。自由席の混雑具合がつかめず、もしも空席がひとつもなかった場合ハナコを通路やデッキで立ちっぱなしにさせるわけにはゆかないと考えたからだ。沢田龍介よりの給付金は一〇〇〇〇円ちょいに減っていたが、ブライダル映像制作会社より振りこまれた最後の給料をATMで財布に補充しておいたので支はらいはなんとかなった。

どんな帰国方法が用意されているのかは不明ながら、急に決まった違法な手口であるからには、それが快適な旅を約束するようなものでないことだけはまちがいない。だからせめて、新潟駅までの二時間ずっと座ってすごせるくらいの乗り心地は提供してやらなければなるまい——そんな横口健二なりの配慮もあった。

新幹線の座席についたときにはあまりに息がはずんでしまって体をシートにあずけた気がしなかった。しばらく会話すらままならなかったが、とにもかくにも間にあってよかったとふたりで微笑みあうことはできた。神保町駅から一五時五六分発の都営三田線に乗って大手町駅で降りるまでは快調だった。にわかに疲れが出てきたのは、大手町駅から東京駅のあいだの三〇〇メートルほどの距離を小股で走りきってしまったせいだ。

幸いなことに、今のところは八号車は空席が目だっている。ふたりでひそひそ話している分には神経質になる必要はなさそうだ。

仮にハナコのボスがすでに工作員だか殺し屋だかを手配ずみだとしても、白馬荘を出てからまる四日も経っておらず、今回のこれは突発的に決定した出発でもあるので尾行がついている可能性も低いのではないかと横口健二は思っている。とはいえ、その油断が命とりになりかねないだろうから一定の警戒はおこたれない。

乗車して二、三〇分がすぎたあたりで乗客や乗務員が通路を往来することも減り、ようやく騒がしさが薄れて心身ともにおちついてくる。

するとハナコはそろそろ頃あいと見たらしく、熊倉リサよりの贈り物のチェックにとりかかった。まっくろいクリアファイルにはさみこまれた「アルフレッド・ヒッチコック試論」の全文コピーをとりだし、そのいちまいいちまいに彼女は目を通してゆく。

「欠けてるページとかはなさそうですか？　熊倉さんのお墨つきだからまあ大丈夫でしょうけど――」

「おいそがしいはずなのに、これを彼女はひととおり読んで、抜けている部分がないか調べてからお渡しくださったのですね。わたしはまだざっと見てみただけですが、問題はないように思えます。すべてそろっているようですし、内容にもちがいはなさそうです」

ハナコにそう言われてみて、熊倉リサより供与されたコピーの原本は雑誌記事ではなくEメールで送られてきたテキストデータだったことを思いだす。隣からのぞきこんでみると両者の相違は一目瞭然だ。

雑誌記事が縦書き二段組であるのに対し、テキストデータは横書き一段組のレイアウトで印刷されている。したがって、ページごとの文字数がまるで異なる双方を照合するのにノンブルはあてにならず、テキストデータにおける欠落の有無は最初から最後まで読みとおすことでしか確認はできない。値びきを業者にのませたとはいえ、データ復旧のために高額を支はらい、そればかりか時間がないなか一読し、検品も済ませてくれた熊倉リサにはこちらからも謝意を伝えておかなければと横口健二は思う。

「どうしました？　なんかおかしなところでもありますか？」

一ページ目を見つめたままハ、ナ、コ、が思案顔になっている。横口健二に問いかけられ真横を向いた彼女は、小首をかしげてみせてつぶやき声でこういぶかしんだ。

「書かれた方のお名前がどこにもないようなので――」

たしかに彼女の言うとおり、「アルフレッド・ヒッチコック試論」とタイトルのふされたページには筆者名と翻訳者名のいずれも記されてはいない。最終ページにもそれらは見あたらぬが、熊倉リサによればもともと当のテキストデータはフリーメールのハンドルネーム使いという匿名的な人物が送りつけてきた代物ゆえ、署名がないのは当然と判断できなくもない。

そういうわけで、Eメールの送信者が意図的に名前を消したのではないかと横口健二が推測を述べると、ハ、ナ、コ、はこんな疑問を呈した。

「そのメールを熊倉さんに送った方が、この論文を翻訳なさった今間真志というひとなのでしょうか」

そう理解するのが最も理に適なっているように思える。というのも、元原稿を所持する当事者いがいの人間が情報提供をおこなうとしたら、テキストデータ化の作業は端的に余計な手間でしかないからだ。

筆者でも翻訳者でもない無関係ななにものかがわざわざ雑誌記事を書きうつし、そのデータをEメールに添付してさらなる第三者へ送るくらいなら、もっとシンプルに写メでも撮って相手に送信すれば済む話ではある。ゆえに熊倉リサへ「試論」データを送りつけたのは今間真志と考えるのが自然であり妥当ということになる。

「もちろん、その方法を思いつかないひとだっているでしょうから、一〇〇パーセントそうだと断言はできませんけどね。でも、今間真志なら自分の手もとにある訳文のデータを署名なしで送信しちゃうだけのことだし、なんとなく動機も想像できるから違和感もないし、やっぱりこのひとが最有力候補と見てまちがいないんじゃないかな」

「訳文に署名を入れず、メールを匿名でお送りになったのは、ヒッチコック映画に精通されている熊倉さんに予断なく評論を読んでいただき、公正な評価を受けたいと望んでおられたからでしょうか」

「きっとそれが動機なんでしょう。もしも筆者の金有羅さんが、つまりその、あなたの国の――」

「ほんとうに将軍様だとしたら？」

「そうつまり、ほんとうに将軍様だとして、そのことがわかるようなかたちで論文が送られていたとしたら、受けとったほうもフェアに読むのはなかなかむつかしいかもしれない。だから書き手の情報をあらかじめ消しておく必要があったのかなと」

不意になにやら思いたったかのごとく、ハナコはコートのポケットからスマートフォンをとりだした。次にカメラを起動させ、「アルフレッド・ヒッチコック試論」の一ページぜんたいをフレームにおさめようとしている。

ということは、彼女は今しがたのやりとりを踏まえ、みずからが帰国するより先に論文を画像データ化して故国へ送っておくつもりだろうかと横口健二は推しはかる。

「いえ、そういうわけではありません」

「あ、ちがいますか」

「この全文コピーは熊倉さんのご厚意の賜物です。まんがいち、なにかのアクシデントでやぶれたり紛失してしまうようなことでもあったらとりかえしがつきませんから、写真に撮って保存しておこうと思いました」

「たしかにそのほうが安全ですね」

「せっかくの彼女のお気持ちを台なしにしてしまうわけにはゆきませんので」

座席の背面テーブルに載せた全一八枚ある論文コピーをハナコはいちまいいちまい丁寧にスマホカメラで記録していった。すべて撮りおえたところで彼女は今度は写り具合のチェックに入り、画面をスライドさせながらいちまいいちまいじっくり見ていった。

その作業を隣で手つだいつつ、画面上の写真をときどきのぞき見ていると、ハナコのスマートフォンには論文コピーを撮影したもの以外にも何枚か保存されていることに横口健二は気づく。タッチスクリーンを彼女がスライドさせているうちに書面ではなくいきなり風景写真があらわれたり、サムネイルのならんだ状態が表示されたことによってそれが目にとまったのだ。

興味をそそられるが、被写体はどんなものかと遠慮なしにここで訊いてしまうのもなんだかいやらしい。なにハラにあたるのかはさだかでないものの、ずかずかプライバシーに押しいるような真似はひかえるべきかと思う。そもそも当のスマホは任務遂行のための支給品かもしれず、保存されている写真も彼女が撮ったものとはかぎらない。

そんなことを考えているうちにハナコのスマホのホーム画面にInstagramのアイコンを見つけてしまってあれっと思う。Instagramといえば写真共有ソーシャル・ネットワーキング・サービスの代表的なアプリであり、運営元はアメリカ情報技術企業の代表格たるFacebookだ。関係融和をはかる最中にあるとはいえ、北朝鮮高官発の極秘任務遂行者へ仕事道具として渡された携帯情報機器にそういう敵性プログラムのごときものをインストールしちゃって大丈夫なのだろうか。

そんな気がかりを抱きつつ、好奇心にあらがえなくなった横口健二は子どもみたいに画面を指さしてこうつぶやいてしまう。

「Instagramですよ?」

それに対してハナコはきょとんとなり、「はい」とだけ返答した。横口健二はさらにつづけて「いいんですか?」などと言葉たらずな訊き方をしてしまう。

「これは使いませんから問題ありません」

「あ、使わないんですね」

「使いません」

「ちなみにそれは、もとからそのスマートフォンにインストールされてたんですか?」

「この、Instagramがですか?」

「ええ」

「もとからインストールされていました。ほんらいの任務でこのソフトウェアを使用するようにと指示を受けていましたから」

「え、そうなの？」

「はい」

「それってどういうことなのか、教えてもらえます？」

「探し物を手に入れたら、手はじめに全部のページを撮影してこのソフトウェアの非公開アカウントというところへ転送する段どりになっていたのです」

「非公開アカウント？　鍵つきのやつ？」

「ええ、おっしゃる通り、鍵のマークがついていますね」

北朝鮮ではたしか、一般の国民は基本的には国内限定のイントラネットしか利用できないのではなかったか。そんな記事を読んだことがあるのだが、党や軍の高官ならばインターネットを自由に使えるわけですかと訊いてみると、「自由の程度はわかりませんが、そのはずです」という答えがかえってきた。横口健二はつづけてこう問いかける。

「その、Instagramの非公開アカウントは、あなたのボスが個人的にユーザー登録して日常的に使ってるものなんですか？」

「詳細はうかがっておりませんが、ちがう気がします。そういうサービスへのアクセスは、外国人には許可されているようですが、それはいずれ母国へ帰る一時的な滞在者だからでしょう」

「であれば、インターネットを自由に使えるような立場のひとたちでもInstagramなんか無理ってことですか？」

「というより、個人的な利用であればどのみちこそこそ秘密裏におこなわなければならないので、いろいろと細工が必要になってしまいます。Instagramなるサービスが、そのような面倒や危険性をかかえてまで使わなければならないものかどうかはわたしにははかり知れませんが、少なくともおおっぴらにとか、日常的ということはないと思われます」

「なるほど。とすると、あなたも使ったことはないわけだ」

「もちろんです」

「ならその非公開アカウントは、今回の任務のために開設されたってことになるんでしょうね」

「くわしいことはわかりませんが、そうなのかもし

「写真を添付したEメールを直接に受信すれば通信記録に残り、そのやりとりの事実を第三者に知られやすくなります。不審な通信記録があることを見とがめられ、保衛省に調べられたら、だれがなにをおこなっていたのかたちまちつきとめられてしまいます。そうなるのを避けるためだとか」

「メールなんかじゃすぐに全部ばれちゃうわけですか」

「ええ、ばれちゃいます」

「それにしても、前々から気になってたんですが、あなたのボスはどうしてそうも、この論文さがしを伏せておきたいんでしょうね」

「元帥様へご報告さしあげる前に計画を第三者に気づかれ、誤解が生じることをおそれてらっしゃるようです。調査対象となれば疑惑を晴らすことがむつかしくなり、最悪の場合、論文の謎が解けないうちに国家反逆罪を犯したと見なされて重い処分をくだされかねません。そういう事態に陥らないようにするには、検閲の迂回路をもうけなければならないのだと説明されていました」

「なんでメールじゃ駄目なんですか?」

「はい」

「それじたいがってその、Instagramの利用が?」

「それじたいが、論文さがしの計画がばれないようにする工夫なのだと聞いております」

横口健二は率直にその質問を投げかけてみる。

のごときInstagramが指定されているのだろうか。

済む話にもかかわらず、なぜあえて敵性プログラム問が浮かぶ。それこそ写メでも撮ってボスに送ればそういうことかと理解しつつも同時にひとつの疑
有用だそうです」

おうの目的は果たせるので、予備的な道具としてもかえることができなくとも、全文の入手といういちたしが元原稿や雑誌記事などの現物を共和国へ持ちできるという利点があるようです。それと、仮にわ「その方法をとれば、論文の内容をいちはやく確認しちゃったんですかね」

いようなアメリカ製アプリを任務で利用することに「でも、だったらなんでそんなだれも使う機会がなれません」

「Instagramをまわり道として利用するわけですか」

ハナコは「はい」とうなずいてこう言いそえた。

「直接の証拠が残るようなかたちで写真を受けとらなければごまかしが利くからと」

「具体的にはどんなふうに？」

「安全な通信環境を通じてInstagramの非公開アカウントを閲覧し、転送された論文写真を複製するというまわり道をたどれば、一時的には検閲をかわせて証拠を押さえられる心配も少ない。たしかそんな説明だったと思います」

なるほどと思う反面、脳裏に浮かんでくるのはあぶない橋とか綱わたりといったフレーズばかりだ。

ハナコのボスは朝鮮労働党か朝鮮人民軍の高官級にちがいないとかねがね推測してきたが、仮にそうだとしてもぎりぎりの瀬戸際を歩くしかない境遇にあるらしい。舞台裏を知るほど、せっぱつまって勝ち目のない賭けに出てしまったような人物像が深まってゆくが、当のギャンブラーはどんな事情でそんなハイリスクを冒す気になったのだろうか。

また、そうまでして手に入れる価値がある論文だと判断していた割には、情勢の変化を理由にあっさり探索を打ちきってしまったことも解せない――もしやハナコのボスは別ルートを介して論文を入手してしまったのではないかという疑いも浮上してくる。

加えてこんな疑念も湧く。あらかじめInstagramという密輸ルートが用意されているのなら、はじめからハナコは片道切符で日本へ送りこまれていたのではあるまいか。すなわち情勢の変化があろうがなかろうが、もとより処分が前提の捨て駒として彼女は任務につかされていたのではないのか。

●

上越新幹線とき331号新潟行きは午後六時一六分に新潟駅一二番線ホームに到着した。

到着時刻をLINEで伝えてあったので沢田龍介が出むかえてくれる光景を思いえがきつつ改札を抜けてみると、どこにも見しった顔はない。さしあたって目にとまったご当地ゆるキャラも軍人姿のレルヒさんであり、くまモンは影もかたちもない。ここは熊本ではなく新潟なのだからそれは当然ではあるものの、途端にいやな予感がしてくる。

どうすりゃいいのか。iPhone SEを手にすると今ごろになってLINEの新着通知がきていると知る。着ぐるみではないほうのくまモンからのメッセージをさっそくに開封してみれば、柏崎マリーナを目ざせとだけ書かれている。誘拐犯が身の代金の運搬役に送りつけてくるような、あまりに手短でぶっきらぼうな指示だ。

しかしいちいち戸惑っている暇はない。柏崎へ向かえばいいのだなと理解し、どう行くべきかと音声アシスタントにまる投げしてみると、午後六時一九分発柏崎駅行きの高速路線バスへの乗車をSiriより提案される。発車時刻まであと二分もないからとりあえずは走るしかない局面だ。

万代口から駅の外へ出てみれば、バスターミナルは目と鼻の先だが停留所がずらっといくつも横ならびになっているため早くもくじけそうになる。よそ者がざっと見わたしたところでどれが柏崎駅へ向かう路線の乗り場なのか瞬時に見わけられるはずもない。案内板を見やっても地名や施設名だらけであり、そこに記載された固有名の数や密度に圧倒されて文字がさっぱり頭に入ってこず、横口健二は途方に暮れてしまう。

新潟にくるのは十何年かぶりだし柏崎市の方角はおろか東西南北すら見当もつかない。出発間際のバスの車内へ乗客らがすいすい吸いこまれてゆく景色を目の前にしているが、こちらはそれに眺めいりつつ立ちつくすほかないありさまだ。

あの熊公が迅速に連絡をくれていればスムーズに乗りかえられたかもしれないのに、などと心のなかで愚痴っているうちに時間が経ち、気づけば発車時刻をとうにすぎている。

がっくりくるが、ぐずぐずしているとふたたび乗りそびれかねない。急いでスマホと向きあうと、柏崎駅は鉄道駅なのだから電車でだって行けるだろうと思いつく。あるいは柏崎マリーナを目ざすからといって、柏崎駅が最よりの駅とはかぎらないのではないか。

あらためてSiriに柏崎マリーナへ行きたいのだと

まる投げしてみれば、柏崎駅ではなく鯨波（くじらなみ）駅へ向かうのが正解だと教えられる。そしてその場合、新幹線と在来線の組みあわせでも行けるから所要時間をぐっと短縮できるようだ。

ブローカーとは何時に落ちあう約束をしているのか気になり、沢田龍介に電話をかけるがいくらコールを鳴らしても彼は出ない。廃病院より助けだされた際、基本おまえは無視すっからと言われていたのだったと思いだし、横口健二はやむなく頭を切りかえる。

LINEで知らせてこないのだから特に決まった時刻があるわけではないのだろう。そう推しはかり、きっぷうりばで駅員に相談して買いもとめたのは午後六時五三分に新潟駅を発つ上越新幹線とき344号東京行きの乗車券だ。

やってきた道を即もどることになってしまうが、長岡駅で下車し、午後七時二八分の信越本線直江津行きに乗りかえて鯨波駅へと向かうのだ。こんなことなら、往路の時点で長岡駅で降りておけば時間や運賃の無駄がはぶけたのにと悔やまれもする。が、今さらそれを言っても仕方がない。

かくして午後八時一四分に鯨波駅に到着した。ここから柏崎マリーナへ徒歩で行くと所要時間は一〇分しかかからず、距離にすれば八五〇メートルになるとGoogleマップは表示している。道順も、いっぺん交差点で右へ折れれば以後はずっと道なりの単純なルートなので迷いようがない。

問題があるとすれば海が近いせいもあって寒すぎることだ。駅を出るやちくちくするようなつめたい風に吹きつけられ、目も開けていられない。

沢田龍介からはあれきりなんの音沙汰もない。折りかえしの電話もLINEのメッセージもどちらもなしだから、指示まち人間としてはたいへんに心もとない。

しかしハナコはこれから寒風ふきすさぶ闇夜の日本海を渡って朝鮮半島へと帰り、おさないわが子との再会を遂げようとしているのだ。そんな彼女の内心を想像すればここで暗い顔などしちゃいられない。

かように考えつつ、鯨のイラストが描かれた駅舎を離れて柏崎マリーナへのルートをたどる。そうして数百メートルほど歩いたところで、右手のなかにあったiPhone SEがぶるぶるとふるえだした。やっとくまモンとのホットラインがつながったとわかり、横口健二はつい声をうわずらせてしまう。

「もしもし沢田さん」

「うるせえな」

「すみません」

「おまえ今どこ?」

「柏崎マリーナまで歩いて一〇分弱のところです」

「早えわ健二」

「は?」

「早い」

「なにがですか?」

「いま行ったってむかえもだれもいねえよ」

「え、いつくるんですか?」

「一一時半」

「一一時半て三時間後? むかえのひとがくるのが?」

「そう」

「だったらそれ、行き先と一緒にLINEに書いてくれりゃいいじゃないですか——」

「おれもさっき言われたとこなわけ」

「あ、そうなんすか」

「ああ」

「それは失礼しました」

「おめえはその、早とちりでひとにケチつける癖なんとかしろやうっとうしい」

「すんません、気をつけます」

「次やったら唐辛子、おれがぶっかけてやるわ」

沢田龍介のいらだちがどんどんエスカレートしてゆく気配を感じとり、横口健二はたまらず新たな質問を放って話題の転換をはかる。

「沢田さんがおれらと合流できそうなのって何時ごろなんですか?」

「あまえんな」

「え?」

「あまえんなっつってんだよ」

「どういう意味で?」

「そのまんまだよ」

「合流してくれないってこと?」

「なんでおれがそこまで面倒見てやんなきゃなんねんだよ」

「ええでも、ここ新潟だし――」

「こっちはそれどこじゃねえのにすぐ手えまわしてやったわけ。あとはてめえでなんとかしろ」

新潟までくれば沢田龍介がなんとかしてくれるとばかり思いこみ、勝手に脳裏で大船に乗りこんでしまっていた横口健二は呆然としてしまう。こんな場面で梯をはずされるとは予想しておらず、覚悟が追いつかない。

「聞いてんのかこら」

「聞いてます聞いてます」

「ならわかったな、電話もこれで最後、もうガキみてえに泣きついてくんじゃねえぞ」

「はい、わかりました――けど、大丈夫かな」

「つうか健二、ハナコにもなんでも力んなるっつったのおめえだよな？」

「それは、そうですね」

「な、もともとおめえが言いだしてこういうことになってんだよ。だったらてめえひとりでも責任もってやることやって、ハナコ送りだしてやんのが筋なんじゃねえのかってなんべん言わせんだよおめえはよ、ちがうか？」

「いえ、おっしゃるとおりだと思います」

それはそうだがしかし、これから見とどけようとしているのはごく一般的な国際空港からの帰国模様ではなく、完全なる不法行為の密出国なのだ。相手にせねばならぬのも、航空会社職員や出国審査官などではなく、会ったこともない闇ブローカーら裏社会のひとびとなのだと考えられる。

だとすれば、またもやあのスキンヘッドの田口さんや七三わけの天知さんみたいな輩があらわれないともかぎらない。そのうえ知らぬ間にこちらがルール違反を犯してぶちぎれされるなんて事態になりやしないかと、一介の素人としては不安視せずにはいられない。

「で、論文のコピーあったって？」

「そうそう、そうなんですよ」

「全部そろってんの？」

「そろってます」

「古本屋がくれたって？」

「そうです、費用も持ってもらっちゃって、熊倉さんにはいくらお礼してもたりないくらいですよ」

「どうせなんか裏あんだろうがよあの女は」

「沢田さんまだ彼女のこと疑ってんですか？」

「あたりめえだろ。一銭にもなんねえのにあの女、一〇〇万だか二〇〇万だか修理屋にはらったんだろ？」

「正確な額はわかりませんけど、まあそういうことですよね」

「だれが好きこのんでんな金だすんだよ、裏あんに決まってんだろうが」

「いやいや、善意のひと助けで出してくれたんだと思いますよ彼女は」

「おめでてえ野郎だなおめえは、だったらユニセフにでも寄付しとけっつう話だろうが」

「ユニセフにも寄付してるかもしれないじゃないですか」

「知るかよ」

沢田龍介の猜疑心にとくだんの根拠があるとも思えず、世話になった熊倉リサの意図を邪推するのは感情的に抵抗をおぼえるので反論をつづけたくなる。彼女の真意がどういうものであれ、論文コピーを無償提供してもらえたからこそハヽナヽコヽは手ぶらで帰らずに済むのだ。おまけに今となっては一宿一飯どころか多宿多飯の恩義を受けてもいる以上、こちらとしては感謝あるのみだ。

「ところで沢田さん」

「あ？」

「むかえにきてくれるのってどういうひとなんですか？」

「服部っつうブローカー」

「服部さん」

「一一時半にマリーナの駐車場で待ってろ。そのうちぴんから兄弟みてえなおっさんがくっから」

ぴんから兄弟なのであればふたり組なのかと訊きかけるが、それを確認することにさしたる意義はなさそうだと思いなおす。代わりに横口健二はこれを訊ねる。

「駐車場ですね。どのへんにいればいいとかって、ありますか？」

「駐車場のはしっこにベンチあんだよ、そこ座って待ってろ」

「わかりました」

でも、あと三時間もあるんだよな、と言いかけたときにはホットラインは切れていた。あまえんな、とさらに釘を刺されたような心地にさせられる幕ひきだ。その三時間のあいだに待ちあわせの時刻を忘れてしまわぬように、念のためiPhone SEのアラーム機能をセットしておいた。

それにしても、こんなはじめて訪れる土地で大量にあまってしまった時間をどうすごせばいいのかと思い、横口健二は溜息をつく。その吐息はまたたくうちに風に流されてゆき、身にしみる寒さだけがあたりに残る。これでは遅かれ早かれこごえてしまうから、とりあえずはどこかハナコとふたりで長居できる店を見つけなければならない。

●

幸い、長居できる店はほどなくSiriが見つけだしてくれた。鯨波駅から徒歩六分の距離にあるコメダ珈琲店でふたりは食事をとることにした。夕飯を食べずにここまできてしまっていたから、空腹を満たす意味ではタイミングのいい休息にはなった。

みそカツパンやビーフシチューやシロノワールをふたりしてたいらげて大いにカロリーをとり、寒気にそなえてふたたび戸外へ出たのは午後一〇時を十数分すぎた頃だ。閉店時刻をまわってもそしらぬふりをしてねばり、そのまま居すわったあげくに店を追いだされたわけだが、それでもつづけて一時間いじょうは外で暇つぶしせねばならない。

コメダ珈琲店から柏崎マリーナまでは距離にすると一三〇〇メートルになるが、徒歩でも一五分しかかからないとGoogleマップは表示している。ゆっくり歩いてふたつめの交差点を渡り、その先にある高架鉄道の下を横ぎると、おだやかながらもときどき打ちつけるふうに響きわたる波音がはっきり耳にとどくようになる。

地図上ではそこには海水浴場があるらしいから、真夏であればまるで異なるムードを味わえたにちがいない。できることならせめて数カ月後、汗がにじむような宵にでもハナコとふたりでここをぶらついてみたかったと横口健二は思う。

　さらに進むと御野立トンネルにさしかかる。こんなときのトンネルは不気味だ。ガードレールつきの歩道が左側に設置され、照明だってとりつけられてはいるものの、暗く窮屈な印象がそれだけで薄まるはずもない。横を走りすぎる車の風圧を受けとめるたびに体がびくっとなる。やがて半筒状の通路がぎゅっと圧縮されてゆく想像にも襲われ、横口健二はおのずとハナコの手をひいて早足になってしまう。

　御野立トンネルを抜ければすぐ左手が柏崎マリーナだ。日本海夕日ステーションと横書きされた長方形看板のかたわらを通過し、数メートル先で左に折れて駐車場へと入る。

　とっくに営業時間外だからあたり一帯ひと気は皆無だが、それでも数台ほどの車が停められているのは、航海中の利用者が何人かいるということか。波止場のルールや常識など、横口健二にとってはすべてが未知のカテゴリーにあるため、マリーナの敷地内にいるだけでもちょっとした別世界にやってきたような気分だ。

　沢田龍介の言っていたはしっこのベンチは駐車場の東端にあった。それとは別に、奥のスペースには東屋（あずまや）がもうけられていてさらに二基のベンチがあるのを見つけた横口健二とハナコは、屋根つきのほうにならんで腰をおろすことにした。

　iPhone SEのロック画面でもうじき午後一一時をまわると知る。待ちあわせの時刻まであと三〇分――まだそんなにあるのかと思ってしまうのは、吹きよせる風がひとえにつめたすぎるせいだ。囲いのない場で三〇分は苦行に近いと逃げ腰になり、ぴんから兄弟のすみやかな到着に期待を寄せてしまう。

　東屋のベンチからは日本海側の風景が一望できる。しかし今は月明かりもない深夜ゆえ、闇のゆらめきと化した海面とそこに浮かぶ数艇のプレジャーボートのほかは、巨大な竜の背びれのごとき防波堤がうっすら認められる程度だ。

　海風をもろに浴びてしまうため、じっとしているだけではこごえそうになるのでしっかり身を寄せあって座っていなければならない。おかげで横口健二とハナコのあいだのへだたりは、ゼロどころかついにマイナスとなっている。

この寒気さえなければと思う。ここまで寒くなかったなら、甘美で親密な雰囲気に快くひたっていられたのかもしれないひとときだが、いずれにせよ、これが彼女とふたりきりですごす最後の夜になるわけだ。

「大丈夫ですか？」

墨汁みたいな海を見つめて押し黙っているハナコの横顔にそう訊ねた。もしかすれば、運営者や安全性のさだかでない船旅をあやぶんでいるのかもしれないという気がしたからだ。あるいは平壌で帰りを待っているはずのわが子に思いをはせているのだろうか。彼女の応答はこうだった。

「わたしは大丈夫です。横口さんはどうですか？」

「おれも大丈夫ですよ」

「薄手の上着のようですが、寒くはありませんか？」

「まあ、少しだけ。でも、さっきたくさん栄養とったしなんとかなりそうです」

横口健二がうえにまとっているのは一張羅のスエード製カフェレーサー・ジャケットだが、ハナコのご指摘どおりぺらぺらなので防寒性は決して高いものではない。それゆえじつのところは寒さが耐えがたいレベルに達しており、そろそろ彼女に持ちかけトイレかなにかの建物にでも逃げこんでしまおうかと考えてはいたのだった。

が、横口健二は迷わずやせ我慢を選んだ。あと数十分、海辺の夜風をしのいで体温の低下をふせぐよりは、距離も境もないようなこの密着状態をこそ保っていたい。そして昨日まではおもむきのちがう、最後の夜の空気のなかにできるかぎりとどまりたいと望む気持ちががぜん強まっていた。

つづけざまにいろいろとあったせいか、今の今まで実感がなかったが、間もなくハナコとおわかれしなきゃならないのだという事実が胸にせまりだしていた。体をくっつければくっつけるほど、それがするどい痛みとなって感じられ、動悸が早まるいっぽうとなる。これから経験せねばならぬのは単なる別離ではないとわかっているためだ。

　このひとときがとぎれる前に、気の利いた台詞でも言わねばならぬと思いたって横口健二はあせりにかられてしまう。だが同時に、前途にありありと立ちはだかる長大な壁を無視することは無謀いがいのなにものでもないと理解し、躊躇をおぼえてもいる。

　彼女に伝えておきたい言葉がさまざまに思いうかんでは消えてゆく。それらを脳裏でまとめてみれば要するに、いつかまた会おうというたったひとつの願いに集約される。

　が、どんなにかたい約束だろうときびしくはばむ二国間の現実にその意志をあえなくくじかれてしまう。かくしてひたすらおのれの無力を痛感するばかりとなり、横口健二は黙りこむことしかできない。

　娘のもとへの帰還を期するハナコの心情をおもんぱかれば、とてもじゃないがひきとめにかかるようなことを言えるわけがない。それはそうだとしても、自由の制限された独裁国へと帰ってしまう彼女との再会はおそらく絶望的であり、ましてや母子ともども日本へ呼びよせる機会など、夢想すら許されぬほど実現の見こみが薄い。

　なおも闇のゆらめきへ視線を送るうち、いつしかしゃべるのを忘れてしまったみたいにぼんやりしているハナコを横目で見て、彼女はなにを考えているところなのかと推しはかる。伝えておきたい言葉を口には出せぬ横口健二は、励ますつもりでこんな見とおしを述べ、はなむけの代わりとするのが精いっぱいだ。

「明日の今ごろには、お宅で一緒にすごせるようになっているかもしれませんね」

　ハナコはきょとんとなって一拍おき、顔を横に向けてからこう訊きかえしてきた。

「それは、だれとですか？」

「お子さんとです」

「ああ、ええ、そうですね。うまくゆけば、それも夢ではないかもしれません」

　なるほど故国へ無事に帰りつけても、その後に彼女がどういうあつかいを受けるかは予測がつかない状況なのだ。安全をはかり、慎重を心がけるとすれば、国内移動にも時間をかけざるをえないだろうし、帰宅も急ぐべきではないのかもしれない。

「明日中というのは、さすがに気が早すぎましたか」

「どうでしょうね。もどってみないと読めない部分がありますし、自分の家に帰ることじたい、そう簡単にはゆかないかもしれませんので――」

どことなく、心ここにあらずといった様子のハナコは、力ない返答のあとはふたたび海のほうを向いてしまった。やはり航海を危惧しているのかもしれないし、帰国後の帰宅までの道のりにも気がかりを抱いているようだ。懸念をとりのぞいてやりたいが、太鼓判を捺せる立場でもない人間から心配ないよと声をかけられたところで安心できるはずもない。どうしたものかと横口健二は思いまよう。

「きっと大丈夫ですよ」

思案のすえに口をついて出たのはこれは言うまいと決めたばかりの無責任な太鼓判だった。やっちまったなあと自分を恥じていると、隣からほどなく「なにがですか?」と訊きかえされたため、横口健二はしどろもどろになりかけながらとりつくろう。

「あ、いや、つまりその、お子さんのことを考えてらっしゃるのかなと思って――」

「ちがいますよ」

「そっか、ちがったんですね」

「ええ」

「もしかして、これから乗る船のことですか? 危険はないかとか――」

ハナコは首を横に振ってさえぎり、毅然たるまなざしを向けてきてこう答えた。

「いいえ、わたしが考えていたのはあなたのことです」

「おれのこと?」

「はい」

「ほんとうに?」

「さっきからずっと、わたしはあなたのことを思っていました」

それ以上はつづけず、ハナコは口をつぐんでいた。にもかかわらず、今しがた明かされた彼女の心のうちが残響となって胸にとどき、たがいの目をあわせているだけで意思が通じあっているかのような感触をもたらした。

それは錯覚とか、こちらの勝手な願望にすぎないのかもしれない。

が、たとえそうなのだとしても、自分もこの場で伝えておきたいことを言葉にしておかなければならないのではないか。そんな気がしてきて横口健二は謝意を口にした。

「ありがとう」

「こちらこそ、とつぜんに押しかけてきたわたしを受けいれて、いろいろと面倒を見てくださったこと、心から感謝しています」

「頼りないせいで、はらはらさせてばかりだったと思いますが――」

「わたしはいつも、不安なくすごせていました。ただ、あなたが車でどこかへつれてゆかれてしまったときだけは、おそろしくてなりませんでした」

「あなたが沢田さんにすぐ電話をかけてくれたおかげでおれは命びろいできました。あのときもしも部屋にひとりきりだったら、今ごろどうなってたかわかりません」

「沢田さんが心配するなと言って、すばやく動いてくださりましたから、わたしはいったん気持ちをおちつけることはできましたが、それでもあなたのお顔を見るまでは正直、とても心ぼそかったのです」

身を寄せあっているのみならず、いつの間にやらたがいに手を握りあっていることに横口健二はふと気づく。世界が寒すぎるように感じられるのは、ふたりの体温が高まりきってしまっているためなのかもしれない。

「それとあの――」

小首をかしげて「なんですか?」と訊いてきたハナコに対し、横口健二はこう伝えた。

「いつかまた、かならず会いましょう」

するとハナコは一拍おいてから、このように応じた。

「はい、かならずまた会いましょう」

この約束を果たせる見こみは今のところは無にひとしい。が、そうであっても言っておくべきなのだと、横口健二は認識をあらためていた。それを言葉にして、何度でも言いつのることこそが長大な壁に風穴を開け、世界を変える唯一の方法になるのかもしれない。そんなふうに悟ったからだった。

たがいの手を握り、見つめあっていると、やがてどこからかだれかの歌声が聞こえてきた。そのしゃがれた歌声は、徐々に東屋へと近づいてきており、唄われている楽曲はどうやら昭和演歌の「ひとり酒」のようだから、沢田龍介の言う「ぴんから兄弟みてえなおっさん」がやってきたのだろうと横口健二は見当をつける。

●

唄いながらあらわれたのはふたり組の男たちだった。ちょうどそのときiPhone SEがアラーム音を鳴らし、午後一一時半をまわったことを知らせたためタイミングとしてはばっちりの登場となり、歌唱姿も相まって芝居じみた一場面が眼前で展開されている。

彼らは沢田龍介が言いあらわしたとおりの外見をしている。いっぽうは髭があって宮史郎を彷彿とさせる顔だちやヘアスタイルであり、そのかたわらにいるのも容貌が相棒と肉親なみに似ている背の高い宮五郎風の中年男だから、ぴんから兄弟の幻影が夜のマリーナにぽんと浮かびあがったかのようだ。

最後まで唄いきるつもりらしく、宮史郎似のほうは東屋の前で立ちどまっても声を張りあげつづけている。かたや宮五郎風のほうは、ギターの代わりにスマホを手にしてフラッシュライトを点灯させ、これから尋問でもはじめるみたいにこちらの顔へダイレクトに光をあててきている。「ひとり酒」の歌唱が終わるのを待って、横口健二はまぶしさに目をほそめつつこう問いかけた。

「服部さんですか？」

それには答えずに、宮史郎似のほうがだしぬけにこんな質問を放ってきた。

「合言葉は？」

「え？」

「合言葉だよ」

そんなものは聞いてないぞと横口健二は内心あわてふためく。まったくの不意撃ちだったため、「え、え」などと戸惑いの声がもれるのを抑えきれない。

ここまできて、認証エラーで強制終了なんてことにでもなったらどんな顔をしてハナコに説明すればいいのか。それをおもしろがるかのように、宮史郎はさらに追いつめてくる。

「あれ、言えないの？」

「え、あ、ちょっ、待ってください、合言葉ですよね？」

「そうだよ」

沢田龍介から告げられた関連情報は「ぴんから兄弟みてえなおっさん」と「服部」という名字くらいしかない。あとは「一一時半」と「駐車場のはしっこのベンチ」という待ちあわせの時刻と場所のみだ。こまり果てた横口健二はもういっぺん「服部さんなんですよね？」などと本人確認を試みてしまう。

「そらぼくの名前だけど、合言葉じゃねんだよな」

これで宮史郎似の男が服部であることは確定したが、合言葉は依然さだかでない。こちらの手もとに残っているカードはもはや「ぴんから兄弟」だけだ。見たまんまの印象を述べることが認証の取得につながるのだろうか。横口健二はおそるおそるそれを口にし反応をうかがってみる。

「もしかして、ぴんから――」

「ん？」

「兄弟？」

「んー、それじゃねんだわ」

横口健二はくずおれそうになる。合言葉なんてほんとうに教わったおぼえがないから沢田龍介の伝えわすれではあるまいか。LINEのメッセージがとどいてはいないかとiPhone SEを手にしてみるが、新着通知は表示されない。ついにお手あげとなってしまうのかと落胆しかけるや、次に投げかけられた言葉がこれだった。

「やだねえお兄さん、ジョークよジョーク」

向こうは「ははは」などと笑っているが、こちらはただ呆気にとられるばかりだ。金属バットや唐辛子のパウダーよりはましではあれ、先が思いやられるご挨拶を食らってしまった。

「ところで、追加ってことでよろしい？」

「なにをですか？」

「いやこっちはね、ひとり分しかオゼゼもらってねんだけど、でもほら」

服部はわざわざ「イチ、ニイ」などと数までかぞえながら横口健二とハナコを大げさなしぐさで個別に指さしてみせた。受けとった代金はひとり分なのにふたりもいるじゃないかと訴えているわけだ。

「お世話になるのは彼女だけです。だから追加はありませんよ」

「あ、そうなの。そしたら、お兄さんは出発までのおつき添い？」

「そうです」

「ほんじゃ三〇〇〇円になります」

「は？」

「おつき添いのひとからは三〇〇〇円ちょうだいすることになってんのよ」

「でもその、船も乗らないし、なにも利用しないいんですよ？」

「いやいや、こうしてご対面しちゃってるじゃないのよわれわれと。顔も見せちゃってるし、そしたらこっちもお金もらわなきゃねえ」

「そんな、マジで言ってます？」

「マジですよ。プロ野球とかプロボクシングとか、プロってつくもんは入場料はらって見るもんでしょ、それと一緒だから」

なるほどそういう商売かと理解するがむろん納得はできない。この分だと、なんだかんだと屁理屈をこねてさらなる金銭を要求してきそうだ。うかつなことを言ってぼったくられないよう注意せねばならぬと横口健二は自分自身に呼びかける。

「三〇〇〇円ぴったりあります？　こっちは釣り銭きらしちゃってるからね、そっちの財布にちょうどぴったりないんなら、しょうがないんでこのカード、特別セット料金で売ってあげるよ」

「結構です、カードなんていりません」

「お兄さんことわんの早いって、どういうカードかぼく言ってないでしょうよ、いいからおしまいまで聞いて」

「いりませんよほんとうに」

「だってこれあれよ、有料放送ぜんぶただで見れちゃうカード、知らない？　ＢＳもＣＳもなんでも見放題で漁師さんにも大人気。ほんとだったらね、このカードいちまいで一六〇〇〇円もすんだけど、いいよ特別ここだけの話、さっきの三〇〇〇円とあわせて一〇〇〇〇円ぽっきり。こんなのよそじゃありえないよ、マジありえない、どうするお兄さん、一〇〇〇〇円ぽっきり有料放送見放題カード」

どうするもこうするもない。家にテレビもないのにブラックカードなんざ買ってられるかと思いつつ、横口健二は財布のなかを探りつづけている。二枚の一〇〇〇円札と一個の五〇〇円玉を見つけることは楽にできたというのに、依然フラッシュライトの光を浴びているため目が見えにくくて仕方がなく、残り五〇〇円分の小銭の有無をなかなかたしかめられない。

「ああほら、あったあった、ありましたよ三〇〇〇円」

「ちょうどぴったりあんの？」

「ありますよ、ちょうどぴったり」

「ほんとに？」

「ほんとですって、そんなに疑うならかぞえてみてくださいよ」

あからさまにつまんなそうな顔つきで溜息までつかれてしまったが、宮史郎似のブローカーに三〇〇〇円つきつけて不要な出費を回避した。なんでこんなことに必死にならねばならぬのだと理不尽にも感ずるが、彼らにハナコの密航手配をまかせているからにはここで波風を立てるわけにはゆかない。

「ほんじゃついてきて」

東屋を出てぴんから兄弟のあとを歩き、駐車場を横ぎって進むとマリーナ正門へと直通している片側二車線幅の敷地内道路にぶつかる。そこで右へ折れるとすぐ、船舶を搬出入する際に通りすぎることになる正門につきあたるが、水色に塗られたその鉄柵ゲートは営業時間外なので今は閉鎖されている。正門の左側にはひとの出入り用に別個に設置されたドアがあってこちらもしっかり閉ざされており、おそらく鍵もかかっているのだろうと思われる。

「ほんじゃお兄さんバイバイして」

「ばいばい？」

「バイバイよ、彼女にさようならしてっつってんの」

「つき添いはここまで？」

「そらそうですよ、あんた船に乗んないんでしょ」

彼女の乗船を見とどけるつもりでいたため心の準備がまるでできていなかった横口健二は動揺してしまう。なにも言えずに口をぽかんと開けたきり、同様の心境らしきハヽナヽコと見つめあうことしかできない。

そうしているうち、カードキーを読みとり機にかざして正門左側のドアを解錠した服部は、「はい時間です」などとクイズ番組の司会者みたいに告げてふたりのあいだに割って入ってきた。その間、宮五郎風の相棒は手なれた様子でドアを開けっぱなしにして固定すると、プレジャーボートがいくつも係留されているエリアへひとり先んじて歩いていってしまった。

「はいはい、おしまいよ。分きざみなんだからちゃっちゃとやんないと、ぐずぐずしてらんないの、あんまり先方を待たせちゃったらキャンセルだと思われちまうからねえ」

そう言いながら宮史郎似の男がハヽナヽコの手をひっぱってゲートの向こう側へつれてゆき、同時に固定を解かれたドアがひとりでに閉まってしまった。がちゃりという施錠音を耳にして横口健二ははっとなり、急いで右方へ移動し鉄柵ゲートの前に立った。

薄闇のなか、たゆたうボートのほうへと手をひかれてつれてゆかれるハヽナヽコが振りかえってこちらを見ている。

横口健二は両手で鉄柵をつかんでその隙間にねじこむようにして顔をくっつけ、声をあげようとするもなにを言うべきかなおも考えがまとまらない。このままでは手おくれになってしまうと焦心にかられた彼は、思えば自分はいまだ彼女の本名も知らないんじゃないかと気づいて居ても立ってもいられなくなる。

「待ってください！」

ゾンビのごとく柵の向こうへ手を伸ばしつつ横口健二はそう呼びかけた。その声は、海風にかきけされることなく服部のもとへとどき、途端に立ちどまった彼はまわれ右をしてハヽナヽコともども鉄柵の近辺にもどってきてくれた。

「なになに？　分きざみなんだからちゃっちゃと済まして」

「服部さんも船に乗るんですか？」

「そうだけど？」

「先に行っちゃったつれのひとも？」

「船長だからねえ」

「あのひとが？」

「うん。で、なんなの？」

「その船、もうひとり乗れますか？」

「乗れっけど？」

「なら、おれも乗っちゃっていいですか？　一緒に乗って、行けるところまで彼女につき添いたいんです」

「ほんじゃ一〇万円」

「え、一〇万円？」

「うん、はらえる？」

「今すぐ？」

「そらそうですよ」

つき添いは三〇〇〇円だし乗船は三〇〇〇〇円くらいかと予想したのだが、一〇万円というのは思ってもみない額だ。足もとを見て言い値をふっかけてきているのだろうが、値ぎろうとしても時間がないようだから交渉の余地はない気がする。それにATMで補充した最後の給料が財布のなかにあるから、絶対にはらえない金額ではない。

「どうする？　時間なくなっちゃうからあと三秒で決めてね、イチ、ニイ――」

「出します」

「へえ、一〇万円あんの？」

「ええ、なんとか」

「現金オンリーよ？」

「万券で渡せます」

「あ、そうなの。ほんじゃ鍵あけるからこっちまわってきて」

「いいえ駄目です」

たまらぬ様子でハナコが横から口をはさんできた。一歩前に進みでて、すずしげで黒目がちな目を見ひらいて何度も首を横に振っている。

「そんなのはいけません、駄目ですよ横口さんいけません」

声を荒らげてまで横口健二に自制をうながしているハナコに対し、今度は服部が横からやんわりとたしなめにかかった。

「まあまあお姉さん、彼は金の使いどころがわかってる男よ、だからとめちゃあいけない。こういうときはね、野暮なこたあ言わんで好きにさせてやりゃいいのよ。そうじゃなきゃこのお兄さんのメンツが立たんでしょうが」

そう言いおわるや否や、カモの気が変わらぬうちにとでも思ったのか服部はやたらとてきぱき動きまわる。読みとり機のほうへ横跳びするみたいに駆けてゆき、カードキーで解錠したドアを勢いよく開けると、「ほれ早く早く」と手まねきして一〇万円をひきよせた。

「横口さん、それはいけません、ほんとうにまちがっています——」

宮史郎似のブローカーに一〇枚の紙幣を手わたす姿を見て、ハナコは何度も首を横に振りながらそうつぶやいていた。そんな彼女に対し、横口健二はここぞとばかりの晴れ晴れした笑みを浮かべてこう言葉をかけた。

「金ならまだあるから大丈夫です。さあ行きましょう、せっかくのチャンスをふいにしちゃなりません」

●

夜の海へと船出するのは生まれてはじめてだ。ふつうなら胸おどるシチュエーションかもしれぬが、今回のこれに関してはとうてい愉快な経験にはなりそうにない。

出航して五分も経たぬうちにそう思い、横口健二は意気消沈しかかっている。哀別の苦しみもさることながら、体そのものがみるみる調子を落としだしているためだ。不調の原因はいわゆる船酔いというやつだから、海上にいるあいだはまずおさまるまい。

いい気になって一〇万円を即金で支はらい、ハナコとのわかれの瞬間をひきのばしてはみたものの、いざナイトクルージングに出てみればかっこつける余裕もありゃしない。しけ気味の洋上は寒いなんてもんじゃなく、波にゆられまくって心身ともにおちつかずおのずと口数も減ってしまう。マリーナ駐車場の東屋でだってあんなに冷えたのだから、海のうえでどうなるかは推して知るべしではあったと横口健二はふるえながらかえりみる。

　乗船の直前までは高揚感がまさっていつしか寒気も忘れていた。白い船体が闇に覆われながらずらりとならぶ壮観な係留エリアに足を踏みいれるや、たちまち日常世界が遠ざかっていった。ハナコとふたりメロドラマの一場面でも演じている気分にひたれるなど、そこは惜別の情をつのらせるのにうってつけのロケーションではあった。

　現実にひきもどされたのは、これから四人で乗る船を見せられたときだ。

　持ち主の身なりがただちに想像できるような高級感あふれるヨットやクルーザーを何艇も目にしたあと、宮史郎似のブローカーが立ちどまって視線を向けた先には明らかにそれらと一線を画する別物が浮かんでいた。まさかこの船なんですかと訊きかけた矢先、別物の操舵室から宮五郎風の男がぬっと出てきて甲板に立ち、さっさと乗ってこいよと身ぶりでうながしてきた。

　全長は一〇メートルあるかないかで幅はNBAのビッグマンがひとり横になれるくらいだろうか——そんなサイズの太刀魚みたいにほそっこくて舳先のとがった船だが、見た目の印象としては休暇のレクリエーションに乗るモーターボートというよりも、業務用の漁船と形容するほうがふさわしい。

　これはおそらく乗り心地を楽しむタイプの船舶ではない。屋根があるのは操舵室のみだから、雨が降ったらずぶ濡れになるのは確定だろう。しかしそれよりも気がかりなのは、大波にゆられでもしたら簡単に転覆しかねない頼りない船体に見えてしまうところだ。

　もしも定員オーバーだったりすれば、乗船者があっさり海上へぽいっと投げだされてしまいそうでもある。そんな懸念にせっつかれ、横口健二はこう訊ねてみる。

「服部さん、これって何人のりの船なんですか？」

　船上に乗りこむ途中だったせいでよく聞きとれなかったらしく、服部は「なんか言った？」などと訊きかえしてきた。横口健二はあらためて問う。

「この船、定員は何人なんですか？」

反応は思わしいものではない。宮史郎似のブローカーは目をそらし、歌でも唄うみたいに「あー」などとしゃがれ声を発しつつ、いかにも迷惑げなしかめっ面をつくっている。つづいて彼は、相棒に向かって「何人だっけ？」と投げかける。操舵室からはただ「六」という一語だけがかえってくる。不安をあおるやりとりだ。

「お兄さん聞いた？　定員は六人、どう満足？」

「六人も乗れますか？　これに？」

ぴんから兄弟はふたりしてうんうんうなずいている。実際の兄弟なのかもしれないと思わせるシンクロぶりだが、その受けこたえを信じられるかどうかは別の話だ。

　全員が乗りこんだのを見はからい、宮五郎風の船長が太刀魚をゆっくりと出航させた。ＦＲＰ製の白い甲板に中腰で立ち、なおも残る疑念を抑えこむみたいに横口健二はこんな感想をもらした。

「見かけによらないんだな」

斜（はす）むかいにいる服部がすかさず「見かけ？　これの？」などと問いかけてきた。ささいな難癖ていども聞きながすまいとしているようだ。横口健二はハナコの隣に座りながらこう応ずる。

「いや、六人も乗るにはせまいんじゃないかって気がして」

「お兄さん」

「なんでしょう」

「しょぼい船なのに嘘つくんじゃねえって疑ってるわけ？」

「そんなことはないですけど――」

「なめちゃいけないわあんた、四〇〇馬力のエンジン積んでんのよこれ」

「四〇〇馬力？」

「そうですよ。で、最高速度五五ノット」

「五五ノット」

「そうそう」

「それって速いんですか？」

「べらぼうに速いよ、車だったら一〇〇キロ超えちゃうもん」

そう知らされても、船艇事情にうとく乗船経験にとぼしい横口健二はなんの実感も湧かない。浮かぬ顔をしていると服部はこんな補足を述べた。

「ついでに言っとくと、いっぺんも捕まったことないからねこれ」

「いっぺんも？」

「そう、いっぺんも」

「今回みたいな、密航の最中にってことですか？」

「つうかね、これもともとは密漁の連中が使ってた船なのよ。だから海保や水産庁に追っかけられてもちゃんと逃げきれるように仕あがってんの。んで実際の話、いっぺんも捕まったことないわけ」

つまりそれほど速い船なのだと力説し、不審を振りはらおうとしているのだろう。

しかしな、と横口健二は思う。巡視艇だか警備艇だかに追われても確実に逃げきれる仕様の高速船であるのが事実だとしても、安定性のほうはどうなのか。沖へ出るほど風も強まるばかりだが、逃走中に転覆といったリスクはないと言いきれるのだろうか。

横口健二はふと、ふくらませた状態で甲板に置いてある一艘のゴムボートに注目してしまう。これはきっと救命艇なのだろうが、そのおおきさはどう見てもせいぜいふたりくらいしか乗れそうになく、定員六名の船にとっては完全にミスマッチだ。

この元密漁船が沈没するような事態に直面してしまった場合、ぴんから兄弟がみずから進んでタイタニック号の楽団員を演じてくれるとは考えがたい。あるいはここまでの流れを踏まえれば、救命艇の利用にも何万円だか支はらわねばならなくなりそうだ。

そんなふうに思っていたところで船がぐらついたため、横口健二は「うわあ」などとなさけない声をあげてしまう。

「服部さん」

「なによ」

「これがそうとう速い船ってことはわかりましたけど、あんまりスピード出しすぎちゃうと、でかい波がきたときにひっくりかえったりとかしないんですか？」

「やっぱりしょぼい船って思ってるわけだ」

「いや、そういうんじゃないってゆうか、船ってほとんど乗ったことないんでいろいろ気になっちゃって――」

「なめちゃいけないわお兄さん」

「すみません」

「そんなやわな船じゃねんだわこれ。速くて頑丈が売りなんだから」

「そうなんすか」

「大漁で帰るってときに追っかけられて、スピードあげた途端に転覆じゃ商売にならんでしょうが。収穫たんまり載せて思いっきり飛ばして、最高速度いっちゃっても平気なつくりなのよこれ。だから高波なんかきてもぜんぜんへいちゃらなんだわ」

　そう請けあうと、服部は上着のファスナーを少しだけ開けて右手をなかにつっこみ、内ポケットからとりだしたガムをくちゃくちゃ嚙みはじめた。彼らが着ているのは防水加工された合成繊維ジャケットのようだが、漁師が作業着として着用する種類の高品質製品らしく、防寒性も完璧に見える。一張羅のぺらぺらスエードをまとい、体が冷えすぎてがちがちの横口健二としてはうらやましくてならない。

　おまけに問題は寒気のみではない。服部からはひととおり、元密漁船の性能を保証する説明を受けたとはいえ、それで安心できるほど深夜の日本海はあまくなかった。

　無慈悲なまでに風浪は弱まる気配がなく、あたりいちめん暗黒に染まりきっているため方向感覚もさだまらない。そのうえいよいよ船酔いが本格化してきており、くりかえし襲ってくる胃のむかつきにも耐えねばならない。コメダ珈琲店であんなアホみたいにがっつかなければよかったと横口健二は後悔をつのらせる。

「横口さん」

　隣にいるハナコが小声で話しかけてきた。おもしろいように口数が減ってきている男を見かねて励まそうとしてくれているのかもしれない。

　思えば彼女はすでに一度、こういう危険な方法でもって海を渡りきり、日本に上陸しているのだった。命じられるままぶっつけ本番で渡海にのぞんだのだろうから、なみの精神力ではないなと尊敬をおぼえつつ、横口健二は「はい、どうしました？」と応ずる。

「これがポケットにあるのを忘れていました。あなたに使っていただきたいので、落とさないようにしまっておいてください」

そう告げてハナコは見おぼえのある茶封筒をすっとさしだしてきた。これはわが家のダイニングキッチンで数日前、受けとれ受けとれないの押し問答をひき起こしたあの茶封筒にちがいない。沢田龍介よりの給付金がおさめられていると思われるが、こちらに支給された額とおなじだとすると五〇〇〇〇円くらいは入っているはずだ。

「いや、これは受けとれませんよ――」

言いながら横口健二は服部の目を警戒し、斜むかいをちらっといちべつしてみる。幸い彼はこちらのやりとりに気づいてはいない様子だから、商売めあてで口をはさまれる心配はなさそうだ。

横口健二の「これは受けとれませんよ」に対し、ハナコは首を横に振りながらとっさにこんな言葉をかぶせてきた。

「待ってくださいね横口さん、これは日本のお金ですからわたしが持ちかえっても使えないのです」

「それほんとうですか?」

「ほんとうです」

「信じられないな。あなたの国では外貨でも買い物できるって、前にニュースかなにかで見たことありますよ?」

「それはそうですが、わたしが円を持っていたらあやしまれてしまいます」

「ええ」

「買い物できるのに?」

「なら両替所でウォンに替えちゃえばいいじゃないですか」

その提案にもハナコは首を縦に振らない。横口健二はさらにこう勧めてみる。

「日本の親戚から送られてきたとか、通訳の仕事をなさってるおかあさんに頼まれたとか言って、ごまかせませんか?」

「横口さん、とにかくこれはわたしが持っているわけにはゆきません。ですからどうか、あなたの生活費にまわしてください」

ハナコは微笑みを浮かべつつも、断固たる意志をおびたまなざしを投げてきている。こうなったら彼女はひかないだろう。

　対して横口健二は、ひとことかえすたびに声ではない代物を吐きだしそうになっているため、じつのところあらがう気力は残っていない。ここでいま口にできるのは、もはや感謝の言葉いがいにない。

　茶封筒をありがたく受けとり、中身をたしかめずにクーリエバッグにそれをしまった横口健二は、ひとつ溜息をつくと前かがみになりながらおもむろに立ちあがった。限界に達していた船酔いに急きたてられ、体が楽になろうとしていたのだ。

●

　柏崎マリーナを発った元密漁船が所定のポイントを目ざしてひた走り、いったん航走を停止するまでの四、五時間、横口健二が嘔吐(おうと)した回数は片手ではたりない。おかげで彼の胃袋は、みそカツパンともビーフシチューともシロノワールともさよならしなければならなかった。吐けばすっきりおちつくかと思いきやそんなこともない。こみあげてくるものがなくなれば、今度は寒気が増すばかりとなり、船上の苦行はなおもつづく。しきりにえずいた影響で体力ががくんと消耗しているせいか、じっとしてふるえているとだんだん意識も遠のいてきてしまう。

「おふたりさんさあ、こんなとこで寝ちゃ駄目よほら。こごえて死んじまったら海に捨ててっちゃうからね」

　服部にそう声をかけられて目をさました。横口健二はやばいやばいと思いつつ、自身の頬を両手でぱんぱん張る。

　ハナコと身を寄せあい、舷墻(げんしょう)と呼ばれる側壁にもたれて甲板に座りこむうち、いつしかふたりして寝いってしまっていたらしい。宮史郎似のブローカーが言うとおり、このまま眠りこんでいたら低体温症でおだぶつになりかねない。

「あのすみません、ここってどのへんなんですか？」

　だいぶ沖合まで出てきているようだが、四方を闇と大海原にとりかこまれているため自分たちが今どこにいるのかさっぱりわからない。

波にゆられているので洋上にいるのはまちがいなかろうが、ここが領海なのか公海なのかもさだかでなく、ぱっと見でも目をこらしてみても境界線がひかれているわけじゃあるまいしそんな区別をつけられるはずもない。頭上を星空に覆われ、下方を見やっても墨液みたいな海水が際限なく漂うただなかゆえ、地球上どころか別の惑星に漂着したのだと言われても信じてしまいそうだ。

「日本海の沖のほう」

やけにざっくりした回答だ。腹でも立てているのだろうかと服部の顔色をうかがうも、うつむき気味で表情を読むには明るさがたりない。横口健二はやむなく先ぼそってゆく声でこうかえすしかない。

「それはそうなんでしょうけど――」

「なによ」

「いや、沖のどのへんなのかって訊ねたつもりだったんで。なんかもっと、イメージしやすい言い方ってありませんか？」

「イメージ？」

「イメージっていうかその、具体的な、距離とか方角とかそういうの」

「距離とか方角とかだったら、まあだいたい、マリーナから北北西三〇〇キロくらいのところかな」

「え、三〇〇キロも？」

「うん、大和堆（やまとたい）の近く」

「ヤマトタイ、なんすかそれ？」

「知らんの？」

初耳だとは思うが、それを認めたら正解を聞くのにまた金でも請求されそうな気がして横口健二は「はあ、なんでしたっけ」などとあいまいに返答する。

「大和堆ってのは要するにあれよ、海んなかにある山。そこんとこだけ海の底が盛りあがってて、浅瀬になってるから海産物の宝庫なわけ。鯣烏賊（するめいか）だのずわい蟹（がに）だの甘海老だのがじゃんじゃんとれんだわ」

さっきとは裏腹に、服部は急に機嫌がよくなったみたいに今度は快活にしゃべっている。話題の効果だとすれば、ひょっとして彼の前職は漁師だったとか、それともシーフードに目がないたちとかなのだろうか。横口健二は大和堆についてもう少し訊いておきたいと思う。

「つまり漁場ってことですか」

「そういうことですよ」

「それってでも、大丈夫なんですか？」

「なにがよ」

「宝庫ってほどの漁場だったらほかにも漁船きちゃいそうだし、おれと彼女はどう見ても漁師じゃないからあやしまれて、警備艇とか呼ばれちゃったらやばいじゃないですか」

「だって今は時期じゃないもん」

「あ、漁期じゃないのか」

「ちょっとずれてんのね。これが一一月とか一二月だったらたいへんよ。鯣烏賊の最盛期だからさあ、国も法律も関係なくあっちこっちから漁師らあつまってきちゃって、ことによっちゃ漁船だらけだわ」

だとするとここは、海上保安庁や水産庁による取り締まりが頻繁におこなわれているエリアでもあるのだろう。それを想像すると、こちらの気づかぬうちにどこかから監視されているのではないかと警戒心が高まってくる。服部はひきつづきこう言いそえた。

「その時期はねえ、パトロールも空と海の両方ひっきりなしだからそら実質戦争よ。密漁船のニュース見たことない？　水鉄砲の親玉みたいなのでじゃーって放水しちゃうやつ」

映像が脳裏をよぎって横口健二は「ああ」と声をあげる。北朝鮮籍や中国籍の違法操業船が海上保安庁の巡視船から警告を受け、放水砲の威嚇射撃を浴びる場面をここ数年のあいだ何回か行きつけの中華料理店のテレビなどで目にした記憶がある。

そんな一大漁場のほど近くということは、自分たちが今ただよっているのは排他的経済水域というやつの内側にちがいない。排他的なる言葉の印象から、当の水域まであたかも日本の国境線や国権がのびひろがっているような感覚をつい抱きそうになってしまうが、実際のところはそういうわけではないらしい。

排他的経済水域においては、漁業ないしは天然資源の開発・管理等々の主権的権利なるものが沿岸国にあたえられているにすぎず、どの国の船舶であれ航行じたいは自由なのだという——宮史郎似のブローカーがそう教えてくれた。

すなわちここは領海のはるか外側であり、国の境を越えたのはずいぶん前のことになるわけだ。そのうえさらに何十キロか先へ進むだけで沿岸国の主権的権利すらおよばなくなり、どこにも帰属せずあらゆる者に開かれ自由の約束された公海上に入るのだから、単に国外へ出たというより国と国の際、国家間の隙間に位置しているととらえるほうがしっくりくる。

とするとこの船は目下、どの国からもひとしくへだたっている中間地点に浮かんでいるような状態とも言えるのかもしれない。そうイメージしてみると、昼すぎの時点では東京都心部の神田にいたというのに、えらい遠くの別世界にきてしまったものだと感じいり、今日いちにちの劇的な推移に横口健二はあきれかえらずにはいられない。


「それで服部さん、なんでここで停まっちゃってるんですか？」

「燃料補給」

なるほどと思い、操舵室のほうを見やると、本船の船長たるぴんから兄弟の相棒は煙草をくわえてひとり静かにいっぷくしている。補給作業はとうに完了している模様だが、分きざみのスケジュールのはずなのになぜ出発しないのか。横口健二は服部に問いかける。

「でも終わってるみたいですよ。急がないとまずいんじゃないですか？」

宮史郎似のブローカーは目をあわそうとしない。つづいて歌でも唄うみたいに「あー」などとしゃがれ声を発しつつ、いかにも迷惑げなしかめっ面をつくっている。

これは乗船前、こちらが定員数を訊ねた際に示したのとおなじ反応だ。どちらかといえばばつが悪そうな態度に見てとれるが、なにか不都合でも生じたのだろうかと横口健二は胸さわぎをおぼえる。

「じつはむかえがね、まだきてないみたいなのよ」

「むかえがきてない？　彼女を乗せて帰る船がきてないってこと？」

「そうなのよ」

「え、ここで待ちあわせてるってことなんですか？」

「ううん、ここじゃあない。もうちょい行ったとこなんだけどね」

「それってここから見える範囲なの？」

「そらまっくらだもん、見えるわけないよ」

「サーチライトもとどかないくらい？」

「そんな近くじゃないからねえ。大和堆のまんなかへんまで行かないと見えないよ」

ここから視認できないのであれば、自分たちがその場所へ行ってみなければ約束の相手がきているのかどうかもわからないじゃないかと横口健二はいぶかしむ。が、それをストレートにぶつけてへそをまげられでもしたらこまるので、あたりさわりのない物言いで訊いてみるしかない。

「念のためそこ行って、確認してみなくていいんですか？」

「レーダーあるからわざわざ行く必要ないのよお兄さん。無駄足だったら燃料もったいないからね」

レーダーなんて便利なものが搭載されているとは考えもしなかったから、疑問をストレートにぶつけなくてよかったと思う——とはいえ、気がかりがすべて霧散したわけではないので横口健二はさらに質問をかさねてみる。

「ならどうするんですか、このままここでずっと待つの？」

「ずっとなんて待ってらんないんだよねえ。そのうちパトロールきちゃうし、風もさっきみたいに強くなってきちゃいそうだしねえ」

吐き疲れて寝いる前の航行時にくらべれば、このあたりはいくらか風浪がおとなしい。寒さは相変わらずだが、冷凍室から冷蔵室へ移ったくらいのちがいはあるので少々ありがたい。

「なんでむかえがきてないのか、理由とかって見当つきます？」

「さあねえ、なんせ海だからいろいろあるんでねえ。時間どおりにいかないなんてのはまあめずらしくもないわけ。つっても、あんまり遅すぎると問題だけどねえ」

「いろいろあるって、どんな?」

「そら乗り物だから、エンストだのなんだのいろいろあるじゃない。船がどっか故障でもして、途中で動けなくなっちゃったんならちときびしいわな。車だったらスタンド寄って修理ってこともできるけど、ここ海だからねえ――」

こんなまっくら闇の洋上で、乗っている船が孤立無援の立ち往生なんてことになってしまったら地獄だなと横口健二はおののく。その場合は無線でメーデーを発信したり、ロケット花火みたいな火箭(かせん)信号を発射したり、霧笛をつづけて鳴らしたりするらしいが、自分たちが海上保安庁に救援を請う羽目になってしまったら全員逮捕になりかねない。そんなことになってしまったら、ハナコともはなればなれにならざるをえず、彼女と二度と顔をあわせられぬかもしれぬから万事休すだ。

「自力じゃ無理なんですかね、そういう修理は」

「自力でなおせる程度の故障だったらいいんだけどね。でも衝突事故とかだったらそうはいかないなあ。夜中に事故っちゃって遭難なんて絶望的だからねえ」

最悪の想像を呼びおこさせるひとことではある。事故や遭難は決してひとごとではなく、海のうえにいるあいだは多かれ少なかれだれもがかかえるリスクだからだ。

たとえばこのあと密航の請負人と落ちあい、ハナコの帰国を無事に一任できたとしても、その船が帰路で不具合を起こして航行不能に陥らないとはかぎらない。メーデーを発して助けが駆けつけたとしても、闇夜にまぎれて渡海する密航船が発信元である以上、まともに救援してはもらえないなんてことはないだろうか。

横口健二はまたもやおちつかなくなる。どんな立場や身分の者がハナコを出むかえ彼女をどう遇してくれるのかは今のところはさだかでないが、事情が事情ゆえ、最高のサービスによる快適な旅路が提供されるなんてことは一〇〇パーセントありえまい。

相手方はきっとここにいるぴんから兄弟と同様に

不正行為に躊躇しない側のひとびとなのだろう。加えて急な話だけに、安全性や信頼性はあてにできない気がしてならない。

思いだされるのは、日本海沿岸で近年たびたび見つかっている漂流船の風体だ。北朝鮮船籍と見られる小型の木造漁船が浜辺に流れつくといった事案が相つぎ、ときには船内で乗組員の遺体が発見される事例などもあり、その都度ニュースで報じられているから映像がすぐに思いうかぶ。

むかえにくるのがもしもああいう耐用年数を超えたような朽ちかけた船だったら、乗船をハナコに勧めてしまっていいのだろうかと横口健二はにわかに迷いはじめる。これが彼女にとって唯一の帰国のチャンスなのだとしても、海難事故で漂流などという事態にいたってしまったらもともこもない。

「服部さん、むかえにくる船って見たことありますよね？」

「そらありますよ」

「やっぱ年式いっちゃってて、故障しやすそうな感じなんですか？」

「そんなのはものによるよねえ」

「ニュースとかで見ると、何十年も使いこんでそうな漁船ばかりじゃないですか、整備不良の心配ってないですかね」

「つうかお兄さん、そりゃあんたの偏見ってもんよ」

「あ、そうですか」

「考えてみ、ぼくちゃんらがおもちゃのぽんぽん船で遊んでんじゃないのよこれ。仕事で自分の命あずけて何百キロも移動する乗り物なんだから、やれることたあやってるだろうしさ、偏見で決めつけてそういう見くだすような言い方はしちゃいけないよねえ」

お小言をもらってしまったが、その趣旨はごもっともではある。かように受けとめた横口健二は、「それもそうですね、気をつけます」と素直に応じ、別の質問に切りかえた。

「なら無線はどうなんですか？　そのむかえの船に乗ってるひとたちと無線で連絡ってとれないんですか？」

訊かれた服部はとっさに操舵室のほうを振りかえ

り、そこにいる船長に確認をとった。すでに何度かかわしたやりとりらしく、アイコンタクトだけで意図を察した宮五郎風の男は口をつぐんだまま首を横に振っている。

「ノーだってさ」

「交信できない？　ならやっぱ事故って可能性が――」

「いやいやそうじゃなくて、無線は傍受されちゃうからこういう仕事じゃ基本なるべく使いたくないのよぼくらは。どうしてもってときもないわけじゃないけど、それこそほとんど事故とかで身動きとれなくなっちゃった場合だからね。けど今んとこ、むかえの船からメーデーの発信もないいってことみたいなんで、先方はおそらく無事ではあるわけですよ」

なるほどそういうものかと理解する。が、かといってここで話を終えるわけにもゆかず、現状を探る手段がほかにないかと気になり横口健二はこんな問いも投げかけてみる。

「無線は基本なしだとして、今みたいにどっちも沖にいて用があって連絡とりたいような場合って、ふつうはどうするんですか？」

「電話だね。衛星でつながるやつがあるからみんなそれ使ってるでしょ。つっても、おたがい持ってなかったら駄目だけど」

「今回は？」

服部は首を横に振っている。「ぼくらは持ってきてるけどね」と彼は言いそえたが、相手方の装備には期待できないという。急遽の依頼だったことから、仕事を請け負える者もかぎられてしまい、万全の態勢とはゆかなかったようだ。

「しかしまあ、こんなふうに話してるあいだにたいていひょっこりやってきちゃうのよお兄さん」

悲観ばかり連発しすぎて具合が悪いとでも思ったのか、服部はバランスをとるみたいにそんな希望ある見とおしをつけ加えた。

とはいえ、言われたほうにはそれは経験則ですらないあてずっぽうにしか聞こえない。横口健二は率直に、「ほんとかなあ」と疑問符つきの声をかえしてしまう。

「ほんとほんと、ひょっこりやってくんのよこういうときは。それレーダーが見っけたらね、他船接近中ってなってぴこぴこ光って画面に出てくるから、もうちょい辛抱してそこ座って星でも眺めててよ。こんな沖で夜空なんて見たことないでしょ？　このへんだと流れ星なんかもしょっちゅう出てくるからなかなかロマンチックよ」

「流れ星？」

横口健二は思わず反射的に空を見あげてしまう。今のところはどの星も流れおちる気配はないが、こうして意識して凝視してみればたしかに見ごたえのある風景に感じられる。

「そのうち出てくるから待っててみ。ああでも、寝ちゃうのだけは駄目よふたりとも、死んじゃってもぼく知らないからね——」

●

服部の見とおしどおり、むかえの船がひょっこりやってくるとして、ハナコはそれに乗ってしまっていいのだろうか。遭難の危険性が頭から離れずにいる横口健二は、隣にいる彼女とときどき目をあわせながらしばらく考えあぐねていたが、その結論が出るより先に状況が動いた——といっても、流れ星や待ちびとがついにあらわれたわけではない。

「時間ぎれだわおふたりさん」

顔をあげると、こちらを見おろしている宮史郎似の顔がけわしくゆがんでいる。頭上を覆う星空のコントラストに変化は見られないから、夜明けにはまだ遠い時刻のはずだ。時間ぎれとはなんのことだろうか。

「ほれほれ、出発出発」

「え、どういうこと？」

「だから出発すんのよ」

「待ちあわせ場所に？」

「それはお姉さんだけ」

「なんで？」

「そらお兄さんはぼくらと帰るからでしょうが」

困惑し、ハナコと顔を見あわせた横口健二はひとつ溜息をついてからこう訊いてみる。

「むかえがこっちに向かってきてるってこと？」

服部は首を横に振り、「ちとおいで」と告げて操舵室へ誘ってきた。大人が四人も一緒に入ったら窮屈なスペースだが、言われるままについていった横口健二とハナコは船長が腰かけている操縦席のかたわらにならんで立った。

「もっと近よって、こっち顔よせて」

言いながら服部は操舵ハンドルの横にすえられたものを指ししめしていた。それは七、八インチサイズくらいのタブレットみたいなカラー液晶モニターだ。これがさっき話に出たレーダーらしい。

「ここ見てここ」

服部が指さした箇所にはちいさな赤い点が表示されていた。画面中央よりやや左ななめうえのところにそれは位置していて、じっとしている。

「次こっち見て」

今度は服部はタッチパネル操作で画面を下方へスクロールさせてゆき、新たな赤い点を指さした。こちらは画面の右下隅から出現し、青色の軌跡を描きつつ中央付近へ向かって徐々に上昇してきているのが見てとれる。

「わかる？　うえにのぼってきてるこいつは海保の巡視船なの。ぼくらのほうにどんどん近づいてきちゃってますよねえ」

「ピンポイントでこの船めざしてきてるってこと？」

「どうだろうねえ、その可能性もないではないかも」

「それだったら急がないとまずいじゃないですか」

「そうなのよ」

「なら最初の赤い点はなんなんすか？」

「こっちはたぶん、お姉さんのむかえの船なんじゃないかってね」

「え、そうなの？」

「たぶんだけどね」

「待ちあわせ場所にとっくに到着してたってこと？」

「それだったら話も早いんだけど、これが停まってるのは待ちあわせたとこよりずっと北のほうなのよ。そこも大和堆なんだけど、ふたつあるうちの北大和堆のほうなんだよね」

「え、待ってください。大和堆ってふたつあるんですか」

「そうそう、北と南にわかれてるの。ぼくらが待ちあわせたのは南っかわの大和堆で、日本の排他的経済水域のなか。で、これが停まってるのはその少しうえにある北大和堆で、そっちは公海になんのよ」

「じゃあ、北と南で場所まちがえた？」

「その可能性が高いよねえ」

「いつ気づいたんですか？」

「ついさっきよ。巡視船がくるっつうから、こうしてレーダーの画面うごかしてチェックしてたの。で、ああきてるわきてるわってなって、それからためしに北っかわのほうもするするって画面すべらせて見てみたらここにいたわけですよ」

「それまで北大和堆はノーチェック？」

　ぴんから兄弟はふたりしてうんうんうなずいている。これは彼らの不注意と言えそうだが、それをとりつくろうつもりか服部はすかさず相棒にこう問いかけた。

「だってちゃんと座標指定しといたんだから――ねえ船長、ぼく指定しといたよねえ？」

　宮五郎風の船長は軽く小首をかしげ、寝ちがえたみたいに顔をななめにしたままうなずいてみせている。よくおぼえていないということかもしれないが、いずれにしてもぴんから兄弟側の手ちがいを疑わせる反応ではある。が、そんなことは意に介さぬふうに、服部はひきつづき自分らの正当性を押しとおそうとしていた。

「座標も伝えてるわけだからねえ、まさか大和堆の北と南でまちがえちゃうとは思わないじゃないの」

「だったら早くそこ行っちゃいましょうよ」

「いやでも、もしも向こうの連中が場所まちがえたんじゃなければ、別の船かもしれないわけですよ」

「なんにしても行っちゃえばどっちなのかわかるじゃないですか」

「行っちゃえばね。ただそしたら、あいにく帰りにぼくらこいつに捕まっちゃうのよ」

　そう警告しつつ、海保の巡視船を示すらしい赤い点を服部は指さした。レーダー画面上のそのしるしは、彗星（すいせい）みたいなかたちをなして不気味にじわじわ日本海を北上し、着実にこの太刀魚状の船に接近してきている。

「帰りに捕まる？」

「捕まっちゃう」

「逃げられない？」

「逃げられない」

「でも服部さん、この船って海保や水産庁に追っかけられても逃げきれるくらい速いんじゃなかった？四〇〇馬力のエンジン積んでて最高速度五五ノットだからいっぺんも捕まったことないって――」

「そうですよ、速くて頑丈が売りだから」

「だったら問題ないじゃないですか、行きましょうよ」

「それがちがうのよお兄さん、こっちに向かってきてるこいつだけは無理なの」

「なんで？」

「こいつは別格だから。つるぎ型っつってべらぼうに速いのよ。海保の船でいちばん速いっつうからね」

「最高速度は？」

「知らんけどさ、五五なんていっちゃうよねえ船長」

服部が確認をもとめると、ぴんから兄弟の相棒は無言でうんうんうなずいてみせた。寡黙な船長もあれにはかなわんぞと暗に断じている様子だが、横口健二はそれでもかまわず食いさがる。

「五五ノットだったらこっちとどっこいじゃないですか」

「いやあもっと速いかもしんないし」

「だとしても、まだ距離ありそうだし今すぐ動けばなんとかなりませんか？」

「あのねお兄さん、海保もレーダーでばっちりこっち見てんのよ。それでぼくらが仮に北大和堆まで行っちゃってだよ、お姉さんがこの停まってる船に乗りかえてからＵターンしてきちゃったら、思いっきりあやしいじゃないの」

「はあ」

「そうしたらこいつらなんかやってるぞっつって、確実に追っかけられちゃうのよ。こんな沖合で追っかけっこなんかできるほどこっちは燃料ないわけ。燃料つきちゃったらいくら速くたってどうにもならんしそこでおしまいでしょ、ぼくら完璧アウトよ」

そのように説明されるとたちまちリスクが現実味をおびてきて、これはもはや黙ってしたがうしかない局面かもしれないという気がしてくる。だがここまできて、それはあまりに酷な話というものではないか。

同情をおぼえつつ隣へ目をやると、思案をめぐらせながら静かに覚悟をかためているようなハナコの横顔にゆきあたる。あるいは独自に打開をはかるつもりになり、有効な手だてを模索している最中か。そんな想像もかきたてる、ゆるぎない面がまえを見せる彼女のそのたたずまいからは、あきらめのおもむきなどはいっさい感じとれない。

当然といえば当然だが、彼女の意志はみじんもまがっちゃいないのだ。なおもハナコが前進を望んでいるのだとすれば、こちらもそれにふさわしく態勢をととのえるのみだろう。横口健二は少しでももやもやを晴らすべく服部にこう訊ねてみる。

「ちなみに服部さん、なんでこの赤い点が海保のいちばん速い船だって言いきれるんですか？　そもそもこれだけだったら巡視船かどうかも判別できないじゃないですか」

「つるぎ型がそっち向かってるよって、知りあいから電話で連絡もらったんでわかんのよお兄さん。ぼくらこういう仕事だからね、あっちこっちにあらかじめ網はっとかないとあぶなくってしょうがないわけ」

「なるほど——」

出まかせで言っているのではないらしい。つるぎ型なる巡視船がそこまでおそれられているのなら、海保との追いかけっこはほんとうに避けたほうがいいのだろう——ならばどうするべきなのか。

そういえば先ほど、ハナコひとりを待ちあわせ場所へ出発させるようなことを服部は言っていたのではなかったか。横口健二がそれを問いただすと、宮史郎似のブローカーは「ちとおいで」と告げて今度は甲板のほうへ誘ってきた。

そうして横口健二とハナコと服部の三人は、救命艇として積んであるはずのゴムボートをかこんで見おろすことになった。そこでなにを伝えられるのかと思いきや、宮史郎似のブローカーが口にしたのはこんな提案だ。

「お姉さんはこれ乗って、大和堆のまんなかへんまで行くわけですよ」

「は？」

「だから彼女はこのボートを漕いで、待ちあわせ場所をめざすってことよ」

服部の表情にも声にもふざけた色あいは毛ほども認められない。驚くべきことに、この期におよんでそんな無謀きわまりないプランを彼は真剣に持ちかけているようだ。そう理解するや、横口健二はぽかんとなって二の句をつぐのを忘れてしまう。

「そりゃ時間かかるだろうしひとりじゃしんどいだろうけどね、しゃあないわ。どんだけ考えてもこれしか方法ないいんだもん。お姉さんどう？　やってみる？」

「はい、わたしは準備ができています」

ハナコは即答した。思いつめたふうな顔つきでまっすぐに服部と目をあわせ、次なる指示を待ちかまえている様子だ。

「よっしゃ、ほんじゃぐずぐずしてらんないから、さっそくボートおろしちゃいましょ」

横口健二ははっとなる。スマホのGPSは使えても圏外ゆえ地図アプリは役に立たないというのに、深夜の日本海沖をたったひとり手こぎのゴムボートで航行するなど自殺行為にほかならず、とてもじゃないが正気の沙汰とは思えない。これは絶対にとめなければならない。

「ちょっと待ってよ服部さん、こっからゴムボートで大和堆って本気なの？　距離どんくらいあんのよ」

「お兄さんさあ、こんなときにぼく冗談なんか言いませんよ」

「でも距離は？」

「んーと、数十キロ、かな？」

「数十キロ？」この分だともっとありそうだといぶかりつつ、横口健二はいささか声を荒らげる。「手こぎで行ける距離じゃないじゃん」

「行けるよ行ける、お姉さん行けるよね？」

こまったことにハナコはこくりとうなずいてみせ

た。どことなく彼女はうつろな目をしているが、ますます思いつめるあまり、現実を見ようしないかけているのかもしれない。

他方、わが意を得たりの服部は、本人が同意しているのだからもういいだろうという態度だ。両手で体を押しのけようとしてきたため、横口健二はこう注意をうながす。

「あのね服部さん、一〇〇歩ゆずってこれで大和堆のまんなかへたどり着けたとしても、むかえの船がいるのは北大和堆なんだから会えるわけないじゃないですか。連絡のとりようもないのに彼女ひとりでそんなところ行かせてどうすんのよ」

「だからそこはあれですよ、特別措置。緊急事態なんだしね、こうなったら無線で向こうの船に連絡して、もっぺん座標を伝えてみますよ、それでいいでしょ？」

たしかにそれは必要な措置だが、じゅうぶんではない。そう思い、ほかに追加すべき策はないものか横口健二が急いで考えだすと、服部はこうつづけた。

「応答するかどうかはわかんないけど、あれが彼女むかえにきた船なら乗ってる連中だって時間とか燃料とか無駄にしたくはないだろうからね、自分らの勘ちがいだって気づいて大和堆まで移動してきますよ」

「だったら彼女が出発するのも、向こうの船がこっちの無線連絡に反応してからだって遅くないいんじゃないですか」

服部は腕を組み「うーん」とうなっている。

「だから服部さん、あれがほんとにむかえの船だってそこでちゃんと確認がとれたら、せめてほんらいの待ちあわせ場所まで彼女を送ってあげましょうよ」

「送る？　ぼくらが？　ああ駄目駄目」

「なんでよ」

「駄目なものは駄目なのよ」

「そんなのとおりませんよ、理由を説明してくださいよ」

「とにかく駄目なのよ」

「おかしいでしょそれは、理由も説明してくれないんなら納得できませんよ」

「そらお兄さんの都合だからねえ」

「あ、そう出ますか」

「それよりお兄さん、こんなことしてるあいだに時間どんどんなくなっちゃうよ。ほらお姉さん、先にボートおろしちゃおう」

服部はハナコにそう持ちかけ、ゴムボートを海上へおろす作業にとりかかろうとした。横口健二は即座にそれをはばみ、理由を明らかにせよとさらに強くせまる。かくしてふたりは言いあらそいとなり、どけどかないの応酬となったあげくにつかみあいへと発展してしまう。

ゆらゆらゆれる船上ゆえ踏んばりが利かず、両手に力を入れれば入れるほど安定をとるのがむつかしくなってゆく。よろめきそうになるのをこらえるうち、とっくみあいをやめないふたりは膠着状態に陥ってしまう。動かせるのは口ばかりとなり、横口健二と服部は今度は理由を言え言わないの応酬を演ずる。

そんなふたりをひき離そうとして、ハナコはあいだに割りこむように立ち、懸命に双方の胸もとを押しかえしているが男たちの興奮はまるでおさまらない。やがて太刀魚みたいな船体がぐらつき、三人ともがくんとなってあやうく船外へ放りだされそうになってしまう。

「あんたらいい加減にしてくれよ！　燃料がないんだよ燃料が！　帰りの燃料たりなくなっちゃうからこれ以上は行けないの！」

そんな怒鳴り声が操舵室から飛んできたため、甲板の三人ははたと身動きをとめる。

大の大人がとっくみあい、海へぼちゃんと落ちかけたのを見かねたのか、宮五郎風の船長がついに隠しごとを白状したらしい。相棒の大声を聞いた途端に舌うちし、ほどなく組みつくのをやめたから、それがいつわらざる理由なのだと服部も認めているようだ。当然ながら横口健二は黙っちゃいられない。

「燃料がたりない？　それ完全にそっちのミスじゃないですか。なのにその理由を隠して彼女ひとりに何十キロもゴムボート漕がせようとしてたわけ？　おいふざけんなよおっさん――」

経験上、こんなときはただおとなしくしていれば嵐はすぎ去るものだと理解しているらしく、ぴんから兄弟はふたりとも目をそらして沈黙をつらぬいている。言いわけも口にせず、ひたすら無視を決めこむのが最適のふるまいだと実践してみせているかのようだ。

　そんな彼らのいかにも手なれた対応に接するうち、横口健二の感情は静まるどころか反対にいちだんと熱をおびてゆく。封印の札がはがされたみたいに怒りがあふれ出て、口と舌がとまらなくなり、ブローカーと船長のふたり組を延々と責めたててしまう。

「だいたいこの船とめて燃料補給したのっていつのことだよ、だいぶ前でしょ。そっから何分たってるわけよ。そのあいだに説明するチャンスなんていくらでもあったじゃん。なのにそれは言わずに手こぎボートで何十キロも行けってどういうつもりなんだよ。鬼かよあんたら——」

　ぴんから兄弟のクレーム対応は依然として変わらない。業務マニュアルでもあるかのように無視に徹している。おかげで横口健二はいっそう激高し、声を張りあげてしまう。

「ああはいはい、もういいわ、わかりましたよ、燃料たりないとか関係ないよ、北大和堆でもどこでもいいからむかえの船がいる場所まで向かってください。燃料なくなるとか知ったこっちゃないよ。さあ行けよ！　早くしろって！　ほら今すぐ船だ——」

　声を出せなくなってしまったのは、いきなり口に蓋をされたからだ。横口健二の目の前にあるのはハナコの顔であり、口をふさいでいるのは彼女の唇だった。

「あれっ、うわあ見て見てえ、流れ星だよおふたりさん、こらすごいわきれいだねえ！」

　やにわに服部が子どもみたいにはしゃいで歓声をあげだした。彼の言葉を真に受ければ、ちょうど今、日本海沖の夜空には待望の天文現象が生じているらしい。

「うわあ、すごいすごい、こりゃすごいわあ、ねえ見た？　ぼく言ったとおりでしょ流れ星、すごかったねえあれ、こんなすごいの見たのはじめてだわあ、ぼく結構たくさん流れ星に遇ってるんだけど今日のがいちばんすごかったわあ、ねえ船長、あれなんだろうね、なんなのあれ隕石（いんせき）？　あれって隕石なの？　ものすごくぴかーって光ってたでしょ空ぜんたいにさあ、火の玉みたいなのが落っこちてきて、空ぜんたいがまっしろくなっちゃってたでしょあれやばいよねえ、ほんとなんだろうなあれ、ぼくＵＦＯかと思っちゃったよ、ＵＦＯが爆発しちゃったのかなって思って正直ちょっとあせっちゃったよお」

　服部による熱狂の実況レポートがつづくなか、横口健二とハナコはずっと唇をかさねあっていた。だからふたりとも、流れ星は一瞬も見ていない。

　頭上がもとの星空にもどり、実況レポートもやんであたりがふたたび静まりかえったところでふたりの唇はおたがいから遠ざかった。波の音よりそれぞれの息づかいのほうが強く耳に残り、イヤホン越しにすべてを聞きとっているかのようでもあった。頭もふわふわしていたが、不思議と足もとはしっかりしていて波動の影響を受けず、横口健二はハナコの腰に手をまわして彼女と向かいあっていた。

　永遠にこのままでいたいと思えたその抱擁のあいだ、横口健二はあるちいさな違和感を抱いていた。ふたりでくっついているうちにだんだんと、それが気になりだしていった。

　なおも向かいあいつつ少しだけ距離を置き、横口健二はハナコの顔色をうかがった。すると彼女は先ほどよりもうつろなまなざしでもって、こちらを見つめかえしてきている。

　それがくちづけによる高揚のあらわれでないことは明白だと思われた。顔が赤く体がやけに熱いのも、恥じらいのほてりのせいではおそらくない。腰にまわした手も離してしまったらその場に倒れこみそうなほど、めずらしくハナコの面持ちは弱々しく映った。

「もしかして、熱あります？」

　ハナコは首を横に振っているが、そのしぐさひとつとっても力が感じられない。

「ちょっと失礼――」

　言いながら横口健二はハナコのおでこをさわってみる。よく見ると、彼女は口をかすかに開けながら呼吸している。すでに何時間も前からつらそうにしていたのかもしれない。平熱との差がどの程度なのか、空気がつめたすぎることもあってわかるようでわからない。が、それでもこの感触は発熱時のものにちがいないと結論する。一四、五日間ともにすごした者の目には、彼女が本調子でないのは明らかであり、今夜だけでも体をこわすのにじゅうぶんな理由があるからだ。

「やっぱりかなり熱ありそうですよ。とりあえず横になったほうがいい」

「いいえ、わたしは、大丈夫ですよ。それより横口さん、ええと、聞いてください――」

ハナコの体をささえながら一緒にゆっくりと甲板に腰をおろしていった横口健二は、「なんです?」と彼女に訊いてみる。

「わたしのために、さっきは抗議を――ありがとうございます。ですがこれ以上、わたしはみなさんに、ご迷惑はかけられない。あんなふうに争いの、きっかけをつくってしまうのはとても、心ぐるしいことで――」

とぎれとぎれに話すそのさまじたいが苦しそうで見ていられない。布団に寝かせてやすませてやりたいが、そうするには約三〇〇キロメートルもの距離を移動しなければならないとはじつにもどかしい。

「いや、かえってすみません、さっきはおれがどうかしてました。ついかっとなっちゃって、あんな余計な騒ぎを起こして結局あなたにつらい思いをさせてしまって――」

「そうじゃありません、横口さん、わたしはとにかく、あなたにほんとうに感謝を――ですからもう、ここから先はわたしひとりで、そこにあるボートで――」

「それはいいからとにかくおしゃべりをやめてやすみましょう。今のあなたは立ってることもできないくらい調子がよくないんだから、そんなことは考えるべきじゃない」

「このくらい平気、なんでもありませんよ。だからわたしは、自分の力で帰ります。そしてわたしは、あなたの無事を、願っているのです。どうか逮捕など、されてしまわないように――」

甲板に座り、舷墻によりかかりながらハナコとそんなやりとりをかわしていると、おそるおそる遠目に観察されているような気配を感じた。見あげてみればゴムボートをはさんだ反対側から服部がこちらをのぞきこんでおり、おとりこみ中たいへん失礼いたしますがといった具合にこう話しかけてきた。

「あのねおふたりさん、そろそろ朝の六時でお日さま出てきちゃう頃あいだからね、マジでどうすっか決めないとまずいんだわ」

　とっさにハナコが声を発しかけたため、横口健二は右手をそっとかかげて首を横に振り、やんわりと制した。自分の力で帰ると今しがた表明したばかりの彼女が、服部になにを伝えるつもりなのかは聞くまでもなかったからだ。

　なぜ、というふうにハナコに見つめかえされたので、「どのみち今夜はめぐりあわせが悪かったんです。ここはあわてずに、いったん帰ってほかの方法を考えることにしませんか」と小声で持ちかけた。すると少々の間があってから彼女はうなずいて同意したので、横口健二は服部に対してこう告げた。

「服部さん、全部やめにして、柏崎マリーナへひきかえしましょう」

「え、なんて？」

「中止です。全部やめにして帰ります」

「全部やめ？　え、やめちゃうの？」

「そうです、やめにします」

　腑に落ちない様子ながらも特に翻意をうながしてくることもなく、「あ、そうなの、ふうん」などと言いつつ服部は片手を頭上にあげてくるくるまわしてみせた。

　それはどうやら相棒へ送る帰港のハンドサインらしく、宮五郎風の寡黙な船長はさっそくに四〇〇馬力のエンジンを再始動させて太刀魚状の元密漁船を出発させた。

「でもお兄さん、今日やめちゃったら、次のチャンスなんていつになっちゃうかわかんない感じだけど、問題ないの？」

「仕方ないですよ。こんな状態になってんのに何十キロも彼女ひとりにボート漕がせるわけにはいかないですから」

　横口健二の腕のなかでぐったりしてしまっているハナコを見て、どういうことか服部も即座に理解したようだった。「ああ」などと口にすると、彼は気まずそうな顔つきを隠すみたいに体の向きを変え、相棒のいる操舵室のほうへとこそこそ行ってしまったからだ。

●

帰路へついた矢先に空が白みはじめていた。それからまた気が遠くなるくらいのあいだ海上をひた走り、柏崎マリーナに帰りついたときには太陽が子午線すら通過し、いくらかながら宵のほうへと傾きだしてしまってさえいた。

往路よりも復路のほうが倍ちかく時間がかかってしまったのは、ガス欠を避けるべく燃費を最優先にした航行を船長が心がけた結果ではあるようだ。

つるぎ型巡視船のターゲットは太刀魚ではなかったらしかった。航海の目的は遂げられなかったが、海保のいちばん速い船に追いかけられる展開を回避できたことじたいは幸運ではあった。

領海に入るや、服部が甲板中央のハッチを開け、念のためこの船倉に隠れているようにと指示を出してきた。海保による臨検を警戒しての措置だったが、そこで横になっているうちに横口健二とハナコはともに眠ってしまった。それゆえ検査中の緊張感も味わわずに済み、わずかながらやすらぎをえることができたのだった。

●

「服部さん、ここは？」

「ここは密入国した連中に貸してやる一時待機所です」

「一時待機？」

「だから要するに、あれですよ、期限つきの宿舎」

「密航してきたひとたちが利用する仮住まいってこと？」

「そういうことです。だからお兄さん、よかったら好きに使って」

「え、いやあ、でも――」

「なになに？」

「いくらするのかなと思って」

「家賃てこと？」

「うん」

「ははは、あのねえ、いいよただで、いいよいいよ」

「ただ？　え、ただでいいんですか？」

「まあほら、こっちもちょっとね、不手際あったでしょうちょっとだけ。それにその、お姉さんもさ、向こうの船に乗れなかったじゃないの。だからなに、埋めあわせっつうわけじゃないけどさ、サービスするわ特別に」

「マジですか服部さん、それめちゃくちゃ助かりますよ」

「いや正直、こっちもね、もうけ減っちゃったから割にあわないのよ。割にあわないんだけどさ、なんつうかな、お姉さんあんな感じだしさ、ほっとけないじゃないのよ」

　横口健二と服部は同時にハナコを見やった。彼女は今、座敷に敷いた布団におさまり、ぐっすり眠っているところだ。

「その代わりお兄さん、この一軒家ただで使えちゃったなんて、よそで言っちゃ駄目よ。内緒で貸してあげるんだからそこんとこは気をつけてちょうだいね」

「わかりました、だれにも言いません。つうか、そもそもそんなこと話したくなるような相手はまわりにいないんで心配無用ですよ」

「なに言ってんのよお兄さん、あんた沢田さんの身内でしょ？　身のまわりそんなひとだらけじゃないの」

　なるほど言われてみればそういうことになるのか。服部とつながったのは沢田龍介の仲介なのだから、くまモンの身内と見なされるのは無理もない話ではある。自分は組事務所の一員というわけではなく、単なる友人のひとりなのだと伝え、誤解を晴らしておくことにする。

「あ、そうなの、あなた彼のお友だちですか」

「そうです、そっちです」

「でもさ、お友だちってことはそれなりに親しいわけでしょ、あのひとと」

「それなりにはそうですけど――でも服部さん、大丈夫ですって、ほんとにだれにも話しませんから」

「ほんとにね？」

「ほんとうですよ。それより――」

「なに？」

「ここにいられる期限は、だいたい何日間くらいなんですか？」

「いつもかならず一週間で出てってもらってますわ」

「一週間か――」

「それじゃたりない？」

「いやあ、一週間もあれば、おそらくなんとかなるとは思うんですが――」

言いながらふたたびハナコのほうを見やるが、本音を明かせば心もとないところもあるなと横口健二は憂慮する。

もしもこのまま何日も熱がさがらない場合、にせの身分証しか持たない彼女を医者に診てもらうとすれば、全額自己負担での偽名受診ということになる。しかし果たしてそれはハナコにとって安全と言いきれるのか。

不法滞在がばれるなどして、通報されるリスクを避けるとすれば、仮住まいのみならず闇医者の手配まで服部に頼むことになるかもしれない。裏社会の医療費がどのように算定されているのかは知るよしもないが、高額であることだけは想像がつく。その際はさしあたり、どうにかして金を工面しなければならないだろう。

「ちなみにお兄さん、次にここ入るひと決まっちゃってるから、一週間で出てってもらわないとまずいんだわ。けどね、延長料金さえはらってくれればなんとかしますよ特例で」

やはりなにごとも金次第だなと思いつつ、横口健二は「わかりました」と答えた。

「ほんじゃこれ、渡しとくからね、なんかあったら携帯に電話かけてちょうだい」

そう言って服部は自身の名刺をさしだしてきた。横口健二がそれを受けとると、マリーナの駐車場へ登場したときのように彼はぴんから兄弟の歌を唄いながら家を出ていった。

●

長岡市街に位置するその宿舎を横口健二とハナコが立ちのいたのは、入居して五日後の三月一七日日曜日だった。一週間の期限めいっぱいまで滞在しなかったのは、新潟に長くとどまるのは危険だとわかったからだ。

宿舎での生活中、最大の懸案だったハナコの体調不良はなんとか悪化せずに済んだ。

近所の薬局で買ってきた体温計で毎日数時間おきに彼女の熱をはかったが、三九度を超える日が水曜、木曜とつづいたときが危機感のピークだった。明日もこのままなら受診するしかないとあせり、服部に電話し寛容で腕もたしかな医者を紹介してもらうつもりでいたのだが、幸いそうはならなかった。

なにが奏効したのか、翌朝の検温では一気に三七度三分までさがり、二時間後には三六度台まで落ちて結局その後は三七度に達することはいっぺんもなかった。三九度台で解熱剤を投与し、ひたすら経口補水液を飲ませて布団に寝かせていただけだったが、どうやらそれはまちがった処置ではなかったようだ。

その間、まともな食事をとっていなかったハナコに食べたいものはないかと訊いてみたところ、遠慮する彼女の口からやっと聞きだせたのは「ソガリ」の一語だった。とはいえ、それも直接ひきだせたリクエストではない。無関係な雑談のなかで好物はなにかと問うた結果、少女期の思い出ばなしとして明かされた食材が当の「ソガリ」だったのだ。

ソガリとはなにか。それをハナコに訊ねてみれば淡水魚の一種だと判明したが、ネット検索で調べてみると残念ながら日本では入手できそうにない。和名は高麗鱖魚（けつぎょ）といって朝鮮半島や中国東北部に棲息している白身魚らしい。同魚を紹介しているウェブサイトをいくつか閲覧してみたところ、美味なる高級魚であるという説明でおおむね一致している。

できればソガリを食べさせてやりたかったが、手に入らないのでそれは不可能だ。ならばせめて、似た魚の料理をふるまえないかと思いたって横口健二はさらにネット検索を駆使して答えを探す。

そうしてみちびきだしたのが、ソガリとおなじスズキ目に属し、新潟の名産魚とされている赤鯥（あかむつ）、通称のどぐろだった。ハナコにとっての思い出の味にどれだけ近づけるかはさだかでないが、こちらも美味なる高級魚と謳われてはいるから少なくともがっかりさせるようなことはないだろう。

のどぐろ料理をテイクアウトできる海鮮居酒屋があるとGoogleに教えられ、ハナコの着がえの買いだしがてら横口健二が長岡駅周辺の繁華街へとひとり出かけたのは金曜日の昼すぎだ。病みあがりの彼女をつれて歩くわけにはゆかぬため、男ひとりでショッピングモールをまわりレディースの衣類をまとめて購入するという難行をなし遂げたあとに当の居酒屋を訪れ、串刺しで食べやすそうな塩焼きののどぐろを選んで買って帰った。

その夜ふたりでのどぐろ塩焼きを食べることは食べたものの、横口健二は物思いにふけるあまりじっくり味わうのを忘れてしまっていた。「おいしいです」とハナコが感想をもらしてもぼんやりと生返事で応じてしまったのは、宿舎にもどった直後にかいま見た彼女の表情が気になり、それどころではなくなっていたからだ。

それはじめて目にする彼女の泣き顔だったから、横口健二にとっては殊に重い意味となって受けとめられた。

ほんのひとすじの落涙ではあれ、帰国失敗からまだ数日しか経っていない時期ゆえハナコの心中を察するのはそうむつかしいことではない。わが子との再会という念願を果たせなくなり、次のチャンスをえられるのかどうかもわからぬお先まっくらな状況なのだから、その不安はかかえきれぬほどふくらんでいるにちがいない。おまけに病みあがりの衰弱しきった体と心では、気持ちの整理や頭の切りかえにもさぞかし時間がかかるだろう。

かように思案をめぐらせながら無言でむしゃむしゃぱくついているうちに、気づけばのどぐろ塩焼きを食べきってしまっていた。

そんな様子に接してハナコもぴんときたらしい。食後に「横口さん」と話しかけてきて笑みを浮かべ、さっき泣いてしまったのは娘の写真を眺めていたらほろりときただけなのだと説明してくれた。だからそう深刻に見ないでくださいと逆に気づかわれてしまったため、横口健二はただ恐縮しつつ「すみません」と詫びることしかできなかった。

「わたしのほうこそご心配をかけてしまいました。おかげさまでもうすっかり元気です。このお魚もとてもおいしくいただきました。わざわざお探しになって買ってきてくださりありがとうございます」

　かくも律義に謝辞をかえされると、あらためて彼女に気づかわせてしまったようでいっそう恐縮せずにはいられない。が、だからといって「こちらこそ力不足で申し訳なかったです」などと詫びごとをかさねてしまうのも堂々めぐりみたいでよろしくない。

　横口健二は話題をよそへ移そうとするが、どこへ転んでも今回の不本意な結果からは逃れられない気がしてしまう。さてどうしたものかと迷っていると、またもやハナコが先んじてこう問いかけてきた。

「横口さんのご体調は大丈夫なのですか？」

「あ、はい、このとおりぴんぴんしてます」

　嘘をついたつもりはなかったが、文字どおりには受けとってもらえなかったらしく、ハナコは首をかしげている。心境が顔に出て、誤解をあたえたのかもしれない。

「働きどおしなのですし、無理はなさらないでください。そうとう疲れがたまってらっしゃるはずなのに、わたしを看病しなければならなくなってますますお体に負担がかかってしまったでしょうから」

「どうだろうな、特に問題はなさそうですよ。もちろん無理なんてしていません」

「それでも、もしもふだんと調子がちがうようでしたら遠慮なくおっしゃってください。今度はわたしがお世話する番です」

　有無を言わさぬハナコの口ぶりに気おされ、横口健二は「わかりました」とうなずくしかない。

「それと、わたしはほんとうにおちこんではいませんし、娘のもとへ帰るのをあきらめてもおりません。ですからどうか、横口さんも今回のことを気になさらないでください」

　ハナコはここでも笑みを浮かべているが、捨て鉢になっているようなおもむきなどは見られない。つとめて明るくふるまい、さらなる心配をかけまいとしているのだろうか――だとすればこちらもうしろ向きの思考からは早く脱却すべきかと横口健二は思う。

「娘さんの写真、お持ちだったんですね」

「顔写真いちまいだけですが、こっそり持ってくることができました」

ハナコが写真を手にしている姿を一度も見かけていないということは、それを眺めるのもこっそりとだったのかもしれないと横口健二は思う。そういえば、雨で全身ずぶ濡れになったことがあったが、紙焼き写真を肌身はなさずたずさえていたのだとすれば、ふやけてやぶれたりはしなかったのだろうか。

「大丈夫でしたか?」と訊ねてみると、きょとんとなって彼女はこう答えた。

「ご心配にはおよびません。写真はこれにおさめてありますから」

言いながらハナコは支給品のスマートフォンをテーブルに載せた。なるほどそういうことだったかと、横口健二は自身の勘ちがいを自覚する。

わが子の顔写真を手にしているハナコの姿を見かけなかったのは、デジタルデータにして持っていたからだったわけだ。思えば彼女は日ごろからしょっちゅうスマホと向きあっていた。それはひとえに娘の顔を見つめるための特別な時間だったのかもしれない。

「ご覧になりますか?」

はっとなり、横口健二は問いかえす。

「いいんですか?」

ハナコは笑みを浮かべてうなずいている。

「それはぜひ、拝見させてください」

受けとったスマホの画面には、母親とおなじヘアスタイルをした女児が愛らしい笑顔で小首をかしげている様子が映しだされていた。黒髪のおかっぱのみならず、すずしげで黒目がちな目やしぐさがハナコそっくりであり、彼女自身の子ども時分を見せてもらっているような錯覚もよぎる。

「お世辞ぬきで、最高にかわいらしいお子さんですね。あなたにとてもよく似てるし」

写真の女の子を模倣するかのように、ハナコはおなじポーズで微笑んでいる。しかしその胸のうちはどんな状態かわからないと思い、横口健二は心ぐるしく感じてしまう。

というのも、こうして写真を目のあたりにしてみれば、彼女が涙を流したわけが否応なしに想像できるからだ。おさないわが子のこんな愛くるしい表情にいっときでも接してしまったら、本心を抑えられるはずがない。あと一歩で国へ帰れたのにという悔恨の情もたちまち押しよせてくるだろう。

「お子さんの写真、こっそりいちまいだけになっちゃったのは、ボスに許可をもらえなかったからですか?」

「はい。共和国からきたと知られてはいけないため、私物はいっさい置いてゆくよう指示されていたのです。それでもどうしても、娘の写真だけはと思って、いつも鞄に入れて持ちあるいていたいちまいをこっそり撮っておいたのです。ばれてしまわないかと出国ぎりぎりまでひやひやしていましたが、調べられずに済みほっとました」

「なるほど――」

この話題をつづければやはり彼女をつらい気持ちにさせてしまうばかりだろう。そう思い、横口健二はスマホをかえそうとするも、筐体(きょうたい)を握る右手の親指が無意識に画面に触れスワイプ操作をおこなってしまったらしく、表示写真が別のものに入れかわっている。それに気づくやつい写真を凝視してしまう。

目に入ったのは見おぼえのある街頭の風景写真だ。三茶や渋谷あたりの繁華街で撮られたもののように見うけられる。構図の中心にあるのは一軒の店舗だが、シャッターが閉まっているためなにを売っている店なのかはぱっと見ではわからない。ストリートファッションの小売店かもしれないと思われるのは、シャッターにでかでかとカラフルな落書きがほどこされているからだ。グラフィティーアートが看板がわりなのだとすれば、それに見あった存在感が色濃く放たれている。

うっかり開いた写真に黙って見いってしまった。ばつが悪くなり、おそるおそる視線をあげてみれば、微笑むハナコの表情とゆきあたる。「勝手に見ちゃってすみません」と小声で詫びると、彼女はさらに笑って首を横に振り「なにも問題ありませんよ」と応じてくれたから、極秘任務とは無関係なのかとほっとして横口健二は問いかける。

「あなたが撮ったんですか？」

　それにこくりとうなずいてから、ハナコはこのように説きあかした。

「見なれない派手な絵だったので気になって、しばらく眺めているうちにすてきだなと思って撮ってしまったのです」

「ここってもしかして渋谷ですか？」

「あそこは渋谷と言うんでしたっけ？」

「おれと一緒に行ったところですか？」

「ええそうです。撮ったのはあの日ですよ、沢田さんにお食事につれていっていただいたときです」

　あの日かと横口健二は思いあたる。セルリアンタワー東急ホテルへおもむき、二階の和食レストランと一階のラウンジ・カフェでごちそうしてもらったわけだが、そういえばハナコはデザートを食べたあとに三、四〇分ほどひとりで散歩に出ていたのだった。

「日本の街中をひとりきりで歩くのははじめてのことだったので、どきどきしながら迷子にならないよう気をつけてあたりをうろうろしていたのですが、そうしているとすぐにそのお店が目にとまって、二、三分じっと見つめてしまいました。それで、通りがかりのひとがスマートフォンで看板かなにかを撮影しているのを見かけたので、わたしも真似をしてそこを撮ってみたのです」

　彼女はかれこれ一ヵ月半ちかく日本に滞在していることになるが、その間いっぺんも観光などしちゃいないはずだ。極秘任務をおおせつかって派遣された立場とはいえ、慣れぬ土地でつとめから離れる時間を持てたのがたった三、四〇分ほどの散歩のみではさすがに人道にもとると言わざるをえない。せめて数日くらいは息ぬきできる機会をつくってやりたいが、それは可能だろうか――

「横口さん、お気持ちだけでじゅうぶんです。昼夜をわかたず重労働させられているわけではありませんし、この数日間で骨やすめもできました。それにわたしは、日本にきてからの日々を特に苦痛とも感じていませんので」

　数日くらいはすべて忘れて息ぬきしてみるのはどうでしょう、などと勧めてみたところ、ハナコはそんなふうにかえしてきた。また遠慮が出たのだなと見て、横口健二はなおもこう持ちかけてみる。

「でも、もっと思いきった気分転換も今のあなたには必要だと思いますよ」

それに対してもハナコは微笑みながら首を横に振ってみせた。

「ほんとうに平気です。それに、気分転換ならわたしなりにとりくんでいることもあるんですよ」

「え、いつの話ですか？」

「いつでも、思いついたときにです」

そんな姿を目にしたおぼえもないぞと思う。横口健二は率直に疑念を投じてみる。

「ほんとうに？」

ハナコはひるむことなく笑顔のままこう答えた。

「横口さん、そのスマートフォンに保存されているほかの写真もご覧になってみてください。それがわたしのささやかな趣味です」

横口健二はすかさず親指でタッチスクリーンを横にスライドさせ、当のスマホの保存写真をひとつひとつ表示させていってみる。すると上越新幹線の車中で興味をそそられた何枚もの写真がついにお目見えとなる。

店舗写真のあとにあらわれたのは横断歩道橋の側面を写した写真だった。次は自動販売機でその次は雑居ビルの壁面。ガードレールや橋桁や道路標識や配電箱に加え、何軒かの建物のシャッターも撮られていた。それらに共通している特徴は落書きの存在だ。知らぬ間にハナコは街頭のグラフィティーアートをコレクションしていたようだ。

「いつの間にこんなに撮ってたんですか」

「たいていは横口さんと一緒に出歩いているときです」

ハナコはにこにこ笑っている。それは彼女の自然な笑顔に見てとれる。いちまいいちまいじっくり見てゆくと、渋谷のほかに三軒茶屋や神田と思しきロケーションで撮られたものも複数ふくまれていることがわかる。ということは、撮影時にはたしかに自分は彼女のかたわらにいたはずだと横口健二は納得するしかない。

落書きじたいも大小さまざまあり、殴り書きのメモみたいなワンフレーズからバンクシーまがいの絵まで種類も多岐にわたる。街路を歩行中にそれらを発見するのみならず、瞬時にスマホカメラでぱちりとやっていたのだろうから、ハナコはなかなかの早業師だ。

「まったく気がつかなかったな。いちまい目の写真を撮ってみたら火がついちゃった感じですか?」

「火が?」

「ええとだから、魅力にはまったというか」

「そうなのかもしれません。渋谷で最初のお店を撮ったあと、ほかにもあるのかしらと思って注意しながらその近くを歩いていたら、落書きがとても多いことがわかってひどく好奇心をくすぐられました。広告のポスターなどとは別に、通りのあちらこちらにいろいろな言葉が書きこまれていて、そのまま街の一部になっていることがわたしには刺激的に感じられたのです」

そんな景観をハナコは肯定的に見ているのか否定的にとらえているのか、どちらなのかはもう少々くわしく話を聞いてみなければ判断がつきにくい。しかしいずれにせよ、街中の落書きが思いのほか強く彼女を惹きつけているのはまちがいなさそうだ。横口健二はいったん手をとめて感想をひとつはさんだ。

「こうして見てみると、東京は落書きだらけだってあらためて気づかされますね」

平壌はそんなことないんでしょうねと言いかけ、横口健二は言葉を飲みこむ。その地名がただちにわが子の顔や声を思いださせ、彼女を感傷的にさせてしまわないかととっさに躊躇したのだ。

行きすぎた配慮かもしれない。そう思いつつも、とりあえずは平壌を回避した横口健二は、ひきつづき東京の落書きについてこう述べる。

「落書きじたいはいちおう犯罪ではあるんで、ほうぼうで問題にはなってるんですけどね。そのつど除去されてはいるようなんですが、それでも書かれては消してのくりかえしにしかならないみたいで」

「許可が出ているわけではないのですか」

「承認ずみもあることはありますが、たいはんは無許可でだれが書いたのかもわからないんじゃないかな。だから書かれるほうとしては迷惑きわまりない話だと。消す手間もかかるし費用もばかにならないらしくて」

「書かれる数が多すぎて、消すのが追いつかないということですか?」

「渋谷なんかはそういう状態になっちゃってるのかもしれません」

「書き手はどういうひとたちなのでしょう」

「どうだろう、一〇代や二〇代の若い連中なんじゃないかな。でも、単純ないたずら書きもあれば手のこんだ壁画とかもあったりするし、案外といろんなひとが書いてるのかも」

「ひっそり書かれた暗号のようなものと、目だたせるふうに堂々と描かれた絵と、ふたとおりの傾向がありますね」

「堂々としてるほうはたぶん美術作品として描いてるんだとして、暗号みたいなもののほうは意図や動機が謎ですね。特に中身があるわけじゃなくて、意味深に見せたいだけなのかもしれないけど」

「主張はふくまれていませんか」

「全部ではないにしても、なにか訴えてるものもなかにはありそうだけど。ただ、主張はあってもその表現が暗号だとすれば、解除できる鍵を持ってるひとじゃないと肝心の内容を読みとれない。なので、大多数のひとにとってはやっぱり謎のままですね」

なるほど、とでもつぶやきそうな面持ちでハハナコはいっぱく間を置くと、なにやら思いいたったふうにこう切りだした。

「共和国でも、街中で落書きが見つかることはあります」

横口健二はどきりとしながら「あ、そうなんですか」などと返答する。自分があえて北朝鮮の話題を避けていたことを見すかされていたような気もして、いささかの気はずかしさも同時におぼえてしまう。

「見なれるほど頻繁にではありませんし、渋谷のお店のシャッターに描かれていたようなおおきくて派手な色づかいの絵などはまず見かけません。取り締まりがたいへんきびしいためですが、その分、ほんのちいさなものでも目に触れると印象に残りやすいのです」

「際だった傾向とかはありますか?」

「あります。ほとんどの落書きは、不満を書きなぐっています」

その答えに横口健二はしたたかな衝撃を味わう。落書きと不満はセットみたいなイメージがあるから意外ではないはずだが、そんな固定観念があろうとなかろうと関係なく、ひとびとがそうせずにはいられなくなる現実が存在するのだと知らされた気がしたのだ。

「それはその、政府に対する？」

「そうです。改善されない生活苦の不満が体制批判を生んでいるということです」

「とするとかなり、率直な物言いで書かれていたりするわけですか」

「わたしが見たかぎりではそういうものばかりです。横暴な役人にいきどおる平壌市民が、中傷やうらみつらみを刃物できざみつけているような落書きなどもたまに見かけます」

「書いたひとはだいたい捕まっちゃう？」

「捕まらないことのほうがめずらしいです」

にもかかわらず、書かずにはいられないひとがあとを絶たぬわけかと横口健二は思う。ならば逮捕後の処遇はどうなるのだろうか。

「日本じゃせいぜい軽犯罪ってあつかいですが、そんな程度では済みそうにないですね」

「捕まれば管理所へ送られます。落書きの内容や頻度によっては処刑もありえます」

「処刑もありえる――」

ハナコは真顔でうなずいた。手短な受けこたえだが、報道から受けるのとは異なる重みと苦しみがのしかかってくる。そこを迂回するかのように、横口健二は質問を変えた。

「管理所というのは？」

「いわゆる政治犯、国家反逆罪を犯した人間を強制収容する施設です」

当の収容所が、一般の刑務所とは比較にならぬ苛酷な環境であることは報道を通じて浅くだが知ってはいる。きわめて粗末な食事しかあたえられない囚人たちは、過重労働の強制や看守による虐待に加え、恣意的な処刑の恐怖にさらされながら日々をすごさねばならない。横口健二はぞっとしてこうつぶやく。

「落書きするのも命がけなんですね」

「そのとおりです」

にわかに空気がどんより陰ってしまい、この話題から逃避せずにはいられなくなる。

さしあたってはハナコのスマホへ視線を落とし、彼女が楽しんで撮ったという写真に眺めいるしかとりつくろう術がない横口健二は、黙りこんで親指をスライドさせてゆく。が、しばらくすると彼は不意を衝かれて赤面し、顔をあげられなくなってしまう。何度目かのスワイプのあと、いきなり自分自身の横顔が画面に表示されたからだ。

●

翌土曜日の夜、着信があって横口健二は五日ぶりに沢田龍介と会話をかわした。

そのときハナコは入浴中だったから、横口健二は所持金の残高をたしかめつつ当面のやりくりを検討しようとしていたところだった。財布をのぞいてみると最後の給料はまだ一〇万円ちょい残っている。が、今月の家賃を大家におさめていないことに気づいてしまったから、あのいまいましい水道料金もあわせて支はらうとすると二〇〇〇〇円弱しか使える現金はない計算になる。

これでは列車を乗りついで東京へもどった時点で無一文も同然だ。となると、派遣会社の担当者に連絡して早急に新たな職場を見つけてもらわねばなるまい。

いずれにしても今後は次の渡航へ向けてできるかぎり金を貯め、無事にハナコを送りだしてやれるよう態勢をととのえておかなければならない。次回もぴんから兄弟のふたり組に密航手配を依頼するとすれば、一〇万円どころじゃない金額が必要になるのはまちがいない。そんな見とおしを抱いて途方に暮れかけていると、やにわにiPhone SEがぶるぶるとふるえだし画面に沢田龍介の名前を表示させた。

「健二、テレビつけろ」

「なんすかとうとつに」

「いいからつけろ、あんだろテレビ」

「ありますけど、そもそもおれ今どこにいんのか知ってて言ってます？」

「服部の借家だろ、つらかてめ、つけたのかよテレビはよ」

この宿舎の居間にはLGエレクトロニクス製の4K液晶テレビが設置されていて、地上波にかぎらずBSやCSの有料放送もふくめなんでも見放題の状態にある。それは柏崎マリーナの駐車場で売りつけられそうになったあのブラックカードが挿しこまれているおかげだろう。

「つけましたけど、チャンネルはどこにあわせりゃいいんですか？」

「ニュースだニュースつけろ」

どのチャンネルかと訊いているのだからジャンルではなくせめて番組名で答えてほしいものだ。そう思いつつ番組表を見てみると、地上波で目下放送中のニュース番組はひとつしかない。横口健二はリモコン操作でさっそく『NHKニュース7』を選択するもすでに手おくれだった。舌うちにつづき、沢田龍介のいらだたしげな声がスマホの受話口より聞こえてきたからだ。

「いいわ健二、終わっちゃったよニュース、おまえ遅すぎんだよ」

「いやでも、とつぜんだったんで——」

「だからごちゃごちゃ言ってねえですぐつけろっつってんだよ、鈍くせえ野郎だな」

「すんませんでした。それであの、なんのニュースだったんですか？」

「身元不明死体発見」

またまた不吉な話題が飛びこんできたぞと身がまえる。つづきはできれば聞きたくないが、それはおそらく許されない。沢田龍介がわざわざ電話してきたということは、こちらも耳をふさぐわけにはゆかない重要情報があるにちがいないためだ。

「ちなみにそれ、事件と事故、どっちがらみなんですか？」

「事件だな」

「殺人事件てことですか」

「ああ」

聞けば聞くほど耳栓がほしくなるが、物騒な話だからこそなおさら素どおりはできない。横口健二はさらに質問をかさねる。

「見つかった場所ってどこなんですか？」

「海岸」

「新潟の？」

「柏崎」

一気に身近な事件に思えてきた。柏崎の海岸は五日前に行ったばかりであり、長岡からなら車で一時間もかからぬようなので距離的にもそんなに遠くはないと言える。マリーナの情景は今なお鮮明に思いだせるから、あれこれリアルな想像がふくらんでしまう。

「でだ、なんでおめえに電話したのかっつうと――つうかハナコ今そこいんの？」

「いません、ちょうど風呂はいってるとこで――」

これも彼女に聞かせられないたぐいの話なのか。横口健二は風呂場のあるほうの引き戸をいちべつし、ハナコの気配がないことを確認してから通話に集中しようとするが気持ちはどうにもおちつかない。

「――まだとうぶん出てこないんじゃないかな、割と長風呂なんで」

沢田龍介は本題に移る前にかちんという金属音を響かせた。ダンヒル製ガスライターの蓋が閉まった音にちがいない。案の定、口をすぼめて息を吹く音がそれにつづいた。地元でも禁煙できてないじゃないですかとくまモンに注意したくなるが、しかし話の流れからすると、深刻な秘話に入る直前の儀式みたいな気もしてくる。

「おとといの昼、仲介役からやっと連絡きたわけ」

「それってあの、ハナコ密入国させる段どり組んだ、北朝鮮のひとですよね？」

「そうそいつ。今んなって電話してきやがって、間が悪いったらねえよ。ほんとだったらハナコ国に帰ってる頃だったのに、おめえがびびっちまって中止にしちまうから――」

「ちょっと待ってくださいよ沢田さん、ひどいなそういう話になってんだ。それ肝心なところ抜けてますから」

「なにが」

「たしかに中止にするとは言ったけど、そうなったのは服部さんらが用意した燃料がぜんぜんたりてなかったり、むかえの船がまちがった場所で待ってて、そこへハナコをゴムボートなんかで行かせようとしたからであってね、そんな感じでいろいろあったのにおれひとりのせいにされちゃあたまりませんよ」

「あ、そうなの」

「そうですよ」

「まあともかく、その仲介役ととりあえず会おうやってことになっちまったわけ」

「まずいじゃないですか、死体写真も送ってないのに」

「そうなんだよ。こっちもずっと内輪もめおさまんねえからよっつって適当にごまかしといたけどな。そしたら、用ずみの女いつまでも遊ばせとけねえから、そっち行っててめえでけりつけるわって言ってきやがってよ」

「え、どゆこと?」

「どうもこうもねえよ、そのまんまだよ」

「その仲介役のひとが、自分でハナコを処分するって言ってきたってこと?」

「それ以外にねえだろうが」

たちまち顔中がかあっとまっかっかになり、横口健二は奥歯を噛みしめる。見境なしに怒声を放ってしまいそうだから、なかなか二の句がつげない。その憤怒が回線ごしに伝わったのかもしれない。クールダウンをうながすみたいに一拍おいてから、沢田龍介はいましめるような口調で話を進めた。

「つうか健二、これの本筋はそこじゃねえから。問題はそのあとだ」

「はあ」

「とりあえず会おうやってことになっちまったんで、しょうがねえからこっちで時間と場所指定して、おれひとりで待つことになったわけ」

「いつなんすか、会うのは」

「昨夜」

「昨夜? え、じゃあもう会ったの?」

「会ってねえよ」

「会ってない? なんで?」

「すっぽかされたから」

「あ、相手こなかったんだ」

「そう」

「なんでなんすか、あとで連絡あったんですか?」

「連絡はねえけど、理由はわかってる」

「なんでなの？」

「死んじまったから」

「――嘘でしょ」

「それがマジなのよ健二くん」

横口健二はようやっと、沢田龍介がこの電話でなにを知らせようとしているのかが見えてきた気がする。たぶんここで話はふりだしにもどるのだろう。すなわち、身元不明の死体が発見されたという事件に。

「さっきのニュースって、もしかしてそういうことなの？」

「そういうこと」

「いや、でも、どういうことなんすかこれ」

「おれがはめられたってことだろ」

「沢田さんが？　え、なんで？」

「おまえおれの話きいてた？　仲介役はおれと会うつもりで新潟きてぶっ殺されちゃったわけ。んなもんおれに濡れ衣きせるための仕こみに決まってんだろうが」

なるほど、とは思うが、さすがにそれは疑心暗鬼が生んだ飛躍では、という気もする。

というのも、沢田龍介には当の仲介役を殺害する動機もメリットもないはずであり、それこそ無駄にコストがかさむ行為でしかないのだから冤罪だとすぐに判明しかねない。犯人がどういう人物であるにせよ、指定暴力団三次団体の会長相手にそんな成功の見こみが低い計略をあえて仕かけるだろうか。横口健二がそう投げかけるや、溜息まじりのくまモンの声が間髪いれず耳にとどいた。

「あのなコナンくん、おまえにしちゃ知恵しぼった推理かもしんねえけど、ひと殺すってそんな計算だけでやるこっちゃねんだよ。メリットだのコストだの、んな理屈ばっかりかかげてひと殺してんだったら牢屋の数いまのはんぶん以下でたりちゃうわけ。でも人間みんなバカみてえにキレやすいから、口くせえとか一個でも気に入らねえことあったら即ぼっこぼこにぶん殴っちまうじゃねえか。ほんでしまいにうわ殺しちまったどうするこれってなってる連中がたいはんだろうがよ。わかんだろ？　おまえだってさっき、仲介役にハナコ始末されちまうかもしんねえ、とかって考えて頭んなかおかしくなってたろうがよ、ちがうか？　だからメリットだのコストだの関係なく、ただのひとことで殺意ってのは芽ばえちゃうわけで、そういう世の道理に通じてるわれわれヤクザはこういう場合、事実だけで判断すんのよ」

以前と言ってることが一八〇度ちがうじゃないかとクレームをつけたくなる説明だ。とはいえ、指摘されたことには身におぼえがあるしこれはこれで筋がとおっているようにも思える。そしてなにより現場感覚あふれる物言いに圧倒される。かくして納得しかかり、横口健二がぽかんとしていると、沢田龍介はこう言いそえた。

「で、今回はっきりしてんのはおれと会う約束した日にそいつが新潟で殺されちまったってこと。それが事実。つうことは、まっさきに疑われんのはだれだ？　おれだろうが」

まさにくまモン大ピンチの巻だが、それだけでは済むまいと横口健二は思う。ハナコにとってもかなりやばい展開ではないのか。

事態を整理すると、不要になった潜入工作員の処分をみずから買ってでた闇取引業者が、工作員の潜入先へおもむいた矢先に不審死を遂げてしまった、ということになる——沢田龍介の言い方を真似れば、これも事実の一側面だ。

そしてその事実を、北朝鮮側の視点から見ると、ハナコの関与が疑われるのはもはや避けられそうにない。すなわち当の不審死は、処分対象者によってかえり討ちに遭った結果ではないのか、という疑惑とともに受けとめられかねないからだ。

「仮に沢田さんの言うとおりだとして、そんな罠しかけてきたのがだれなのか特定ってできてるんですか？　これも内輪もめがらみのことなんでしょ？」

「ああ」

「なら特定もできてる？」

「そらちと微妙だな」

「え、でも身内っていうか、同系列の組のだれかなんじゃないんですか？　あのほら、前から揉めてる田口さん側のひととか」

「そいつらがいちばんあやしんだけどよ、なんせほかにも有力候補いっぱいいるからな」

「そんな何人もいるの？」

「候補だったらうちの系列ぜんぶにいるようなもんだわ」

好みのスイーツでも答えるみたいな言いざまで衝撃の事実が明かされた気がする。くまモンがそこまで敵だらけだなんてこっちは聞いていない。横口健二は面くらい、二秒ほど絶句してから電話の向こうにこう問いかける。

「つうか沢田さん、いったいぜんたいなにやらかしちゃったのよ。なんでそんなに敵おおいわけ？」

「おれはなんもやらかしちゃいねえよ、まもるもんまもってるだけで」

「でも系列ぜんぶと敵対しちゃってるようなものなんでしょ？　よくわかんないけど、そのまもるもんをまもりとおしたせいで四面楚歌みたいになっちゃったってことなの？」

「まあ実質な」

「そんなに大事なものってなんなんすか？」

「大事なもんはそらきらきらよ」

「は？　なにきらきらって」

「きらきらは輝きだろうがよ」

「ふざけてます？」

「ダイヤモンドは永遠の輝きっつうだろ」

横口健二は深々と溜息をつき、「この期におよんでしょうもないこと言ってんじゃないよ」と口にしかけ、その寸前でこらえた。あやうく羆みたいなヤクザの親分を怒鳴りつけてしまうところだったが気をとりなおし、質問の角度を変えてみる。

「まあなんでもいいですけどね——それはともかく、沢田さんが組織で孤立しちゃってるんだとしても、みんながみんなこぞって罠にはめようとしますかね。そこまで敵視されてるわけじゃないんでしょう？」

「そんなだったら、そいつらで示しあわせておれ消しちまえばいいだけの話だからな」

「ならこの場合は、相手しぼりこめそうですよね。濡れ衣きせてまで沢田さんを陥れようとしてるそのだれかさんは、なんかねらいがあってやってるわけでしょ。どういう目的すかそれ。冤罪はらしたかったらおまえのきらきらよこせとか、そんな感じなのかな」

「そらきらきら目あてよコナンくん。追いこんでって四方八方ふさいじまえばそのうち音えあげて、金でかたつけるしかなくなるっつう算段よ。持つもん持ってるとしんどいわ」

「沢田さん、そんなに金あんの？」

めずらしく口ごもるように沢田龍介がひと呼吸はさんだ。余計なことを口走ったという空気が受話口からもれている。ほどなく、開きなおったみたいに彼はこう応じた。

「つうかおまえ、おれをなんだと思ってたわけ？　バリバリの経済ヤクザで一家の稼ぎ頭よ？　会うとみんな目の色かえちゃうよ？」

新潟の三次団体会長はどうやら身内にねらわれるほどの財産を保有しているご身分らしい。そもそも彼がシノギに長けた経済ヤクザであることすら思いもよらなかったが、ひとは見かけによらないというのはなるほど真実なのだろう。そういうことなら、巨大暴力団組織内紛の一環に巻きこんだ責任をとってこちらの借金くらい帳消しにしちゃくれないかと、横口健二は虫のいい願望を抱いてしまう。

しかしいずれにせよ、ハナコと自分にとってさしあたり問題なのは、身近なところで死者が出ているという事実のほうだ。北朝鮮側の視点から見えている状況を踏まえれば、闇取引業者の関係者がそう遠くない時期に報復に動くことはほぼまちがいない気がする。

「ちなみに沢田さん、仲介役のひとの死体って、どういう状態で見つかったんですか？」

「だから海岸で見つかったっつってんだろ」

「どういう状態で？」

「打ちあげられてたんだよ、土左衛門が」

「それだったら、他殺って決めつけちゃうのは早くないすかね」

「なんでだよ」

「いやおれ、ちょうどこないだ船のったばっかじゃないですか、それもあってふと思ったんすけど、密航船が途中で遭難しちゃってそのひと海に放りだされて、おぼれ死んだってことはないですかね」

「それはない」

「まったく？　言いきれる？」

「言いきれる」

即答で否定されてしまった。そうもきっぱり断言するということは、ゆるぎない根拠があるのだろう。横口健二はそれを問うてみる。

「その理由は？」

「すっぱだかにされて、結束バンドで両手両足しばられてたとよ」

それを先に言ってくださいよと思いつつ、横口健二は「マジですか」と驚き、つづけてこう問いかける。

「え、ＮＨＫのニュースでそんなくわしく伝えてたの？」

「いいや」

「んじゃ沢田さん、なんでそんなこと知ってんの？」

「死体みっけたじじいに訊いたから」

「第一発見者ってこと？」

「ああ。じゃねえと、死んだのが仲介役本人かどうかすぐにわかんねえからな。んで訊いてみたら特徴まるごとぴったりよ」

つまり仲介役の男は、なにものかによって身ぐるみをはがされ、両手両足を結束バンドで拘束された状態で殺され海に捨てられてしまったわけか——あるいは手足の自由をうばわれたまま海洋投棄されたすえ、命を落としたとも考えられる。それが真相だとすると、沢田龍介のとなえる謀略説がたしかに真実味をおびる。

こうなると、沢田龍介はおそらくますます身動きがとりにくくなるだろう。おまけに彼はすでに、同門の兄弟分たる田口の死という厄介な問題までかかえこんでしまっている。こんな災難つづきではさすがにこちらもくまモンの身のうえを案じずにはいられない。

「大丈夫なんですか沢田さん。この状況、そうとうやばそうだなっておれにもわかってきたんですけど」

「なんなの急におまえ」

「なんなのって心配してんですよ」

「んなもんおれはぜんぜん余裕だけどよ、それよりおまえこそひとの心配してる場合じゃねえだろうがよ」

「え、なんで？」

「わかってねえみてえだけどな、どっちかっつうとおまえらのほうがやべんだけど」

「おれらのほうが？　冗談でしょ」

「冗談じゃねえよ。つうかニュース見て、おまえにそれ知らせてやんねえとまずいなって思っておれは電話かけたわけ」

そうだったのかと横口健二は動揺してしまう。今なお継続中と思われるハナコの処分指令に加え、仲介役が殺されたことの報復まで実施されそうな情勢であるのは理解しているつもりだ。それら以外にもなんらかの危険がせまっているというのだろうか。

「具体的にどういうこと？　どんなふうにやばいんですか？」

「手足しばられて殺されてるっつうことはな、仲介役の野郎は先にまちがいなく拷問されてるわけ」

「え、だれに？」

「んなもん殺した連中に決まってんだろうが。船で沖までつれてったか、海辺のどっかひと目につかねえとこで顔に布でもかぶして海水じゃーっとかけたりしたんじゃねえかな」

「わざわざそんなことまでやります？　だってなんのうらみもない相手でしょ？」

「単に殺すだけだったら結束バンドなんざいらねえからな。二、三人で押さえつけて水んなか頭つっこんじまえばおしまいだろ。つうわけでやってんだよ確実に」

「でも、沢田さんに濡れ衣きせるのが目的だったら拷問なんてやる必要ないじゃないですか、なんのためにそこまで」

「そらおまえメリットとコスト重視よ」

「え、今度はそっちなの？」

「おれに濡れ衣きせるのが目的だからこそ計算で動くんだよ。ただ殺すんじゃもったいねえし使えるネタ持ってるかもしんないから、しずめちゃう前に情報ひきだせるだけひきだしとくわけ」

水責めは映画やドラマでも頻繁に描かれる拷問の

一種だが、だいたいにおいてそれは自白を強要する場面でおこなわれる。そんな豆知識があるせいで、沢田龍介の推測を聞いているうちにえらくあざやかな想像が浮かんできて、窒息の苦しみさえ感じられてくる。

「なにおまえ、びびってんの？」

「そりゃねえ、びびるでしょふつうに」

「気が早えわ健二、おめえがびびる話はこっからだ」

「脅さないでよ」

「仲介役の野郎にどんだけの根性あったのかは知らんけどな、しかしあいつも本職なんで、拷問されたあとも生かしてもらえるとは考えねえわな」

「そういうもんですか」

「そら現実わかってりゃもう助からねえって腹くくるわ。で、そうするとだ、拷問されてなにしゃべるかってことになるわけだけど、仲介役の野郎はもともとなにしに新潟きたんだった？　おぼえてっかコナンくん」

「沢田さんと会うためでしょ」

「ちがうわアホ、ハ、ナ、コ、処分するためだろうが」

「あ、そうか——」

沢田龍介がどういう意図で警鐘を鳴らそうとしているのかが理解できてきたと、横口健二は思う。どうせ助からないのなら、仲介役は自分を拷問している連中に情報をあたえて誘導し、間接的にハ、ナ、コの処分をやり遂げる計画に切りかえたのではないか——彼はそうにらんでいるわけだ。

「仕事かたづいてねえのにてめえが殺されちまったらハ、ナ、コ野ばなしのままで具合わりいだろうが。だったらわざとネタばらしちまって、拷問してるやつらそそのかして処分させるしかねえかって考えるわな、十中八九」

「——そんな死に際まで、仕事かたづけなきゃってないわけでしょ？」

使命感もってられますかね、そのひと軍人とかでも
「んなこた聞いてねえけどよ、しかしてめえでけりつけるっつって志願してんだから使命感ぐらいあんだろ。それか依頼元のお偉いさんに弱みでも握られてて、下手うったら身内がやべえことになっちまう

とか、裏があったっておかしくはねえしな」

なるほど仮に親族が人質にとられているのだとすれば、まさに死にものぐるいで目的を果たそうとするかもしれない。となると、仲介役の男がそこまで職務に忠実でないことを祈るばかりだが、とはいえ祈るのみではハナコの身をまもれないのもたしかだ。

「でも沢田さん、殺されたひとの思わくがそういうものでもね、拷問して殺した側がそそのかしに乗っかるとはかぎらないんじゃないかな――どう思います？　ちがいますか？」

「往生際が悪いな健二くん、現実から目えそらすんじゃねえよ」

「そんなつもりはないすけど」

「だったらてめえはただのバカだ。仲介役の野郎ぶっ殺したやつらはそもそもなにが目的だ？　おれに濡れ衣きせることだろ？　そいつらは、濡れ衣きせておれをどうしたいんだった？」

「金でかたをつけるしかないとこまで、沢田さんを追いこむ――」

「そうだろうが。なら仲介役はなんでハナコの処分なんか買ってでたんだ？」

「ええとだから――」

「おれがひきのばしてたからだ。そらつまりな、死なせたくねえからおれがハナコまもってやってると見られてもおかしくねんだよ」

すなわち罠を仕かける側は、拷問でえた情報をもとにこう考えたのではないかと推測できる。沢田龍介が仕事相手の意に反し、ひそかにかくまっているという処分対象者を次の標的にすればいい。それは当人の望まない事態としても最悪の部類かもしれず、さらに彼を追いこむ結果となるだろうからだ。

実際にそのとおりの内実だったとすると、仲介役を殺したヤクザはとうにハナコをロックオンしてしまっているのだろう。だとすれば、このまま新潟にとどまっていては危険すぎる。横口健二はにわかに危機感をおぼえ、あせって逃げ場を欲するも頭が働かず、どこへ駆けこめばいいのかまるで思いつかない。

●

横口健二とハナコが長岡市街を発ったのは、翌日曜日の昼すぎになってからだった。ほんとうはもっと早くに出発するつもりでいたのだが、気持ちがはやっているときはたいていい思うようにゆかない。

昨夜の沢田龍介との通話の際に急いで新潟を離れなければならぬと悟り、横口健二は夜どおし焦心をつのらせていた。しかし宿舎を無料で貸してくれた服部に無断で立ちさるわけにもゆかず、名刺に記された番号に朝から電話をかけつづけていたのだが、ずっと連絡がとれなかったのだ。

電話がつながったのは日曜日の正午をまわった頃だ。期限を待たずに出てゆくことを服部はやたら不思議がり、二、三分で駆けつけるからそれまで家にいてくれと言ってきた。

事情をまるごと説明するのはくまモンに怒られそうだが、いちおう世話になった相手だし用心をうながす意味でもある程度はそのわけを伝えておくべきかもしれない。

横口健二はそう思いなし、宿舎の鍵を受けとりにきた宮史郎似のブローカーにいきさつをかいつまんで話そうとしたのだが、だしぬけにいやな予感がよぎって直前で言葉をひっこめた。延長料金もいらないからあと三、四日この家にいなさいよ、というふうに、彼らしくないサービスを服部が妙にしつこく勧めてきたため不審に感じてしまったのだ。

考えすぎという気もするし、服部はひとえに親切心からそう申しでてくれたのかもしれない。とはいえ、ここで油断はできない。

もしもこちらの誤解だとすれば、せっかくの厚意に濡れ衣で報いることになる。しかしまんがいちを考慮すれば、いっぺん浮かんだ不審を無視するわけにはゆかない。

そんな思案のすえ、緊急の用ができたとだけ理由を告げ、服部とわかれることにした。

まとまった金ができたら密航手配を再依頼するかもしれないと五日前の時点で伝えてあったが、ぴんから兄弟そっくりのふたり組との縁はきっとここまでになるだろう。内心そう思いつつ、表面上は服部に丁重に謝意を述べ、横口健二はハナコと宿舎をあとにした。

長岡駅で乗車したのは午後一時四二分に発車する上越新幹線とき322号だった。終点の東京駅に到着する時刻は午後三時二八分と切符に印字されている。ふたりで腰をおちつけたのはならびの自由席だ。

それにしても、新潟を離れていったいどこへ行くべきなのか。

スキンヘッドマン田口にとつぜん押しかけられた白馬荘は避けるのが賢明だろう。あそこの住所は裏社会にだだもれになっている可能性があるから、三軒茶屋にはとうぶんもどれない。何年も前に離婚している両親とは今やそれぞれ交流はなく、母も父も現在どの地域に住んでいるのかすら知らないため親元へ逃げこむこともできない。そのうえ長期で宿を借りられるほどの現金の持ちあわせもないので、これはもうお手あげかもしれない。

昨夜の横口健二は、バリバリの経済ヤクザで一家の稼ぎ頭を自称する男からいくらかの金銭的サポートを受けられないかとふたたび虫のいい願望を抱いていた。が、沢田龍介はそれを見すかしているかのように金のかの字も出さず、方向性の異なる回答で応じた。有無を言わさぬ物言いでくまモンはこう指図してきたのだ。

「つらかだったらあそこ行くしかねえだろ、例の古本屋、この電話きったらすぐあの女と連絡とれよ」

数日前まで彼女の善意を疑っていたくせに、いざとなったらまた厄介になれとはあきれたご都合主義だしなんとも無遠慮な提案ではないか——けれども、いちゃもんをつけるのとおなじ口で沢田龍介が言うとおり、ここはあらためて熊倉リサを頼るほかない局面であることは否定できないとも、横口健二は思う。

とっつきにくい一面はあっても度量のひろい彼女なら、事情をすべて把握したうえで再度自分たちを受けいれてくれるのではないかと身勝手な期待も持ってしまう。加えて沢田龍介によれば、熊倉書店はまだ裏社会の情報網にかかっていないので、とうめんの潜伏先にはもってこいだという。

むろんことわられない保証はない。ゆえに電話をかけ、熊倉リサの声を耳にするまでは横口健二は気が気でなかった。

正直に相談を持ちかけたところ、熊倉リサが口にした答えはきわめてシンプルだった。なにもかもつつみかくさず打ちあけるならOK、という姿勢を彼女はここでもつらぬいてくれた。すでに危機一髪の断崖に追いやられている身にとって、その言葉を受けとめた直後の安堵感はえも言われぬものがあった。

安全な隠れ家を確保できたとなると、残る懸案はお金のやりくりしかない。

熊倉ビルに住みこませてもらえても、新しい働き口が決まって給料日がくるまでのあいだは一文なし確定だ。とすると、三軒茶屋にはしばらく近づけないわけだし明日にも白馬荘の大家に電話をかけて懇願し、家賃の滞納を許してもらうしかない。が、あの夫婦が相手では了承がえられるかどうかは読めないし、電話のみでは埒が明かないかもしれない。

宿舎の居間で真夜中にそんなことを思案しつつひとりごとをぶつぶつつぶやいていると、「横口さん」と背後から話しかけられ体がびくっとなってしまう。そして即座に振りかえってみれば、こちらの脳裏をすかし見ているみたいにハナコが茶封筒の存在を思いださせてくれた。

依然ためらいがあったが、かっこつけているうちにゲームオーバーとなってしまってはもともこもない。そんなわけで、これはあくまでハナコに借金するのだという理屈で自分自身をごまかし、彼女に礼を述べつつ茶封筒を開け中身をたしかめてみれば、一〇〇〇〇円紙幣が三〇枚も入っているとわかる。横口健二は思わず「え」などともらし、一拍おいてからこう問いかけてしまう。

「こんなに?」

「沢田さんが、お仕事をはじめる前日にこの封筒をくださいました。どこかではぐれてしまったり、ひとりでどうにもならなくなったときなどに使いなさいということだったと思います」

「沢田さんがそう言ってたんですか?」

「いいえ。朝鮮語をお話しできる部下の方からそのようにご説明いただきました」

バリバリの経済ヤクザで一家の稼ぎ頭を自称する男からしたら、三〇万円などはした金なのかもしれない。だとしても、新潟のくまモンはさすがに気が利くというか口だけの人間ではないのだなと敬服させられる。

手つかずの三〇万円を生で見てしまうと、これはハナコの帰国資金にまわすべきなのではないかという思いも高まってくる。次の密航手配にいくらかかるのか正確な額をまだ聞いてはいないが、三〇万円をまるまるそのたしにできれば不足額を貯める時間を確実にちぢめられるはずだからだ。

ふとそんな考えにとらわれていると、またもやこちらの脳裏をすかし見ているみたいにハナコがこんな質問を投げかけてきた。

「もしかして、なにか迷ってらっしゃいます?」

「いや、こんな大金がころがりこむなんて予想もしてなかったんで、どうしたものかなと」

「わたしが言うのはさしでがましいですが、そのお金は横口さんご自身にとって必要なことに役だててください」

「もちろん、必要なことにと思ってはいるんですが、なにしろいろいろあるんで」

「じつはわたしもなにもせずに熊倉さんのご厄介になりつづけるわけにはゆきませんから、できることなら働いて賃金をえたいと思っているのです。日本の常識に通じていないわたしがお仕事を見つけるのは簡単なことではないのでしょうし、無謀かもしれませんが、それでも生活の費用を自力でまかなえるようになりたいのです」

「そんな、すみません、そこまであなたに気を使わせてしまって——」

「いいえ横口さん、これはあなたへの気づかいというわけではなくわたし自身にとって欠かせないことだと考えているのです。庇護(ひご)を受けるばかりではやがて自分自身を見うしないかねません。そうならないためには、自立をあきらめず努力をつづけることが大切という、ごくあたりまえの話をしているだけなのです」

長期の滞在を覚悟しているハナコのまっとうで現実的な見とおしに触れると、こちらもそれにならうべきだろうと横口健二は思いを新たにする。さしあたり、この三〇万円は言われたとおり目先の必要なことに役だてると決める。そして今後はいっそう彼女の身の安全確保に集中しなければならない。

●

一週間ぶりの東京は到着早々に不穏な気配があった。日曜の丸の内にしてはやけにうるさい。

東京駅の外へ出てみるとただちにそのわけがわかった。丸の内駅前広場で日本国旗やプラカードをかかげた七、八〇人のデモ隊がシュプレヒコールをおこなっていたのだ。

叫ばれているのは在日コリアンの特別永住権撤廃や韓国との断交要求らしい。それらを訴える極右グループによる街宣活動の場にばったり出くわしてしまったようだ。

横口健二はたちまちいらいらしてしまうが、彼の神経を逆なでするのは当の主張のみにとどまらない。耳に入ってくるスローガンのなかには「朝鮮人を東京湾にしずめろ」だの「日本から追いだせ」だの「みな殺しにしろ」だのといった侮蔑のアジテーションがふくまれているから、これはまぎれもないヘイトデモでありまったく聞くにたえない。

数年前にヘイトスピーチ規制法が成立し、いくつかの自治体で条例が施行されるなど、その種の排外・人種差別表現の抑止が全国的に進みだしている印象を持っていたが、罰則がないので解決にはまだ遠い現状のようだ。また仮に路上から罵声を排除することができても、ウェブ上はさらに色濃い偏見差別の罵詈雑言だらけだ。だとすれば問題の解消にたどり着くにはひとつひとつ個別に芽をつんでゆくしかないというか、結局はそれがいちばんの近道なのかもしれないと思わされる。

それにしても、よりによってハナコと一緒のときにこんなものと遭遇するとは最悪だ。ただでさえずたずたのはずの彼女の心をこれいじょう傷つけたくはない横口健二としては、せめて現実音声のミュート機能でもスマホにそなわっていればと思ってしまう。

「ここはひとごみがすごいので、地下街を通って大手町駅に行きましょう」

腹だたしい悪罵をわざわざ近くで耳にしながら移

動することもあるまい。そう思いたち、地下通路へ降りようと誘ったのだが、ハナコは首を縦に振らなかった。

道端で立ちどまり、当の一派が街頭演説からデモ行進へと移る模様にじっと眺めいっていたハナコは、ほどなく無言で目をあわせてきて一度うなずいてみせた。それから彼女は横口健二の手をひき、ヘイト集団のかたわらを歩むことをみずから選んだのだ。

あえてそうしたのはなぜなのか、彼女にその意図は訊ねなかった。不快な憎悪に道を譲るつもりはないという意思表示か、もしくは好奇心をそそられ、この機会に日本の差別主義者を観察しておこうと思ったのか。

あるいはもっと別の理由があったのかもしれないが、横口健二はそのときあれこれ考える余裕を失ってしまっており、ハナコの頭のなかにまでは気がまわらずにいた。「追いだせ」だの「みな殺しにしろ」だのといったアジテーションをつづけざまに聞いているうちに冷静ではいられなくなってゆき、怒りの感情を抑えられなくなりつつあったためだ。

これはまずい状況と言える。というのも、ここで憤怒を差別主義者らへ浴びせてひと悶着(もんちゃく)おこし、ちょっとした騒動にでも発展して目だってしまうのはたいへんよろしくない。そうなれば、路上のあっちこっちにあるはずのスマホカメラをいっせいに向けられることになるだろう。そしてこの自分のみならず、隣のハナコの姿も撮影され、YouTubeだかTwitterだかFacebookだかに動画をあげられ広範囲に拡散されてしまうかもしれない。

その拡散動画が刺客の目にとまってしまったら、容易に足どりをつかまれ熊倉書店まであっさり嗅ぎつけられかねないではないか。しかもここには警備の警官もうようよいるのだから、怒気にまかせて手なり足なり出したら逮捕され、なにもかも台なしということだってありうる。

したがって今はこらえねばならない。そうおのれに言いきかせ、横口健二はうつむきながらハナコに手をひかれて歩を進めているのだが——そんなときにかぎって、はりつめた心の糸をぷちんと切るようなトラブルが眼前で生じてしまう。

平常心を保っていられたら異なる展開もありえただろう。ささいなアクシデントにすぎぬとして見すごすこともできたかもしれない。

そもそも起こった出来事じたいは軽い事故でしかない。デモ行進のひと波が急に横へひろがったせいでアジテーターのひとりと肩がぶつかり、ハナコがバランスをくずして転びかけたという程度のことにすぎない。

それゆえ相手がすぐさま詫びのひとことでも口にしていれば、話はちがっていた可能性もないではない。もしもそうなっていたら、横口健二の自制心はまともに働き、なにごともなかったみたいにそのまま終わっていたかもしれない。

が、現実に耳へとどいてくるのは「追いだせ」だの「みな殺しにしろ」だのといったアジテーションのくりかえしだけだ。そのためもはや、怒りの血潮をたぎらせている男の反射的な仕かえしを封ずるものは皆無となる。

かくして全身に力をこめ、横口健二は問題のアジテーターに対して横から全力で体あたりしてしまう。

眼鏡をかけたおちょぼ口の中年男が派手にすっ転ぶさまを目のあたりにした彼は、その結果に満足し、いくらかの爽快感にひたるうちに興奮がおさまってきて、われにかえったときには当然あとのまつりだった。

「こいついきなりつき飛ばしてきやがった」

そんな声があがったことにより、ほかの連中もそろってわれにかえったようだった。

おちょぼ口の中年男がまっすぐ指さしてきているから、当の「こいつ」が横口健二を示していることはだれにとっても一目瞭然だ。そのうえ周囲を五、六人の男たちにとりかこまれてしまっているから、これはいわゆる絶体絶命の窮地と言える。

打開策を思案する間もなく拳が飛んできて、顔を横に向かされた横口健二は脳をゆらされ踏んばりが利かなくなる。もういっぱつ食らったらノックダウン必至の流れだ。殴ったほうもそれが頭にあるらしく、今度はおおきく振りかぶって強打を見まってやろうとしている。やられてしまうと身がまえたところ、絶体絶命の男に加勢する者があらわれた。

差別主義者の大振りパンチより早く、長身女性のすらりとした脚が勢いよくつきだされていた。そのつまさきがみぞおち付近につき刺さるように命中したすえ、巨漢が顔中をゆがませてへなへなとしゃがみこんでしまった。

あたりどころがよかったのと同時に、追撃動作の途中にあった相手が前に踏みこんでいたおかげでカウンターの威力が加わったことも奏効したのか、ハナコは一撃で空気を変えてしまった。当の場面を目撃した男たちが、なんだこの女はといった具合ににわかに警戒しだしたのだ。

ふたたびその場が凍りついたが、あたかもハナコはそうなることを見こしていたかのように即つぎの行動へと移った。差別主義者の男たちと一緒にぽかんとなり、呆然とつっ立っている横口健二の手をひっぱり駆けだすと、ひとごみの隙間を縫ってデモ隊のなかからの脱出をはかったのだ。

ふたりして必死に走った。丸の内駅前広場からだいぶ遠ざかっても追っ手の声が聞こえてきているような気がして立ちどまれず、ちらりと振りむくことすらなく地下通路へと降りてそのまま大手町駅を目ざした。

やっと足をとめることができたのは、大手町駅二番線ホームから都営三田線西高島平行きの電車に乗りこんだそのときだ。車両のドアが閉まり、これでだれも追いかけてこないと確信をえて胸をなでおろすと、脱力感と解放感の両方が一挙にもたらされ、自然と表情もゆるんだ。とはいえ、狩りの獲物にでもなった感覚で力のかぎりひた走ったため、息がはずんでしまって乗車中はふたりとも言葉をかわせなかった。

西高島平行き電車は二分で神保町駅に到着した。横口健二がハナコに話しかけたのは車両を降りて改札を抜けたタイミングだった。もうすぐ熊倉書店へたどり着けるという安心感もあり、ほんの一〇分ほど前に経験したばかりの波乱を笑い話にすることができた。

「それにしても、すごいキックでしたね。もしや格闘技やってらっしゃるとか？」

照れた様子でハナコはふるふる首を横に振ってい

る。そのしぐさに惹かれ、横口健二はつい似たような質問をかさねてしまう。

「なら兵役についてらしたとか？」

　これにもハナコは恥ずかしそうに首を横に振り、さらに真面目にこう返答してくれた。

「女子の兵役義務がはじまったのは四年前で、それ以前もわたしは志願していませんから」

「なるほど。だとするとあなたはきっと格闘センスがいいんでしょう、大柄な男を蹴りいっぱつで仕とめちゃったわけですから。今度ああいう連中にからまれたら遠慮なく思いきりやっちゃいましょう」

　横口健二のこの軽口にハナコは微笑みをかえしたが、やがて彼女はいささか表情を曇らせてこんな本音をもらした。

「ただ、おちついて振りかえってみると正直おそろしくてなりません。今になってそのおびえが表に出てきているようです。電車に乗っているときからこれがとまりません」

　言いながらハナコはふるえる右手をかかげてみせた。顔にはまた笑みを浮かべてみせてはいるが、目もとまではとりつくろえずまなざしに力がない。

「自分がとっさにあんなことをやってしまったなんて信じられないくらい、思いかえすとこわくてたまりません。もう一度おなじことを、というのはおそらく無理だと思います」

「もちろんそんなことする必要はありません。あなたはまだ東京の生活に慣れてないんだから、おれが気をつけなきゃいけないことだったんです。それなのに、おもしろはんぶんにしゃべってしまって申し訳ない」

「でも横口さん、さっきのことはわたしが招いたようなものですから、こちらこそお詫びしなければなりません。横口さんははじめから地下街へ行こうと誘ってくださったのに、わたしがそれをことわったせいであんなことが起きてしまったので、あなたに申し訳なく思っています」

「いや、あなたはちっとも悪くない。ふつうに道を歩いてただけじゃないですか。そこへあの男がぶつかってきて、ごめんなさいのひとこともない。それどころか性懲りもなく誹謗中傷をくりかえすばかりだったんで、おれも頭きちゃって体あたりなんかしちゃったのが揉めごとのはじまりだったわけで、あなたにまったく非はない」

言いながら横口健二は自信が持てなくなってくる。東京駅に到着して早々にあんなことがあると、帰国を中止させた手前、罪悪感もよぎる。東京にとどまっても彼女の平穏無事が約束されるわけではないことを、なによりはっきりと思い知らされた心地だからだ。

むろんいつどこで暮らそうと不愉快な目には遭うだろうし危険も起こりうる。しかしそんな一般論と、特定の少数者が差別主義者のいっぽう的攻撃に苦しめられる事態を同一視できるわけがない。加えて都心のどまんなかで、ああもおおっぴらに「追いだせ」だの「みな殺しにしろ」だのと侮辱を浴びせられ脅迫を受けることに耐えねばならぬ道理など絶対にありはしない。

そのうえハ、ハナコは複数の刺客の襲撃にそなえなければならない危急存亡のときに立たされている。安全を考慮し、都内を出歩く際は金髪ウィッグと黒マスクでの変装を復活させなければならない状況だ。

そんなことをぼんやり考えながら神田すずらん通り商店街を歩いていたうちに、熊倉書店の店先にたどり着いていた。出入口のガラス引き戸から売り場をのぞいてみると、中央の本棚の前で背表紙を眺めている矢吹翔の姿が目にとまる。ダニー・デヴィートのようでも北極熊の子どものようでもある中年男の横顔を見た途端、疲労感か安心感か区別がつかない感覚がもたらされた。

●

翌三月一八日月曜日、横口健二は一一日ぶりに白馬荘へともどる羽目となる。大家に電話をかけ、家賃の滞納を許してもらうつもりがにべもなくことわられてしまったため、やむなく帰宅しなければならなかったのだ。
ハ、ハナコは熊倉ビルに残ったから、仮に三茶で敵襲を受けて彼女はどこかと問われてもしらを切れるが、それでも大家夫婦と会って話すのはリスキーではある。何日も留守にしていたのはなぜかとか、根ほり葉ほりの質問ぜめに遭わされそうな気がするからだ。そうしているあいだに刺客があらわれたりしたらどうなるのかと、横口健二は不安視する。

昼食後に神田を出て、大家夫婦と実際に顔をあわせてみると案の定、根ほり葉ほりの質問ぜめに見まわれるも、それじたいはさほど苦にならなかった。なぜならその間、横口健二は不意を衝かれて心ここにあらずの状態に陥っていたからだ。

「横口さん横口さん、あなた黙って長いあいだお留守にしちゃ駄目じゃないの。お客さんが何度かいらしたんだけどあなたいないから、毎度わたしらが応対しなけりゃならなくなったじゃないのよ、ねえお父さん」

「そのとおり」

おそろいのセルジオ・タッキーニの年代物ジャージをセットアップで着用し、ふたりで玄関先に出てきて賃料を受けとった大家夫婦は、それぞれ個別に紙幣をかぞえて金額にあやまりがないかをたしかめた。そして不足はないと知るやそんなクレームをつけてきた。横口健二はぎくりとなり、驚き声でこう訊いてしまう。

「何度か？」

「そうよ何度か。ねえお父さん」

「うん、そのとおり」

「え、いつの話ですか？」

「そんなのいちいちおぼえちゃいない。とにかく何度かあって、昨日だっていらしたからわたしら相手したんだし、ねえお父さん」

「そうそう、そのとおり」

「昨日もきてた？」

「そうよ昨日も、ね――」

「おなじひと？」

「ええおなじ、ねえお父さん」

「もちろん、そのとおり」

わざわざ住居を訪ねてくるばかりか、不在でもあきらめず何度もやってくる人間とはいったいだれか。大家夫婦の口ぶりからすると、訪問販売員やＮＨＫの受信料徴収員でないのは明らかだ。こんなときだからこそ、予断なく客観的にと心がけ、消去法で頭を働かせてみるも――すでに存在している脅威があまりに具体的なため、その答えは考えるまでもなくおのずとひとつにしぼられてしまう。ハナコをねらう刺客が、どうやらほんとうに派遣されてきたらしい。

そう思うと、さながら想像上の怪物が実体化し、裏庭にでも出現したかのような衝撃が走る。横口健二は狼狽をごまかすべく「あー」などと発してななめに見あげ、記憶を探るふりをしてしまう。

当の訪問者は、北朝鮮の闇取引業者につらなる新たな使者か、それとも広域組織内で沢田龍介に追いこみをかける勢力の暴力団員か――どっちだとしても、出会ったらそこでおしまいというレベルの危険性に満ちた輩であるのはまちがいないだろう。

とするとこわいのは、ここからの帰り道だ。うかつな一歩が命とりになりかねないから、神保町駅までの経路すべてに地雷が埋まっているくらいのつもりで移動中の用心につとめるべきかもしれない。

そんなふうに案じつつ、適当にあいづちを打って根ほり葉ほりの質問ぜめに対応していたところ、横口健二は思いがけずはっとさせられる。ちゃんと聞いてんのかこら、とでも怒鳴られそうな勢いで、「横口さん横口さん」と声高に呼びかけられたからだ。

「あ、はい、なんでしょう」

あわててそう応ずるといちまいの紙きれを目の前にさしだされた。新聞の折りこみチラシをちいさくやぶり、メモ用紙にしたものらしい。いやな予感しかしないが、だからといっていりませんとは言えない。横口健二は仕方なく受けとり「これは？」と訊ねてみる。

「だからそのお客さんの電話番号よ。あなたに渡してって頼まれちゃったから、大至急かけてあげてね大至急。そうでないとほら、わたしらが無視してほったらかしちゃってるみたいになるでしょ。ねえお父さん」

「そのとおり」

ふたつ折りの紙きれを開いて見てみると、そこには070からはじまる電話番号のみが書きこまれている。余白が少ないという難点はあるにしろ、当人の氏名はおろか名字すら記されていないため、なにものなのかを思いえがくこともできない。

これをみじんもあやしまず、即刻ほいほい電話をかけてしまったら、わたしはまぬけなカモですと相手に向かって宣言するのにひとしい。かといって、ぽい捨てしちゃっていいようなものでもない。あつかいにこまる代物をひきとることになったが、クーリエバッグから長財布をとりだした横口健二は、それを札入れのなかにしまっておくことにした。

今後も長らく二〇三号室を留守にすることはほぼ確定している。が、それについてはお茶をにごしてわってくれている大家夫婦には申し訳ないが、刺客を攪乱（かくらん）し居場所を悟られにくくする意味でも、三軒茶屋にはとうめん寄りつかないことは伏せておくべきだろうと考えたのだ。

急ぎ足と警戒心が相まって、日ごろより三分ほど短縮して三軒茶屋駅に到着できた。時刻はもうじき午後五時をまわる――中途半端な時間帯ながら、駅構内は思いのほか混雑している。横口健二は押しよせる逆流をよけつつ壁際を歩いて改札口を通過し、二番線ホームに立った。

ここまでくれば無事に三茶を離れられるだろう。安心しきるのは時期尚早かもしれぬが、あとは電車に乗るだけだし多少は緊張を解いてもよさそうな気がしてくる。

もしも尾行者がいるとしても、任務上の最終目標を優先する刺客ならばひと目が多い場所での派手な真似はひかえるにちがいない。ならばこちらはそのひとごみを利用し、うまくまぎれて行方をくらませば追跡をかわせるのではないか――かように思いついた刹那、横口健二は待てよと心でつぶやく。

もしも尾行者がいるとしても？

今ごろになってそんな想定を描いてみたが、自分自身にあきれかえらずにはいられない。それはほんらい三軒茶屋駅までの経路を歩いている最中に気にかけるべきリスクではなかったか。すれちがう相手への注視だけはおこたらなかったにもかかわらず、思えばうしろはいっぺんも振りかえっていない。

白馬荘を何度か訪問し、昨日も訪れたという輩が、今日もやってきてあの近辺で待ちぶせしていたとしたらどうだろうか。こちらがひとりであるのを見てとって気配を消し、ハナコの潜伏先をつきとめるべくあとをつけてみようとするのではないか。任務上の最終目標を優先する刺客にとっては、それが最も理にかなった戦術にちがいない。

　横口健二はぞっとなり、走って逃げだしたくなるが一歩も動けない。ほんの数十秒前、眼前へすべりこんできた半蔵門線直通急行押上行きに乗車してしまったばかりだからだ。尾行されているかもしれないという疑いを持つのがひとあし遅かった。

　急行電車ゆえ、隣の池尻大橋には停まらずその次の渋谷までドアは開かない。したがって、三、四分ほどのあいだは密室状態たるこの車両内にとどまらざるをえない。

　もしも尾行者がいるのなら、当然おなじ電車に乗りこみ、この車両のどこかにひそんでこちらを見はっているということだろう。対してこちらは相手のいる位置などたしかめようがなく、まったくもって不利な状況だ。

　それをこの場でどうやってつきとめればいいのか。尾行者がいるのかいないのか、そのことを確認するためのよい方法はなにかあるだろうか。

　今のところこの車両の乗車率はだいたい六、七〇パーセントくらいに見うけられる――渋谷ではごそっと降りるだろうが、乗ってくる客も多いはずだから、こみ具合はずっと似たような状態がつづきそうな気もする。

　横口健二は車両なかほどのドアのかたわらに立っていて、ガラス窓の映りこみを見つめている。周辺にいる乗客を見わたすには、体を回転させるなどして視線の向きを変えねばならないが、そういう目だつふるまいは尾行者に対しアラートとして作用してしまいかねない――それにより相手の警戒感をいたずらに刺激したすえ、なんらかの対策を講じさせてしまうかもしれない。いっぽう的に見はられている側の劣勢を逆転させるのは、やはり容易なことではないようだ。

　そんな考えにのめりこんで焦心にかられていると、とつぜん電車がおおきくゆれてだれかに足を強く踏まれる。パンプスのかかとが甲のまんなかにめりこみ、横口健二はたまらず「痛っ！」と声をあげてしまう。隣でスマホを操作していたスーツ姿の女性乗客が重心を失い、反射的に片足をずらして踏んばったあげくのアクシデントらしかった。

ひらあやまりしてくれたので即座に平気ですよと伝える。やりとりはそれで終わり、足の甲のじんわりとした痛みだけが余韻として残ったが、やがてそのことがきっかけとなって横口健二はひとつの着想をえる。謝罪のあと、女性乗客がスマホ操作にもどった様子をガラス窓ごしに見て、なるほど電話をかけてみればいいのかと思いついたのだ。

横口健二はおもむろにクーリエバッグへ手をつっこみ、財布をとりだす。つづいて札入れのなかの紙きれをつまんで出すと、そこに記された電話番号をにらみこう推しはかる。

白馬荘への訪問者が、今日も三茶を訪れて待ちぶせを試み、こちらを尾行してきておなじ電車に乗りこんでいるのだとすれば、メモに書かれた番号でつながる電話機もまた、この近くに今ある可能性が高いわけだ。

ためしに当の番号に電話をかけてみたらどうだろうか。着信音や振動音がタイミングよく聞こえてきたら、そこに刺客がひそんでいると理解してまちがいないのではないか。

絶妙のアイディアかもしれぬと興奮をおぼえた横口健二は、iPhone SEに電話番号を入力し、あとは通話ボタンを押すだけの状態にいたる。そこまではすばやかったが、その先のふんぎりがつかない。もしも、とつづけて懸念が浮かんでしまうためだ。

もしも訪問者が、この電車に乗っていなかったとしたらどうだろうか。それにそもそも尾行者は別人かもしれないではないか。その場合、少々こまったことになりはしまいか。

着信への応答があったらそこでがちゃ切りする心がまえはできている。しかしだとしても、こちらの番号を相手に把握されてしまうことになるのだから無傷では済むまい。

スマホ番号くらい知られても、たちまちなにか被害を受けるわけじゃなさそうだし、などと楽観視したいところだが、横口健二の脳裏は悲観が優勢になっている。裏社会の人間なら、その程度の個人情報からでも持ち主の居場所を探しあてられるのではないか——そんな映画じみた展開は、さすがにまさかとは思うものの、この数週間の現実ばなれした経験の記憶がフラッシュバックし、通話ボタンに触れることがどうしてもできない。

非通知設定でも問題は解決しないだろう。相手側が非通知着信拒否設定にしていたら電話がつながらないのだし、それでは着信音も振動音も鳴らないわけだからこちらも目的を果たせない。白馬荘への訪問者がこの電車に同乗しているか否かをたしかめたければ、自分自身の電話番号とひきかえでなければならないのだ。

いきなり目の前のドアが開いてびっくりさせられる。渋谷駅に到着してしまったが、どうしたらいいのか頭がまとまらず身動きがとれない。そうこうするうちにドアが閉まり、各駅停車に切りかわった電車は次の駅を目ざして走りだしてしまう。

逡巡のみで時間を使いはたしてしまいそうだ。おまけにこうしてバカ正直に帰路につき、降車駅へ近づくだけでも、尾行者に有益な情報をあたえることになる。潜伏先の捜索範囲をおのずとしぼりこんでしまうためだ。

腹をくくり、次の表参道駅で降りてカムフラージュとして銀座線にでも乗りかえることにする。表参道駅の六番線ホームに降りると、その一分後には隣の五番線ホームへ銀座線浅草行きの電車が進入してきた。最後尾の車両に乗りこんだ横口健二は、やぶれかぶれの境地でiPhone SEをにらみつけると、白馬荘への訪問者に対し発信者番号を通知してやった。

通話ボタンを押して二秒もしないうちに、背中のすぐうしろで振動音が響きだした。猛獣が背後から噛みつく寸前なのかと悟り爆発的な衝撃を食らう。愕然となって反応が遅れたが、横口健二はあわてて発信を切る。

どうやら相手は真うしろにいて、手を伸ばすまでもなく触れられるくらいの至近距離に立っているらしい。どんな輩か見きわめる絶好のチャンスではあるが、目があったらおしまいというレベルの危険人物にちがいなく、おそろしすぎて振りかえることができない。

覚悟がたりていなかったのは認めざるをえないが、それよりも単純に思慮が不足していた。尾行者がいるのかいないのかをたしかめるという目的を遂げることしか頭になく、その後の対処をまるで検討していなかったのだ。

●

あれこれ思案してみるも、結局は三軒茶屋駅で浮かんだ考えに立ちかえるのが賢明と理解する。刺客が最終目標を優先し、ひと目が多い場所での派手な真似はひかえるとすると、こちらはひとごみにまぎれて行方をくらませば追跡をかわせるのではないか。その可能性に賭けるほかないと思い、横口健二は銀座駅での降車を選んだ。

二番線ホームに降りると、いったん地上へ出ようと思いたった横口健二はまずは改札口を目ざし急ぎ足で階段へ向かった。その途中で目に入った電光発車標は「17：33」と現在時刻を表示していた。帰宅ラッシュがはじまる時間帯にさしかかっているわけだ。

月曜日とはいえここは天下の銀座なのだから、街中は定時退社の勤め人であふれている頃ではなかろうか。地上でそんな光景に出会ってうまくまぎれこめることを期待し、横口健二は改札を通りすぎる。そして最も近いＡ５出口の階段を駆けあがると、銀座四丁目交差点の手前で立ちどまった。

そこで足をとめたのは信号まちだけが理由ではない。どこへ行くべきかと考えはじめた矢先にふと、またもや自分がへまをしでかしていたことに思いあたってしまったのだ。そのうえ致命的かもしれないミスだと察して横口健二は頭をかかえる。

一度たりとも振りかえらずに移動してきてしまった。それゆえ尾行者かもしれない相手の容姿がわからず、追跡をかわそうにも追っ手がまだいるのかどうかの確認ができない。

なにをやってるんだおれは――それを心でつぶやいたつもりが声に出るほど自責の念にかられた横口健二は前かがみになって膝に手をつく。このまま地べたに寝ころがって叫びまわりたい気分だ。

歩行者信号が青になってもその姿勢を変えられない。気持ちを立てなおそうとするが、途方に暮れているため力が入らない。そこへ突如ぶるぶるという振動音が聞こえてくる。今度は自分のiPhone SEがクーリエバッグのなかでふるえだしてしまったようだ。

ロック画面に表示されているのはついさっきこちらがかけた電話番号だ。ワン切り業者かなにかと先方が勘ちがいし、無視してくれることを願っていたが、そういう好都合と自分は相変わらず縁がないらしい。

とりあえずはこの事態を受けいれるしかなさそうだ。あとは口八丁でもなんでも駆使してハナコの居場所だけはばれないようにしなければならない。横口健二は意を決し、「はいもしもし」と通話に応ずる。すると意外にも、「横口さんですか？」と問いかけてきたのは女性の声だった。

白馬荘への訪問者はハナコをねらう刺客にちがいない——そんな思いこみとともに、刺客なる存在は総じて男であると信じきっていた横口健二は意表をつかれて息をのみ、完全にかたまってしまう。が、この驚きにはつづきがあった。

「横口さんですよね？」

あらためて問われて言葉につまる。妙なことに、聞こえてきたのはスマホの受話口が発した音声ではない。くりかえされる質問にみちびかれ、体の向きを変えてみたところ、思わずこんな驚き声をもらしてしまう。

「え、ええ？」

トレンチコートを着たストレートロングヘアーの女性が数メートル先にいて、スマホを耳にあてながら一直線に見つめてきている。彼女が尾行者だとすれば、あとをつけてさらに折りかえしの電話をかけ、言いのがれできない状態にこちらを追いこむ気なのだろう。

それにしても、刺客にしては表情が柔和で敵意も殺気もなにも感じとらせない。今この銀座四丁目交差点を渡っている、仕事がえりの会社員や買い物客らのなかにまざっても少しも違和感がない外見の女性がこちらを凝視しているので戸惑わずにはいられない。

目があったらおしまいというレベルの危険人物を想定していたが、実際はこうなのか――あるいは地価日本一たる繁華街のひとごみを前にしているからこそ、表むきには友好的にふるまって害意を見せまいとしているのかもしれない。殺しのプロフェッショナルとしては、こちらの気がゆるんで無防備になるよう誘いこむ腹づもりか。

「わたしがアパートの大家さんにことづてをお願いして、電話番号のメモを残した者です。素性の知れない相手の希望に応じて早々にご連絡くださりありがとうございます」

やけに生まじめに話しかけてくるが、ここまでずっと尾行してきている正体不明の輩であるからには当然いかがわしい人物にちがいない。そう思い、横口健二が二の句どころかなんの反応も示せずにいると、当の女性はただちにそれを察しとったらしくますます低姿勢に接してきた。

「そういえば、わたしは電話番号いがいのことをなにもメモに書いていなかったのですね。たいへん失礼いたしました。こちらの名前も伝えず、電話をかけろといっぽう的に催促するみたいになってしまったわけですから、横口さんが警戒なさるのは無理もないと思います。遅くなりましたが、わたしは韓と申します。駐日大韓民国大使館職員の者です」

●

大家に家賃と水道料金を支はらうため、一一日ぶりに三軒茶屋へもどって帰宅してみれば、留守中の連続訪問やら相手先不明の電話番号やら自称大使館員による尾行やらと、盛りだくさんの不穏な内容になってしまった。

それらすべては、目の前にいる女性が接触をはかるべくとった行動といちおうは判明した――が、安心するにはまだほど遠い状況ではある。

彼女が黙ってあとをつけてきたことはやはりどう考えてもあやしむべき事実だ。その悪印象は自己紹介のみで帳消しになるものでもないし、そんな不審をまとった初対面の人間をたった数分間の立ち話で信用することもありえない。しかしかといって、相手の説明にいっさい耳を貸さずこの場を立ちさってしまうのも賢明な判断ではなさそうだ。

韓と名のった彼女の身分がほんとうに韓国大使館の職員だとして、そういうひとになぜこの自分が尾行されねばならぬのか。ハナコに関係する事情がなにかあるにちがいなく、その理由をつきとめておかなければ今夜は熊倉書店へ帰れない。

「なにかおかしいことでもありましたか？」

韓がにやにやしているふうに見えるのが気にかかり、横口健二はなぜかと訊ねながら伝票ホルダーをメラミンテーブルに載せた。エレベーターで三階にあがり、受付で指定された三〇八号室へふたりで入ったところだが、彼女はその間なんとなく、意味ありげな微笑みを浮かべているように感じられたのだ。

韓は眉尻のさがった顔つきで首を横に振り、「いえ特に」とかえしてきた。笑っていたことすら身におぼえがないといった様子だ。

いつわりの自己紹介である疑いもぬぐえない以上は、ふたりきりになってしまうのは無謀かもしれない——そんな憂慮にとらわれつつも、腰をおちつける場として横口健二が選んだのは四丁目交差点のほど近くにある大型カラオケ施設ソナタ銀座店だった。

初対面どうし打ちとけるべくまずはともに唄いましょう、などと意図したチョイスではない。ハナコが複数勢力にねらわれている可能性が高まるなか、おおっぴらにはできないあやうい話題を語りあうには、不特定多数の往来を意識しないで済むような個室にこもるしかなかったのだ。

「それであの、韓さん」

「はい」

「ここにきたのはその、事情があってできるだけひと目につきたくないからなんですが——」

「横口さん」

「なんでしょう」

「探りあいはせず単刀直入に進めましょう」

韓は急にきりっとした面持ちになってそう提案してきた。相手のほうからさっそく本題に入りたいと持ちかけられるとは予想していなかったので横口健二はいささか面くらう。

「わかりました。こちらもそのほうがありがたいので、まどろっこしいことは抜きで話しましょう」

それならば、という具合に、一度うなずいてから韓がすぐさま要点を切りだそうとするしぐさを見せたので、横口健二は「すみませんがその前に」とひとことつけ加える。

「あの、まったく信用してないわけじゃないんですが念のため、あなたが韓国大使館の方だと証明できるものを、なにかご呈示いただけないでしょうか」

「ああ失礼、せっかちなのでうっかりしてました――」

言いながら韓がレザーハンドバッグのなかをごそごそやりはじめたので、スキンヘッドマン田口のごとく自動拳銃でもとりだささないかと横口健二は内心ひやひやしてしまう。ほどなくどうぞと眼前に提出されたのは、大使館職員の身分証明書らしかった。

彼女の顔写真が入ったそのプラスチックカードは、たしかにこちらの要求を満たすもののように見うけられる。身分証の真贋を判別できる鑑識眼など持ちあわせてはいないしそもそもほんものがどんなデザインなのかも知らないが、少なくとも以前にくまモンが仕いれたおもちゃみたいな偽造パスポートとは比較にならぬ真正性が認められる。

自己紹介じたいは嘘ではなさそうだと思いつつ、横口健二は「ありがとうございます」と述べて身分証をテーブルのうえにそっと置いた。韓はそれをひきとると、「よろしければこれをお受けとりください」と告げて今度は名刺をさしだしてきた。駐日大韓民国大使館二等書記官の肩がきと韓順姫という彼女のフルネームが記載されている。

「今後なにかあったら、その携帯番号に直接ご連絡ください」

名刺をくれたのだから、そんなふうに彼女がうながしてくるのはとりたてて変な言動ではない。それはそうなのだが、ひっかかることはひっかかる要請ではある。

この先、韓国大使館員と電話連絡をとらねばならぬ必要があるのだろうか。韓があたりまえのようにそれを言うのが気にかかった。

「もしかして、なにかひっかかってます？」

いきなり図星を指されてとりつくろう余裕もなく、横口健二はかろうじてこう答える。

「いや、まだご用件をうかがっていないので、今後も連絡を、という部分でいろいろ想像しそうになっちゃって――」

「なるほど。こちらの用件は端的に、調査協力のお願いです」

「調査協力？」

「はい」

「なんの調査でしょう？」

「横口さんは先月下旬から密入国者をかくまってらっしゃいますね？」

またもやいきなりきたぞとうろたえる。初対面の人間に、重大な隠しごとをこうもずばりとつきつけられるとかえってすっきりしそうなものだがそんなことはない。実際は重たい打撃をお見まいされたみたいに胃のあたりが痛くなるだけであり、しどろもどろな返答しか口にできない。

「はあ、ええとそうだな、それはその、なんて言えばいいんだろ――」

「横口さん」

「はい」

「大丈夫です。警察に通報なんてしませんからご心配なく。単刀直入に進めましょう」

韓はきりっとした面持ちのまま左右の口角のみをあげて笑顔をつくり、安心して話せと勧めてきている。だんだんと、ただものではないおもむきが増しており、油断も隙もない感じになってきてしまった。

ここは正念場だぞと横口健二はおのれに言いきかせる。韓国大使館員という彼女の肩がきは嘘ではなさそうだが、調査協力を名目にこちらにハナコの件を白状せよとせまるねらいがなんなのかはいまだわからない。正直に告げたあげくに事態は一変、なんてことにでもなってしまったらあともどりはまるで利かないのだ。

それにこの場合、韓国と北朝鮮の関係はどう考慮に入れればいいのだろうか。

昨年来、両国は融和に向かって前進していると報道されているとはいえ、こないだの米朝首脳再会談決裂以降もその空気が変わらずつづいているのかどうかはいまいち見えてこない。表舞台と舞台裏との温度差もふくめ、一般の人間にとってははかり知れないことばかりであり、考えれば考えるほど結論から遠ざかってしまい横口健二はこまり果てる。

「お気持ちは理解できます。執行猶予がとりけされてしまうようなことにでもなったらと、不安に思ってらっしゃるんでしょう。ちがいますか？」

こちらが執行猶予期間中の身であることまで把握しているとはいったいなんなんだと驚かずにはいられない。大使館の二等書記官というのは、単なる事務職ではないのだろうか。それにしても、なにもしゃべっていないうちから外堀を埋められてしまったどころか、簀巻きの状態でさかさ宙づりにでもされているような心地だ。

「横口さん、一〇〇パーセントそれはないと約束いたします。あなたに累をおよぼすようなことはいたしませんから、密入国者についてお話しいただけませんか」

そういう問題ではないのだと思いつつ、横口健二は慎重にならざるをえない。いかがわしい相手ではなさそうな印象が強まってきてはいるものの、それはそれで要注意でもある。韓国大使館員たる彼女が、ハナコをどう処遇するつもりなのかがいくらかでもつかめなければこの葛藤はおさまらない。

押し黙るいっぽうの横口健二からいったん視線をはずすと、韓は軽く溜息をつく。だが聴取を断念したわけではないらしく、たちまち頭を切りかえたみたいに顔をあげた彼女は異なる説得方法に移った。

「では横口さん、あなたが話しやすくなるように、こちらがすでに承知している事柄をここでざっと列挙してみましょう——」

韓はそう前おきすると、二〇一九年二月二日土曜日の深夜に柏崎マリーナから上陸した密入国者にまつわる情報を順を追って語っていった。そのストーリーのなかには、新潟に事務所をかまえる指定暴力団三次団体会長も登場し、誌名のわからぬ映画雑誌の探索が二月いっぱい全国規模でつづけられていたことも説きあかされた。

つまり彼女が「承知している事柄」というのはこ

ちらの認識とほとんどひとしい。韓国大使館員がなぜそこまで、とまず疑問が浮かぶが、いずれにせよ韓がすっかり内幕を調べあげているのだとすれば、いよいよ下手なごまかしは利きそうにないという気がしてくる。

ここは新たに腹をくくり、ハナコをかくまっている事実を認めたうえで、あなたこそ目的はなんなのかと単刀直入に問いかけるほかないのかもしれない。そう思いなし、横口健二はひとつ条件をつける。

「先に言っときますけど、危険はないと確信が持てないうちは、おれはそのひとの居場所を絶対にしゃべりませんよ」

韓はそれを態度の軟化ととらえ、みずからの説得方法の変更が奏効したと見たらしかった。さっきよりは自然な笑みを浮かべ、こうかえしてきたからだ。

「危険はゼロだとすぐに納得していただけると思いますよ。ほんとうになにもありませんから」

ならばというふうに、横口健二は間髪いれず単刀直入な質問を投げかけてみる。

「なら、なんでおれを尾行したんですか？」

「わかりませんか？」

「まったく」

「わたしもあなたとおなじように感じていたからです」

「おれとおなじ？　どういう意味？」

「危険がないかと警戒していたんです。プロフィールなんて知っていても、ご本人がどんな方なのかは自分の目でたしかめるしかありませんからね。だから面と向かって言葉をかわす前に、失礼ながらあとをつけて、ふだんの姿をチェックさせていただくつもりだったんです」

韓はふたたびきりっとした面持ちにもどっているが、なおも口角はあがっている。その場しのぎで言っている雰囲気はない。

言われてみればこちらは指定暴力団三次団体会長と懇意な間柄にあり、密入国者の隠匿に関わるなどの違法行為も働く執行猶予期間中の身なのだから、裏社会に属する危険人物かもしれないと疑われてもおかしくはない。その点ではおたがいさまだったわけかと思っていると、韓はさらにこうつづけた。

「電車のなかで電話がかかってくるのは想定外でした。そのまま知らんぷりしてあとをつけることもできましたが、そうするときっと横口さんにますます不要な警戒感を抱かせてしまう。それよりは、この機会を活かしてわたしからじかに話しかけ、調査協力をいちはやく持ちかけたほうがこちらのアプローチを誤解なくご理解いただけるのではないかと考えたんです」

これも筋がとおった説明ではある。そう思い、横口健二は「なるほど」と応ずる。

「ほかにもなにかあります？　この際ですから、気がかりや不可解に感じてらっしゃることがまだあるようでしたらひとつひとつお答えしますよ」

「なんでもですか？」

「守秘義務の範囲外で、わたしに答えられることであれば」

だったらこれはどうだと、いかにも守秘義務の範囲内におさまりそうな箇所へ横口健二は足を踏みいれてみる。

「調査の目的はなんなんですか？」

「調査の目的は情報収集です」

「情報収集じたいが目的？」

「わたし自身にとってはそうなります」

「韓さん」

「はい」

「それじゃあなにもわかりません。目的ですよ？　具体的に、単刀直入にお願いします」

「横口さん、ごまかしたつもりはないんです。わたしの職務はほんとうに情報収集で、それ以上のものではありませんから」

「でもその、あつめた情報を使ってなにかするわけでしょう？」

「それはわたしの仕事ではありません。あつめた情報をどう利用するかは政府や政策決定機関が決めることです」

煙に巻かれそうなやりとりになってきた。韓国政府の意向なんて想像もできないし、政策決定機関などと言われてもなんのことやらだ。このまま会話をつづけていっても埒が明かないかもしれないと不安視しつつ、横口健二はさらに踏みこんでみる。

「それならだいたいの見とおしとして、そのなんちゃら機関は最終的にどんなことをしそうなんですか？　犯罪をあばいて、密入国者を捕まえたりとかもある？」

「そうした措置が必要な事案と見なされれば、当該国の捜査機関へ通報という流れもありえますが——」

「え、そうなの？　だってさっき警察には通報しないって——」

「まあ待ってください。これまでの調査を踏まえれば、今回はどうやらそういうケースにはあてはまらなそうだと、それがわかってきたとわたしはお伝えしたかったんです」

「はあ」

「ぶっちゃけてお話しすれば、韓半島は目下とても微妙な情勢にありますから、最も危惧されたのは南北の融和阻止をもくろむ組織的なテロ工作です。しかし今回の密入国事案に関してはその可能性は低いと、あと一歩で結論できそうな段階にはきたわけです」

息をとめながら聞いていた横口健二はほっとして溜息をつく。韓はこうつづけた。

「あと一歩をつめるためには、正確な情報をもっとあつめて、欠けているピースを全部そろえなければなりません。そういうわけで、横口さんにも直接お話をうかがわなければならなくなったということなんです」

●

韓順姫と横口健二が銀座で面談した日からさかのぼること一〇日前の三月八日金曜日、南北情報当局間の非公式接触が、新宿区歌舞伎町の大型カラオケ施設ソナタ三階の三〇八号室でおこなわれた。

これは前月末にもよおされた朝米首脳再会談の決裂以後に実施される、最初の定例会となった。北側の要請を受け、ほんらいの予定よりも一週間はやめられての開催だった。

開始時刻は通常どおり午後九時、個室利用時間は一時間と設定されており、韓は今回も遅れることなく三〇八号室へ入室している。前回の埋めあわせとしてたっぷりのチョコレート持参でのぞんだが、いくら待っても北側の担当官たる金はあらわれない。
二、三分の遅刻ならこれまでにも一、二度あったものの、定時を二〇分すぎても金が姿を見せなかったことはない。そのため彼女の身になにかあったのかもしれないと案じた韓は、上司に連絡して先方への安否照会を請う。
その答えは、さらに一〇分ほどが経過した頃に明らかとなった。

すなわち定時より遅れること三〇分、ようやくカウンターパートが三〇八号室に到着するも、ドアを開けたのはいつもの相手ではない。初対面のその中年男性がおざなりな挨拶しか口にせず、無愛想にふるまうのに接すると、この一〇カ月間にかさねた交流がリセットされつつあるのかもしれないと韓は内心あやぶむが、それを問いただせる空気もない。

なんの予告もなく登場した後任者に対し、金はどうしたのかと訊ねると、彼女は担当からはずされたのだという回答だけがかえってくる。おまけにその後任男性は、本日をもってこの情報交換ミーティングじたい打ちきりにしたいと通告すると、個室利用終了時刻一〇分前を知らせる内線電話も鳴らぬうちに三〇八号室を出ていってしまった。

ハノイが不首尾に終わったことにより、この東京においてもそれなりにムードの変化はありうると予期して定例会に出席したのだったが、実際は想定した以上だった。容易には結びなおせないほど関係がほつれてしまったようだと、韓はそのとき思い知らされる。

この一〇カ月間にわたる現場担当官どうしの交流に韓は大いに手ごたえを感じてきていた。それゆえ彼女としては、ここにきて北側が態度を急変させた理由をつきつめて考えずにはいられない。

ハノイでの朝米首脳再会談決裂が影響しているにしても、南北間においてはまだそこまでの深刻な亀裂は生じていないと信じたい。少なくとも、朝米交渉を継続させるうえで、半島問題の当事国たる韓国が果たしうる役割が依然おおきいことに変わりはないだろう。にもかかわらず、第三国における情報当局間の連携を北側がこうもとうとつに断ちきる行動に出たのは、なんらかの具体的な事情があるにちがいない。

かように推しはかったすえ韓が思いあたったのが、二月一四日木曜日の定例会で急浮上した密入国事案だった。

当の一件が、北側の情報当局者らにとって寝耳に水の出来事だったのはたしかだ。発覚の際に先方にはあからさまな動揺が見うけられ、その後の情報共有と対応協議の段階でも、重大性の低い事案であるとくりかえし強調しつつさっさとやりすごそうとしている印象は否めなかった。

かくして韓は、密入国事案の実態調査にとりくむ意志をかためるが——その前に彼女はどうしても看過できないひとつの疑問の解消を独自に試みる。

それはなぜ、結果的に最後の機会となった非公式接触の場に金があらわれなかったのか、という疑問だ。彼女は担当からはずされたのだという後任男性の回答は腑に落ちない。なぜならその日がミーティングの最終回になると、北側ではすでに決定ずみだったわけだ。残り一回きりのあつまりのために担当交代をおこなう必要性がわからない。

金はなんらかのミスを犯していたのかもしれない。こちらが気づいていないだけで、密入国事案についで彼女は失言するようなことでもあったのではないか。ありうるとすれば、おおむねそんな内実ではなかろうかと韓は推測している。

正解を知るには北側に問いあわせるしかないが、返答がえられる見こみは皆無だ。だとすれば、あとは本人へ疑問をぶつけて探る以外、真相にせまる術はない。韓はそう結論し、上司には事後報告と決めてさっそく実行に移るが——彼女のその胸中には、金との再会じたいを欲する気持ちがあったのも事実だった。

一〇カ月間にわたる交流のなかで、おたがいの生活圏をめぐる情報をちらほら明かしあってはいたから、相手の居住地の最より駅をつきとめるのに時間はかからなかった。金はJR東中野駅の利用者だが、彼女の住まいは東口側に位置しているので改札正面に店舗をかまえるベックスコーヒーショップで帰りを待ちぶせできる。改札の往来を確認しやすい店だから、尾行もむつかしくはなかった。

三月一〇日日曜日に金を尾行し、彼女の暮らすマンションを知った韓は、翌月曜日の夕刻、集合ポストにメッセージカード入りの封筒を投函しておく。無記名だが、署名の代わりにチロルチョコを一個おさめておいたから、送り主がだれかは開封すればひと目で察してくれるだろうと期待した。

メッセージカードには、東中野駅西口側にあるカラオケ店の名と住所とルームナンバーのみを記しておいた。もっとも、チロルチョコから送り主の正体を察してくれたとしても、その店に金があらわれるとはかぎらない。

非公式接触の担当をはずされた時点で、南側の情報当局者との関わりじたいを禁じられているにちがいないから、どちらかといえばメッセージは無視される可能性のほうが高い。が、個人的に築いた金との関係性はほんもののはずだと疑わない韓は、彼女がきてくれるか否かは五分五分ではないかと予想しつつ、閉店時刻の午前五時まで待つことにする。

午前〇時をまわったとき、金はついにあらわれた。

以前のような親しみの態度は見られず、その表情はかなりきびしい色をおびてすらいたが、彼女がメッセージに応えてくれただけでもよろこびを感ずるのにじゅうぶんではあった。とはいえむろんこのあとは、私的な感情は抜きにして真相究明につとめなければならないと韓は腹をくくる。

「こういうことはほんとうにこまります。状況は変わったんです、わかりますよね？」

「ごめんなさい、でも、ほかに方法がなかったので」

「もう二度とやらないでください。絶対に、二度とですよ？　次はなし、あなたとは今日かぎりです、いいですね？」

胸に少々の痛みをおぼえつつ、韓はきりっとした面持ちで左右の口角のみをあげて笑顔をつくり、「もちろんです」と答える。それはもちろん、いずれ嘘になりうるが、金もそのことは承知のうえにちがいない。職業柄、この手のやりとりはめずらしいことではない。

「で、用件はなんなんですか」

いちおうは迷惑だと訴えておきながら、こちらが無断で接触をはかったことの意図を探ろうとはしている。情報当局者として、金はしっかり職務を果たすつもりでいるわけだ。

　こうなってしまったら、いっぽう的な追及に傾くのを避けるべきではある。ギブ・アンド・テイクの原則をつらぬかなければ、職務意識を高めた情報当局者の口はかたくなるばかりだろう。が、今のところはあたえられるネタをなにも持っていない韓としては、ここでは賭けに出ざるをえない。

「わたしはとにかくあなたに会いたかったんです。金曜にまたお話しできると思っていたら、別の方がいらしたので」

「はあ」

「チョコレートのおかえしもまだでしたし」

「それならこれ一個で結構ですから」

　金はチロルチョコを手のひらに載せてさしだしてみせた。そしてつつみから中身をとりだし口内へ投げ入れた。ややあって韓は問う。

「三〇八号室のミーティングが打ちきられました。いきなりです。なぜなんですか？」

「不要になったからでしょう」

「それだけの理由でしょうか」

「わたしはそのことについて説明できる立場にはおりませんから」

「なぜなんです？」

「なにがですか？」

「あなたが解任されてしまったのは」

「ミーティングの打ちきりが決定したからですよ。やることがなくなったのだから任を解かれるのは不思議でもなんでもありません」

「それならなぜ金曜日、打ちきりの通告にきたのはあなたではなかったんですか？」

「新しい仕事が入っていたので、代わりに別のひとが行っただけですよ」

　なるほど、とは思うが、仮にそうだとしてもあの後任男性が口にした回答は違和感が残る。今しがた金が述べたとおりの経緯でも不自然はないのに、どういうわけで最後の定例会においては、彼女は担当からはずされたなどというネガティブな説明になったのか。

　とはいえ、それを問いただしてみたところで後任男性の勘ちがいか言いまちがえのどちらかだとしてうやむやにされてしまいそうだ。用意されていない答えをひきだすには、あえて波風を立てるような展開に持ってゆくしかない。韓はここで不意を衝き、もうひとつの問題にこじつけてみる。

「新しい仕事が入ったから、別のひとがね——でも、わたしはこう考えてるんです。ミーティングがとつぜん打ちきられたり、あなたが解任されたほんとうの理由は、密入国者の一件が関係していると。ちがいますか？」

　金は「ふふ」とちいさく笑ってみせた。片側の口角のみをあげるいつもの微笑みではないものの、多少のゆとりが感じられる。波風の度合がたりないと思い、韓は今度は出まかせを投じてみる。

「では率直に申しあげます。あの密入国事案について、二月二七日の臨時会で詳細をご説明いただきましたが、いくつか不正確な情報がまぎれこんでいたようです。それらはあなた方の事実誤認だったのか、もしくは故意に虚偽をこちらに伝えたのか、どちらだったのでしょうか。後者の場合、あらかじめとりきめたルールに反しますから、事態はいささか厄介です」

　金は咳ばらいで一拍おき、こう応じた。

「不正確な情報がまぎれこんでいると、はっきり確認がとれたのですか？」

「はい」

「どの点でしょうか」

「調査中です」

「え、でも、確認がとれたのでしょう？」

「ええ」

「確認はとれているのに調査中？　矛盾してませんか？」

　脳裏の整理をおお急ぎで済ませて、韓はこう辻褄をあわせる。

「不正確な情報の混入は関係者から指摘されたことです。しかしどれがそうなのかは特定にいたっていないため、ひきつづき調査中ということです」

「その関係者とやらに問いあわせれば、すぐにわかることでは？」

　金はいつものように、片側の口角のみをあげて微笑んでいる。こちらの出まかせを見ぬいているのだろう。ここで弱腰になれば話は終わると思い、韓はひきさがらない。

「もちろんそうなのですが、肝心の部分を訊きだそうとした矢先にその男が行方をくらましてしまいまして。どこへ行ってしまったものやら、ご存じないですか？」

「なぜわたしがそんなこと――」

「不正確な情報がね、どうもひっかかって」

「その男の失踪は、われわれの仕わざではないかと疑ってるわけですか」

「そうではないことを願っていますが」

「バカなこと言わないでください」

「ならあなた自身はどう思います？　二月二七日にご説明くださった内容はすべて正確だと、今もそういうご認識ですか？」

　金は黙りこんでいる。なにやら考えこんでいるふうにも見えるから、もうひと押しで肉声をひきだせるかもしれない。

　あるいは、と頭にふとよぎる。そもそも彼女は全容を知らされていないということはないだろうか。金が実際に解任の処分を受けているのだとすれば、密入国事案については蚊帳の外に置かれている可能性もないとは言いきれない。

　韓はそう推しはかり、いったん追及をひかえる。どのみちこちらも有効な一手を隠しもっているわけではないのだから、深追いはやぶ蛇になりかねない。

「まあいいでしょう、今日はこれくらいにしておきます」

　次などないとばっさり言いかえされるかと思いきや、金はなおも押し黙っている。継続ＯＫの意思表示だろうか。わずかながら望みはありそうだと見なし、韓はこう持ちかける。

「ではわたしに三日間ください。どの部分が不正確なのかを特定してきます。一四日の夜にまたまいりますので、おたがいの持っている情報をそこですりあわせましょう」

　先走らず、ギブ・アンド・テイクの原則に沿う姿勢をこちらがねばり強く見せてゆけば、彼女も話せることは話してくれるようになるのではないか。韓はわずかな望みに賭け、三日間の独自調査を経て三月一四日木曜日の宵にあらためて金とおなじ店で会うことにする。

不正確な情報の混入というのはもともと単なる出まかせだったが、新潟ヤクザの周辺を集中的に調べていった結果それはくつがえる。裏社会の動向が意外にも、古書店業界とつながったことにより、密入国事案に新たな側面がつけ加わったからだ。

「思いがけない事実に出合いました。本件は人身売買とは無関係だとわかりましたが、しかしまさか古い映画雑誌を探すための使いだったとは。これについてはご存じですね？」

金はやるせない表情で溜息をつき、二、三度うなずいてからこう切りだしてきた。

「ひとつ約束してほしいのですが」

「なんでしょう」

「この件についてやりとりしたり、こうしてお会いしたりするのは、ほんとうにこれっきりにしてほしいということです」

「これっきりですか――」

「あなたの好奇心を埋めるために何度も会って、リスクを冒すわけにはゆきませんから」

「わかります。ですが正直に言えば――」

「この件と関係なしに会うのも駄目ですよ」

「それはそうなのでしょうが、わたしはあなたとごくふつうにお会いして、以前のようにチョコでも一緒に食べたいなと思っているのですが」

「無理ですね、二度とお会いしません、これで最後です」

「無理ですか――もちろん、それが許される立場でないのはよくわかっています。誤解を受けるような行動をかさねるのもまずいわけですね」

「はい。なので、これっきりだとお約束いただけなければこの話もここでおしまいです」

「やむをえませんね。残念ですが、約束しましょう」

けわしい顔でふたたび溜息をついた金は、グラスを手にとりスミノフアイスで喉をうるおすと、さらにこんなことわりを入れた。

「まずご理解いただきたいのは、この件はきわめて特殊な事例なのでとても話しにくいということです。そしてお気づきのとおり、わたし自身、内幕をまるごと把握しているわけではありません――」

やはり彼女は蚊帳の外なのか――とはいえ、カムフラージュの発言かもしれないのでやすやすと鵜のみにしてはならないとも韓は思っている。

●

これはあくまで内幕をまるごと把握しているわけではない個人による、想像をまじえた経緯です――かような前おきのもと、金が打ちあかしたのは、たしかにきわめて特殊な事例ではあった。

「トランプ大統領の私生児といっても、結局はにせものだと判明したのですが、これがなかなか手がこんでいたので念を入れて真偽を検証しなければならなかったようです」

「手がこんでいたというのは?」

「自分はほんものであると証明するためにその男がとりそろえた書類の数々です。たとえばトランプ大統領の個人口座から定期的に送金があったことを裏づける証書や三五〇〇〇ドル分の署名入り小切手など、いかにも大統領と隠し子のつながりを示しそうな証拠をいろいろと持参していたようなのですが、どれもまったくにせものには見えなかったと」

そんな書類一式を所持した男が、朝米交渉進行中のこんな時期に、みずから朝中国境を越えて平壌行きを切望していたというのだからあきれるほかない。

そのうえ当の男は、金正恩委員長との面会をもとめるのみならず、補佐官としての任用を志望し直訴しようとしてさえいたという事実はあまりに荒唐無稽であり、予想をはるかに超える真相に触れた韓はただ呆然とするばかりだった。

「なんでもその男は、共和国が今後アメリカとの協議をつづけてゆくうえで、ドナルド・トランプ大統領を父に持つ自分ならばつねに最適の対応や政策を進言できるので、かならずや元帥様のお役に立てるしきっと気に入っていただけるなどと、取り調べの際に一席ぶっていたようです」

「まともじゃないですねそれは」

「そういうバカげた入国目的を訴えるだけなら、とっとと失せろで終わっていた話なのですが、しかし厄介なことに、手がこんだ所持品があれこれ出てくるのでいちおうは背景を探らなければならない。まんがいちその男が、まぬけのふりをした新手のスパイなのだとすれば、どんなにバカげたことをのたまう輩でも所属先と任務のねらいをつきとめておく必要がありますからね」

そう言うということは、実際は「まぬけのふりをした新手のスパイ」ではなかったのだろう。ではいったいなにものなんだと興味をおぼえつつも、そんな輩に国家機関が振りまわされるなどたまったものではないなと韓は思う。

「その男をさらに持てあます羽目になってしまった理由が、所持品にふくまれていた重要文書の存在でした」

「それが映画雑誌に関係している？」

「そのようです。映画評論記事のコピーだったらしいのですが、男いわく、将軍様ご自身が生前に執筆された極秘文書なのだと」

「映画評論の記事が極秘文書？」

「ええ。男いわく、将軍様はその映画評論を暗号文として書いておられると」

「あの、ちょっとよくわからないのですが、日本の映画雑誌に掲載された評論記事なんですよね？」

「そのはずです。ただ、わたし自身は当のコピーを見ておりませんから、具体的にどういう文書を男がたずさえていたのかははかり知れません」

これはもしかしたら、自分が知らされた情報には偽装がほどこされているかもしれないと注釈する発言だろうか。だとすれば金は、男が持参していたのが映画評論記事とは異なる種類の文書である可能性も想定しているということか。そんな思いにもとらわれつつ、韓は話題をひきもどす。

「日本の映画雑誌に載った評論文ということは、原文ではなく翻訳された文章なんでしょうが――」

「それはそのようです。コピーされていたのが日本語の記事だったことは確認がとれています」

「そうするとますますよくわかりませんね。日本語に訳されているから暗号文ということなのかしら」

「それもわたしにははかり知れませんが、じつに謎めいた文章であったことは事実のようですよ」

「謎めいた文章ですか」

「はい」

「ちなみに、どんな内容か聞いてらっしゃいます？」

「部分的にしか聞いておりませんし、こちらに伝わっている情報が正確かどうかすらわたしには判断がつかないのです」

「なるほど――しかしそれはそれとして、教えてはいただけませんか？」

「かまいませんが、それを知っても大して意味がないと思いますよ」

「なぜですか」

「いくつかの問題があって、評論文の内容をただしく把握するのがむつかしくなってしまったためです。トランプ大統領の隠し子を自称するその男は、将軍様の著述論文だとする記事を自分自身の手で元帥様に献上したいとかたくなに言いはって、だれにも渡すまいとしていたようなのです。けれども行く先々で所持品をあらためられることになりますから、他人にいっさい触れさせないというのは無理に決まっています」

　聞けば聞くほど呆気にとられつつ、「でしょうね」と韓は応ずる。そんな子どもじみた輩の背景など想像もつかぬため、日本の慣用句で言うところの狐につままれたような心地に陥るばかりだ。

「そういうわけでまず、丹東の領事事務所で職員とかけあった時点ですでにコピーをひっぱりあって、何枚かびりびりにやぶれてしまっていたようなのです」

「え、やぶれちゃったの？　ほんとうに？」

「どうやら」

「それは、なんだか、溜息しか出ませんね」

「なんの文書かも説明せずに、とにかく元帥様いがいには見せられないの一点ばりだったようです。で、渡せ渡さないの応酬になったあげく、びりびりにやぶれて何枚かはページごとなくなってしまったようです」

あきれかえりすぎて韓は思わず笑みをこぼしてしまう。つくり話ではあるまいなと疑念もよぎるが、疑いだせばきりがないと踏みとどまり、首を横に振って金と目をあわせ、つづきをもとめる。

「そんなこんなで、記事全文のチェックはできなくなってしまったわけです。トランプ大統領の隠し子を自称しおかしなことばかり主張する不審人物が持ちこんだ日本語記事のコピーだったので、なんの説明もないうちはまさか将軍様と関係があるのかもしれない文書だとは見なされませんから、床に落ちたりしたものはそのままゴミ箱へ捨てられてしまったのでしょう。そして男はスパイ容疑で連行され、拘束にいたって尋問という流れです」

「なるほど、だから文書の内容を確認しなければならなくなり、使いを日本にやって全文の入手を、ということだったと――でもどうなの、それだったら日本にいるあなた方が請け負えばいいことですよね？」

なげきか疲労のあらわれかまたは両方か、どれか見わけがつかない面持ちで金は片側の口角をあげ、こう答えた。

「そこはね、事情が少々こみいっているんですよ」

「どんなふうに？」

「どんなふうに――ちなみに、あれはいいんですか？」

「あれって？」

「記事の内容については」

「ああそうでした、先にそちらをお願いします」

「さっきも言いましたけど、部分的にわたしが聞いたことでしかないですし、知っても大して意味がないとは思いますが――それはともかく、表面的にはその文書はヒッチコック映画の評論として書かれているようです」

「ヒッチコックですか。巨匠監督の作品分析ということなんでしょうか」

「くわしいことはわかりませんが、本格的にとりくまれた映画評論ではあるようです」

「それがでも、じつに謎めいた文章で、暗号文になっていると？」

「謎めいた文章というのは、実物にざっと目を通した尋問官の印象なのですが、例の男がしきりとこれは暗号文であると言いつのっていたらしいので、おそらくそういうふうに読める文書なのでしょう」

「その文書がほんとうに暗号文なのかどうかは――」

「未確認です。全文を入手できたのかどうかもわかっていません」

「わかっていないというのは、組織としての話ですか？　それともあなた個人？」

「わたし個人です」

「なるほど」

とすると、日本における探索結果を調べてみる価値はありそうだと韓は思う。ヒッチコック映画論の体裁をとった暗号文というのがどんなものなのか見てみたい気もしてくる。

「それにしても、その文書がほんとうに暗号文なんだとすれば、だれになにを伝えようとして書かれた文章なんでしょうね」

「尋問官の前で、それについても男はしゃべったようなのですが、なんというか――」

金はしばし黙りこんでから、ずっと存在を忘れていたらしいグラスを手にとり、残りのスミノフアイスを飲みほした。ひどく話しにくそうな顔をしているが、それでも決してやりすごすわけにはゆかないという口調で彼女はつづきを述べた。

「わたしが聞いているのは、相続問題にまつわる事柄です」

「相続問題」

「はい」

「それは端的に、権利とか財産とかの、遺産相続という文脈での？」

「だいたいそうです。とはいえ男の説明に出てくるのは、隠し財産の在り処とか能力の継承とか秘技の伝授とか、なんともメロドラマチックな秘密の情報ばかりだったようなので、それについては話はんぶんでよさそうだとわたし自身は思っているのです。ただ――」

「ただ？」

「これは想像ですが、その文書からなんらかの、白頭の血統を脅かすような秘事が読みとれるのかもしれないと。そういうほのめかしも見えかくれしています。わたしの立場では検証しようがないことですし、伝えてくる人間の思わくもからんでくるので、うかつに真に受けるべきではありませんが」

なるほど金はそういう疑惑を抱いているがゆえ、ときおり歯ぎれが悪くなるのかと韓は理解する。

金の言う「白頭の血統を脅かすような秘事」とはすなわち、聖地・白頭山に由来する国家の最高尊厳、金正恩委員長とその家系を毀損しうるたぐいの重大情報を意味しているのだろう。だとすれば、彼女の物言いが慎重になるのは当然しごくだ。日本語記事が情報源であることも憂慮の一因にちがいない。

金正恩委員長の生母たる高容姫は、白頭山とは遠くへだたる大阪市出身の在日朝鮮人二世として一般に知られている――だが共和国内では、当の出自をふくめ最高指導者の系譜をめぐる話題はきびしくご法度とされている。

かように厳格なる禁忌を打ちやぶり、その事実を国民にはっきりと周知させうる方法かなにかが問題の文書からは読みとれるのではないか――金はそう見ているのかもしれない。

あるいは男の主張を踏まえれば、日本のどこかに秘匿された隠し財産につながる記述なども認められるのだろうか。そしてだからこそ、映画評論の体裁をとった暗号文に仕あげなければならなかったということなのか。

いずれにせよ、それらすべては現物を手に入れてみなければたしかに検証しようもない。とすると、もしかすれば、蚊帳の外に置かれている金自身、文書の全文が掲載された映画雑誌の入手をひそかにもくろんでいるということもあるのではないか。

そんな真意も考えられる金の胸中を探るべく、韓もまた注意ぶかいやりとりにつとめる。

「ところで、さっきちらっと言いかけた、少々こみいっている事情というのは――」

「さっき――なんのことでしたっけ？」

「文書全文の内容を確認するために映画雑誌を探すのなら、日本にいるあなた方に直接まかせたほうがリスクが少ないし確実に目的を果たせるのではないかと思えるんです。それなのに、わざわざ本国から使いを送って密入国させたのはなぜなのかと。そういうこちらの疑問に対して、先ほどあなたは事情が少々こみいっていると答えておられたので」

しらを切ろうとしている様子がうかがえたので、韓はこまかく律義な説明をかえし、相手の逃げ道をせばめてやった。それを受け、金は片側の口角をあげてはいるものの、溜息まじりにしぶしぶな口ぶりでこう応じた。

「なぜそういう不合理な手段をとったのか、ということですね」

「はい。で、そこにはどんなこみいった事情が?」

「まずわたしは——というよりわれわれは、日本に使いを送ってよこしたのがだれなのかを把握していないのです」

「極秘の作戦だから?」

「要するにそういうことですね。実働メンバーとして関わっている人間もきっと少人数なんでしょうが、とにかくなにもわからない。機密の漏洩をふせぐためなのかなんなのか、現地にいるわれわれのもとへ作戦の通達がくることすらありませんでしたから」

「つまりあの、バレンタインデーに密入国者情報を共有しようとした際、あなた方がその事実をご存じなかったのは、極秘作戦の機密漏洩対策が実施されていたからということだと?」

「そうなりますね」

「それは腑に落ちないな」

「でしょうね」

疑義を呈したのに、いきなり同意がきたぞと韓は身がまえる。即答した金は、彼女自身まるで納得がいっていないかのように微苦笑を浮かべて肩をすくめてさえいる。それはカムフラージュでもなんでもなく、本心から出た態度と受けとめられなくもない。

極秘作戦へのアクセスに制限をもうけるにしても、首尾一貫性をまもるべきだ。その基本原則からすれば、文書入手をめぐる一連の動向はどうにもちぐはぐにすぎる。

機密漏洩を警戒している作戦の割には、実際の運用においては完全な部外者たる日本人組織犯罪勢力に任務を委託しているのだから辻褄があわない。内緒にしたいのはあくまで身内に対してのみなのかと勘ぐられても仕方がないプランだ。日本の現場で働く金の立場からするとなおさら首をかしげざるをえないだろう——かように問題点を整理し当人に投げかけてみると、こんな見解がかえってきた。

「おそらくそれが正解なんです」

「それというのは？」

「内緒にしたいのは身内に対してのみなのかという読みですよ」

「つまり作戦の首謀者は、身内に内緒で文書を手に入れたかった？」

「そんな魂胆が透けて見えます」

「とするとこれは、手柄の独占をたくらんだなにものかが、まわりをだしぬこうとして仕くんだ作戦ということ？」

「あるいは純粋に、個人的な利益をむさぼるための策謀なのかもしれないし、それとは逆に、公憤にかられたすえの行動なのかもしれない。いずれにしても、わたしの耳に入ったばらばらな情報をつなぎあわせて推理してみると、そんな内実がうかがえます。所属も地位もわかりませんが、身内に知られてはならない動機や目的を持った人物が首謀者となって動かしている作戦としか思えません」

「その場合、どういう動機や目的が考えられます？」

「最高尊厳への裏ぎりですよ」

今のはかなり踏みこんだ発言に聞こえる。彼女の立場からするとなおさら首をかしげざるをえないところの話ではなく、作戦首謀者を金はそうとう強く不審視している様子だ。

こちらからすると彼女は結構な椀飯（おうばん）ぶるまいを演じ、はからずも大収穫をもたらしてくれたわけだが、かといってそれを鵜のみにはできない。信頼してくれているがゆえの情報提供か、またはなにかねらいがあっての観測気球か。どちらなのかを見きわめておかねばいずれ足をすくわれてしまうかもしれない。

とはいえ金の意図がどこにあるとしても、彼女の口がなめらかなうちはできるかぎり情報をひきだしておきたい。だからこのまま相手の警戒心を刺激せぬよう気をつけつつ、質疑応答を続行するべきだと思いなし、韓はいささか声を低めてこう問いかける。

「心あたりはあるんですか?」

「裏ぎり者のですか?」

「ええ」

金は視線をさげ、沈黙をはさんだ。伝えようかどうか迷っているのか、もしくは候補者をひとりにしぼりこんでいるのか。じらされているようでじりじりさせられるが、ここであせってせっつけば肝心の答えを聞きそびれかねないため、韓も黙りこむほかない。グラスはふたつともとうにからっぽだ。

「今日はしゃべりすぎてしまったようです」

だいぶ待ったあげくの返答がそれだったから、落胆の色を見せまいとして韓はとっさに視線をさげる。だがほどなく、金はまだ口を閉ざしてはいないことがわかる。

「——しかしまあ、ひとりきりで何日も考えてきたことを共有できる機会がやっと訪れたわけですから、ここだけの話としてあなたには打ちあけてもいいのかもしれません」

韓はゆっくりと視線をもどしてゆき、こう言葉をかえす。

「お願いします」

「バレンタインデーのミーティングで、こちらがつかんでいなかった密入国者情報をあなた方につきつけられたことは、やはり屈辱ではありました。わたしは正直、情報当局者としての自尊心をちょっぴり傷つけられましたから、あのあとさっそく全容解明にとりかかろうとしました。ですがすぐに、二月二七日にあなたに説明したとおりの経緯が明らかになったので、そこでいったん調査は終了となったのです」

「さらに調べる必要はないと結論された?」

「はい。当初はわれわれも、犯罪組織の人身売買取引という実態報告を疑わずにいたので、特に重要視するほどの事案ではないと見なしたのです。雲ゆきが変わりだしたのはハノイの会談が終わった直後です。最初の話にはなかった事実が急にこちらへ流れてきました」

「どのあたりのことですか?」

「例の、トランプ大統領の隠し子を自称する男の情報などです」

「その男のことはそれまでずっと隠しとおされていたわけですか」

「ええ。わたしがつかんだ情報から推測すると、保衛省に拘束されて尋問を受けていたその男は、早い段階で身柄を別の施設へ秘密裏に移されていたようです。いろいろと証拠を持参していたため、まんがいち正真正銘のトランプ血縁者だった場合を考慮して、真偽の検証が済むまでは接触を最大級に制限しなければならないという名目での移送だったと聞いています。しかしほんとうのところは、作戦の首謀者が目をつけて所持品ごとひきとり、どこかにかくまっていたのでしょう」

「男の身柄と証拠品を押さえて情報を遮断し、手柄だか利益だかを独占する準備をととのえていったわけですか」

「そんなふうだったのかもしれません」

「ハノイの直後から雲ゆきが変わりだしたというのは、男の情報が入ったことのほかにもなにか具体的な変化があったんですか?」

「具体的な変化がほかにも明確にあったわけではありません。ただ裏があることに、わたし自身が直感的に気づいてしまったのです」

「裏ぎり者の暗躍があると?」

「そうです。この一ヵ月のうちに、別々に伝わってきた情報を組みあわせてひとつのストーリーにしてみると、どうしてもその疑いがぬぐえない。情報がかぎられているので想像で埋めあわせるしかない部分も多いのですが、それでも真相を調べてみる価値はあるとわたしは判断したのです」

そうして金はあらためて、二月頭の密入国事案に目を向けることになったようだ。

するとただちに、実態報告にあった人身売買取引はその時期おこなわれていなかったことを彼女は知る。代わりに判明したのが、密入国者を手びきした新潟の暴力団が古雑誌さがしにとりくんでいるという新事実だったのだ。

「ふたつの不審事がつながったことも決定的でしたが、それ以上に無視できなかったのがわれわれ身内に対する偽装工作が認められた点です」

たしかに、虚偽を流して事実の隠蔽をはかろうとするのは背信行為いがいのなにものでもない。その陰で文書入手の極秘作戦を進行させた首謀者がいるのだとすれば、裏ぎり者と目されてしかるべきとなるだろう。

かくして、金は本腰を入れて調査を再開させようとするのだが、今度は彼女は自身の直属上司にストップをかけられてしまう。しょせんは憶測の域を出ない疑惑にすぎず、確たる証拠もなしに本国の高位高官に国家反逆罪の疑いをかけることなど絶対に許されないというのがその理由だ。

「よくあることですが、そこでおしまいです。お察しのように、ミーティングの担当をはずされたのもこれがきっかけでした。こうなると、わたしの立場ではどうすることもできません。それに上司が危惧するとおり、どのみち情報が少なすぎて、証拠がじゅうぶんにそろうところまではとてもたどり着けそうにない。日本で調べるだけでは限界があります。そんななかで、もしもひとちがいでもしでかして無関係なだれかを告発してしまったりしたらと考えると、おそろしくてなりません」

「でもさっきの様子だと、心あたりがあるように見えましたたし、首謀者はだいたい特定できているんじゃないかという気がしてしまいますが」

韓がそう切りだすと、金は片側の口角をあげながら手短に答えた。

「ええ、だいたいはね」

ならばその、彼女がだいたい思いえがいているのはどういう人物なのか。それを訊きだすべく、韓は言葉を選んでねばり強く質問をかさねていったが、特定のひとりにしぼりこむような回答を金は避けた。

饒舌になりすぎて、みずから裏ぎり者になるわけにはゆかないと懸念しているのか。金の口は重たくなっており、一線をひきたがっているのがわかる。こうなると、さらにしつこくせまるのは逆効果かもしれない。そう見こし、前のめりになっていた姿勢を静かに韓がただすと、不意にこんなひとことが真正面から飛んできて視界がまぶしくなる。

「じつはわたしがあやしいと見ているのはひとりではないのです」

「ひとりじゃない？　首謀者は複数？」

「わたしはそうとらえています。高位高官のだれかの仕わざだとは思いますが、作戦をここまで隠しとおすのはそうおうの実力者たちが協力しあわなければむつかしいでしょうし、それでも実質的には賭けと変わりません」

「何名くらいだと?」

「どうでしょう、一〇人も二〇人も、という規模ではなさそうですが――」金はふと、名案がひらめいたみたいな顔になってこうつづけた。「人数はともかくとして、それがひとかたまりになっている勢力であることはまちがいないという気がします」

どうやら金は婉曲な言いまわしに切りかえることにしたらしい。個人的推論ではあれ、本国の内情を南の情報当局者に伝えるうえでのささやかな配慮なのだろうと韓は思う。

そうまでして、こちらの好奇心に応えてくれるのはありがたいとは思うも、これはそんな単純な話ではあるまい。ギブ・アンド・テイクの原則にのっとれば、確実に金はこのあとなんらかの要求を口にするだろうからだ。

それはそうと、ひとかたまりになっている勢力とはなにを指すのか。所属先がおなじであるという意味か。または身分の一致か。あるいはひとつのこころざしを共有しているということなのか。

韓は徐々に興奮を抑えられなくなり、思いつくまつづけざまに問いかけてしまう。すると金は両側の口角をあげて鼻で溜息をつき、なだめるような物言いでこういなした。

「まあおちついてください。それについてはのちほどヒントをさしあげますから、どうかご自分で推理なさってください」

「のちほど?」

「ここを出るときにでも言いますよ」

「なぜ今じゃ駄目なんですか」

「わたしが目の前にいたら今みたいに、正解に行きつくまであなたは手あたり次第に答えをぶつけてくるでしょうから」

図星をつかれ、かえす言葉がない。金が冗談めかして微笑んでいるのはせめてもの救いだ。韓もとりあえず自嘲の笑みで応ずる。

「失礼しました。ことがことだけに、つい高ぶって勢いこんでしまいました――」

金は笑顔で首を横に振り、「こちらこそ失礼しました」と述べてこうつなげた。

「話は変わりますが、今年の新年辞はご存じですね？」

いきなりの話題転換に面くらう。金の言う「新年辞」とは、一月一日に報道された金正恩委員長による年頭演説のことだろう――毎年元旦の恒例行事だが、本年のそれは発表の形式においても内容においても異例づくしだったこともあり、大いに耳目をあつめた。むろん存じているししっかり記憶に残ってもいるが、そのなかに首謀者の正体を示唆するヒントがあるのだろうかと推しはかりつつ、韓は首を縦に振る。

「ええもちろん」

「主になにが表明されたか、おぼえてらっしゃいます？」

「おぼえています。トランプ大統領との再会談への意欲を語ったうえで、金正恩委員長は制裁と圧力の早期停止をアメリカにもとめていたはずです」

「ほかには？」

「ほかには――そう、完全な非核化へ向から確固たる意志についても話しておられた」

「では、二月二八日にどうなりました？」

その日はハノイ会談の最終日だった。どうなったかといえば交渉決裂、合意未達だ。

「それはなにを意味しますか？」

「交渉決裂がなにを意味するか？」

「ええ」

アメリカとの交渉決裂はさしあたり、北にとっては経済制裁解除が遠のいたことを意味する。あるいは、あるいはそれは――興奮の再燃によって頭がうまくまわらず、韓はなかなかその先へ進めない。

「それがなにを意味するのか、考えてみてください。そうするうちに思いうかんでくるもののなかに、あなたの知りたい答えがひそんでいるかもしれません」

●

ふたりがカラオケ店を出たのは午前三時をまわったあたりだったから、三時間ぶっとおしで話しあっていたことになる。一度も休憩をとっていないし一杯のスミノフアイス以外は飲み食いもしていないので、席を立った際は韓も金も疲れきっていた。

会うのはこれっきりとあらかじめ約束させられている。ゆえに韓としては、たとえそのつもりでなくとも次の機会はないことを想定したやりとりを心がけなければならなかった。聞きもらしはないかと自問自答をくりかえしながらの神経を使う質疑応答となり、疲弊も倍増ではあったが、それをはるかにうわまわる成果をあげられたと彼女は実感している。

もらったヒントを解くまでの時間かせぎとして、この背信劇のストーリーをすべて語りきってほしいと韓は金にリクエストしている。たとえば例の、自称トランプ大統領の隠し子がその後どうなったのかはたいへん興味をそそられるところだ。悲惨な結末に触れてしまう予感しかないものの、キーパーソンの消息確認をおこたるわけにはゆかない。

「その男はハノイの二日後に国外へつれだされ、丹東で拘束を解かれたようです」

「え、解放されたんですか?」

「そのようです。もう帰国していてもおかしくない頃だと思われますが、そうでなければまだ中国にとどまっているのでしょう」

意外な事実だが、とするとやはりスパイ容疑は晴れたのだろう。「まぬけのふりをした新手のスパイ」でもないと結論されたわけか。

しかしだとしても、背信劇の主役たる裏ぎり者の高位高官らにとって、にせもの男の放免はハイリスクにすぎる措置ではなかろうか。なにしろその男は、みずからの主張が聞きいれられず何カ月間か拘束され、尋問にかけられ拷問を受けてすらいるかもしれない身のうえだ。自由になってまっさきに駆けこむ場所は、丹東市から車で三時間ほどの距離にある瀋陽市のアメリカ総領事館が最有力だろう。

駆けこんだ男が被害をあらいざらいぶちまける可能性は決して低いとは言えない。そこで自分たちの策謀があばかれるかもしれぬことに、裏ぎり者らは無警戒だったというのか。

「わたしが聞いている情報が正確なら、その男がアメリカの出先機関に救援を請うことはなさそうです。というのも、男はそもそも日本在住の日本国民らしいので、たとえ出むいたとしても相手にはされないでしょう」

アメリカに被害を申したてられる心配はないことの見とおしを、金はそのように語った。わけがわからず韓が呆気にとられていると、さらにこういう理由が説きあかされた。

「男は日米両方のパスポートを所持していて、自分は二重国籍者なのだと名のっていたようですが、アメリカ旅券のほうはにせものだったのです」

「アメリカのほうだけ偽造旅券？」

「はい」

「では二重国籍者というのもでたらめ？」

「そうらしいのですが、しかし厄介なことに、当人の頭のなかではなにもかもが真実として認識されているようなのです」

「嘘をついている自覚がまったくないということですか？」

「きっとそうなのでしょう。ポリグラフ検査を実施しても目だった反応はなく、どんな状態に置かれても自分はトランプ大統領のほんとうの三男なのだと言いはるのを絶対にやめなかったそうですから。真偽が反転している鏡の世界からでも脱けだしてきたのかと言いかえしたくなるくらいの、強烈な思いこみだと。そんなわけなので、自白がえられないのなら背後関係を調査して、真のねらいを探るしかないとなったようです。おかげで裏ぎり者の連中ふくめ、取り調べに関わった担当官ら何人もが振りまわされていった、というのがおよその経緯ではないかと思われます」

金の言う「どんな状態に置かれても」という表現は、拷問による被虐をにおわせる。そんな目に遭っても妄言をひっこめずにいられる人間は、特殊な訓練を受けているか洗脳されているか、または妄想世界に生きているかのいずれかだ。強烈な思いこみの持ち主ということなら洗脳か妄想にしぼられそうだが、どちらにしてもアメリカの情報当局が使う手ではあるまいし、そのような工作員を送りこむ機関が日本に存在するはずもない。

「あなたもおっしゃったように、まともな人間ではないと見なされたのでしょう。証拠がなければ夢物語にすぎませんから、思いこみをどこで披露しようと現実として受けとめる者などいないとなり、国外退去がリスクを最小化できると判断されたのかもしれません」

果たしてそうかと韓はいぶかしむ。金の説明から推測するに、にせもの男が拷問にかけられたのは濃厚だろう。だとすると、たとえ自由の身になっても思うようには意思表示できない容体に陥っているのではあるまいか。

北への入国をみずから望んで拘束されたのみならず、最高指導者との面会さえもくろんだスパイ容疑者である以上、苛烈なあつかいを受けることになるのは避けようがない。すなわち本人の意向がどうであれ、それが暴挙にひとしい命がけの行動だったことはまちがいないわけだ。

逆にとらえれば、当の男はなにゆえ命をかけてまで全身全霊でフェイクをまとい、金正恩委員長にとりいろうとしたのだろうか。洗脳のたまものなのだとしても、その正体や背景がいっそう気になってくるところではある。

「ちなみに、その男がトランプ大統領の隠し子ではないと判明したのはいつの時点だったんですか？」

「完全に確定するまではだいぶ時間がかかっています。裏ぎり者の連中が所持品ごとひきとって、男をかくまってしまったことも調査を遅らせる原因になったようですが、それに加えて朝米交渉のまっただなかでしたから、時期が悪かったと言わざるをえません。まんがいちがあってはならないからと念のため、ＤＮＡ鑑定をおこなっておくべきではないかという話になったようなのです」

さすがにそれは現実的な方策とは思えない。にせもの男はともかく、トランプ大統領のＤＮＡサンプルなど、どこでどう手をまわしても入手するのは無理な話だろう。韓がそう指摘しかけると、言いたいことはわかっているというふうに金はうなずき、こうつづけた。

「とにかく、重大な局面にさしかかっている朝米交渉に水をさすようなことだけはなんとしてでも避けねばなりません。九九パーセント嘘っぱちだと確信していても、残り一パーセントを無視したあげくに融和ムードをぶちこわし、最高尊厳の顔に泥を塗ることにでもなったら最悪どころでは済みませんから。そうした事情により、とりかえしのつかないあやまちを犯さないためにもDNA鑑定に頼ることになったという次第なのですが――」

「でもどうやったんですか？　どんなにがんばっても、一カ月やそこらでトランプ大統領のDNAサンプルを手に入れるのは不可能では？　まさかハノイで？」

金はゆっくりと首を横に振り、「検討はされたようですが、それこそ交渉に水をさしかねませんから」と述べたうえでこう答えた。

「結論としてはDNAの親子鑑定はあきらめ、代替案として男の血液を遺伝子検査にかけて、人種構成を調べることになったようです」

「しかし人種だけ判明しても意味が――」

「いいえ、意味はあったのです。男の容貌はトランプ大統領によく似ているそうなのですが、それは美容整形の成果に見えるらしく――」

「見た目もつくったのかもしれないと？」

「はい。それでためしに遺伝子検査を実施したところ、欧米人とのつながりは認められず、男は一〇〇パーセントの東アジア人であると結果が出たわけです。ゆえにまちがいなく、トランプ大統領の私生児ではありえないと」

「それがわかったのは？」

「ハノイ会談開催の前々日です」

「本人はなんと？」

「にせもの男ですか？」

「ええ」

「変わりません。検査結果を捏造されたという新たな思いこみを抱いただけのようです」

「なるほど――それで背後関係の調査に切りかわったわけですか」

「遺伝子検査でトランプ大統領とは無関係だと確定し、接触に制限をかける理由がなくなりましたから、裏ぎり者の連中が男をかくまう口実も同時に消えたわけです。それでただちに、元いた尋問施設へ身柄がもどされ、背後関係の調査が徹底されたのですが、ハノイが残念な結末をむかえた二日後になぜか急に、男は丹東へつれだされてしまったのです」

「そしてそのまま解放されたと」

「そういうことです」

「裏ぎり者からすれば、にせものだと確定して用ずみになったので、調査でぼろが出る前に強制退去させたということでしょうか」

「おそらくは。しかし妙なのは、それにしてはあわただしすぎるということです。背信がばれるのをおそれているのなら、もっと自然な流れに見せかけて慎重に進めるのが定石だと思うのですが、そんな段どりを組む余裕すらなく、とるものもとりあえずことを運んだようなばたつきがうかがえます」

「なにかに急きたてられるみたいに？」

「そんなふうだったのかもしれません」

「どんな裏があったんだと思います？」

「混乱があったのではないかとわたしは見ています。不測の事態にとりみだしたのかもしれませんし、仲間内で統制がとれなくなってあせった者が先走った可能性もあります」

「不測の事態とはどういう？」

「たとえばハノイの残念な結末です」

つまりは交渉決裂か——だとするとこれは、裏ぎり者の顔を知るヒントに結びつく話だ。

アメリカとの交渉決裂がなにを意味するのか。今なら頭を働かせるまでもなく、それを言葉にできると韓は思う。

ハノイの残念な結末は、経済制裁解除の先おくりに加えてもうひとつ、北にとっては重大方針の再転換をはかる道が開かれたことを意味している。

それはすなわち、「新年辞」で表明されたような非核化の努力姿勢を撤回し、核・ミサイル開発の促進をふたたび鮮明に打ちだすという軍事強硬路線への復帰だ。この経緯から、裏ぎり者の顔が浮きぼりになるだろうと金はほのめかしている。

それを知る手がかりとして、金がこちらに投げてきた問いを整理してみれば、一月一日と二月二八日というふたつの日付が目にとまる。にせもの男の登場もその間の出来事だったはずであり、密入国事案もここで発生している。

いわば元旦に語られた理想が、五八日後の二月二八日にあえなく破綻してしまう。その過程で、どの立場にいる者が背信に走りかけ、のちに右往左往することになるだろうか。おそらく金はそれに気づけと仕むけている。

それはたとえばこう考えられる。

一月一日の「新年辞」で最大限に高まった対米融和と非核化姿勢は、対米強硬派にとってまるで歓迎できない流れだったにちがいない。核・ミサイル開発の担当幹部や同関連の国際取引に従事する情報当局者らのなかにも、それと同様の考えに傾いていた者は少なからずいただろう。

とすればその一部が、背信に走る動機を持つことはありうる。利用効果は未知数ではあれ、謀略に使えそうな材料がころがりこんできたのをきっかけに、当の勢力が保身目的か主導権掌握をねらって極秘作戦を進行させたと想像してみれば、一連の経緯とも一致する。

その意味では、ハノイにおける朝米のものわかれは対米強硬派や核・ミサイル開発関係者のあいだにも動揺をもたらし、とりわけ極秘作戦の首謀者らを混乱に陥れたにちがいない。軍事強硬路線復帰の道筋が見えてきたのはまことに望ましい展開だが、だとすればそれにあわせて自分たち自身もまたすみやかに作戦を中止し、謀略の痕跡をいっさい消しさり、なにごともなかったかのごとく今までどおりにふるまわねばならない——かような判断のもと、あせってとりみだした者らがにせもの男の解放に動いたのではないか。

金が推理した真相とは、要するにこういうことだろう。つまり彼女は対米強硬派や核・ミサイル開発関係者のなかに、国家反逆罪の容疑をかけられるべき裏ぎり者がひそんでいると疑っているわけだ。

「あなたがさっきおっしゃった、ひとかたまりの勢力というのはその、軍部強硬派のことを指しているわけですね。ちがいますか?」

金は黙ったままだが、まっすぐに目をあわせ、片側の口角のみをあげて微笑んでいる。ノーコメントというよりも、正解だと告げているように受けとれる表情だ——とするとこれもまた、本国の内情を南の情報当局者に伝えるうえでのささやかな配慮にちがいない。意図は通じたろうと踏んだのか、それから二、三秒ほどの間を置いて彼女は口を開いた。

「ただ、どちらにしても確たる証拠がありません。伝聞と想像の組みあわせだけでは説得力を持ちませんから、結局なにも動かせない。せいぜいこんな窓もない密室みたいな部屋にこもって、部外者のあなたひとりに向かって世間話のように推論を語りつぐことくらいしかできません。それ以上の行動は今のわたしには許可されていませんから、あいにくここで全部おしまいにせざるをえないのです」

韓はぴんとくる。これはこちらに対する協力要請の布石なのではあるまいか。すなわち金は、いよいよギブ・アンド・テイクの原則を行使しようとしているのではなかろうか。

「槍玉にあげる相手が高官集団では、裏づけのない話に乗る者はいないし聞く耳すら持たれない、ましてや告発なんて夢の夢ですか」

「それにしょせんは女の言うことですから」

金のそのひとことに韓はうなずきをかえす。

「ちなみにひとかたまりの顔ぶれは、全員わかってるんですか？」

金は首を横に振り、つづいてこう補足した。

「とにかく証拠がなければ、複数の個々人を特定することも簡単ではありません」

「でもたとえば、仮にそれ以上の行動が許可されている立場だとしても、本国高官の裏ぎりを確実に証明できるようなものを、日本にいる人間が手に入れられるでしょうか？」

北のカウンターパートはまっすぐに目をあわせ、笑顔をつくっているが、それがよそおわれたものか素直な面持ちか見わけがつかない韓はあいまいな笑みで応ずる。すると金は、にこにこしながらこんな返答を口にした。

「日本だからこそ手に入ります。しかもそれは、背信行為の動かぬ証拠となるでしょう」

「そんなものがあるとわかっているのなら、なにがなんでもつかみとるべきでは？」

「そうしたいのは山々ですが、わたしが動けばまずまちがいなく身内に勘づかれてしまいますから、どうにもならないのです」

「しかしばれないやり方だってなにかあるでしょう」

「それはまあ、まったくないわけではないのですが——」

「さしつかえなければ、どういう証拠か教えていただけませんか」

「その必要はありません。とっくにあなたはご存じですから」

「え」

「ひとつ忘れていませんか、この話の発端になった一件を」

そう聞いて韓ははっとなり、すっかり見すごしかけていた決定的な事実に思いあたる。

なるほど謀略の存在を証明できる人間がまだ日本にとどまっているかもしれない。極秘作戦の当事者たる密入国者が証言すれば、たしかに有力な証拠と認められるだろう。首謀者の特定にも貢献できるはずであり、そのうえ問題の文書を手にしている可能性もある。

金はしばらく無言で見まもっていたが、南のカウンターパートがやっと勘どころを心えてくれたと表情から察しとったらしく、なに食わぬ顔でこんなふうに持ちかけてきた。

「もうじき午前三時ですね。ずいぶん話しましたから、今夜はここらでお開きにしたいと思いますが、その前に確認させてください」

「なんでしょう」

「今後は二度とお会いするつもりはないと先にことわってありますが、ただ正直、わたしは無理を押して長時間あなたのご要望に応えたわけです。これは結構な貸しをつくったと理解してよろしいのではないでしょうか」

さあきたぞと心で身がまえつつ、韓はこう答える。

「ええ、そうなるでしょうね」

「であれば、こちらとしてはその貸した分をいずれかえしていただかなければならないわけですが——」

「もちろんです。ぜひそうさせてください」

「それでしたら、不本意ですがどこかでまた、返済の機会をもうけざるをえませんね」

「では、証拠の用意ができたときにでも、こちらからまたうかがうというのはどうです？」

金は片側の口角のみをあげて微笑みつつ、「お待ちしております」と答えた。

●

銀座のカラオケ店ソナタを出たのは午後八時きっかりだった。初対面の韓国大使館員とふたりきりで個室にこもり、まる二時間ものあいだ話しこむことになるとは予想もしていなかった横口健二は、頭の整理もままならず溜息をつくばかりだ。

えらく神経をすり減らす一日になってしまったが、緊張はここで終わりではない。

身分証を呈示され、名刺をもらい、長々と話しこんだからといって相手を全面的に信用しきっていい状況ではない。一歩でも判断をあやまればハンナコの身を危険にさらすことになりうるのだ。今日はすでにやすやすと尾行を許すというへまをやらかしている以上、おなじ失敗を犯すわけにはゆかない。

かような警戒心から、まずは韓がタクシーに乗りこむのを見とどけたあとに帰路へつくことにする。そのうえで、日比谷駅から神保町駅にいたる地下鉄移動なら乗車時間たった四分の神田直行ルートはとらず、わざとまわり道しながら時間をかけて熊倉ビルを目ざした――ハンナコと熊倉リサには急用で帰りが遅くなりますと書いたショートメッセージをあらかじめ送信してあった。

そうして電車を何度も乗りついだり、車両のドアが閉まるぎりぎりのタイミングでの降車と乗車をくりかえすなどの小細工も加えつつ、可能なかぎり追跡者の影を遠ざけた。

そんなわけで、神田すずらん通り商店街にもどった頃には午後一〇時ちかい時間帯になっていた。なにも食べずに動きまわっていたせいもあってへとへとだったが、それでも熊倉書店の明かりが見えるとほっとなり、なんとなく疲れも減った気がしていた。近ごろはこのペンシルビルのほうを勝手にわが家と感じてしまう体になりつつあるようだ。

それにしても、閉店時刻の午後七時を大幅にすぎているにもかかわらず、熊倉書店のシャッターが閉まっていないのはどうしたことなのか。棚卸しかなにかの作業でもおこなっているのだろうかとガラス引き戸から店内をのぞいてみるも、そんな様子はない。ほんのり胸さわぎをおぼえつつ、横口健二がドアをゆっくりスライドさせてゆくと売り場の奥から話し声が聞こえてくる。

「あ、横ちゃん帰ってきた」

いちはやくこちらに気づいてくれた矢吹翔の声に誘われ、帳場の椅子に座っている熊倉リサとそのかたわらにいるハナコが顔をあげた。それぞれに手にしたスマートフォンやタブレットを、表示画面の眺めやすい位置に持ちあげている。みんな端末操作中ということは、残業の休憩中なのかもしれない。

「遅くなっちゃってすみません。残りの仕事、おれも手つだいますんで再開するとき言ってください」

「やだなあ横ちゃん時計みてくださいよお、仕事なんてしてないしてない」

ダニー・デヴィートのようでも北極熊の子どものようでもある中年男がそう応じて笑っているが、冗談を述べたわけではなさそうだ。熊倉リサとハナコもそれを否定するそぶりを見せない。

「ならなにしてたんですか」

その問いに対し、矢吹翔は右手に持ったAQUOS R2のディスプレーを『水戸黄門』の印籠みたいにかかげてみせた。

「ほらこれYouTube、平壌放送のチャンネルがあるよってマリさんがリサさんに教えてくれたからね、三人で視聴してたわけよお。ハナちゃんあちらの風景だいぶご無沙汰で気の毒でしょう。だからせめて動画でもってことでね、どういうのあるんだろうって公開リストためしにチェックしてみたらこんな感じでえらいいっぱいあんのよお」

一気にまくしたてられてしまったが、さしあたっては「マリさん」とはだれなのかが気になる。この場にそれらしきひとはおらず、名前じたい初耳だ。

「ああ横ちゃん会ったことないかあ。マリさんはリサさんのお姉さんですよお」

熊倉リサに姉がいるとは意外だった。姉妹どころか同居している家族がひとりもいない殺風景な住環境に暮らす彼女は、若くして天涯孤独となって一家の資産を相続した身のうえかもしれない、などと横口健二は思いこんでいたからだ。

「お姉さんは、なにをされている方なんですか?」

「新聞記者をしています」

え、と思う。だから平壌放送のYouTubeチャンネルがあることを知っていたのかと察するが、熊倉リサの姉とはいえジャーナリストが相手となると、格好の新聞ネタをかかえるこちらはいささか具合が悪い。事情がどこまで伝わってしまったかと、横口健二は不安視したが、すかさずこう補足が入った。

「ハナのことを話してしまったわけではないので心配はいりませんよ。電話で姉としゃべったときに、北朝鮮関連の映像をまとめて見るにはどこがいいのかと訊いてみたら、YouTubeの平壌放送を勧められたという経緯なので」

熊倉書店ではいつしか、ハナという偽名由来の愛称があたりまえのように口にされ、当のハナコもその呼び名をごく自然に受けいれている。刺客がどこで聞き耳を立てているかわからぬと警戒し、あえて彼女に本名は訊ねぬと決めたこともあってそれが定着した。

なんにせよ、ハナコを紹介したわけではないのなら安心してよさそうだ。さっきは全国紙に北朝鮮女性密入国者の記事が載ってしまうイメージがぱっと思いうかび、にわかにぞっとなってしまった。銀座から持ちかえった厄介な案件が疑心暗鬼をまた活性化させているようだと横口健二は自覚する。

YouTubeでひさしぶりに平壌の風景に触れたおかげか、ハナコは機嫌よさそうにしてこちらのやりとりを眺めている。その彼女に、銀座で韓順姫とかわした話をどう説明すれば適切かと横口健二は思案しつづけているが、正解は依然わからない。

それを切りだすのを先のばしにすれば、やましい隠しごとでもあるみたいでたいへんに気まずい。かといって、韓国大使館員とまる二時間も話しこんできたことを誤解をあたえずにハナコに向かって説くのはそう容易ではない。南朝鮮政府関係者との接触は祖国では裏ぎりと見なされる行動だと、いつだったか彼女自身が口にしていた気がするからだ。

「そうぃや横ちゃん、晩ご飯まだなんじゃないのお？」

「あ、はい。なんでわかったんですか？」

「お金ないのに今日はいろいろ支はらっちゃったから、飯ぬきなのかなあと思って」

　そんなことまで見すかされてしまい、とりつくろう術もないので「ははは」と空笑いで応じざるをえない。すると矢吹翔が裏へまわり、帳場のカウンターテーブルにほどなくパック入りのたこ焼きと緑茶のペットボトルがみっつずつならべられてゆく。それを目にしてようやっと、なぜシャッターも閉めずに三人そろって店内に居残っていたのかを横口健二は理解する。

「おれのこと待っててくれたんですか？」

「そうなのよ横ちゃん。いや、ほんと言うとわたしだけね、ひとあし先にいただいちゃってたんだけどさあ、でも時間たってお腹へってきちゃったし、横ちゃんもそろったことだしみんなで食べましょうかあ」

　思わずほろりときてしまいそうになるが、しかしひとりで感きわまっている場合ではない。銀座でのことを報告するには、四人で夜食をつまみながらというのは雰囲気が重くなりすぎず、悪くないシチュエーションかもしれない。

　横口健二はそう思い、クーリエバッグのなかからとりだした韓順姫の名刺をたこ焼きパックのそばにそっと置く。まずは誤解をおそれず、ありのままの内容をハナコに伝えてみるしかない。

●

名刺を手にとり、駐日大韓民国大使館二等書記官という職名を認識した時点でハナコはなぜ、と怪訝な顔つきになっていた。つづいて横口健二がことの次第を端折らず説明していったが、彼女が首を振るのは縦よりも横のほうがはるかに多かった。

　横口健二自身、初対面の韓順姫を全面的に信用しきっているわけではない。それでも名刺を持ちかえり、ハナコに手わたすことにしたのは、話しあいのすえつきつけられたするどい問いかけに答えられなかったせいでもある。

身分証もなにもないその密入国者を、日本で確実にまもりとおせるという保証はあるのか——韓順姫にそう問われると、横口健二は明確な回答を口にすることができなかった。

なんのうしろ盾もない一個人が、複数勢力にねらわれているはずのハナコの安全を保障できると言いきるのは明らかに無理がある。意志や理想だけでは対処しうるわけもなく、生活費の工面さえ苦労している人間が背負いきれる事態ではない。

たとえそうであっても自分は背負うつもりでいるのだ——問われた矢先に浮かんでいたのはかようなこころざしだったが、横口健二はそれを口には出せなかった。どこまでも現実的な態度でせまる韓国大使館員を前にしては、その表明が説得力ある答えになるとは思えなかったからだ。

しかしハナコ自身にとってみれば、当の韓国大使館員との関わりあいこそが危機の元凶となりうる。南朝鮮政府関係者との接触は反逆行為と目されてしまうから、わずかでもつながりを持つことは避けねばならないとあらためて述べてもいた。

したがってその意味では、韓順姫との縁を保つことはありえない——それはそうなのだが、ただ別の見方をとれば、行政的対応が可能な政府職員だからこそ、まさにハナコの安全を保障できるととらえられるところが悩ましくもあるのだった。

「ちょっといいですか横口さん」

口をはさんできたのは熊倉リサだ。もやもやしていた空気を振りはらうかのように、鬼判事の物言いで彼女はこう切りこんできた。

「その韓国大使館員のひとは結局、なにをもとめてきてるんですか?」

「面談させてほしいと言ってましたね」

「ハナにも話を聞きたいということ?」

「そうですそうです」

「それだけなの?」

「要するに、今回の密入国が組織的なテロ工作からみとかじゃないかどうかってことを彼女は調べてるみたいなんです。その結論を出すのに情報の隙間を埋めておきたいから、ハナさんともじかに会っていくつか確認させてほしいことがあるんだと」

「で、横口さんはどう答えたの？」

「もちろんノーです。話してくれた内容じたいは嘘じゃなさそうだったけど、韓国政府のひとと直接つながっちゃうのはまずいってことは以前ハナさんに聞いてた気がしたし、ひきあわせてなにが起こるかもわかんないし」

「ならそこで話は終わりなのでは？」

「ええ、まあ、そうとも言えますが――」

「つまり話は終わりだとわかっていても、横口さんとしてはその韓国大使館員との関係を残しておくことにメリットがあるんじゃないかと結論したわけなの？」

「そうなるのかな」

「ちなみにどういうメリットが？」

「正直まだ、そこまではつきつめてないんで具体的には――」

熊倉リサの向けてくる視線がきびしい。ひょっとしておまえ籠絡されておめおめ帰ってきたんじゃあるまいな、とでも責められているような気にさせるまなざしだ。

「ええとだから、言ってみればそれは――」適切な言いまわしが思いつかぬまま、横口健二は「保険ですよ」とつづける。

「保険？」

「そう保険。この先ハナさんが日本でトラブルに遭った場合、祖国にはSOS出せないじゃないですか。ボスの耳に入ったらやばいですから。おなじ理由でこっちにいる同胞にも相談できないとなると、事情を把握してる南の政府関係者に頼るしかないかなと」

「そういう意味での保険」

「ええ」

「でも、頼る頼らないはどのみちハナ自身が決めることではないんですか？」

おっしゃるとおりではある。本人の意向もかえりみず、こちらが勝手にトラブルシューティングの段どりを組んでしまうところだった。「ですよね」とかえし、申し訳ないという面持ちで横口健二はハナコに目を向ける。

「どう思います？」

熊倉リサとのやりとりをずっと静観していたハナコは、自分の心づもりをまとめるみたいにいったん視線をさげてからこう返答した。

「わたしの考えはさっきと変わっていません。南朝鮮政府とのつながりを避けるのは当然として、この韓順姫という女性がどういうひとなのかもわかりませんから、面談にはやはり抵抗があります。それと、こちらがトラブルに遭うなどしてこまったときだけいっぽう的に頼るというのも、なんだか無節操ですし、先方にも失礼ですから遠慮したい気持ちが強いです」

まことに筋のとおった見解だ。彼女の置かれたむつかしい立場を考慮すれば、その慎重姿勢はいっそう尊重しなきゃならないとも感じさせられる。

いずれにせよ、ハナコに翻意をうながせるほどの確信を持っているわけでもない以上、保険の案にいつまでも固執するべきでもない。かように思いなした横口健二は「たしかにそうですね」と同意し、テーブル上にもどされていた韓順姫の名刺を手にする。

「それにこちらがいっぽう的に利用するような態度をとったら、相手にもおなじことされちゃうかもしれない。仕かえしされても文句は言えないわけだ――」

そう口にしたきりかたまり、手にした名刺をただじっと見つめている横口健二に対し、矢吹翔がこう問いかけてきた。

「横ちゃんそれ、どうするつもり？」

はっとなり、「これですか？」と応じた横口健二はゴミ箱をにらみ、関わりを断つのなら名刺を捨ててしまおうかとふと思う――が、韓順姫の顔がちらついてふんぎりがつかない。

「ちょっと、捨てることたあないでしょうよ」

言いながら矢吹翔は名刺をうばいとり、カウンターテーブルの横の壁につるされたコルクボードにそれを画鋲でとめた。

「こうしときゃいいよお。もしかしたら、このひとご来店するかもしれないしねえ」

●

四月二一日日曜日午後二時五一分——銀座線浅草駅4番出口を出るとすぐに、吾妻橋を往来する大勢のひとの姿が目にとまる。

橋の向こう側を見やると、アサヒスーパードライホールと東京スカイツリーというふたつのランドマークがワンセットみたいになってでかでかとそびえ立つ印象的な眺めに出あう。その景観のかもす異様なおもむきは、ダリが手がけた『白い恐怖』の幻想シーンを彷彿とさせぬでもないが——あるいはそれは、「アルフレッド・ヒッチコック試論」が今またこちらの脳裏で存在感を高めているせいかもしれないと、横口健二は思う。

比較的好天候にめぐまれた日々がつづいている東京の空は今日も晴れており、気温も現在は摂氏二一・二度とすごしやすい。

ウェザーニュースによると、強風がたまに吹くものの夜まで春らしいおだやかな天気が保たれるようだから、観光日和と言えるコンディションではあるのだろう。実際、この浅草駅の周辺は旅行者と思しき老若男女が何人も行ったりきたりしており、外国からの訪問と見られる通行人らも目だっている——スマホで地図アプリをチェックしたりセルフィーを撮ったりしているグループが通りすぎるたびに、さまざまな地域の言語が聞こえてくる。

欧米人観光客がとりわけ多く見うけられるのはなぜなのかと、学生風の男女数人が近くでしゃべっている。イースターホリデーどまんなかだからでしょと、そのうちのひとりが答えるのを耳にしつつ、横口健二はきょろきょろする。待ちあわせの目印にすると相手が約束した赤い野球帽はまだ見あたらない。

ハナコとふたりで吾妻橋のたもとを訪れたのは観光目的ではない。そこで午後三時きっかりに、「試論」の翻訳者たる今間真志とはじめて顔をあわせることになっているのだ。

つないでくれたのは、大学で映画を教えるかたわら評論活動をおこなうヒッチコック研究者、佐伯政夫だ。ゆみちゃんをまじえたサイゼリヤでの四者会談の後日、自分自身の興味もあって研究者仲間や友人知人へ手あたり次第に問題の「試論」について問いあわせてみた結果、今ごろになってあたりがきたのだという。知りあいの知りあいの知りあいが今間真志であると判明し、事情を伝えたところ本人からＥメールでの連絡の了承をえられた――佐伯先生はそんな経緯を知らせてくれた。

翻訳者との面会はもはや大収穫と呼べるほどのことでもない――ひと月前だったならそんな認識しか持てなかっただろうと横口健二は思っている。ハナコの任務が打ちきられ、熊倉リサの厚意により全文に目を通すことも可能となって以来、「試論」への関心が急速に薄れていったのはたしかだった。

転機をむかえたのは、密航船乗りかえ断念を経てふたたび熊倉リサの厄介になり、一週間くらいがすぎたときのことだ。

その頃、住みこみの古書店員生活に慣れてきたハナコが「試論」とあらためて向きあってみることを思いたっている。映画研究者としての興味もさることながら、極秘任務をたずさえて海を渡った密使の責務が呼びおこされ、心がそう動いたようだ。それがなによりほんとうに将軍様にゆかりのある文書なのかどうかを見きわめたいと望みつつ、自分なりに論文の真価をはかっておかなければならないと彼女は義務感にかられたらしい。

仕事の合間に時間をかけて「試論」を精読し、全文を読みとおしたすえにハナコが行きついたのは、これは将軍様ご自身の著述ではありえないという結論だった。

この「試論」においては、自主的かつ創造的にみずからの運命を切りひらく「世界の主人公」であるはずの現代的人間像がはっきりとしりぞけられている。代わりに目につくのは、ひたすら作品世界の原理に翻弄されるしかない不自由な存在としてヒッチコック映画の作中人物たちをおとしめる、厭世的な論述だ。その意味で、ほんらい肯定されるべき主体（チュチェ）思想がここでは一貫して否定されていると読みとれる。

また、作品理解の核であり、創作現場における共通の指針として働く種子（チョンジャ）もないがしろにされている。民主的かつ主体的でありながら、調和のとれた創造性の実現に欠かせない種子の価値がまるでかえりみられない。

思想性と芸術性の結節点となる種子は、日常の生活を通じてこそとらえられる社会的現実の反映と言える。しかし「試論」においては、もっぱら独善的演出家の空想的創意ばかりが称揚されている。結果そこで際だつのは、逃避的で遊戯的な態度にすぎないのだ。

さらに言えば、「試論」における最大の問題点は結論部に認められる。

論考の最後にとりあげられているのは、財産相続をめぐるドラマが展開されるヒッチコックの遺作である。『ファミリー・プロット』なるタイトルのふされた同作を、「試論」はニセモノ的存在の勝利を謳う画期的な試みとして解釈し、高く評価している。

資産家の老婦が、亡くなった妹の私生児を遺産相続人に指名するも、当の男性は長らく消息不明になっている。それゆえ老婦は、いんちき霊媒師の女性に甥の行方調査を依頼するが、その捜索劇はやがて誘拐宝石強盗事件とからんでゆく、というのが同作の筋だて（プロット）らしい。

これはホンモノ対ニセモノの構図に集約できる筋だてであると「試論」は分析している。そしてその対決は、最終的に前者が敗者となる。

私生児（ホンモノ）は、私生児である事実に無自覚で不徹底であるがゆえにその座を追われることになる。対して、いつわりの行動に徹した自覚的なニセモノがついに霊媒師（ホンモノ）の能力を発揮するにおよび、シャンデリアに隠された盗品たる巨大ダイヤモンドが階段をのぼった途中で発見されることになるのだという。

そんなでたらめきわまりないクライマックスを、ヒッチコック作品ぜんたいにとってのハッピーエンディングとして称賛し、現実に背中を向けきった虚無主義的姿勢を打ちだして議論を締めくくるのが、この論文の特徴にほかならない。これは共和国とは決して相いれぬ、反革命の論理と言わざるをえない。

かような読解のもと、「試論」は将軍様ご自身の著述ではありえないと結論するにいたったハナコは、新たな謎をかかえてしまう。

将軍様はもちろん、朝鮮文化とのつながりすらどこにも見いだせない単なる映画評論の記事が、なにゆえ今になって探索されることになったのか。そもそもこれは実際にはいつ、だれの手によって書かれた論考なのか。この文章にいったいどんな秘密が隠されていて、それが共和国とどう関係しているというのか。

何度「試論」を読んでも答えらしい答えにはめぐりあえず、謎は深まるばかりの袋小路に陥りつつあるなかとどいたのが、佐伯政夫からのEメールだった。論文筆者と直接の関わりがある今間真志とじかにやりとりできるとなり、ハナコと横口健二のあいだで謎の解明への期待がふくらんでゆく。かくして数回のメール往復を経て、四月二一日に吾妻橋で落ちあう約束をとりつけるにいたったのだ。

●

そろそろかという気がして横口健二は腕時計に視線を落とす。時刻はちょうどぴったり午後三時をまわったところだから、あたりくじでもひいたような気分だ。今日は勘が冴えているのかもしれない。

赤い野球帽はどこかと探してみても、原色を頭に載せている通行人はひとりも目に入らない。遅刻と見るにはまだ早すぎるが、顔も性格もわからず待ちあわせるのがはじめての相手ゆえ、すっぽかしの可能性もないではないなと憂慮がもたげてきて、どうにもおちつかない。

スマホにメール着信の通知はない。ということは、電車遅延や交通渋滞に巻きこまれたとかではなさそうだから、このまま待っていればいずれ今間真志はあらわれるだろう。

それにしても、なにかイベントでも予定されているみたいに、吾妻橋の往来も浅草駅周辺もひとごみの密度がどんどん高まってきているように感じられる。そのせいで、今間真志はなかなかここまでたどり着けずにいるということも考えられる。どのみち吾妻橋を待ちあわせ場所に選んだのは彼だから、迷子になっていることはありえない。

待たされてそわそわするあいだ、橋のたもとの風景は刻一刻と移りかわる。赤い野球帽を探しつつ、行きから通行人を眺めるのも悪くはないと横口健二は自分に言いきかせる。世界中から訪れたひとびとの多様な顔だちに触れられるので、少なくとも退屈はしない。ハナコも隣でものめずらしそうにきょろきょろしているが、あるいは彼女は自身のコレクションを充実させるべく、インスタ映えする落書きでもないかとあたりを見まわしているのかもしれない。

だしぬけにiPhone SEがぶるぶるとふるえだした。メールでこちらの電話番号を伝えてあるから、今間真志が遅刻を詫びるつもりで連絡してきたのかと思いきや、表示された発信者名は韓順姫だ。

この約一カ月間、彼女からはたびたび電話がかかってきており、じつのところ横口健二は出先で一対一で会って話したことも数回ある。ハナコの意向を尊重し、面談はことわりつづけていたのだが、そうするうちに餌をぶらさげられた。「アルフレッド・ヒッチコック試論」の探索がなぜはじまったのか、その理由を韓順姫は知っているというのだ。

これにはハナコも無視できないという反応を示さざるをえなかったようだ。「試論」の全文を読みとおし、新たな謎をかかえるにいたった矢先、韓国大使館員が極秘任務の内幕に通じていると表明してきたわけだ。そこに彼女が興味いじょうのものをおぼえてしまうのも無理はない。

が、南の政府関係者とハナコ自身が接触するのを避けねばならぬことには依然として変わりはない。ゆえに今回も横口健二が単独で餌に食いつくかたちをとり、韓順姫の話を聞くだけ聞いてくるということになった。

韓順姫は情報を小だしにした。やり方はクリフハンガーのそれであり、好奇心をそそる断片をいくつか話し、佳境に入った途端に打ちきってつづきは後日またあらためてという具合だから、全貌に触れたければ一回かぎりでは終われないとなる。

彼女のねらいは明白だ。これはいわば餌づけみたいなものだろう。くりかえし関心を満たしてやり、距離をちぢめてゆけば、密入国者側の警戒心も薄らいでいってそのうち面会もかなうにちがいない。おおかたそんな思わくで面談の機会をかさねようとしているのではないかと推察された。

そうして知りえた情報は驚くべきものではあった。韓国大使館員より聞いてきたとおりに横口健二が報告すると、熊倉書店の面々は当惑の空気につつまれるばかりとなる。

韓順姫いわく、北朝鮮に「試論」を持ちこんだのは、トランプ大統領の隠し子を自称しつつ金正恩委員長にとりいろうとしたひとりの日本人男性だった――これが論文さがしの発端となった出来事なのだと言われても、半信半疑にさえ値しないようなつくり話としか当初は受けとめられなかった。

が、その眉唾の印象は案外と早くあらためられることになる。民間人たるこの自分を任用したボスが、部下との会話の際に「トランプ」と「隠し子」の二語をつぶやくのを小耳にはさんだ記憶がある――ハナコがそう証言したからだ。

かくして、韓順姫の信頼性ががぜん向上したいっぽうで、論文をめぐる謎じたいはいっそう立ちこめてしまって視界不良となる。

そんななかにとどいたのが佐伯政夫からのEメールだ。真相解明の欲求がふくらみきったところへもたらされた、今間真志のメールアドレス。渡りに船がやってくることもたまにはあるようだと思い、横口健二は高揚せずにはいられなかった。

●

液晶画面に表示された韓順姫の名を目にした横口健二は、出先なので今は話せないとだけ伝えておくかと思い、iPhone SEを左耳にあてる。

「韓さん、申し訳ないけど外でひと待ってるとこなんで――」

「どこですか？」

こちらが言いおわらないうちに彼女がそう訊いてきたため、浅草ですとうっかり答えかけてしまう。韓順姫は毎回この調子で隙あらば情報をもぎとろうとしてくるので、短い会話でも注意しなければならない。

「どこってまあ、都内ですけど――」

「なるほど、一緒なんですね」

「は？」

「待ちあわせの場所をごまかすのは、密入国者と一緒にいるからでしょう」

要注意だと自分にうながしているそばからこのざまだ。横口健二が口ごもっていると、韓順姫はつづけてこんな質問も放ってきた。

「密入国者と一緒に待つ相手ということは、例の論文に関係するひとでしょう？」

スパイかなにかなんじゃないかと思わせる、おそるべき洞察力だ。ほんのひとことふたことのやりとりから、二分もしないうちにこちらの現状を完璧に見ぬかれてしまった。これは電話に出たことじたいがまちがいだったようだとあわてた横口健二は、早口でこうまくしたてるしかない。

「とにかく今日は無理なんで、また今度ってことで――」

言いながら通話終了ボタンを押して強引に回線を切った。こうでもしないとどんどん長びかされてすべて白状させられ、ことによっては今間真志から着信があってもほったらかしにしてしまったかもしれない。

それにしても、待ちあわせの相手を悟られかけたのはまずかった。韓順姫は「試論」を重要文書と見なしているようだから、その翻訳者と面会するのだと知れば彼女は確実に居場所をつきとめようとしてくるだろう。

韓順姫の調査がどこまで進展しているのかはさだかでないが、テロ工作の可能性は低いと判断している割にはなんとなく、お尻に火がついているらしき切迫感もうかがえる。こちらに彼女が連絡してくる頻度を考えると、欠けているピースとやらを急いでそろえねばならぬ秘められた事情でもあるのかと横口健二は勘ぐってしまう。

いずれにせよ、韓国政府の職員が日本の一般市民相手になんでもかんでもしゃべってくれているわけではないのは明らかだ。伝えても支障がない情報のみを選びとっているのだろうし、取引材料としてそれらをさしだしてしまってもじゅうぶんもとがとれる計算などもあるのかもしれない。

北朝鮮に「試論」が持ちこまれた経緯は明かしたものの、トランプ大統領の隠し子を自称する男の正体については韓順姫は説明していない。質問も受けつけないという条件だ。ゆえに横口健二と熊倉書店の面々は、想像をたくましくしてその謎にせまろうとしている。

なにか重大な事実がひそんでいるから伏せているのか、あるいは単にこちらの関心をつなぎとめておくべく、例によって情報を小だしにしているだけか。それとも韓順姫自身、日本人男性であること以外の情報をえておらず、正体をつかんではいないのか。

それにとりわけ興味を抱いたのは、探索がはじまる以前に「試論」に目をとおしたことがある熊倉リサだった。もしかしたら謎を解明できるかもしれないと彼女が言いだし独自に動きだしたため、情報源たる韓順姫にはそのことを内緒にしておかねばならなかった。

前々から手もとにある休眠情報をたどってゆけば真相にゆきあたりそうな気がする、というのが熊倉リサの思いつきだった。その情報がどこで眠っているのかといえば、復旧修理して「試論」をとりだしたあのハードディスクだ。

当のハードディスクには、「試論」のほかにもいくつかのヒッチコック関連原稿が保存されている。そしてそれらの書き手は過去に熊倉書店の常連だったひとびとであり、彼らはしばしばおたがいの論文を読みあって議論をかわしていたという。

その元常連客らに問いあわせてみれば、「試論」の筆者はもちろんここ最近の奇妙な論文拡散状況についてもなんらかの手がかりがえられるかもしれない。

かような見とおしのもと、熊倉リサはみずから調査に乗りだし、いつものごとくなにも告げずにひとりで出かけていった。いよいよサーチ・アンド・デストロイの発動ですねなどと横口健二は思わず軽口をたたきかけたが、寸前で自重している。

●

強引に回線を切ったので韓順姫は即座にかけなおしてくるかと思いきや、そんなことはなかった。どうやら彼女は今日のコンタクトをあきらめてくれたようだ。

面倒なことがあっさり一個かたづいてほっとする

が、赤い野球帽はいまだどこにも見あたらない。その代わりに、ひとごみの密度がさらに増したように感じられる。おそらくこの雑踏のせいで、今間真志は牛歩を強いられなかなかここへたどり着けずにいるのだろう。きっとそうにちがいないと自分に言いきかせ、いやな予感を封じこめる。

待っているこちらがいくら気を揉んでも仕方がないのだから、頭を切りかえるしかない。その一環として、横口健二はiPhone SEを手にしたついでに沢田龍介へLINEのメッセージを送っておくことにする。

沢田龍介と最後に話したのは四月一日月曜日だからもう二〇日も前のことになる。所属組織が今なお内紛の渦中にあり、そのうえ自分自身が四面楚歌に陥り敵対勢力から追いこみをかけられてもいるくまモンは、相変わらず目だつ行動を避けて事務所にこもりがちになっているらしい。それでも、こちらからまったく連絡せずにいればのちのちどやされるとわかっているため、横口健二はたまにLINEで近況を知らせることにしていた。

そんなわけで、エイプリルフールの深夜にiPhone SEがぶるぶるとふるえだし、沢田龍介の名前を表示させたときにはまたもやなにか事件発生かと胸さわぎをおぼえた。三月一六日土曜日の夜にかかってきた前回の電話も、ハナコの密航を仲介した男の死体が柏崎海岸で発見されたことのお知らせだったから、今回もそれに匹敵する物騒な話がもたらされる可能性が高そうだと横口健二は危惧した。

結果は案の定だった。電話に出るや否や、くまモンはいきなりこう指示してきたのだ。

「おう健二、テレビつけろ」

「沢田さん、ここテレビないんですよ」

「テレビない？　おまえどこいんの？」

「熊倉さんとこです」

「古本屋はテレビ見ねえのかよ」

「いや、おれが居候させてもらってる部屋にはないってことなんですけどね——それはまあいいとして、なんなんすかいったい」

「おまえあの病院おぼえてる？」

そう訊かれて脳裏に浮かぶのはただひとつだ。あまりいい思い出がない場所ではある。

「天知さんの廃病院のこと？」

「ああ」

「あそこでなんかあったんですか？」

「燃えてるわ今」

「燃えてる？　病院が？」

「そう」

「え、なんで？」

「んなもん火事に決まってんだろ」

「いや、それはわかりますけど、だからその、ふつうの火事なんすか？」

「ふつうってなんだよ」

「ああいうとこだから、単なる火の不始末とかが原因じゃなさそうだなと思って」

「そら一〇〇パーつけ火よ」

沢田龍介はそう断言した。ということは、彼はすでになんらかの関連情報をえているのだろうか――だとすれば前回同様これは警告の連絡ではないのか。

「事故ではない？」

「天知はまずやらかさねえわな」

「そうなのか――ちなみに沢田さん、じつはもうなにかつかんでたりします？」

「なんも」

「あれ、そうなの？」

「ニュース見てるだけでなにつかむっつんだよ、超能力者じゃねんだよ」

「でも、おれにわざわざ電話してくれたってことは、気をつけろっていうお知らせなんですよね？」

「つうか確認だ」

「なんのですか？」

「古本屋に変な客とかきてねえか」

「変な客――特に見かけてないですけど」

「おまえも店番してんの？」

「あ、はい」

「まだ仕事みつかってねえのかよ」

あいにくそのとおりだ。前職会社から業界中に悪評がひろまってしまったのか、派遣会社の担当者はブライダルにかぎらず映像関係でははじかれっぱなしだと言ってきている。そんなわけで、いつもながらの熊倉リサの厚意により、ハナコともども熊倉書店で臨時雇いとして働かせてもらっているという次第だ。

それにしても、あの廃病院が不審火に見まわれたタイミングで熊倉書店の不審者来店情報をもとめられるとは不穏きわまりない。不安がみるみるつのりだし、横口健二はただちにこう問わずにはいられない。

「それって沢田さん、ここの住所も割れちゃった可能性あるってことと?」

「可能性なんざいくらでもあるわなそら。なんもねえならいちいち訊かねえよ」

溜息まじりにどすの利いた声でくまモンがそう答えた。エイプリルフールのネタで言っているのだとすればそろそろ種あかししてほしい頃あいだが、そんな気配はみじんもないからこの危機感は現実のものだ。

横口健二は静かに息を吐いて心をおちつけ、すみやかに頭のなかを整理する。

沢田龍介の口ぶりから察するに、熊倉書店の住所割れを裏づける具体的な情報が入ったわけではないのだろう——が、たとえそうでも決して不用心ではいられない状況であるのもたしかだと思われる。まる三日間も地下の小部屋に閉じこめられ、あやうく拷問されかけたことにより、この自分は天知や廃病院との直接の接点を持ってしまっているためだ。

拷問代行業者だけに、ビーチボーイ天知がこれまでに買ったうらみはそうとうな数にのぼりそうだ。またそれを踏まえれば、あの廃病院に火を放ちたがる輩など裏社会にごまんといるだろうことは想像にかたくない——しかしだとしても、当の事態が今この時期に起こったという事実は見すごせない。

なにしろ柏崎海岸で死体が発見されてからほぼ半月後に生じた不審事だ。放火犯はくまモン狩りの一派だと見てまちがいない気がするし、沢田龍介自身もそう見当をつけているからこそこちらへ警告の連絡をくれたわけだ。

もしも建物に火がつけられる前になんらかのやりとりがあり、いつもとは逆に天知のほうが拷問にかけられるような展開におよんでいたのだとすればたいへんによろしくない。くまモン狩りにいそしむ暴力団員らが、ただの愉快犯目的のみで廃病院に放火するとはとうてい思えない。そしてなにより柏崎海岸の死体も拷問された疑いがあるのだ。

　沢田龍介みずから廃病院へむかえにあらわれ、拷問委託代金の倍額を支はらってつれて帰った男がいると知れば、くまモン狩りの輩たちはどう動くだろうか。当然その男もターゲットに加え、じきに居場所の捜索にとりかかるにちがいない。

「おう健二」

「あ、はい」

「なに黙ってんだよ」

「考えごとしてました」

「どういう？」

「いや、どんだけやばい状況なのか、自分なりに目算を――」

「おめえが考えたってどうしようもねえだろうが」

「でも、ここにいることばれちゃったら熊倉さんにも迷惑かかっちゃうし、なんか手を打たないとまずいですよ」

「だから、おめえじゃどうもできねえだろっつってんだよ」

「そう言われてもなあ」

「うるせえな最後まで聞けこら。んなもん結局おれがなんとかするしかねんだよ」

「え、沢田さんなんとかしてくれるんですか？　だって身動きとれないんでしょ？」

「てめえいやみで言ってんのそれ」

「ちがいますよちがいます」

「なんにしてもだ、どのみちうちの揉めごとなんだよ。古本屋まで燃やされちまわねえようにおれがふせいでやるしかねえだろうが」

　おっしゃるとおり、こちらは完全なとばっちりなのだと横口健二は思ってはいるが、それを声には出さない。沢田龍介がめずらしく面倒くさがらず、みずからの責任として問題をひきうけ、しかるべき対応にあたることを約束してくれている以上、水などさして彼がへそをまげるような流れにしてはならない。

「今回の放火犯と、あの仲介役のひと殺しちゃった一味がじつはぜんぜん無関係ってことはないですよね？」

「なくもねえよ。そこんとこもはっきりさせとかねえと下手に動けねえわ」

「おれにできることとかってなんかありますか？」

「なんもねえからおめえはふつうにしてろ」

「いやでも――」

「うるっせえな。とにかくおまえらんとこにはだれも行かせねえようにはすっけどよ、それでも古本屋におかしな客きたらすぐおれに知らせろ。あとはあの女、あいつにいい加減おれの電話に出ろっつっとけ」

「あの女？　え、熊倉さんのこと？」

「そうだよ」

「沢田さん彼女とじかに連絡とってんの？」

「とってんのにあの女ちっとも出ねんだよ電話によお。だからおめえがよく言っとけ」

どういう用件で、と訊ねかけたところで通話を切られてしまった。気になったので即刻LINEでその質問を送ってみたが、くまモンからの回答はなかった。


明くる朝、沢田龍介が電話に出てくれと言っていたことを伝えると、「いそがしくなければそうします」と熊倉リサは答えた。ふたりが連絡をとりあっていることを隠しだてしているような雰囲気はとりたてて感じられない、淡々たる態度だ。

とすると、ことづて役のこちらが素朴な興味を投げかけるのはごく自然ななりゆきではなかろうか。そんなふうに思いつき、くまモンはなんの用で連絡してきているのかと問いかけてみれば、かえってきたのは「お金のことです」というひとことだった。なおも漠然とはしているものの、「お金」の問題であると知るや多額の借金をかかえる横口健二は急に肩身がせまくなってしまい、それ以上のことを熊倉リサに訊くことはできなかった。

おなじ朝、横口健二には別件でもうひとつ確認しておきたいことがあった。廃病院の火災による犠牲者の有無だ。あの建物の地下に監禁され、手ひどく痛めつけられる寸前までいった者としては、ほかに何人もいた捕囚らの安否が気がかりになっていた。

その答えはニュースサイトの社会欄からえること

ができた。味もそっけもない簡潔な一文だったが、読んだ途端に横口健二は大いに心をゆさぶられた。廃病院の焼け跡から、身元も性別も不明の四人の焼死体が見つかったと報じられていたのだ。

それがだれなのかわかるときはくるのだろうか。ビーチボーイ天知や彼の部下たちなのかもしれないし、あるいは逃げることを許されなかった捕囚たちなのかもしれない。

いずれにせよ、三月一六日につづいてまたしても死者が出てしまったわけだ。しかも今回は四人もいる。どちらも同一犯の仕わざだとすれば、意図的に死体が発見されるように仕くんでいるのではないかと勘ぐらずにはいられない——次はおまえらの番だぞと、暗に脅されているような気もしてきてしまう。

●

浅草で今間真志と待ちあわせしていると沢田龍介にメッセージを送り、横口健二はiPhone SEをデニムの尻ポケットにしまいかける。するとその矢先、「きゃっ」だの「わっ」だのと近場で悲鳴があがった。隅田川の川風が通行人のスカートをめくりあげたりかぶり物をかっさらったりとひと騒動おこし、すごい勢いで吹きぬけていったようだ。ハナコの金髪ウィッグは飛ばされなかったが、長い毛が踊りくるうみたいになびいてしまってはらいのけるのに彼女は苦労していた。

橋上の風景が平穏をとりもどすのをぼんやり眺めているうちに、やがて視界に一色のアクセントが出現した。自分たちのいる銀座線浅草駅のほうへ赤い野球帽が近づいてきていることに気づいた横口健二は興奮をおぼえ、思わずつまさき立ちになってしまう。

ついに今間真志のお出ましのようだ。iPhone SEをふたたび眼前に持ってきて時刻をたしかめてみると、約束より二〇分の遅刻だとわかる。まあまあ待たされてしまったが、こうして彼はあらわれたのだしそれでいいじゃないかと寛容な気分になる。隣を見やると赤い野球帽が目に入ったらしく、ハナコがこちらに微笑みかけてきていた。

赤い色が上下にゆれ動いているのは五〇メートル

ほど先のあたりだが、周囲が黒ばかりなので距離があってもよく目だっている。今間真志は雑踏にまぎれることがないくらいに大柄な男のようだから、赤い野球帽の接近はなおさら見てとりやすい——さながらカウントダウンのごとく、視界のなかで赤い点がどんどんおおきくなってきている。

そんななか、左手に持ったままだったスマホが不意にぶるぶるぶるふるえだしていた。LINEのメッセージに沢田龍介が反応したのかと思いきや、今度は熊倉リサの名が発信者として表示されている。微妙なタイミングではあるものの、今間真志の到着まであと二分くらいはかかりそうだから念のため電話に出ておくことにする。

「どうしました?」

「横口さん、今どういう状況ですか?」

「浅草駅の出入口のとこで今間さん待ってるところです——ああでも、もう間もなく会えそうなんです。それらしきひとがこっちに歩いてきてるんで」

「よく聞いてください横口さん、そのひとと会っては駄目です」

「会っちゃ駄目? え、駄目なの? なぜですか?」

「今間真志なんてひとは存在しないからです」

「は?」

「横口さん聞こえてます?」

「なになに? え、どういうこと?」

「今間真志なんてひとは存在しないんです。それは架空の名前であって——」

「あの、ちょっと待ってください熊倉さん、それ真面目な話ですよね?」

横口健二の動揺を察したらしく、ハナコが隣から心配そうなまなざしを向けてきている。彼女と目をあわせ、頭の混乱を共有してもらったあと、気になって吾妻橋のほうを見やると赤い野球帽はすでに十数メートルの距離まで近づいてきていて歩みをとめる様子もない。

「真面目な話です。あのヒッチコック論はハナが見ぬいていたとおり、北朝鮮とは縁もゆかりもない単なる映画評論だったんです。もとから日本語で書かれていて、書き手も日本人で、あなたもよくご存じの方です」

「書いたのは日本人でおれの知りあい？　マジで言ってます？」

　赤い野球帽は一通道路を横ぎる短い横断歩道の対岸で立ちどまった。片手に持ったスマホの画面とこちらを見くらべているということは、待ちあわせの相手だと気づいたのだろう――革ジャンと金髪が自分たちの目印だとメールで伝えてあるから、それを再確認したところかもしれないと横口健二は思う。

「ほんとうです。書いた本人と電話を替わりますのでお待ちください」

「え、あ、はい――」

　わけがわからず判断停止に陥りかけているが、熊倉リサより今しがたもたらされた情報を整理するとこうなる。「アルフレッド・ヒッチコック試論」の筆者は日本人であり、そのひとはおれの知りあいでもあって、論文の内容じたいもハナコが指摘したとおり北朝鮮とはなんの関係もないとのことだ。

　となると、ひとつのおおきな疑問に対峙せざるをえない。雑誌掲載時、「試論」が翻訳記事として発表されていたのはなぜなのか。

　いや、そんなことよりもっとさしせまった問題があるではないか。「試論」がもとから日本語で書かれていて、翻訳者の今間真志が架空の存在なのであれば、あそこでこちらを見ている赤い野球帽の男はなにものなのだ。

「ごめんね横口くん」

　やにわに受話口から聞こえてきたのはなるほどなじみのある声だ。しかも二月のすえ、ひさびさに会ったばかりのひとじゃないか。

「宮田さん？」

「うん、そう、宮田です。こないだは、嘘ついちゃって申し訳ない。あのヒッチコック論はね、ほんとはだいぶ前にわたしが書いた原稿なんだけど、あのときはばつが悪くて正直に言えなかったんです」

　宮田ひろしが話すあいだにまた、目の前を強い風が吹きぬけていった。つかの間の出来事だが、いろいろなものがめくりあげられたり飛ばされたりして吾妻橋のたもとをいささか騒然とさせた。

横断歩道の対岸にもその風の影響が見られた。赤い野球帽が突風にあおられふわっと浮きあがったことにより、予想だにせぬ男の素顔がさらされて横口健二は息をのむ。

赤い野球帽はそのまま強風にかっさらわれてしまうかと思いきや、間一髪でふせがれる。とっさに右手をつきだしキャッチに成功した持ち主により、なにごともなかったみたいに定位置へともどされていた。

したがって、男の頭部から野球帽が離れたのはごく一瞬だけだったが、横口健二の警戒心を高まらせるのにはじゅうぶんな長さだった。その場面を目撃した彼は、たちまちこんな考えに襲われ全身が凍りついてしまう――スキンヘッドマン田口は生きていたのか。

「もしもし横口くん、聞いてる?」

宮田ひろしの呼びかけがくりかえし受話口から聞こえてきているが、スマホを耳にあてながら呆然となっている横口健二はなんの反応もできない。思ってもみない事実にたてつづけに直面してしまったことにより、おつむの処理が間にあわず次の行動へ移れないのだ。

そうこうしているうちに世界のほうは容赦なく動きだしつつあった。数メートル先にいる男が赤い野球帽をかぶりなおし、にたりと笑みを浮かべてこちらに手を振ってきているから、もうじき手のとどく距離まで歩みよってくるだろうことは確実だ。が、それがわかっていても横口健二は身も心も麻痺してしまっており、どうすることもできない。

「横口さん!」

とつぜん横からハナコがのぞきこむようにして顔をつきだしてきて、目をさませという具合に名前を呼んでくれた。

おかげではっとなった横口健二はその刹那、ここで今どうするべきかの答えがひらめく。もっとも、この場合にとりうる策などひとつしかない。隣でこちらの様子をうかがっているハナコに対し、彼はこう誘いかける。

「逃げましょう」

横断歩道の対岸を見やると、スキンヘッドマン田口にそっくりの男は案の定こちらへ近づいてきている。至近距離で向きあう前にとっとと逃げださねばなるまいが、こういう局面で重要になるのはどこを目ざすのかの選択だ。迷いやためらいは命とりゆえ、一秒もかけることなくそれを決定しなければならない。

真うしろに銀座線へと通ずる階段がある。しかし電車は逃げ場を失いかねないから、街中を移動して行方をくらますのが正解だろう。

赤い野球帽は隅田川をはさんで反対側の墨田区方面よりやってきたから、逃げるこちらは必然的に吾妻橋に背を向けることになる。すると視界にひろがるのは浅草市街になるが、幸い今日は旅行者だらけでひとごみにまぎれやすい。だとすれば、このまま都内有数の観光地をつきすすみ、その奥ぶかくへと入りこんで姿を消してしまえばいい。横口健二は一秒もかけることなくそう考えをまとめ、ハナコの手をひき雷門のほうへと駆けだす。

去り際に振りかえってみると男はさっと笑みを消し、野球帽を投げすてて追いかける体勢に入った。

だが幸運にも、そこへすべりこんできたミニバンが一通道路をふさいでくれたのでその隙に乗ずるべく全力で走る。

それにしても、どこからどう見ても初対面とは思えぬ容貌に戦慄させられる。帽子で覆っていた頭部ぜんたいをきれいに剃りあげているあの男は、顔だちといい体格といいスキンヘッドマン田口いがいのなにものでもない。

あらためてそんな印象を受けるも、横口健二は他方で信じがたい気持ちになってもいる。金属バットでめった打ちにされ、血まみれになった田口の惨状を、あの廃病院のレントゲン室でたしかに目にしたはずなのにこれはいったいどういうことなのか——

混乱しきった頭ながらもすんでで罠を回避し、あやしい男をひき離すこともどうにかできたものの、横口健二とハナコは早くも障害に遭って徒歩を余儀なくされてしまう。五差路になっている交差点で江戸通りを横断した矢先、雑踏の壁にぶつかってしまったのだ。

雷門まで一〇〇メートルほどの地点ゆえか、ここは往来の密集度がひときわ高い。こうなったら歩調をゆるめず通行人らを追いぬき、追っ手をまくほかなさそうだ。

iPhone SEが左手のなかでぶるぶるぶるふるえだしている。今日はひっきりなしに電話がかかってくるが、今回の発信者は果たしてだれか。足をとめずにおそるおそる確認してみる。

目に入ったのは、こんなときこそ頼れる羆みたいな男の名だ。「やった」とつぶやき、横口健二は即座に通話ボタンを押して回線の向こうに早口でこう呼びかける。

「沢田さん今どこすか？」

「うるっせえわ、なんなんだよてめえはいきなり」

「今どこ？」

「車だ、移動中」

「LINEのメッセージ読んでくれました？」

「読んだから電話してんだよ」

「なら説明はぶきますけど、結果的にやばいことになっちゃいました」

「なにがだよ、つうかおめえは今どこいんだよ」

「こっちも外です、浅草の雷門通り——それより聞いてください、おれを拉致したあのスキンヘッドのひと、田口さんが生きてたんですよ」

「そらねえわ健二」

「いや沢田さん、マジなんですって」

「だからねえっつうの」

「でもおれ見ましたから、スキンヘッドだし、双子なみに生きうつしですよ？」

「つうかそもそもあいつは双子なんだよ、おまえが見たのは弟のほうだろどうせ」

言われてそういえばと思いだす。不仲ながらも田口は兄弟で団体を組織しているのだと以前に沢田龍介より聞いている。とするとあれは弟か。とはいえ双子だとまでは知らされていなかったから、幽霊とでも遭遇してしまったような感覚がいまだに薄れない。

「だったらその、弟のほうだと思うんですが、とにかくおれら今、スキンヘッドのでかい男に追われてるとこなんです。今間真志と会えると思って浅草まできて待ってたら——」

「もううるせえから黙れ健二。はめられたんだろおめえは、浅草って聞いてぴんときたわ。病院に火いつけたのも弟田口だなこりゃ」

事態はがぜんきなくささを増したようだ。くまモンののみこみが早いのは助かるが、聞きずてならない発言もあった気がする。「浅草って聞いてぴんときた」のはなぜなのか。

「浅草はあいつら兄弟の庭なんだよ」

「縄ばりってこと?」

「そう」

「だったら、仲間も何人か一緒ってことですかね」

「んなレベルじゃねえわ、そこらじゅうにいるから下手したら浅草でらんねえぞおまえ」

「え、そんなに?」

「あたりめえだろ地元なんだから」

「単独行動ってことはない?」

「ないない。わざわざ小細工までしておまえら浅草こさせてんだから、事務所にいる連中かりだして捕まえる気だろ」

なるほどそういうことか——つまりこれは、罠を察したカモの逃げこんだ先こそが絶好の猟場だったという展開だ。要約すれば最悪の状況ということになる。

「つうわけだから、死にたくねえならそこらじゅうで待ちぶせされてると思って動けよ」

ぞっとする警告を浴びて足がすくみかける。しかし同時に、いやでも、よく考えてみたらと横口健二は思う。待ちぶせするには人相の把握が必須のはずだが、こちらの顔や服装を記憶しているのはスキンヘッドの男ひとりだけではないか。

「だったらいいがな、写真とか撮られてたらどうすんのよ健二くん」

おっしゃるとおりだ——これまた言われてみればついさっき、スキンヘッドの男は横断歩道の対岸でカメラのレンズをこちらへ向け、スマホをかまえていたのだった。

炭酸が噴射するみたいに切迫感がつのりだし、ふと隣を見れば金色のかぶり物が目にとまる。この目印はまずいとあわてて、ただちにウィッグを脱ぐよういハナコにジェスチャーでうながした横口健二は、受けとったそれをクーリエバッグのなかに押しこんだ。

「だから駅とか行ったらすぐ捕まっちまうぞ——おい健二、聞いてんのかおまえ」

「ええ聞いてます、聞いてますけどでも、電車が駄目ならどうやって脱出すりゃ——」

　ならばどこかでタクシーに乗りこむか——だがその場合、沿道で立ちどまって空車を待っているあいだに襲われてしまいそうだ。それも避けるとすればひたすら歩きまわり、早々に安全なエリアへたどり着く以外に逃げ道はないのか。

「とにかくここそこ動け。鬼ごっこでもしてるつもりで見つかんねえように歩いてりゃ、そのうち上野駅にでもつくだろ」

　上野まで出てしまえば安全圏かと知り、かすかに気持ちが楽になる。とはいえこの鬼ごっこは命がけだ。だれが鬼でどこにいるのかさだかでないわけだから、上野駅へまっすぐ向かえばいいというものでもない。

「ちなみに沢田さんは今どのへんですか？　車どのへん走ってんですか？」

「あまえんな健二、おれがいんのは新潟だ。あとはてめえでなんとかしろ」

　無情にも通話を切られてしまった。揉めごとに巻きこんだ責任をとり、しかるべき対応にあたることを約束してくれていたはずなのに、いざとなったら脅すだけ脅して猛獣の檻に置きざりとはあんまりだと横口健二は思う。

　とはいえ相手は新潟だ。約三五〇キロメートルもの道のりを瞬時に走破できるわけがない。ここは詮ないことだと受けとめて頭を切りかえるほかない。

　くまモンとの通話中もひとごみをかきわけ先を急いだが、それでも前進した距離はどうやら一〇〇メートル程度でしかない。右手に雷門が見える交差点にさしかかったこともあり、混雑の度合が増しているようだ。今のところは振りかえってもどこにもスキンヘッドは見あたらないが、こうもひとが多いと死角がありすぎるので気を抜くことはできない。

　それにしても、日曜日の雷門通りがたいへんなにぎわいなのはなんの意外性もないものの、今現在のこれはどう考えても妙だ。

急ぎ足で雑踏の隙間を縫い、ひとり追いぬくごとにあたりが騒々しくなってきていることにも異変の気配が嗅ぎとれる。あせりや危機感も相まっていらだちすら感じはじめているが、それでも歩調をゆるめず一心に前へ進んでゆくしかない。

そうしてついに、交差点で立ちどまるひとびとの先頭に出られて解放感を味わいかけた矢先、横口健二は愕然となる。「追いだせ」だの「みな殺しにしろ」だのといった聞きおぼえのある侮蔑のアジテーションがはっきりと耳にとどくようになり、加えて目の前にはそれらを叫ぶデモ隊の姿があったためだ。

「あれこいつら、こないだのやつらだろ」

声がしたほうへとっさに視線を向けてみれば、今度は見おぼえのある顔がふたつみっつならんでこちらをにらんでいる。一カ月ほど前、丸の内駅前広場でこぜりあいになった連中だ。なかでも眼鏡をかけたおちょぼ口の中年男はとりわけ印象に残っているから、ひとちがいではないだろう。その隣の巨漢はおれをぶん殴ったあと、ハナコにつまさき蹴りを食らったあの野郎じゃないか――そう思いあたったときには体が動きだしていた。

すでに逃走の心がまえができていたことが奏効した。このドラマチックなめぐりあいが次の瞬間どんな展開を惹きおこすことになるのかは経験上あきらかだ。横口健二とハナコはすみやかに進路を変え、交差点を右方へつっきる。ヘイト集団をひき離すべく、雷門を抜けて仲見世通りに向かうのだ。

●

仲見世通りも旅行者だらけでひとびとの列がどこまでも伸びているが、雷門通りの往来よりは密集度が低いと感じられる。そのせいか歩行者の脇をすり抜けて走るのもスムーズにゆき、これならうまく逃げられるかもしれないと思わせる――もっとも、相手もおなじ条件で追いかけてきているのだからそんな楽観は長つづきするはずもなかった。

走っても走っても、後方から聞こえてくる怒号を遠ざけられない。何人いるのかはさだかでないが、あらかじめ追跡チームを組んで拘束計画でも立てていたみたいに殺気だった連中がしつこくあとを追ってきている。

丸の内駅前広場でのこぜりあいでむざむざ逃走を許してしまったことをよほど腹にすえかねているのだろう——今度こそ絶対に逃さぬという執念が、怒号や殺気に乗って伝わってくる。もはやデモ行進にもどるつもりもなく、追跡者ら全員がハンティングに集中する気でさえいるかのようだ。

なにしろもともと「追いだせ」だの「みな殺しにしろ」だのと、憎悪を公然とまきちらす攻撃性をまとった輩の群れではある。一度はとり逃がしている標的と偶然に再会したことにより、アドレナリンがさかんに分泌され、その暴力的欲望を全的に解きはなとうとしているのだとすれば危険きわまりない。

ただでさえヤクザの待ちぶせに警戒する最中、そんなヘイト集団にも追いまわされる羽目になるとは最悪しごくだ。ここで弱気になって悲観に傾けば、危機脱出は困難になるいっぽうだろうから気ばらねばなるまいが、そうは言ってもこれでは体力が持ちそうにない。

すでにふたりとも息があがっている。よれよれになりかろうじてつっ走っているありさまゆえ、ここらでいったん足をやすめておかねばそのうち立ちあがることすらむつかしい状態に陥りそうだ。

そんな憂慮にさいなまれだした横口健二はみずからに決断をせまる。足をやすめるには潜伏先が必要だが、今は通販サイトでじっくり商品を吟味するような状況ではない。適した候補地があっても、身を隠しとおせる場所かどうかを走りながらの一瞬の判断で見きわめなくてはならない。これは賭けにひとしい。

しかし好機を逃してはならない——そう直感し、横口健二がハ、ナ、コの片手をひっぱったのは雷門から仲見世通りへ入って二〇〇メートルほど駆けぬけたあたりだ。

伝法院通りとまじわる四つ辻を通りすぎようとしたところ、左手すぐの位置にちいさな店舗をかまえるみやげもの屋がシャッターを閉めつつあるのが目にとまる。ここしかないと思い、閉まりかけのシャッターの下をくぐってその店のなかへふたりで強引に飛びこむ。

「ちょっとちょっとなんなのよ――」

シャッターを半びらきにしたまま初老の男性店員がしゃがみこみ、なにやってくれてんのという表情でそう話しかけてきた。横口健二はすかさず手まねきして薄暗い店内へ相手を誘い、両手をあわせて何度も頭をさげたり口もとでいっぽん指を立てたりして、まずは口を閉じてもらう。そのうえで、「お願いします三分だけいさせてください」と小声で頼みこみ、しぶしぶながらの了承をえたすえようやく両膝に手をつき、みだれまくっていた呼吸をととのえることができた。

急用ができて一時的に店を離れねばならなかったらしく、足どめを食った初老店員は当初はぶすっとした顔つきでスツールに腰かけ、露骨に貧乏ゆすりをくりかえしていた。が、怒声を発しつつ次々に店先を走りさってゆく男たちの騒音を聞きとった途端、わけを察して態度をひるがえし、協力的になってくれた。半びらきのシャッターをくぐって店外を探り、追っ手がすっかりいなくなったかどうかの確認までひきうけてくれたのだから、会ったばかりの身勝手な他人に対するその厚情に深く感謝せずにはいられない。

なんなら一時間でも二時間でもここにいていいぞと親切に言ってはもらえたものの、だからこそこれ以上の迷惑をかけるわけにはゆかない。たがいにそう思いなしたことを目と目でたしかめあった横口健二とハナコは、初老店員に謝意を伝えるだけ伝えてから、そのちいさなみやげもの屋の店舗を出ていった。

が、それは時期尚早だったと思い知らされるのに一分もかからない。外へもどり、伝法院通りと仲見世通りがまじわる四つ辻にふたたび立ったところ、耳ざわりなわめき声をともなって雷門方面から駆けてくる集団がいるのを見てとってしまう。不意を衝かれたふたりは道のどまんなかでしばし立ちつくしてしまったから、標的を見つけたぞという雄たけびが聞こえてきてもおかしくはなかった。

考えるよりさっさと足を動かさなければならないが、ここでまた走って逃げだし追いかけっこなど演じたら元の木阿弥になってしまう。刹那の猶予もないなか、ならばどうするべきかと頭を働かせかけると、先んじて結論に達したハナコにぐいと腕をひかれる。つれてゆかれたのは、四つ辻の角に数台ならんでいる自動販売機の裏側だった。

そこはふたりで横ならびに立っているのがやっとの隙間にすぎず、身をよじるのもひと苦労する程度の幅しかないため、もしも見つかってしまったら逃げようがない。ただしその代わり、四方を数台の自販機のみならず、鉄柵やプレハブ店舗や巨大な鉄柱にかこまれているのでひと目にはつきにくい。

それゆえ追っ手が近くにやってきても、立ちどまってのぞきこんだりしないかぎりはひとが隠れていると気づくことはなさそうだ。いっとき逃げこむにはうってつけの場所かもしれないし、少なくとも一回くらいはやりすごせるだろうという期待は持てた。

だからといって安心感はない。四つ辻では遠目に姿を発見されたにちがいなく、加えてどの方角へ向かったのかまで追っ手に見られていた可能性が高い。おかげでじっとしていると悪い想像が浮かびつづけ、口が渇いて仕方なかったが、自販機の裏へまわる様子は死角になって視認できなかったはずだと強いて思いこみ、息をひそめるほかなかった。

息をひそめているつもりがやがて息がつまりだし、自分自身の鼓動にすら追いつめられているような心地にもなる。せますぎて隣のハナコと目もあわせられず、スマホも手にできず、なにもたしかめられない。そんな息ぐるしい状態にほとんど降参しかけていたところ、視界をさえぎる自販機の背面に貼られたいちまいのステッカーに視線の焦点があい、横口健二はそればかり見つめてしまう。

それは「I♥浅草」と書かれた花やしきのロゴステッカーだった。日本最古と言われる名だかい遊園地であり、ここからの距離は目と鼻の先だ。おそらく利用客の子どもがかくれんぼの途中にでもこの場に入りこみ、ぺたっと記念にくっつけていったのだろう。

そのステッカーを凝視しているうちに、横口健二はひとつの思いつきをえる。ハナコと無事に浅草を脱するためには、そろそろ思いきった手段をとらねばならない。こうしている間にも、スキンヘッドの男たちが監視包囲網をせばめつつある気がしているからだ。

そちらの危険性にもそなえるには、ヘイト集団の追跡を一刻も早くかわしておかなければならない。それにはいったんハナコと別行動をとるべきだろうと横口健二は思いなす。

「ハナさん聞いてください、おれに考えがあります。あいつらから逃げきる方法が浮かんだので手順を説明します。まずおれひとりがここを出ておとりになります。あいつらをひきつけて走ってできるだけ遠くへ行くので、ハナさんはそのあいだに安全な場所へ避難しておいてください。この近所に花やしきという遊園地があるんです。そこで待っていてくださ い。おれは大丈夫です。あいつらの始末はひとりならじつはそんなにむつかしいことじゃない。いざとなったら警察、交番に駆けこんでしまえばいいからです。あなたと一緒だとおなじ手は使えませんが、おれひとりなら捕まる心配はないので問題ありません。どうでしょう、承知していただけますか?」

二秒ほどあってから、ハナコはこう訊きかえしてきた。

「横口さんはほんとうに逃げきれますか?」

「もちろんです、自信あります。それにおれよりもあいつらのほうが、ずっと走りっぱなしだからきっともう速くは走れません。頭に血がのぼってるんでこっちの作戦に簡単にひっかかるでしょう」

「そうであればいいですが——とにかく、あぶなくなる前に警察を呼ぶか交番へ逃げて、無理はなさらないようにお願いします」

「約束します」

花やしきへの道順はスマホの地図アプリを利用するよう伝えたが、念のため、さっき世話になったみやげもの屋へ立ちよることもハナコに勧めておいた。初老店員が不在でなければ、危険が少なそうな最適ルートを教えてもらえるのではないかと考えたからだ。

たかだか数百メートルの距離しかない移動ではあれ、どこでなにがあるかわからぬのだからまんがいちを無視するわけにはゆかない。たとえこのあとヘイト集団を追いはらえたとしても地元暴力団の影がなおも色濃く残っている。田口兄弟の弟と見られるスキンヘッドの男がどれほどの監視包囲網を張りめぐらせているのかさだかでない状況では、減らせるリスクがあるのならとりのぞいておくべきだ。

それでもハナコをひとりで花やしきへ行かせるリスクをとったのは、彼女の最新人相は監視包囲網に共有されていないはずだと踏んだからだ。

スキンヘッドの男が手下に指示して監視包囲網を敷いているのだとすれば、沢田龍介が推しはかったように自分たちふたりはスマホで写真を撮られて指名手配されていると思われる。その場合の撮影現場は吾妻橋のたもとだろうから、そこに写っているハナコの頭髪は金色に染まっている。

今間真志との待ちあわせを約束するメールには、目印として金髪とは書いたがそれがウィッグであるとは明かしていない。したがって、浅草市街のあちこちで待ちぶせしているヤクザらは金髪の長身女性を探しているにちがいなく、黒髪にもどったハナコを仮に見かけてもスルーするのではないか——かように楽観視できる余地もあるわけだ。

その余地に賭けてみることにした。いくら地元の団体でも、公共交通機関の乗降場を見はることはできても遊園地利用客のチェックにまでは人員を割けないだろうと見こし、花やしきを自分たちの合流場所に選んだ。

そうしてまず、うるさくつきまとうヘイト集団の追跡を完全に断ちきれれば、花やしきでハナコと落ちあいそのままタクシーを呼んで浅草を脱出すればいいのではないか。一連の流れを整理しつつ脳裏でぱぱっとシミュレーションしてみたが、致命的な穴などは見あたらない。いずれにせよもはや代案を練る余裕はないのだから、これでいくしかないと横口健二は覚悟をかためる。

なにかあれば電話かショートメッセージで連絡をとりあいましょう——そう言いのこし、横口健二は自販機裏の隙間から慎重に出てゆく。ハナコのほうにはちらりとも視線を向けなかった。はなればなれになる直前にたがいの顔を見あわせることが最後のニュアンスを強め、かえって不吉な前兆になりはしないかと迷信めいたおそれを抱いてしまったためだ。

かくして横口健二はみたび、四つ辻に立つことになる。そこでとりあえず、一〇分ほどは待機し様子を見てみるつもりだった。

自販機裏へ逃げこんで間もなく、ヘイト集団が近くを通りすぎていった気配があったが、その後は特に騒音などは聞こえてこなかった。どの方角へ走ろうと行方はつかめないのだから、あの連中も次はさすがに捕まえるのをあきらめるか、標的が姿を消した付近の捜索に切りかえるにちがいない——前者の結果であれば本日ひとつ目の難関を突破できたことになるのだがと思い、横口健二はそれを願った。

そういえば、しばらくスマホをチェックしていなかったと思いあたる。だれでもいいからなにか朗報をよこしてくれていたりはしないかと淡い希望を持ち、尻ポケットに挿してあるiPhone SEをとりだしてみる。

つづいてロック画面を目にするとLINEの新着通知が表示され、沢田龍介の名前と「山海ビル」というメッセージ内容の一部が読みとれる。が、アプリを開いて全文をたしかめるのはあとまわしにせざるをえない。視界の端に近づいてくるひと影を認め、画面から視線をはずしてしまったためだ。

ひと影のほうを見やると、浅草六区方面から伝法院通りを歩いてきたらしい男たちが数メートル先で立ちどまっていた。ひと目で例のヘイト集団だとわかったが、横口健二はスタートを切るタイミングを逸してしまう。向こうもこちらに気づいているはずなのに、べつだんわあわあ騒ぎだすこともなく、疲れきった面持ちでただつめたいまなざしを送ってきているだけだった。それゆえ肩すかしを食ったようになって力が入らなかったのだ。

もしや連中は、さんざん走りまわって消耗してしまったので追跡は断念し、デモにもどろうとしているところだったのではないか。そんなときに間が悪いことに、探していた人間とばったり出くわしてしまい、面倒くさい気持ちが優勢になってどうしたものかと途方に暮れている状態なのかもしれない。

一瞬のうちに頭を働かせてそう推察した横口健二

は、ならば先手を打つべきかという着想をえる。ここはあえて追跡劇を再開させ、連中を疲労困憊の泥沼にひきずりこみ、とどめを刺すべき局面ではないか。

そう思いつくや、いきなり「うわあ」などと大声を張りあげた横口健二は浅草寺本堂のほうへ向かって走りだした。それはヘイト集団の追跡意欲を刺激するための誘い水であり、逃走開始をハナコへ知らせる合図でもあった――この合図から数分のちに自販機裏より彼女は出て、手はじめにあのみやげもの屋を訪ねる手はずになっているのだ。

●

おとりである以上、単に無我夢中で走ればいいわけではない。捕まらぬよう一定の間隔を保ちつつ長距離走のペースを維持するのが望ましかろうが、中学以来マラソンなどやったことがない自分にそんな小器用な真似が可能なのか。

いずれにしてもやるしかないのが目下の状況だ。

そう意気ごみつつ浅草寺本堂脇を駆けぬけ、本堂裏の広場に接する駐車場を通りすぎて公道に出た横口健二は、さらに北へ向かって走りつづける。

そうして七、八〇メートル行くと、言問通りなる幹線道路との交差点にぶつかる。ここの歩行者信号が青でなければストップせずに左右どちらかへまがらなければならないが、その前に捕獲されてしまうのではないかという懸念が高まりだしている。追いかけっこがすでにきつくなってきているため次に足をとめたところが終着点になりそうだからだ。そんなおぼつかない足どりで進路変更をおこなえば転倒もまぬかれない気がしている。

だんだんと見えてきた歩行者信号の色は幸い青だ。とはいえまだ距離があり、こちらが渡るまで変わらずにいてくれるとはかぎらない。ヘイト野郎どもはどんな様子かと背後を振りかえってみると、体を重そうにひきずるようにしながらも追うのをやめずついてきている。交差点でひとやすみというのは無理らしい、などと思っているうちに案の定、青色が点滅しだしていた。

ここで全力疾走してしまったら余力もなにもか

らっぽになるだろう。それは重々わかっているが、横口健二は青色点滅にみずからの命運をたくして交差点へとつっこんでゆく。

途中で点滅すら終わって信号は赤に交代していたから、交差点を渡りきったときには言問通りは嘘みたいに車がびゅんびゅん往来していた。ほんとうにすれすれの横断だったわけだが、それゆえあとにつづく者はいなかったのだから、今日は案外ついているのかもしれないと思えてくる。

片側二車線道路の反対側へ目を向けてみれば、追っ手の連中が遠目にもくっきりと見てとれるくらいにいらだちをあらわに立ちつくしている。全員が肩をおおきく上下にゆらして口をぽかんと開けており、限界に近いのだろうと想像させる。もっとも、それはこちらもおなじではあるからこの隙に、どこかひそんでいられそうな場所を見つけて小休止をとろうと横口健二は思いたつ。

一〇〇メートルほどよろよろ歩き、もう一歩も動けないと立ちどまったところでふと、山海ビルと書かれた表札が目にとまる。今日はやっぱりついているようだ。たしかくまモンが、ここへ行けとLINEのメッセージを送ってくれたのではなかったか。

山海ビルは六階建ての古い雑居ビルだ。エントランスのドアが開放されているのはたまたまだろうか。勝手に入りこんでもOKなのだなと自分に都合よく解釈し、足を踏みいれる。ひとまず物陰にでも隠れながら休憩させてもらおうと思う。

いかにも古いビルらしく、一階エレベーター乗降口の脇には各階案内板の名ごりと思しき中身のないフレームだけが掲示されている。その先へ進むと上階につづく階段があり、さらに奥には管理人室と表示されたスチールドアが見える。

上階からはやたらにぎやかな話し声が聞こえてくる——ドアを開けっぱなしにしている部屋があるのだとすれば、エントランスもわざとそうしているのかもしれない。管理人に見つかったらさすがにつまみだされるだろうから、エレベーター乗降口とエントランスドアのあいだのスペースでじっとしていることにする。

手はじめにスマホのチェックだ。ハ、ハ、ハナコからのメッセージを受信しているとわかり、ただちに内容を確認する。みやげもの屋の初老店員につき添ってもらい、無事に花やしきへ到着できたと伝えてきている。ほっとした横口健二は、おれも間もなく向かうので乗り物にでも乗って待っててくださいと返信する。

緊張が薄れてきたせいか思考もクリアになり、そういえば沢田龍介からのLINEのメッセージを開封していなったと思いあたる。山海ビルに行けと指示をくれたということは、ここのテナントのだれかと話をつけ、救援の手配をととのえてくれたのではないか。

そんな期待を抱き、全文に目を通した横口健二はひどく面くらい、たちまち緊張状態へ逆もどりとなる――なぜならそれは山海ビルへ行けという指示などではなく、山海ビルには絶対に近よるなと警告するメッセージだったからだ。くまモンによるとここは田口兄弟の持ちビルのひとつであり、出入りするのは主に組事務所関係者ばかりらしい。

腰が抜けかけて壁によりかかるや、背中で電灯のスイッチを押してしまってあたりがふっと暗くなる。あわててうしろを向き、スイッチをオンにすると、そのかたわらに赤くてまるい火災報知機がそなえつけられているのが目に入る。これを背中で押していたら遠からず地獄を見ていたところだった。

なんにせよ至急ここを立ちさらねばならない。しかし動悸に襲われつつ、音を立てぬよう注意して通りへ出てみれば、六、七〇メートルほど離れた地点を歩いている追っ手の姿が視界に飛びこんでくる。なにやらほざいて指をさすなどしているから、こちらに気づいたのだろう。どうやら早くも運に見はなされてしまったようだ。

反射的にまわれ右してふたたび山海ビルへ逃げこんでしまう。身を隠せる場所がここ以外にないからだが、かといってぐずぐずしていたらヘイト集団よりもっと危険な連中に捕まりかねない。だからとっとと次に打つ手を考えださねばならない。

ひとつあるとすれば最よりの交番へ駆けこむことだが、この逃走中にそれらしい建物を目にしたおぼえはない。さっそく地図アプリで警察を検索してみれば、浅草警察署が最短距離で行ける該当施設と示され横口健二は思わず「よっしゃ」とつぶやく。が、最短距離といってもここから三〇〇メートル弱もあるのであえなく意気消沈してしまう。今の体力では、たどり着く前にハイエナの群れにとらえられ体中を食いやぶられてしまいそうだ。

はあと溜息をつき顔をあげると真正面に赤い円形の装置が見え、ひらめきをえる。

いやいやそんな無茶はできないと目をそらす。しかしこの八方ふさがりをどうやって打破すればいいのか——あらためて赤い円形を見つめてシミュレーションを浮かべる。いや、やはり無謀すぎるし下手したら猛獣の挟み撃ちに遭う。とはいえほかにどんな手があるというのか。

そんなことを考えているうちに横口健二は火災報知機のスイッチを押してしまっていた。けたたましいベルが鳴りだしてわれにかえるが、むろん悪夢からさめたわけではない。これを鳴らしてしまったからにはもうあともどりはできない。ドアの開閉音がいくつも聞こえてきて、管理人室からもひとが出てきた気配がある。そこで駄目おしとして、ヤクザの一員になったつもりで精いっぱい「カチコミだあ！」と叫んでおく。

階段を駆けおりてくる何人もの足音が高まるなか、管理人らしき男に「だれだおまえ」と問いかけられ、横口健二は外へ逃げだす。つづいて山海ビルから飛びだしてきた強面の面々に「あいつらだ」と号令をかけると、絶好のタイミングでそこへ駆けつけたヘイト集団に向かって全員が突進してゆく。かくして獰猛な群れ同士が真正面からぶつかりあう展開となり、そのまま肉弾戦へとなだれこんでしまう。

勢いあまって歩道ですっ転んでいた横口健二は、車道をふさいで男たちが殴りあうバトルロイヤルにしばし眺めいってしまう。あまりに作戦がうまくゆき、呆然となってしまったが、この幸運を無駄にしてはならぬとすばやく頭を切りかえる。目だたぬようおもむろに起きあがり、姿勢を低くしながらその場を離れ、数十メートルのへだたりができたところで後方の乱闘を一瞥する。

追ってくる者はもはやひとりもいない。それをしかと確認した彼は、花やしきを目ざしてふらふらと走りさってゆく。

●

腹を蹴られてうずくまった横口健二は、さらに二発三発と踏みつけられてコンクリートの床を転げまわる。胃の破裂さえ錯覚させる一撃を双子の兄にも食らったが、弟田口も容赦ない強打を浴びせて痛めつけてくる。

ふらふらながらもなんとか花やしきへの入園は果たせた。しかしその安全なはずの園内で、スキンヘッドブラザーズの弟が待ちぶせしているとは思いもよらなかった。

西側の出入口にあたる笑運閣門をくぐった矢先、頬や手のひらが雨で濡れるのを感じて横口健二はふと立ちどまっていた。春らしいおだやかな天気が保たれるというのが本日の予報だったが、今になってずれが生じだしている。これがいやな予感につながった。

急いでハ、ハナコと落ちあわなければとあせりつつ、まずはアトラクションが密集する右手のほうへ進む。せまい敷地なのですぐに見つかるだろうとは思うも、本人の顔を見ないうちは安心できない。

雨足が強まり、雨やどりする客が増えてきているので視界からひとけが薄れる。敷地奥へと向かってゆくと稼働中のメリーゴーランドがほどなくあらわれ、なおも近づいてみると軌道を駆ける木馬に腰かける長身女性のうしろ姿にはっとなる。横口健二は「ハ、ハナさん」と呼びそうになるも、遊具の中心軸にあしらわれた鏡に映りこむスキンヘッドを同時に発見してしまい、すんでで声を飲みこみ予感の的中を悟らされる。

ここで彼女と合流すれば一網打尽にされてしまう――とっさにそう判断した横口健二は、ハ、ハナコに気づかれぬよううつむいてメリーゴーランドから離れてゆくことにする。

雨足がいっそう強まりだし、園内からひとがすっかり消えたみたいになってきているなか、横口健二はUターンして三階建ての笑運閣ビルのほうへと向かう。メリーゴーランドからだいぶ遠ざかったあたりでちらりと背後を振りむいてみると、スキンヘッドの男と目があいどきりとなるが、これはねらいどおりだ。弟田口はこちらのあとをつけてきているから、とりあえずハナコの危機回避はできたと理解し胸をなでおろす。

つづいて横口健二は向きなおり、そのまま笑運閣へと駆けこみ階段を必死にのぼっていった。やってきたのはスカイプラザと名のつく屋上広場だ。この状況下で自分に可能なのは襲撃者をハナコからひき離すこと以外にない。そう考えての選択だったが、たどり着いたあとのことまでは決めていなかった。

おかげで今やこのざまだ。

うずくまった格好で蹴られる場合はとにかく頭をガードするのが鉄則だ。そうでないと、強烈なサッカーボールキックを食らって最悪即死もありうる。

この一般常識にならい、横口健二は両手を後頭部で組みあわせ、できるかぎりまるまって脳へのダメージを最小限に抑えようと試みる。が、体のどこを蹴られても痛いことは痛い。おなじ体勢を維持するのもむつかしく、がら空きの脇腹へつまさきを思いきりぶちこまれたりすれば苦痛にあえがずにはいられず、攻撃から逃れようとして体もおのずと水たまりのうえを転げまわる。

そんななか、痛いとか苦しいとか感じながらも思考はめぐる。頭はただ解放だけをもとめており、これに終わりはあるのかと、知りえぬ答えをひたすらに探しつづけてしまう。

そもそもなんで花やしきがばれたのか。

監視包囲網とは結局めぐりあったのかどうかもさだかでなく、田口兄弟の関係者で見かけたのは山海ビルの連中のみだ。ドローンでも飛ばして見はっていたわけでもあるまいし、ここにくることをどうやって即刻つきとめえたのか——と考えたところでメールでの直接のやりとりを思いだす。最後の一通に待ちあわせ場所の地図を添付したと書かれていたためなんの疑いも持たずファイルを開いたが、あれでマルウェアに感染させられスマホの情報がまる見えになってしまったのだろうか。

それにしても、黙々と蹴りつけてくるだけなので思わくが読めないのも恐怖をそそる。兄田口がしつこく訊いてきた「沢田のバッグ」にもいっさい触れないのはなぜなのか。

いやそうじゃない。柏崎海岸の死体も廃病院の火災も、ほんらいの標的たる沢田龍介を追いこむ一環の見せしめだとすれば確実にこれもそのひとつだ。あるいは兄の敵討ちが目的か。あの場にいたひとりとして、おれも殺害リストに入れられてしまったのか。

蹴られてはころがり、蹴られてはころがりをくりかえしていた横口健二は、いつの間にか攻撃がやんでいるとわかっておそるおそる顔を横に向け、弟田口をあおぎ見る。

するとだれかと通話中らしく、スマホを耳にあてぼそぼそ話す恰幅のいい男の姿が目にとまる。手下になにやら指示を出している口ぶりに聞こえるが、その弟田口は屋上をかこむ防護柵にもたれて園内を見おろしている。もしや今からハナコを捕まえさせようとしているのではないか。

そうはさせじと横口健二は這いつくばい、弟田口の足にすがりつく。が、すかさず顔面を蹴られたあげくに鼻血まみれだ――激痛に加え、両鼻からの出血によって息ぐるしくてならない。つづいてジャケットの襟首をつかまれ強制的に立たせられると、防護柵に体をぎゅうっと押しつけられてこう耳うちされる。

「金髪のヅラかぶせて小細工したつもりか。でもな、見っけちゃったぞほれ――」

雨の降る園内へ目をやると、一般の利用客はいない代わりに反社会的な男たちが五、六人うろつく殺伐たる情景にゆきあたる。その先にあるのは運行中のメリーゴーランドだ。

ハナコがすでにとりかこまれていると知り、横口健二はただちに逃げてと彼女に呼びかけようとするも、メリーゴーランドの様子がおかしいことに気づいて思いとどまる。弟田口は手下に命じ、遊具を停止させるなと操作係を脅しているのではないか。なぜなら遠目でも一目瞭然なほど、木馬の回転速度が急上昇しているように見うけられるからだ。

横口健二は後頭部の毛をわしづかみにされ、力ずくで頭を前につきだされている。そのため鉄製の防護柵が胸にめりこんで痛いどころではなく、「いぎゃあ」とうめき声をあげてしまう。おまけに何本か肋骨が折れているという自覚もある。弟田口はこう言いそえた。

「あれじゃあの姉ちゃん、ゲロ吐いちゃうかな、はは――まあいいわ、今はおまえの番だ」

なんの番なのかは訊くまでもない。次にうながされたのは、柵を越えて屋上のへりに立つという危険行為（ルーフトッピング）だ。ためらっているとなにかかたい物で脇腹をぐりぐりやられ、またも痛苦にあえぎ「いぎゃあ」とうめく羽目になる。そのあげく、体を持ちあげられ柵の向こうへ落っことされそうになったのでさからわないことにする。そこはパラペットと呼ばれる低い手すり壁だが、三〇センチほどの幅しかないので痛みに耐えつつ慎重に足をおろす。

「こっち向いて立ってろ、んでスマホ出せ」

たった三階建ての屋上だが、うしろ向きになると断崖絶壁にいるような居心地の悪さを背筋に感じる。雨ですべりやすいのも不安だ。

「そしたら沢田にビデオ通話かけろ。あいつ出なかったらそこでおまえはおしまいな」

そう告げて、弟田口は自動拳銃をかかげてみせた。脇腹をぐりぐりやったかたい物はこれだったのだろう。いずれにせよ、「あとはてめえでなんとかしろ」とこちらを一蹴したばかりのくまモンが通話に出るわけがない。

「ほれ、さっさとかけろ」

打開の手だてがまるで浮かばない。ハナコの安否も気がかりだが、振りかえったら即つき落とすと脅す弟田口はほんとうにそれをやりそうだ。もっとも、ここでなにを選んでも遅いか早いかのちがいにすぎず、どのみち死の道を歩まされることに変わりはないのだろう。生死の瀬戸際にあるせいか、痛みや寒さに鈍感になってきていることのみが救いだ。

呼びだし音を鳴らすあいだの緊張感は物理的な殴打にもおとらぬ圧力で心をつぶしにかかった。自分自身の生死がかかっているのだから当然の話だ。どんなに待っても沢田龍介はビデオ通話に応答しなかった。雨に濡れて冷えてきたらしく、弟田口は片手でスキンヘッドをこすりつつ「出ねえなくそ、もういいわ」などと言ってきて呼びだしをやめさせた。

鳴らしつづけてもくまモンは無視するとわかっているので、横口健二はあがくような真似はせずただiPhone SEを尻ポケットにしまうしかなかった――すべてをあきらめたわけではないものの、ついこないだまでブライダルビデオを撮って生活していた人間にこの危機的状況は手にあまりすぎた。こんな降雨の最中いつの間にあらわれたのか、屋上広場にもうひとりいると気づいたのはそのときだ。

よく見ると、弟田口の後方数メートルのあたりにひとが立っている。だれかと思えば、あれは拷問代行業者の天知ではないか。

なぜあのひとがここに――というか、廃病院の火災で死んだんじゃなかったのか。

驚きと混乱が脳裏で渦まき、横口健二はどう反応していいのかわからない。とはいえ、スキンヘッドの男が銃をかまえていることだけは天知に伝えておかなければならないという気が強くする。

「撃たないでください！」

とっさにそう叫び、おおきくばんざいの姿勢をとる――こうすれば、死角でどんな事態が生じているのか天知も察するはずと見こしての行動だ。すると弟田口はへらへら笑ってみせたが、かざした銃を殴るような勢いで額につきつけてくる。反射的にそれをよけ、横口健二は上半身をのけぞらせてしまうが、あいにく背後によりかかれるものはない。

防護柵下部の隙間に左足のつまさきをひっかけ、横口健二は墜落をぎりぎりでまぬかれる。ただし足場がせますぎて身動きがとれぬため、急いで体勢をととのえなくてはならないが、柵の向こうで同時に起こった出来事に目をうばわれてそれどころではなくなってしまう。

弟田口はなおもへらへらしているから、七三わけの男がうしろに忍びより、スキンヘッドの頭上に金属バットを高々と振りあげていることにはおそらく気づいていない。それゆえまっすぐスピーディーにバットが振りおろされても無防備をあらためることはなく、なんの対応もとれない。

かくして、廃病院のレントゲン室で双子の兄がこうむったのと同様、彼は天知にフルスイングでめった打ちにされてしまう。血まみれとなり、コンクリートの床にぐったり横たわってしまった弟田口はついにいっぱつも発射することなく自動拳銃を手ばなす。

その一部始終を目撃してしまったから、横口健二は自分自身の立てなおしに遅れる。色のない雨水が降りしきるなか、深紅のしぶきがはねあがり、恰幅のいい男が頭をゆらして意識をなくしてゆく凄惨な光景を至近距離で直視すれば、茫然自失に陥るのを避けられない。

われにかえったときには手がふるえてしまってとまらない。あわてて柵につかまろうとしても力が入らず、濡れてすべってさらに体勢をくずしたあげくに視界が変わる。

落とし穴の感覚を想起しつつ横口健二はかろうじてパラペットを両手でつかみ、そのまま屋上からぶらさがる羽目となる。三階建てということは、ここは一〇メートル程度の高さだろうから、落下すればむろん無傷では済むまい。

こんな場合は下など見ず、とにかくよじのぼるとか這いあがるとかしてすみやかにわが身の安全確保に動くべきだとわかってはいる。

わかってはいるが、その前にどうしてもハ、ナ、コ、の安否が気になり、横口健二は顔だけを振りむけて園内の模様を遠目に確認する。

弟田口の手下と思しき五、六人の男たちがうろついているのをさっき見かけたが、その連中は今はどういうわけか地べたに寝ころがっている。みんな股間を押さえてもだえ苦しんでいる様子だから、いったいなにがあったのかといぶかり視線をメリーゴーランドのほうへ移してみれば、木馬の回転がちょうど停止しつつあるところだ。

木馬が完全にとまって二、三秒すると、奥からふたりの女性が身を寄せあいながら広場のほうへ出てきた。体をささえられて歩いているように見えるのは黒髪の長身女性であり、どうやらハナコは無事だったと知りほっとするが、ならば隣はだれなのかと目をこらす。

あれはもしや韓順姫か——そう推しはかるや力つき、横口健二は地上へ落ちていった。

●

結局のところ、あの日の運勢はよかったのか悪かったのか判断がつかない。追いまわされ、殺されかけはしたものの、結果的には死なずに済んだ。その意味ではついていたが、切れ目なく災難がつづいたせいでひどい一日だったという印象ばかりが残っている。

途中で庇にぶつかったおかげで落下の衝撃がやわらぎ、落ちた場所が植えこみだったこともあって怪我の程度は軽度に抑えられた。左足首と肋骨二本の骨折のほかは、あちこちすり傷だらけにはなった。縫合した裂傷も二箇所あるが、せいぜいそれくらいだ。

さすがに落ちきった直後は動揺がおさまらず、自分の体のどの部分を動かせるのかすらわからなくなりなかなか起きあがれなかった。が、即座に駆けよって涙声で呼びかけてきたハナコに返事して、しゃがみこんだ彼女にゆったりと抱きしめられると視界がみるみる明るくなってゆく。いきなり血が通いだしたみたいに頭の働きももどってきて、横口健二は素直にひとこと「よかった」と声をもらすことができた。エンドルフィンだかなにかが大量に分泌されている効果か、ほんらい味わうべき痛みはまだやってきていなかった。

植えこみのなかにしばらくとどまり、いまだ降りやまぬ雨に濡れながら横口健二とハナコは抱擁をつづけてたがいの無事をよろこびあった。別行動の際、各々どんな経緯をたどって今にいたったのか全部は把握しきれていないものの、とにかくこうしてふたりで頬をくっつけあえる、おだやかなひとときに達しえたのだからそれでじゅうぶんに思えた。

とはいえ、ここは遊園地だ。予報になかった急雨が去る前に、花やしきを一般の利用客らにかえさなければならない。

韓順姫が浅草からつれだしてくれた。花やしき近くの路上に停めてあったヒュンダイのSUVにふたりを乗せると、まずはだれにとっても安全な病院に直行してくれた。そこで横口健二が応急処置を受けたあとは熊倉書店へ向かった。神田到着までのあいだに車内でいろいろとしゃべったり電話をかけたりするなどして、関係者間で情報共有を進めた。

花やしきに韓順姫があらわれたのはハナコからの救援要請に応えてのことだ。横口健二がとらわれの身となるのをおそれ、もしもの際は自分ひとりでは救出は無理だと考えた彼女は熊倉書店に電話をかけ、店番中の矢吹翔に韓国大使館員の連絡先を問いあわせたのだ。

その決断の意味はおおきい。故国への裏ぎりになるからと、ハナコはこれまで徹底して南朝鮮政府職員との面会を避けてきたのだ。窮地に陥り、やむなく態度を変更せざるをえなかったとはいえ、みずから頼って力を借りたからにはつながりは消せない。それを貸し借りの関係と見れば、いずれ彼女は韓順姫の出す要求に応えなければならないわけだ。

他方、こういう機会にそなえて韓順姫がこちらに接触をはかってきていたのは歴然だったが、大使館の二等書記官たる彼女の仕事が単なる事務職などではなさそうだという見たても、今回の一件でいっそう有力になった。そもそも、五、六人の反社会的な男たちに対する金的攻撃をことごとく成功させて行動不能にいたらしめうる大使館職員の主な業務が、ただの書類作成であるはずがない。

また、ハナコから電話で要請を受けたにせよ、花やしきへの到着が早すぎやしないかという疑問もあった。横口健二がそれを車内で指摘すると、韓順姫は特に悪びれる様子もなくすでに浅草にいたことを白状したのだ。

「でもなんで浅草ってわかったんですか?」

「あなたのiPhoneがそう示していたので」

「え、おれの? おれのスマホが?」

「ええ」

要するに、バックグラウンドで動作する遠隔操作アプリを勝手にインストールしておき、行動監視をおこなっていたというからくりらしい——何度目かの面談のおりに彼女自身がこっそり仕こんだのだという。推測どおり弟田口がマルウェアを利用していたとすれば、似たような手口に同時期に二度もひっかかっていたことになる。韓順姫に対しただちに抗議するも、それが役に立ったおかげであなた方は殺されずに済んだのだと反論されると横口健二はなにも言いかえせなかった。

　ならば廃病院の支配者を呼んだのも韓順姫なのだろうか。まさかとは思いつつ訊ねてみれば、彼女はそれには首を横に振った。

　ビーチボーイ天知登場の謎は、その後すぐにかかってきたいっぽんの電話で解きあかされる。表示された発信者名は沢田龍介だ。雷門通りでこちらが受けとった通話のあと即、彼は拷問代行業者へ連絡したのだという。

　今なら弟田口が事務所の外にいて、浅草市街をぶらついてひと探ししているぞとくまモンは教えてやったらしい。仕事場を使い物にならなくされ、部下を殺され怒りくるい報復をねらっていた天知にそれで貸しをつくり、同時に邪魔者をかたづける算段だったようだ。

　その説明なら天知が忽然と浅草にあらわれたことにも合点がゆく。が、腑に落ちない点もないではない。これもすなわち花やしきだ。ピンポイントでそこが弟田口の居場所であると特定できたのはなぜなのか。

「おれが教えたからに決まってんだろうが」

「なんで沢田さんがそれ知ってんのよ」

「おめえのスマホがそこにあったからだろうがよ」

　それ以上は訊かなかった。二度あることは三度あるというわけだと思うにとどめた。プライバシーもなにもあったものではない。

●

　神田についたのは午後七時すぎだ。熊倉書店は閉店していたが、左隣にあるビル一階で営業しているレストランバーへくるようにと熊倉リサより指示を受けていた。

　奥の個室へ通されると、八席ある室内では熊倉リサと矢吹翔に加え、「アルフレッド・ヒッチコック試論」のほんとうの筆者たる宮田ひろしが恐縮した面持ちで待っていた。文字どおりの満身創痍とひと目でわかる横口健二の姿を見るや、みんな顔をしかめるしかなかったようだ。

　熊倉リサが語り手をつとめ、「試論」とトランプ大統領の隠し子を自称する男をめぐる真のいきさつが全員に開示された。ときどき宮田ひろしが補足をおこない、時間をかけてひとつのストーリーを組みたてていった。それには韓順姫にとっても初耳の話がふくまれていたらしく、合間に彼女は二、三の質問をはさんで事実の欠落を埋めていった。不在の沢田龍介もビデオ通話で参加したが、彼はただ徒労感を表情で訴えるのみで終始無言をつらぬいていた。

　すべては電子掲示板や動画共有サイトなどのウェブコミュニティーで進められた、不特定多数による悪ふざけに端を発する出来事だった。ドナルド・トランプの大統領就任にともない、その私生児を名のる者が日本語で動画配信を開始したことが、実在人物になりきる娯楽投稿を趣旨とする掲示板で話題となる。反応は圧倒的にネガティブな色が占めていた。どう見ても日本人男性であるのは明らかな配信者への嘲笑であふれかえっていたわけだが、それでも当人はほんものだとかたくなに言いつのりつづけたことから視聴者（ウォッチャー）との論争がくりひろげられてゆく。

　当初はもっぱら真贋論争の様相を呈し、実証をせまる批判的な声ばかりが動画のコメント欄で飛びかった。が、どんなに罵倒されてもみずからの主張をまげぬ配信者の頑強ぶりとユニークな言動に注目があつまりだし、やがて雲ゆきが変わる。数カ月間の雲がくれを経て、新作動画で復帰した配信者の顔が美容整形で欧米人化していたこともその決定打となった。

　情勢の変化により、ニセモノであるのは明白な愛すべき配信者がどこまで嘘をつきとおせるか、その結果を見とどけるという実験をかねた視聴者参加形式の鑑賞法が定着した。本人いがいのだれもが配信者をほら吹きと見なしていたが、ことはそう単純ではない。手おくれの美容整形を受けるなど、不器用ながら本気で体を張っている配信者の生きざまに魅了される視聴者も続出し、じかに接触を持って活動を支援したり積極的にカンパに応ずる者も少なくなかった。

　この活動の最終目標は自分の存在を父ドナルドに認知させることだと配信者自身は語っていた。擁護派も攻撃派も、困難きわまりないその目的達成のために力をあわせることでおおむね一致する——それこそがドラマチックで長寿のドキュメントを生む、高度な娯楽性追求の方向性だとみな気づいていたからだ。

かくして、一部のコアなファンにより最終目標実現に向けた計画が立てられる。

具体的には、実子として認めてもらうには父親の役に立つことが肝要であろうとの考えから、トランプ大統領の実績づくりへの貢献策が検討された。折しもアメリカは今、北朝鮮との非核化協議を進めている最中にあり、首脳会談の継続も見こまれている。そこに深くコミットし、父ドナルドの得点稼ぎにつなげることはできないか——そうした意図のもと採用されたのが、大統領の息子として金正恩委員長に近づき、米朝の橋渡し役を演ずるという案（プロット）だったのだ。

本人いがいの者にとっては単なる悪ふざけでしかなかったが、はかない娯楽だからこそ準備段階では手ぬきの排除が徹底されてゆく。アメリカ旅券や送金証書や小切手や私信など、ほんものそっくりの偽造が次々に用意されていった。不特定多数が関わる分、支援者の職種も多岐にわたることから適材適所の作業が可能となり、実物と見まがう完成度のイミテーションばかりがそろったのだ。したがって未発表の「試論」を雑誌掲載記事に見せかける印刷物をつくるなど造作もなかった。それらの製作費や渡航費用は全額カンパでまかなわれた。

宮田ひろしは立案者のひとりだった。とつぜんの雑誌休刊と配転でくさっていた当時の彼は、日の目を見なかった自筆論文を金正日の書いた文章であるかに偽装し、北朝鮮国内へ持ちこませるという愉快犯的着想に夢中になったのだ。

計画の実施なかばに仕事の都合で離脱していたが、配信者の消息が丹東市でとだえたと知らされてからは責任と罪の意識を感じつづけているという。今後は配信者と連絡をとり、彼の生活支援にとりくむつもりだと宮田ひろしは述べた。また、横口健二に対してはこのように謝罪している。

「きみがこの件で訪ねてきたときは、心底うろたえてしまったよ。他人の人生をおもちゃにしちゃったっていう罪悪感もあったし、ついに全部ばれてしまうのかとはらはらしてね。そういうあせりを隠すので精いっぱいだったから、ひさしぶりだったのにあんな失礼な態度とってしまって、ほんと申し訳なかったです」

みんな残らず語りきったときには日付が変わっていた。そこで解散となり、この長くたいへんな一日が幕を閉じた。

花やしきの騒動は報道されなかった。親組織に根まわし済みだった天知は、死体を運びだす人員をあらかじめ召集しておき、園内の警備員を買収するなどして事件がおおやけになるのをふせいでいたようだ。田口兄弟のひきいる団体は直系の上部組織に吸収合併されたことがのちのちに明らかとなった。

●

ハナコが韓順姫の要求に応える機会は早々に訪れた。

それがそのまま自分たちの別離になることを悟っていた横口健二は、悲しむまいとつとめた。が、うまくできた自覚はない。

神田の病院で全治二ヵ月の診断を受けたことから、熊倉リサの厚意によりひきつづき熊倉ビル四階での居候を許された。なに不自由のない療養生活を送ることができたが、横口健二の心はずっとおちつかなかった。その間、ハナコはたびたび韓順姫とどこかへ出かけており、行き先も目的も秘匿されていたからだ。

六月七日金曜日の夕刻、ついに彼女の帰国が決まったことを伝えられた。肋骨が二本ともくっつき、足首のギプスともそろそろおさらばできそうなところまできていた横口健二はその日、熊倉ビルの地下室で蔵書の整理をおこなっていた。そこへハナコが帰ってきてタピオカティーをさしいれてくれたから、ふたりで飲みながら静かに語りあった――とはいえ、彼女は韓順姫から秘密厳守を約束させられていたため、なにも話せないとくりかえされるばかりのやりとりになってしまった。

「どんな方法で帰るのかも言えませんか?」

「はい、そういうことも話せません」

「ちなみに、ひとりで船に乗るとかじゃないですよね？　同行者は信用できるひと？」

「ごめんなさい横口さん、それも――」

「あなたがあやまることじゃないですよ」

「でもこんな、わたしは――」

「いや、ええと――そういやこの、しゃべっちゃいけない感じ、最初の頃を思いだしませんか。前のボスと韓さんが入れかわったみたいな」

　わが子との再会という彼女の念願がいよいよかないつつあるのだから、暗い雰囲気にするべきではない――そう思い、軽口めかして言ったつもりだったが、ふたりの表情は笑顔にはほど遠く、会話はつづかなくなってしまう。横口健二はどうしていいかわからず、プラスチック容器の底にころがる黒いタピオカをしばらくストローでつっついていた。

　そうするうち、今日までの日々の思い出が脳裏に押しよせ感情の抑えが効かなくなりそうになる。それが表情にあふれ出るのをごまかすように、横口健二はこう問いかける。

「なら、これだけは教えていただけませんか？」

「なんですか？」

「あなたのお名前をまだうかがっていませんでした」

　ハナコは微笑みながらこう答えた。

「正花(ジョンファ)です。横口さん、わたしの名前は申(シン)正花といいます」

●

　その翌夜、熊倉書店のみんなでハナコの送別会を開くことになった。会場は左隣にあるビル一階のレストランバーだ。

　ちょうど個室が空いていた。席は八つあるから、いちおうのつもりで韓順姫と沢田龍介にも声をかけた。ふたりとも顔を出すことはないだろうと決めてかかっていたが、予想ははずれた。意外にも、ひとりだけ遠方よりやってくる新潟ヤクザがいのいちばんで店に駆けつけ、ひとあし先にワインを開けていた。どうやらくまモンには、送別会のほかにも上京しなければならない事情があるらしかった。

　その夜、横口健二は飲めない酒を飲みまくるという典型的なまでに未練がましく、だらしがないふるまいにおよんだ。あげくに周囲へからみがちになり、とりわけ韓順姫に対してしつこく質問をかさねてしまう。

訊きたいのは要するに、ハナコはなんの支障もなく帰国を果たせるのかの一点だった。秘密厳守が徹底されすぎて、こちらは彼女が日本を発つ場面の想像図すら浮かべられない。それゆえせめて手つづきを進める立場の人間から安全を保障してもらいたかったのだ。

秘密の口外はなかったものの、心配がゼロではないことを韓順姫は明かした。

入国時の審査や安全確保において不確定要素があり、ことによると許諾をえられず国境地帯で長期の足どめを食ってしまう可能性も否定できないという。わけあって政府のリソースを利用できぬため、この懸念を最小にとどめるのに必要なものが不足しているのも問題と述べた。

「その必要なものって?」

「賄賂に使うお金です」

単刀直入に最大の急所をつかれ、酔いも手つだい横口健二はたちまちしゅんとなる。小銭を数人に渡せば済む話ではないようだから、心配をゼロにしたければそうとうな額がいるのだろう。借金だらけの身にはどうにもならない。

「それならあの、キャリーバッグにつまってますよ」

熊倉リサが突如そんなことを口にした。たとえ話や冗談でも言っているのかと思った矢先、沢田龍介が漫画みたいにぶはっと酒を吹きだしたので横口健二はなにごとかと目を見ひらいた。

よく見ると、熊倉リサは酔っぱらっている様子だ。話題にのぼっているキャリーバッグとは、ピンク地マイメロディ柄のきらきらしたあれのことらしい。くまモンの制止もおかまいなしに、彼女はつづけてこう言いたした。

「ダイヤモンドならじゅうぶん賄賂になりますよね」

言っちまいやがったという具合に、沢田龍介は首を横に振りながらうなだれてしまった。するとすかさず熊倉リサが「どうせ盗品なんでしょ、あんなにたくさんあるんだからけちけちしないで寄付しなさいよ」などと容赦ない追い撃ちをかけていった。それに反応し、もうひとりの酔っぱらいたる矢吹翔が「がはは」と笑い声をあげたのにつられて個室は笑いにつつまれた。みんなすっかり酔いがまわっていたからだ。

その話は結局、酩酊中のおしゃべりのせいでうやむやになってしまった。横口健二が詳細の説明を受けたのは後日、ハナコが去ったあとだ。

●

一一月一〇日日曜日——ハナコが帰国して五カ月ほどが経ったことになる。ただ厳密に言えば、彼女が無事に故国へ帰還できたのかどうかはさだかでない。

韓順姫に問いあわせてみても、機密にあたるとして一蹴されるのみだ。当然ながら直接の連絡もとれない。

ハナコが去り、左足のギプスもとれた時点で横口健二は三茶へもどり、新職についているはずだった。

だが彼は、今なお神田にとどまっている。所持金が底をついたので家賃がはらえず、白馬荘を退去しなければならなくなって居候の延長を許可してもらえたからだが、それに加えて別の理由もあった。

熊倉リサと沢田龍介が知らぬ間に連絡をとりあっていた「お金のこと」なる用件とは、具体的には二件の取引を指していた。そしてそのひとつは横口健二の借金問題に関連する。

交渉のすえ、沢田龍介から貸付債権を買いとり、新たな債権者となった旨を熊倉リサより告げられた際は、横口健二はしばし呆気にとられるばかりだった。つまり彼女はこちらの借金を一時的に肩がわりしつつ、住みこみの仕事まであたえてくれているわけだ。

今後もうちで働いて少しずつ返済してくださいと言われてようやく感謝を口にできたが、しかしなぜこんなに自分を厚遇してくれるのか、不可解といえば不可解だ。もしやと思い訊ねてみれば、熊倉リサは仕方がないという面持ちで溜息まじりにこう答えた。

「ええそうです、ハナにあなたのことを頼まれました」

案の定だが、今のこの気持ちを伝えるべき肝心の相手はここにいない。通信さえかなわない。歯がゆくてならず、力なく笑うしかなかった。

二件目の「お金のこと」はキャリーバッグの保管委託取引だった。バッグの中身に気づいた熊倉リサはくまモンに保管料を請求していたのだ。

その中身とは、インドの工場で研磨加工され、欧州へ輸出される寸前に強奪された大量のダイヤモンドの一部だった。強奪団のひとりは親組織の関係者だったことから、沢田龍介が日本でかくまうもやがて当人は病死してしまう。それにより、総額十数億円相当の盗品ダイヤをくまモンがひきとったのだが、利益の分配をもとめる田口兄弟らとのあいだでつまらない揉めごとに発展したらしい。

それが拗(こじ)れに拗れて何カ月にもわたり、系列団体間でだしぬきあいを演じていたのだという。そのすえに、花やしきの事件にいたってひとまず落着したという次第だった。

「で結局、沢田さんあれ持ちかえったってことなんですか?」

キャリーバッグをとんと見かけていないと思いあたり、横口健二はなんの気なしにそう訊いてみた。それに対し、熊倉リサからかえってきたのはこんな回答だった。

「いいえ。バッグはもともと贈ったものだからと言って、彼はハナに持たせました」

●

今日も地下室で蔵書の整理だ。窓ひとつない密室での孤独な作業だが、やさしい店主は気分転換にとBGMを流してくれている——が、ここでチャーチズの曲に耳を傾けているとどうしても、ハナコの顔や声を思いだしてしまう。

予告なく深夜にハナコは発ったから、さようならを言えなかった。朝、目ざめてみると枕もとに彼女のスマホが置かれていて、いちまいのメモがディスプレーに貼られていた。

「これでいつか、あなたと連絡がとれるようになることを信じてその日を待ちます」

メモにはそう書かれていた。

仕事の休憩時、スマホで北朝鮮関連のニュースをチェックすることを横口健二は日課にしている。ここ最近は、軍部高官数名の失脚劇とか首のすげ替えにまつわる報道が多い。

NEW DPRKなる動画配信チャンネルも近ごろよく視聴している。北朝鮮当局が対外宣伝用にYouTube内に開設したと言われているが、政治色の薄い日常のひとコマ的な映像が主体であり、ほんのちょっとながら一般の市民生活に触れた気になれる。

新着動画は、朝鮮芸術映画撮影所を紹介する内容だった。現在撮影中の近未来戦争映画用に建てられたというオープンセットのなかに、東京の街なみを再現した区画があると動画で案内され、横口健二は画面に強く見いってしまう。

つづいて映しだされた荒廃する市街地セットの片隅には、落書きだらけのおおきな壁がある。そのひとつに、なじみ深い文字列をふと見つけた横口健二は途端に涙を抑えられなくなってしまう。書かれていたのは「横口」と「ハナコ」をならべた相合傘だ。どんなに視界がうるんでも、それだけは鮮明に読みとれる。彼女は無事だ。チャーチズの「グラフィティ」が暗い室内でいつまでも響きつづけている。

初出

「毎日新聞」2019年８月１日～2020年12月３日
単行本化にあたり加筆修正をしました。

阿部和重

（あべ・かずしげ）

1968年山形県生まれ。「アメリカの夜」で群像新人文学賞を受賞しデビュー。『無情の世界』で野間文芸新人賞、『シンセミア』で伊藤整文学賞・毎日出版文化賞、『グランド・フィナーレ』で芥川賞、『ピストルズ』で谷崎潤一郎賞を受賞。その他の著書に『インディヴィジュアル・プロジェクション』『ニッポニアニッポン』『ミステリアスセッティング』『クエーサーと13番目の柱』『Deluxe Edition』『映画覚書vol.1』『キャプテンサンダーボルト』（伊坂幸太郎との共著）『ABC〈阿部和重初期作品集〉』『□しかく』『Orga(ni)sm』など。

写真＝相川博昭
装丁＝川名潤

ブラック・チェンバー・ミュージック

印刷　2021年6月10日
発行　2021年6月25日

著　者
阿部和重（あべかずしげ）

発行人
小島明日奈

発行所
毎日新聞出版
〒102-0074 東京都千代田区九段南1-6-17 千代田会館5階
営業本部　03(6265)6941　図書第一編集部　03(6265)6745

印　刷
精文堂印刷

製　本
大口製本

　ISBN978-4-620-10854-4